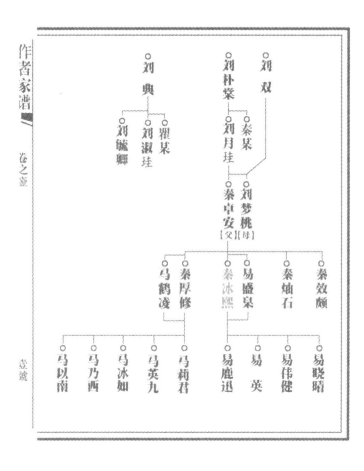

刘双

刘朴荬 ○秦某 ○刘月珪

刘典 ○瞿某 ○刘淑珪 ○刘毓卿

刘梦桃【母】 秦卓安【父】

马鹤凌 秦厚修 秦冰熙 易盛桌 秦灿石 秦效颜

马以南 马乃西 马冰如 马英九 马莉君 易鹿迅 易英 易伟健 易晓晴

秦冰熙 著

仰望苍云

中国青年出版社

（京）新登字083号

图书在版编目（CIP）数据

仰望苍云 / 秦冰熙著. --北京：中国青年出版社，2012
ISBN 978-7-5153-1300-9

Ⅰ．①仰… Ⅱ．①秦… Ⅲ．①随笔—作品集—中国—当代 Ⅳ．①I267.1
中国版本图书馆CIP数据核字（2012）第306634号

策　　划：薛　江
责任编辑：杜惠玲　彭宇珂
装帧设计：张丛富　张伟光　瞿中华

出版发行：中国青年出版社
社址：北京东四十二条21号
邮政编码：100708
网址：www.cyp.com.cn
编辑部电话：（010）57350504
门市部电话：（010）57350370
印刷：三河市君旺印装厂
经销：新华书店

开本：710×1000　1/16
印张：23
插页：10
字数：378千字
版次：2013年5月北京第1版
印次：2013年5月河北第1次印刷
印数：1–5,000册
定价：37.00元

本图书如有印装质量问题，请凭购书发票与质检部联系调换
联系电话：（010）57350337

　　我是在祖母家出生的，属"厚"字辈。姐姐叫"厚修"，祖母给我取名"厚良"，小伙伴们故意叫我"后娘"，我不知道为这哭过多少次，也不记得向爸爸求过多少次，要改个名字。有一天，爸爸在房中踱步，给我想名字，口中念念有词："冰熙、玉熙、屿熙、润熙……"我马上跳起来搂着爸爸的腿大喊："我要冰熙，我要冰熙！"从此，我有了新的名字——秦冰熙。

我们四姐弟：大姐秦厚修（左上）、三弟秦灿石（左下）、小弟秦效颇（右下），我排行第二（右上）。

我们夫妇有三儿一女四个孩子（1964）。

1978 年，我的四个孩子同时在大学里读书。

下农村的两个儿子，他们劳动锻炼了 10 年。

二儿子小武和他画的宣传画。他现在是中央美术学院的教授、博士生导师。

我和女儿。女儿后来去美国读书、工作，我虽然很想她，却也尊重她的意愿。

我、丈夫与四个孩子。平时他们在各地工作、奔波，好不容易都回来了。

大姐高中毕业后，受聘于宁乡简易师范，但她还想去闯荡世界，十九岁一个人跑到常德，在一家轮船公司做了会计。后来她又考入当时颇有名气的国民党"中央政治大学"经济系统计专业，毕业后与同学马鹤凌结婚。这是大姐和她可爱的五个孩子：大女儿马以南，二女儿马乃西，三女儿马冰如，儿子马英九，小女儿马莉君（1954）。

战争岁月，姐姐一家辗转到了香港。1952 年，姐姐通过熟人从广州寄给我一封信，说不想再留在香港，他们通过台湾的同学熟人帮忙，获得了准入证，他们将去往台湾。从此我们 37 年隔绝，音信不通。这是姐姐一家的全家福（1980）。

大姐夫妇

大姐夫妇金婚纪念

父子俩：马英九和大姐夫马鹤凌。英九出生于香港。姐姐说：英者，族谱辈名也；九者，地名九龙也。

马英九夫妇给姐夫祝寿。姐夫先祖马援有家训名作《万里还书诫兄子》，是家族人家教的典范。姐姐和姐夫很重视家教，子女都很孝顺。

三弟灿石全家合影。三弟是棉花育种专家，第七、第八、第九届全国人大代表。

小弟夫妇和孙女丫丫。小弟致力于有色金属研究。

我的妈妈和我的二儿子小武、外甥女同游长沙烈士公园。三十多年来，妈妈日夜盼望着爸爸和大姐的消息，却没有等到与大姐见面的那一天。我们把她葬在外祖母的墓旁，那是一个小山坡，可以远望葬在台湾的爸爸。

阔别 37 年后，我们四姐弟在美国团圆。我在心中向远在天国的父母呼喊：你们看见了吗？你们的儿女重逢了！这是我和小弟在华盛顿街头。

1993年，姐姐再次邀请我们去台湾团聚。三弟没有获得许可证，我们带着三缺一的遗憾去了台湾。这是我和大姐、小弟在台湾微型故宫前。

大姐夫马鹤凌为纪念我和小弟赴台，特挥毫作《满庭芳》一首。

我们姐弟四家同游雍和宫。左起：大姐夫马鹤凌、大姐秦厚修、我、我的丈夫易盛臬、三弟灿石、小弟效颇及弟妹。

大姐夫妇来长沙探亲，这是他们离开家乡四十多年后第一次回到大陆。

大姐夫妇和八十五岁的姨妈

我的二儿子易英与姨妈秦厚修、表哥马英九在台北。

我的三儿子小健与姨妈、英九合影。

我教了一辈子书，退休后，又参与创办了培粹中学，并教授英语。
我真无法想象我有多少出色的学生，我感到作为一位教师的骄傲。
选择了教书，我终生不悔。这是我从教五十年留念。

目录

没落的世家..**1**

一、宰相府第.. 1

二、巡抚的后代.. 3

三、父亲的故事.. 6

往事..**36**

一、道崇观小学.. 36

二、秋游.. 37

三、侠义之士.. 39

四、香甜的白果.. 40

五、雪人.. 41

六、名字.. 43

七、想念蒋玲.. 44

八、回家乡.. 47

九、小城岁月.. 49

烽火岁月 ·· **80**

一、避难家乡 ······································· 80

二、塾师之家 ······································· 87

三、从城里搬来的学校 ················· 103

虎溪桥畔 ·· **128**

一、备取入学 ····································· 128

二、峡云深处 ····································· 132

三、八仙过海 ····································· 137

四、虎溪逸事 ····································· 141

五、胜利前夕 ····································· 157

大学生活 ·· **174**

一、新生院风潮 ································· 174

二、怒潮澎湃 ····································· 178

三、学生自治会竞选 ······················· 179

四、雨后春笋的社团 ······················· 182

五、"反内战、反饥饿"大游行 ········· 186

六、更大的怒潮 ································· 189

七、"六二"大游行 ························· 196

八、大众演员 ····································· 200

九、丘比特的箭 ································· 206

十、路在脚下 231

十一、声援南京"四一惨案" 237

十二、半夜演习 242

十三、胜利救援 246

十四、血的控诉 253

十五、民以食为天 258

湘西的回忆 **262**

一、走向生活的起步 262

二、土匪的硝烟 265

三、"观音暴"之夜 279

四、匪情 285

五、除夕大火 292

六、青年学园的风波 297

姐妹间 **302**

难得的重逢 **307**

台湾之行 **330**

一、旅途 330

二、扫墓 332

三、有趣的旅行 ……………………… 336

四、姐姐的幸福 ……………………… 341

五、新闻点滴 ………………………… 342

六、告别 …………………………… 348

明月几时有………………………**350**

水调歌头

金婚纪念

爱晚亭前路，觅旧几徘徊。峡谷青枫凝翠，夭桃醉欲开。回忆当年赏雪，正是风华岁月，寒骤紧偎挨。两心同似火，两意不相猜。　　盟鸳约，偕白首，诉情怀。半个世纪沐雨，经风走过来。如今古稀翁妪，曲径扶将漫步，俪影踏新苔。仰望苍云幻，犹似雪皑皑。

没落的世家

一、宰相府第

我八岁那年随着妈妈到爸爸工作的地方保定，那是个古老的北方城市，还有城墙围着，很少下雨，总有一种灰蒙蒙的感觉，因此我很想念南方的天空。我问爸爸，北京也是这样吗？爸爸说："明天就带你去看看。"果然第二天他就带着我和妈妈来到了北京。首先我们到了一个叫做"黄米胡同8号"的人家。那是一个四合院。那台阶那门庭那廊柱十分古典，给人一种雕梁画栋的感觉。大院当中有一棵结满色彩绚丽的海棠果实的大树。就在这树阴下的回廊里，一位老太太见着我们就高兴地站起来了，笑容可掬地表示欢迎。爸妈两人同时深深地鞠躬："四姑，您老人家好！"又拉着我过去行礼并让我叫她姑奶奶。她拉着我的手笑道："是卓安的宝贝女儿二丫头吧？"她边说些想念和欢迎我们的话，边引导我们穿堂过屋到后进的一排三间的精致屋里，让我们放下行李，并说明这是她儿媳妇的房间，她现在有事住在南京，我们爱住多久就住多久。这屋里的东西，我们想用就用。她热情随和的态度让我产生了好感。

妈妈在收拾东西时，我迫不及待地问了许多关于这位神秘老太太的问题。妈妈问我："'天上神仙府，人间宰相家'，这句话听说过没有？"我说："听外婆说过。"

"你这就住到宰相家里来了。当初这里可是个气派的地方。我没有来过，只听见老一辈人说过，富贵得不得了。现在这房子是后来买的，早不如当年富贵了。"

妈妈给我说了这瞿府与刘家的渊源。四姑奶奶姓刘，名叫淑珪，是我奶奶的堂妹。我奶奶排行第三，名月珪。清朝最后一位军机大臣（雍正时设军机处，内阁成为闲曹，军机大臣成为事实上的宰相）名叫瞿鸿禨，四姑奶奶就嫁给他的儿子做媳妇。当年这门亲事也算是门当户对，她的父亲也就是我奶奶的伯父是当时赫赫有名的左宗棠的西征副帅刘典，当过陕西巡抚，卓有政绩。刘典跟随左宗棠一道平定新疆，避免了国家分裂，平定了太平天国，战功显赫，深受清政府嘉奖。奶奶的父亲是刘典的二弟，一直跟着他哥在外做官，任职福建汀州兵备道。官不大，也不是一个捞钱的官，但是他节俭持家，有了一点钱，就购置田产，告老还乡时在家乡宁乡已有大量田产，成为地方有名的殷实之家，但一直保留勤俭节约的好传统。他修建了一座宏大的屋宇，即远近闻名的"藜阁湾"，乡民一直叫它为"牛角湾"。他的大儿子，也就是我奶奶的亲哥哥，继承了他父亲尚武的遗风，在家乡主办团练，治家治军都很严厉，在当地颇有名声。

四姑奶奶不但才貌双全，而且知书识礼，受过良好的教育，在姐妹行中最为优秀。长辈们做主，定了这门有点高攀的娃娃亲。然而，自古红颜多薄命。这位少爷十岁时，由于不懂事喝多了酒，害了一场大病。愈后，一个原本聪明伶俐的人竟然变傻了，什么事都不懂，还有了语言障碍。为了不耽误刘家的女儿，瞿府就说明实情，提出退婚，请刘家另择佳婿。刘家当初踌躇了一下，建议积极治疗，容后再议。这位刘淑珪小姐，年已及笄，已是二八佳人，在那个年代，正是谈婚论嫁的时候。得知夫家退婚的消息，她坚决反对。她秉承"好女不嫁二夫"的古训，认定自己此生已命中注定"生为瞿家人，死为瞿家鬼"了，甚至以死相拼，只要瞿家少爷活着，她就嫁给他。她的"节烈"之举颇受那帮封建卫道者的赞扬。她十八岁时，瞿府以极其奢华的方式，派大员护送着傻少爷来湖南迎亲到北京，举行了极其隆重的婚礼。她这一辈子受尽了瞿府诸多繁文缛节的束缚，吃尽了侍候傻丈夫的苦头，直到 20 世纪 20 年代末，她的丈夫去世，她才以主人身份掌管这个没落府第。她待人极为宽厚，乐善好施，时常周济亲朋好友。她知道我奶奶早年丧夫，儿女众多，提供过不少帮助。

她自然没有子嗣，这也是宗族法规不能认可的。于是遵照祖宗的礼制，她过继了一个儿子，受时代潮流的影响，她送儿子读了大学。瞿府的资产还是比较雄厚的，儿子出洋留学去了，媳妇是江苏人，长期住在南京，老太太依然独守空巢。为了寻找精神寄托，晚年她信佛了，除了研究佛学以外，还到寺院作些施舍，间或顶礼斋戒，焚香膜拜。她的家里，设有一个佛堂，供奉观音菩萨。那是个大厅，陈设典雅华贵，屋里古色古香，肃穆庄严，一尘不染，长年香烟缭绕，有如仙境。妈妈总是蹑手蹑脚地进去，然后跪下去，轻叩铜磬，那悠扬细腻的声音仿佛能把你的灵魂带进极乐世界。她每天都在那长香案下的蒲垫上合掌静坐一段时间，任何人都不得打扰。

她家有些规矩我觉得很新鲜，而妈妈却说那是她家的老规矩。她家有一个厨师、一个男仆和一个女仆。男仆有事来问老太太时必须在门外说"禀报老太太"。讲完事，老太太有所吩咐，他必定要垂手作躬体半跪的姿态大声地说："嗻！"然后退出去。后来我见到她时就没有这么多规矩了。解放后，她把长沙的田产和房屋全部交给国家，只身回到北京。她把瞿府遗留的家产全部交公，那些收藏的文物字画书籍，足足装满一卡车，全部给了故宫博物院，她分文不取，自己和一些佛家朋友住在雍和宫终老。我的一位堂姐一直伺候她，弥留之际，四姑奶奶把身后的一切连同仅有的八千元全交由堂姐处理，只提出一个要求：葬在西湖边上，任何一个地方。可是西湖是国家公园，早已不许新添任何墓地，她只能以佛门弟子的方式，葬在北京门头沟的一处公墓里了。

二、巡抚的后代

我奶奶是四姑奶奶的三姐，她们一共有五姐妹。我奶奶遭遇的是另一种命运。我们秦家并不是做官的，而是普通民众，而且祖籍不在湖南。刘典兄弟在外为官，大半时间过的是军旅生涯。他们的父亲也就是我奶奶的爷爷有眼疾，治不好，兄弟俩总是放在心上，四处访求良医。奶奶的父亲刘朴棠在福建为官时，访得一位江湖郎中，能治眼病，就把他父亲接过来就医。经过一段时间的治疗，果然收到良好效果。于是他把这位江湖朗中带回湖南，为他置产安家，最后决定把三女儿，也就是我的奶奶，许给他的儿子。她虽然嫁入平常百姓家，没有其他姐妹那样气派，但日子还过得去。为了不让女儿受苦，除了丰厚的嫁妆以外，刘家还给有陪嫁的佥田数百亩，更例外打发了三个丫鬟，其中一个暗许为江湖郎中的小老婆。

我的祖父成了读书人。他敏慧好学，文笔很好，赶上了清朝最后一批举人。科举废除后，他自然就做官无门了。他四外游学读书，博学多闻，在家乡小有才名。但是他身体虚弱，最后一次游学回家是被人用轿子抬回来的。轿子抬到堂屋里，喊我祖母："六老爷生病，送回来了，请叫人来扶他下轿。"奶奶和家人七手八脚地把人事不知的祖父弄出轿子，放到床上就气若游丝了。一家人惊慌失措，请来了好几个医生，都只把一下脉，不敢下药，匆匆起身走了。奶奶急得没了主意，又忙请师公来驱鬼，鸣锣放铳，赶鬼迎神，闹得一屋烟雾冲天。于是又有人出主意，只有"冲喜"一法或可救命了。奶奶只晓得哭，一任族人摆布。于是大红轿子把草草穿上嫁衣的妈妈接过来，爸爸妈妈还没来得及看上一眼，在堂屋里放挂鞭子拜了祖宗，就被拥到病人房中去拜公婆。其实家人都明白祖父已不能答礼，已经咽气了。众多儿女跟着奶奶跪下一大堆，哭倒在祖父床前。妈妈很是惊慌，作为新娘子，还没有来得及脱下嫁衣就要换上孝服了。外公是刘典的亲侄儿，只因他是堂兄弟排行中最小的一个，所以继承了大笔田产，坐享少爷生活，悠游度日。妈妈是他的大女儿，被视为掌上明珠。受民国初年新潮思想的影响，外公教她读书写算，反对缠足，并且不主张把十几岁的女孩子早早嫁出去。他的择婿标准第一条就是要认真读书，力求上进，不当大少爷。他在亲戚中相中了我父亲。他在观念上当然还是脱不了门当户对亲上加亲的老框框，所以爸爸和妈妈这对堂表姐弟就联姻了。妈妈长爸爸一岁，在外公的培养下，妈妈是外公的半个当家，常常主理大小家事，称得上是个女能人。匆忙出嫁冲喜，外公并不愿意，但是为了救命，出于俗礼，不得不答应。妈妈虽然帮外公理家，终究还是大小姐身份，那些厨房杂务从来也轮不到她去做。这个急忙进行的冲喜，让她措手不及。秦家只是寻常百姓，奶奶一连生下了九个子女，最小的儿子才满一岁。家里同一时间里既办喜事，又办丧事，乱糟糟的情况下，奶奶只得忍着悲痛出来料理，并招呼妈妈协助。许多事情都是妈妈从来没有干过的，她生性好强，只得咬紧牙关去干。家有丧事，冲喜的新婚之夜，新郎是不能进洞房的，要披麻戴孝，守在灵堂。到了半夜，奶奶让她回房休息，却把一岁的小叔叔交给她照料，她也决不能推辞。妈妈这才知道做媳妇的苦处。爸爸对冲喜这件事很感歉疚，曾向妈妈提出要弥补这个遗憾。他后来在上海上大学，想在上海补办一次时尚的婚礼，拍几张婚纱照，让妈妈风光一下。妈妈舍不得用钱，才没有浪漫一回。

爷爷去世时不到四十岁。我父亲是老大，下面有三个妹妹五个弟弟。爷爷的丧事不由奶奶做主，儿子的任务是当好孝子，族上来主事的人认为奶奶娘家气派，于是大操大办，这场红白喜事过后就负债累累了。刘典兄弟都已去世，但家声还在，自然不能让三姑太太处境困难。当年奶奶出嫁，大哥刘毓卿就遵从父亲刘朴棠的遗命，要对这位三妹多加照顾。刘毓卿掌管了名为"藜阁湾"的刘家大院，房屋百多间，田产数千亩，算是一方富豪。他自己秉承父亲刘朴棠的遗风，主持地方武装，亲任团统，治军极为严厉，民间称他的队伍为"团防粮子"，号称除暴安良。当年刘典对付太平天国，刘毓卿却是对付打家劫舍的土匪，在地方上实力显赫。他治家也很严厉，节俭到被乡人讥为"吝啬鬼"，但他因此积累了家财。他看到三妹中年丧夫，儿女众多，家境困难，认为平日的接济不能解决长远的问题，只有为她培养出有本领的儿子，才能撑起这个家。于是他决定送她的大儿子出去读书，使他成才有出息。就这样我的爸爸在长沙读了两年书之后，到上海考进了南洋大学铁道管理系，成为我们家族中的首位大学生。北京宰相府的四姑奶奶也没有袖手旁观，她担起了我七叔和满姑的培养责任。后来七叔毕业于上海光华大学中文系，一生从事中文教学，20世纪50年代他在台湾教学终老。而满姑进入了北京的民国大学，她的夫君是抗日名将宋希濂的二哥宋宜山，英国留学生，当了国民党的"立法委员"。据说我的这位姑父，曾经为弟弟宋希濂代管了一笔数目不小的军费，存在香港的银行里。老蒋催促再三，他就是不去取，老蒋一气之下，开除了他的立法委员。20世纪60年代，夫妇两人客死香港，那笔军费也就不知所终。

这两个当时声名显赫的世家，受到时代的冲击，声威渐渐没落。儿孙辈融入了普通的社会生活，大部分成了寻常百姓。倒是我奶奶娘家还留点余韵。刘典是奶奶的伯父，奶奶的父亲刘朴棠，叨光巡抚的余荫，积累了大量家财，广有田产，比刘典的嫡系在地方上的名气大多了。奶奶的哥哥刘毓卿继承了大量家财，自己当了团防局长，掌握了地方武装，镇压土匪，武功卓著，威震一方。他家的故事，既有浓厚的封建意识，也充分体现了时代色彩。前面提到的四姑奶奶就是他的亲妹妹。无独有偶，刘毓卿也有一个如出一辙的儿媳。他的长子从小就定了亲，不幸的是不到二十岁就病逝了。那个十几岁的未过门媳妇，也按烈女不事二夫的封建礼教，坚持出嫁。一位花季少女抱着丈夫的神主牌拜堂成亲，鞭炮喧天的热闹声宣告了她的悲惨命运。她的婚礼，没有新郎，只有大红花轿将她接到家里来守寡，这叫做"守望门寡"。可是那时孙中山已建立了民国，没有人来给她立贞节牌坊了。我见过她，她已人到中年，妈妈让我称呼她大舅妈，我叫了之后，她嘴角上泛出一丝不易察觉的笑意，算是回应。她非常瘦弱，面无血色，低眉顺眼，了无声息，一个人坐在不显眼的角落里吸水烟袋。据说后来还抽上了鸦片烟，更加瘦弱多病，不久就去世了。事情也会有戏剧性的变化。刘毓卿的儿子刘明夫，也就是我奶奶的亲侄儿，摆脱了封建思想的束缚，走上了时代的进取之路。他从上海复旦大学毕业，留学日本，专攻经济学。抗日战争爆发，回到上海，主张积极抗日。当时我爸爸在上海工作，有不少亲戚朋友在上海，沪战发生前后，都纷纷回湘，各有投奔。我的小叔叔秦宁安，按大排行我们称他为十三叔，他和刘明夫是亲表兄弟，为了怎样参加抗日，发生了一场争论。两人看法不一，就分道扬镳了。秦宁安回到湖南，他选择到黔阳参加戴笠主办的中统特训班，然后到重庆参加工作，最后随国民党到了台湾，无所作为而终老。刘明夫经过审时度势的分析研究，认为共产党抗日最坚决，他毅然投奔延安。他的未婚妻后来在第二次国共合作时也到了延安。不久，他入了党，成为当时解放区中不可多得的大知识分子，受到重用，是胡耀邦的好友、陈云的助手，新中国成立后成为周恩来时代国务院的国家计委副主任。在经济建设方面作出了贡献。他算是巡抚后代杰出的人物。

三、父亲的故事

（一）猪栏顶上的亲姑爷

我的父亲，名叫秦卓安。个子修长，体态匀称，眉目有神，可以说是一表人才。他善沉思，有主见，易与人交往。性格随和稳重，不轻易动怒。他喜欢读书，中文修养很好，常吟诗作对，说话常引经据典，又不乏幽默感。书法清丽，潇洒自如，颇得亲朋赞赏。他从南洋大学铁道管理系毕业，但从没有入过本行。我想他定是数理学得不好，那时人们的思想还受到科举取士的残余影响，重文轻理，缺乏对发展科学技术的认识，没有兴趣深入钻研。他好游山玩水，到一个新地方就尽兴游览，常有诗为记，所以他的工作很不稳定，收入也不多，时常捉襟见肘。妈妈比他长一岁，两人感情很好。妈妈是个能干的家庭主妇，家务事用不着爸爸操心。

我的外公思想比较开明，他提倡男女平等。不许家里人为他的女儿缠脚，主张女孩子也要读书识字。反对订娃娃亲，儿女的亲事要本人同意。虽然当时已废除了科举，他还是相信读老书才有真才实学，所以他聘请老书先生在自己家里设馆，教子侄们读老书。当时女孩子是不能和男孩子在一起读书的，外祖父在他的私塾课堂隔壁辟了一间女生课堂，让他的女儿在那里听隔壁先生讲课。所以我妈妈能够知书识字，她学习的认真劲不比那些男孩子差。由于外祖父择婿严苛，妈妈年过十五还没有选好婆家，外祖母就开始担心她嫁不出去了。那时候的女孩子，十六岁是最好的结婚年龄，到了二十岁就算"老女"了。我的奶奶和外祖父是堂兄妹。那年爸爸奉母命来外公家拜年，他称我外公为满舅，第一次见面外公就看中了这个小伙子，随即派人去提亲，一说就成。那年妈妈十九岁，爸爸十八岁。当时乡下闹匪，时常打家劫舍，很不安宁。外公提出，婚事不要张扬，聘礼更不能送，怕招来匪祸，只要互换八字就算订婚了。次年妈妈二十岁了，许多定了亲的人家，为了安全，急急忙忙完婚，弄得人心惶惶，外公也有些不安了。他心疼女儿，怕草率成婚委屈了女儿。想来想去，有了一个主意。堂妹亲家儿子多，要她的大儿子暂时入赘岳家成婚，以后再补办热闹婚礼。爷爷外出游学去了，奶奶正巴不得少花钱，一下子就同意了。时间选在十二月中旬，外婆家在暗中进行准备，在后院幽静的地方收拾了一间精美新房，家中极少有人知道，对妈妈也瞒着。那天，爸爸是借了他外婆家的马，独自骑着来的。什么也没带，手里只提着一根马鞭子进了屋。大舅把他请到堂屋里喝茶，悄悄把今日的程序告诉了爸爸，一会将有一个简单的拜告祖宗天地的仪式。二舅年龄小，有些调皮。看见爸爸来了，就进屋来找姐姐取笑，一见有女佣在替妈妈梳头，就笑道："好呀，姐夫来了，你好好地梳妆打扮，要做新娘子啦！"妈妈一边骂一边追着他。刚追到堂屋门边就看见了正襟危坐的爸爸。她羞得赶快退回来。这时外婆才告诉她大人们谋划好的事情。但是，意外地出了情况。到镇上买东西的家人回来说，店老板暗中告诉他，人们传说刘家要办嫁女的喜事了，今天中午有好几十个"山里人"大摇大摆地在店家吃饭喝酒，不知他们会干什么，可得小心。外公马上和家里人商量，近日土匪肆无忌惮，连续抢了几家大户，只喊拿到肉票，起码要五万块银圆的赎金。有户人家躲得快，没伤着人，但守屋的老头被打得头破血流。这伙强盗，他们要的东西拿走，不要的就打烂，听起来都让人胆战心惊。最后，外公决定喜事不办了，人都按原先的计划，分散躲到可靠的佃户家中去。可是拿着这个未过门的入赘姑爷不好办，一旦走漏消息，土匪会千方百计地劫人。他人生地不熟，太显眼了，万一出点岔子，那可是天大的事情。最后还是二舅出了一个点子，他常常爬到猪栏顶上玩耍，从未被人发现过。他说，他陪着姐夫一起上去，万一有点什么事，他就出来对付。二舅是个机灵的小伙子，外公思忖再三，觉得躲在家里比躲在外面好，家里人都跑了，土匪也料想不到有重要人物藏在家里，事情就这么定了。

爸爸的新婚之夜，不但没见到新娘子，还在猪栏顶上惴惴不安地闻了一夜臭气。那夜土匪是先礼后兵。首先为头的几个敲开大门说，他们路过这里，想借宿一夜，并且讨一餐晚饭。守屋的唐三爷连忙把他们让进屋，只说主家在三天前被果敏公（刘典谥号"果敏"）家的二老爷接到长沙小住去了，今晚的吃饭住宿由他来操办。这二老爷刘毓卿是办团练的城防局长，专门与土匪作对，杀人如麻。"山里人"是有几分惧怕的。他们几十人饱餐一顿之后，顺手牵羊，带走了一些咸鱼腊肉鸡婆鸭崽，半夜里扬长而去。

（二）投笔从戎

父亲在上海南洋大学读书的最后一年是 1925 年，这年由于纱厂的日本鬼子老板枪杀了工人顾正红，上海的工人学生群众愤怒地举行了示威大游行，发生了震惊世界的"五卅惨案"。5 月 30 日，为伸张正义，数千名满腔爱国热情的青年学生深入租界宣传，声援工人。在公共租界，帝国主义分子出动巡捕开枪打死打伤数十人，并到处追捕学生。父亲和他的几个同学，被好心人藏在屋里。由于搜查得紧，他们被迫跳窗逃跑。这次事件对他们的震撼太大了，个人的奔走呼号无济于事。弱国无外交，东洋鬼子在我们中国的土地上任意杀害我同胞，还不许反抗，不许爱国，进而枪杀追捕青年学生，真是岂有此理！父亲和一些朋友决定投奔革命，救中国！但是，投奔谁呢？

他们想起孙中山有一次路过上海北上，在学校里作了一次公开讲演，他的革命主张让人十分敬服。他们这批爱国学生就认定广州国民党政府是革命的，于是来到广州，报名参军。当时广州政府准备北伐，正在广罗人才，父亲和几个同学被革命军录用。那时还没有建立黄埔军校，他们在一个军事训练班接受训练。以后父亲常说笑话："人家以黄埔一期为贵，我早了一期，倒不值钱了。"然后哈哈大笑地自我解嘲。他在广州接受军事训练将近一年时间，适应了操练骑马射击的军营生活，并参加了国民党。他热切地期待早日实现北伐，消灭中国军阀割据混战的状态，统一全国，团结对外，使我们的祖国强大起来。那时的他，胸怀大志，激昂慷慨。我小时候，他给我讲述当年投笔从戎的往事，还是那样激情澎湃。

1926 年 6 月，国民革命军誓师北伐。父亲编入革命军第二军第一师一个团部工作，随军出发时他任团的党代表，直接下到连队成为连指导员，一直在第一线指挥作战。他们从广州到湖南、湖北，打败了大军阀吴佩孚、孙传芳，夺武汉，占南昌。进入南昌城后，不断受到吴佩孚的攻击骚扰，父亲所在的部队打得非常艰苦。最后不得不暂时退出南昌。来了援兵之后，他们又反攻南昌，战斗十分惨烈，连队伤亡很重，他自己大腿负伤，行走不得，已无法指挥部队。父亲躺在一条小溪边，不能动弹，手里还紧握着枪，警惕着周围情况。他担心自己被敌人发现，便奋力地扯来身边的一些破烂物件堆在身上。但是他抗拒不了身体的衰竭和饥饿，加上伤口疼痛，不知不觉昏迷了过去。

他醒来时已是寂无人声的夜晚，月黑风高，送来秋天的凉意。他决心自救，试着爬起来，觉得伤腿有点麻木了，只爬了几步，又钻心地痛起来。他忍着痛，在一条田边小道上爬爬歇歇，终于看到了不远处闪烁的灯光。他想，只要是能找到一户贫苦农家就可能得救。他爬到那间屋子前，从破烂的窗格和摇摇欲坠的茅屋来判断，那是个可靠的农家。他扶着门，忍痛站起来敲了一下，谁知那门应声倒下去，父亲也扑倒在门上。一位大娘闻声出来，问明情况，忙把他背到一张只有一床席子的床上。大娘要父亲把身上的衣服全脱掉，然后她把衣服全扔到屋顶上去了。父亲忙说："我还要穿的呀，明天穿什么？"

"明天穿我儿子的，你穿上它，还要命吗？"大娘为父亲擦洗干净身体，把一套破旧的农民衣服给他穿上，又取出一把草药碾碎给他敷住伤口并包扎好。父亲躺在床上，觉得舒服极了。不一会儿，大娘端来一碗放了点盐的开水泡饭和一个煮熟的鸡蛋给他吃。她坐在一边，打开了话匣子：

"老总，你是革命军的吧。我们老百姓知道你们是好人。你们和那些害人的北兵粮子打了好多天的仗。起先，你们打赢了，你们是好人，不抢东西，不拉夫。这一向北兵粮子又把省城占了回去，真把我们害苦了。他们要钱要粮，还抓兵拉夫，好多女人家都被他们糟蹋了。我的儿子躲在外面，半个月没回过家了。他的老婆刚生了孩子，才过三朝，给你吃的那个蛋，还是亲家母送来的。你们的军队有的被打散了，有的被打伤了。那些北兵见到了就杀，真是冒得良心。他们每天挨家挨户地搜查，只喊藏匿革命军的就要杀，统统枪毙。我们不怕，我们要保护革命军，我们这村上救了好多个打散了的革命军。你放心，你到了我家，我一定会把你救出去。"大娘到里面去了一会儿，回来说：

"我和媳妇说好了，你装作是她丈夫，躺在她脚头，说是在外面打短工，得了伤寒病，没钱吃药，只好回来等死。你只要闭着眼睛哼喊，说什么都不要搭理。"大娘把屋里弄得乱糟糟的，自己在屋外洗衣服。不久，来了一帮北兵粮子，用枪指着大娘问："革命军吃了败仗，被我们打得四散逃命，藏到你家没有？交出来，马上赏十块大洋。隐瞒的话，全家正法。老婆子，你家有没有？"大娘一把鼻涕一把眼泪地哭喊道："我什么都没有了，只有得了伤寒没法治的儿子躺在床上，你们做做好事积积德，救救我的可怜儿子吧。我的媳妇几天前生了个丫头，没饭吃，哪来奶水？长官有收养孩子的吗？抱走吧！"那个为首的不耐烦了，对手下人说："搜！"见屋里那么脏臭，男呼女叫的，他们只在那扇破门旁张望了一下就退出来了，害怕传染上伤寒症，然后在房子外面乱翻一阵就呼啸而去。

父亲休整了一天一夜，自觉恢复了许多，决定天黑时离开这危险之地。因为这里离孙传芳的司令部太近，很不安全，也怕连累了大娘一家。于是大娘给他作了一番农家打扮，装作跛腿残疾，戴顶破草帽，背一个讨米袋，端一个缺碗，里面装点剩饭，拄着一根破竹棍就上路了。大娘嘱咐他，沿途只要是遇上好人家，都会帮革命军，会给你东西吃的。见到北兵粮子就要远远地躲起来。她又把父亲衣袋里的一点零碎钱交给他，说还可以应急。父亲是近视眼，平日离不了眼镜，刚要起身，发现没了眼镜，就问大娘要。大娘说："眼镜是读书人用的，你装作要饭的跛腿流浪汉，戴上眼镜，那不一下子就被人家识破了？我怕被那几个搜查的拐子兵发现，把你脱下的衣服和那副眼镜，一起丢到茅屋顶上去了。"父亲很佩服大娘的精明。他就这样辗转在江西、湖南境内流浪了两个多月，才回到家乡。疗伤半年多之后，他再去找部队，就被安排在长沙市国民党中央政治学校第三分校政治处工作。他心里一直念念不忘大娘的救命之恩，总想要去看看她一家。但由于种种原因，使他动不了身。

两年之后，正是深秋季节，父亲终于抓住了一个到南昌去的机会。旧地重游，不胜感慨。许多残垣断壁还是当年留下的战争痕迹，却都已物是人非了。他沿着南门出城，寻找那条他曾经躺倒过的小溪，举目四望，欣喜地发现了大娘的茅屋，只是更加破败了。父亲快步走到门前仔细打量，原先的破门都没有了，只用一些竹竿柴棍之类的东西胡乱拦着，正好他看见大娘抱着孩子出来。他大步跑上去，搂着大娘的肩发狂地喊道："大娘，我回来看你来了，谢谢你的救命之恩！"他泪流满面地跪倒在她的脚下。大娘愣了一下，定睛一看，就高兴地笑起来，说："是你呀，你逃出命来了，是你的祖宗积了德呀！"他们萍水相逢，竟来不及互问姓名。她笑问道："你姓什么来着，是长官吧？"父亲简单地告诉了她，也在这时候才知道她家姓胡。他们互相诉说了别后各自的情况。她说家里添了个娃娃，日子就更艰难了，靠儿子一个人想着法子每天搞几个铜板（当时钱的最小单位）过日子，一年四季都是青黄不接。不一会儿她儿子回来了，手里拎着几条小鱼。大娘接过来笑着说今天有荤菜待客了。大娘向儿子介绍这个她常常叨念的革命军，他腼腆地笑了一下。父亲打量了他一下，这是个老实巴交的结实小伙子，就掏出一块银圆给他，要他去买点酒菜，大家一起吃饭。

一顿饭吃得欢天喜地。父亲说他还得赶晚班火车回长沙，来看他们一家是为了表达感恩之情，以后有机会还会再来的。他从挎包里取出一个纸包，对大娘说："这是三十块银圆，我刚刚领到的薪水，请大娘收下，只能说这是我这一点点心意。"大娘打开纸包，惊得说不出话来，她还从来没见过这么多钱，说什么也只肯要十块银圆。推让了一阵，她的儿子胡贵说："妈，你就收下吧。我在家里没生活，不如让我跟着长官去听差，就算是去伺候他也可以。"他这一提，父亲仿佛开了窍似的："好呀，到我那里去当兵吧，我派你当个传令兵还是有权力的。"大娘稍稍迟疑了一下，看了媳妇一眼说："这也是一条活路啊！"媳妇连忙表示同意，皆大欢喜！大娘打量了一下眼前这两个男子，个子还真差不多，年龄也不相上下。她高兴地从屋里拿出那套父亲当年在她家脱下的军装，已洗叠得干干净净。

"我原想给你带回去，现在让胡贵试试看！"

真是"人要衣装"，这一穿出来，人全变了样。只是脚上那双烂草鞋有点不搭配。父亲说到车站买一双新的就可以了。一切收拾停当，即将上路了，大娘又拿出一个小布包递给父亲，他打开一看，竟是她当年丢到茅屋顶上的那副眼镜。父亲接在手里，向她端端正正地行了一个军礼，说声"谢谢"，然后捧掌大笑，带着他的新编传令兵和大娘挥手告别。

（三）寄情山水

1927年5月，长沙发生了"马日事变"，国民党右派和共产党翻了脸，反动军人许克祥率军队在一夜之间，向工人纠察队和农民协会及许多革命组织发动进攻，破坏革命机构几十个，枪杀了上百名共产党员和革命群众。父亲所在的中央政治学校第三分校也在被毁之列，父亲当晚住在局关祠的家中，躲过一劫。一时风声鹤唳，形势越来越危急，每天都在杀人，不但杀共产党人，还杀同情者、进步者，甚至捕风捉影地杀无辜群众。为了安全，父亲决定送家小回乡暂避。他很不解，北伐战争国共不是合作得很好吗？他所在的第二军党代表就是共产党员。许克祥当然自有来头，绝不是他个人捣乱。影响从长沙扩展到周边县市，父亲只好在乡下蜗居数月，观察形势，等待时机。他想湖南是绝不能再待下去了。

1928年，在朋友的介绍下，父亲来到了设在镇江的江苏省警官学校任教官，教的是文化课程。他虽不熟悉警察业务，那点文化课却很容易对付，所以他的工作比较清闲。镇江是长江下游的重镇，既是战略要地，又是山明水秀的风景区。那时我有一个姐姐，下半年又出生了一个弟弟。姐姐要上学，弟弟要喂养，妈妈把他们丢给外祖父母照顾，带着我来到镇江，随父亲云游天下。他带着我们遍游镇江名胜。我们在竹林寺的万绿丛中欣赏过形形色色的竹子，我喜欢那像大花篮似的竹子造型。爸爸给我讲述"胸有成竹"的故事。他带我们到甘露寺，指点刘备招亲的地方。寺里大菩萨的大脚指头比我的头还要大。到金山寺，他生动地讲述了法海和尚残酷地破坏白娘子和许仙的爱情故事。逛焦山时，他带我们在江边钓蟹，那是很奇特的方法。一根长竹棍，尖端系一根粗绳，下面系一个石头，在江岸边水流湍急的地方垂钓下去，不大一会儿，起上来，那根粗绳上就有大大小小的蟹紧紧地钳住不放。原来这个地方的蟹多水急，它们顺流而下，遇见水中的绳子，想休息一下，以为是根救命稻草，就这样落入了人的圈套。我们游杭州、无锡，领略江南水乡的美景。在无锡，父亲给我买了一个泥娃娃，那是我的珍藏，在逃难时不幸丢失，让我长久懊恼不已。旅游中我并不懂得对人文风物的鉴赏，但是我爱听爸爸在沿途的讲述，那是一种特别的享受。我们到了南京、上海，亲见上海旧日的繁华奢侈和租界的傲慢。到南京，我们登上三百多级石阶的中山陵，感受雄伟山川的气魄。每到一个地方，父亲常是流连忘返，赞叹山水奇观，寻觅古人踪迹，还坐下来给我讲故事，说典故。有时他对景生情，吟唱古人的诗词，有时兴之所至，也有自己的诗作。妈妈是文化不高的家庭主妇，我是不谙世事的五六岁孩子，却都是他的忠实听众，他面对着一脸傻笑的娘儿俩，讲得眉飞色舞。我特别喜欢这时候的爸爸，在我的一生中留下了深刻的印象。

爸爸爱好的另一项活动是骑马。在行军中他本来就是一个不错的骑手，现在的工作并不需要他骑马，所以他把骑马当做一种娱乐活动，常常和几个志同道合者一同骑马出游，跑到郊外纵情驰骋。有时是跋山涉水，进行一些惊险的活动，每次回来总是风尘仆仆、汗流浃背。有时候衣服扯破、眼镜摔烂，妈妈少不了要抱怨几句。爸爸毫不在意地拍打着身上的灰尘，兴高采烈地描述骑马奔驰的痛快。有一天，不幸的事情发生了，爸爸被人用担架抬回来。爸爸的朋友范叔叔说，他们玩得高兴，爸爸纵马上了一座小山头，挥舞着马鞭，回身招呼大家都来。不知怎的，那马竟掉过头来，失控地狂奔起来，把他颠了下来，还拖了几步，不但擦破了衣服，还擦伤了双膝和下巴。妈妈把他扶进房中，让他躺在行军床上，给他洗伤包扎。我看见爸爸的两个膝盖都血淋淋的，脸上手上都有伤。我害怕极了，张大眼睛，不敢出声。看妈妈收拾完了，我才轻轻地问了一句："痛吗？"爸爸笑着说："哪能不痛？要做到不怕痛。"这句话给我留下深刻印象。

爸爸待在家里的时候总是看书，多半是躺在睡椅上好久也不起身。稍停一会儿，就是抽烟喝茶。妈妈总是告诫我，这种时候不要去打扰他，要我走得远远的，和邻家孩子们去玩耍。于是我就只想常有机会出去游玩。我偷偷问妈妈，爸爸为什么不高兴？她总是说："你还小，不懂大人的事。"

等到我长大懂事以后，我想自从"马日事变"以后，爸爸居家时常常闷闷不乐，大概思想上有矛盾斗争，有心结没有解开，有说不得的苦。可是后来我上中学，读寄宿，直到大学毕业天各一方，永远没有找到机会询问父亲。

（四）大上海

1. 从保定到上海

从我记事起就老是听到大人们说起打仗的事情。妈妈从青年时代起就跟着爸爸满天下地跑，我一直在妈妈身边，听得最多的是"打起仗来了怎么办"，所以妈妈总是不添家具，少买衣物。战争就在我六岁那年发生了。1931年日本人侵占了我国东三省以后，又于次年在上海发动了"一·二八"淞沪战争。当时我们正在镇江。奶奶带着几个姑姑和叔叔，本来是到上海和她的哥哥刘毓卿、妹妹刘淑珪相聚，战事一起，他们带着几个亲戚一同住到我们家了，真是人口众多的一大家子。妈妈愁吃愁住，忙得日夜不安。爸爸只好急急地作回家乡的准备。我不明白为什么日本人要打上海。就在一年之前，我到过一次上海，那是个新奇热闹的地方，让我印象深刻。那年我才五岁，妈妈的表弟潘硌基（我平日叫他硌舅）和我妈妈的堂妹（爸爸的表妹）在上海举行婚礼，请我们一家去喝喜酒。妈妈好像是怀了妹妹，挺着大肚子，行动很不方便，爸爸带我去的。新娘出自名门，门户虽已衰落，名气却还存在；新郎留学英国归来，新潮人物，所以那场婚礼热闹非凡。抵达上海之夜，那闪烁的霓虹灯就让我看得不想上床睡觉，总是不停地问爸爸，这是怎么弄出来的。我第一次看见有轨电车，就像个小火车。司机是站着开车，他不按喇叭，开车或靠站都是响铃铛，这太奇妙了。上海的房子那么高，我不知道人们如何上下，爸爸说有电梯。我没有见过电梯，既然是梯子就得爬呀，摔下来就太可怕了。爸爸不想回答我那些没完没了的问题，我只好放在心里。心想什么时候爸爸到上海工作多好啊，我要自己去看个究竟。

日本鬼子要到上海打仗，我们要回老家，那不是离上海越来越远了？我心里有点失望。回到湖南以后，爸爸把我们安顿在宁乡县城，他只身到武汉寻找工作机会，一年多以后，他回家来说他决定到河北保定工作。他走后家里发生了一件不幸的事情。妈妈在镇江生了两个妹妹。她俩年龄相差两岁多。大的叫她细毛，三岁了；小的叫娅娅，还不到半岁，在一个月内先后夭折，据说是得了伤寒症。妈妈伤心不已，日夜哭泣，悲痛得快要发疯了。得知这个消息，爸爸于1932年秋急忙回来接我和妈妈到保定去。姐姐上小学五年级了，弟弟四岁，都由外祖父母带养。

爸爸的工作单位是"保定行营"，他在调查科当科员。我听妈妈说，科长姓周，是爸爸一同参加北伐的好朋友，爸爸是被周科长指名要来的。行营里面大部分的工作人员都穿军服，但他们这个科的人穿便服。我觉得穿军服很精神，问父亲为什么要穿普通衣服，他说为了工作方便。那个行营好大好大，后面有稻田还有营房，爸爸常带我进去玩耍。里面有好多运动器具，可以在垫子上翻跟斗，还可以在单双杠上爬上爬下。后来我发现里面有一个图书馆，尽是军事方面的书，我看不懂。但是爸爸找出几本写古时候打仗的书给我看，竟是白话文，属于通俗故事，我囫囵吞枣地看了许多。长大了，我才知道那都是历史小说中的一些片段，这些书让我的语文水平有所提高，历史常识也有所丰富。

有一天，我看见周科长来了，头上用白纱布包着，似乎精神不太好。他没搭理我，翻了一会儿报纸就走了。我问爸爸是怎么回事。他说受伤了。我问："是骑马摔的吗？"因为我记得爸爸在镇江摔伤过。

"不是，被人砍伤的。"爸爸虽然笑了一下，但神情还是很凝重。

"别人为什么要砍他？"我觉得砍人好可怕。

"你还不懂，是坏人干的。"爸爸似乎不想和我多说。

"是汉奸吗？"我想起来了，有一天，在纪念周上，我们的老师讲了日本鬼子侵占了我国的领土，杀害了我同胞，我们要把日本鬼子赶出去。汉奸是投靠了日本鬼子的中国人，他们帮日本人杀害自己人，日本人和汉奸都是我们的敌人。所以我想周叔叔一定是被汉奸那种坏人所砍的。

"孩子，你说得真对。日本人占领了我们东三省，又打热河的主意，势力已慢慢进入河北。我们保定属于河北省，日本人的势力就在我们这一带活动。我们要把日本鬼子赶出去，要捉拿汉奸卖国贼。"我想到周叔叔和爸爸一同抓汉奸，心里很佩服，爸爸还对我说，这些事不能对外人说。后来周叔叔的左脸上方，从额角到眉毛有一个比大人手指还宽的疤痕，因此他常常戴一顶帽子，有时候向左边稍微歪一点。

1934年底，妈妈给我生了一个小弟弟，我特别喜欢他。爸爸给他取名效颇，希望他像廉颇一样。还给他一个单字"骥"，说他是"吾家之千里驹也"。我不太明白这些意思，只觉得爸妈偏爱他，重男轻女。次年春天，爸爸说周叔叔去上海工作，并且邀他同去。我听到他和妈妈商量，我就迫不及待地叫喊起来："真是太好啦，我想到上海去。"他们都没理会我。由于家里这一向频繁地有客人来往，我似乎听懂了周叔叔要走的原因。他们秘密监视日本人的行动，暗中捉拿汉奸，送到政府法办，所以汉奸既怕他又恨他，想暗中杀害他。周叔叔被砍了一刀之后，脸上的疤痕容易被人认出来，不适宜做秘密工作了，他和爸爸很要好，就两人一起调走。到了上海之后，我再没见过周叔叔，爸爸说他也不知道周叔叔被安排在什么地方工作，也许不在上海。后来听说周叔叔在车站上被人从暗处打了一枪，住进了医院。

2. 华界与租界

上海是个大地方，人口众多，寸土如金，住房租金特别昂贵，而且非常拥挤。我们被安排在中国地界的南市，住进了一个公寓式的套间，我们住在三楼的两小间房子里。爸爸说他工作的地方还很远，就把我送进附近的沪南第一小学。这里说是一所公立学校，可是就像一栋古老的家居房，教室很不正规，女老师很多。人家说上海姑娘时髦漂亮，我们那些老师，却好似住家主妇，不是带着个孩子，就是提着一篮菜来。上课时有孩子来找妈妈，下课时就忙着去择菜，有时还喊学生来帮忙。没老师来上课时，就由在厨房干活的姑娘领着我们在大厅里做游戏，而且没有操场和活动场地。有个二十来平方米的天井，一层有一间四十来平方米的厅，不断地有男孩在那里打架。从小妈妈就把我打扮成男孩子，女孩子知道我是假小子，就唆使男孩子来打我。我也不是那么好欺负的，举着拳头迎战，所以回家时我总是衣襟被撕破、鼻青眼肿。上学一个多月，就放暑假了，我对爸爸说这样的学校我再也不去了。爸爸说我们住的地方叫华界，也称中国地界，大部分住户都是穷人，道路狭窄，房屋破烂。中国太穷，国力太弱，受到列强欺侮，我们的国土被他们强占，划为租界。我们华界是地狱，他们租界是天堂。我们没有充足的教育经费，但是孩子要读书啊，你进的那个学校是穷人自己凑一部分钱才办起来的。我虽然还不太明白为什么有华界租界之分，却懂得了我们中国是受列强欺侮的。

华界也有让我喜欢的地方。我喜欢这里的人，不论大人小孩，都很友好亲切，我们初来乍到，家里总是缺东少西，向邻居借用或打听情况，那些大婶阿姨都特别热情地相助。她们的孩子大多数和我在同一所学校，放学后他们带我游遍了这里的大街小巷。我向他们学说上海话，可能我有点语言天赋，不到两个月，我竟说得有点像上海人了，当了妈妈的翻译和爸爸的向导。妈妈夸奖我："我家二丫，没别的本事，就会学人家说话。你看，才来上海两个月，说得就像个上海人啦！"也许就因为跟着他们天南地北地跑，我就不停地学说各地方言，以后才有兴趣学上了外语呢。

我跟着小朋友玩了许多有趣的地方。城隍庙特别好玩，那里有看不尽的表演，耍大刀、玩猴戏、看西洋镜、听说书、变戏法……应有尽有，让人目不暇接。挤在人堆里，谁也不会把你赶走。我最爱看的是变戏法，那些人会向半空中钓鱼，从衣袖里抓鸟，变男孩成丫头，真是神奇莫测。那里又是个什么小吃都有的地方，我只要有五分钱，就可以请小朋友大吃一顿。我是他们中的富人，妈妈每天给我六分钱早餐钱，我只要一星期节省两次，就可以大模大样地做东了，但绝不能让妈妈知道。另一个我爱去的地方是蓬莱公园，那是一个很小的公园。有高大的树木，有假山石，还有一个小小的池塘，引出一条潺潺流水。那里有秋千、跷跷板、浪船、巨人步、梭板、爬梯等游戏器具供我们玩耍，一切都是免费的，我们常常乐而忘返。天黑了，家长们总是从这里把孩子找回去。公园旁边有一个古色古香的建筑，名叫"祀孔彝器陈列所"，摆放着各种祭祀孔子的器具。那是个庄严肃穆的地方，门总是锁着的，我只能从门缝里好奇地向里张望一番。据说每年秋天要祭孔子才开门迎客，但是要花一笔钱，后来就好几年才祭一次。我记得我外祖父家的堂屋里有孔子神位，上面写的是"至圣先师孔子神位"，外祖父给我们讲过孔子和他学生的故事。这个陈列所引起我许多遐想，我倚在门上想象着那位高大的古人，他的三千弟子中，有七十二贤人。还有一个女孩子爱去、男孩子不屑一顾的地方——"蓬莱市场"。那里有好多卖小商品的摊位，小玩意儿特别多，价廉物美。那里熙熙攘攘，人来人往，大娘阿姨们对很便宜的东西也要讨价还价。妈妈也常来，她总是挑选一些厨房用品、针头线脑、零星碎布之类的东西。我最喜欢彩带、胸针、珠串什么的，琳琅满目，应有尽有。我向妈妈要钱买这类东西，她给我一毛钱，我就可以欢天喜地挑一大堆回来。有一个卖戳绒花针的小摊，你买针时，摊主大娘会热情地教你怎样做出绒花来，那真是美极了，后来我学会在枕头上做那种绒花，让同学们赞叹不已。

不久，我们就搬家了，搬到了租界里。我很遗憾地离开我的朋友们。租界的确不一样，马路宽敞整洁，十字路口有红绿灯，这是我第一次见到这种有趣的交通信号灯。我不明白它怎么会换颜色，呆看了好久，也不知其所以然。回来问爸爸，他告诉我有一个警察坐在一个蓝色小亭子里面，根据他的判断来开关红灯或绿灯，也就是说由他来指挥着交通。今天的孩子绝不会有这种傻问题了。在租界里，小孩不能在大街上奔跑游戏。那些穿着制服来回在街上巡逻的人管着这些事情，人们管他们叫巡捕，也就是警察，巡捕房就是警察局。在我们中国的土地上，中国政府却没有权力管中国人的事情。如果小孩子出了点什么问题被巡捕抓住了，就送巡捕房押着，把家长叫来训诫，然后签字画押甚至罚款，所以孩子们怕他们也恨他们。这些巡捕多半是外国人，法租界常用缅甸人，英租界常用印度人，当然也用中国人。缅甸人和中国人相似，他们不开口说话，往往分辨不出来。他们的态度比较温和。印度警察的特点可太明显了，他们都人高马大的，十分威武。肤色棕黑，一脸卷曲的大胡子，头上裹着大头巾分外显眼，而且是大红色的。他们抓到孩子朝马路边一扔，让你摔个嘴啃泥。孩子们恨他们，又要想法子逗他们。孩子们管印度警察叫"红头阿三"，这阿三的来历据说是管他们的上层是"工部局"，下层是巡捕房，他们当然就是老三了。他们非常痛恨孩子们这样称呼他们，往往因此而追赶抓人。他们要指挥交通，是不能随便离岗位的，有时只能瞪眼望着孩子们胡闹。他们对上级特别敬畏，英国长官来了，就毕恭毕敬地等待吩咐。孩子们的恶作剧之一就是站在交通繁忙的马路边，拍着手齐声大喊："阿三，阿三！老鹰（英）屁股头来哉！"有时遇上别的巡捕来帮忙，抓到谁，谁家家长就该倒霉了。

我们后来住到法租界，我进了附近一所私立小学，叫"同义学校"，有中学部和小学部。它的最大特点就是一切都很正规，教室宽敞明亮，而且各部都有一个操场，这在当时的上海是很难得的。小学只有五六年级，所以学校比较小。马路对面是它的中学部，也只有初中。爸爸说，这个学校规模小，教师质量不高。老师随便问了一下我的学历，就让我进了六年级，爸爸本想让我重读五年级，把基础打扎实一点。我觉得爸爸太瞧不起我了，在这里我一定不会落后的。入学不久，我就和同学们很玩得来。课余他们带我到法国公园去玩。公园离我们家很近，妈妈就给我买了一张季票，好多同学家里都有年票（法国守门巡捕称这些票为 pass）。于是我们相约到公园里去游玩，有时坐在树下看书，讲故事，唱歌跳舞。到了星期天我们就邀约男女同学一大群玩捉迷藏，那里有一个小山头，有假山洞，还有大小树丛，特别好藏人，是我们的游戏乐园。有的人没有 pass，就让有 pass 的人先进去，然后让一人收集大家的 pass 把第二批甚至第三批人带进去。守门巡捕也许知道我们的把戏，但他总是睁只眼闭只眼地笑着挥挥手让我们进去。在我的印象中，法国巡捕要比英国巡捕好。

有一天，我们又去游玩，吴跟弟带着她的弟弟阿幸来了。她妈妈要她在家看弟弟，她就带着才两岁的阿幸一起出来，我们轮流帮她看孩子，阿幸坐在沙坑边玩沙子，非常安静。不久，又有一位阿姨带着一个三岁左右的女孩子也来玩沙坑，她很热情地让两个孩子一起玩耍。陆续又有同学来了，跟弟就请那位阿姨照看一下阿幸，和大家一起疯玩了一阵，休息时却不见了阿幸，这可把我们大家都急坏了。怎么办呢？于是我们十几个人分头找遍了公园的各个角落，就是没有踪影。坐下来商量办法，跟弟哭个没完没了。她向大家诉说，她有两个姐姐，一家子就盼望她妈妈生个男孩，可是第三个还是女孩，于是爷爷就给她取名跟弟，希望"跟着来的"是个弟弟。家人天天在家求神拜佛，敬观音菩萨、送子娘娘，祈求赐个男孩。在她十岁时妈妈果然生了这个小弟，全家人高兴极了，这是他们最大的幸福，小弟就取名"阿幸"。现在阿幸没了，爸妈把她揍死也不解恨。阿幸到哪里去了呢？被人拐走了——这是大家一致的结论。大家又七嘴八舌地讲起上海滩层出不穷的拐卖小孩的故事，当然我们都是从大人口中听来的。被拐的孩子都不会有好的结局。最可怕的是这些拐子把孩子身上的器官切下来卖钱，然后抛尸海中，小小的孩子死得多惨！还有毒品贩子，他们把孩子杀死，剖开肚子，剜掉内脏，装满毒品，然后假装抱着一个重病的孩子，蒙混过关。大家越说越害怕，到哪里去找阿幸呢？我想了一下，就站起来对大家说："走，我们找巡捕去，在公园里丢了人，他们有责任。"大家一致同意，就跑去找守门的巡捕。他见了我们却笑眯眯地向我们说："你们玩够了吧，带来的小弟呢？"大家就一阵吼叫，说就是丢了小弟，要他为我们找人。他从后面房间里抱出睡得呼呼的阿幸，让我们大家都惊呆了。跟弟扑上去又哭又笑地把阿幸弄醒，亲个不停。原来那位阿姨的孩子忽然呕吐不停，她要带女儿去看医生，一时又不知道我们在什么地方，只好把阿幸交给守门的巡捕，让我们出公园时交给跟弟。

说起拐骗孩子，我想起了我的一次危险经历。放学回家的路上，有一个新交的朋友说她最近和爸妈到外地游玩，拍了好多照片，邀我去看。这是我很感兴趣的事，就跟着她去了。没看多久就回来了，可是道路有点记不清了，我就在马路上东张西望，不知往哪头走。这时，一个穿灰色绸长衫的中年人走到我面前，摸摸我的头，和蔼地对我说："小妹妹，回家去吗？家住哪条街？认得路吗？"我说了我要去的街名，他说他正好要从那里过，跟在他后面走一定不会错。他又拍拍我的肩向我招手，我就跟着他走了。我似乎看不见旁边的道路和人群，只要他一招手，我就跟着他走。也不知道走了多久，心里也没有一个要到哪里去的想法了。走着走着，忽然有一个人拉着我的胳臂，大声喊我："二丫，你怎么走到这里来了？天黑了，还不回家？叫你也不答应！"我一看，竟是我的小叔叔。我似乎梦醒了似的，忙抱住他的胳臂说："我放学后到同学家里玩了一下，回来时认不清路了。那个穿灰长衫的人说他可以带我回家，要我跟着他走，就走到这里来了。"小叔叔和我都四处张望，再没有看见那个穿灰长衫的人。他带我坐了好久的电车，然后又坐了一段人力车才到家，爸妈已在四处寻人了。爸爸听了我的诉说之后，说我一定是遇上了拐子。这些人有骗术，他拍你的肩膀就是放迷魂药，让你什么都看不见，就只知道跟着他走。一席话说得我胆战心惊，好险呀，要不是命大遇见了小叔叔，我不敢想象我会有什么样的不幸下场。上海这地方真是很可怕。从此妈妈立下了一条规矩，放学后先回家。到同学家去玩，要说明时间地点，过时不回家，不给留晚饭，并且告诫我不许跟不认识的人乱跑。

爸爸来上海以后工作很忙，天天早出晚归。我问他工作地点在什么地方，我可不可以去，他说很远，不能去。他是在上海邮电总局里的一个小部门工作，叫邮电检查所，他担任所长，对外是不公开的。他的工作与总局有联系，但不归总局管，由国民党上海市党部直接管理，爸爸也是所里的书记。有时他带回好多信件，一封一封地仔细阅读，我奇怪地发现，有的信封上不是他的名字，里面却是他的；有的信封上是他的名字，里面又不是；有的里外都不是，他却拆开来看。我问他是怎么回事，他总是瞪着眼，说我不懂，还不许我碰他的东西。过去他并不这样。不管怎样，爸爸一直是很疼爱我的。他给我订了三份儿童杂志，不断添置童话故事之类的书。有一天，他买回一本《孟子》，说我应该学点古典文。于是每晚读一段《孟子》成为我的必修功课，他还解释给我听，也常常涉及一些历史知识，我都很喜欢听。我每天晚上都要把昨天学过的背诵给他听，我和父亲在学习上的交流是非常愉快的。我成了同学中见多识广的人，我常带同学到我家来看书，我有单独的卧室，有放得满满的书架，还有好客的妈妈，常为我们送来点心。

有一件让我烦恼的事，就是我们总是不断搬家。我算了一下，我们在上海两年中，竟搬了七次家，妈妈也觉得太累了。我的朋友老是问我，为什么又搬家了，我只好胡乱找个理由搪塞过去。爸爸也不是很乐意搬家的。

终于，在一次搬家后爸爸找不到自己的东西而生妈妈的气时，我为妈妈打抱不平了。我生气地对爸爸说："要不是你要搬家，我们都不会有这么多烦恼，以后你不再搬行吗？"他似乎觉得自己有点理亏，闷闷地清理自己的文件。晚上他到我房间中来了，看我的房间整理好没有，然后坐下来和我聊天。

"二丫，你和妈妈都很讨厌搬家，是吗？其实爸爸也是不得已呀。我告诉你为什么我们常常要搬家的原因，你能为我保守秘密吗？"我觉得好奇怪，这里面还有秘密？我肯定地点点头，爸爸说：

"我到保定是你周叔叔召去的。我们在北伐战争中一起打仗，生死与共，是患难之交。他是上海人，打到南京以后，他觉得国民党内部纠纷不断，不想再打仗了，就到武汉行营政治部当科员。'一·二八'淞沪战争发生，他的家被日本鬼子炮弹打毁了，母亲遇难，父亲受伤，不久也去世了。他是个热血青年，国恨家仇，使他决定参加抗日。于是他要求从武汉行营调到保定行营，保定行营调查科是专门对付日本人和汉奸的。可是河北大部分地区日本鬼子的势力很大，汉奸也很猖狂，他们到处捕杀爱国抗日人士，也杀害了很多爱国学生。调查科就是一个对付日本鬼子和汉奸的情报机构，我们只能采取秘密行动。我们的工作有力地打击了鬼子和汉奸，但我们自身也有一定的危险性。由于你周叔叔常常直接参加行动，多次受伤，日本鬼子高价收购他的人头，上级才决定把他和我调到上海来。我来了，他却身受重伤，至今还住在武汉的医院里。

"上海这个地方比保定复杂得多，这里有帝国主义列强的租界，是中国'国中的外国'。他们的事我们的政府不能管，我们国家的事，他们就像太上皇一样的，要来干涉。本来日本在上海没有租界，却串通英美法等国，把虹口、闸北、外滩一带划为它的势力范围，等于它的租界。日本人的军舰就停在靠近外滩的黄浦江上，他们的海军陆战队，随时可以上岸为非作歹，任意抓人，甚至暗杀。日本浪人、情报间谍、汉奸走狗都是我们的死敌。所以我们邮电检查所的工作是一种秘密的侦察工作，我们在侦察他们，当然他们也在侦察我们。我们住在租界里借外国人的立法，住处不会受到直接骚扰，但一旦发现了我们的踪迹，他们会使用一切手段来消灭我们。你记得我们住西门里时，我们正对面有一所漂亮房子，窗门从不打开，只见汽车出入，从来都没有人的踪迹。上级通知我远离这家高级住所，很快我们就搬家了。我们住在梅兰坊时，隔一个弄堂的对面，有一户人家阳台正和我们相对，有一个半老的男人，总是光着身子躺在睡椅上晒太阳，手里摆弄着一个望远镜，这也是一个我必须躲避的家伙。住在这种平常的居民里弄中，有什么东西要用望远镜来观察？上级提醒我注意这种迹象，我们就搬到马浪路来了。我们租的那所房子临街，不是老有人来敲门，找这个问那个的吗？我们搬来不久，楼下就住进了一个皮匠，天天在我们窗下修鞋，不久我就得到消息，他是个假装中国人的日本浪人。多么危险的信号，我能不赶快避开吗？你妈妈有几件厨房用具寄存在房东家里，后来你妈妈去取时，房东说我们头天搬走，第二天那个皮匠也接着退房了，还问我们和他是不是认识。我每天去上班走的不是同一条路，回家也是。我和周叔叔都是做的抗日工作，有的人是面对面地和敌人厮杀，我们是和敌人背靠背地战斗。你明白了我为什么要常常搬家吗？"

我默默地听完爸爸的讲述，有些事我还不十分明白，但我清楚地知道了，爸爸是在干抗日工作，我心里更佩服他了。老师在课堂上常讲日本鬼子对我们中国的侵略，教育我们要团结抗日，把日本鬼子从我们的国土上赶出去。我要支持爸爸的工作。爸爸嘱咐我，我们家姓赵，福建人，爸爸叫赵沁园，做点水产生意，其他就不知道了。

3. 逃难

1937 年"卢沟桥事变"发生，日本鬼子向华北伸出了侵略的魔爪，紧接着上海"八一三"沪战爆发，灾难深重的中国人民奋起抵抗。爸爸的工作也进入了极其紧张复杂的阶段，他有时不得不在家里办公，或与同事商量事情。我住在三楼，前面有一个阳台，落地窗挂有绿色的窗帘，他和同事们常在我的房间中开会。妈妈是第一关，她总是坐在厨房门口择菜或者做些针线活，厨房有一道栅栏门，她从不轻易让人进来。妈妈脚边有一个小电铃，直通三楼，若有紧急情况，妈妈用脚踩一下，三楼就得到报警信息，顷刻之间人都藏起来了。二楼在我的下面，住的是爸爸的随员，担任保卫工作。他是我们家乡的农民，家里穷，想到外面混口饭吃，爸爸就把他带出来了。他为人灵巧，打过猎，会使枪。不过爸爸的枪只能藏在自己身上。他的年龄不大，我叫他张汉哥。妈妈对外人说，他是来上海找事做的，不巧碰上了打仗，回去不了，暂住我们这里。张汉哥是第二关，真有什么问题，不得已时他就寻衅打架，把坏蛋们打出去。不过我们家从没有发生过这类事情，只要有点蛛丝马迹，我们就赶快搬家。沪战发生以后，好多人都往租界里挤，房价飞涨，租房子已很不容易，想要搬家也不可能了，所以爸爸不断嘱咐大家小心谨慎。妈妈有时叫我送茶水上去，就是说明平安无事。爸爸有时让我半开着落地窗到阳台上玩耍一阵，以防止别人产生任何神秘感。这一段，我觉得他们特别兴奋，但是爸爸不许我打听他们的事，偶尔听到他们查出了一些汉奸的踪迹，或者又破译了什么电码。可是战事越来越紧张，有时爸爸清晨出去，夜深才回来。有一天，他发现有人跟上了他，不敢直接回家，在大街上转了好一阵子，夜已深，两人形成隔街对峙的局势。爸爸撩起衣襟，右手插入裤袋，引起对方猜疑这是个拔枪的姿势，说了几句朋友教他的帮会行话，那家伙马上撤退，从小巷里落荒而去。妈妈说她一直守在门口等候到快天亮，爸爸却神色自若地讲述了这个小故事。

两个多月后，上海失守，日本鬼子放火烧遍了中国地界，随即占领了真如，沿京沪线直逼南京。形势急转直下。南京守将唐生智，声称与南京共存亡。爸爸一时和上级失去了联系，有时晚上不回来睡觉，妈妈日夜不安。有一天，他匆忙回来，嘱咐妈妈清理东西，有搬家的可能。他让张汉哥去买些网篮装东西。网篮还没买回来，爸爸深夜回来对妈妈说，不用去买网篮了，我们今夜上船，票已在手，非走不可。我们在黄浦江上船，到达香港后，次日坐上广九线的火车，一家人的心情才稍稍平静下来。谁知一出九龙地界，日本飞机就追着我们的火车轰炸、扫射，有时火车不得不紧急刹车，疏散旅客。好在火车是在运动着的，炸弹的命中率不高，妈妈抱着小弟跑不动，只好躲在火车底下去碰运气。有时前面的路炸坏了，又得等修路，就这样走走停停，平时几小时的路程，竟走了三天三夜才到达广州车站。刚进站就听到警报声，列车员催促旅客赶快下车，列车要开出站，以免被炸毁。我们没有来得及出站，就放紧急警报了，我们只得就地卧倒。车站炸塌半边，我们算是捡得了性命。然后搭上粤汉线的火车。我们在长沙下车，爸爸要直达武汉行营报到，等候派遣。我和妈妈带着小弟直奔宁乡农村的老家，结束了这段难民生活。一路行来，我们遭受了英国人的白眼和轻蔑、日本人的凶残追杀、汉奸们的无耻卖国，我的幼小心灵里，萌发了爱国激情。

（五）再度戎装

父亲于 1938 年 11 月 12 日深夜的长沙大火灾难中逃出来，拿着一纸调令到常德邮电检查所报到，地方虽小，职务仍然是所长。与上海相比，这完全是两个天地。在那十里洋场的上海与东洋鬼子、西洋鬼子、汉奸卖国贼周旋，是提着脑袋过日子。而常德地处湘西，崇山峻岭中出没着各种来路的土匪，闭塞落后的小城市中，有明争暗斗各霸一方的青红帮会。天空中不时飞来标志着刺目太阳旗的鬼子飞机。这帮恶魔，不但临空轰炸，还丧心病狂地施放毒气、投放细菌。在父亲的业务范围内，他还得天天对收集到的贩毒、恐吓、诈骗、抢劫等信息进行侦察。面对如此陌生而复杂的情况，爸爸所承受的压力可想而知。为照顾他的生活，妈妈不久也到常德来了。我已上初中，这次我不能随爸爸云游天下，他们身边就只有聪明伶俐的小弟效颇了。

1940 年我和姐姐分别初中、高中毕业，我接她的脚进入了湖南省立第一中学。她受聘于宁乡简易师范。她想去闯荡一下世界，就跑到常德去找工作。十九岁的她在一个轮船公司做会计，常和船民打交道。她年轻美丽，活泼大方，工作得相当出色，毕竟常德地方小，她不久就小有名气了，不断传来人们的赞美声，也有不少的追求者。燕雀焉知鸿鹄之志，她想展翅高飞，她要继续深造。终于她历尽困难，来到了当时国民政府的战时首都重庆，并且考了当时颇有名气的国民党"中央政治大学"经济系，统计专业。1943 年毕业，同年与同学马鹤凌结婚。

爸爸在常德工作了一段时间，又调到沅陵担任同样的工作。他在这块神奇的土地上过着传奇式的生活，我虽然没有和他在一起，可是从他自己不经意之间的话语以及妈妈的叙说中，我就知道有两件几乎震动全国的事情。他在常德时为了工作方便，有时不得不与当地占山为王的土匪首领打交道，也认识一些三教九流的人物。由于爸爸个人生活比较严谨，为人正直，这些人对他是怀有敬意的。当时战局紧张，交通情况复杂，武汉处在战争前线，邮路是经由常德沅陵带到贵州四川通往陪都重庆，可是一帮武装土匪占据的重要地方，邮路不通。当局想了很多办法，都不能奏效。想要剿匪，迫于形势，又没有力量，于是当局放言，有谁能收编土匪，开通邮路，就任命他当军长，但是没人敢于应征。有人提出可以请爸爸去试一试。几经磋商，爸爸虽然没有多大把握，但由于任务紧迫，不容推辞，他决定冒险一试。上级问他需要多少枪支人马护送，他说，不要一枪一卒，只要身强力壮的随员一名。他就这样轻装简从地进山了。要找的土匪头目叫罗文杰，爸爸为了工作，曾通过当地的朋友找过他。此人自称司令，他究竟有多少人马，谁也说不清，不过在绿林中有相当实力。爸爸和他有过几次接触，算是认识。爸爸是政府官员，对他当然不敢深交，但为了工作，又不得不用其可用之处。接触中，爸爸觉得他对政府不是采取极端对抗的态度，隐约有投靠之意。

很快就找到了罗文杰，爸爸的只身来访使他很受感动，认为这是对他的信任。这家伙吃软不吃硬，热情款待了爸爸。他亲自出马向各山头打招呼，不到几天，直达武汉的邮路就畅通了，这是一个不可小视的功劳。罗文杰讲的是江湖义气，恨的是出兵围剿，父亲代表政府表示了对他的信任，他就愿意接受收编。为了安抚和奖励他，爸爸请他出山来工作，安排他担任了常（常德）桃（桃源）警备司令部稽查处副处长。罗文杰因此和爸爸成了朋友。据说他还是贺龙的旧部，贺龙长征时把女儿托付给一个朋友，那个朋友又转托给罗文杰。罗文杰收养了这个小女孩，新中国成立前夕，罗率部起义，亲自把女孩送还给贺龙。而政府原许诺打通邮路可任命为军长，当然不可食言。但这个军长是个光头司令，只给一个头衔，然后自己去招兵买马，收集散兵游勇，组建部队。爸爸原不是为了军长头衔而去的，自然敬谢不敏了。

抗战时期的沅陵比常德繁华，有不少从沦陷区迁来的工厂机关和学校，人员物资的交流，都要从这里通往云贵川藏，它一时成了湘西文化政治交通重镇。社会情况也变得很复杂了。爸爸依然是当邮电检查所所长。在工作中，他发现有人侵吞了大量黄金。他不知道源头是谁，但可以确定的是，此人不是黑帮老大就是有权有势的人物，受害的都是难民。他决心凭借自己的力量，查个水落石出。在他不懈的追查之下，终于破案了。原来这个胆大妄为的家伙竟是戴笠手下的干将沈醉。爸爸认为这种违法乱纪、祸害百姓的事情必须惩办，于是把案情上报到中央。中央十分震怒，处分了沈醉，并把他调往云南，另任他职。据说，戴笠为沈醉的处分做了手脚，玩了个明降暗升的把戏，依然是手下红人。这沈醉其人，爸爸是认识的，他在上海时做联络通信工作，是个聪明活泼的小伙子，有时来我们家取送信件。他有两个名字，还有一个名字叫陈伦（他有时写成"沉沦"）。他到底姓什么，我搞不清楚。黄金案发，他向爸爸喊冤诉苦。他说戴笠命他搞点黄金来做活动经费，他能不干吗？如今受到中央的批评处分，大家都还会有好日子过吗？爸爸心里一咯噔，这一下不是得罪了杀人不眨眼的魔王了吗？爸爸知道，戴笠要置谁于死地，就像踩死一只蚂蚁那样容易，他心里有些惴惴不安。不能等死，于是他想到了走。戴笠神通广大，走到何处最为安全？不管怎样，他得尽早离开沅陵，找到一个稳妥的藏身之地。这时候，为防止日本鬼子经缅甸入侵我国，第十一集团军总司令宋希濂奉调云南边境，正在调整充实人员。他和我们有点姻亲关系，如果能到宋的司令部工作，戴笠就奈何父亲不得了。爸爸马上和他联系。他了解爸爸的才干，很是满意，立即派人相迎，并委以重任，做了司令部的机要室主任秘书，军阶少将，立即在1941年冬天到云南上任，一切调动手续都由宋的司令部办理。父亲打发姐姐到重庆考大学，送妈妈和小弟回宁乡老家。我正好在那年进入湖南省立一中的高中部读书（当时由几所名校合并迁安化七星街，称为临时中学），因为放寒假，我在家里见到了爸爸。他还没忘记问我《孟子》自学完了没有，还查看了我的作文。他在我的作文本上写了一个评语："思路开阔，思想缜密，文笔流畅，字迹端正。"我乐不可支，这是爸爸给我的最高奖励。不久他就只身赴云南昆明。爸爸在北伐战争中是一代新人中的威武军人，我那时还小，没有见过他的军人姿态。他再度戎装，远在滇缅边界，我也没见到，只有他寄回的戎装照片给我留下了深刻印象。

（六）出走香港

1. 赋闲

父亲到云南以后，立即投入工作。他给妈妈的信中说，中缅边界，山多地险，有些地方要边走边修路，生活条件极为艰苦。蚊虫多而且军中患疟疾的人不少。他感到自己年近五十，这样的军旅生活有些难以应付。妈妈说他原本是为了避难而去，过一段时间太平无事了，就回来。1943年，父亲从云南回到老家休息。他说在云南老是生病，宋司令要参加军事会议，他们一同到四川，他就请假回家来了。父亲在家逗留了大约三个月，悠闲自在，尽情欣赏家乡的山山水水，有时还到菜土里劳动一会儿。也许这是他一生中最清闲的一段日子。那年我高中毕业，正为自己的前途发愁。我想，姐姐在重庆读大学，我难道就不可以去？我拐弯抹角地向妈妈表示了我的意向。妈妈一句话就封住了我的嘴："哪来的钱？你没见你爸赋闲在家？"我无言以对。想找爸爸说说心事，又怕他心情不好，正在踌躇不决。可巧，机会来了。一个晴天的清早，爸爸要我陪他步行到我们的老祖宗家去看望奶奶，奶奶住的地方叫桑井，屋名学堂坡。我们沿着窄窄的乡间小道走去。正是隆冬季节，辽阔的稻田，割过稻的禾兜呈现一片灰白的颜色，间或看到小块绿色菜地。农村的景色有些荒凉，爸爸不断地感叹，连年的内忧外患，弄得民不聊生。要是日本鬼子占领我们这些地方，又不知道要死多少人。这一带爸爸非常熟悉，不仅说得出这里的一些掌故，甚至某个屋场里的人物历史，他也能道出来龙去脉。一路行来，我觉得很有趣味，一点都不费力地走完了二十多里路，已经望见奶奶的家门了。但是爸爸说，先别进屋，他要去看一个他好久没有去过的地方。于是他领着我穿过屋后的小山头，来到一片坡势平缓的地方，山体似乎遭受过山洪的冲刷，泥沙和黄土裸露在外。开阔的稻田中间，有一条泥土大道向东蜿蜒而去。爸爸指着那条路说："二丫，你看见那条路了吗？从我们家的门前过去，南起桑井小铺，北走虎爪坳，通向老粮仓大路，这地方很有发展潜力。"他在这光秃秃的小山坡上转了一圈，停步接着说，"我想在这里建个房子，告老还乡，怎么样？"我很吃惊，爸爸还不到五十岁，如何言退？我一门心思地想着我要上大学的事，我就直截了当地说："你不能告老还乡，我们一家人都得靠你养活，我们还在读书，你没有了收入，我们怎么办？"爸爸笑着说："这是将来的事，我还得挣钱来起屋。唉，你不知道爸爸的心事，没处说啊。"我无法理解爸爸的心情，只迫不及待地说我自己的事。我说："姐姐在重庆上大学，就要毕业了，我也想到她那里上大学。"他目光炯炯地逼视着我："你也要上政治大学？"我毫无准备地说："不是那样的，我不喜欢学政治。当今大学都集中在西南，我只想到重庆去，找姐姐支持我读书。说不定我能在那里考上一个大学。"爸爸摇摇头说："你想得太简单了。她上的大学是不花钱的。你姑姑在重庆，多少给她一点资助，她才艰难地念两年专科毕业。她结婚了，你姐夫马鹤凌响应政府十万青年从军的号召，参军了。你姐姐就要生孩子了，还要撑持一个家，无力接济你啊。"

我感到很失望，眼泪止不住地流出来。爸爸凝望着前方，缓缓地说："二丫，你还有一点读书的天分，爸爸支持你。只要你能在长沙考上一个大学，不论在什么地方，我都支持你去，怎么样？过了年，我就到长沙去联系工作，爸爸还得出去挣钱。"

有了爸爸的承诺，我破涕为笑了。

2. 辗转

湘南日本鬼子发动太平洋战争以后，只想尽快占领长沙以打通粤汉线，然后连接香港，形成他的陆路交通线，于是调动大批军队向长沙进攻。从1939年下半年到1942年年初三次长沙会战，日本鬼子吃了败仗。这一段时间，湖南战事似乎相对平静。爸爸原打算过了年再出去，忽然决定先出去看看，然后就一个人上路了。不久他来信说，他原是去省干部训练团找朋友了解情况，谁知一去就被留下来工作，他们正缺人手。爸爸被安排在政训处，除了做一些行政工作之外，还要讲课，所以一上手工作就很忙。这是非常时期，还要准备对付日本鬼子第四次进犯长沙，不可能回家过年了。爸爸说，等发工资后他会想办法寄回，还特别提到给我留点钱，有机会让我去考学校。我看了非常高兴，心里有了新的期待。

就在1943年岁末之际，爸爸刚刚在省干部训练团开始稳定地工作，日本鬼子从他们所占领的常德周边地区发起了对常德市区的进攻。常德的地理地位非常重要，国民政府部署大批军队保卫常德，但四五月间，常德以及周边的县市都被日本鬼子占领了。长沙的第四次会战有一触即发之势，日寇大军云集，长沙眼看就保不住了。于是干训团的学员解散，干训团的组织机构按省政府的决定往衡阳迁移。到了衡山，为等待掉队的人员暂时停了下来。这时已是6月中旬了，长沙失守的消息传来，弄得人心惶惶，谣言四起。南岳山上有所省立商业专科学校，在紧张的形势下宣布放假，我的表兄尧民、表姐阜民正在这个学校读书。回家的大路已被日军阻断，只能走山间小道绕行，很不安全。两兄妹商量应对办法，最后决定，哥哥先行绕道回家，将妹妹托付给爸爸，也就是他们的姑父暂时照顾。爸爸当然义不容辞地答应了。表姐还有个同班好友寿章，家乡沦陷无家可归，表姐就带着她一起投奔爸爸那里。干训团沿铁路到了郴州，也在这里进行一些训练县以下的干部、组织群众支援前线和抗日宣传工作。日本鬼子决意要打通粤汉线，长沙失守后，跟着就直逼衡阳。衡阳会战坚持了大约两个月，终于失守。爸爸他们没有退路，只能随着干训团退到郴州。生活很不安定，物资也很匮乏，还要照顾随行的两个女孩。他们在祁东、茶陵、攸县、耒阳等处的城市乡村转悠，能够有饭吃就算很不错了。爸爸当年辗转湘南一年多，相当艰苦。他回家来的时候抗战已胜利，满心欢喜，早已把经历苦难的那段岁月抛在脑后。

我很喜欢听爸爸讲述他的各种经历。可是，我长大了，很少在他身边。我在抗战胜利不久后就考上了从辰溪迁回长沙的湖南大学，离开了家乡，从此就很少和爸爸见面。他将两个女孩子送到家后，随即到长沙干训团接受新的任务。1998 年，小弟夫妇到长沙来看望我，正逢我校组织教师暑假到郴州去旅游。我很高兴，邀请他俩一同去寻访爸爸曾经浪迹一年多的地方，但我们只看到苏仙岭上张学良曾经囚禁过的旧居。事隔五十余年，我们只望风怀想，感叹一番。我们的行程中安排了游览东江水库。据说这水库的容量极大，装得下半个洞庭湖的水，闸口水的落差有五十多米。我们来到水库边，登上了游船，只见丽日晴天，水波不兴，远山含黛，篷帆点点，开阔极了。讲解员说这个水库湮没了好多山头，现在只有一个最高的山顶还露在外面，成为一个特殊景点，可以上去看看。我们饶有兴趣地登上去了，迎面而来的竟是一个极大的溶岩洞口，上方刻有三个笔力遒劲的大字"兜率宫"。小弟手舞足蹈地大喊："二姐，找到了，找到爸爸到过的地方了。"他迫不及待地告诉我，他在爸爸手写诗稿中看到过一首《游郴州兜率岩》的诗，还有题记，只是他已记不得诗句了。我们两人兴奋极了，在洞前照了好几张相，然后迈步向洞内走去。洞旁有一位老僧对我们说，这个洞很深，有许多水坑，也没有开通照明线路，不能进去，还不开放。我们就问他修水库之前可不可以进去，他说，以前这山很高，洞靠近山顶，比较干燥，可以进去游览。现在水位升高了，洞里浸入的水就多了。我想爸爸一定进去游过，可惜我们没有机会沿着父亲的足迹走一遍，只得惆怅地在洞口走了几步。我提议绕着小岛走一圈，一定能碰上爸爸五十多年前的足迹，以表示我们对他的怀念，与他远去的灵魂遥相呼应。回到船上，我把这段往事动情地讲述给我的同事们听。他们唏嘘、叹息，最后热烈鼓掌，祝贺我们找到父亲多年前的足迹。

3. 重庆之行

1946 年暑假要上课，我提前回家去看望爸爸，问他有事没有。他看到我很高兴，这是他从郴州回来后我们第一次见面。他带我到他住地对面的一个包点店里吃包子，爸爸饶有兴趣地说，这是个云南包子店，很有特色。的确，不但包子馅味道鲜美，包子皮也不同一般，竟是多层的。他吃得很少，说话的时候多。我进入了大学，他感到很欣慰，勉励我好好读书。他知道我读的是外国文学系，还许诺如果他有能力的话，会支持我出国留学，听得我心花怒放。他犹疑了一下，问道："你们学校有党派活动吗？"我不假思索地说："有呀，国民党三青团的活动天天都有！"他低声地说："那是公开的，还有不公开的吗？"我想了一下才说："那我就不知道了。"他沉默了片刻才说："你还年轻，涉世不深。现在社会是很复杂的，你一个女孩子家，认真读书，将来做个学者吧，自力谋生，过上和平安定的生活。爸爸不想在这里工作了，也许我不久就会离开。"

我的印象中，爸爸是个喜欢满世界跑的人，我并不感到奇怪。我只是有点遗憾，以后我不会跟着他和妈妈跑了，应该让位给小弟了。我还是问了他一句："为什么？"

"抗日战争结束了，我们训练的内容也变了。抗日救国，变成了戡乱救国。我快五十岁了，自己还没有弄明白的东西，怎么能站到讲台上讲课，去培训人家？"

"那你要到什么地方，去做什么事情？"

他没有说话，只站起身来又要了一盘包子，叫茶房用荷叶包好带给妈妈。

"暂时不说，以后再告诉你。"

回到家里，还没坐定，妈妈就对我说，这次我回来得正是时候，把要用的东西带了去，不久她就要随爸爸到益阳去了。我吃惊地问道："到益阳去干什么？"妈妈简单地告诉我，宋大伯在益阳专署任专员，要爸爸去当他的机要秘书，那边催得很紧，他已经答应了不日去上任，要妈妈做好准备一同去。爸爸对我保密，妈妈却和盘托出了。

我们称之为宋大伯的这个人，名叫宋仁楚，是宋希濂的大哥。他就任专员以后，经他弟弟的介绍，就一直在打听爸爸在什么地方，只想罗致到他的门下，协助他工作。这个宋大伯年纪大了听力不佳，治理一方，很需要有个得力的助手。爸爸正好不想在干训团待下去，就答应了。

爸爸在益阳专署担任了一年多的主任秘书，宋大伯真是大胆放手，把担子搁在爸爸肩上，常常连人影子都见不着。爸爸时常感到责任重大，却又无可奈何。1947年春，益阳专署撤销，他才得以脱身。这时北京的四姑奶奶回长沙来处理田产和房屋，看看亲朋故旧，打算停留一段时间。爸爸就带着妈妈和小弟来到长沙，借住在四姑奶奶的闲屋里。他已再不想到官场中混个什么工作，于是和几个合得来的朋友谋划到桃源什么地方开金矿。因为都不是什么行家里手，最后蚀了一些开办费用，草草收场。这年冬秋天，奶奶到四姑奶奶家里做客，姐妹相聚，十分开心。不幸的是，这年冬天奶奶病逝于长沙。料理完丧事之后，爸爸仍回长沙，寻找合适的工作机会。这时有两股力量在拉他。一是第十一集团军总司令宋希濂因事在长沙停留，派要员来邀请爸爸叙谈，请他重返部队。另是他在沅陵时收编的罗文杰要他去当湘西乌合之众的军长，甚至坐守我家好多天劝驾。爸爸两边都坚辞不去，从爸爸平日与朋友的谈吐中可以看出他的思路，他已认定国民党的必败结局。他自己何去何从，我认为他的心理是复杂的。有一天，我看到桌上摆着两封待发的信，我问是给谁的。爸爸说给老朋友，南洋大学的同班同学吴叔叔，二十多年前他从英国留学回来以后，一直跟爸爸有联系。还有一封给张叔叔，在上海时常有来往，抗日战争发生以后，就断了音信，想去信问问情况。爸爸真是赋闲在家了，每天读书、寄信、访友、聊天、吟诗、逛街、打牌，清闲得很。

到了1949年上半年，国共和谈破裂，全国学生运动风起云涌。解放大军过了长江。白崇禧的长官司令部进驻了长沙，要钱要粮，搜刮民脂民膏，逮捕爱国青年，镇压学生运动，形势非常险恶。但是和平解放的运动却在暗中进行。我在校参加了学生运动，成为地下团的一员，很想爸爸和他的朋友们参加到和平解放的运动中来。我知道他仍然把我看作小孩，我说服不了他，就把我们组织内部秘密学习的小册子偷偷塞在他的枕头下面，让他有机会接触到共产党的主张。过了一个星期，我回家去，吃惊地发现家人正在清理东西，不知要到哪里去。小弟对我说，他和妈妈要下乡回老家，爸爸要出远门找他的朋友，就看我有何打算。这时爸爸正在清理他的箱子，他支使小弟到妈妈那边去帮忙，叫我坐下和他说话。他说：

"二丫，你放在床上的书我看过了。我是国民党员。国民党和共产党有过两次合作。北伐战争时期，我所在的第二军第一师就有不少共产党员，我们是团结合作的。抗日战争中第二次国共合作，主张团结抗日，我一直是抗日的，从没有伤害过任何一个共产党员。我也有一些共产党员朋友，我一直和他们有来往。只是在抗战胜利之后，我就不知道他们的去向了。现在长沙的形势如此，国共如此对立，我很彷徨，不知道该怎么办。近两三年来我虽然没有参加什么工作，但毕竟我为国民党工作多年。你也许不知道，我来到上海时，由于工作的需要，邮电检查所在行政事务上属邮政系统，实质上属于军统，我糊里糊涂地算军统的一员了。后来到了宋希濂的部队上才得以脱身，虽然我在国共合作期间做的是抗日工作，但这军统的臭名我脱得掉吗？"他停顿了一下，望着窗外，若有所思。我却瞪着眼睛吃惊地望着他，心里十分惊慌。

"所以，"他接着说，"我想离开长沙，去找我的朋友吴锡瀛。他是我大学的同班好友，毕业后他到英国留学了几年，现在是重庆电厂的总工程师。他曾经劝我到他那里去搞工程技术方面的工作，别再东游西荡满天下地乱跑了。我早已学业荒疏，都四十多岁了，没有勇气从头学起，拒绝了他的邀请。现在我没有别的退路，只好找他，暂且安身，帮他干点杂事，混口饭吃。"

"爸爸，要是重庆解放了呢，你怎么办？"我急切地问。

"那我只能与他同进退了。"他说完，两手一摊，勉强地笑了一下。然后他回到床边，从枕头下面摸出那两本小册子交给我，坐到床上，去摸他的外衣口袋。他拿出一个沉甸甸的小纸包，对我说：

"二丫，你一直在我身边长大，我很疼爱你。你爱好文学，读的英国语言文学系，本期毕业，而且有了意中人。以后成家立业，在共产党的领导下好好工作。爸爸这一去，山遥水远，不知道何时才得见面。我给你十块大洋，作为你找工作时的开销。爸爸以后再没有钱给你了，此后长沙你也没有家了，你节省点用吧。"我看到他泪水在眼眶中转动，本想说他出远门，到处都要用钱，留在自己手上吧，但又怕惹他伤心，就收下了。沉重的心，沉重的别，我不由得哭泣起来。这是诀别，从此我再也没有见过爸爸。

爸爸于 7 月下旬从长沙出发，妈妈不放心，就叫那个一直跟在他身边当勤务兵的小张同去。爸爸到了湖北恩施，给我来了一封信。他打算从长江坐船去四川，正在等待船票，难以计算时日。要去四川的人很多，相当拥挤，他认为两个大男人定能挤得上去的。不久，妈妈来信，说他 8 月中旬到了重庆，找到了吴锡瀛，9 月开始工作，吴把他安排在办公室做一些文秘方面的事情。

1949 年 8 月，湖南和平解放，我在清华中学教了一学期书之后，就随夫到芷江专署工作。芷江专区所辖的地区，除了芷江安江有部分平坦地方外，从洪江会同南至靖县绥宁一带都是大山区，有些地方还有土匪盘踞。虽已解放，但剿匪是当时的主要任务，交通常被阻断，很难得到外面的音信，我就不知道爸爸的行踪了。1950 年，大约是春夏之交，我收到一封自广州寄来的信，寄信人姓赵，没有寄出的地址。我一看就知道是爸爸写的，他的字迹我太熟悉了。

他怎么会在广州呢? 打开大信封, 里面还有一层信封, 除了我的姓名以外, 另有一行小字: 此件托人从香港带到广州寄出。从信中我知道了爸爸的这段经历:

他在重庆和吴锡瀛一起工作, 心情很愉快。吴把他当做知己, 什么事情都和他商量, 也让他大胆负责一些厂里的工作。到了 11 月, 解放大军进军迅速, 沿途的守军很快瓦解, 重庆周围的县市好多都已解放。到 11 月下旬, 解放军已抵达重庆郊区, 这时城中已经很乱了。有一些不明身份的人到厂里来, 扬言不能把电厂留给共产党, 要在解放军进城前把电厂炸掉, 让共产党一来就站不住脚, 蒋总统会杀个回马枪, 统率大军把重庆夺回来。厂长是个有正义感的人, 他绝不愿把自己苦心经营多年的电厂炸掉。于是和吴总召集部分可靠的人秘密商量护厂, 给能使枪的人分配了护厂的枪支。他知道爸爸曾经是个军人, 还暗地里给了爸爸一支手枪。爸爸的任务是护卫电厂的核心部分, 并且和昔日的同事王尚质互相配合, 共同监视厂里的可疑分子, 防止他们里应外合, 破坏电厂。11 月 30 日, 城里面乱极了, 不断地听到枪炮声。他们按照厂长和吴总的布置, 坚守大门, 熄灭灯火, 但还是有人冲了进来。两边都开了火, 他们有几个人受伤, 王尚质腿部中弹。天亮前, 他们控制了局面, 那些破坏分子有的逃跑了, 有的被抓住关在地下室。次日, 有人发号外, 说蒋介石逃跑了, 解放军就要进城了。就在那天, 重庆解放。

电厂成立了迎接解放的组织, 随即宣布军管。吴总穿上了灰色的军服, 喜气洋洋。这时爸爸才知道他是共产党的地下工作者, 心里十分敬佩。全市举行庆祝解放大会, 爸爸作为护厂的有功人员, 受到表扬, 说他机智勇敢, 发挥了很大的作用。不久, 吴总找他谈话, 说市里的革命大学正在组建, 可能在春节过后就会开学, 目的是培训干部, 公开向社会招生, 各机关单位也可以推送一些积极分子参加培训, 结业后可回原单位或另行分配适合的工作。他想送爸爸进学习班, 征求爸爸的意见。爸爸表示自己年岁大了, 只怕学不好, 被人笑话。吴说: "不用担心, 活到老, 学到老, 革命不分先后。你尽管去学, 结业后, 我把你要回来, 不是很好吗? " 爸爸犹豫不决, 心里真不想和那些青年人一起学习。就在这时他收到了一封表弟的来信, 这封信影响了他在人生十字路口所作的决策。曾家表弟是奶奶小妹的孩子, 这位小妹嫁的是邵阳一户大地主, 曾家表弟本人从重庆中央大学毕业以后, 回到家乡邵阳工作, 新中国成立前夕来到了长沙。但是我不知道他在做什么工作, 他思想进步, 谈吐很合青年人的口味。在四姑奶奶家，我和他邂逅相逢，他只是在四姑奶奶的介绍下知道我是湖大的学生，张口就问我是 CP（Communist Party，共产党）还是 CY（Communist Youth League，共产主义青年团）？弄得我很紧张。组织有严格的纪律规定，这样的话题是不可以公开讨论的，我只好装作不懂，就离开了他。曾家表弟给爸爸写信时，他的共产党员身份已经公开。他在长沙市公安局任侦查科长，文化高，干劲足，为当时的局长王不敏所倚重，可谓春风得意。他这次的来信是向父亲宣传党的政策，要他把过去的所作所为向人民政府坦白交代，求得宽大处理，并要求他赶快回湖南来。爸爸收到这封信后，心情十分紧张。他不知道自己有多大的罪恶，也不知道自己在重庆的表现是否可以将功补过。他想，这革命大学是万万去不得了，湖南当然也是回去不得的。左思右想，没有别的路可走，于是向暂时居留在香港的姐姐发了一封信，说他在重庆没有适当的工作，不日将来香港，动身在即，不必回信。他借口请假回乡看看，就带着随从小张坐船沿长江顺流而下到了岳阳。在岳阳他打发小张回乡，带回一封信及不穿的衣服，还买了一条大鱼给妈妈，说他还得在岳阳看一个朋友。他就这样一车到了香港。

他给我的信上说，时局安定了他就会回来的。他的一包证件，包括他的履历、任命证书、立功奖状都交给了王尚质，让他帮忙寻找途径交给有关方面，只要保证安全，他立刻回来。他同时也写了一封信给大弟灿石，说明以上情况，告知了王在长沙的地址。大弟去了一次，谈了一些情况。第二次再去他搬了家，从此就失去了联系。据爸爸说，王尚质曾经是第十一集团军总司令宋希濂的高参，所以他们早就认识。这次在重庆相逢，又由于都是吴锡瀛总工程师的朋友，他乡遇故人，分外亲切，两人无话不谈。于是两人秘密商讨对宋部进行策反，希望他能仿照傅作义那样和平起义。宋曾到重庆开会，时间非常紧迫，形势瞬息万变。初步接触，宋不同意，随即奉蒋介石之命固守川西，很快重庆就解放了。王尚质先于爸爸回湖南来，他当时还想在重庆等待一个时期。后来从吴总的口中才知道他是共产党员，爸爸没有等到王的信息，就不敢回来。

姐姐一家在香港人口众多，腹中怀着她的第四个孩子，1950 年 7 月，生了一个男孩，取名英九。姐姐说，英者，族谱辈名也；九者，地名九龙也。鲁迅的儿子叫海婴，也就是上海出生的婴儿，我觉得这个名字很好。她的婆婆也从家乡来到香港，间或还有亲戚找来，少不了也要接待应酬。找不到工作，就没有经济来源，姐姐肩上的担子是很重的。不久，她找到了一家洗染公司，当了会计，爸爸在这家公司当收发员，姐夫在一个茶馆做跑堂。这样，一家子的生活才勉强维持下去。1951 年以后，大陆和香港的往来就有了一些限制。当时我的家乡正在进行土地改革，母亲受到清算。城市在进行镇压反革命运动，作为剥削阶级出身的子女，必须认清形势，站稳立场，和家庭划清界限，积极投入运动。爸爸的来信我交给组织看了，组织上只说我们欢迎他回来，至于我该怎么办，没有表态。我给爸爸回了信，告诉他我在地处湘西南的会同地区，没有办法解决他的问题，以后就再没有联系了。1952 年，姐姐通过熟人从广州寄给我一封信，说他们在香港难以生存下去，台湾的同学熟人比较多，已帮他们申请，获得准入证，他们将去那里。于是我知道他们去了台湾。从此 37 年的隔绝，音信不通。

往事

一、道崇观小学

　　看见邻家的小伙伴进入了小学，我就哇哇地哭起来，跟在妈妈屁股后面，吵闹不休，非要跟她一块去不可。妈妈不由分说地拍打了我的屁股几下，把我抱进了屋里，闩上了大门，不许我出去。我一点也不明白，为什么梅子能上学我就不行。我只好伤心地独自到后面小花园去发愁。我抬头望望天上，太阳送来了微微的暖气，几只小麻雀在我面前蹦来跳去，一点也不把我放在眼里。我生气地追逐着它们，追到墙根边，踩上一个小坑，摔了一跤。我马上就想起来了，这坑是通外面的，我和梅子爬过一次，把衣服弄得好脏，还挨了妈妈的骂。我使劲地搬开塞洞的石头，然后趴下身子把头伸出去，竟然钻出来了，真高兴。我一口气跑过了几坯田，从后门进入了小学校。院子里静静的，大概孩子们都在屋子里面上课了。我就逐个地寻找梅子姐姐。真巧，不一会儿，我就看见了她，悄悄地溜到她身边坐下，她还把一个新本子放到我面前，我就学她的样子规规矩矩地听老师讲话。下课了，我跟着她和大伙儿在院子里玩得挺开心。忽见刚才上课的那位老师笑眯眯地走过来拉着我的手，把我领到一边，问了我许多话，我都很快地回答了。她笑着说："答得不错，可以上学，明天叫你妈妈来办手续。"然后交给我一张条子让我带回去。我不知道该说什么，揣着条子就飞奔回家。这回可不是钻洞了，而是大大方方地去捶门。拉开门，妈妈一见是我，傻了眼。

　　就这样，五岁还不到，我就上了江苏省镇江市道崇观小学。

我们家住在城外，地名叫南城根。小学离我家不远，靠近直通城门口的一条土路小街，学校就在街尾。几块菜地将它与街分开，它是菜园中的一个小庭院。从我家穿过一片菜园，就到了学校后门口。妈妈用蓝印花格子桌布给我缝了一个书包，我每天就和梅子姐姐一起上下学。我简直成了梅子的影子，她读书写字，我照样；她去玩，我跟着；她和人家说话，我听着。别看我什么都不如她，背起书来，我却比她快。我们每天都要背完书才许回家，我老是背完以后得等她一阵。有一天，我为这事向妈妈炫耀，自鸣得意。妈妈叹了一口气说："二丫，你不明白，小梅她家穷，她爸在上海街头拉洋车，挣的钱还不够养家。她妈拖着四个孩子，还有老人，天天为人家浆洗缝补，才能勉强度日。小梅每天要帮她做好多家务，没有时间读书啊。"我瞪大眼睛，不大明白妈妈话里的意思，我爸爸不也是每天要出去挣钱吗，不过不是拉洋车。慢慢地，梅子上学的时间晚了些，我也逐渐地和周围同学熟悉了，也就敢于大清早一个人往学校跑。妈妈总是头天晚上把五个铜板放在桌上，免得我清早把她叫醒。我拿着钱轻手轻脚地开了房门，然后搭着凳子开了大门，一溜小跑往大城门跑去。在街的拐角处有一个小吃店，三个铜板的烧饼，两个铜板的油条，就可以添一杯豆浆。那烧饼大得可以盖住我的脸，我总是只买一个烧饼，而且只能吃一半，余下的到想吃的时候再吃。所以我常把余下的钱放在一个爸爸称为"瓦朴"的罐子里。"瓦朴"是一个略扁的圆形瓦罐，上面有一个只能塞进一个铜板的一字形孔，要想把钱取出来的话，就只能把罐子打破。一想起我存有钱，我就会高兴地去抱起"瓦朴"摇一摇，听一听那铜板碰撞的叮当响声，这是我秘密小天地的一角，我觉得这是一种乐趣，却没有想过用它来干什么。

二、秋游

有一天，老师要带我们去秋游，嘱咐我们吃饱早饭，不许带东西去吃。妈妈除了给了我五个铜板以外，还给了我一个面包。我吃着面包，连蹦带跳地去叫梅子，我们住在同一个院子里，只要过两个天井，拐一个弯就到她家。她正在吃泡饭，桌上摆着一小碟咸菜。见我来了，她很快就放下碗筷，跟着我跑了。我问她："正好吃完了吗？"她说："没啥，我常常是不吃早饭的。"我告诉她，我还没吃呢，妈妈让我去吃烧饼油条。我们到了小店里，要了一份五个铜板的早餐，两个人分吃了。虽然她不断推辞，却挡不住我老是顽皮地塞向她的嘴里。从此我常将掰下的烧饼放到她的衣兜里。

那天，我们是到离城不远的一个公园去游玩，我们玩得高兴极了，荡秋千、跷跷板、挖沙洞、藏猫猫、爬假山、钻地道……而我最喜欢的是梭梭板。它有三个梭板，但是只有一架梯子，大家都挤着梯子上，太慢了。于是有的人就爬梭板上去，那就更慢，爬不好就半路上滚下来。梅子姐姐告诉我，那梭板架的中心有一个圆洞，当中竖了一根爬杆，可以爬上去，比上梯子还要快。我一看，有几个男孩子在爬，但都上不去。梅子姐姐可了得，双脚夹着杆子，两只手轮流使劲往上攀，不一会儿，就从圆洞中钻出来，又飞快地梭下了地。我高兴得又笑又跳，拉着梅子让她教我。我试了几次，一步也上不去，但我不气馁，非得上去不可。凭着上面一位大哥哥的拉扯和下面梅子姐姐的推送，我终于爬上去了，又如飞似的滑下来。迎面的风吹来，清凉凉的，舒服极了。我不知道他们帮了我多少次，每次我都在心里想怎样使劲才能向上，突然开了窍，我竟凭自己的力量爬上去了。这一下我获得了完全的自由，不断地从三张滑板上梭下来。我对那梯子已不屑一顾，还瞧不起那些挤梯子的人。随后我能玩出花样来了，不仅能坐着玩，还能趴着、躺着、侧着、跪着往下滑。我觉得今天的日子太美好了，太阳那么温和，风儿那么清凉，花儿摇晃着脑袋，鸟儿自在地歌唱。我尽管已经玩得满身大汗，却丝毫也没有停下来的意思。正在草地上和小伙伴们跳绳的梅子姐姐忽然停下来，向我招手，而且大伙儿都在向那大草地跑去，我知道是老师叫大家集合了。我虽然玩兴未尽，也只好随着大伙儿整队回家。一路上我心里记认着路，盘算着只要认得路，就可以在星期天拉着妈妈来玩一天。

在早餐店门前，我和梅子离队走上回家的路。这时候她才注意到，我出来时穿的一身新衣服已弄得脏兮兮的，面目全非了。她帮我拍打了几下，自然不管用。一进家门，我就抱着茶壶猛喝，然后闻见阵阵菜香，肚子真饿了，我溜到妈妈身后，动手捏起一块豆腐塞在嘴里。妈妈回过身来，用筷头敲了一下我的脑袋说："瞧你，也不洗洗手！"她这一回头就坏事儿了。她停止做饭，把我拉到院子当中，仔细检查我这糟透了的一身，不但满身泥土，还发现膝盖上有两个小洞，屁股上有两个大洞。妈妈冲我大吼道："你不是去秋游吗，怎么去和人家打架了？"她举着一根擀面杖朝我屁股上啪的一下，我就哇的一声大哭起来。就在这时，爸爸回来吃午饭了。他把妈妈扯进厨房，把我拉进饭厅，让我坐下，还给我洗了把脸，然后问我是怎么回事。我当然从实招来。爸爸听完，不但没有责备我，还轻轻地笑了。我想起不久前他学骑马，摔了一大跤，不但裤子擦破了，膝盖上也擦去了一大块皮，血淋淋的，我好害怕。妈妈唠叨着给他清洗上药，他却一句也没有哼。我轻轻地问他，痛吗？他点了下头，脸上却挂着笑容。爸爸总是护着我的，我就安心地坐在他身旁，等待妈妈发落。

饭桌上爸爸笑嘻嘻地为妈妈解气，直夸今天的菜味道好。然后缓缓地说，孩子尽兴地玩的时候，哪会想到衣服呢，就不要太责备她了。爸爸还赞扬了我的顽强精神，只是告诫我，妈妈省吃俭用，为我做了新衣服，得爱惜。咱们家并不富裕，全靠妈妈勤俭持家，日子才能过下去。我知道，妈妈总是改旧衣服给两个妹妹穿，让我上学时穿得体面一点。我悄悄摸着破了的裤子，心里有点过意不去。后来妈妈用布补好裤子，为了补丁结实点，她又用密密的针线在补丁上缝了好多个圆圈。虽然不好看，但这是我自己擦破的新衣服，我自然不敢嫌弃。为了讨好妈妈，我穿这条裤子的时候特别多，因此同学们常笑话我身上挂着四张唱片。我们班上的促狭鬼又给我取了个小名"唱片"，我还答应得蛮响亮的呢。

三、侠义之士

我们这个院子里的孩子，都在这一个小学里念书，我的玩伴大大小小就有十多个了。男孩子们玩的官兵捉强盗，女孩子们玩的过家家，以及男女孩子们一起玩的抬花轿我都会参加。只因为我是上学的孩子中年龄最小的，玩起来又跟得上伴，还肯大方地搬出家里吃的玩的东西来，他们从不嫌我小，还总是护着我。有一天，下过大雨，那烂泥路滑滑的不好走。我手里捏着妈妈给的六个铜板，去买一种当地叫"棋子"的小点心，招待家里来的小客人。一不小心，摔了一跤，手中的钱甩到了不远处的一个水洼里了。我爬起来，看看自己这一身一手的泥，手中的钱也没了，不知怎么办。我无助地向周围探望，发现不远处有一个打赤脚戴斗笠的男孩子在玩水。我招手叫他过来，指着水洼说，我有六个铜板掉在水洼里了，请他帮忙捞上来。那孩子爽快地答应了，马上就一双脚伸到水洼里摸索起来。我索性在衣服上擦干净手，等着接他摸出来的钱。摸了一阵，他似乎什么也没有摸着。他站在水洼中说："这里面没有铜板呀，你这小丫头，耍我的吧？"我着急地指着水洼说："就是掉在这水洼里了。"他又转了几圈，走出水洼，生气地指着我说："去，去，去，这里面有鬼的个钱。你怕是摔到那草堆里面去了。不信，你自己下来找找看。"他跳出水洼，独自走了。我望着水洼发呆，脚上鞋袜整齐，哪敢亲自下水。于是我哭丧着脸，准备挨妈妈的骂。一进院门，就看见一伙小男孩在兴高采烈地玩水，他们见我这副模样，就问是怎么啦。我说明原委，他们都笑起来了，高个子哥哥大龙说："傻丫头，他明知道你下不了水，假装没摸着，等你一走，他不摸到自己的兜里去了？走，我知道那是谁干的。山豆和康康跟我一块去，你就在这儿等着。"他们三人一阵风似的朝后院跑了。果然不大一会儿就拿着六个铜板回来了。他一点也没猜错，是田大爷的儿子田贵干的。他们一进田家屋子就看见田贵在堂屋饭桌上转铜板玩，大龙一上去就双手压着铜板说："好小子，你欺侮我们院里的二丫，在水洼里摸了她的钱，在这里快活，没说的了吧。一会儿，我们到田垄上去告诉你爸爸，明天到学校里去告诉老师。"其实大龙只是吓唬吓唬田贵。田贵怕了，就老实把钱交了出来。大龙大声地笑着把要回的钱交还给我，又玩水去了，我看大龙就像爸爸故事中讲的那种行侠的义士。

四、香甜的白果

出了我们院子的后门，有一条宽宽的小路，两旁长着高高的白果树，人们都说这些树是田大爷的父亲种的，据说当地人叫这种树为"公孙树"，爷爷种上，孙子才能吃上果子。这不，田贵的爷爷已经去世了，在他长到五六岁时，这些树就开始结果了。到收获的季节，他爸爸田大爷用木轮车将白果一大筐一大筐地运到后院墙角上堆着，谁想要就自己去取，他从不过问。这白果其实是果核，成熟后，它的果肉果皮很快就腐烂了，那两头尖，中间鼓鼓的小白果就露出来了，洗洗干净，真可爱极了。可那果肉腐烂的味儿特别难闻，一进后院就觉得怪刺鼻的，我从不敢去碰它。小伙伴们可有办法，一人抓一把，到井边上洗干净，然后拾些干柴棍，点起火，把白果丢在火里面烧，不一会儿，就噼噼啪啪炸开了，果肉的颜色绿绿的，就像奶奶手上的绿宝石戒指，香味会引出你的口水，吃起来软软的，有点黏，略带苦味，却苦得可爱。每当这种时候，我的任务就是带上洋火（当时对火柴的叫法），捡一大堆枯树枝，慢慢地将它点燃。我不会点火，总是费了好多火柴，才慢慢地有点儿火星，而我这时的模样可难看啦，烟熏得我一把眼泪一把鼻涕的，满脸的花胡子，梅子望着我直笑。我见火燃起来了，高兴地拍着手，为自己的成就感到骄傲。他们一个个把洗好的白果往火里扔，炸开了，就用柴棍子拨出来吃。

吃完白果，梅子姐姐领我到井边洗洗手脸，就回家了。我的衣兜里留着几颗白果带给妈妈吃。妈妈尝了一粒，也不由得称赞它那香味儿挺好。过不久，我跟着妈妈进城，在一个小巷口上闻到了白果的香味，就拉着妈妈直奔过去。只见一个老头挑副小挑儿，一头是一个小火炉，上面架口锅，在油油的小沙石里面炒拌着白果。他操着扬州口音，用快速而有节奏的声音高喊着："白果要勿小白果，香是香来滴是滴，一个铜钿十念颗！来哉，来哉，香白果……"那香味随着锅铲的沙沙炒动和小白果炸裂的噼啪声，溢满了街巷。妈妈慷慨地买了三个铜板，热乎乎地放在我的口袋中，让我加快了回家的步伐。

五、雪人

冬天刚到，镇江这地方就有些冷了。赶上下雪，我们院子里的孩子就觉得节日到了。当地面上还只有薄薄一层雪的时候，我们就分两边打雪仗。我总是大龙哥哥和梅子姐姐这一队的，我的任务是搓雪球、运子弹。每每看到我搓的子弹打到对手们的脸上、颈窝里，我就得意地哈哈大笑。雪下得厚了，又是另一种玩法了。首先是"雪上留影"，人站在雪厚的地方，直立着，举起双手，然后扑倒在雪面上，迅速站起来，看谁的"留影"最清楚。我一趴下去就起不来，只好翻个身爬起来，哪儿还有个人影？弄得一身像个雪球似的，他们都笑弯了腰。我印了好多次，都不成功，为了躲开他们的讪笑，我就独自跑到不远处的小山坡下去练习。奇迹出现了，我扑倒下去，居然站立起来，留下了一个清晰雪影。我明白了，斜坡帮助我站立起来了。我兴高采烈地喊他们来看我的

"雪上留影"。接下来就是为了把雪留得长久一点，分头堆雪人。先是滚雪球，愈滚愈大，滚不动了，就停下来，再滚个小一点的，垒在那大雪球的上面，雪人的雏形就有了。我一看，就觉得它有点像是甘露寺的罗汉。不知是谁，把一脸盆雪盖在"罗汉"的头顶上，它就像一个坐在雪地里斜戴着帽子的胖娃娃了。梅子姐姐让大家都站开，由她一个人细细地描画出雪人身上的各个部位，并且把它抹得很平整。大家都说我们这个雪人堆得又大又好看。大龙哥弄来两个小煤球做了它的双眼球，两根小木棍做了鼻孔，就缺嘴巴了。梅子回过身来问："谁能找块大红布来吗？"半天没人吱声。我忙跑回家去翻妈妈的碎布筐，撒了一地，也没找到大红布的影，却意外地掉出一把小剪刀。我兴奋极了，拿起它就在妈妈的花门帘上剪下了一块碗口大的红布，急匆匆地扬起手来大喊道："这儿有啦！"孩子们都拍手叫好。梅子姐姐就接过来剪成一个像娥眉月似的嘴巴贴上去。马上有人叫道："大家看呀，雪人笑啦！"这时妈妈从外面买菜回来，瞧见孩子们那欢喜劲儿，不由得也凑过来看看，还笑着向梅子的妈焦四奶奶说："他们还真会玩呢！"说着就瞥了我一眼，见我正玩得高兴，就独自回家了。不大一会儿，就听见妈妈提高嗓门在家门口大声喊我："二丫，你给我回来！"我一听妈妈那严厉的声调，猛一想，坏事儿了，妈妈准是发现剪了门帘，该挨揍了。我赶忙躲到雪人后面，瞧见妈妈正向人堆迈过来，我就一溜烟跑到焦四奶奶家的大柜后面藏起来，大气儿也不敢出。焦四奶奶在厨房里做饭，妈妈来问她见二丫了吗？她说没见我来过。不久，梅子姐姐回家发现了我，问明原因，就两人一道送我回家。爸爸在给妹妹喂饭，说妈妈挨家挨户地找我去了，这么大的雪，怕我藏在外面天黑了，回不了家，会冻死的。

爸爸让我先吃饭，回头向妈妈认错。我不敢动筷子，默默地坐着。好一会儿，妈妈披着一身厚厚的白雪似乎是跌进门来的，见了我一脸怒气地瞪了我一眼，一个劲儿在门口拍打身上的雪花，然后进屋换衣去了。爸爸悄悄地对我说："一会儿妈妈来了，你得认个错。"我点了点头，怯怯地坐在爸爸身边。妈妈一露面，我就扑过去揪住妈妈的衣襟，大哭着说："妈妈，我错了！你打吧。"把冻得通红的小手伸向了她。妈妈没有说话，但是我感觉到她温热的大颗眼泪落到了我的手上。

妈妈没有打我，她帮我洗漱以后，就熄了灯，让我早早地睡了。我躺在妈妈大床后面的小行军床上，老是睡不着，不停地咳嗽，就爬起来喝水。见堂屋里的灯还亮着，我就脚步轻轻地去张望了一下，只见妈妈在缝补那被我剪破的大红花门帘。我想，明天门帘还会漂亮地布满大朵的红花，不再会有一个叫人伤心的大洞，让妈妈生气了。我回到床上，快乐地回想这大雪的一天。

梦里，大雪仍然飘飘洒洒地下着，可是一睁开眼睛，太阳就照到我床上来了。人们铲出来的小路，已经踩得尽是泥浆，把雪都弄得很脏。我不敢出去，因为妈妈给我换上了一双暖和的新棉鞋。我坐在门口，呆呆地望着那个我们引以为傲的大雪人。雪水从它的帽檐上滴下来，那张美丽的大红嘴巴早已没有了踪影，只有那双黑黑的眼睛，老是向我瞪着。

六、名字

大概是过年前一个月吧，妈妈又生下了一个妹妹，请了焦四奶奶来我们家做帮手。这一下我就有两个妹妹了。我还有一个姐姐和一个弟弟留在家乡，由外婆照料着。我的大妹妹也是在镇江生的，一直没有个正式的名字。由于弟弟叫大毛，妹妹就顺理成章叫细毛了。这小妹叫什么呢？镇江人把初生的娃子叫"娅娅"，我们家就入乡随俗吧，都叫她"娅娅"了。我喜欢娅娅，也喜欢这个名字。爸爸是个读书人，总觉得该有个正式的名字。我是在祖母家出生的，祖母望孙心切，可我这老二又是一个不争气的女孩。她就破例地给我取了个男孩子才取的"辈名"，我们属厚字辈，姐姐叫厚修，她是祖母孙辈中的老大，以她的特殊地位，获得了厚字辈的光荣称号，但是在家里，都只叫她彤熙。祖母给我取名"厚良"，以表达她的良好愿望，招引出男孩来。我不喜欢这个名字，我的小伙伴们淘气时就故意叫它的谐音"后娘"，真是要多难听就有多难听，我不知道为这哭过多少次。我也不记得向爸爸求过多少次，要改个名字。这时只听爸爸在房中踱着方步，口中念念有词地说："冰熙，玉熙，屿熙，涧熙……"他忽然停步，站在我写字的小桌旁，微笑地问我道："二丫，你说，哪个名字好？你要哪个？"我马上跳起来搂着爸爸的腿，大喊道："我要冰熙，我要冰熙……"就这样，玉熙和屿熙就分属两个还不会表达意见的妹妹了。第二天，我就急不可待地拉着爸爸一同到学校去改了名字。不幸的是，回到宁乡，两个妹妹同时患了伤寒，在一个月内先后去世，还没有人正式呼唤过她们的名字，玉熙和屿熙就不复存在了。我和玉熙一起拍过两张照片，一张是我们两人都站着，她右手上举着小皮球，左手拉着我，我比她高过一头，一脸傻笑。另一张则配上照相馆的道具，我迎合奶奶的心意，从小就女扮男装，平头大褂，骑在一匹小白马上，双手拉着缰绳，挺神气的。她坐在一辆红色小敞篷汽车里面，双手握着方向盘，神情十分专注。妈妈把照片给人看时，总是得意地夸玉熙聪明："你们看看，细毛就是聪明，举着球就像要抛出去似的，在和别人玩呢。坐在小汽车里，也会抓住方向盘，懂得要专心开车啊。二丫呀，就是个傻小子，拉缰绳的手都不晓得抬高一点，那马能跑吗？"我虽然觉得妈妈不怎么公平，但也只能自愧不如。娅娅没有照过相，她去世时还不到半岁，妈妈哭得死去活来，叫留下一张照片。于是让她坐在椅子上，怕她歪倒，就让我藏在椅子后面，伸手在她的围裙里面，将她紧紧抱住，请摄影师照了一张相，看上去好像睡着了。爸爸在江西出差时，就为细毛单独烧了那张举着球的磁像。细毛和娅娅都葬在我们当时住的屋后山上，每逢清明、过年和她们的生日时，妈妈叫我们取出照片，点上香烛，摆好她们喜欢吃的东西，然后敲三下铜磬，呼唤着她们来和家人团聚。并且嘱咐我们只能叫"细毛"和"娅娅"，她们听不懂爸爸为她们取的但没有来得及用的名字。

七、想念蒋玲

蒋玲比我大两岁，和我同座位。她妈妈是广东人、爸爸是北方人，原先在上海工作，最近调来镇江。她入学还在我后，说话谁都听不懂，有时边说边做手势，别人也可能猜到一二。她没办法和大家交流，所以她常常默默地待在座位上望着小伙伴们微笑。她小小的个儿，和我一般高。圆圆的脸蛋，笑起来有一对小酒窝，那双眼睛就像弯弯的小月亮。她梳着童发，短短的有点向里面窝，头顶上总有个蝴蝶结，不过时常变换颜色。我觉得她是我见过的最漂亮的女孩，很快我们就成了好朋友。我的祖母生了六个儿子，在大家庭中很受尊重。我的妈妈一连生了两个女儿，就免不了听到一些闲言碎语，于是憋着一肚子气，从小就把我打扮成男孩子。最明显的特征是我不留长发，娃娃时剃和尚头，稍大一点就剃平头，孩子们称之为"锅铲头"。在家乡，人家说我是假小子，妈妈一点也不在乎。到了镇江，人们都以为我是男孩子，妈妈也不向别人作任何说明。我既和男孩子玩，也和女孩子玩。那时候还有点封建吧，班上的座位却是男女分开的。我入学晚，就一人单坐着。蒋玲最后一个来，就自然和我同座了。她向我学说镇江话，慢慢地我们能快活地交谈了。

她家很有钱，刚来上学时，总是她妈妈陪着，坐着自家的包车，很神气。所谓包车就是私家购置的人力车，橡皮轮子，跑起来飞快。铜把手，克罗米车灯，擦得锃亮。绣花坐垫，杭绸帘子，好阔气。我最感兴趣的是那个脚垫下面的铃铛，只要轻轻一踩，它就清脆地叮当一响，人们就会为它让路。后来她就独自坐车来，拉车的是她家请的包月工，她叫他阿亮叔。有一天，她说她妈妈要我到她家去玩，要我事先问问我妈妈同不同意。妈妈只嘱咐我到别人家要有礼貌，懂规矩，吃东西别太馋。于是第二天放了学，坐上她的车，我不断地踩铃，一路威风地到了她家。她妈妈笑盈盈地把我引进客厅，茶几上摆着许多我很少吃过的糖果，她一个劲地朝我口袋里塞。她妈妈说话我听不懂，人倒挺和气，她问了许多问题，都是玲玲用广东话替我回答了。她老是哈哈大笑，我不知道她们谈什么，也不知道她为什么要笑，摸摸口袋里的糖果又不敢吃，只好小心翼翼地坐在那里。坐了一会儿，我就说要回家。蒋玲妈妈倒是听懂了我的话。蒋玲说她妈妈问要不要用车送我回去，我忙说不用。这里离我家很近，我家在南城根，就和你们家隔一道城墙，老师提倡我们跑步或走路上学。蒋玲妈妈又哈哈大笑地说了一些什么，就把我送出了大门。第二天，蒋玲就不坐车上学了。她说，她妈妈从我的口中知道了这个学校还不错，每天放了学也允许她和大伙儿玩一阵再回家。我把蒋玲妈妈给我的糖果分给了和我要好的朋友，大家吃得很高兴。蒋玲对我特别好，送我好多东西。我把我喜欢的东西都塞在妈妈给我缝制的一个小布袋中，想找某一件小东西时，只要倒提着口袋一抖，我的小宝贝们就撒满一桌，蹦到地上，害得我手忙脚乱地去"追捕"它们。有一天，蒋玲悄悄塞一个小纸包到我的书包里，并且钩了小手指，要我回家后才许打开来看。放学了，我迫不及待地跑着回家，打开一看，竟是一个银光闪闪的铅笔盒，而且是两层的，里面还有一块我向往已久的大象形状的橡皮擦，象鼻子翘得高高的，像公园里的真象一样顽皮可爱，我高兴得跳起来了。它的壳面是银色间灰色的直条，印有"立正"两个立体字，还带有英文。我欣喜地拿给妈妈看，她也说漂亮极了。我把小布袋里面的东西分层放进了铅笔盒里，不停地开关盒子，摆弄了老半天。妈妈说这可是人家一份大礼，我们得回礼。妈妈就从箱底下翻出了一个绣花荷包来回赠。我一看就特别喜欢，它由紫红色的缎子制成，上面绣了一朵鲜艳的牡丹，还有四个水红色的字，妈妈说它是"花开富贵"，我不知道那是什么意思，妈妈只说是吉祥的意思。我问妈妈什么时候买的，她说不是买的，是她出嫁以前自己绣的，并且郑重其事地对我说："人家有钱，我们不羡慕。你们长大了都会自己挣钱。我们家也有饭吃，并不贫穷，只是一大家子人，上有老下有小的，我们要勤俭节约。自己花工夫做出来的东西送人，比买的还珍贵，我们不能让人家瞧不起。"次日，我也如法炮制地将礼品放在蒋玲的书包里了。

冬天的阳光照得操场暖洋洋的，我们总是眼巴巴地等待放学的铃声，只要响了一下，就一哄而起拥向操场。几个大一点的孩子，就各据一块势力范围，开始招兵买马。我和蒋玲总是归到焦一康的旗下，他是梅子的弟弟，所以他从来不会欺侮我们。梅子八岁才上学，虽然和我们同一个年级，却和大孩子一班了。她家里还有很多事要做，所以早早就回家了。那天我们是五个男孩和三个女孩一起玩，他们把我当做男孩，就说有六个男孩。我们开始玩"瞎子摸鱼"，那五个男孩子，不是"鱼"，简直是"泥鳅"，溜来溜去的，女孩子别想碰到他们。我有意让蒋玲摸着我了，她扯下蒙眼睛的手绢，一看是我，就说这不好玩，太累人了。我用手绢替她擦额头上的汗，还帮她理了下头发。调皮的男孩子们拍手叫道："小两口，是一对儿！小两口，是一对儿……"康康招呼大家说："大家都说她们俩是一对儿呀，那我们来玩'抬新娘'好吗？来，二丫，你站到秋千下面，算是你的家。玲玲做新娘，我们把她抬过来，和你拜堂。"于是他们不由分说地把我拉走，把玲玲抱上两个大男孩交叉着手搭成的轿子，抬着她朝我站的方向走，其他人一窝蜂地跟在后面喊："新娘子呀，不要哭，转个弯就是你的屋。新娘子呀，不要急，婆家摆的是大筵席。新娘子呀，不要愁，小两口子哟睡一头。新娘子呀……"我忽然看见玲玲家拉车的阿亮飞快地跑过来，把玲玲拉下"轿子"，大声地说道："阿玲，快回家，你家有急事。"他背起玲玲就跑，一眨眼就消失在操场的入口。我的"新娘"还没有"拜堂"，就永远离我而去。

次日，我在城门口等着蒋玲和我一块去上学，眼看走这条路的同学们都走完了，也没有等到蒋玲，我只好怏怏地走向学校。看着旁边空空的座位，我忍不住泪水在眼眶里打转。玲玲家里到底发生了什么事呢？她明天会来上学吗？放学后一定要到她家去看看。我正在胡思乱想，讲台上却走上来一位不是平日给我们上课的老师，有人小声地说她是校长。她稍等我们安静下来就开口了。她说了很多，我都听不明白，说到最后，让我们大家举起手来，高呼口号："打倒日本帝国主义！"然后继续上课。我有一种感觉，似乎大人们中发生了什么事情，他们不安地议论着，也不像平时那样按时上下课，而且早早地就放学了。这种异常的情况促使我急急地回了家。爸爸也破例地早早回家来吃午饭，他对妈妈说，他已经买好了去上海的车票，回来的日子还不能定，要看那边的情况。爸爸曾经多次答应带我到上海去玩，于是我马上大嚷道："带我去，带我去！"他停下筷子说："这次你不能去，爸爸有重要的事情要办。"然后他向我说明了原因。

爸爸说，日本鬼子进攻我们的国家，占了我们东北的很多地方，杀害我们的同胞，人们逃难到各个地方，弄得人心很乱。我的奶奶和一个姑姑、三个叔叔都住在上海姨奶奶家里，昨天来了电报，要爸爸送他们回家，所以他要先去上海接他们来镇江，然后一起回家乡。我不吭声了，想起早上校长的讲话，大概就是说的这件事，不过没有爸爸讲得这么明白。

隔了一天，梅子姐姐告诉我蒋玲一家回上海去了，她遇见了阿亮，他说，蒋玲的爷爷奶奶带着家里的许多人从东北老家逃难到了上海，如今十多口人住在她外婆家里，他们得赶回家去料理。这不全乱套了吗？我奶奶和许多家人要离开上海，她爷爷奶奶和许多家人要挤到上海来，这全是日本鬼子祸害的。我恨日本鬼子，我想念蒋玲。

八、回家乡

爸爸从上海接来了六个人，其中有一个是我们的家乡人，他原想跟着奶奶到外面谋生，但是没有找到事做，就只好又随着奶奶回老家。爸爸让我叫他张汉叔。妈妈向梅子家借了一间房子，凑合着住。爸爸说等我放了假，一家十口人坐轮船回湖南。妈妈又请了焦四奶奶来帮她带人、做饭，她要打点收拾行李。爸爸还得移交差事，最重要的是，还要为买这十个人的船票忙得不可开交。

我高兴的事是我的满姑特别喜欢我，她爱画画，闲下来总是教我画这画那，这引发了我浓厚的兴趣。我们的手工老师说，放假之前每个学生要交一件手工作品，规定男生每人做一个小木盒，女生缝一块小方巾。我有点发愁地把这个消息告诉了满姑，她却乐了，说："这还不容易？我来帮你。"她从妈妈的针线筐里找出了块白布，剪成小手绢大小，然后教我缝边。虽然我缝得歪歪扭扭，毕竟还是做成功了，我高兴得跳起来了。可是满姑并不十分满意，她又给我修修补补地加工整理，我觉得十全十美了。她翻来覆去地看了一阵，然后指着手绢的一角问我："在这儿做一朵大红花，怎么样？"她不等我同意，马上就用铅笔描出了花样儿，找到红线，就动手做了，我就只有站在旁边看的份儿。我心里很着急我得自己做点儿呀，全是她做的，要是老师问起来，难道去撒谎吗？她很懂我的意思，留下了一片叶子，三个花苞和两根交叉的枝子给我自己做，她不时地给我指点。一切都完成了，我觉得这手绢太好看了，真舍不得交上去。我把手帕交给老师，大家都夸奖这是一件最漂亮的手工作品，要保存在学校里。

终于有一天晚上，爸爸兴冲冲地回家来报告了好消息，八张轮船票抢到手了，细毛和娅娅不要票。可是又有了一个难题，每人只能带两件行李，可是爸爸一清点有二十四件，这下他可生气了，冲着妈妈直嚷："你们到底是要东西还是要命？还不赶快给我扔掉！"首先是把小件扔掉，都朝大箱子里塞，还有二十件。爸爸最后吩咐，他自己只能拿一件，他得照顾这支庞大的队伍，还得办理一切外交。奶奶提自己的包袱，妈妈背上娅娅，拉着细毛，不能再拿行李。满姑提她自己的箱子，还要拉着我。我只背自己的书包，玩具一件也不许带。其余的，能拿多少就拿多少。妈妈不声不响，她最心疼扔东西了，但却是个有主意的人。她到焦四奶奶家里去了一次，喜笑颜开地回来了。原来梅子她爸回来探家，他与车行熟络，可以借洋车帮我们送行李上船，如果临时有东西要扔掉，扔给他不正好？

我们在一个风急浪高、大雨倾盆的夜晚，连人带行李浩浩荡荡地乘坐了十辆大洋车向轮船码头前进。还不到江边，就听得人喧马叫，拥挤不堪。车夫们吆喝着缓缓前移。爸爸和几个大男人在前面开路，好不容易靠近了码头。这时候爸爸才知道，为了不让人们一哄而上，大轮船泊在江心，要通过十几条横排并连的小筏子才能到达大轮船，车不能上小筏子，行李得一件件扛过去。幸好暂时雨宁风小，有时云隙中还有朦胧的月色，大家略微松了口气。爸爸让两个叔叔领着行李先上，他搀着奶奶，妈妈背着娅娅、牵着细毛跟上，最后就是满姑拉着我殿后了。我们走得好慢，每过一条船都很吃力，眼看再过一条船就是上轮船的最后一个筏子了。满姑紧紧地抓住我的胳膊，望着脚底下说："这最后两条船中间搭上一块板子，就好多了。"满姑视力不好，那里并不是搭了什么板子，也许是刚才的风浪将扣紧船只的铁钩冲开了。说话之间，她朝那以为是板子的地方迈了过去，扑通一声，就连带着我一同落入了长江。也许是那只未掉下的钩子钩住了我的棉衣，我只半身落水。满姑死命地抱住我大喊"救命"，这时后面的人跟着呼叫"有人落水了，有人落水了"。人们七手八脚地把我们拖上来，又冷又吓，满姑已像死人似的不能动弹，我只知道大声号哭。我已经不记得是怎样上轮船的，又是怎样躺到统舱床板上的。只知道醒来时我躺在暖和的被子里，听到奶奶和妈妈轻轻地啜泣，爸爸不断地叹气。奶奶喃喃咒骂道："都是那天杀的日本鬼子害的。搞得我们国家兵荒马乱的，人心惶惶……"

日本鬼子的罪恶，在我的童年时代留下了不可磨灭的阴影。

九、小城岁月

我们回到了湖南的宁乡县城，说是回到了家乡，其实这里还不能算我们的家乡，因为我们不是城里人，我们是地道的乡里人。我的祖母是湘军名将左宗棠的部将刘典的亲侄女，我的外祖父是刘典的侄儿，我的父母是堂表姐弟的联姻。也许就因隔了这么一层，我们四姐弟才没有一个是大傻瓜的。

（一）上海风暴

十岁那年，我和妈妈随着工作变动的爸爸，要由河北保定往上海搬迁，我真还舍不得离开这个地方呢。我爸爸是个喜欢云游四海的人，他闲下来给我讲故事的时候，就少不了讲一段老残、徐霞客的游记。他总是讲得眉飞色舞，非常陶醉，仿佛他自己曾身临其境。我受到他的感染，真希望自己快点长大，到处去看看爸爸所说的五光十色的世界。虽然我留恋这里的朋友和学校，但一想起又要和爸爸一起去云游四海了，也觉得是一件令人高兴的事。

我把这个消息告诉了我的好友吴天真和张淑坤两人。她们说，咱们就出去玩一次，留作永久的纪念吧。我们决定到莲花池去滑冰。淑坤比我们俩长两岁，个子也高不少，刚学会滑冰，兴趣特别浓厚。天真是个小矮人，和我一样，还没有上过溜冰场呢，但我们都觉得挺新奇的，就一致赞成了。可我们没有溜冰鞋呀，咋办？淑坤说，她哥哥有，可以借他的用一回。天真向邻家的小朋友借了一双，我们就各自拎了一双溜冰鞋上莲花池了。

这莲花池我来过多次，是个大花园。听爸爸说，这地方从前是个王爷府。据说当年皇帝倒台，王爷逃跑，带兵的老总们住进去了，这批去了那批来，房屋弄得破败不堪。后来就不许驻兵了，把前边的住房划了出去，不知给谁住了。旁边有个王爷的马厩，变成了一个小市场，人们就习惯叫它"马号里"。我们常去马号里买一些有趣的小玩意。淑坤说，溜完冰以后要去那儿买一件礼物送给我。那王爷的后花园经过修整之后，就是如今的莲花池。池边长了好多柳树，夏天，长长的枝条上长满了叶子，轻风吹来，仿佛缓缓地掀开一张张的帷幕，会有精彩的节目演出。冬天，光光的枝条，又像女孩子的披发，在阳光下梳抹得平整有致。池边是深灰色的青砖砌成亚字花形的栏杆，但是几个开口处都有浅浅的阶梯，可以供人下池。池是葫芦形，狭窄处架起了一座微拱的石桥。夏季荷花盛开，满园清香，让人陶醉。秋后枝叶逐渐枯萎，几经风雨，融入池底，泛起了深绿色的水波。入冬，池水结了冰，不断地加厚，直到可以走人，溜冰的季节就开始了。

我们看见许多人从一个出租溜冰鞋的亭子旁边下池，就坐在亭子边的石凳上换鞋。可是我那鞋大得可以把我的两只脚都放进去，虽然站立起来了，却一步也走不了。瞧着她们两个那跃跃欲试的样子，我差点要哭出来了。淑坤看见我的狼狈样，犹豫了一下，然后说："你穿那鞋可真不行。这样吧，我们去租一双合脚的鞋，怎么样？"我怯怯地说："我没有钱呀。"淑坤马上从衣袋里掏出一些钱来，我们就进到亭子里面，租了一双红色的小巧玲珑的鞋穿上，我认为那是世界上最漂亮最合脚的溜冰鞋了。我们搀扶着下到池里，然后扶着四周的木栏杆，慢慢地移动。我才移了两步，就仰天一跤。只因够不着栏杆，我不得不坐在冰上滑过去，抓住一根竖木，才站了起来。这溜冰鞋完全不像普通的鞋，它的底上装了一把直立的钢刀，用力滑过去，就在冰上划了一道痕迹，不断地用力，靠着惯性的作用，人才不会跌倒。直到我学会骑自行车，似乎才明白这个道理。我们周围有不少热心人，见我们跌倒了就笑着过来把我们拉起来，还告诉我们要怎样滑才不会跌倒。有一位阿姨拉着我的双手教我，她退着走，拉着我前进。这样既不会跌倒，又能放心大胆地前进，几圈之后，我觉得我在飞奔，风在我耳边呼叫，围巾和帽子都飞起来了，我快活得咯咯直笑。阿姨缓缓地停下来，叫我歇会儿再玩。我招呼淑坤和天真都过来坐到石级上休息，我们激动地谈着各自滑起来的兴奋和跌倒也快乐的心情。我脱掉厚重的呢大衣，露出里面的大红小棉袄，看起来特别显眼。淑坤拍着手笑道："二丫真漂亮极了，你要是真学会了，滑起来就像在这大荷花池上画着一圈一圈的大红圈。就像封老师在你作文本上打的一连串红圈。"封老师教我们语文，总是夸我的作文写得好，不但每次打上很多红圈，还要把它读给大家听，我骄傲着呢。我想明天到学校一定把这趣事讲给封老师听，说不定还可以写一篇文章，题目就叫《溜冰趣事》。我越想越开心。

我们歇了一会儿再上场时，找不到那位教我的阿姨了，于是淑坤就成了我和天真的教练。她拉着我们的手，一边一个，有时一同跌倒，有时滚到一堆。荷花池上飘溢着我们清脆的笑声，感染着周围的人。他们看到我们笨拙的样子，常常哈哈大笑。看看天色近晚，池上的人渐渐稀少，我们也尽兴而归。经过马号里时，淑坤拉了一下天真，走入了一个文具店，并向我说："你快要走了，早就说好了要送你一件纪念品。只是今天租鞋用去了一大半，我们俩凑起来还可以买点小文具，不成敬意了。"瞧，淑坤毕竟是大姐姐，说话文绉绉的。这"不成敬意"是大人们常说的，她倒用到我身上来了。她拉着我进去挑选我喜欢的东西。我们一起选了一个橡皮擦，造型是一个笨态十足的大象。另外选了一支铅笔，一头带有一个滑稽可笑的小丑笔套，我心里特别热乎，抱着我的礼物回家，想起这是离别纪念，不知不觉有了一些惆怅之感，我会怀念这个地方、这些朋友。

我的二姑妈初中毕业之后，奶奶由于经济原因，没有让她继续读书了。当时女孩子不作兴读书，有了初中毕业这样的文凭就算有了一份不错的陪嫁，因此挑三拣四，总没找到一个如意的婆家。奶奶有了一个主意，让她出来投奔她大哥——我的爸爸，大千世界，人才万千，一定可以为她物色一个如意郎君。果然不错，不到一年，就为她找到一位不大不小的军官，二姑妈很中意。准姑爷常到我们家来，几乎天天见面。二姑妈就忙着准备嫁妆了，她用粉红色缎子绣着花，打算做新娘的枕套。我觉得很新奇，常坐在她身边，看着那一朵一朵美丽的花是怎么完成的。有一天，在那玫瑰花丛中间出现了四个阿拉伯数字，我很觉奇怪，就问这些数字是干什么的，难道为了记数这些花朵吗？二姑妈笑了，摸摸我的脑袋说："大家说你爱看书，你就没有在书上看到过？这是世界通用的年号。我们说现在是民国二十三年，在西方各国，就说公元1934年。我绣的这1934，就是说这枕头是今年做的，懂吗？"我快乐地叫道："懂了，懂了，就是说姑妈今年要结婚了，绣这个枕头做纪念。"那年冬天，二姑妈在保定结婚，我穿着新衣裳去喝喜酒。她披着纱，穿着水红色的长旗袍，戴着白手套，胸前捧着一束鲜艳的花，真是美极了。可是我一点也想不起来姑父是什么样子，仿佛姑妈轻轻地挽着一个戴礼帽的穿深色衣服的人。姑妈的美掩盖了周围的一切，我把这个感觉说给妈妈听，她笑道：女孩子的年轻就是美丽，结婚时就更美丽了。

姑妈出嫁是我们家的头等大事，办完这件事我们就真的要走了。可是奶奶来信了，说姑妈刚结婚，远天远地的，没有个亲人，叫我们陪伴她半年才能走，否则奶奶要自己来陪伴女儿。就这样，爸爸先去他工作的地方报到，我们直到1935年5月间才到达上海。我们坐京浦线火车抵达南京下关的浦口，然后转京沪线的火车。同行的有爸爸的同事郭叔叔一家，他们是南京人，在南京下车了。郭叔叔临别时拍拍我的肩膀说："二小子，上海可是个时髦的地方，姑娘们都像花蝴蝶似的，你可要还你女儿装了吧。再见时说不定你已经成了一个见面不相识的美丽摩登小姐了。"我摸了摸我那男孩子式的平头憨憨地笑了。妈妈常把我打扮成男孩子，虽然这让我学了一些男孩子的顽皮，我却从来没有忘记我是个女孩子。

到了上海，爸爸要做的第一件事就是把我送进学校。我应该上高小五年级下期，已经耽误了半个月的课，他急着去找一个好学校，又挨了三四天。最后确定去考颇有名气的务本女中的附属小学，只收女生。他已经报好名，就让妈妈领我去考试。第一张卷子是算术，我很快就完成了。第二张卷子是作文，题目为《旅途上》，我心想这有何难？我刚下火车，正有好多事可写呢。我写的是车过黄河大桥时，我不小心将手里玩的纸扇掉下去了。车过桥不久就在蚌埠站停下来了。我对妈妈说，扇子就掉在桥那边，我要下车去把它捡回来。这话招得车上的人都大笑起来，我这才明白，就这说话之间，火车已经跑了好几十里地了呢。我遭到人们的嘲笑，还丢了扇子，难过得哭起来了。现在我提笔来叙述这事，很是顺手。正如爸爸常说的，写文章要"一气呵成"，我心里还真有点自鸣得意呢。飞快地交上去，就坐下来等待好评。那位老师吃惊地看了我一眼，摇头晃脑地看起来。不一会儿他走过来指着文章问道："这是你自己写的吗？你妈妈没有代笔吗？"我感到受到莫大的委屈，一下子就流出眼泪来了。妈妈向他解释一些什么，我一点都没有听进去，只顾在一旁抽泣。那位老师没多说什么，就拿过英文卷子来让我做。上海很多小学开英语，但我没学过。爸爸让我临时强记了二十六个字母和几句普通的应对，哪能对付这张已学了两年的英语试卷呢？于是我只能尽我所能地写下了二十六个字母的大小写交上去。老师看了直摇头，然后对我母亲说："你的孩子很聪明，数学和作文都很不错，但是英语太差了。要不，试读一个月，赶不上就得退学。"妈妈看着我不高兴的样子就说："谢谢了，让我们回去和她爸爸商量一下。"我没有学过英文不是我的错，我觉得那位老师瞧不起我，一出校门就向妈妈表示坚决不上这所学校。最后我上了五年级才开英文的"沪南第一小学"。它是一所区办学校，办在一幢居民房子里。教室也不合规格，七弯八拐地这里一间那里一间，全都很小，不过每班的人数很少，并不觉得挤。我所在的班只有二十几个人，天天有人缺席。老师工作不负责任，也常常缺席或迟到。要是没人来上课，就由一个大嗓门的大胖女人，在教室门前大声喝道："没课，玩去吧！"我们就轰的一声抢出教室，去占楼梯扶手，一棱就下到位于房屋中心的大厅，这就是我们的操场。要是碰到有人上体育课，体育老师就骂骂咧咧地把我们撵走。于是我们分散去爬这幢房子的四个楼梯，轮流骑在扶手上滑下来，如此周而复始，玩得不亦乐乎，打下课铃了还觉不曾尽兴。就这样我学了一个多月，简直玩疯了。有一天，爸爸查问我的学习，我如实地说了学校的情况，他叹了一口气说："当初让你们务本女校去试读，你自尊心强，不肯低头。进了个'牙牙乌'学校，浪费了时间，还学坏了人。从明天起，老实地给我待在家里，自己做算术、读国文。不懂的先问妈妈，晚上由我来检查。听见没有？"爸爸虽然宠我，可是当他一脸严肃地处事时，我还是心存惧怕的。第二天，他去上班时就把我叫起来，交代了我当天的学习任务。这次，他温和地说了认真求知的好处，还肯定了我有自学能力，鼓励我要有信心。

就这样我在家里学完了五年级的课程，顺利考入了附近一所私立的同义中学附属小学。爸爸说在上海有操场的中小学才称得上一所学校。我特别高兴的是这个操场虽然不大，却有两个球场，周边还有单双杠、沙坑什么的，我最喜欢的是秋千和巨人步。

在这里我接触到了一件新鲜事物——童子军。

五六年级的学生都得参加童子军，我们学校是813团，童军服是草绿色上衣，深蓝色裙子或裤子，再配上蓝白相间的领巾，我一想就心都陶醉了。入校时就得交上童军服装费，妈妈送我去报到时没有交服装费，说改日补来。一到家妈妈就说这服装费她没打算交，六年级小学就毕业了，谁知道你上哪个中学，不到一年这衣服就没用了，别浪费钱。说不定我们会在今年冬天回湖南，日本鬼子在北方杀人放火，上海虹口一带是日租界，小鬼子凶神恶煞的，早晚得弄出事来。我为如何说服妈妈犯愁，就到楼上慧方姐家去玩，说说自己的心事。慧姐是同义小学毕业的，她如今在一个叫惠中女中的教会学校念初二。一听说我想要童军服，马上翻箱倒柜地把她穿过的一套几乎还是全新的童军服塞到我手上，笑嘻嘻地说："我正拿着它找受主呢，这不碰个正着！"我高兴地蹦起来了。她连带着把领巾和团徽一起送给了我。有了这身衣服，我穿戴起来，看看镜子里的自己，真够神气的。我热烈地期待着上童军课，学唱童子军歌。我怀着敬佩的眼光望着我们的团长，也是我们的体育老师。他是一个瘦黑的青年人，脸上老是挂着微笑，一进校门就不断地和老师同学们打招呼，似乎个个都是他的朋友，让人觉得好亲切。终于我们迎来了第一节童军课。他的声音响亮，动作很有节奏，说话幽默有趣，常让我们笑个不停。这堂课他除了讲一些应遵守的规则外，就是教我们唱童军歌。他说，明白了歌的意义就知道为什么要建立童军了。他的声音浑厚，我听起来觉得威武雄壮，学起来也很容易。军歌留给我很深的印象，至今还能背诵。快下课时他自我介绍说："我叫华明声，家住西门路70号二楼，亭子间。房子虽小，至少挤得下二十个小朋友，有花生蚕豆招待，欢迎到我家来白相（玩）。"我家就住在离他家不远的马浪路，而且我常从70号门前过，那楼下是一个小小的医院。没过几天，我就迫不及待地邀了几个相识不久的同班女孩到他家去了。那是一个星期天下午，我们在楼下大呼小叫地吆喝着："华先生！在家吗？"我们那时称呼老师一律为"先生"，不论男女。不一会儿他就笑嘻嘻地跑下来迎我们上到他的亭子间了。他的房间里除了一张写字台两把椅子外，就只有一张可供个人睡觉的小床了。有个大点的女孩问："华太太也住这儿吗？"华先生笑道："不，她在乡下工作，教小学。上海不好找工作，生活费也太高了。"说着他就从床下拖出一个纸盒，里面满满的果品真是花生和蚕豆，同时他又拉出几张小凳子给我们坐。那床底下似乎还塞着好些个小凳子，难怪他说可以容得下二十个小朋友呢。他朝我们手里塞花生蚕豆，我们就毫不客气地大嚼起来。他那房间的墙壁刷得可真白呢，朝门的那面用镜框嵌着一张很漂亮的风景画，其余两面，一边是一张中国地图，另一边是一张世界地图。由于我爸爸好旅游，我家的地图册很多，客厅里也贴着同样的两幅。爸爸常和朋友们在地图前谈论或争论什么问题。我想华先生也爱看地图，和我爸爸有相同的兴趣，我一下子就觉得特别喜欢他了。他正好坐在我身边的小凳上，我就轻轻地问他道："华先生，你喜欢到许多地方去游历吗？"他笑道："是呀，是呀，可是现在我还办不到，我没有钱呀，等我再工作几年，有了点积蓄了，再作计划吧。"我们就这样轻松地开始交谈了。他知道我是湖南人就把我拉到地图前问我，知道省会在什么地方吗，知道最有名的风景区是哪儿吗，知道哪儿有一个很大的湖吗……有的我答对了，大部分答错了。例如他说的有名的风景区，我就只知道岳麓山。他却告诉我是南岳衡山，你们长沙的岳麓山只是衡山脚边上的地方。他一说我就知道了，连忙大声声明："我知道，我知道！就是那个人们朝山进香的南岳山，它不是什么风景区，是迷信的人敬菩萨的地方。"华先生哈哈大笑起来："你大概只在乡下见过磕头朝拜的人，却不知道它是我国大名鼎鼎的五岳之一，枉为湖南人了！"我感到自尊心受到伤害，心里打着主意要找个问题为难他，我就不信他什么都知道。我嘟着嘴巴，想起有一天爸爸和他的朋友范叔叔小声聊天的内容，那地方他肯定不知道。于是我问道："那你知道井冈山吗？谁带兵在哪儿打仗？他们又和谁在打仗？"我发现华先生脸上忽然没有了笑容，而且还有点吃惊的样子，向着我用两指挡着嘴唇，示意不要讲了。我一点都不知道在当时这是犯禁的话题，我是从大人们的谈话中偷听来的，完全不明白它的含义。他的表情让我以为他被难倒了，于是扬扬得意地嘲笑他："你当先生也有答不出的问题吧，要我说给你听吗？井冈山在……"没等我说下去，他就赶快把话岔开，朝大家说："小朋友们，今天我的太太要来，还抱着个孩子，我得到车站去接他们，只好请你们先走了。下个星期天我请你们一起到兆丰公园去看新来的动物小猴子，怎么样？"大家就拍手叫好，连跑带跳地出了亭子间。可是我心里不痛快，默不作声走在前面，胡跟弟追上来问我，怎么华先生一下子就不高兴了。"你问那什么'精光山'，什么打仗的事儿，都扯到哪儿去了。这下可得罪了童军教官，以后他不带我们出去玩了。"我也不答话就一直回家了。

第二天，华先生还是那样笑嘻嘻地来到学校，似乎什么事都不曾发生过。我们第四节是体育课，我和几个同学玩得高兴，不知不觉就下课了。华先生一声优美的哨音把同学们召唤到操场中心，交代男同学把大球送到保管室去，要我把小球送到他的办公室去。

我抱着四个小球进了他的办公室，他指着一个木桶，让我放下球，然后把我拉到他的写字台边，温和而轻声地对我说："你昨天说的那个话是谁告诉你的？或者你是从哪儿听来的？"我默不作声。他摸摸我脑袋，亲切地说："你问的问题我是答得出来的，好多大人都知道这件事情，可是大人们都不谈论，只会背地里和知心朋友说说。你小孩子家，可别到处乱说，那会惹出麻烦来的。"听他这么一说，我怕给爸爸惹事，就更不肯说了。他挥挥手说："回家吃饭去吧，星期天我请你们几个到龙华去上宝塔，中餐我请吃阳春面。"这个邀请倒是让我喜笑颜开了。

过了一天，我和胡跟弟一块走在回家路上，她说我们的级任钱先生问她到华先生家里谈了些什么，她把那天的情况都说了，我听了心里很着急，却不敢说出来。第二天，钱先生把我叫出来，悄悄地问道："那天你们在华先生家里，他向你们讲了什么井冈山打仗的事儿吗？还讲了打仗的人是谁没有？"我心里暗暗吃惊，果然惹出麻烦来了。我从小就有一人做事一人当的勇气。于是我理直气壮地说："不是华先生说的，是我说的，不过我没有说是谁在打仗。"钱先生一脸惊讶，睁大眼睛问道："是你说的？那你知道是谁和谁在打仗？"我想爸爸是和我一样说了就不怕的人，反而很镇静地说："他说是国军和一个什么叫朱毛的人打仗。"

"你知道朱毛是谁？为什么打？"

"不知道。爸爸在和他的朋友范叔叔谈话，叫我送烟去，我就听到他们讲了这两句。"

"你爸爸是干什么工作的？"

"他和范叔叔是警官学校的教官。"

钱先生"哦"了一下，面容一下子变得和蔼可亲，拍拍我的脑袋说："随便问问，玩去吧。"

事情并没有就此完结，第二天上体育课的不是华先生，换了个骨瘦如柴的小老头，说话要死不落气的，对我们却是凶巴巴的。谁迈错一步就被拎出来在太阳下罚站，吓得我们个个提心吊胆，这样的体育课太没意思了。

又过了两天，学校出一张告示，大意说"童军教官华明声有私通共匪嫌疑，且传播匪帮信息，扰乱民心，不能担任现职，已呈报上司，开除出校。在校学生慎勿与之交往"云云。我和胡跟弟放学后偷偷跑到他住的亭子间下张望，没有一点儿动静。我们就去向看门的老大爷打听，他说三天前他就搬走了。走的那天晚上，警察来搜查过那亭子间，说他有什么嫌疑，一间空屋子，有什么可搜的！

胡跟弟气愤地说："定是那只破钱包干的坏事。"我一听就哈哈大笑起来，"钱包"是我和跟弟前不久给级任钱先生取的外号。她矮胖矮胖，肚子鼓鼓的，老是穿金戴银，说自己又漂亮又有钱，我们就私下叫她钱包。跟弟加上个"破"字，我似乎看到她变成了一颗炸开了的板栗，忍不住就大笑起来。

华先生走了，龙华没人领我们去了，阳春面也就泡汤了。同义小学除了离我很近以外，似乎没有什么好处了。

（二）基督教

1937年上学期，我顺利地小学毕业了，爸爸说学好英文太重要了，进一个教会学校吧，那里是外国人教英文。就这样我进入了惠中女中。那个学校地处徐家汇，属英租界，和中国地界很靠近，如果把大马路的折叠铁栏栅门拉上，就截断了与中国地界的交通。我家离得较远，每天早上要坐六分钱电车，再加上四分钱早餐费，妈妈每晚把一毛钱放在厨房的桌上，我清早起来不用惊醒他们，就悄悄取钱开门，自己上学去。我往往只花三分钱对付早餐，一个烧饼，一根油条，有时只吃一个烧饼，就节省下两分钱来，碰上家里还有什么点心可吃，那我就省下四分钱了。这是我的秘密，可不能让妈妈知道。我有我的小算盘。

惠中女中是一个设备非常好的学校，校长姓邓，大家都叫她Miss邓，和谁说话都是一脸笑容，而且很漂亮。我报到入学的那天，她看了一下我的名字，马上拉着我的手，亲切地说："哟，冰熙小宝贝儿，你家离学校远呀，要不要寄宿？我给你找个好床位，怎么样？"我实在不想住在学校里，那多不自由呀，何况妈妈压根儿就没打算让我寄宿，她说没那么多钱，教会学校要交的学费原本就比一般学校贵一倍以上。但她那么关心人的态度，让我刚进校门就喜欢上她了。不过我必须寄中餐，她很快为我办好了手续。

初中生活开始了，我的第一件事就是了解环境。这个学校分男女两部分，以两边的操场由一条大马路为界，这条路直通男生部的大门，女生不许上大马路，男生不许过马路。有时牧师来布道，就由 Miss 邓带领我们去听经，只能坐在大礼堂的楼上，不许发出一丁点声音。每人都要带《圣经》，自己没有的 Miss 邓可以借给你。男生的操场上有许多体育用具，女生操场却是空荡荡的，什么都没有。这使我有点失望，课余有什么地方玩呢？教学大楼是一栋很漂亮的红砖洋房，十分气派。一共有四层，下面还有一层地下室。开水房、洗漱室、卫生间、厨房、食堂、储藏室、保管室等杂屋都在地下室。一楼二楼是教学室，三楼是寝室，四楼为活动室，活动室分成若干个小房间，有各种棋类，也可以打乒乓球，还有缝纫绣花的场所。最让我好奇的是有一间烹饪室，可以学做饭菜和点心，都是做西餐，悬挂着一些外国人餐桌上的摆设图片。还有一间礼仪室，教学生一些西方人的礼仪习惯，也可以跳交际舞。我感兴趣的还是下棋和打乒乓球。教学大楼的前面是一座小平房，是办公室，Miss 邓就坐在里面。你可以从它四边的路上通过，但轻易也不会踏进它一步，似乎那是个非常神圣的地方。办公室西北方向有一座小洋楼，楼下是好多个琴房，每个小房间里有一架钢琴。如果你提出学琴申请，就可以按规定的时间去学琴。我可没有那个幻想。楼上是个大房间，也有一架钢琴，是学生们练节目用的，所以叫演练室。

走入教会学校，我耳目一新。设备既好，人又和蔼亲切，似乎这里没有严格的师生关系，只有朋友和姐妹。姓名中的姓成了多余的了。不论师生或同学之间，都不呼姓，只呼名，真好像一家人一样，让人感到温暖。接着就要正式上课了。我的个子矮小，被安排坐在前排正中的第一座。老师进教室，并不要按值日生的口令，向老师敬礼然后坐下，而是老师先向学生们问好，然后学生向老师答礼。我觉得挺新鲜，也很自由随便。我们的第一堂课是英语，进来了一位白发苍苍的老太太，是个洋人。问好以后，她示意我们拿出课本来。然后她举着课本，一个劲地晃动着手中的课本，口中念着："Beauty and Beast,

Beauty and Beast…"我一点也不知道她说些什么，只好随着大家一起念。念了一阵，她示意大家静下来，大概是要叫个别人念了。她第一个就指着我。我正因听不懂而生自己的气，于是站起来，闭着眼睛，模仿着她的腔调大声喊道："Beauty and Beast！"没想到她却高兴极了，竖起大拇指连连说："Very good，Very good！"同学们也响起了一片掌声。我特别兴奋，心里就喜欢上了这位慈祥的老太太。回家以后我就把今天所发生的一切，向父亲得意地描述了一番，父亲平静地听着，没有表现出任何惊喜。停了一会儿，他缓缓地说："二丫，你们英文教师用的课本和我们政府规定的不一样。她用的是一个童话故事，《美人与野兽》。他们上课，只讲英文不讲中文，你要用心去听、读、记，慢慢你会习惯的，这样你的口语能力就能提高。让你上教会学校，主要目的就是为了学好英文。英美这些国家，发展先进，比我们富裕。他们以教会的名义，做慈善事业，到中国来办教育，是为了宣扬他们的文化，是一种文化侵略。现在你还不能理解，以后慢慢和你说吧。"爸爸好像忙着要处理他手头的文件，我似懂非懂地听着，文化侵略似乎是我还不了解的新课题。

接着烦人的事情就来了，每天我在学校吃中餐，可是规矩挺多，先洗手，然后规规矩矩坐到餐桌上，等人到齐了，就闭目合掌，开始祷告。祷词的内容大概是："感谢上帝，赐我食粮……阿门。"吃饭的时候不许有说话声音，也不许有呕嘴咀嚼的声音。食堂里静悄悄的，严肃极了。我紧张得失手把饭匙掉在地上，"哐当"一响，大家都"啊"了一声，接着就笑起来，越笑越止不住，竟有人哈哈大笑。我难为情地蹲在地上，不知所措。管食堂的 Miss 李，走到我身边，轻声地说："跟我来。"她领我到水槽边，帮我洗手和匙子，叫我小心一点，再回到食堂时，已是鸦雀无声。Miss 李温和地对大家说："小冰是小妹妹，年纪很小，大家要多多关爱她。我们都是上帝的孩子，他告诉我们，爱我们的姐妹。"于是同桌的几个姐姐就不断地给我夹菜，让我受宠若惊，可心里却特别不是滋味。我从小就有独立自主的精神，很不愿意别人把我当做一个弱者看待。

还有更烦人的事，就是每天的朝会，大概有二十分钟的读经布道。可以不参加，但必须坐在教室里读英文，而申请加入教会的人非参加不可。参加朝会的人，往往可以得到一张印有圣经故事的小图片，她们回来时就得意地给没有参加的人看。那些图片印得很精美，我也喜欢，可是一想到烦人的朝会，就打起了退堂鼓。后来参加朝会的人越来越多，也有同学邀我去，我也去过几次，牧师的喃喃细语让我瞌睡不止，很快就对图片失去兴趣。一想起我要学好英文，我就不再去参加朝会了。每个星期三有个大朝会，这就规定每个人都得参加。我们得整队到男生部的大礼堂去听牧师讲经。我从来没有好好听过，不是打瞌睡就是偷偷地看《儿童世界》。我们班上慢慢地有人入教了，都是经过Miss 邓带领去受洗的，就这样成了基督徒。至于受洗是怎样进行的，我从来没去看过。我们有四个女孩子是不喜欢宗教活动的，后来成了好朋友，私下商量着要离开这个学校。

有一天，Miss 邓叫我到办公室去，我心里有一点发慌，不知道发生了什么事情。我可从来没有进过办公室的门。好友林林说，肯定是要你入教的事。我心中暗想该怎么回答。我不知道妈妈信什么教，她常常到寺庙里去磕头烧香，遇到什么为难的事，总是说菩萨保佑。那是什么教呢？好像是"福"教，对了，我就说我只能和妈妈同在一个教，不就得了？主意已定，我就从容地走入了办公室。Miss 邓在门口热情地拉着我的手一同坐在长椅子上，问了我一些家庭情况，还赞许我参加了几次朝会，并且说我是个勤学守规的好孩子，接着她给我讲起故事来了。虽然她讲的全是《圣经》上的故事，对于爱听故事的我来说，还是很动人的，我一点也不觉得她就是那个平日不想接近的人。最后她说："还有一个要让你判断结果的故事，你愿意听吗？"我巴不得她多讲几个故事，就快活地点点头。她微笑地开始了："从前有一个很富有的人家，家里储存了很多粮食，管理得很好。家中唯一的宝贝儿子，要玩什么就给什么，他突然发现屋子里有老鼠的踪迹，就吵闹着要抓只老鼠来玩。没办法，仆人果然给他抓来了几只，用大米来喂养它们。渐渐地老鼠越来越多，在屋里闹得不可开交。没办法，主人只得关紧仓门，不顾儿子的哭闹，把老鼠赶跑了。儿子的日夜啼哭也让主人十分揪心。仆人想了一个办法，捉来一只老鼠放在房中，让小主人追逐着玩，到晚上等孩子入睡了，就把房里的一个米缸盖打开，让它去吃个饱，白天好让小主人追着玩。可是第二天，他们却发现老鼠死在米缸边了。小冰，你能判断它是怎么死的吗？"这还用问吗，我想也没想就回答道："那是胀死的。"Miss 邓微笑地拍拍我的肩膀说："孩子，你没有说对，它是饿死的。这是一只傻老鼠，这么好的条件它不会享受，这么好的机会它不会抓住。它不会拯救自己，以至在丰满的粮食面前饿死了。孩子，上帝就在你面前，你好好想想吧。"打上课铃了，我来不及多想，就急急往教室跑去。

回到家里我就把 Miss 邓的故事讲给爸爸听。他听了哈哈大笑地说："你真是个傻丫头，她是来劝说你入教的。他们天天用上帝来熏陶你，要你信奉基督，让你的灵魂得救。偏偏你这小丫头片子，就像那只小赤佬（上海人的说法）一样，在米缸边饿死了。哈哈！"他这一说我才恍然大悟。于是使气地说："我就不入教。"从此除了规定要做的大礼拜以外，我再也不参加朝会，天天读英文，把学过的内容背得滚瓜烂熟。

我们的音乐老师也是个洋人。我们叫她 Miss 贝蒂。她年轻漂亮，歌喉婉转，声音特别迷人。有一次她给我们唱安眠曲《我的宝贝》，那么温柔优雅，竟使我听着听着入睡了。她不会讲中文，教的全是英文歌，我们不知道歌词的内容，跟着她哼唱，也学会了不少轻快易唱的英文歌。她还教了不少赞美诗，在她挑选而自愿的原则下，我们组成了一年级的唱诗班，她们轮流在朝会上唱赞美诗，被选中的人觉得特别光荣。虽然我也喜欢唱歌，可是我不愿去做朝会，就只得牺牲了这个享受 Miss 贝蒂甜美声音的机会。

圣诞节快要来了，将要放假一个星期，人们进行着各项准备工作。首先是选出天使，这要由美丽而个子高挑的女孩子担任，当然就只能在高年级的姐姐中挑选。再有就是排练节目，有唱歌、舞蹈、短剧等，绝大部分同学都参与了。最后就是人人都得准备一份礼物，到那天互相交换。我被分配在一个短剧里，担任一个穷人家的女孩。演的是英文剧，由英文老师教我念台词。由于我喜欢英文老师，我欢天喜地地接受了这个任务。英文老师虽然是一个老太太，却极富表情，从她的声调、动作和泪水中我大致了解了小剧的内容：一个可怜的中国女孩，父母双亡，平日流浪街头，靠乞讨为生。圣诞节的前夜，幸福的孩子们正在温馨的环境中，欢笑地装饰着圣诞树，她却在破屋檐下，饥寒交迫地瑟瑟发抖。圣诞老人驾着他的鹿车来到人间，第一个就看到了她。于是把她抱在温暖的怀里，送到一对慈祥夫妇的家里。从这时起就开始了她的美好生活。我总觉得这个故事有点耳熟，也许我的童话书里能找到。我从安徒生童话中找到了《卖火柴的女孩》，前部分有点类似，可结局完全不相同。童话先入为主的印象，使我产生一种执拗的不认同感。在排练的时候，我以自己的现实状况进入角色，对剧情产生一种抵触情绪。我不想演了，曾经提出更换角色，强调我从没演过戏，一定演不好。由于理由不充分，Miss 邓不同意。她赞扬我英文学得好，多练几次，会演得好起来的。我很勉强地跟着大家排练，对圣诞节也就不大感兴趣了。

圣诞节前夜，我们要交换礼品。我的礼品是一个桃形香袋，用粉红色的软缎制成，妈妈给它的两边各绣了一朵漂亮的大红花。我再用线做成一个小挂圈，可以挂在胸前，还穿上几颗亮丽的珠子，香喷喷的，连我自己都爱不释手。我想象着哪个女孩子得到它，一定会高兴得跳起来。我兴致勃勃地来到学校将包好的礼品交给 Miss 邓，等待着别人给我的礼品。让我大吃一惊的是原来我们是和男生部互相交换礼品，可是我已经没有办法要回我的礼品了。不一会儿，Miss 邓兴高采烈地搬来了男生部送过来的一大堆礼品，依次分发给大家。我迫不及待地打开我的小包，我的天哪，竟是一把马粪纸做的手枪！真让我哭笑不得。同学们互相交换地看着礼品，一片欢声笑语，我却悄悄地回了家。本来今晚还有一个我喜欢的活动，交换礼品之后的化装狂欢晚会，我打算戴上假面具，装成一个小男孩，模仿"Beauty and Beast"中的王子，与我的好朋友林林一起跳舞。狂欢一直要延续到午夜，零时的钟声响了，天使们穿着白色的衣裙，展翅飞到人间，报道耶稣降生的好消息。于是此起彼落地唱着圣歌："听啊天使唱高声，报道耶稣基督生，天畅地和喜不胜，基督生于伯利恒……"欢呼之声把晚会推到高潮。我没好气地想象着这一切，那把破手枪我早就在路上扔了。

圣诞节晚上举行文艺晚会，我还必须去参加表演。Miss 邓说我扮演的是一个穷人的孩子，要穿件破旧的衣服来，我却穿了妈妈给我新制的红花棉袄来了。导演 Betty 女士找来了一件黑色的破旧衣服给我换上，把我的新衣服藏在舞台旁边的石头后面，示意我等会儿穿。开幕了，我应该躲在大树后面装成冷得发抖。此时脱去了我的新棉衣，我还真有些发抖呢，我的情绪就更不好了。圣诞老人的车轮隆隆作响，他下车了，打着哈哈，向大家道了："Merry Christmas!"然后顺理成章地发现了我，把我拉到舞台中央，动情地表演："Oh, my God! Poor girl…"我忽然做出了一个大胆的决定，挣脱了他的手，口中大嚷道："我不可怜，我不是穷人家的孩子，我要穿自己的衣服，我要回家。"我扔掉身上的破衣服，抱上我的新棉衣，就直奔台下。我听到人们一片惊慌失措的叫喊声，但我不顾一切地穿好衣服就跑回了家。

就这样，没等学期结束我就离开了教会学校。

（三）找回了快乐的朋友

我把圣诞节晚上发生的事情如实地告诉了爸爸。爸爸什么也没说，一边看他的文件，头也不抬地问了一句："你没有学期成绩，怎么转学呢？"我不作声。第二天一大早我就去找继续在同义中学读初中的好朋友胡跟弟商量，她说她们班上才三十九个人，学校正想招收插班生呢。我们两人就去找她的级任老师孙先生，孙先生说："你没有转学证明呀，这不好办。"我把实情告诉了孙先生，这倒是打动了孙先生的心。他反对惠中女中拉学生入教的手段，赞扬起我来了："有志气，有志气！明天来听消息吧。"

第二天，我顺利地又回到了同义中学。只是妈妈为了又要交半年的学费，嘀咕了好一阵子。我认真地准备期考，我要考出好成绩来，让妈妈不再抱怨。我这个学期在教会学校学的英文是有收获的，远远地超过了班上的水平，所以我考出了不错的成绩。放寒假了，我很高兴，寻回旧日的玩伴，我和跟弟、慧珍、丽卿商量着现在我们都是中学生了，不能再玩过去在公园里捉迷藏丢手绢那套，跟弟说她最近学会了骑脚踏车，问我们会不会。能骑的话，我们就可以租车到郊外去玩。我马上拍手叫好。我在保定时用爸爸的车子练习站着骑，可以上街了。可是爸爸到上海来就再没有车了，到那儿去弄车呢？跟弟说上海有的是车行，可以租车骑。那种学生骑的小车，只要一毛钱一小时，但是要押金。可以交两块钱，也可以押贵重物品、学生证、值钱的衣服等。两块钱难不倒我。我早从每天上学的车费和早餐费中节省出来了。于是我们筹划了一下出游的计划。我抢先说去龙华，看宝塔，吃阳春面，完成华先生的未竟事业，跟弟说去黄家花园，大家说玩了这两处再说，一致通过先去龙华。我节省下来的钱，没有告诉妈妈，我怕她充公，况且现在不用坐车了，自然就只剩下顶多每天两分钱的早餐费了，抠不出多少钱来，我一数我那破箱子里的存款竟有三块六角，可以快活地玩几次呢。

放假后的第二个星期天，我向妈妈撒了谎，说是老师带我们去游龙华。她问怎么去，我说走路去。她倒是可怜起我们的小腿来了，叫我们坐一段路的电车，一共给了我三角钱，她可是破天荒地慷慨，乐得我在家里不停唱歌，帮妈妈做事也特别勤快。我们在离家不远的一个跟弟熟悉的车行，租了各自适合的车，准备上路。这车行老板见我们是四个女学生，又都是同义中学的，就看了看我们的学生证，每人收了四角钱租车费，说多退少补，没让我们付押金。太让我们兴奋了。

不到一小时，我们就到了龙华，原来这里是个集市小镇，有许多城市里见不到的东西出售，特别是乡下食品，见了就嘴馋。大家决定，买自己喜欢的吃了再去玩。我吃了四个咸肉包和一根玉米，才花一角钱，比阳春面只多两分钱。我们吃过东西，就朝镇边的宝塔跑去，仰头一望觉得它特别高，塔尖上还长了几棵小树，似乎有小鸟绕着树跳来跳去。我的心已经飞上了塔顶，要抓小鸟去！我带头奔到塔前，一下子就傻了眼，塔门封闭着，贴着警察局的布告，"禁止登塔"四个大字旁边还有一个挎着驳壳枪的老总守着。我们才走近，他就挥着那双戴白手套的大手，朝我们吼叫："去，去，去，这儿没你们的事！"我们不敢近前，听边上的人议论，我们才知道早几天有一对夫妇抱着一个孩子从塔顶跳下来自杀了，当场摔死，只是那个一岁多的孩子夹在两个大人中间没有摔死。我焦急地问："那孩子怎么样了？"人们七嘴八舌，各种说法都有：警察抱去了，亲戚领走了，好心人收养了，慈善机构收留了……我想起我那一岁多的小妹妹，每天放学的时候就坐在大门口等我，只要听到我的声音，就踢脚绊手地迎上来叫："阿哥回来了，阿哥回来了……"我连忙纠正她："要叫阿姐，不叫阿哥。"我上中学以前一直是女扮男装。多可爱的小妹，这个顷刻间失去父母的小孩也一定和我的小妹一样可爱，是父母不忍心她死掉吧，才把她夹在中间。可是她一醒来就会哭喊着要妈妈的呀，似乎她和我小妹的音容笑貌重合在一起了，我不由得流出泪水。我们四人都没有游兴了，推着车默默走出了龙华镇。跟弟走在最前面，我走在最后，我们四人当中就我还不曾在繁华的上海大街上骑过车。由于怕撞人，走得慢一点，总是掉队。车到西门路，快到家了，我才胆子大起来，渐渐地跟上了他们。眼看着西门路和霞飞路相交的路口亮着绿灯，跟弟已经过去了，我紧跟她们上去，准备横过马路。就在这时，霞飞路上响起了急促而刺耳的警铃声，救火车队奔驰而来，霎时就到眼前，我不知所措地在车上颤抖。顷刻我只听砰地一响，我就仿佛在梦里摔了一跤，似乎周边有人在叫喊吵闹，也好像有人在叫我的名字。我觉得很疲倦，一点也不想讲话，只想美美地睡一觉。我忽然感到两只大手紧握着我的双臂，还真有点痛。我不由自主地随着他的大手被提了起来，我睁开了眼睛，着实吓了一跳，竟是一名高大的警察把我拎在手上，我平时是最怕警察的，这一来就哇的一声哭起来了。跟弟她们三个一齐拥上来抱住我哭作一团。警察挥了下手，笑着说："好了，没事了，她是吓的，快回家吧。"丽卿告诉我，她看到救火车飞快地闯过来，她大喊我退回去，我却傻傻的已经来不及了，说时迟，那时快，警察冲上来横扫一脚，我就连车带人跌倒在人行道边，救火车就呼啸而过，要不然真会撞个正着。从她们的口中我才知道，上海是个拥挤的城市，曾经多次失火，因车道不畅，延误了救火时间，损失惨重。以后政府明令规定，救火车出动，警铃加鸣笛，信号响亮而明确。一切车辆行人，都必须赶快让道。警察不能阻车，红灯不能等候。如有损伤，概不赔偿，后果自负。我算是跌一跤，长一智了。上海的救火车那吓人的铃声，一想起来就胆战心惊。回家来我把这件惊险的事情告诉了妈妈，她吃惊地瞪着眼睛，听得脸色越来越难看。等到我讲完，她竟怒气冲冲地朝我屁股上狠打一巴掌，顺手抄起她缝衣用的木尺，噼里啪啦一阵乱打，边打边骂，还眼泪直流，我也哭起来了，我还从来没有见过妈妈生那么大的气。这一下惊动了邻居焦四奶奶，她过来死命地把我们娘儿俩拉开。妈妈气呼呼地坐在椅子上，叫我端过一条小凳子坐在她对面，手里还捏着那根尺子，似乎随时都会向我身上落下来。就这样开始了她的审问：

"谁的车？"妈妈厉声地问。

"租的。"我怯怯地回答。

"谁为首要骑车去玩？"

"是我。"我勇敢地承担责任，绝不牵连朋友。

"谁出钱租的车？"

"各出各的。"

"你的钱是从哪里来的？"妈妈把尺子举得高高地逼视着我，我担心尺子就会劈向我的脑袋，就本能地双手捂着头，却理直气壮地答道：

"是我省吃俭用攒下来的。"

"还有多少？都拿出来！"妈妈说话的口气缓和些了。我把箱子里的存钱和手里剩下的钱一共三块四角钱，交到了妈妈手上。那时用的银圆和铜板，一块银圆换一百个铜板，妈妈每天给我六到十二个铜板，我在这个范围内省吃俭用，所以我的三块多钱是用旧衣服包着的沉甸甸一包。妈妈打开旧衣包，用手抚摸着这一堆铜板，竟然滚下滴滴泪珠，落在带有铜绿的钱币上。忽然把我拉过去揽在怀里，泣不成声地说："我的二丫头，我的孩子，你饿了多少回肚子，赶了多少回路，摸了多少回黑才攒到这些铜板的哟。你的个头老赶不上人家，是吃得太少了吧，以后不许这样做。"妈妈当场给了我四块银圆，收去了所有铜板。我惊喜得像发了一笔洋财。我一点不理解妈妈的眼泪，我觉得我所做的都是顺理成章的事情。等到我做了母亲，我为四个儿女的成长担惊受怕，才体会到那时妈妈的眼泪是何等伤心啊。

（四）沪战发生

进入初中，我经历了一些事情，自我感觉懂事些了。小弟弟阿宝两岁了，听爸爸说，妈妈肚子里又有了一个孩子。晚上我悄悄问妈妈："你肚子里有个孩子吗？"妈妈板着脸说："这不是女孩子该问的事，谁说的？"我摸摸妈妈的肚子说："爸爸说的。他说你是家里操心最多、工作最累的人，叫我别淘气，放学回来帮你干点活。"妈妈笑道："你能干什么活？别添乱就烧高香了。"妈妈对我的不信任，让我有点不高兴。我认真地说："我能带弟弟，我一定能把他带好。"我许下了这个诺言，只要我在家，我就领着弟弟在屋里玩耍，或者背着他到外面去看街。在家里我们的游戏是躲猫猫、过家家，我们家里从来不买玩具，什么都可以当玩具使。拖着扫帚当竹马，排着小凳开火车。有一天放学回家的路上，我用自己的钱买回了一个五彩斑斓的皮球，这回可让阿宝高兴坏了，他看见我把皮球一拍老高，就乐得又叫又笑又跳。妈妈直夸我办法多，出手大方。从此她常常在早餐钱里多放一个铜板，我也就常买点小玩具和小弟一起玩。有时候妈妈也给我一两分钱去买点零食两人一起吃。这时我就背着小弟一同上街，每挑一样东西，都得他同意，买了东西，得先交给他，由他根据他的意愿，分一点给我吃。他可小气啦，从来都只分那么一小点儿给我，而且马上要我把他背起来，他在我的背上大吃大嚼，那饼屑糖屑，有时候口水鼻涕，一股脑儿落在我的头发里脖子上，甚至把我背上的衣服当抹布。我可不能说他的不是，略不如意，他的有效武器就是大声哭喊，招来了大人准是对他有利。不过我特别喜爱小弟，虽然他在吃东西方面对我狠了一点，却非常黏我。只要我在家里，他总是前脚后脚地跟着我转，姐姐、姐姐地喊个不停。我写作业时，他就一声不响地趴在桌子边上看着。有时候我也教他认一两个字，他的记性特别好，教几遍就能记住了，而且很会联想，我真觉得他比我聪明。爸爸特别宠爱他，一回家就抱着他举得高高的，只听得他们俩不断地爆发出一连串的笑声。爸爸有时捏着他的鼻子"哞哞"地学牛叫，高声大笑地说："小牛来了，小牛，小牛，我家的小牛，以后就叫你小牛吧。"可妈妈不同意，她说牛太辛苦了，不要叫这样的小名。不管爸爸怎么叫，妈妈还是叫他"宝宝"。我在一旁插嘴道："他是你的宝贝呗！"妈妈却认真地解释道："二丫真是小心眼，我宝贝他就不宝贝你啦？他是保定出生的，就叫'保保'，你的大弟弟叫'保民'，是外公取的名，这不正好两兄弟同一个字吗？"爸爸说："别争了，我倒想给他取个单名。他不是北方出生的吗，北方产骏马，就取个单名'骥'吧，秦骥者，吾家之千里驹也。"从此小弟成了我们家的希望。可是这希望只藏在大家的心灵深处，除了我们知道骥的真实意义以外，却从来没有使用过这个名字。

有一天，在学校的纪念周上，老师说近来日本人在东北和华北一带，常常闹事，鬼子们占去了我们的土地，又想入侵我们的华北，野心不小。上海是个复杂的地方，日本浪人很不安分。我们的学校是在法租界，别往城隍庙、日租界、虹口一带去玩，怕出事。回家来正好碰上爸爸和妈妈在商量回湖南的事，妈妈要早走，我们家里五口人，还有在南京的叔叔和阿姨，外加在上海念书的几个近亲，还有常来常往的几个乡亲，都曾口头上说过要和我们一块回湖南，这么多人，时局紧张起来就不好办了。可是爸爸摇摇头说："这么多人没有我同行能成吗？我要等撤退令到了才能走，还没打仗呢。"

放暑假时，坏消息一个接一个地传来，日本鬼子在华北不断增兵，我们的军队也源源不断地向北开去。听大人们说，在吴淞口一带也增加了不少军队。到8月初，租界上似乎天天都有人搬进来，于是，巡捕房就把通向中国地界的铁门管制起来。开始是上午八时到下午四时可以通行，几天以后就只开放4个小时了。8月10日起，索性就不开铁门了。接着日本鬼子在虹口一带天天闹事，不断制造麻烦，鬼子兵不时出动抓人，制造谣言，弄得人心惶惶。粮价飞涨，许多米行索性关门大吉。我们家里气氛也很紧张，阿姨和叔叔还有几位乡亲，在父亲的筹划下从上海坐火车到南京，再搭轮船经武汉回湖南。我一点也不想马上就走，我真想看看打仗是个什么样子。何况我们住在租界上，这仗一时半会儿还不会打到我们头上来。于是我和小伙伴们成天互相串门，打探打仗的消息。丽卿家楼下是个商店，来往的人最多，听到的消息也最多。12日早上，陈妈妈对我们说，那个失踪的日本浪人一直没有下落，日本鬼子已经发出了最后通牒，说他一定是被中国军队杀害了。还说活的要人死的要尸，交不出来，就派军队到中国驻军地点武力搜查。咱们中国军队也不含糊，兵来将挡，谁怕谁呢？刀出鞘，枪上膛，沪战迫在眉睫。13日凌晨，黄浦江一带响起了激烈的枪炮声。一清早起来，从爸爸妈妈沉重的谈话中，我才知道昨夜上海的翻腾。我还没有穿好衣服，就听到隆隆的飞机声掠过头顶，不时发出难听的怪叫，却没有炸弹爆炸声。爸爸说那是他们在侦察地形，投弹还在后头呢。爸爸拉着我到阳台去看，他指着前面说，我们住在法租界，过去不远就是我们上海广阔的国土，我们的军队就守护在那里，随时准备给挑衅的日本鬼子迎头痛击。说着我们看见三架飞机呈品字形从我们眼前横飞过去。爸爸告诉我，如果发生空战，就可以从我们的阳台上看到，如果要看中国的飞机轰炸敌舰，就可以从我们前面房间窗口看到。我真惊讶我家就处在这个有利的战略地位。虽然是打仗第一天，除了间歇的枪炮声外，似乎战况不是很激烈，妈妈却管住我不许出去。

第二天，瞅着妈妈出去买菜的工夫，我溜出了大门，马上钻到丽卿家里。我提议到黄浦江边看日本军舰去。我们还去邀了慧珍和跟弟一道，向江边进发。只见宽阔的江面，黄波滚滚，似乎比往日空荡了许多，那是由于停泊的船寥寥无几，只有几只日本军舰大摇大摆地停在江心，那太阳膏药日本旗子特别刺眼。一想起小鬼子在我们的国土上横行霸道，大家就气愤起来，于是挥起拳头，指着军舰大骂。我们看见舰上的鬼子还挥手冲我们笑，他们根本不在乎我们这群小孩的叫嚷，他们躺在未脱炮衣的大炮上，安闲自在地做着各种鬼脸。忽然我们听到飞机的轰鸣声，大家不约而同回头望去，只见六架飞机呈两个品字形朝江边飞来，阳光下明显地看到青天白日满地红的标志，我们兴高采烈地拍手欢呼，并且大喊："炸死他，炸死他！中国飞机万岁！"飞机绕着军舰飞了一个大圈，忽然有两架尖叫着向江面俯冲下来，居然下蛋了，惊得我们愣住了。只见两颗黑蛋直扑江面，几声巨响，军舰的旁边升起了几鳌头丈高的水柱，舰身也摇晃起来了。这时我们也回过神来狂呼："炸得好，炸得好！"也为没有炸中感到分外惋惜。这时傲慢的小鬼子才慌忙脱去炮衣，朝着天空胡乱开炮，追着飞机屁股，往蓝天上贴出朵朵小白花。我们的飞机绕一个圈又低低地飞过来，一阵机关枪猛扫，打得几艘军舰上升起了白烟。小鬼子还没有来得及调整炮位，飞机已经消失在遥远的天边，胜利返航了。

我怀着亢奋的心情回到家，爸爸正在清理文件，我迫不及待地语无伦次地诉说了我在江边所见到的一切，爸爸竟听懂了我的话，激动地停下了手里的活，大声地说："太好了，太好了！中国人民有志气。"在吃饭桌上，他一反往常"食不语"的规矩，竟滔滔不绝地向我讲述了许多日本鬼子在东北的罪行以及中国人民当亡国奴的悲惨境遇，说得我流下了眼泪，恨透了日本鬼子。

打仗了，到处都显出了紧张，家里客人也特别多，亲戚同乡们大都谈论着回家的事情，有的干脆把一些带不动的东西朝我们家里放，我们二楼的客厅就成了一个临时仓库。大家都说，这仗打不了多久，趁机回家走走就回来，租界上安全，暂时把东西放在这里，拜托了！妈妈总觉得不是那么回事，自己天天在筹划着回家乡，收下人家这么多东西怎么办？于是再三声明："我们要是走了，丢失了我可不负责任啊！"他们异口同声地说："丢了就算了，你缺什么就拿什么用，不用多操心。"

我无事可干，总是躲在三楼前边的窗口或阳台上搜寻天空上飞机的踪迹。天天都看到日本飞机从西往东绕着圈子，发出刺耳的怪叫，向浦东、吴淞口投掷炸弹，虽然我们的阵地上不断发射高射炮，却很难命中。我的眼前升起浓浓黑烟，我似乎看到了房屋的倒塌，我似乎听到了遭难同胞们的悲惨呼叫，我伸着脖子企盼着天边会出现我们的飞机。但是，每当几十架日本飞机恣意狂轰滥炸时，我们的飞机很难应战，寡不敌众。有一次我从前窗看到三架敌机向东边飞来，我立刻向阳台跑去，果然我们有六架战机升空迎敌。只有几个回合，打得两架敌机冒烟起火，一架折翅，带着长长的黑烟尾巴逃跑。我真看得高兴极了，心怦怦直跳，跟着飞机上下翻腾，看到我们的战机胜利返航，才欢欣地平静下来。

有一天，我在房中听到东边传来砰砰的炮声，我知道准是敌机临空，急忙跑到阳台上看，果然有十几架，它们不停投弹，发疯似的嚎叫，我多么希望我们的战机来狠狠地教训它们。高射炮虽然不停地打，可是一点也不能形成对它们的威胁。忽然情况发生了变化，敌机呈品字形整队打算返航时，东北方向我们的雄鹰以一字长蛇阵的队形拦住了它们的去路，于是激烈的空战展开了。地上的炮火停息了，天空上机群的交战炮火十分猛烈，一会儿火光四溅，一会儿浓烟滚滚，我已分不清楚战况，心里默默祈祷我们的胜利。忽然有一架我们的战机退出了战圈，低低地歪歪斜斜地向西边飞去，我很吃惊，急忙跑到前窗张望，果然见到它飞得更低了，我很惊恐，只怕它就会掉落下来。我看到两颗炸弹一先一后地从它的肚皮下跌落，轰然巨响，简直是地动山摇，连我们的住房都震动了。我不知道它炸了什么地方。正在惊疑不定，忽然街上人潮如涌，朝霞飞路方向奔跑，有人呼喊："不得了啊，大世界挨炸了！"甚至有人一路哭喊着奔跑。不久，有几辆救护车按着尖声喇叭从人群中挤过去。

我随妈妈到弄堂口听消息，大家都说是日本轰炸机被打昏了头，把炸弹扔到租界上来了，可见上海租界也不是安全地方。我想跑远点去瞧瞧，妈妈死也不让，我只好跟着她回家，爸爸今晚回来得很晚，他说路上乱，电车停止运行，人力车比步行还慢，他是步行回来的。大世界落了炸弹，死伤了不少人。沿途遇见不少救护车运送伤员，还有大卡车装载遇难者的尸体，一路上滴着血，后面跟着几辆洒水车不断冲洗。

我们从第二天的报纸上得到准确消息，当天我们的飞行员在空战中受伤，眼看控制不住机上的炸弹，想把它扔到好几亩地大的跑马场去，以免伤了老百姓，可是就只有几秒钟的差距，不幸却落在了繁华的大世界了。这位受伤的空中勇士奋力将飞机开回了机场。那落在大世界的两颗炸弹，不偏不倚地落在交叉路口人流最多的地方，中间有个印度警察的岗位，那位大胡子红头阿三据说红头巾和胡子都飞挂在路边的高楼上了。这次共死伤三百多人，地面上炸出了一个两丈多深、周围六七丈的大坑。这一场灾难引起上海租界的强烈震动，许多人打算立即逃离上海，我们家似乎还在等待。

这就是我在十二岁时所亲历的大世界惨案。

（五）战地服务团

8月下旬，我依然到同义中学去上学。不过有些同学没来，丽卿和惠芳也都不来上学了。最使我震惊不已的消息是同学王之英的悲惨遭遇，她家住在城南城隍庙附近，全家一共八口人，中国地界天天遭受鬼子飞机的轰炸，她家那几间房子早已被炸得东倒西歪，搭着两间棚子将就着，挨着时日，等待那嫁在宁波乡下的姐姐来接他们。那天，他们一家正在吃饭，敌机临空了。就在这时，邻家四岁的小娃听到飞机声急忙朝她那只剩门楼的家跑去，不小心碰着一块木板，压住了腿，动弹不得，急得哇哇直哭。之英看见了，跑过去把她抱起来，送到家里去。她还没有来得及抽身回来，就听到震耳欲聋的炸弹落地声，小娃的妈妈拉着之英一起躲在自家临时建造的防空洞里。飞机远去之后，她急忙跑回家去，哪还有破棚子的踪影？一个大大的炸弹坑里埋的就是她血肉相连的一家人。她当时就晕倒在地，后来她姐姐把她带去了宁波，我就再也没有见到过之英。

我们班上新来一位女同学叫何淑贞，长我三岁，长得胖胖的，笑起来嘴角上翘，眼睛眯成一条缝，卷发披在肩上，非常好看，人们说，那是烫了的。她不穿校服，也不穿童军服，总是穿着很漂亮的连衣裙。据说她家在真如，打仗了，就搬到上海租界来了。大家猜测她家一定很有钱。放学时我们同走一个方向，她像姐姐似的亲热地挽着我一块走，竟把我拉到了她家。果真是有钱人家，那一幢三层楼房很是讲究，前面客厅外还有一个小花园，这在地盘紧俏的上海是非常少见的。她家还有崭新锃亮的包车，钢丝轮，大铃铛，我从没有在谁家见过。客厅里摆的是古色古香的红木家具，中央的水晶吊灯光彩夺目，上面挂着一串串五彩亮片，随着轻风左右晃动。这一切让我看得眼花缭乱，这么有钱，为什么不去上贵族学校，却来我们这名不见经传的同义中学？她似乎明白我的想法，一边招待我喝茶吃点心，一边告诉我她爸说不会在上海待很长时间。她伯父在香港生意很忙，她爸安顿好这边的生意就会把她妈和孩子们送到香港去，这个学期她还不一定能念完呢。我心里略微有点惆怅，刚认识一个新朋友，也玩不了多久。

上课了，老师无心讲课，我们也无心听课。老师一进教室，就是报告战况，虽然我们明知道对我们有利的消息不多，可是老师讲的都是英勇战士们不怕牺牲的战斗精神，激发我们的爱国热情。大家个个摩拳擦掌，恨不得立刻投笔从戎。老师们沉痛地讲述日本鬼子在我们的国土上残杀我人民的暴行，大家都咬牙切齿，激起无边仇恨。教我们国文的沈老师，是一个极富感情的人，常常讲得泪流满面，悲愤交加，引得同学们也轻轻啜泣。他套着我们熟悉的《北伐军歌》的调子编了一首抗日歌曲教我们唱，一看他新编的歌词，我们马上就能唱出来。歌曰："打倒日本，打倒日本，除汉奸，除汉奸。誓死抗战到底，誓死抗战到底，救中国，救中国。"唱起来铿锵有力，气势豪迈，声震屋宇。一个班唱开头，就带动全校，真是兴奋极了。有时校长也会来看看，他只是做个手势，让我们放低点声音，因为法国巡捕听见会出面干涉的，他们怕日本鬼子不满。

尽管人们一直充满激愤的抗日热情，也不断流传许多抗日英雄事迹，可是我们的军队不断失利，上海危在旦夕。10月中旬，我军转移真如，也就是宣告上海沦陷。沈老师在班上宣布这一沉痛消息，大家失声痛哭。忽然有一个同学从大门外奔进操场，手里扬着一张号外，大喊道："我们的军队还在战斗，上海没有失陷，保卫大上海！"他展开号外，念给顷刻围在他四周的同学们听。原来十九路军谢晋元团长带着所部八百壮士坚守在外滩的四行仓库，誓死抵抗，还有一位姓杨的女童子军冒着危险，献上一面鲜艳的国旗，插在四行仓库的顶上，高高飘扬……大家没等到听完，就含着泪水高呼：祖国万岁！抗日英雄万岁！消灭日本鬼子！又有人带头唱起了抗日歌曲：大刀向鬼子们的头上砍去……一时操场里口号声此起彼落，激情高涨。校长、主任、老师们声嘶力竭地叫同学们回教室云，全不管用。忽然有人拼命地敲钟，这下倒让人静下来了。那个送号外的同学跃上台阶，振臂高呼："同学们，我们不当亡国奴，我们要从军，我们要抗日，我们不能躲在租界里混日子，我们还当不了兵，愿意参加战地服务团的，明天就和我一起去报名！"一片叫好声中，许多同学就拥着他挤出了大门。课当然上不成了，我和淑贞就取出书包一同走回家。她邀我一同参加战地服务团。从淑贞的口中，我知道了那个送号外的同学是上学期毕业班的，高个儿，篮球队员，名叫金鸣。

第二天，我们到校一看，到处冷清清的。学校布告上写着：紧急情况，停课两天。沈老师一个人在走廊上徘徊，我们就过去问他为什么学校停课。他摇摇头说："这是租界，昨天同学们的抗日激情，引起了法国巡捕房的注意，要求校长不得聚众喧哗，不得在租界上高呼抗日口号。这是私立学校，校长怕事，学生不来上课不就没事了？"我们看着静悄悄的教室，无可奈何地往回走。快到校门口，看到有人要进来，传达老头和两位男老师在劝说一伙同学别进去，其中就有那位高个子金鸣。原来我们来得较早，当时还没人拦阻我们。金鸣一挥手说："不进去也行，大家跟我走。"十几个人随着他七弯八拐地出了租界，来到一栋倒塌了半边的房子前面，门口还有持枪的卫兵把守。金鸣把手中捏的一张纸条给他看了一下，就让我们进去了。嗬，里面好大的一间房子，房中央有一块木板上写着几个大字"战地服务团报名处"，周围摆着五六张桌子，全被青年人围着。淑贞拉着我挤过去，每张桌子前坐着两个军人，一个对报名的人边问边写，另一个打量报名人的高矮和模样，说一句"欢迎你"就算通过了。好不容易轮到我们了，淑贞说自己十六岁，初中三年级，我心里觉着不对，正想张口纠正，她却暗中紧紧地捏着我的手，示意我不要插嘴。我赶忙说："我是和她一块来的，我也要报名。"那人笑问道："小妹妹，你几岁啦？"我觉得他瞧不起我，马上大声答道："我十五岁！"他竟哈哈大笑起来："你离开幼稚园还没多久吧，咱们可没人来照顾你呢。再等几年吧，这仗可能得打一些时日呢。"他没再理我就接待下一个去了。淑贞被叫进另一间房子，她嘱咐我在外面等她一道回去。我只好老大不高兴地坐在门口的破石堆里等她出来，想着未来的日子。说不定好多人都能参加战地服务团，可我已经没这个可能了，上学也没意思，干脆就快点回老家去吧。

等了好一会儿，他们终于出来了，个个兴高采烈，神采飞扬，谈的尽是打日本上战场的事。淑贞只顾和金鸣说话，早把我忘在一边了。我恨恨地在她背上打了一拳，她笑着拉我一块儿走。直到和金鸣在岔路口分手，她才回过头来和我说话。我问她真要参加服务团吗？

"是呀，我都被批准了，还有假呀？"

"那你家里会同意吗？"

"我不会告诉家里的，等到了地方，我再给他们写信。"

"你真有决心，你得给我写信，以后我来找你。"

"这件事还是个秘密，你可千万不能告诉我家里。"说着她伸出小拇指，和我钩指为定。这是我们的规矩，说定的事谁也不能违反。我怏怏不乐地走在路上，想起了木兰从军的故事，想起了舞台上刀枪晃动的情景，也想起了当前抗日英雄的许多传闻，心里乱糟糟的，很不是滋味，没有办法，只有快快长大去从军。

学校停课好几天了，大家都有些心慌意乱。我天天都和淑贞约在法国公园见面，有一天早上她匆匆来到我家，把我叫到门外，激动地对我说："我今晚出发，金鸣通知我的。妈妈当然不知道，她让我清理东西，准备过几天和我一起去香港。让她失望了。"她说着有点哽咽，我也有点难过，要是我偷偷离开妈妈，我舍得吗？淑贞不让我去送行，怕家里人发现。我回到屋里，取了一块珍藏的花手帕送给她作为纪念，再三叮嘱她要来信。我们又到常去的法国公园游了一圈，然后依依不舍地分别了。她家竟没有来问过我，大概不知道我的住址，而且从那以后我也再没去过学校。

打仗的消息越来越不好，租界四周日夜火光冲天。我再也没有从阳台上见到过飞机打仗，只见到一群群鬼子飞机到我们的土地上狂轰滥炸，我们的阵地上连高射炮都不响了。我无处打听消息，也很少遇见同学。有一天，在街上遇见了沈老师，他说学校不上课了，他也就没工作了，如今在一个叫徐重道的中药店里当账房先生。我忙问他有没有战地服务团同学们的消息。他说他们都很不错，穿上了军装，上了前线，有的在担架队，有的在运输队，有的在宣传队。但是有一个不幸的消息，金鸣搞宣传鼓动工作，被敌人机枪扫中，腰部受伤，住进了后方医院，伤势不明。淑贞在担架队，救护伤员非常勇敢。但也有人牺牲了，我心里祈祷淑贞吉人天相。淑贞家里很有钱，她却瞒着家人到前线去吃苦，正如沈老师说的，她是个叫人敬佩的爱国青年。

战况一天坏似一天，11月下旬上海沦陷，鬼子沿着京沪线疯狂向南京推进，12月制造了震惊世界的南京大屠杀。这阵子家里的客人特别多，他们总是紧紧关着客厅的门议事，让我在楼下看门，要是有陌生人或巡捕要进来，就让我在下面大声叫唤小弟下去玩。做饭的阿姨也辞退回家了，一切家事都由妈妈一个人打理。有一次来了四个吊儿郎当的男子，贼头贼脑地在我家院子里转了一阵，然后问我家姓什么，我说姓赵。我觉得情况不对，就大喊小弟快下来玩，谁知小弟却藏在妈妈身后，小声地说："我在这儿呢！"弄得我不知道还要不要再大声叫喊了。那几个人中有一个戴礼帽的向妈妈点点头说："赵太太，我们租了隔壁的房子，以后我们是邻居了，请多关照，请多关照！"说着就掏出钥匙开门进去了。

后来我才知道爸爸当时在上海是做对敌情报工作，暗中抓了一些汉奸。隔壁的人来历不明，爸爸担心是来监视他的。没过几天，我们就决定回老家。

（六）回湘路上

我们家里还住着两个家乡人，都是作田汉，只因家里穷，才跟着爸爸到外面来混口饭吃，现在也没有路费回家，妈妈正好留下这两个有力气的人帮着搬运行李。她从来都是很节俭的，用旧了的东西都舍不得扔掉，何况临走时别人寄存的大多是比较好的，尽可能地帮人家带回去。经她一收拾，箱笼包篓共有二十八件，爸爸一看就生气了，在他的监督下，大大小小减去了一半。妈妈只好无限留恋地把捆好的东西又放回原处，叹息着说："这屋里吃穿用的东西一应俱全，不知道谁会住进来享受现成的财富。"我不管他们的争吵，我把我的书包塞得满满的。我心爱的童话书以及那一套《红楼梦》都带上了。我们走时屋子里不能搞得很乱，就像我们暂时离家，不久就会回来，诱使他们在我们住所周围守候，不致急急追寻。我们就这样恋恋不舍地离开了这个摆设整齐、窗明几净的家。

上海四周的大火已经熄灭，常从远处传来断续的枪声。即将离开这个我们居住并不很久的家，我的心里充满了惆怅。"九一八"日本鬼子占我东三省，我们被迫从镇江赶回老家，那时我还是一个六岁的孩子，不知道什么叫战争，不懂得什么是侵略。这回"八一三"沪战发生，就在我的眼前，我已经是中学生了，耳闻目睹了日本鬼子对中国人民的虐杀、对中国领土的掠夺，年幼的心灵也萌动了救国激情，希望快长大，像淑贞那样为战地服务。在离开上海之际，我似乎一下子长大了许多。

那是一个月明之夜，我们从法租界的轮船码头登上英国一艘中型海轮。上海、南京相继沦陷，我们不可能坐长江轮船回家，只能借外国人的势力，绕道香港经广州回到湖南。这是一次漫长的旅途，爸爸说顺利的话，十天左右可以到长沙，若中途出事，那就不可预料了。码头上相当拥挤，爸爸抱着两岁多的小弟，妈妈紧紧地拉着我的手，大件行李已经托运，随身携带的四件由两位老乡提着。没有人送行，亲友们早走了，似乎走得非常寂寞。虽然人多却并不吵吵嚷嚷，上船的外国人很多，女人们的高跟鞋、男人们的手杖，显示出他们的特征。八国联军之后，中国人就开始惧怕洋人了。洋人昂首挺胸、旁若无人地走过来，一听到鞋跟、手杖的响声，中国人马上卑微地闪向两旁。爸爸却自顾自地走自己的路，他也是那样旁若无人。妈妈拉着我犹豫了一下，我使劲拽着妈妈跟上爸爸的步伐，我觉得分外自豪，我恨日本鬼子，也不喜欢洋人，他们不也占着我们的土地作为租界吗？爸爸不说话，我猜想他内心和我一样。

我们在黄昏时分分两次雇了四辆人力车，带着十来件行李在英租界的黄浦江边上船。英国巡捕在上船的入口处验票。原来船票分几种，我们属于三等舱，还有四等舱，要躺在三等舱的床上，称为"难民舱"。三等舱在甲板下面，得下两段楼梯，微弱的灯光，使舱内十分朦胧，人影幢幢，马上就觉得透不过气来。我们按票号找到了铺位，原来这叫做统舱，在一大块床板上标记出各自位置，每人约占两尺宽的地方，我们约有六尺宽的床位，小弟免票，没有床位。那两位老乡睡在我们的对面。我们的床头有一个直径一尺多的圆窗，不可以打开，窗户浸在绿色的海水中，我醒悟了我们是住在水下。人越来越多，中间的空地被占满了，他们只能坐在自己的行李卷上，这就是四等舱，还有人竟钻到我们的床下面开铺了。爸爸很宽厚，把我们的行李挪到一边，让他们躺得舒坦一点。他悄声地对我和妈妈说，都是逃难的，大家互相照顾点。随后有人来给每个床位发了一个纸袋，说是供人呕吐时用的。半夜里鸣笛开船，我早已沉沉入睡。醒来时只见妈妈靠着舱壁坐着，手里捏着纸袋，不停地呕吐，整个舱里都是一片呕吐声，空气特别浑浊难闻。我直起身子看看爸爸，他并没有入睡，恐怕也是不好受，用湿毛巾不断地擦拭嘴脸。他轻轻地对我说："二丫，你不晕船吗？天亮了，快到甲板上去透透气。"

甲板上是另外一个世界，阵阵凉风送来清新的空气，我深深地呼吸着，张开双臂，拥抱着上帝的赐予。有群人吆喝着再上一层，我也跟着上去了。我沿着一架小梯，爬到了一只救生艇上坐着，后面靠着船壁，十分舒服。我看着前面遥远的地方，天海相接之处，似乎在上下涌动，分不清是海还是天了。一刹那之间，那一片天海变得通红，分外艳丽，红色的波浪在翻腾在跳跃，突然蹦出了个大红球，映得人人都红光满面了，大家不由得欢呼起来："啊！日出了，多美呀！"也许那里有一层云吧，太阳又慢慢地隐没在云层之中，随后才缓缓升起，变大了，也变成了淡红色，渐渐地金黄色而白色了。

我捞到了这么个好地方，就再也不想回到那闷人的三等舱里去了。我背着书包出来，坐在那高高的救生艇上，开始了我对《红楼梦》的啃读。那石头记的神奇描述，引起了我无限遐想。我合上书，望着那一堆堆白雪似的海浪奔腾而至，消失在船边，又使我想起了"浪淘尽，千古风流人物"的诗句。风起了，一浪高似一浪，船摇晃着，海浪直扑过来，撞击着船舷，将船推到浪尖，又深深地落到谷底，甲板上哗哗地落下阵阵海水。我有点害怕，想起身回到舱里去，可是没法站立起来，只好无助地挥动我的白帽子，终于那位常坐在我身边一同看海的年轻水手把我救下来了。我是连滚带爬地回到舱里来的，天啦，人们都横七竖八地滚作一堆，一片哼叫声，还夹杂着呕吐的异味，连爸爸也不例外地横躺在床上。这一夜遇上了飓风，在港口汕头抛锚停航。次日清晨，风平浪静了，我又爬上船顶，太阳还隐藏在云层当中，缕缕霞光从缝隙中透出，照得海水红波闪烁，我想起我在图画课上画的太阳，还真有点自我陶醉呢。忽然我看见一种红唇白羽的鸟嘎嘎叫地掠过船头，我正在头脑中搜寻它的名称，就听得有人呼叫："海鸥！"我高兴极了，早在书中见识过它，只是无缘相识。我看见小水手把食物抛向空中，它就迅速接食而去，大家看得入神，鸟儿们也绕船不断。小水手说，这是近岸的象征，海鸥不会飞离海岸很远。

海上航行生活把妈妈折磨得很苦，她怕恶心呕吐，几乎不敢多吃东西，也不敢下来走动。台风从我们身后追来，船不停地摇晃。四天以后，台风终于追上来了，船只得在汕头进港抛锚，我们才得以稍许喘息。上海是冬季，我们的船沿海南行，越走天气越热，我们闷在舱里，简直就透不过气来，空气十分浑浊，人也疲惫不堪。

航行第六天，船在香港港口靠岸，大家开始收拾行李。有人早早地就想挤上甲板，抢先上岸。爸爸却不紧不慢地收拾东西。那些去挤的人都被挡回来了。说是中国人要最后上岸，体检不合格的不能在香港登陆。好不容易打开了舱门，我们拎着行李，由人指引着登上另一条白色的不大的船，就在这条船上进行体检，洋人们早就由另一条通道上岸了。我们走在后面，六个人一起被领进一间小屋，穿白大褂的医生只问了爸爸一些话，就让我们走了，根本就没有进行什么体检。当我们走上登陆通道时，我们看见好多中国人被留在白船甲板上，据说他们"体检不合格"不许上岸。有些人在哭闹叫喊。

我们一家都通过了金发碧眼的洋鬼子的许可，才踏上原本属于我们的土地。我问爸爸："那他们怎么办呢？"爸爸的表情很严肃，没有回答我的问题，我也没敢多问。我们的船是在香港靠岸的，原来打算在香港住一夜，游览一天，要去看看香港索拉火车是怎么上山的，下午过海坐九龙到广州的火车入境。爸爸一下子改变了主意，他说今夜住九龙明天买票回湖南。我们只好带上那一大堆行李雇了一只汽艇渡海。我坐在汽艇上望着香港，它是个山城，房子一层一层上去，树木也很多，此外就没有别的印象了。还有一个特别的感觉，就是香港非常热，穿着冬衣上船，我们都脱得只穿贴身小毛衣了，还恨不得只穿单衣才好。到了九龙，我们住进一个不大的旅店，叫弥敦大饭店，就在那里吃午饭。那饭菜少得可怜，又增加了两份，才勉强吃饱，妈妈心疼地说花了在上海五倍的价钱。下午妈妈要去逛街，她想买点什么稀罕东西回去。一走进布店，她就看中了向往已久的深蓝色毛哔叽，试探着问问价钱，却比上海便宜一半，质量也更好，于是她买了三四丈，有些是准备送人的。一高兴起来，就要给我买件衣料，催着我自己去挑选。我从小就是男孩打扮，很少穿花衣，就选了一段浅浅的蓝白相间的格子布料。爸爸早就不耐烦了，催着我们快走。在九龙等了一天，才买到火车票。

我们终于要上火车了，只是挤得一塌糊涂。好不容易我们挨到了验票检查行李的地方，凡是箱子，都得让他们兜底翻找。我不知道他们要找什么东西，大概爹妈都"心中无冷病，大胆吃西瓜"，大大地打开箱子随他们去翻。有一个检查员从妈妈的箱子中拎出那段毛哔叽来了，说这是在香港买的，按规定毛料要交税，否则扣留。爸爸只得急匆匆去办理交税手续，结果税是衣料价格的三倍，远比上海的贵。妈妈又心疼又气愤，直骂洋鬼子欺人太甚。由于付了高昂的价钱，妈妈特别珍惜那块毛料，一直收藏舍不得做衣穿。1950年土改时，被农会当做浮财没收了。妈妈是个乐天知命的人，"这倒好，一身轻快了。"

　　在火车上，我们占据两条长凳，将箱子行李等胡乱塞在中间，我和小弟分两头躺下，妈妈蜷缩在我脚边，爸爸和两个老乡就坐在外边一排，在三个男子汉的保护之下，车一开动我就呼呼入睡了。但窗户大开，一阵阵风把我吹醒，妈妈就从包里扯出一件红毛外衣让我裹在身上。火车向广州进发，车行很慢，我感觉爸爸似乎嘘了一口气，不时在看着窗外。忽然停车了，前面传来消息，说是路被日本鬼子炸坏了。在上海，我们躲在租界里，虽然看到了炮火连天，也体会到中国人民的苦难，毕竟我们在自己的土地上接受外国人的保护，在全国人民抗日救亡的呼声中，内心还是充满羞耻感的。现在我们踏上回家之路，马上就感到敌人对我们生命的威胁，我想起了那些走向战地服务团的同学，思绪飞到了很远的地方。车又突然停下了，这次列车员大喊："警急警报，赶快下车躲藏，不要带行李，五分钟内就有大批敌机临空，切莫耽误时间。"人们手忙脚乱地纷纷下车，拥挤不堪，那破烂的车窗早就没有了玻璃，于是不少人就从窗户口跳下去。爸爸当前锋，妈妈小弟和我居中，两个老乡断后，在前挽后推中下了车，跟着人流去找隐藏的地方。忽然有一个穿制服的男子，伸出大手，把我死命地拖出来，妈妈抱住我不放，问他要干什么，他大叫道："这孩子穿件大红衣服，目标太明显，不能下车，免得引来炸弹，大家受害。"妈妈紧紧地抱住我，边哭边说："那我和她一同回车上，要死就死在一起。"爸爸回过头生气地把我拉过来脱我的毛衣，说："衣是死的，人是活的呀，不就是一件红毛衣吗？脱掉扔了不就得啦！"妈妈猛然醒悟，连忙从自己身上脱下一件深色衣服罩在我身上，才算平息了这场风波。一车厢人全躲藏在树林里、草丛内、田野上，等待着各自命运的审判。飞机果真临头了，接着就是不断的轰鸣声和爆炸声，让我们每个人都胆战心惊，不敢动弹。不一会儿，一切都安静下来，传来解除警报的信号，大家才疲惫不堪地回到车上，但车暂时不能开，前方路被炸坏了，并传闻广州火车站挨炸了。于是人们又有了新的忧心，我们的终点站是广州，等待我们的又会是什么样的命运呢？火车就这么停停走走，总算没有被炸中，终于在第三天清晨到达广州。人们纷纷下车，只想快些离开这灾难之地。广州车站已经炸坏了半边，到处都是泥土石块碎砖，败壁残垣，十分凄凉。我们好不容易从那半截站台上挤下来，爸爸就忙着和那两位老乡搬运行李，嘱咐我们三人坐在行李上守着。等到我们把行李搬完，站上已很冷清。爸爸正准备去买当天的车票，忽然响起了警报，他招呼我们赶快出站去躲避。只因妈妈要找这找那的，刚出站台，就听到了刺耳的紧急警报，我们只好就地伏在一棵大树下面，这时敌机已经临空了。我听惯飞机俯冲下来的尖叫声和接着下来的炸弹爆炸声，闭眼屏着呼吸，心里并不害怕。忽听到一声巨响，我就什么都不知道了。等我醒来时，我正躺在满身尘土头发散乱的母亲怀里，她泪流满面，不停叫着我的名字。从她的述说中，我知道一颗重磅炸弹就在离我不到二十米的地方爆炸了，掀起好高的泥土，把我们四人都埋住了。警报取消后，爸爸第一个爬出来，看见妈妈把小弟护在身下，好不容易才把他俩从泥土中拉出来，就不见我。妈妈记得我伏的方位，发现了我一只脚，这才知道我已经全被泥土埋了。刨出来时我已人事不知，后脑勺被石块扎破，正流着血。妈妈连忙给我擦万金油掐人中，爸爸沉稳地试着做人工呼吸。在没有别的救援下我居然苏醒了，妈妈破涕为笑，说我大难不死，必有后福，并撕开一件衬衣为我包扎伤口。我真正感受到了日本鬼子对生命的威胁。天下兴亡，匹夫有责，长大了我一定要参军抗日。

当天黄昏时我们幸运地登上广州开往武汉的列车。次日上午，沉睡中的我被爸爸背下了车，我睡眼惺忪地环顾四周，长沙车站似乎还完好。日本鬼子早期轰炸的目标是武汉和广州，长沙得到暂时保全。我庆幸回到了家乡，其实这也并不是我十分熟悉的地方，从四岁起我就随着妈妈跟着爸爸的工作四处迁徙。爸爸有志于游览中国的名山大川，带着一大家子人跑，固然不方便，长久单身在外也太寂寞，妈妈提出要带个孩子在身边，姐姐要上学，弟弟又太小，这个美好的机会就落到了我身上。今天在战火纷飞的年月，回到阔别已久的故乡，我心里还是很兴奋激动的。

烽火岁月

一、避难家乡

日本侵略者的铁蹄践踏了大半个中国，卷起了漫天烟尘滚滚，多少人逃亡流浪，多少人罹难死亡。所幸我们还有一个尚未沦陷的家乡，可以作为暂时喘息的港湾，于是我们回到了那个阔别已久四面环山的小山村。确切地说，那还不能算是我们的家，是我外婆的家，我们租赁了外婆家的房子住下，暂时栖身。妈妈也愿意和她的父母弟妹聚居在一起，既和谐又热闹。那么就先说说我的外婆家吧。

外婆就像《红楼梦》里的贾母，是全家的中心。外婆家是当地有名的大屋场，大围墙里有一百多间房子。住了外婆及其子女六家以外，就只有一家姓张的佃户。偌大一个屋场，住了大大小小三十来口人，平时显得十分清静。外公却是一个非常会说笑话的人，而且手特别巧，随便弄个树叶竹枝什么的，就能变出个小玩意来。他又喜欢领着孩子们到山林田野溜达，摘果子，捉麻雀，捞捕鱼虾他都亲自带队。只是他身体不好，患有严重的哮喘病，稍受风寒，就咳得喘不过气来。喉咙里就像装上了一个小拉风炉似的，只听得呼哧呼哧响个不停。我们急得围着他抚胸捶背，但都无济于事。直到他咳得蜷曲着身子蹲在地下，大声吼叫一阵，吐出一口酽痰，才算喘过一口气来。他得靠着一棵树或者一个孩子的背坐在地上大口出气，还得谨防哮喘卷土重来。遇到这种情况，我们只好情绪低落地扶着他回家，让外婆伺候他服药躺下。外婆的身子骨比外公硬朗，一双小脚四处走动，不是到院中各家说说闲话，就是到地里园中除草浇花，没个手闲脚歇的时候。我总觉得，她走起路来，那大大的裤脚管像两把扇子，不停扇起风来，大概可以用脚底生风来形容她吧。她还特别会自制美味食品，各式蔬菜水果，她都能晒制成小点心，好吃极了。她的房间里，一排立着三个大柜。前两个柜子日常是锁着的，后一个柜子可以随时打开，里面有各式各样的瓶瓶罐罐，里面尽是好吃的东西，由于它放在后门口，我们就叫它"后门柜"。这是一个我们最感兴趣的柜子。虽然我们走到柜前就嘴馋得直滴口水，但绝不敢私自打开柜门。只怕有人向外婆告发，那就要受到下次不给好东西吃的惩罚。外婆有几个属于她自己的领地。一个就是她的小花园，就在她的住房后面，那里面全是她亲手栽种的四季花草，真是万紫千红，芳香四溢。这样一个美不胜收春意盎然的地方，谁会想到它的创造者和守护者竟会是一位年逾花甲的小脚老太太呢？她爱护那里面的花朵和嫩芽就像爱护初生的婴儿一样，轻轻抚摸，细细培土。另一个领地是一个叫"花格子屋"的房间，就在她的小花园旁边，也许是前人的后院小书房，朝院子的那一面全安装着古色古香的小木格，屋子显得特别明亮。正因为那些格子，它就有了"花格子屋"这么一个雅俗共赏的名号。不知道什么时候诗意的风雅换成了淳朴的土装，一屋子里放满了大大小小三四十个坛子罐子，每一个都是货真价实的，里面全装着晒的、泡的、榨的、揉的、湿的、干的、粗的、细的……各式各样的蔬菜制作品。光泡菜坛子就有四五个。外婆脑子里有一本账，从来不会揭错盖子掏错菜。外婆一进"花格子屋"，我们马上就像蚂蟥听见水响似的跟着来了，那里面好吃的东西多着呢，淡淡酸味的泡菜、甜中有辣的梅苏、脆脆的黄瓜皮，软乎乎的红薯条、亮晶晶的山枣糕、火辣辣的白辣椒……我们每个人不论捞着一把什么都高兴地跑出来互相交换着吃，那味道比吃什么都好。长大以后，回味着外婆"花格子屋"里的菜，我仿制过无数次，但从来就没有得到过孩子们的赞赏。

外婆的心地特别善良，别人伤心哭泣，她准陪着落泪，平日乐善好施，周边乡邻都称她为善人。她是全家人的核心，每天晚上，全家上下都要到她的房中聚一聚，陪她说说闲话。大人们坐一会儿就有事各自走了，剩下我们孙辈这一大群，就谈笑自如了。这时外婆往往说："你们都是读了洋书的，谁来讲个白话（故事）给我听？"外婆喜欢听快乐的故事，她听得哈哈大笑时我们大家都跟着乐了。那气氛使人感到特别温暖。讲故事的任务当然是哥哥姐姐们担当。可是哪有那么多故事讲呢？乖巧的姐姐，她将讲过的故事改头换面地另起几个名字，换一下时间地点把讲过的故事内容套进去，想蒙混过关。我们一听就知道是讲过的，姐姐示意我们别声张。才讲了几句，外婆就摇手道："听过的，听过的！"外婆听故事很记得情节，从来不注意什么人名地点，除非那个人物很重要，又多次重复出现，她才有印象。姐姐看看众兄弟姐妹，想找替身，忽然发现我坐在角落里默不作声，高兴地说："二丫来讲，她看了《红楼梦》，讲给我听过，故事又长又特别好听。"此言一出，众兄弟姐妹竟拍手叫好，我虽然年幼，却也并非胆小之辈，摆开架势，和姐姐换了个座位，开始了我的讲述。为了讨好外婆，我的第一讲首先介绍了贾母。第一回合就只讲到林黛玉母亲病故，林如海带着女儿投靠外婆的情节。说实话，书里的一些东西我看不懂，只知道故事的大体情节，有时候为了讲得顺畅一些，使上下连贯，我又不得不胡乱编凑，添枝加叶。哥哥姐姐们有时会发现破绽，从他们窃笑的表情和挤眉弄眼的小动作，我就知道有些地方不合逻辑，但是外婆听得那么入神，谁也不敢胡乱插嘴。只等到故事讲完，出得外婆的房门，他们就一个个揪着我指手画脚，自作聪明。其实我知道他们都没有看过《红楼梦》，外婆家是书香世家，家藏书卷很多，只是有些书被列为家庭禁书，被封存在外公房中楼上的一个大箱子中。外公遵从家训，时常教育儿孙，女不看"西厢""红楼"，要做名门闺秀；男不看"三国""水浒"，要做正人君子。这四本书不过是禁书中的代表作而已。我却偷偷地从上海带回来一册四本装的《红楼梦》，真是胆大包天，姐姐帮我藏起来，半夜里偷着看一点，进展也是很慢的。妈妈发现了我们的秘密，她并不禁止，只说别让大舅知道。我们不喜欢大舅，他是个看见我们穿短袖衣服都要骂的人，若是知道我们看禁书《红楼梦》，那还得了？外公每晚要抽大烟，摆弄一阵他的烟具之后，就自顾自地静静抽烟。其他的大人似乎也不过问我们每晚讲故事讲些什么，也许他们受祖宗禁令的约束，从来就没有看过《红楼梦》。他们往往在我们故事开场之前就走了，舅舅只点个卯就退场，他要在夜晚背着外公偷偷抽大烟，说他道貌岸然一点也不假。就凭着我有《红楼梦》作本钱，我成了每晚讲故事的首席人物，讲了一段，我就说"欲知后事如何，且听下回分解"，于是大家就期盼明天的夜晚了。外婆房中的话题很多，讲故事或听故事，不过是孩子们的压轴戏。大人们谈论最多的是打仗的事，传闻日本鬼子逼近了武汉，村上又新搬来几家逃难户，他们挤住在农民破烂的茅屋里，用银圆向当地人换食品。每家都有要上学的孩子，到处打听有没有从城里搬到附近的中学，看样子他们口袋里可能还真有几个钱呢。大舅一听，就满脸不屑的神情说："这年月了，还上什么学？"我不知深浅地插嘴道："我也想打听上学的地方，我初一没上完，不知道能不能让我上初二。"舅舅瞪了我一眼，冷冷地说："女儿家，你读的书已经够多的了，有什么用处？嫁了人，有福分当家，能记个账不就行了？"我很生气，一时又不知道怎么回答，就使气地说："我不嫁人，我要读书。"舅舅气势汹汹站起来："小丫头片子，还敢顶嘴？嫁不嫁人由不得你。我看得到的。"外婆怕他动手打人，连忙挡着我，摆手叫他回家去看看为他小儿子看病的医生接到了没有。舅妈也就趁势推着他出了房门。我止不住眼泪直流。妈妈随着爸爸走南闯北，是见过世面的人，从来就主张女儿和儿子一样应该上学读书，只是当着我的面不好扫舅舅的面子。舅舅一走，妈妈就发话了："这五爷也是，我的女儿，他犯得着生那么大气吗？二丫要读书也没错。只是这年月兵荒马乱的，去远了实在不放心，就近又没有中学，孩子荒在家里也都耽误了岁月。真不知如何是好。"外公一直躺在床上抽大烟，从来不关心大家在议论些什么。等到他过足了瘾，怡然自得地闭目回味时才会细听别人的说话。他翻身坐起说道：

"二丫这孩子，我看她心灵手巧，常做针线活儿，还不如拜个名师学裁缝怎么样？有门手艺能养身。"

"好呀，喻裁缝常来我们这院里做衣服，手艺好，式样新，他准乐意带个这么聪明伶俐的女徒弟。他正在我们家做冬衣，明天他一来我就给他提这事儿，打包票成功。"二舅妈当真事儿似的来凑趣了。

"我不想学裁缝。"我赶紧声明。我的脑子里忽然蹦出一句我读过的诗句："可恨年年压金线，为他人作嫁衣裳。"我并不明白诗句的真正含义，专门给别人缝制衣服，我就想起家里的姑小姐少奶奶做衣服对裁缝的支使和使性子，我才不愿干呢。

"那就学织布吧。那天我看见二丫纺棉花，说那纺车是机器，她纺纱时倒着转，真稀奇。织布机可真算一台机器。"最爱开玩笑的满舅比我只大七岁，趁此机会来笑话我，真可恨。他黏着外婆吵闹，说他就要满二十岁，该娶个老婆了。吵得外婆没法子，就托媒给他说合了一个。原说比他大一岁，定下来才听人说比他大六岁，外婆想趁还没过门，退了另找。他生怕找不到老婆，硬不肯退，只说年龄大点没关系，正好当家理事。于是在我们回来之前，就匆忙办了喜事，还在蜜月之中呢。满舅妈小巧玲珑，身高不到一米五，可以从满舅的腋下钻过去，常被我们背地里笑话。我就利用这个机会报复他一下。

"哎哟，满舅，你瞧我这模样，可以从你的腋下钻过去，上不了锅台，够不着灶台，怎能上得了那织布机台？学织布的事儿，肯定没门。一句话归原，我要进学校读书。别为我瞎操心了。"我的神态还得意着呢。

妈妈见我出口伤人了，站起来拉着我回家："回去，回去，越说越不像话了，你的事我做主，少在这儿油腔滑调，胡说八道。"

回到家里，妈妈语重心长地和我说了一些为人处世之道，说不应该借题发挥去伤害还是新娘的满舅妈，个子矮小有什么过错？妈妈从爸爸的腋下钻过去还有多哩。妈妈把我说得笑起来了，见我情绪好了，就说要去舅妈家看望一下来给小表弟看病的医生，让我早点睡觉。我一点也不想睡，思考着上学的问题，何处有从战火纷飞中搬来乡下的学校呢？怎么我就打听不着？不大一会儿妈妈就回来了，而且面带喜色，似乎还有点激动，我不由得问道："怎么这么快就回来了，还那么高兴？"她拉着我的手说："走，我们去看看舅妈家来的医生去。他就是我和你说过的名医，是我们的本家——秦正初。"

"就是那位你说过的治喉咙有灵丹妙药的专家秦正初——正大伯吗？"我想起来了，妈妈曾向我提起过他，还极想要我跟他学那门治喉咙的绝技，我还真有点动心呢。夜已深，我们母女俩深一脚浅一脚地来到了舅妈家住的东花厅。他们正在陪医生吃夜宵。

妈妈介绍了之后，我很有礼貌地向他鞠躬行礼。他笑眯眯地打量着我，我也在心里品评着他。他中等个子，瘦瘦的身材，还真太瘦了一点儿，好像那一身衣服就是挂在衣架上面。说得不礼貌，起伏有点像人家死了人，做道场用的纸扎人。不过他一说话就完全改变了我的看法。他的眉毛胡子几乎全白了，那一脸笑意让人感到十分亲切。我忽然想起人们描写慈祥的老人，用"慈眉善目"来形容，对他挺合适的。他和蔼可亲地问了一些有关学习和个人爱好的问题，忽然轻轻拍拍我的脑袋说："听你妈说，你在上海上了初中，还学了洋文，成绩很不错的，是吗？"我不好意思地点了点头。

"跟我学医，乐意吗？"他打着哈哈说。我真没料到他一下子就直接提出这个话题，让我有点不知所措，只晓得睁大眼睛望着他。舅妈在一边插嘴道："快说'要得'呀，这可是求之不得的事呀。你知道吗，正大伯的几个徒弟，出师就能独立看病，他们都是四乡八县的好郎中。他家还有个规矩'传媳不传女'，只可惜他的儿媳妇文化太低，学不成器，至今还没有收过一个女徒弟。"我犹豫了一下，问道："什么叫'传媳不传女'呀？"舅妈又抢着答道："媳妇是自己家里的人，女儿嫁出去了，就是外姓人了。自己家里的看家本领怎么可以传给外姓人呢？"正大伯挥挥手说："如今也不兴那些老规矩了，你是读了洋书的人，从小就有见识，我收了你这个徒弟，怎么样？"妈妈硬按着我的头说："跪下，叩拜师傅！"我被迫跪下了，但怎么样也说不出下面的话。正大伯哈哈大笑地把我拉起来，口中直说："免了，免了！"我傻瓜似的站起来呆呆地望着他。我真不知道大人们还会要我做些什么我弄不懂的事。还是正大伯给我解了围，他从他的布袋里取出一本小小的书来，书名是《药经入门》，白色的封面，端正的手书，正中的下方，写着他的大名"秦正初"三个字。然后说："你读书识字的，先规规矩矩地把全本书抄下来，一个字都不能错。错了就得换一张纸重抄。所以你要非常用心地去做这件事。你去买些丁贡纸，裁得一样大小，折成双面，里面套上格子，用浓墨一个字又一个字地慢慢写来。写完了，仔细校对，全没错，就装订起来。完成了这一步，就来见我。做得到吗？"我想，这有何难？马上答道："做得到！"他又大笑起来，称赞我道："小丫头还有学习劲头呢，一定能学成。哦，还有件事要交代你，这书只能你一个人看，一个人抄。外人不能抄，不能借，看都不让看，懂吗？千万别把书弄破弄脏。"我只好点点头，我心里不明白为什么别人看都看不得。

第二天我就开始了我的抄写工作。我原以为这是一个很简单的任务，漫不经心地照着样本逐字写下去肯定难不倒我。一个上午我完成了一页，我很陶醉自己的速度，只想赶快校对清楚就开始下一页了。第一行顺利地通过了，第二行就出现了两个错字。我再也没有耐心看下去了，不是说了一个字都错不得吗？我生气地把它撂在一边，到外面玩去了。吃饭的时候妈妈尽往我碗里送好吃的菜，说我写了一个上午字，该犒劳一下。我惭愧地默不作声，只顾低头吃饭。妈妈却语重心长地开口了："二丫呀，小小的挫折不能垂头丧气。学做医生，学得好，救死扶伤；学得不好，害人性命。打一开始就马虎不得。我数了一下，你抄写的那页纸上，总共不到两百字，却有十五个错字，可能还有我没看出来的，我都给你圈出来了，你自己再仔细看看。"我心里不好受，委屈地说："妈妈，我实在是用心写的，不知怎么这么难，有好多字我不认识，也不明白这些句子的意思，我真写不好。"妈妈耐心地向我解释,这里面许多都是药物名称,书里面一段段的话都是治病的药方。治病要对症下药,如果药方都错了,那不是置人于死地吗?所以一个字都错不得,就是这个道理。我似乎明白了一点儿,我只得慢慢地抄写,每天晚上,妈妈为我校对,错字大大减少。每次妈妈校对完了之后,我总见她闭目凝神,口中念念有词,我问她这是干什么,她告诉我,这些都是正大伯的祖传秘方,背下来,将来会有用处的。果然后来妈妈成了我们家和外婆家的保健医生。

我抄写了将近一个月,差不多完成了一半。我很高兴,前后比较,错字大大减少,速度提高,字也写得好多了,妈妈不断地鼓励和夸奖我。我真想快点写完,开始我的学医新生活,暗地里希望得到正大伯的赞许。可是过不了几天,传来了一个晴天霹雳,正大伯猝死于脑溢血,震动了四乡八邻,乡亲们哀惋叹惜,我和妈妈都哭了。不久,他的儿子来取回那本药书,并且说他父亲很看重我学医的事情,他梦想带一个读书识字的女徒弟。他75岁,行医五十余年,从来小心谨慎,积累了不少经验。他多么盼望收一个能继承衣钵的女徒弟,将来能帮他整理医书,造福世人。说着,他已泪流满面,伤心不已。然后他拉着我的手说,我已抄写的那部分医书,不按老规矩收回,留给我作个纪念,自己琢磨去吧。我的医生梦就这样破灭了。我好后悔,要是我不贪玩,不出错,早早地把它抄完,那该多好!

经过这件事情以后,我的脑海里就不时出现一个问题:长大了,我要做什么?难道要打完仗才能去读书吗?我开始有了烦恼,就在外婆的楼上翻一些乱七八糟的旧书躲起来一个人看。妈妈看出了我的情绪,就要我到一所私塾去读老书,在我准备学医时,我的那一帮兄弟姐妹有四个进了私塾,我同意了。于是我就去了离家六七里地的琼林堂拜李命卿先生(他排行第二,乡民称他为李二先生)为我的塾师。

二、塾师之家

（一）拜师

这位李二先生的父亲李山械原来是个当地有名的中医，和外公是至交。我们按照外公的规定称他为三七公。隔三岔五地两人总要见见面，外公总是派人去请他来看病，其实没病，不过是找个借口，好让他堂而皇之地出门罢了。来了之后，相见甚欢，外公马上吩咐摆上酒菜，两人浅斟慢酌地聊天。他们聊着聊着，不知为了什么，说话的声音由小到大，外公往往站起来用筷子敲着碗边，喷着唾沫大声呵斥。三七公也不示弱，也站起来举着长长的旱烟杆敲着地面，哇哇地抗议。于是一个喊走，一个送客，曲终人散，不辞而别。大家见得多了，不以为怪。隔不了几天，又握手言欢。真是一对挺有意思的老头。

妈妈为我准备了一小箱子放几件换洗衣服，一个小藤篮子放笔墨纸砚，选好吉日，请人挑着行李送我上学去了。临走前，妈妈交给我一个红纸包，里面装着两块光洋，上面是外公亲笔写的"束修"二字，她说这是给先生的（当时如此称呼老师）。但是不能直接交给先生，在拜过孔夫子之后，将它放在孔夫子神位前的香案上，然后再拜先生，都要磕三个头。她叮嘱为我送行李的张二哥，多多提醒我。先生的家在靠近沩水的一个乡村小镇，地名滩山铺。村名大冲里，屋场名琼林堂，离我们家十华里。如果走我们家的后山抄近路翻过去，大概就只有五里路了。但那是一座大山，时有虎豹出没，平常人是宁肯绕路的。其实我们是循着大山之麓迤逦而走。靠近滩山铺，又爬过一个沩水回流处的小山坡叫龙骑坳，下临深渊，据说下面有个洞，不断涌水，有一条黑龙潜居洞中，于是这里就名乌龙潭。深不可测，掉下去就没命了。走下坡，就听到脚下有哗哗的流水声。拨开浓密的树枝，就可以俯瞰到对岸沿河错落有致的小茅屋。屋后耸立着一座高山，怪石嶙峋，有的悬在顶上，仿佛随时都有可能滚落下来。也许就有一个落在河心，四平八稳摆着，上面有一些像格子似的纹路，人们就叫它棋盘石。相传曾有仙人们在这里下棋，争吵时使气把棋子扫落，这不，河里散落了许多小石头，正是棋子呢。再走几步就看见滩山铺了。有一座由十余节杉树排搭成的小桥横跨河面，与小镇相连。我们不须过桥，从桥头平缓下坡，出现了一个依山傍水的小平原。我们又沿着一条小溪，走了里把路，就看见绿树丛中隐隐露出白墙瓦屋，那就是琼林堂。我们跨过一条小石板桥，就看到了它的正门。门楣下红漆有些剥落的匾内，白底上书写着三个遒劲的黑字"琼林堂"，非常醒目。听妈妈说过，李家前人有中过举的，门前就立有旗杆，只因年代久了，如今就只剩下半人高的石蹬了。进门的禾堂坪，就像一个农家大杂院。旁边有一个比禾坪还大的池塘，上面游着不少鹅鸭，嘎嘎直叫，塘边还有姑娘媳妇洗衣服，笑语声声，场面十分热闹。堂屋分为两进。下进是乘轿客人下轿的地方。上进是正堂屋，安置天地君亲师神位的地方，家庭的一切礼仪都在此举行，如今用作李二先生的课堂。由于事先通知了今天有学生来拜师，所以堂屋打扫得很干净，孔子神位前点燃了两支红烛，小香炉还香烟缭绕，静悄悄的，使我产生了一种神秘感。

张二哥放下行李，向右边开着的侧门张望，门里发出轻微的咳嗽声，先生缓步出来。张二哥连忙毕恭毕敬地向先生作揖问好。我只好一鞠躬叫了一声先生。先生指了指香案，张二哥会意，请先生端坐在孔子神位的右侧，然后对我说先拜孔圣人，再拜先生。他用小铁槌敲了香案上的铜磬三下，示意我跪下去叩头。我刚跪下去，就觉得有什么东西硌得膝盖生疼，勉强叩完三个头起身，谁知歪了一下，竟碰倒一个烛台，吓得我惊慌失措，张二哥也慌了神，连忙扶起烛台，又去敲磬，喊我给先生叩头。先生面有不悦之色，制止张二敲磬，口里喃喃地说："我还活在这世上呢。"原来敲磬是向死人打招呼，不能唤活人。我叫了一声先生，跪下去，向他叩头。只叩了一个，他就拉起来说，行了，行了。就交代了一些读书的规矩，食宿的地方。这时张二哥指了指我的衣袋，我真的差点忘了那个红包，马上取出来，朝先生交去。他忽然变了脸色，摇手道："我从不收红包。"竟拂袖而去。我自讨没趣，才想起妈妈嘱咐过红包只能放在香案上。于是回过身来放好红包。张二哥送我到后院的住房里放下行李要回去了。我送他到门前，偷偷地望了一眼，香案上的红包已经不见了。我似乎明白了一点上学的规矩。

（二）读书

李二先生让我自己决定学习的内容，我选了"古文"。他说古文没有固定的书本，要自己动手抄，先抄好文章，再请先生点书。所谓点书，是先生根据我抄的书，逐句地念，念完一句打一个红圈，算是断句。好的句子，多打两三个圈，甚至圈全句、全段，说不定还圈全篇呢。先生根据你的能力点多少。点完了，他摇头晃脑地领着你读几遍，一般不作解释。然后你回到座位上去，依照他的声调和姿态高声朗读，声音越大越好。先生第一次给我点书时，皱着眉头翻看了我抄写的两篇文章，还算心平气和地指出我抄错的字，并且示范该怎样写。用他的话来说，我写的字像鸡抓狗啃，不成体统。他拿出写得好的抄本给我看，让我感到羞愧。然后严厉地对我说，下次如此，要打手心，还得重写。我害怕当众打手心，以后就认真写字了。先生教了二十多个学生，都是逐个地轮流点书。启蒙的读三字经、增广、幼学；中等的学四书、诗经；高等的学左传、东莱博议、古文唐诗。读什么书多半由家长提出，或由先生规定，我算是个特例了。别人告诉我，先生认为我从上海回来，读过洋书，祖父是宁乡才子，父亲是个进过洋学堂在外面办公事的见过世面的人，所以就有点特别。我心里有点佩服先生了，学生们读的内容名目繁多，他都有本事教，而且大部分他都背得出来。我萌发了一种愿望，要多读点书，像先生那样有本事。

点完了书，我们的任务就是把点过的书读得能背，而且要背得流畅。背不出来就反复再读。直到吃晚饭了还背不出，就不能去吃饭，附近的学生就不许回家。上灯了，还是结结巴巴的，就打五板手心，明天还得再背。我拼命地专心致志地强记，自认为可以了，就到先生那里一口气背完，于是我就获得了自由。只要我完成了抄书的任务，我就可以去做我想做的事，或者回房间睡觉。没有人和我玩，我觉得生活得很无聊，特别想家。幸好不久，妈妈动员了四个表兄弟姐妹以及我的大弟弟来读书，我那冷寂的房间里多了两个表姐，使我觉得生活有趣起来。

我们的课堂是一间大厅，里面横七竖八地摆着各种形式的大小桌子。大概附近学生是由自己家中提供桌子，远处的就由先生家里的或借来的凑合着使用。我们三个女孩子用一张破旧的方桌，摆放在厅的入口处。先生用的是一张旧书桌，摆放在大厅左侧中央，便于他扫视全场。他的桌上三方围着高高的线装书，他坐下来的话就连头顶也看不见了。他有一根奇特的竹片，约一寸宽，三尺长，前端剖开到两尺多的地方，用它在手中摇甩，剖开的竹片相碰撞，就清脆地嘎嘎作响。这里没有钟表，更没有打铃的人。先生就用他的响竹片发出信号，指示我们去干什么。例如他只闪几下，就是说吃饭了或者可以休息一下了。如果用它敲书桌板，音量加大，就是说该学习了，该背书写字了。他用来打手心的是一块尺把长两寸宽的条木，重重的，打起人来很痛。那些背不出书来的懒汉，就将手掌在桌子边上用力摩擦，使它麻木，打起来就没那么痛。写大字也是我们的重要学习内容。点完书以后，在大声朗读的时候就一边读一边磨墨。要磨得浓浓的才可动笔，不许折格子，要用画好的格子套在下面，格子大约两寸见方。要求站着悬手写，每张大约五十个字，规定写两张，多写不限。我初写的时候，手直发抖，写出来的字难看极了。但是不能填改，不许撕掉，都得交上去给先生看，哪一笔、哪个字写得好，他都用红笔打上圈，让你高兴。他常常走过来看我们写字，纠正我们写字的姿势，指导我们写字的方法。这时他态度和蔼，非常亲切，使你感到他很希望你把字写好。每隔一星期左右，就让我们作文一次，大部分题目自命，但只能写文言体，不许写白话文。对我来说这太难了，得绞尽脑汁来咬文嚼字。我的办法是剽窃古人的句子，先生当然一看就知道。只要联得上，他从没多说过话。那些偷来的句子，他只打单圈；如果是我自造的句子，他往往打双圈。略有进步的，他还打上一连串的圈，这可是对我极大的鼓励。有一次自命题为《游滩山铺》，结尾时仿照苏东坡的《赤壁赋》中的最后一句"不知东方之既白也"，以"不知西方之既黑也"的句子结束全文。颇为自负，以为是警句，先生却把我叫到跟前，他指着说这句写得不好。我很吃惊，一点也不明白。他说："苏东坡他们游了一夜，美酒佳肴下肚，来不及收拾杯盘碗筷，就胡乱地睡着了，当然天亮了也不晓得醒来。你到滩山铺，看看天黑了，急着赶路回家，怎会不知道西方黑了呢？这叫做情理不通。"他说得很有道理，我非常信服。接着他又举了一个例子来说明："对联的道理我们讲过的，你还记得吧。先生出了上联'白鹭含鱼游浅水'让学生对下联。学生对的是'黄牛骑马上高山'，你看怎么样？"我想了一下，似乎找不出什么问题。先生笑着说："动物、颜色、地点以及平仄都是吻合的，作对联的方法是掌握了，可是你想想情理通不通？你见过牛骑在马背上还上高山吗？"我想想那情景忍不住哈哈大笑起来。写作要合乎情理的道理，给我留下了很深的印象。

（三）活动

山村生活枯燥闭塞，既不知道外界消息，更谈不上文化娱乐。我们这些小姐妹在一起时就是打打闹闹，瞎开玩笑，一切很沉闷。但有一件事让我们很开心。春天来了，琼林堂四周的高山一片青葱翠绿，盎然的春意使人心旷神怡。这时候雨后天晴，老学生们在议论着"上山"的事。果然有一天吃过早饭以后，先生就宣布：今天不读书，上山去。每人发一个盛东西的器具，篮子筐子之类，随着先生进山了，他让我们这些新来的跟着老学生。首先我们钻进一片矮竹丛里，见到许多新生的小笋，学着他们的样，就地拔起。拔完一片，又找另一片，不知不觉，到了山顶。那笋细的如小手指，粗壮的如小孩胳臂。装满篮筐之后，几个人围坐下来，开始剥笋。我照他们的样，用小刀削去笋尖，然后用食指和中指挟着笋尖，将未削那一半卷在食指上，朝下一拉，笋皮就全拉掉了，玩游戏似的，真有趣。剥完了所拔的笋，又去拔新的，直到先生派人满山叫喊回去吃饭，才慢吞吞背着筐下山回家。这天的收获不小，师娘说够我们三天的小菜。当晚，师娘就做了笋子炒肉给我们吃。自己的劳动收获，吃起来特别有味道。第二天，我们又去干了半天，师娘说一时吃不完的，可以用开水烫一下，做成腌笋，更是别有风味。

大约过了个把月，先生又安排了第二次活动，这次是上山扯蕨。有的蕨茎是棕色，有的是绿色，顶端的叶没有张开，像一个握紧的小拳头，这种嫩茎，可以食用。长老了，叶子张开呈翠绿色，茎变硬了，就不能食用了。蕨是一种原始生物，很容易生长，只要有土就可以发芽。一进山就看见漫山遍野的蕨草，大概齐膝盖那么高。我们只选那种没有开叶的扯。为什么叫"扯蕨"呢？因为蕨茎很脆，无须用力，一扯就断，扯起来很快。收工回来，我们把蕨倒在小饭厅的地上，真的堆成了一座小山，这可忙坏了师娘。蕨茎上有毛，要用开水烫一下才能吃。当晚我们自然又美餐一顿。虽然有好吃的是乐事，可我们更在乎外出活动的乐趣。

到了5月初，人们说北雁南飞了。有时在半夜里月明星稀的时候，可以看到人字形的雁阵，静悄悄地从天空中飞过，把夜晚描绘得幽雅美丽。有时候也会听到轻微的叫声掠过长空，人们都会像迎接远方归来的游子，期待它们的降落。但是雁落何方，我们是不知道的。而人们传说雁飞过天空时，拉在山上的屎，就会长出菌子来。所以称之为"雁鹅菌"。其实，北雁南飞，只是一个季节的象征，它在这个时节生长，由于乍暖还寒，城里人称它为"寒菌"，它是野生菌中的佼佼者，味道鲜美，价格昂贵。用油煎过，可以储存很久，叫做菌油。这种菌子，似乎每年都在固定的地方生长，普通的野菌却漫山成片的长着。

端午节前后，先生又安排了另一次活动，那就是捡菌子。这个季节，菌子蓬勃生长，俯拾皆是，所以这个行动就称之为"捡"了。雁鹅菌呈棕色，有的带点深绿色。肉质肥厚，表面光滑，好像涂了一层油，很容易识别。那种小颗粒状的味道最好，是菌中之珍品，但是谁也舍不得遗落大的。普通菌子也有好多种类，白色的叫石灰菌，红色的叫猪血菌，浅黄色的平平地张开像小伞，叫伞菌，还有一种颜色和伞菌差不多的，但收成一个球状，称为油篓菌，一丛一丛棕色小芽堆的叫刷把菌，细嫩而带浅灰色的就是茅草菌。这些都是能食用的。有两种不能食用，但是可以入药。一种是看不见它的茎，和泥土颜色差不多，像个小土豆躺在地上，你不小心踩上了它，它就啪的一声，放出一层白雾，也许会吓你一跳，人们叫它"马屁炮"。另一种，傍树根而生，长得很大、很厚实。它的反面没有菌折，像黏上一块泡沫，深黄色。这就是砧板菌。它长在很显眼的地方，却很少人瞧它一眼。先生还警告我们不要捡上了毒菌。它的特征是颜色鲜艳，常为大红色，茎长而细，多长在草丛中。再三叮嘱，凡是奇形怪状的菌子都不要去碰它。我们捡回的菌子照例交给师娘。她把雁鹅菌细心地选出来，用茶油炸好，做成菌油，用只有盖的罐子收藏起来。当天的晚餐桌上，除了那碗肉炒普通菌子外，还有一小碗菌油配新鲜剁辣椒，大家都很珍惜地品尝着。谁生病了，吃不下饭，师娘就煮一碗面，打个荷包蛋，放一匙菌油给他吃，这是最好的营养餐。以上这些活动先生都和我们一起参加。虽然人们把他看作一个大学问家，但也认为他是个劳动能手。许多舞文弄墨的事情，人们都来找他，他很热情帮忙，也从不收费。得到他帮助的人，往往送来一些鸡蛋蔬菜之类的东西作为报酬。一到农忙季节，他下田干活，插田扮禾，决不在人后。

（四）趣闻

李二先生的父亲是当地出名的医生。他天生是个残疾人，只有一公尺高，鸡胸龟背，其貌不扬，也干不了农活。他的父母就决心让他学门求生存的本领。于是把他送到当地最有名的祖传郎中那里当徒弟。他很聪明，不到二十岁就能单独行医了，人称三七郎中。正因他有较好的收入，就有不少人来说亲，后来找了一个个子高大身体结实的姑娘为妻，一连生了七女一男，都有正常的身高。男的更是威武高大，他就是我的先生。三七公虽然只有一个儿子，但他决不重男轻女，相反他却特别重女轻男，说得上是个女权主义者。在他家里一切都是女儿优先。过年女儿们做新衣，儿子没有。行医得来的赠品，女儿分得多儿子分得少。他家有一片很大的橘园，土地所有权是儿子的，但橘树都是女儿们的，由女儿们管理分配。他在橘园旁起了一个亭子，取名"七星台"，让女儿们摘橘子时有个休息的地方。女儿们个个都长得身强体壮，插田扮禾，种菜担水，样样都拿得起，放得下。在当地姑娘们下地干活，那是非常稀罕的。他家的女儿们不但能劳动，而且都读书识字，个别的还能诗能文。女儿们都先后出嫁了，但依然保留着管理橘树的权利，这也是在当地传为美谈的事。三七公聪明绝顶，凭他的智慧，这个人口众多的大家庭生产生活都安排得井井有条。

三七公也为贫困人家义务行医，颇得乡人好评。有一户贫苦农民，生了五个儿女，最后一个男孩特别瘦弱多病，没钱治疗，不时地来三七公家来看病。以后又发现这孩子竟是个哑巴，他的父母几乎失去了信心，但三七公常找上门去，热情地为他医治。长到七八岁，这孩子表现出来的不仅是聋哑，还有点痴呆，常流着口水傻笑，不时遭到其他孩子耍弄。如果三七公遇见了这种情况，就牵着这孩子来家，为他洗手洗脸，给他一点吃的，然后送他回去。回数多了，别看这孩子傻，当别人欺侮他时，竟会自己跑到三七公家来了。这位心地善良的郎中，经过细心观察之后，认为用反复教做同一件事的方法，可以启发他的智力。于是他向傻儿的父母建议培养他的方法。傻儿的父亲张德才，听了以后只是摇头，表示没有信心也没有耐心。起身一个长揖作到地上，十分恳切说："孩子就快十岁了，三七公，全靠你救了他一命，活下来了。我和孩子他妈，一世都记得你的恩德。我一个揖作到你的怀窝里，如今我把他交给你，或者说送给你，只求你给他一口饭吃，让他学会哪怕是学会干一桩活，也算是第二次救他的命了。我们是前世作了孽，今世得报应呀。"他声泪俱下地哭诉着。三七公望着仍然傻笑的孩子，看看穷得连裤子都遮不住羞的张德才，二话没说就把这傻娃领回了家。

三七公吩咐妻子把他一身洗干净，剪短头发，换上衣服，看起来还不是一个丑陋的孩子。三七公给他取了一个名字，叫张五新，意思是这张家的第五个孩子要做一个新人。以后谁也不许叫他傻子，谁也不许戏弄他，并且嘱咐一家大小，外人若敢欺侮他，都要出面保护。要是他的父母来看他，不论他在什么地方都要把他找回来，送到父母面前。三七公在家里很有权威，谁敢乱来，他就吹胡子瞪眼睛地骂人，手上有一支长杆烟袋，说不定还可以敲你两下，所以一家人都能按三七公的要求对待张五新。换了一个环境，张五新慢慢地起了一些变化。有人管着他，再也不到外面瞎跑了。每天三七大娘教他扫地抹桌子，过了一段日子，只要大娘拿起扫把抹布向他示意，他就能跟着干活了。三七公不但自己还要家里请的长工短工随时随地耐心地教他干活。逐渐地，他学会了挖土、种菜、浇水、除虫等菜园里的农活。让三七公感到不便的是他听不见，所以不能用语言来指示他干活，必须领着他到地里给他示范才行。三七公作为一个医生，不断地研究他的听力问题，用各种方法为他治疗，经过不断努力，情况居然有了改变。不过要凑近他的耳朵才能听见一点点。三七公矮小，而张五新高大，三七公不得不做手势，拉衣襟，舞弄半天，才能让他明白是要他弯腰低头，把耳朵靠过来，好听他说话。既然能有点听力，三七公就坚持不懈地对他进行训练，他还真能听懂三七公的一些话呢。但只有三七公用他的特殊方法对他说话，他才能听懂，别人对他叫破喉咙，他依然充耳不闻。所以三七公到地里去指导他干活时，总是带着一张一尺多高的专用板凳，站上去，朝他一招手，他马上跑过来，把耳朵靠近三七公的嘴巴，听他手舞足蹈地大声说话。人们在远处看见，总是笑弯了腰。

在三七公的调教下，张五新成了一个劳动能手。经常性的工作，先生和师娘都能用手势指挥他去做。当时三七公和他父母有约，管吃管住，干活不要工钱；管医管药，治病不收费用。三七公是个很善良的人，长期相处有了感情，按习俗的三大节，端午中秋各给一块光洋，春节给三块，过年还做一身青大布新衣。后来三七公又与他父母说好，要是他有朝一日娶妻成家，那就不再来做工了。我在读书的那一年里，还没有发生这样的事。张五新很少和我们这些学生接触，对我们却很尊重。遇见时总是张着嘴笑，而且总是让在一边，等我们先走。我想他的内心是羡慕读书的。有时他在窗外，悄悄地张望书房里的活动，先生发现了，就做手势叫他走开，他挥舞着双手似乎想表达什么，但是没人能懂。我想他是想读书吧，随着年龄增长，他的智慧也会有所开发的。那时没有盲哑学校，即便有，那样一个贫苦人家的残疾孩子，又有谁会给他援助呢？我的同情心使我常常私下里给他一点我从家里带来的小食品，他就对我特别好，见我爱摘花，就在收工时将收集的野花放在我房间的窗台上。他是我这段读书生活中一位无声的朋友。

我们一起上私塾的有三表姐妹，年龄相近，非常亲热，相处很好。读了几篇古文，就羡慕起所谓林泉隐士来了。从哪里做起呢？先取个隐士名字吧。我的雅号叫"白羽山人"，大表姐说取得很好。她想了一下，就在纸上写给我看："卧眉居士"。小表姐抢过来一看，就噘着嘴说："山人、居士你们都抢去了，我没有取的了，那我不参加了，就你们两人归隐去吧。"这怎么可以呢？我们说得好好的，少了她不是很扫兴吗？可是我们对于隐士的头衔，实在是知道得太少，搜肠刮肚，一时也想不出个名堂。但我们尽量地帮她出主意想办法，安慰情绪，并且发誓要给她找出一个好称号来。我出了一个主意，我说我们最近读的《滕王阁序》写得很美，何不在那里面找两个喜欢的词定下名来再说。几经周折，三个人共同确定了从一句话中去选。这句话是"潦水尽而寒潭清，烟光凝而暮山紫"，可是总搭配不如意。干脆，把这十四个字分别写在小纸块上，由她自己去抽两个就算数。结果抽了第一句中的"潭"字，第二句中的"紫"字，为了顺口，又免与"坛子"同音之不雅，就定下名为"紫潭"。我怕小表姐又不如意，连忙称赞这个名字很别致。她很乐意地接受了。我又想起了在小说里见到过"行者"的称号，问她行不行。大表姐一听就大笑起来，说行者是指和尚，《水浒传》里不是有行者武松吗？还是大表姐知识渊博，使我十分惭愧。最后是小表姐自己定夺为"使者"。于是我们就堂而皇之在自己抄写本上、书上、习字帖上落上我们的别号。有一天先生发现了，站在我们的桌前沉思了片刻，然后问道："是你们自己取的大号吗？"我们都不好意思地点头笑了一笑。先生又琢磨了一会儿，开始了他的评论："二丫的还可以，清雅有致，你怎么想的？"我腼腆地说："我奶奶家屋后的小山上常有白鹤飞来飞去，它们白白的羽毛在空中轻轻地飞着，触景生情我就取了白羽山人这个名字。"先生点了点头，就没说什么了。他转向大表姐问她是怎么想的。大表姐说："我讲不出什么意思来，只是好玩，人要是轻得能躺在眉毛上才有趣呢。取个名字不同一般，怪有趣的。"先生笑着说："这也可以算一家之说。文人雅士取个别号，要有一点风韵。一个躺眉毛的居士，未免形象不好。我给你改一个字，'卧梅居士'，一枝斜卧梅花，不论是在明月皎洁的夜晚，还是风雪交加的严冬，都是很动人的吧。"大表姐拍手叫好。我想老先生真是一字之师呀。轮到小表姐了，她用手压着她的抄写本，不想给老先生看。先生还是抽出来看了，我见小表姐情绪不高，连忙向先生说明了我们凑合这个名字的过程。老先生和蔼地说："有了这个基础，改一下就可以了。'紫潭'没有什么明确的意思，使者又有点生硬。改为'紫衣女使'怎么样？紫色淡雅，宜作仙人之装。"小表姐的脸色豁然开朗。我们就更加佩服老先生了。

（五）英语

我终于厌倦了私塾生活，决定随一位远房表姐到从长沙搬到湘乡躲避战火的含光女中去继续上中学。但是这一段学习对我是很有教益的，是我以后学习语言文学的基础。当时读的古文，有些虽属强记，能流畅地背诵，如今年逾古稀，有些篇目还能一字不漏地背出来。在中学里我的语文成绩总是优秀的。在以后的教学生涯中，我减少了一些教古典文的困难，在翻译英语作品时，增强我的文字表达能力，我感谢先生对我早期的教育。这段乡村的读书生活是难忘的。但是有一事先生不喜欢，那就是英语。我是从上海回来的，已上完初中一年一期。当时的上海是十里洋场，有许多租界，外国人很多，英语成了很重要的语言交流工具。老百姓为了工作需要学"洋泾浜"英语，学生们从四五年级开始学英语。爸爸告诉我千万别把英语丢了，所以我在心血来潮时也读一下带来的英语课本，操练一下英语书写。先生对这一件事很不高兴。见着就喊我快收起来，而且还说我们大中国自尧舜禹汤文武以下，是礼仪之邦，兴的是学孔孟之道；洋人是夷狄之邦，讲的是蛮夷之道，我们拜过孔夫子的人是不学洋文的。我讲不出道理来反对他的说法，但我心里明白爸爸是对的。何况他那一脸严肃，眼睛直望着那摆放在长台几上正中的"至圣先师孔子神位"上，我自然不敢吭声了。但我还是在卧室里偷偷地读。

高中毕业后半年，抗日战争胜利了。迁避乡村的大中学校纷纷回到原址，湖南大学回长沙后，草草地修建了一些临时校舍，竟在9月间举行了第二次招生。我决不放弃这次难得的升学机会，就急匆匆地步行到长沙报考。我看到文科只有中文系和外文系招生。我不想跟着那些老先生去钻研古典文学了，何况在中学里我一直有外语方面的优势，就这样有幸考入了外语系。

大约是在大学二年级寒假，我回到家里过年，知道先生和三七公一同来看望外婆来了，那时外公已去世，他们却不忘旧情，逢年过节总来探望。我闻讯就和在他那个私塾里读过书的兄弟姐妹一起拥到外婆房间里，看望一别七年多的先生。他风采依然，是一个进入中年而略胖的形象。那时候是不兴握手的，我们都亲切地向他和三七公鞠躬问候。他能一一地叫出我们的名字，显得特别高兴。他依次询问我们现在都在什么地方读书或工作，房间里笑语喧哗，气氛热烈而亲切。我躲在大表姐身后，我不想他问及我，我想大概他不喜欢英语的思想不会改变，问起来我会觉得为难的。但是我没能逃过他的眼睛，他问过表姐之后，就问起我来了。表姐把我推出来说："先生，她最有出息了，考上了有名的湖南大学，您的得意门生。"先生果然觉得脸上生辉，高声地笑了起来。

"学的什么？"他问。

"学的英语。"我惴惴不安地答道。

先生并没有表现出明显的不高兴，微笑着坐下来，思索了片刻说道："如今的世界变化很大，我们老朽跟不上了。这些年孩子们都进了学校，学的是国文、算术、音乐、图画、体育之类的课程。我的学堂已经没有人来上了，学生作文不写文言文了，都写白话文，我也不开馆了，洋学堂的事情我知之甚少。如今我作田糊口。认得几个字，帮上邻下舍的人写写信、作作挽联、编编春联什么的。田园生活，悠然自得其乐呀。"我看先生对英语不是那么排斥，情绪就活跃起来了。我接着先生的话说：

"您的学问是很好的，我只在琼林堂读了一年老书，国文基础就比一般同学要好一点。如今外国人来得多了，我想学点洋文，将来找工作方便些。我们的老师讲了一个售货员的笑话，我说给大家听听。'笔'的英语是 pen，读音和我们读'盆'相似。'不'的英语是'no'，和我们说的'漏'字的音相似。好啦，有一天，一个外国人来买笔，说了 pen，售货员马上递过去一个盆，外国人连连摇手道：'No，No！'售货员很吃惊地说：'这是新的，不漏，不漏'你看，不懂英语，就闹出笑话了吧。"我一说完大家都笑起来了，那些姐妹们笑得特别起劲。我又接着说："如今，当售货员都用得上英语，在国家大事上的用处就更多了。"

先生始终微笑地听着，然后慢慢地说道："现在是过年的时候，大家一起说说笑笑，百无禁忌，我也来说一个关于英语的古老故事。话说观音菩萨去看王母娘娘，在向西天的路上缓缓走去，忽然望见远远地有一人背着她站着，她仔细地辨认，不知是哪位神仙。琢磨了一阵，她认出来了，原来是孔夫子。就高兴地喊了一声：'孔大圣人，好久不见了，是去看王母娘娘吗？咱们一块儿走。'谁知孔夫子正在撒尿，回头一看，吓得魂不附体，随地撒尿，自非圣人之道也，决不能让观音菩萨看见。可是已经憋不住了，只得急急往西边逃去。

直到撒完了尿，整理好衣冠，才与观音菩萨相见。这孔夫子的尿，边跑边撒，就这样歪歪斜斜地落在西方的土地上了。当地的人们就模仿它的形态，造出了他们的文字。这就是英文。"

三七公和大家同时大笑起来："哈哈，哈哈！这洋文原来是孔夫子的尿！"

我不知道这故事是先生编造出来的还是听来的。我们这些上过中学的人，都必须认真学英语，听了很不高兴。他曾经是我们的先生，何况有言在先，过年时节说话百无禁忌。我们都作不得声。我心里想，一个人观念的改变，不是很容易的。

（六）解难

抗日战争胜利以后，我们家还在乡下住了一年，为了方便我们姐弟上学，妈妈才决定到长沙居住。抗战末期，日本鬼子占领了长沙，直逼衡阳。爸爸的工作单位没有退路，于是逃到郴州，作权宜之计，躲在山岩之中艰难生活，与我们音信不通。姐姐在重庆上大学，幸有姑姑支援。妈妈带着我和两个弟弟寄居外婆家里，没有外面的经济来源，全靠妈妈的几亩陪嫁田，收得几十石租，勉强维持。有时不得不向别人借点钱，渡过难关。1944年寒假，妈妈千方百计地凑了二十块光洋，要派人到三十多里外的一个老朋友家去还账。派谁去呢？弟弟太小，我又是个女孩子，左右为难。我自告奋勇要去，因为我认得那位借钱给我们的伯伯，在长沙时常来我们家的。但是我不识路，于是妈妈请了外婆家一个忠实可靠的老佃户唐三叔护送。钱就揣在他怀里，我都不知道他藏在什么地方。他穿着件破棉袄，烂袜子套草鞋，麻布袋里放着几样包好的坛子菜。我是蓝衣青裤的学生打扮，就这样上路了。去的地方叫陶家冲，要途经离先生家不远的小镇滩山铺，这一段路我很熟，因为不过桥往大冲走就到了琼林堂。这回我们得过桥经过滩山铺。我在前，唐三叔走后，我们轻快地走着，不到一小时就到了桥头。我朝右手边那条弯弯曲曲的小路凝视着，心中激动起来，有一种旧地重游的感觉。我停下脚步，把我曾经读过书的地方指给唐三叔看，还向他讲述了当年的趣事。唐三叔急着赶路，催着我边说边快步地走过那十几块木排连成的小桥。我望着即将到达的滩山铺，回忆起那时拿着几分钱到小店里买零食的事情。我快乐地审视它有哪些变化。

过了桥我正想三步并作两步地跑过去，唐三叔突然上前拉我一把，叫我停下来。他悄悄地对我说："你看见了吗，那街口上有两个兵。"我停下脚步来看了看通向小街的唯一路口，果然有两个穿着黄军装的丘八，衣服破旧，帽子歪戴，步枪斜挎在肩上，口里哼着什么油腔滑调的曲子。我知道这是一些不好惹的家伙，心里盘算着怎么对付他们。唐三叔是个老到而富有经验的人，他对我说："常言道，'秀才见了兵，有理讲不清'，得罪不得。你把这五块钱票子放在手里。我先走，要是没事，你就跟着走过来，把钱交给高点的那个，说：'老总，辛苦啦，买包烟抽。'我向你招手，你就赶快过来。"走近路口，唐三叔就笑嘻嘻向两个兵躬手打招呼。路边店里好多人都认识他，纷纷和他拉话，他就这样轻快地走过去了。我连忙跟上去，把钱塞给那高个子丘八，谁知道他突然变脸，把钱朝地上一甩，手指头戳到我脑门上来了，出口肮脏，我强忍住眼泪，呆呆地站着不知所措。唐三叔马上回过头来，讲好话，赔不是，都不管用。高个子大兵气势汹汹地说："混蛋！你老家伙出过门没有？这年月世界不太平，共产党到处作乱。政府派我们守住各条大路口，就是要查共产党分子。四乡都出了布告，出门要带乡政府的证明，你们拿证明来看看。"他这当然是胡说八道，唐三叔只好向围着看热闹的人们打躬作揖，求熟人们证明我们家在温村，离这里只有十里路，有几个小店老板也出来说了话。他们一句也不听，一个劲地叫喊："乌龟王八蛋，今天老子就是要证明。共产党就藏在青年伢妹子中间。乡长张昼荣交代了，放走了共产党就要枪毙我们。就是蒋介石、宋美龄从这里过也要验证明。"唐三叔还在一个劲地求情，这两个家伙更加得意忘形，骂出许多不堪入耳的话，让我们站在人群当中非常难堪。我忍不住了，小声说了一句："那乡政府的布告为什么这滩山铺都不贴呢？"那高个子逼到我面前，扳着枪栓直响，指着我的胸口："你妈的，你还有理哩。要不是乡长规定不许开枪，老子崩了你。走，跟我们到乡上评理去。共产党就躲在学生中间，特别是女学生中间，抓着一个，我得赏。"边说边扯我的衣服，并转脸向唐三叔说："老家伙，回去报个信，叫她爷老子到乡上来赎人。"他拽着我就往来的路上走。我死命地抱住街边的一根柱子不放，那家伙竟用枪托来打我的手，痛得我直大声叫喊。唐三叔不顾一切地用身体护着我，周围的老乡们也来说好话，我忍不住大哭起来。

就在这叫骂声、求饶声、哭喊声闹成一片时，有一个洪亮而粗犷的声音大吼道："住手，不许打人！还有王法没有？"这声音太熟悉了，我回头一看，竟是我的私塾先生！我正要叫出声来，他忙用手示意我别出声。这时大家都被这突如其来的声音镇住了。他分开众人，打了我一巴掌，把我拉到身边，气鼓鼓地骂道："莲妹子，你这不听话的小畜生，说了明天送你回家你不信，你骗了唐三叔，说我答应你跟他一起走。回去看我不好好地收拾你一顿！"他转过脸来向两个丘八赔笑道："老总，真对不起。这是我的外孙女，王青莲。在县城里读书，她父亲在县政府当差。早几天我女儿带她来我家，我留她多住几天，打算亲自送她回去。她吵着要走，这不听话的东西，就瞒着我跑出来了。老总，我是学馆的先生，张昼荣乡长的两个儿子是我的学生，前两天张乡长还在这里的小馆办了几桌敬师酒。改日，我到乡上去亲自向他请罪，有劳两位了。要不，请两位留下大号，我好向乡长陈述你们恪尽职守的情况。"他又转向我叱道："还不快走，你外婆在家急得哭咧。唐三哥，害了你啦，一起到我家吃中饭去。"小馆的老板也忙出来作证。那两个当兵的似乎觉得先生颇有来头，马上换了一副面孔说："不知是先生的外孙女，早说一句，就不会发生这场误会了。执行公务，多有得罪。那就请吧。"然后一溜烟钻进茶馆喝茶去了。

先生领着我们过了桥，朝通往他家的路上走去。我惊魂稍定，就提出不去他家，想绕过桥头的小路回家去。先生连连摇手道："万万不可，那两个家伙本就心存疑惑，那贼眼会盯着我们走的方向不放。观察到你们分路走了就会追上来，那你们就真脱不了身了。我不留你，怕你家里不放心。你们走我家对面的山坳翻过去，就离你家不远了。唐三哥知道这条路。"我们就按照他的意见跟着他上路了。果然我从树叶的隙缝里可以看到那两个家伙正朝我们这个方向眺望呢。

一路上先生向我们讲述了许多关于当前的乱象和谣言。国民党的军队上前线，见了鬼子就逃。在驻地，见了百姓就欺，到处为非作歹，抢劫敲诈，奸淫妇女，祸害百姓。就说附近这滩山铺口，就出现了好多害人的事。有好几个过路的年轻妇女就被他们找个借口抓去，至今下落不明。有的被卖掉了，有的放出来被糟蹋得不成人形。先生的话，吓我心惊肉跳。我们按照先生指的道路，终于得救，平安回家。在我最危险的关头，先生为我解难，我对先生心存感激，他用计谋救我脱离虎口。他为人耿直，极富正义感。他在古典文方面，很有学问，停办学馆以后，他安贫乐道，耕田种地，谋取个人生活。可是自从我离开家乡以后，直到抗战胜利，我进入大二那一年的春节才见过先生一次。先生的音容笑貌，道德文章，我终生难忘。

（七）学诗

日子过得好快，在琼林堂读书是很自由的。每天学多少课文，全由先生决定，背完了书，写完了字，你就爱干什么就干什么去吧。我们总是早早地完成任务，就开始我们自在的生活。做得最多的是看小说，多半是向塾馆同学借的，人们所谓的四才子书即《封神榜》《西游记》《水浒传》《三国演义》等，都不是正本书，虽不禁止，但先生看见时总是不屑地说，何不多读几篇古文多写几页字？这些荒唐的书，只会扰乱人的心思。所以大家只能偷偷地看。那些大学生为了讨好我们，总是把书悄悄地送到我们房间里来。一年私塾，我就这样正本斜本地读了一些书，见识了帝王将相，也欣赏了才子佳人。头脑里充满了胡思乱想，笔底下就只能信口雌黄了。不管怎样，我的实际收获是有的，视野扩大了，写字正规了，文章也有了初步的格局。

过年放假一个月，我们又在家里玩翻了天。只有偶然听说某个亲戚的亲戚、熟人的熟人，被日本飞机炸死了，或者被日本鬼子抓壮丁了，才有一点战争的气息，大人们也才会紧张叹息一阵。日本鬼子所到之处，烧杀抢劫，奸淫掳掠，无所不用其极。我们那个偏僻的小山村，不断地涌来难民。人们宁可在逃难中饿死病死，也不愿死在鬼子的屠刀之下。我们这个院子里也搬来了一户，据说是宁乡的名门大户，姓廖，夫妇俩带着一儿一女。那位先生据说能诗能文，颇有才气，人们说他有宁乡才子之称。我好奇地远远观察，只见他常常踱着方步，摇头晃脑琢磨吟咏，有时举笔书写，那龙飞凤舞的字体让我十分羡慕。回家来我就要妈妈带我去拜访他家，我还想知道他的女儿橘子在什么地方上学。妈妈先说了一下他家的概况，和我听到的差不多。新的内容就是他家和我们扯得上瓜藤搭柳叶的亲戚。妈妈嘱咐我称呼他们为奎叔奎婶，并说奎叔是个饱学先生，出口成章，提笔成文；奎婶也是大家闺秀，端庄秀丽，仪态大方。妈妈就带我去他家拜访了。他们大人们说话，没有我插嘴的余地，我就独自欣赏贴在墙上的字。奎叔写一张，他的儿子和女儿模仿着在后面写了好几张。还有整张的行书、草书或正楷的字贴在另外一面墙上。那大概是奎叔自己的杰作，我觉得写得太好了。本来我认为李二先生的字写得不错，但两相比较，我觉得奎叔的好多了，特别吸引人。我这个书法还没有入门的人，不知道怎样去品评，只能凭感觉说话了。当时我产生了一个想法，何不利用这段时间向他学习书法和作诗？第二天我就向妈妈表达了我的意思，不过对于作诗我还是羞于启齿的，只说了多读点诗。妈妈听了，大加赞赏，说我想学习是收心做好人了，让我带了作文本和大小字本，登门拜师。奎叔看了我的文和字，没有说什么，客气了几句就说："就和季儿、橘子一起练字吧。"季儿是他的宝贝儿子，十岁；橘子是他上初中的女儿，十四岁。由于他没有评论我的作品，换句话说，我想听到他的赞扬却没有，就有点小肚鸡肠地认为他一定觉得我的字写得太不好，于是暗下决心要赶上他们两人。每天写完字，他还教我们读几首诗词，而且第二天就要背出来。妈妈常说我没有别的能耐，就是有个死记性。背书是我的拿手好戏，每天第一个就流畅地背出来了。奎叔总是微笑地点头，有时还敲打他的儿女几句，这让我的自尊心得到一些满足。多读了几句诗词，我竟异想天开打算自己作两首试试。于是从简单明了的《忆江南》开始。在我的生活经历中，我觉得镇江南京一带，山明水秀，风景如画，留下过我的足迹，那里还有我念念不忘的朋友，这不正好是"忆江南"吗？我就充满信心地写下我的第一首词。词曰：

江南好，
绿水对蓝天。
夏夜轻风伴明月，
花如蝴蝶柳如烟。
日夜想当年。

虽然我翻读了好多诗词作参考，但什么叫音韵格律我一无所知。经过不断修改，自我欣赏地学奎叔的样子咏唱，似乎真像一首词了，但我还是没有勇气拿给奎叔看。有一天晚上，我悄悄地把我的心事告诉了妈妈。妈妈看了我的词，她说，念起来还顺畅，听起来有韵，说不定还真是那么回事。她收起我写的那张纸条，说是让舅舅先看看。我坚决反对，舅舅那人性情古怪，说不定会大骂我一场，而且他也不见得懂得诗词，不要去招惹他了。他的行为和见解，往往让人不可思议。早几天他打了他的二女儿七表姐，真是一件可笑的事。清早，七姐给他打了一盆洗脸水，见水里有泥沙，就澄清了一下，倒掉下面的沉渣。他竟勃然大怒，一个大巴掌打过去，打得七姐天昏地暗，不知犯什么大错。他口里骂道："天底下只有人洗脏水的，哪有水洗脏人？要你澄什么水？没见识的东西。"七姐挨了打不敢吱声，躲到屋角里哭了。说不定他看了我的词，会找个什么古怪理由打我一顿呢。妈妈可能是认为自己的女儿真长进了，按捺不住想表现的心情，把我的词送给奎叔看了，他念了一遍，思索了一下，就让橘子把我叫去了。他把那张我写了词的纸摆在桌上，让我仔细看看。我一看，就在这张纸上，我的那首词旁边，他那好看的字写了另一首词。

江南好，

春水碧连天。

古树自筛钟阜月，

画桡闲织五湖烟。

鸿爪忆当年。

他讲了三个问题，让我终生难忘。一、词有词谱的规律，不能就只数着字套上去。二、诗词都有一定的韵，有专门的韵书，不是念得上口就行。三、内容要表现你要写的东西的特点，例如你的词是怀念江南，就要体现江南的特点。他指着我的词说："你写的内容，虽然江南都有，可是不是特点，可以用它描写许多地方的风景。我写的'钟阜''五湖'就指明是江南了。"然后他又给我解释了"鸿爪"来自苏东坡诗的典故。还说明了"筛"和"织"的形象用法。我虽不能全部理解，却是在向通往诗词的道路上又前进了一步。我对诗词感兴趣，首先是受父亲的影响。其次是看《红楼梦》时，囫囵吞枣地背下了我喜欢的诗词，如今又遇见这位耐心教育的诗坛名家，亲切指点，让我得益不少。正当我思考着不去琼林堂私塾了，就在家里自学时，事情却发生了突然的变化。

三、从城里搬来的学校

（一）涟水之滨

我们家里来了一位客人，是一位远房表姐，在我面前确实是一位大姐姐。她十八岁了，个子高高的，圆圆面孔，一脸笑意，短短的卷发，很是别致。身穿一套青布的学生衣裙，似乎带来了一种久违了的学校生活。她一见到我就拉着我的双手直摇晃："小表妹吧，叫我八姐！"她有一种亲和力，让我毫不拘束地叫了她一声，并且挨着她坐下。不一会儿，我们就谈得很热烈了，也可以说，在交谈中她知道了不少我的近况和我想上学的心情。其实，她是外婆的客人，外婆已准备了她的餐宿，我喜欢上了这个活泼开朗的表姐，硬是把她留在我家了。她生动地描述她的学校生活，动员我和她一块去上学，我一下子就动心了。不等我开口，她就向妈妈提出了这个建议。妈妈一连串地问她：

"你上的是哪个学校？"

"含光女中。"

"什么地方？"

"原来在长沙，打仗了就搬到了湘乡乡下，离城十多里。"

"离这里多远？"

"九十里地，起早摸黑，一天赶到。"当然是步行，只有乡间小道。

"规模怎么样？"

"有高中初中，是女子学校。"这一句话打动妈妈的心。

"老师管得紧吗？学生都规矩吗？"

"那还用问吗？全是女学生呀！比男孩子规矩多了。"八姐哈哈大笑地说。妈妈也高兴地笑了起来。在这愉快的笑声中就决定了我的命运。妈妈挽留八姐多住两天，让我做好准备就和她一起上路了。这机遇真是可遇而不可求，我的心充满了阳光。

八姐把我带到了这个抗日战争中搬到乡村来的学校，她大包大揽地为我办理了一切手续。首先是入学问题，我初一没念完，她却给我报了初二下，跳级一年多。我怕赶不上，想下降一年。她说没关系，反正要考试，看了成绩再说。那位胖乎乎的教务处陈主任给了我语数外三科卷子。我很快地完成了语文和英语，但是数学交了白卷，内容是代数，我没学过。一会儿，陈主任宣布结果，我的数学不行，只能降一年。我虽然有点失望，但我就这水平，心想认了算了。可是八姐却和他理论起来了，说我的英语 100 分，语文 90 分，三科平均及格，不应该降级。陈主任温和地说，数学是主科，赶不上进不了初三。八姐的理由是本期他们学几何，从头学起，不会有困难的。入了学，我来给她补代数，还不行吗？最后陈主任让步了，准许我试读。八姐为自己的成功非常得意，带着我满校跑，不仅安排了吃饭睡觉的事，而且逢人便说她的成就，快活地向同学们介绍："这是我的表妹。"却不介绍我的姓名，于是大家都叫我"表妹"，因此使初来乍到的我就因这个"表妹"的特殊称呼小有名气。当时学校里流行的小说是巴金的《家》，里面有个脍炙人口的人物叫"琴表妹"，正是年轻女孩子们所艳羡的典型，恰巧我姓秦，这个不谋而合的绰号就像量身定制地落到我身上，就让我更有名气了。这个让人动心的绰号，一直跟随我到大学毕业。八姐待人热情，性情爽直，为我所做的一切使我心里热乎乎的，也非常感动。离家远走，我没有陌生的感觉，很快地就融入了新生活。她成了我待人接物的启蒙老师，我也学会了热情待人，并且爱上了这个从城里搬来的学校。

含光女中为了躲避战火，迁移湘乡城外，就在这个名叫叠巄冲的地方落脚。学校租用了湘乡望族谭家大祠堂作为校舍，安顿三百多个女孩子，因陋就简地在这里继续办学。叠巄冲是一个美丽山村，它坐落在湘乡城十里之外的地方，背靠群山，濒临涟水，属于丘陵地带。四周起伏的山坡，环绕着一块小小的平原，还有一道忽宽忽窄的溪流慢悠悠地从小平原中流过，不知它发源何处，却弯弯曲曲地绕着村庄，一直汇入涟水。小溪在我们学校的东面，经流一条大路，上面就架了一座桥。不知道村里人叫它什么桥，我们怀着饱满的抗日激情，称它为"卢沟桥"。每天傍晚，一群群一队队青年女学生漫步桥头，唱着豪迈的抗日歌曲"大刀向鬼子们的头上砍去……"挥舞砍杀姿态的双手，就像我们身在战场，充满了拼死一战的气概。有时在清风明月的夜晚，大姐姐们也会三三两两漫步在桥上，带着怀念的心情忧伤的情调，唱着"卢沟月，正如钩，来来百万人多少，只不见亲人走过桥……"让我们想到被敌人铁蹄所毁灭的无数人家，仿佛看到一群群流浪者悲怆地唱着"我的家，在东北松花江上……"从桥上走过。来到这里，集体的丰富生活，激发了我的爱国热情。老师们激情讲述，启蒙了我沉静已久的心胸。日本鬼子对沦陷区人民残杀掠夺的消息，往往使我们悲愤得热泪盈眶，恨不得投笔从戎，杀鬼子去。教我们唱歌的贺老师，白发苍苍，瘦削的脸庞上镌刻着岁月的痕迹。教我们唱抗日歌曲时，总是激情满怀，仿佛忘了是在上课，而是在进军的道路上。在 1940 年除夕晚会的准备工作中，他不知疲倦地为我们编写许多抗日歌曲和短剧，给我们当导演，为我们筹划和设计服装，为我们化妆。他一直在后台安排布置所有的工作，使晚会进行顺利。除夕晚会上的演出，使我们的抗日情绪沸腾了，激发了我们的爱国热情和抗日意志。遗憾的是，他挑选我扮演一名汉奸角色，我很不愿意。经过好多人的劝说，我才勉强答应。事后大家都说我演得好，引起了同学们对汉奸的痛恨。有同学问我，为什么演得那么像，其实我们都没有看见过汉奸，谁知道汉奸是个什么样子？我只是痛恨汉奸，我就把平日人们最讨厌的样子都堆到汉奸身上去。我在台上的形象，嘴唇上画两撇小胡子，头顶上戴瓜皮小帽子，身穿大黑马褂，下套女式旗袍，脚蹬一双木屐（以前农村用的雨具，下有四钉，离地面有一寸多，套着鞋穿，走起路来咯咯地响），在鬼子面前，卑躬屈膝，唯唯诺诺；在老百姓面前，张牙舞爪，为虎作伥。我活灵活现地装模作样，自觉丑态百出，那模样要多难看有多难看。可是我却赢得了"演得好"的盛誉，我所担心的"汉奸"将成为我的绰号的事情并没有出现，"表妹"的雅号却比以前叫得更响了。

（二）小班春秋

1. 惊人的火，谁放的

晚会结束，我还处在欢乐的情绪之中，正和大家一起商量着我们这个小小的班要组织一次文艺表演，在大厅（当时用作礼堂）里演出，欢迎全校师生参观。我们竟自以为颇有艺术天才，十二人的节目可以震动全校，有点不同凡响吧。我们正在兴高采烈地自吹自擂，突然表姐大喊着我的名字，并向我急急招手。她举着一封揉得皱巴巴的信，字迹都已模糊不清，只有信封上那个秦字能清楚地被认出来。她说全校姓秦的就只有我一个，这一定是我的信了。我拆开一看，爸爸那笔苍劲有力的字体马上就映入我的眼帘。我的心紧张极了，手也颤抖着。因为爸爸从来没有直接给我写过信，总是由妈妈转寄，是不是家里出了什么问题？我展开信，迫不及待地一口气读完，重重地嘘了一口气，猛捶了一下桌子，扬起手中的信，激愤地向大家报告了一个多月前的"最新消息"。

我惊呼道："长沙起了大火，一切烧得精光！半夜有人放火，全城房屋烧毁，死人无数，我的爸爸靠菩萨保佑，死里逃生。我的天哪，狂烧了三天三夜！"大家惊得目瞪口呆，美瑜和立华家在长沙，马上就号啕大哭起来。爸爸这封信是从常德寄来的。他是上海沦陷以后，奉命撤退武汉，还在等待工作；武汉危急，又随机关退守长沙，等待上级指示。前不久得到通知去常德会合。次日即将搭军车前往，大件行李已于前一天送到河西的上车，要件装在一个提包里随身携带，小心地放在床头，明日清早自己提着步行上车。妈妈带着我和小弟，早已回乡。那空荡荡的一所房子就住了他独自一人。由于有了一个撤退的定向，那一夜他睡得很踏实。可是半夜里火光烛天，他只觉得闷热不堪，又感到烟熏火燎，便翻身而起，睁眼一看，满屋通红，这才发现火舌已伸入窗口。外面的声音异常嘈杂，房屋倒塌声、物件爆炸声、哭喊叫骂声，乱作一团。他马上抱起提包，夺门而出。下得楼来，只见大门在熊熊大火之中。他急转厨房，在浓烟的窒息中冲出后门，逃进了小巷，跟着一群人，跌跌撞撞地朝有路可通的方向狂奔乱挤。他心里想着，只有往河边跑，那里有水，有水就不怕火了。何况他还要设法过河去上车呀。好不容易挤到了湘江边上，几个人找到一只船，划的划，撑的撑，长沙的冬天是枯水季节，很快就登上沙滩。涉过近岸的浅水，爬上河岸，到了河西，算是脱离火海，捡得一条性命。他终于找到了停在西站的军车，长长地出了一口气，爬了上去。不自觉地把手提包放下，顺手拍了一下，怎么软乎乎的？在微微的曙色中，他才大吃一惊地发现，他竟抱着一个枕头奔波了半个夜晚。他的重要文件和备用的钱财，全部丢光。他庆幸自己能从如此劫难中脱逃出来，暂时借钱度日。

信是到常德以后写的，他想，家乡邮递十分艰难，我这里是学校，要方便些，他让我向母亲报平安。谁知这封信也邮了一个多月才到。其实大火的消息，早就在我们学校有所传闻，校方为了安定人心，封锁消息，只说鬼子的轰炸引起了几处火灾。长沙来学生的信件，一律暂时扣住，却没有料到从常德来了这么一封详细的报道。虽然引起一些波动，却也无可奈何，这年月只好听天由命了。过了几天，妈妈托一个湘乡亲戚为我捎来一些衣物和一封信。她果然没有收到爸爸的信，她却从另一个侧面听说了这件事。我祖母娘家的侄女，也就是爸爸的一位表妹，嫁给一个姓酆的人家。据说这位酆家姑爷人品不错，当了湖南省警备司令，还得到蒋委员长的赏识，因此声势显赫，一般穷亲戚只有羡慕的份儿。这次长沙大火，全城毁灭，死伤无数，损失惨重，情况惨烈，震动了全世界。妈妈闻说，蒋委员长亲自到长沙来视察，非常震怒。说是查出是这位警备司令酆悌下令放火的，第三天就把他枪毙了，同时还毙了两个高官，妈妈不知道他们是谁，与我们家有没有关系。这消息在我们家乡炸了锅似的，亲戚们奔走相问，不明真相，惶惶不安。那些跟着他出去谋差事的人纷纷回家了，都不敢说什么话。祖母担心侄女的命运，悄悄地派长工到她乡下大屋里探望了一次，但是大门紧闭，不接纳任何来客。

我家竟有亲戚是这次放火的罪魁祸首，大家都非常吃惊。我很坦然，因为我没见过他，更不认识他。他们想要知道的并不是我和他有多少关系，而是这件事情的真实性。难道这场大火真是那个姓酆的家伙下命令放的？如此不顾老百姓死活，枪毙也是活该。次日，我们期待着爱讲时事的地理老师给我们讲长沙大火的事情。他铁青着脸走进教室，全不像平日态度亲切平和的样子。他一开腔就直入主题：你们自然都知道了长沙大火的事情了吧，这是惨绝人寰的大火，是谁放的？几千年来，我们湖南人民辛勤积累的财富，创造的民族文化艺术，修建的名胜古迹，就这样一把火烧掉了。几十万人死伤，千百万人流离失所，啼饥号寒，就是这把火造成的。这是我们湖南人民的深重灾难呀！日本鬼子占领上海，屠杀南京，进踞武汉，直指长沙。我们的最高当局是怎样谋划他的抗敌计划的？他们掘开黄河花园口大堤，淹没几十个县，淹死几十万人，毫不痛心。用人民的生命财产，来换取他们苟延残喘的逃亡时间。他们在重庆为自己修建精美宅第，为人民马马虎虎地修建没有通风口的防空洞，鬼子一个炸弹，炸塌了洞口，使两万多人窒息而死。这都是震动世界的惨案啊。这都是谁之过？长沙这把火又是谁放的？吴老师停顿了片刻，犀利的目光逼视着我们这十二个小小的女生。我们茫然地望着他，全堂鸦雀无声。他话锋一转：我知道你们年纪还小，不会想那么远。你们都知道"焦土抗战"的口号吧，就是说打不赢了要转移阵地（逃走）时，放一把火把什么都烧掉。这是最高当局的预定计划。面临前线的长沙警备司令会不知道吗？问题是这场火烧得太早，太惨烈了。全国人民愤怒的声音太大了，同盟国指责的调门太高了。最高当局亲临长沙视察来了，比他作的最糟糕的估计还要糟糕，龙颜震怒，何以谢天下？于是乎三颗人头落地。古时候，发生了重大的天灾人祸，皇帝佬儿还会下罪己诏，自己承担责任，减税减租，发放赈款，安抚百姓。我要为湖南三千万同胞痛哭，我要为生于斯、长于斯的长沙古城痛哭，你们说是谁放的火？吴老师泪流满面，他那高度的近视眼镜片，已经模糊得看不清任何东西了。他向我们挥挥手，步履蹒跚地走出了教室。随着下课铃声，我们凝视着吴老师微弯的背影消失在过道中。我们谁都没有下课时的欢乐，呆呆地坐着，用一个孩子力所能及的思想，思考究竟是谁放的火？

2. 自修堂下的"被窝印心"

这里的教室没有一间是合规格的，都是依据人数的多少安置到各个大小不等的房子里。我们初三（3）班是全校人数最少的一个班，总共才十六个人，由于种种原因，后来又走了四个，就只剩下十二个了。我们教室就在祠堂正厅的戏台下面，戏台上面的横梁上悬挂着一块黑底金字锃亮的匾额，上书苍劲有力而圆熟的三个大字"自修堂"，大概是这个显赫家族的堂名吧。戏台上供着他们谭家的祖先神位，那地方是不能随便让人上去的。我们一进教室，就宣布了这条铁的纪律，我们当然不敢违反。戏台两边各有一间教师住房，又约束着我们不能乱说乱动，面对戏台，为了教室采光，安装了一排玻璃窗门，这在抗战时期是很奢侈的。可是对我们来说却是一个很大的压力，因为门外大厅是一条交通要道，每人每天都要走一遍。在众目睽睽下我们得一本正经地听课，更不能有打瞌睡搞小动作之类的事情。我们的对策是把座位搬得离玻璃隔门尽可能地远一点，每排四人，十分精巧地摆在教室正中间。于是我们班又有了一个空前绝后的绰号，叫"被窝印心"，说明我们座位四周都是空荡荡的。但是我们教室的光线很暗，大家又不肯朝明亮的地方转移，我们就在教室周围寻找出路。不久我们发现戏台下面有扇挂着一把小锁的门，很容易就弄开了。戏台下面那间房子空空的，而且很宽敞，朝外有一扇大门，通向亮堂堂的后院。这下我们可高兴了，有了一个宽敞的活动场所。每天课后，晴天我们纷纷将课桌搬在院子中间或走廊上做功课，雨天就敞开大门，坐在戏台下面那间大的屋子里做功课，真是世外桃源。我们心里将"自修堂"改为"自由堂"了。由于我们人少，学校不给我们安排专门的班导师，而是地理老师代为照料一下。

地理老师名吴晶，字日三，我觉得他的名字挺有趣，所以特别记得他。他的门就开向我们教室，所以照看起来也很方便。他站在门上一眼就能看到全班情况，我们很少知道他在什么时候检查过我们班。反正训育处没找过我们的麻烦，我们就心知肚明，他没有说过我们的坏话，因此可以说相安无事。他的妻子是一个安分守己的乡下女人，不知道她什么时候悄悄地从我们的身后出去又进来，偶然遇见也只是点头微笑，似乎没有和我们中间谁说过话，我想是吴老师对她有所约束吧。他们有一个儿子，十来岁，胖胖的，剃着个光头。笑起来双眼弯成月亮形，而且面颊上有浅浅的笑涡，一口不知何地的乡音，好多话我们都听不懂。他和我们非常友好，常常在我们的课桌间游来游去，还不时送点豆子薯片之类的东西给我们吃。我们都亲热地叫他"和尚"，他在附近上小学，也常到我们中间问点小问题。我一听到身后的开门声就知道准是他来了，他一开门，我总能听到拉门闩的响声。那天晚上教室里特别安静，因为第二天要考数学，大家都在很用心地解题。我不是个很专心致志的人，在这静静的气氛中我仿佛听到了轻轻拉门闩的声音，我就不假思索地说道："门儿开开，和尚出来！"大家都不约而同地齐刷刷回过头来，又有几个人嗬的一声站起来了，我回头一看，惊得我出身冷汗，站在门上的不是和尚，而是戴着那副深度近视眼镜的吴老师。由于他平日上课认真，要求严格，本就怕他三分，谁敢和他开玩笑呢？我感到非常尴尬，不知所措地喃喃自语："我还以为是和尚哩！"谁知吴老师竟取掉帽子，摸摸他那脱得光光的秃顶，缓缓地说道："我还真是和尚呢！"同学们不由得哈哈大笑起来，吴老师的笑声比我们谁的都响亮。从此我们对他们父子就有了大和尚和小和尚之称，和他们这一家三口也非常亲近了。

我们班长是个大块头，不仅个子最高，嗓门最大，成绩也最好。她是不是年龄最大的一个，却不敢说，因为她忌讳说年龄，大家在她面前就不谈年龄的事。她很关心班上的每一个人，学校里所要求的工作，每一件她都为我们处理得很好。办起事来，说她雷厉风行，一点也不过分。我们不喜欢她那对我们事事都不甚满意的神色，却又喜欢她那事事包揽不用我们操心的作风。我们暗暗地叫她老大，心里还是充满尊敬的，至少在她面前不敢太过放肆。我们又觉得她那举止神情有男孩子的气概，有时也暗地里称她大哥，这可绝对要小心，决不能让她听见。我们总是挤眉弄眼细声细气地说她的这个雅号。我们是个女子学校，在那文化生活特别空虚的年代，似乎特别需要有男孩子来调剂。于是就有人将漂亮的女孩与长得像男孩子的同学配对子，开始她们觉得有点不好意思，闹着闹着，似乎弄假成真了，她们真像男女朋友似的，挽着手在僻静的小径上散步，成对下餐馆，互赠礼品，晚上还挤到一张小床上睡觉。同学们闹着要糖吃，她们也会大方地散发。于是发展到某人表示喜欢某个，就有人乐当媒人，从中传递书信牵线搭桥，双方认可了，就热闹地产生了另一对。在我们班长身上，绝不可能发生这样的事情，她是个很严肃的人，我们这十一个小鬼，又谁敢冒犯她呢？她的名字叫张菊琼，女性十足。有一天，她突然向我们宣布，她改名为"张积廉"，已得到学校的同意，请大家以后以新的名字称呼她。这个突如其来的消息，让我们都瞪大眼睛望着她，我小声地问她为什么要改，用惯了的名字，换一个新的会叫不顺口的。她说："没关系，叫一阵就习惯了。我改名是为了纪念我的父亲，他一生清正廉明。我将来在工作上就要继承我父亲，积蓄我的力量奉行清正廉洁。"我们都知道她父亲是在抗日战场上牺牲的，她的改名让我们增加对她的敬意，一下子就缩短了我们之间的距离，觉得她和蔼可亲了。

我们班上的艺术苗子应当是沈孟华和周荔，沈孟华会唱歌，不论什么新歌，一到她手上，一会儿就会了。上音乐课时，老师弹一遍曲谱，就叫她试唱，她准能唱得很好。她的音色圆润，声调和谐，好听极了。她是浙江人，有时为我们来一曲，真能达到迷人的境界。那些抗日歌曲在她的带领下，我们十二个人真能唱得雄赳赳气昂昂的。可是课余时间她教我们唱的歌，总是带着忧伤的情绪。那一曲"……万溶江，愁波荡漾……"唱得我们的心头战栗，引发异乡漂泊的女儿们阵阵驱之不去的乡愁。还有一首《悲秋》又使人产生一种苍凉的悲惋，人沉浸在失群孤雁的飘零之中。孟华的家乡早已沦陷，在逃难中一个十来口人的大家庭，在敌机的轰炸下死伤、逃亡、失散。她的父母带着她和小弟逃到湖南，把他们母子三人托给在湘潭的朋友照料，只身奔向四川，一边寻找失散的亲人，一边追赶迁向四川的单位。几个月来，没有父亲的音信，怎不让她发愁？美丽的孟华，脸上挂着泪珠轻轻歌唱的神情，谁不为之动情啊。她那清秀的瓜子脸上忽闪着一双明亮的大眼，薄薄的嘴唇总是红润润的显得轮廓分明。右嘴角上方有一颗明显的黑痣，我总觉得她有点像电影明星陈燕燕，有时我们就戏称她"小燕子"。每当她往窗前一靠，做一个打拍子的姿势时，我们就会随着她的手势唱起歌来。那个时候我们会忘掉一切烦恼，神游在梦幻般的心境之中。

周荔是我们大家公认的巧手。第一次让我吃惊的是看见她将一块花布裁成四小块，然后用小钩针在每块布的边沿上钩出细细的锯齿边，真是漂亮极了。我看得爱不释手，不断地赞美她的巧手，她竟慷慨地送了一块给我，真让我乐开了怀。我们女孩子是最喜欢小手绢的，自从打仗以来我就没有买过新手绢，经周荔这么一摆弄，不就是很好看的小手绢吗？于是我们都学着她，大钩手绢了。越钩花样越多，钩书签、钩手袋、钩衣领、钩袖边……都快入迷了。可周荔又有惊人之举了。她弄来了一块白磅纸，剪成一个戴着帽子穿着短裙的女孩子侧影，然后用黑毛线或黄毛线撕碎粘上做卷发，再用花布剪成帽子贴上去，依法剪贴上衣裙和鞋袜，最后描上她的五官，这小姑娘就来了灵气，活泼可爱地向我们走来了。凭着女孩子们的聪明才智，又在周荔的基础发展了小姑娘的多姿风采。有的用毛线装上她波浪形的金发，有的让她手脚能运动，做出几种舞蹈姿态，有的还能用线扯动她挤眉弄眼。这可是抗战时期的艺术珍品。我们把这些精美的小姑娘挂在蚊帐里面，各自欣赏自己的杰作。我要睡觉了就把她翻过来，让她也安静地入睡。有一天晚上当我凝视着她洁白的背面时突发奇想，何不把那些难记的英语单词写在她的背上，就可以让我在休息时随时浏览，我对自己的这一发现非常兴奋，于是做了一个更大一些的胖娃娃，以便写下更多的单词。这一创举使我充满自豪感和成就感，同学们纷纷仿效。我们边摆弄我们的杰作，边记英语单词，隐隐地产生一个比赛的热潮。班上的英语成绩有了明显提高，大家都很高兴。

郭美瑜是我们班上的书法大家兼美术大师，她的字写得漂亮极了，每次我给家里写信都请她给写信封，我总是要模仿好多遍，才舍得寄发出去。她是我们班刊墙报《烽火》的主编兼美术设计，我为了有机会向她学习写字，就冒昧地自荐为她的副手。同学们说，她是主编，我是副主编，让我乐不可支，积极开展工作。每人每周至少投稿一篇，我们则每周出墙报一期。抗战时期，每班教室只有一块简陋的黑板，供教学用。我们的墙报是用毛笔抄写在白纸上，这确实是我练习写字的好机会。稿子内容五花八门，刊头插画异彩纷呈。全班同学是我们的热情读者，还招来不少别班的观众。读者们给我们提了不少意见，我们不断改进。有利的地理位置和花样翻新的版面，让我们的班刊闻名全校，我们全班同学的写作能力也水涨船高，我的书法和绘画技能大有精进。

俗话说"麻雀虽小，肝胆俱全"，我们有运动健将贺云珍，排球二排居中，投篮十有九中，比赛时是我班的顶梁柱，那口哨吹得像唱歌的休止符，叫停就停。我们班的数学物理专家左荃荪，善解难题，成为大家的习题顾问，我们的作业本上很少见到红叉。我们在国文课上学过一句话：儒为席上珍，恰巧我们班上出口成章的女秀才就是陈席珍，我们就给她改名为"陈儒"，疑难字句，有问必答。她的作文本上错字最少。我们还有个大姐姐陈立华，关心大家的冷暖，是我们的生活参谋，内务顾问。谁有点头痛脑热的，她准能在第一时间里给你一个小小的验方，不用你开口，她就千方百计地为你熬好了药水，侍候着你趁热喝下。她为我们理发，还为我们料理一些缝缝补补，真是名副其实的大姐。我还发现了她一个小小的秘密，她有一个常常通信的男朋友。我在扫地时无意中捡到一封她掉落的信，胆战心惊地躲在浴室里将它读完，让我面红耳赤，心潮澎湃，对谁也不敢提起这件事，从此我总用一种异样的眼光看她，竟和她疏远了。在我幼稚的心灵里，潜意识地觉得写这样信的人是不正经的。郭美瑜和她都是长沙人，两人交情极好，简直是形影不离，人们称她们为一对油盐坛子。我悄悄地问她立华姐姐是不是有一个男朋友。原来立华的母亲早逝，她从小就要带领四个弟妹，料理家务。她的男朋友对她家的照顾很多，一来二去地慢慢两人有了感情。她的爸爸对那个男孩子十分疼爱，那是一个非常勤劳踏实的人。美瑜像个大人似的开导我："自由恋爱是时代赋予我们新女性的权利，你可不能把它看做什么不正经的事。你将来也一样要恋爱的。"我被她说得怪不好意思，连忙请美瑜把我捡到的那封信归还给她。我想她是真正长大了，在我身上还不可能发生这样的事情。

3. 我们的老师

我要说的第一个老师当然是我们的班导师，文季牧，教数学，具体地说，教我们几何。我的记忆中那时的班导师不怎么管学生，似乎只在放假时在成绩通知单上给一个简短的评语，记得她给我的评语是"贤淑，平和；沉静，好学"。通知书是由学校邮寄到家，互相之间都没有见到过彼此的评语。第二个学期也差不多，只把顺序调换一下罢了。所以我觉得班导师的职责就是那几个字的评语。但是她作为数学老师，却给我留下了深刻的印象。她用各种简易的工具，或者自剪的纸块，或者教室里目光所及的图形引入课题，很快就提起了我们的兴趣。她不用圆规就能画出一个正圆，不用直尺就能画好一条直线，但她绝对不允许我们在作业本上乱画。她说自己为什么能画得基本正确，是苦练出来的，完全是为了上课节约时间。写几何习题时，要按格式写得条理分明，步骤一点也不能乱。在她的严格要求和循循善诱下，我特别喜欢几何，好多同学们证不出的难题我都能顺利地破解。文老师鼓起了我学好数学的信心，她讲课的神态、声音笑貌，至今仍留下亲切鲜活的回忆。文老师给我们批改几何作业，就像改作文似的，要求逻辑性强，语句通畅，每一步都得有根据。她不但训练了我们的思维能力，还培养了我们的写作能力。那时候文老师身边有两个几岁的孩子，肚子里还怀了一个将要出生的孩子。她瘦小的个子却要挺着大肚子来上课，别人看起来觉得步履艰难，而她来去匆忙，似乎从不觉累。到三年二期，她就没有来上课了，据说她的先生把她接走，去了什么地方我们不知道。寒假中她就那样没有和我们告别就走了，在我们心里留下了许多遗憾。抗战时期人员的流动性很大，一时找不到替代的老师，有时改上其他课程，大部分时间是自习。于是几个爱好几何的同学就凑起来自学，没人看作业我们就一起讨论。遇上了困难，就去问其他数学老师或者高班的姐姐。我们硬是把那本平面几何自学完了，感到了丰收的喜悦，我们怀念文老师，我们多么希望看到她笑吟吟的赞许的眼光，就像我们平时答对了问题一样。后来听说她丈夫的机关迁到了贵阳，草草安顿，就来接他们母子。

我的英语基础较好，也喜欢英语老师，第二个就说他吧。他姓施，我从来都不知道他叫什么名字，他个子挺高，鼻子也挺高。他那瘦削的脸上，鼻子特别显眼。第一次看到他时还真觉得他像个外国人呢，不过，他太瘦了点儿，穿着宽大的长衫，就像挂在衣架上。随即得知了他的外号，"施鼻子"，似乎这就是他的名字，背后就这么叫他，当然就不再查问他真正的名字了。施老师教英语，很有特点。他的字写得特别大，一块大黑板，他只要写上四行，就占满了。他的习惯是边写边擦，还不要到下课，他满身都是白皑皑的粉笔灰，而他自己却全不在乎。他一上课，就先提几个英语小问题，并不等待你作答，他就自己回答了。有时就让我们跟着念两遍，我们发现这些问题都是我们日常生活中的用语，给我们的英语会话打下了很好的基础。他教单词也很特别，先跟着他读几遍，然后依次把单词写在黑板上。用韦氏音标注在单词上，我觉得比用国际音标更为方便。后来我学外语专业，国际音标是占学分的课程，就不再用韦氏音标。为了纪念这位难忘的老师，我还专门去买了一本韦氏音标的词典。我参加工作时，它被遗留在故乡家中的书柜里。后来小弟告诉我，土改时乱哄哄的，不知是谁带头说那本字典的纸张既细又薄，是卷烟的极好材料，将它"众马分尸"地抢得一干二净，我心里留下了创伤性的悲哀。施老师让我牢牢记住充分表现英语特点的中国话，就是他每课必念的"第三人称单数现在时动词加 s"那句话，一句话包含五个要素，而且是缺一不可，这句话真是初学英语时一把重要的钥匙。他的形象至今历历在目。他把这句话写在黑板上，很大的字略向右倾斜，然后面向我们，左手握粉笔，在这句话的下面，边画着波浪线边向左走，一直走到黑板的尽头。我们在他的谆谆教诲下能牢记并运用这句话，在我学习英语的过程中，避免了一个人们常犯的错误。而且我又把这句话传授给了我的学生。

下面要说的是我们的体育老师唐正辉。她是一位女老师，也是一位和学生们玩在一起、乐在一起、吃在一起的老师。她的房间就在我们教室旁边的一个小院子里面，离我们最近，所以和我们的接触也最多。她总是热情洋溢和我们打招呼，叫得出我们班上每一个人的名字。大学生们喜欢到她房间里谈笑或者吃吃喝喝。我们窃窃私语，有两种人常在她那里出出进进。一种是打球健将，体格魁梧，气概豪爽，无所顾忌地高声谈笑，敞开肚子大吃大喝，热闹非凡。她们那旁若无人的神态，我们只得敬而远之，当然她们也不把我们放在眼里。我们觉得她们有点玩世不恭，背地里称她们为"好汉派"。另外一种是身材窈窕，容貌清秀，仪态大方的大家闺秀式的美人儿。她们多半都有一件装饰品在身上，例如头带、手绢、发卡、胸花等，抗战时期这些东西都是自制的，却很别致。在她们面前我们真有些自惭形秽，我们也只能隔窗欣赏。我们称她们为"闺秀派"。我们慢慢地发觉，这两伙人并不同一时间在唐老师房间里。有一天，我发现人高马大的校排球队一号队员、头排中明星选手瞿明珠，站在唐老师房门前大发脾气，将手里的搪瓷茶杯使劲地摔向院子里的假山石上，就像她撑排球似的，又猛地弹回到她的身边。我们不知道发生了什么大事，都挤到窗子边上来看热闹。只见唐老师一手把她拽进屋里，就只听见屋里小声的争论。她们之间到底发生了什么事呢？那天晚上，我们正在上晚自习，干着各人想要做的事，忽然发现唐老师房中笑语喧哗，挤好多人进去了。唐老师买了湘乡的特产烘糕薯片和花生招待她们，两帮人似乎握手言欢了。我们只是笑嘻嘻地望着她们傻笑。唐老师叫我们进去，可是那房间实在装不下许多人，我们就吆喝着班长当代表。次日，从班长口中我们知道了事情的原委。这些在城市生活惯了的女孩子，来到这闭塞的穷乡僻壤，感觉到生活十分寂寞无聊。为了寻找点刺激，不知是哪些人把舞台上扮演男角的同学称为 gentlemen，于是要为gentlemen 寻找 ladies。这些好事者们就为她们配好对子，有时是她们认可的，有时是突然袭击的，把她们拉到一起，一阵笑闹，要糖吃，然后推到一个床上睡觉，就成了大家公认的"朋友"。她们也就真像有那么回事似的，就卿卿我我地形影不离，互赠礼物。甚至出现打情骂俏，上演争风吃醋的无聊笑剧。也有朋友没拉成，竟然反目成仇，狭路相逢，见面眼红，指桑骂槐，互喷口水，演绎出了不少爱恨情仇荒唐故事。这回高大威武的球星瞿明珠看上了有校花之称的美丽的学生会主席白雪琴，却遭到了美人儿的一口拒绝。扫了她的面子，球星太为光火，于是她自恃有一帮好友，扬言：老子要抢亲！吓得白雪琴无处躲藏，只好求救于唐老师，才躲过了那个可怕的星期六晚上。这就是朱大球星向唐老师大发脾气的原因。那天晚上的会是在唐老师的撮合下举行的。她首先发言，单刀直入地批评这种拉朋友的风气不好。我们国家正处在民族危亡的关头，我们热血青年被逼得背井离乡，艰难求学，正应该发愤读书，同仇敌忾，以天下为己任。难道我们这些女孩子只能百无聊赖地寻找假男孩配对子，来填补心灵的空虚吗？我觉得这是我们的羞耻。一席话说得大家都俯首无言。我们班长更是义愤填膺地大声支持。"闺秀派"一个个举手赞成，"好汉派"默不作声，成了少数派。大家建议白雪琴在学生自治会组织一次墙报，针对这件事树立正气，抑制歪风。就这样，拉朋友之风表面上平息下来，不过仍有暗流涌动。瞿明珠和白雪琴在唐老师的协调下握手言欢，成了正常的朋友。

前面提到过的地理老师吴日三是我们班的邻居，和我们相处得很好。他是个比较严肃认真的人，也是上课时最爱向学生提问的人。有时你答出来了，自以为可以放心地坐下去了，而他的问题又紧接着来了，似乎非把你问倒不可。他的一口岳阳话听起来我们不是很习惯，他的课让我们有点紧张。有一次，问到我头上来了。他问：湖南的省会是哪里？我连忙站起来答道：洛阳。其实我把湖南听作河南，在没有把握的情况下又误把开封作洛阳了。凑巧的是他把洛阳听作岳阳了。于是他表情认真地走到我面前，敲着我的桌子说："请问秦小姐，你是湖南人吗？记不得自己省会了吗？"并没有等我回答，他却声色俱厉地说："我们遭受日本鬼子的侵略，南京沦陷，武汉失守，岳阳不保，长沙告急，我们什么地方都不要了，重庆区区一山城，能容纳得了我们中华民族四万万七千万同胞吗？我们五千余年的灿烂文化就毁灭于日本强盗之手吗？"我看到了他眼内泪花的闪动。我很后悔自己的无知，惹得老师伤心了。他平静了片刻，缓缓地走上讲台，然后向大家说："我的激动情绪不是对她来的，昨天我家来了从岳阳逃难来的亲戚，日本鬼子的大炮已经打到了岳阳城郊，勇敢的抗日战士的鲜血，染红了我家乡的土地。我通夜未眠，把恶劣的心情带到课堂上来了。"接着他向我们讲述了当前的抗日形势，他说，你们别看小鬼子穷凶极恶，兔子的尾巴长不了啦，他的后方极不平静，东北和西北都有人民群众的武装力量在捅他的屁股。当时我们不能理解他是指的共产党的力量。到我上高中时，学校中的民主气氛比较浓厚，才知道有关延安的消息，我想，他就是当时所称的"'左倾'分子"。至于他是不是共产党员，我们无从知道。吴老师是我们的时事教员，他在课堂上给予了我们丰富的抗日救亡知识。

童晋安是我们的化学老师，讲课从容不迫。他教我们背诵元素周期表，都编成五个字一句，念起来特别上口，也就能记得牢固，例如氟溴碘氢，钾钠银汞金，氧硫钡镁钙，铁钴镍锰锌……他讲解平衡化学方程式就举例像打排球一样，甲方打过去，乙方打过来，都不犯规，都不出界，这就是平衡了。他总是用一些浅显的事例来说明化学变化的道理。他又特别和蔼可亲，我们也就非常喜欢他。我们这个班入学之初，正赶上学校搬迁的缘故，有些课程没有上过，或者是上得不完整。快到期末，化学课本提前上完了。他说，给我们补上动物学，我们听了特别高兴。虽然我们手中没有书本，却听得津津有味。许多的动物趣闻，是我们从来没有听到过的。最后他教我们制作了一个鸡的骨骼标本，留在实验室，作为我们送给学校的纪念品。那天他拿来两只宰杀了的鸡和酒精炉以及一些必要的用具。他把我们分成两组，先到后院里七手八脚地把鸡毛拔掉。等我们回来时他已在小铜锅里放好了化学制剂，黑板上也写好了我们的工作程序。他说，锅里放的是腐蚀剂，煮沸了，把鸡放下去，慢慢地，肉就会掉下来，用钳子把它钳放在旁边的瓷碗里，可不能用手去拈。而且要细心地保持骨骼的完整，任何一小片都不能弄丢。在他的循循善诱和耐心指导下，我们终于做成了两个鸡的骨骼标本，获得了不少生物和化学知识，也是我整个学习生活中一堂最生动的、印象最深刻的自己动手操作的课，真是毕生难忘。童老师子女不少，抗战时期生活十分困难。事后我们了解到，那两只鸡竟是他自己掏钱买的，让我们十分感动。他有一个小女儿在我们下一个年级读书，长得非常漂亮。她从来不收拾打扮，老是穿着她哥姐们穿旧了的洗白了的不合身的衣服，可是一点都妨碍她的美丽动人。我们爱童老师，我们更爱这个迷人的小姑娘。

在诸多任课的老师中，我印象最不深刻的就是语文老师，其实我爱读语文，也爱写作文，可现在连那位在课堂上自顾摇头晃脑、得意吟诵的老先生姓什么我都想不起来了。据说他是新化人，话音实在难懂。于是他讲他的，我干我的，课堂上互不侵犯。不久他病了，辞去工作，我们的语文改作自习，教务处说，看得懂的白话文自己阅读，看不懂的文言文以后请名师讲授。果然，不久就来了一位大名鼎鼎的王侠仙先生。他身宽体胖，大腹便便，模样有点滑稽，让我情不自禁地想起了笑口常开的弥勒佛。我心想他一定是一个有趣的人，期待着他给我们上生动有趣的语文课。他首先声明，他教的都是大学生，不习惯给娃娃们讲课。他只管上课不改作文。没有什么开场白，就子曰诗云地讲起来了。讲得高兴的时候，他常常是手舞足蹈地在课堂上表演。开始，我们还饶有兴趣地当观众，却全不了解他讲了些什么。因为他不是照书讲的，每堂课都让我们摸不着头脑，不知所云，使我们对语文课彻底失望。我就问我表姐对他的课有什么看法，她们都说讲得好，而且赞扬他是湖南名师，很受欢迎。但是表姐却私下对我讲述了他的故事。他人生的另一面，让我这颗还十分幼稚的心，产生了新的疑问。人们说他有两个妻子，而且是分大小的。他的大老婆没有文化，却是一位富商的女儿，按照旧中国的传统，商人是没有社会地位的，于是他找了一个会读书而家境贫寒的王侠仙做女婿，花大把银子送他上学读书。书读出来了，他却看不起不识字的老婆。不知道他在什么地方，骗了一位年轻漂亮的学生做小老婆，还编出一套小老婆的理论，让这位有文化的知识女性当了小学教师，心安理得地做他的小妾。他教给她的名言是"宁作名人妾，不作俗人妻"。这句名言，不但王老师到处宣扬，那位身为妾者也以此来掩盖自己所蒙受的屈辱。于是有人赞扬她的不俗，有人吹嘘她的勇气，还有人在妻子面前恬不知耻地鼓吹她的美德。那些野心勃勃的男人，简直把她奉为圣贤了。也许是受了妈妈女权思想的影响，我瞧不起他，从此不听他的课，把他的课作为看小说的最好时光。

4. 我们的乐园

尽管当时处在抗日战争的艰苦时代，但由于交通不便，信息闭塞，听不到炮火的声音，看不到报纸，我们常处在平静的生活中。虽然同学们的家信，常常会带来一些不幸的消息，也会掀起阵阵波澜，终究是局部的、个人的。家长们为了让孩子们安心读书，有苦难的消息也不向她们倾诉。我们还不知道世事的艰难，只要大难不临头，总是天真烂漫地寻找自己的快乐。我们还不懂得为自己和前途事业发愁。我们每天上六节课，有时上四节课，有时发生意外情况，一天没课。夏天，我们就沿着小溪寻觅它的源头。流水叮咚，鲜花似锦，垂柳依依，绿草如茵，那美丽的风景真让我们流连忘返。我们坐下来欣赏，或者纵情歌唱，或者手舞足蹈，或者忘乎所以地跳入溪中戏水，那真是舒服极了。不知谁说了一句，这简直就是世外桃源。大家都拍手叫好，自认为这是我们的天下、我们的领地，就无可争辩地有权命名为我们的"世外桃源"了。

学校周围有许多我们常常读书或游玩的去处，从此我们都给冠之以名了。跨过卢沟桥（这是大众的命名，不为本班专用）向东北角横过几条阡陌，爬上一座有着圆圆山顶的小山，周围是小灌木，中间有些石块，可供憩坐，我们常藏在里面看书，外面却全看不到人影。我们根据它的形象给它命名为"馒头山"。学校对面有一座两峰分开、坡道平缓的小山，看上去像英文字母 M，我们就常在两峰之间的坡道里嬉戏。有一次，我们在那里玩"寻东西"的游戏，每人带一件珍爱的东西，找一个地方藏起来。沈孟华是娱乐股长，她一声令下，大家就开始寻找，谁找到就归谁，没找到的就只好空手而归了。我记得我藏的是从上海带回的小钱包，粉红颜色，十分精美，同学们早就羡慕得不得了，我可藏得秘密极了。开始时大家都坐在山下，一个个依次去藏。都藏完了，在孟华的号令下，我们个个都信心百倍地开始搜山了。我第一个哈哈大笑地找到了孟华的骨制扣花，这是一个非常漂亮的装饰品，我已经快乐得无心再找了。就在这时，左荃苏向孟华大喊道："停一下好吗？我要小解！"大家都不予理会。孟华只好示意她"就地方便"，于是她独自一人急匆匆地跑向一堆茅草较深的地方。从此我们就把这里称为"WC 山"。那天，大家玩得高兴极了。正好是孟华找到了我的小钱包，我们算是交换礼物。文烈走运，找到了两样东西，乐开了花。小左由于耽误了那么一小会儿时间，只好空手而归，但是她却获得了这个特殊称谓的命名权。

　　学校后面有一个花园，从围墙外面看来，里面大树参天，我们私下商议怎样才能找到进去的门。原来那一带辟为老师的宿舍，除校长外都住在那里。我们虽然有点调皮，骨子里还是怕老师的。我们终于找到了一个门路，原来童晋安老师正住在花园门口。这太好了，我们就找到他那位美丽女儿童灿文为我们引路。那门就在她家的院子里面，童师母热情地接待了我们，还说很少有人进去，也没人管理，要小心荆棘虫蛇之类伤了手脚。我们进得门去，只见一片荒凉景象，可我们还是看到了园中的布局，有曲径花坛，凉亭小池，假山石洞。如果整理出来，一定非常漂亮。我们只有赞美的份儿，绝没有那个能耐。在这战火纷飞的日子里，人们的心情都是沉重的。我们进得门来，用树枝开路，清扫出几条石凳和一片草地，作为我们休息或看书的地方。仰望枝叶繁茂的大树，不知它生长多少年了。阳光穿过树叶，变成深浅不同的鹅卵石形状光圈落在地上，引起我们无穷的遐想。忽然左荃苏惊叫着发现了"新大陆"，她举起一片棕绿色豆荚，里面竟有一粒粒红艳艳的豆子，大家一齐叫起来：红豆！不由得念起了那首唐诗名句"红豆生南国，春来发几枝。愿君多采撷，此物最相思"。于是我们争着捡豆荚，每人都捡了几根，很不满足。仰望大树，还有些豆荚临风摇曳，却不肯掉下来。我们合力摇树干，扔石头，丝毫也动不了它。然而我们每人揣着那从未见过的红豆，还是兴高采烈地回来了。我第一个要去报喜的人就是表姐，而且我很大度地送她两粒。她的惊呼震动了那间大教室，全都围上来看。问清来历之后，纷纷托我以后要是捡到了就送给她。我自觉因有了红豆，而成了大姐姐眼中的重要人物。她们比我们有心眼，拿着红豆到城里找银匠镶上一个戒指，光彩夺目，真是人见人爱。价钱不菲，每个要大洋一元。我们都没有钱，只好望"戒"生叹了。我们将红豆装在信封里，寄给远在他乡的亲人朋友，"远将红豆寄相思"吧。我们班成了红豆供应点，受到大姐姐们的青睐。她们不自己去捡，表姐说，人大了，不好意思。我不大明白她的意思，隐隐约约觉得与什么害相思病有牵连吧。这个树木参天的园子，也成了我们常去的地方，虽然荒芜，却隐藏了它过去的高贵，何况它还拥有美丽的红豆呢！于是我们就给它取名"御花园"。

有一天，孟华收到了家信，边看边哭，看完后就大哭起来。我们猜想，一定是她家发生了不幸的事情。大家都围过去，陪着她掉泪，这年头日本鬼子随时都可能给我们每个人的家庭制造悲剧，何况我们这个小小的十二人团体，亲如姐妹，骨肉相连呢？她失声地向我们诉说，她的奶奶和叔叔到了重庆，投奔在那里工作的朋友。日本飞机对重庆狂轰滥炸，几乎人们天天都得出去躲警报，上班的人就钻入单位附近的防空洞，奶奶也就常和邻家老太太进入离住处不远的防空洞。谁知三个多月前的一次鬼子空袭，正好一颗炸弹落在防空洞入口处，把洞门炸塌堵死了。洞内好几千人全部窒息而死，孟华的奶奶当然在劫难逃。说完孟华号啕大哭，我们全都哭了。我们决定出一期我们的墙报班刊《烽火》，大标题是"血债要用血来还"，沉痛悼念孟华的奶奶及重庆死难的同胞，愤怒声讨日本鬼子的滔天罪行。为了排遣孟华沉痛抑郁的心情，这几天没课的时候我们总是陪着她在学校周围闲逛，谁都没心情看书。有一天，吃过晚饭后我们沿着小溪向"世外桃源"走去，发现那一带开满了小野花，那些带刺野蔷薇，枝条伸向水面，微风轻拂，倒影漪涟，把溪岸装点得十分优美。我们坐下来休息一会儿，正好那里有一片溪岸向溪水伸展，上面的花开得特别茂盛，我们就到上面去戏水。我见孟华还是闷闷不乐，就倡议大家唱一首抗日歌曲，班长没等我说完，就放开她的大嗓门，带头唱"大刀向鬼子们的头上砍去……"我边唱边拿手中的树枝猛抽脚边的野花,以发泄心头的愤怒。席珍也仿照我的模样跟着抽打。她边打边说:"你们看,这个地理形势不就像小日本的缩影吗?打倒日本帝国主义!"我也激愤地说:"把东洋鬼子赶出去,打他个落花流水!"我们人人都举着一根树枝抽打,打得那片地方一片狼藉。我们本来十分珍惜这里的美景,一时情绪冲动,竟将它打得残破不堪,实在有些惨不忍睹。为了弥补内心的遗憾,我们给它命名为"血色蔷薇",我们的乐园中充满了同仇敌忾的浩然正气。

我们还有很多常去的地方,只是根据它的地理特点,没有什么故事性的情节,例如松树岑、庙背后、勘脚下、无名墓等。在灾难深重的岁月,虽然我们还不太懂世事,却已铸下了心灵上的喜怒哀乐。还有一个值得一提的地方就是"喜鹊墓"。有一天,12月的阳光特别温暖,课余我和几个同学沿着小溪向"世外桃源"走去,忽然我脚下踩着什么软乎乎的东西,吓了一跳,停下来一看,竟是一只死了的喜鹊。它是怎么死的呢?我们是喜欢喜鹊的,在我们教室后院里有一棵高大的桑树,上面就有一个鹊巢,早晚都能听到那个家族一片叽喳的喧闹声。清早它把我们从睡梦中叫醒,傍晚它伴着我们歌唱。在这个烽火弥漫的岁月,我们日夜期待亲人平安的消息,我们盼望前方胜利的喜讯。每当喜鹊叫时,我们就惊喜地猜测,谁会有家信,什么地方打败了鬼子。可是我们今天发现它尸抛荒野,有惋惜,有同情,也有莫名的惆怅。我抓起它来看了一阵,没有发现它的身上有伤痕,我们猜测它的死因,谈来谈去,最后归咎到日本鬼子头上。早几天,有一个常德同学收到家信,说鬼子飞机在沅陵常德一带,不但狂轰滥炸,还施放了毒气。我们听了,个个义愤填膺,真恨不得投笔从戎,杀鬼子去。我们想喜鹊天天在天空中到处飞翔,肯定是中了鬼子的毒气了。于是我们大家动手就近挖了一个坑,把它埋葬,在小坟堆上插了鲜花和松柏。大家提议要写一篇祭文来悼念喜鹊。只因我念过私塾,读过几天之乎者也,她们就推我执笔了。次日,我们祭奠于喜鹊之坟前曰:"呜呼,喜鹊,汝之死也,其悲也乎!究其因也,追其元凶。战火纷飞,日寇入侵。中华浩劫,无处安宁。杀戮成性,天地难容。施放毒气,散入空中,汝遭其害,一命归阴。誓驱倭寇,保境安民。吾等学子,为汝招魂。呜呼哀哉,尚飨!"以茶代酒,浇了三杯白开水在小坟堆上。从此我们就把这个地方命名为"喜鹊坟",我们的乐园中包含了一个小小的悲剧。

5. 我的朋友

自从学生自治会的墙报批评了拉朋友的问题以后，那种歪风似乎平息下来，真正亲切的友情，在同学们中间还是正常地存在和发展。比我高三个年级、大我五岁的一位大姐姐，喜欢到我们后院来晾晒衣服。来的次数多了，就和我们大家都熟悉起来。有一次，她给我们带来了我们家乡的特产刀豆花和紫苏梅苔，我惊喜地叫起来了："哎呀，你是宁乡人啰？我们原来是同乡哟！"她把我一把抱起来，亲热地说："那我们就交个朋友，怎么样？"当晚，我们就邀请她到我们卧室来聊天，并且和我同睡一床。她不但是我的朋友，也是我们全班同学的朋友。也就是在这天晚上，我才知道她的名字叫叶玉凤。她眉目清秀，皮肤白皙，说话时眉开眼笑的，给人一种亲切感。只是她的脸和身材都显得太胖了一点，和我瘦小的个子形成了鲜明的对比，可是这不影响我们成为朋友。从此她对我特别关心，几乎每天都来看我一次，不时地送点小食品或者小礼物来，有时放在我的抽屉里，有时放在枕头下，使我产生一种惊喜的感觉，甚至成了一种期待。起初我觉得她像姐姐，她的温暖的关心，渐渐地我觉得她像妈妈了。冬天里，我和她挤睡在我的小床上，我就像躺在妈妈的怀抱里。有一天，我忽然头痛发热，不想吃饭，躺在床上昏沉地睡着。她知道了给我找来药吃，端来水喝。到了半夜，我突然发冷，浑身颤抖，牙齿咬得咯咯响。同学们都没了主意，一个劲地把衣服和被子往我身上堆，可是依然止不住我的寒冷。不知道是谁，跑到我们寝室看了一下，她高声大喊道："你们莫加被子了，那没有用的。她是打摆子了，她是不是冷一阵热一阵的？这种病是鬼闹的，吃药不管用，我在我们乡里见过，得请师公（巫师）赶鬼。"大家目瞪口呆地望着她，一时不知该怎么办。一转眼她的主意就来了，她挺有办法地说："我们人多，阳气盛，同心合力把鬼赶出寝室，让表妹今晚能睡觉，明天我再带她去甩鬼。"于是她扬起手头的伞，朝我身上猛力扑打，边打边喊，还不断地唾骂。我盖着很多被子，自然打不痛我，可是我心里闹得挺烦的，只想她快点收场。同学们都犹疑不动，我一点说话的力气都没有，她却不停地大呼小叫，要大家一齐动手。孟华、文烈怕打着我，拦在床边，直喊她别闹了。正在这闹得不得开交的时候，忽听得一声有力的大吼："住手，烂冬瓜，你搞什么鬼？这里冒得（没有）你的事，出去！"我听得出是班长的声音，似乎产生了力量，竟坐起来了。班长毫不客气地举着拳头把她赶出了房门，跟在她后面的是玉凤姐，她扶着我靠床坐稳，给我吃了一片药，又让我轻轻地躺下。她温柔地在我耳边说话，她说我是害了疟疾，俗话叫打摆子，害病的人冷一阵热一阵的，非常难受。乡里郎中虽然可以治，但是药效很慢，好多人没钱吃药，就硬挺着。有的人实在没有办法，只好迷信鬼神，请师公来驱鬼。还有更荒唐的办法叫做甩鬼，就是让病人清早起来，披上一件新衣，由师公念着符咒，领着他在野外奔跑，跑得他筋疲力尽时就把衣服抛在树上，然后往回跑，到家就蒙头躺下。师公取下树上的衣服，紧紧地夹在腋下，口中念念有词，回到自己家中，收好衣服，据说病人的鬼就除掉了，病也就好了。我听她说完，似乎清醒多了，就问："就是那个'烂冬瓜'说的甩鬼办法吗？"玉凤姐笑了。她的真名叫赖冬花，大家讨厌她，就取了个与她真名谐音的绰号。她家里很穷，父亲作田，养不了家，就搞起了迷信职业，当了师公。赖冬花只读了几年小学，跟着她父亲装神弄鬼地打帮手。我们学校搬到乡里来以后，她父亲苦苦哀求校长给她一个读书的机会，学校接纳她做了初一的旁听生。她旧习不改，常在同学中宣传迷信，已经批评过她几次了。玉凤姐挤在我的小床上，紧紧地搂着我，特别温暖，我仿佛躺在妈妈的怀里，不久就安然入睡了。

次日，我醒来时觉得精神已经清爽多了。寝室里静悄悄的，大概同学们都上课去了。我刚试着穿衣服，玉凤姐端着一碗稀饭进来了。她真猜透了我的心，让我特别高兴。她又给我吃了一片药。我笑着说她给我吃了灵丹妙药，比师公灵验多了，真是药到病除，是什么药呢？她说这种药名叫"金鸡纳霜"，是她伯父的朋友从南洋带回来的，专治疟疾的特效药，只要吃上三颗，就会药到病除。据说她的伯父是湖南的大军阀叶开鑫，很能打仗，在宁乡有钱有势，赫赫有名。后来，我才知道这种药就是很普通的奎宁。然而在抗战时期，却是何等的珍贵！我感谢玉凤姐姐对我关爱的深情。

在这里让我插叙一段我们的往事吧。初中毕业以后，我考进了当时湖南省立临时中学，就此分别了。但是我们音信不断，她来信很多，还不时地寄东西给我。对我的称呼总是"亲爱的表妹"，寄来的照片竟是穿着西装的女式男头。她认为原来的名字太女儿气了，自己改为叶奚俞，让人家不能从名字上判断她的性别。于是同学们私下议论，以为我有了一个"私订终身"的男朋友了。我也就故弄玄虚地和她们捉迷藏。每年春节，她都派人送上一份礼物到我家来拜年，无论我在家或不在家，妈妈都不失礼节地回礼。她从来不说她在干什么，可是我从来人的口中探听到她在离家百里之外的一个乡下教小学。也许她认为教小学不是很好的工作，有失大户人家的体面吧，才跑到一个偏远的地方躲起来。我很能理解她有展翅高飞的抱负，家庭的虚名，社会的侧目，兄弟姐妹之间的纷争，使她的心情烦恼而郁闷。她把我看作知心朋友，信中的倾诉，我直到高中快毕业时才逐步理解。抗战胜利以后，我开始了大学生活，离开了家乡，我们就失去了联系。解放战争胜利，我大学毕业，在湘西工作三年后回到长沙，当一个中学的教务主任。有一天，我下课回到办公室，突然发现她坐在我的办公桌边等着我。意外的惊喜，让我们热烈地拥抱在一起，说不出话来，只管流泪，然后互相审视，我伤情地说她瘦了，她却含着泪笑道我胖了。这一夜我们畅谈到午夜，才送她去旅店。以前有钱有势的家庭使她压抑，现在这个大家庭的破碎和灾难又使她不堪忍受。她的教席也因家庭问题而被剥夺了。我问她何以为生呢，她低头不语。好一阵才凄凉地说，能活下去吧。从此一别，杳无音信，不知人在何方。我常拿出她的照片凝视她那青春的笑脸，寄托我的思念。1954年，湖南洪水泛滥。一个狂风暴雨之夜，我却在医院里分娩我的第三个儿子。这一场大雨，让当时设备还很简陋产妇又相当拥挤的医院，被这场暴风骤雨弄得手忙脚乱。生孩子的人多，床位不够。护士们在十分艰难的情况下和我商量，能否到一位明天即将出院的产妇床位上挤一夜，让出我的靠门边的床位给一位高龄难产产妇睡，她的情况危险，随时可能要抬她去急诊室治疗，担架进出很不方便，况且实在是没有了床位，好多产妇都是两人一床。我当然二话没说，虽然躺在床上还不到半小时，全身正冷得发抖，还是马上就让出了床位。我从家人手中接过一碗煮鸡蛋，狼吞虎咽地胡乱吃下，不胜疲倦沉沉入睡。第二天听得同室人说，这位难产妇，抬进抬出地折腾了一夜，抢救了大出血，现在睡着了。我似乎得到一点心灵的宽慰，我的让床之举给了她稍许的方便。出于好奇，我下床去看她的名字，这一看让我震撼了，她是叶玉兰，玉凤姐的大姐。我端详着她的面容，轮廓风采依然，只是憔悴了许多。我心潮起伏地在她床前伫立良久，猜测着这位过去的大家闺秀，在后来的岁月中可能发生的一切。

她终于醒来了，我迫不及待地叫了一声"玉兰大姐"。她无力地审视了我几秒钟，竟突然翻身坐起来大喊道："哎呀，我的表妹，你是从哪里钻出来的？"她开始抽泣，直至忍不住号啕大哭。她没能守住关得紧紧的心灵闸门，她的艰难苦恨，随着眼泪，一股脑儿地在这个当年她看作小朋友的面前倾泻出来。她是个独身主义者，早就看破红尘，决不与任何人谈婚论嫁，天天闭门读书，帮助母亲料理家务。心灵手巧的她，擅长女红，还能制作许多饰品和玩具，她的善良温柔和美丽远近闻名。她亲眼目睹这个大家庭里，种种丑恶都与男人们有关，种种苦难都是女人们承担。她常说她迟早会像《红楼梦》里的迎春那样，皈依佛门。可是谁也没把她的话当真，家里还在不断地为她准备嫁妆。解放了，惊涛骇浪的种种运动打破人们惯常的生活秩序，如火如荼的减租反霸土改运动，冲破了她家的黑漆大门。男人们和当家的主妇们一个个被揪出去斗争关押。她和几个未出嫁的姐妹虽未遭批斗，却失去了人身自由，把她们搬到一间原先做储藏室的破屋子里面居住，不许随意走动。那几个定了亲的都由婆家想办法接走，只有她无依无靠，胆战心惊地留在那间破屋子里面。她无助地哭泣着，想寻一根绳索来结束自己的生命。就在这个时候，有一个常向她学习缝衣的女孩，偷偷地溜了进来。她是她家佃户的女儿，小名桂芝，平日和她往来密切。桂芝小声地向她说："玉兰姑娘，事情不好了，你要赶快逃走呀。我爸爸听农会人说，要把你许配给那个六十多岁的瞎老头宋七，他是我们村的赤贫户。他们说你嫁过去，马上就可以改变成分，享受贫农待遇。你干不干呀？"玉兰听了，吓得魂不附体，哆嗦着说："我只有一死，窜塘上吊，了此一生。我正在找绳索。"桂枝恳切地说："不，那是枉死鬼。你还年轻，不能到这世界上白来一趟。你们家外边有亲戚，爸爸说他要帮你逃走。"于是两个姑娘乔装打扮一番，趁黑从后山门逃了出来。桂芝爸爸连夜把她送到了长沙东乡她舅舅家里。舅舅属于破落地主，开了一家私塾，靠学童们送来的微薄"束修"，维持生计。儿子外出谋生，女儿都已出嫁，就家中老两口。由于没有劳力，祖传的几亩田典当出去，也收得十来担稻谷，粮食不愁。兄妹情深，这外甥女说什么也得安顿下来。只是不让她出门，将她改姓李，不说是外甥女，只说是内侄女，叶家是名门大族，怕别人知道她是逃出来的。她生性好强，不想增添两位老人的负担，除了抢着干家务以外，做些女红和布制的玩具，让舅妈带到镇上去卖，挣得点现钱，老两口就更加看重她了。谁知好景不长。一年多以后，舅舅突发脑溢血去世，舅妈悲伤过甚，也卧床不起。她主持料理了舅舅的丧事以后，马上把久在外地的表哥召回。她自知这里已非她久留之地。经历这几年的变故，她变得坚强多了，唤回了她往日的犟劲，决不向命运低头，要寻找自己的出路。她随着一群进城当保姆的农村妇女到长沙城里来谋活路。她背负着逃亡分子的压力，不敢向公家机关去打听。最后就只有走保姆这条路了，从前由别人伺候，现在要学会伺候别人了。虽然不无惆怅，却为自食其力而感到欣慰。然而她的生活总是很不稳定，东家出西家进的，常常没有下一个落脚之处。她的清高她的孤傲她的理想她的独身主义，早就化作一缕青烟，随风而去。在磨炼中，反而增强了她不向命运低头的倔强。她在一个工地做饭，在一伙各色倒霉落魄之人都有的打工仔中，遇上了一位对她特别关爱的四十开外的男人，居然同病相怜，往来密切。在这群江湖好汉撮合之下，在月光茶话会的闹腾之中，举行了他们自己承认的婚礼。这不，年近四十生崽，遇上难产，两人手头上的钱都用光了，新生儿还缺冬衣。说着她的丈夫为她送饭来了。一个魁梧的汉子，显得文质彬彬，完全不像干粗活的人。我暗暗为玉兰姐终身有托高兴，心里却急着要问玉凤姐的下落。我还没有开口，她放下碗筷，又眼泪汪汪对我说："表妹呀，你想知道玉凤妹的下落吧。她是个多愁善感的人，长期郁郁不乐。家一散，她就肺病发作了，无医无药，无人照料，病死在那潮湿的矮屋里。当时我亡命他乡，自顾不暇，后事是桂芝和她父亲料理的。"我惊骇地张大了嘴，瞪着双眼，泪水夺眶而出。我抑制不了久已尘封在内心的感情，竟伏在玉兰姐床头大哭起来。我的朋友，竟在我念念不忘的追寻之中，了无声息地和我不辞而别了。是永别呀，痛何如哉！回想当年，在那战争的年代，在那物资非常匮乏的时代，在我很不懂事的少年时代，她给了我多少温暖、多少安慰和多少帮助啊。我仰望天空，要是真有天堂，我多么希望她此刻正看着我和玉兰姐各自抱着自己的孩子，迎着祖国第一个五年计划的曙光，憧憬着未来的幸福。

（三）怅然作别

1939 年下半年，我们走入了初中三年级下学期，属于初中毕业班了。我们班人数太少，造不起什么声势，学校也不怎么在乎我们，更加要命的是日本鬼子在这个时候大举进攻长沙，战争的消息频频传来，好坏不一，我们常有危在旦夕之感。我们的生活已失去了往昔的欢乐，教室里也少有了嘹亮的歌声，一切都显得十分沉闷。过去我总是认为战火不会烧到我们这样的山村角落里来，现在觉得敌人离我们很近。表姐常告诫我，暂时不用的钱要缝在衣服里，那是救命钱，一有风声，她就会来拉着我逃回家去。这就更加制造了紧张气氛，大家各有心事地挨着时间。九十月间传来消息，鬼子从岳阳向长沙进攻了。各种不同来源的消息，传递着各自认为喜怒哀乐的新闻，谁知哪一条是真的？天天在互相打听着消息，又互相并不相信，全校上下都有些惶惶不安。从城里传来的消息是天天有过往的部队，既不知道从哪里来，又不知道往何处去，甚至还有流落街头的伤兵，乞讨回家的盘缠。更有甚者，有人说已经听到了大炮的声音。这一来，全校的惊恐情绪表面化了。有人要请假回家，有人要去投奔比较安全地方的亲戚。我有表姐做靠山，一点也不担心这些事情。学校的态度还比较镇定，校长向全校宣布，只要长沙没有沦陷，我们就一定要坚持下去，这样倒是稍稍地稳定了人心。我心里就一直想着初中毕业了，怎样能找到一个可以念高中的学校。11月份传来了令人振奋的消息，我们的军队打退了进犯的鬼子，取得了震动全国的胜利。大家欢欣鼓舞，学校一片欢腾。我们为此出了最后一期班刊《烽火》。在编刊的过程中，我们知道了取得湘北大捷的指挥者是湖南省主席第九集团军总司令薛岳将军。从此他的名声大振。我们这些青年人的脸上洋溢着胜利的光辉，似乎在说："谁说我们中国人不是日本鬼子的对手？"毕业班向来是要提前离校的，我们十二个人就在学校举行"元旦祝捷晚会"之后，怀着难以诉说的复杂心情，怅然作别。在这兵荒马乱的年月，真有"今宵离别后，何时再相会"的感慨。没有话别仪式，没有碰杯酒宴，却有挥之不去的伤感。我们各自备有一个小小的签名本和十一张自己的照片，悄悄地传递着，默默地书写着，互相留下一句想对你说的心里话，一张还满含稚气的照片。一字排开的十二人头像，贴在签名本的扉页上，这就是我们的临别纪念。就这样，我们告别这个令我永远怀念的小山村，而且再也没有回去过。

虎溪桥畔

一、备取入学

1940 年冬天，我怀揣着崭新的毕业证书回到了家乡。虽然那里听不到炮声，但是从城里搬来的人却日渐增多。这个只有三条出口的大山峡谷中的小山村，似乎成了世外桃源。那时通信十分困难，全靠十里之外的一个小邮局，传递外地人寄回的书信。没有邮递员，盼信的人只得隔三岔五地派人爬山越岭到双凫铺小镇去取信。有时空手而归，有时还能为熟识的人带回信件，我常常有幸得到同学们寄来的信。有时却带回一些不幸的消息，除了战争的消息以外，传闻最多的是某某人被炸死或某某人被抓的消息。有一次，我吃惊地听说我婶婶娘家的侄儿做生意，在常德被鬼子飞机炸死，幸存者千辛万苦逃命回来，辗转个把月，家里才得知这个不幸的消息，尸骨早已没处寻找，全家悲痛不已。这让我异常不安，爸爸妈妈小弟都在常德呀。我回祖母家去看望她，想了解一点情况，只见她形容枯槁，衰老了许多。她为她哥哥唯一的儿子不幸遭难而伤心，她说她哥哥家没派人去。同去的六个人就一个拖着伤残之躯回来，财物全部损失，去也没有用。何况家境困难，自己年老体弱，也经不起往返的劳累，这年头就只能认命了。只是他老年丧子，何等可怜，还得抚养遗下的媳妇和两个孙子。我听着她泪眼婆娑的叙说，也跟着抽泣了。

不久，收到妈妈来信，说鬼子飞机轰炸了常德市，还放了毒气，死伤很多人。他们住在城边乡下，也及时钻了防空洞，没有受到损失。只是千叮咛万嘱咐，要我暂且继续上私塾，太平一点，再作上高中的打算。我想她这是纸上谈兵，我根本不会考虑她这个意见。我只好伴着外婆住，天天跟着她从厨房转到菜园里，老是心不在焉地摆弄着她的坛坛罐罐，期待着姐姐快点回来。我知道她本期高中毕业，她会给我带来学校招生的消息。果然在我游手好闲地消磨了大约一个月光景，姐姐和大表姐刘阜民（二舅的女儿，平日我叫她五姐）一道回家了，给外婆家里增添一些热闹的气氛。姐姐告诉我，她的学校是三个高级中学合起来的，叫做"湖南省立临时中学"，下个学期将更名为"湖南省立一中"，而且会招收冬季始业的高中一年级新生。这个消息乐得我手舞足蹈起来，而且五姐在那里上高二，我正好有伴同行。就在这时，姐姐听到了简易师范想请她去教书的消息，她得意地说她就可以挣钱养活自己了，甚至许诺只要我上了高中，就给我寄零花钱，真是双喜临门。可是不断传来的日本鬼子进犯长沙消息，让我们的心头平添了不少忧虑。春节刚过，姐姐和三表哥都得到学校通知，应届高中毕业生都要参加民众训练，即穿上军装接受军事训练之后，参加乡镇的基层工作，协助地方政府进行武装训练、捉拿汉奸、查缉毒品。他们被派去担任副镇长、副乡长等行政职务，并随时响应政府的征召。他们给地方带来勃勃生机，增添团结抗日的力量。我望着穿着军装的姐姐，很是精神，心里羡慕极了。2月初，我和表姐一同步行一百余里来到安化七星街湖南省立第一中学的临时校址，一点准备都没有，就参加了新生入学考试。

试场设在欧阳宗祠的一间教室里。有多少人参加考试，我不知道。只见我进入的那间教室里，人坐得满满的，总的印象是女生少得多。我想也许女生容易录取些吧。语文是第一卷，我觉得答题很容易，作文也写来顺手，就盲目乐观起来了。可是我没有想到数学的考试内容只有五分之一是几何，其余都是代数，顶多能得二十分。情绪一下就低落了，理化在慌乱中应付过去，全然没有把握。最后一卷是英语，一看题目不难，心态平静了许多。五姐在外面等着我，一见面就问我考得怎么样，我直摇头，说数理化考得不好。她吃惊地说："那可就为难了，一中特别重视数理化，你偏偏这几科考不好，离家这么远谁送你回去？"我想起了《滕王阁序》里的两句话印证在我身上了，那就是"关山难越，谁悲失路之人；萍水相逢，尽是他乡之客"。又想起来时经历高山险路，峡谷森林，从没想过强人猛兽会在这些地方躲藏。当时，男女同学七八个，挑送行李的二三人，一路上说说笑笑，好不开心，有时还赞美一下风景，比拟想象中的世外桃源。有个富有想象力的男孩子，设想要是遇到了强盗或者老虎，他就会像水浒英雄那样挺身而出保护大家。我们女孩子不屑地说，我们是新时代的女性，谁要你们保护？人们形容单独一人时常用"单枪匹马"，我现在名落孙山，处境凄凉，既无枪更无马，还无颜见江东父老。想着想着就大哭起来。五姐见我这么着急，忙给我宽心，说她认识很多老师，先去打听一下消息，真取不上时，一定给我想办法，怎么样也不会让我一个人走着回去。离七星街二十里，还有一个第一师范学校，晚几天招生，可以去那里应考。我一听，心里就活动起来，我班周荔和贺云珍要去考一师，我要是能考上一师也不错，又有老朋友在一起，总比落魄回乡好。

五姐为我的录取奔忙着，首先去找了我们的同乡胡封缙老师，他是宁乡人，教英语的。他热情地接待了我们，说他有个女儿在一中初中部毕业，也参加了升高中的考试，不便去打听录取的消息。我们只好回过头来去找住在女生宿舍的汪淡华老师，他是教数学的，姐姐的老师，而且他的女儿季昆和立昆都是姐姐的同学，又是学校的名牌元老，说一句话是有分量的。可是汪老师平日为人严肃，教学严谨，考查学生十分严格，见面就要说学数学的问题。数学成绩不好的人，不但不敢踏入他的房门，远远地见他来了都要躲着点。五姐在门前犹豫再三，由于听到有学生在他房里说话的声音，不敢敲门。挨了一阵，五姐说，这会儿不便打扰，先去找另外一位交游广泛的老师，没办法时再来找他。这时已经天黑，五姐拎着一盏小煤油方镜灯照路，我们深一脚浅一脚地来到学校租地的另一部分，王家祠堂。这里学校辟为音乐教室和图画教室，此外还有几间简陋的实验室。冷清清的地方住着一位气质风雅、颇有才华的老师。他姓周名达，号亮枝。常听五姐说，他吟诗作画写文章，信手拈来，无不精彩。他作曲弹琴唱歌，清新豪迈，激动人心。他平易近人，和学生们谈得来，和老师们聊得上。所以他虽然住在寂寞的王家祠堂，他的房间里却经常灯光闪烁，笑语喧哗。我回忆着五姐说过的有关这位周老师的情况，心里忐忑不安，不知他会不会给我帮忙。他的房门敞开着，有许多学生在谈笑。一见我们就招呼道："Miss刘提灯夜入王家祠堂，一定是有事啰。这位小姑娘不认识，是新生吗？"五姐说明来意，他打量了我几秒钟笑道："小秦呀，你数理化考得不好，英文很好，说不定能取个备取。你没有吃零蛋的吧？"我似乎感到他太小看我了，连连摇头说："没有，没有。"他又问："几何考得怎么样？"我自信地说："全做对了！"他哈哈大笑起来了："这就有办法了，那位汪淡华老师是考官中的权威，他是著名的'汪几何'，考生中几何成绩好的，他从来都舍不得放弃。好吧，我明天到教务处去看看。"没有太多话可说，我怀着疑惑的心情回到宿舍，等待决定自己命运的信息，那种日子十分难熬。我没有再去找汪老师，我认为凭着我的几何成绩，加上他的耿直性格，也许不去找他更为有利。

大概过了一个星期，放榜的前一天，五姐喜洋洋地告诉我，说我被录取了，只是备取。她说一定是周老师帮了忙。我只要有学校可进，我不在乎谁帮的忙。我到欧阳宗祠校本部去看榜，看到了我的名字，我列为高十三班备取第一名。全班正取三十四名，备取六名，共计四十名。后面注明：备取生要放榜三日后根据新生报到缺额情况递补上来。我心里又咯噔了一下，要是都像我一样，生怕进不了学校，等了半天没有缺额，那不是一切都泡汤了？我怀着喜忧参半的心情回到宿舍。为了应考，在女生宿舍住了半个多月的我也交了一些新朋友，大家都安慰我不用着急，备取生个个都会入学的，年年如此，何况我还列在第一名。还没有等到第三天，我就被通知可以办理报到注册手续，我高兴得跳起来了。我仔细看通知上的各项要求，我都具备，只是最后一条我看不明白，说是要交上四人联保单才能注册。另附一张四人联保单，是油印的。联保内容已经印好在上面。原文已不能记忆，大意如下：近来"狡匪"猖獗，四处作乱，危害社会治安，阻挠团结抗日，毒害青年学生。为使学校不受其干扰破坏，今奉上级指示，凡我校学生入学，必须四人联保，确保四人中无"狡匪"分子，或参与"狡匪"活动者，方可报到清册。四人中如发现"狡匪"嫌疑，四人连坐，开除学籍，予以法办。下面就是四人签名。我都不懂"狡匪"是指什么人，当然只有去请教五姐了。她手里也有同样的一张联保单。她到底比我大两岁，见多识广。她压低了声音说，这"狡匪"是指共产党，如今讲国共合作，不能明指共产党。你可得小心在意，千万别胡说八道，这可不是闹着玩的，弄不好要坐班房掉脑袋的。我吓得六神无主，上学校从来都是除了上课，就是玩耍。这个党那个党的，是大人们的事，和我们有什么关系？五姐来不及多作解释，说四人联保她已经想好了。我们有四表姐妹在此，谁都信得过谁，绝不会有"狡匪"分子。那就是五姐刘阜民，她的表姐王开琼，她的表妹王开舜和我。我们就痛痛快快地签上了名，顺利地办好了入学手续。王开舜也是本届新生，她比我强，是正取生。我记得七岁时在宁乡县第一女校读初小四年级时，和她做过一段短暂的同学。她当时名叫王文虎，非常文秀，不和大家打闹。老师说她有家学渊源，从小她父亲就教她读了不少书，那么小就能吟诗作对，难怪取了个要在文章上出人头地的名字。现在可能是她家兄弟姐妹都用祖宗立下的辈字名，她也就不标新立异了。我们有幸再度同班，一见如故，真是分外高兴。

二、峡云深处

七星街属于安化县，人们称安化为"安化山里"，你可以想见这是个开门见山的地方。在日寇的疯狂进逼之下，长沙几所有名的省立中学集体迁到这万山环抱的地方，艰苦奋斗地培养祖国的后代。虽然中华大地，漫天烽火，我们却来到一个山明水秀的峡云深处来学习，这是不幸中的万幸，每个人都倍加珍惜这里的学习时光。我们校舍分为五个部分。欧阳宗祠为校本部。从"大有文章"进来，穿过戏台下面的厅堂，就是一个磨石铺平的空坪，那是我们全校集合的地方。每星期一的纪念周就在这里举行。它的程式就是全体肃立之后，唱国民党党歌，主持人带领大家念孙中山总理遗嘱，然后静默三分钟。最后是由校方某人传达一些要让学生知道的事情，或者学校领导训话。大概十五分钟就结束，各班分途回教室。行政机构在戏台的两廊，校长室和教务处训育处在二楼，后面就是教室了。第一中学是湖南优秀青年集中的地方，这里的录取往往是百里挑一的。他们有强烈的求知欲，清醒的是非感，不屈的战斗性，饱满的生活情。入学不久，我就知道了学生中广泛流传的口号是"有理的服从，无理的反对"。我们敢于反对错误的东西，这让当局要贯彻老蒋的某些意图有些伤脑筋。这个平静的峡云深处，有时也会风起云涌。欧阳宗祠的戏台宽敞，容得下千余人观看台上的演出。我记得在这里演出过同学们自编自导自演的归侨抗日话剧《南洋之恋》，表演过热情奔放的《黄河大合唱》《我们都是神枪手》等抗日歌曲。郭沫若新编的五幕话剧《屈原》发表不久，就在这里上演了。曹禺的大型话剧《日出》《雷雨》都毫不畏怯地搬上了舞台。还有触动男女青年内心的《牛郎织女》，赢得了同学们热烈的掌声。这是偏僻山村中不可多得的文化生活。这些剧本的文学内涵、深邃笔触、丰富的语言及我们那些初出茅庐的演员的精湛表演，引起了轰动，让我们许久都不能平静。那些女主角都成了明星，是山谷里升起的明星，照亮了曾经荒凉寂寞的村野。

星罗寺距七星街约半里路，和王家祠堂较近。门前有个池塘，塘边绿柳浓荫，隐约可见的寺庙特色，看起来还颇有诗意。但那是男生宿舍，跨进大门就可以看到一人高的土台有许多高大的菩萨，不由得有些害怕，诗意也就全没有了。我从来没有进入过星罗寺，那里面我一个熟人也没有，即便有同学拉着我去陪伴，我也要站得远远的。有时候遇见调皮的伢子，见到有女同学来了，他们就起吆喝，突然钟鼓齐鸣，吓得我们掉头就跑。我们称他们为"星罗寺的和尚"，于是联系到《水浒传》上的鲁智深，多少有点不好惹的意思。但是有件事让我完全改变了这种看法。抗战时期，全国人民都处在水深火热之中，生活非常艰苦。我们这些青年学生，正处在生长发育的时期，餐餐吃的是萝卜白菜咽霉米，不能下咽时就浇一勺米汤，胡乱地吞下去算了。"星罗寺的和尚"们把眼睛盯上了膳食科，要弄明白我们交上的伙食费是怎么使用的。他们提出天天派人监厨，晚晚结算当天的账目，日日跟随采购菜食。经过他们的实践，星罗寺的伙食大为改善。于是他们到其他三个宿舍通报消息，要大家联合起来，清算膳食科，把我们的钱用到什么地方去了。他们要求各班派出代表，与校方谈判。当时我们班只有八个女同学，我们不用过问派代表的事情。女生宿舍的伙食新课题似乎没有那么大的矛盾，也还是派了代表。谈判没有结果，吵闹得非常厉害。膳食科声言校长因公外出，一切等他回来再说，把代表们推出办公室，关门大吉。这下，"星罗寺的和尚"就毫不客气地动武了，他们把门窗砸个稀巴烂，横扫了办公室的桌椅板凳，然后回到星罗寺，撞钟擂鼓。有人在欧阳宗祠的戏台上演说，涉及了许多问题，突出的是联保、查禁书、丢失私人信件等。不知道他们从哪里追回了校长，这位校长名叫吴奇伟，有军人气概，据说当过军长，曾经驰骋沙场，指挥过千军万马。却不知道为什么在这国难当头之际偃武修文，离开了"以服从为天职"的士兵，来到这"有理的服从，无理的反对"的莘莘学子之中。他在纪念周上批评了有人借伙食问题闹事，而且语气强硬地说，定有异帮分子从中挑动，坚决严惩不贷。此言一出，大家面面相觑，不知道为什么我们吃这么差的伙食，会与异帮分子扯上关系。台下骚动了，并且发出了轻轻的"嘘"声，这是同学们一贯的对台上讲话者不满意的表示。嘘声由小而大，混乱中有人说"别理他，走"，大家纷纷从大门或角门肆无忌惮地走了。他绝没有想到，区区学生竟如此大胆，气愤地在讲台上捶了一拳："真他妈的岂有此理！"

当天，"星罗寺的和尚"们，在寺门上贴出了抗议声明，要求校长与学生代表进行谈判，合理解决伙食问题，否则就要罢课。许多有名望的老师出面做了双方的疏导工作。事态以改善伙食、公布账目得以平息下来。从此，我对"星罗寺的和尚"们就另眼相看了。每当我们漫步虎溪，看到那些敢攀悬崖敢爬大树敢捉螃蟹的伢崽子，就知道那一定是星罗寺的。

师俭园是我们女生宿舍，它地处从七星街镇出口的大路旁边，和设立在欧阳宗祠的校本部只有一个操场之隔。也许是学校把女生视为掌上明珠吧，就把这个交通方便房屋精致的地方分配给我们了。它坐落在这山谷的小平原上，进门就有一片空坪，屋后有一片足有两个篮球场大的土台，最适合女孩子们晾晒衣物了。两边都有围墙与屋宇相连，可以确保屋内安全。围墙外搭建了一个简陋的食堂。土台上搭了一间自修室，供男女合班的女生上晚自习。这里有三个女生班和两个男女合班的女生住着。我属于 1941 秋季入学的第一中学高一（3）班，是男女合班。站在教室的前坪中，面对峻峭壁立的虎溪山和与之相对的较为低矮平缓的凤趋山，你会随着出岫的白云产生许多遐想。你又会在明月皎洁的夜晚，欣赏它悄悄地披上银装。沿着师俭园门前的大道，经过名为"六一家风"的民居，走过虎溪山脚的小坡，就来到了哗哗流水的虎溪河畔了，河岸由高高低低的石头形成，高的像座小山，低处几乎接近水面。溪水不深，正因溪床也是高低不平的岩石形成，它才会流出哗哗的响声。再往前走地势平缓了，溪水渐渐深了，荡漾着蓝绿色的清波。有了泥土的根底厚了，灌木丛生的岸边，竟长出了一棵参天的大柳树，不得不叫人赞叹了。大概是由于两岸高山夹着，它为了争取阳光，就拼命地往上长，所以显得比一般杨柳要高些。它的枝条伸向水面，随风摆动。从它的缝隙里，就可以隐约地看到前面横架溪面的青石桥了，那就是虎溪桥。是在八年抗日战争中，湖南第一中学的青年们演绎过多少浪漫动人故事、纵情抒发过抗日救亡情怀的地方。如今他们都已至耄耋之年，那石桥杨柳，依然是他们魂牵梦萦的地方。

通常男女同学们在夕阳西下的时候到这里来散步，迎着夕阳余晖，脸上洋溢着青年的光泽。或喁喁私语，或纵情谈笑，雄壮的抗日歌声此起彼落。"泣别了白山黑水，流遍了黄河长江……"的悲怆，接着就是"同胞们，向前走，别退后，牺牲已到最后关头……"的豪迈。心头的喜怒哀乐，随着青年的激情躁动，男同学们有时也搞点对女同学们小小的恶作剧。他们看见迎面来了几个女同学，一般是连正眼也不瞧一下地靠边站让路。不知道从什么时候起，他们视若无睹地不让路了，我们女同学只好悄悄地低头等他们过去。忽然有一天，他们花样翻新，排成一列，昂首阔步地唱着："红日照遍了东方，自由之神在纵情歌唱，纵情歌唱！千山万岭，铜墙铁壁，抗日的烽火，燃烧在太行山上……气焰千万丈……"他们果然就是那么气焰千万丈地把路堵得死死的，我们只好小心翼翼地站在临水的陡峭石头上等他们扬长而去。我们互相搀扶着回到大路上，却听到了他们得意的笑声。我们心里窝着火回来，高三班的大姐姐们笑着说，不用在意，这是一群调皮鬼闹着玩的。他们专门为难那些漂亮女生，班花校花是他们专拦的对象，这叫"开列车"。我们面面相觑，作不得声，美丽的开舜正有校花之誉，让我们跟着遭殃。我们决定保护开舜，商量对策。其实我们也想不出什么好办法，就以下三点统一了意见。一是齐心，二是决不让，三是唱一支响亮的歌。第一支是《歌八百壮士》重点句"你看那八百壮士奋守东战场，四方都是炮火，四方都是豺狼……"后续歌是《游击队之歌》。我们好像是摩拳擦掌严阵以待，其实内心还是很虚弱的，最好是别狭路相逢。有一个黄昏，我们平静地漫步到虎溪桥，薄暮的天色，显得有点昏暗了。我们正聊得高兴，早已没有了时间观念，轻快地走到了柳树下面，朦胧中发现了前面一队男生，这突如其来的情景，让我们乱了方寸，一下子不知道该唱哪首歌了，因为他们完全没有"开列车"的气氛，我们当然没有先发制人的必要。还是我们的外交部长机灵，她轻轻地问了一句："是一中的同学吗？"对方是一个带磁性的男声回答："是呀，是同班的。见天色已晚，大家都已回去，怕不安全，就在这里稍等一下。"我们不约而同地齐声道谢，心里感到特别温暖。我暗暗地想，这就叫做以小人之心度君子之腹吧。

　　"三槐世第"是我校租用的第五个校舍。这"三槐"作何解释，无从查考。问附近的人，他们都说不知道，只说是前清时候当官的屋场。我就胡乱地联系到"三公九卿"，大概是世代当官的人家吧。又去问了语文老师，他迟疑了一阵，然后漫应道，可能是的吧。它的门前有一片田地，站在大门前，正好看得到虎形山的全貌，它像一只昂首而坐的老虎，形态十分威武，大概这山是由此而得名吧。"三槐世第"是五个校舍中最小巧的一个，房屋的建造工艺甚好，门窗上的红漆依然油光闪亮。它只能容纳三个班。这三个班呈品字形围绕着一个天井，房屋非常紧凑，没有什么活动空间。我们高一（3）班就安排在这个民舍里，教室就在进大门后跨过几步路的小院，经过一个厅堂，靠左手边那间最小的房子，长长的窄窄的，而且四面都没有窗户。那时自然不可能有电灯，全靠屋顶上几片玻璃瓦作为教室的照明。雷雨的冬天，教室里异常昏暗。我们住在师俭园，八个女生是来"三槐世第"上学的走读学生，每天来回四次走在窄窄的田间小道上。我们每人必备一把遮风挡雨的大伞，而且要很结实的那种，否则是不管用的，我们称之为油粑粑伞。大概是炸油粑粑的人用的，可以在大雨时护住油锅，不让雨水溅入锅内，我们是为了书纸笔墨不被打湿。我们还有一件不可缺少的交通工具，那就是一双木屐。它以木头作底板，上面两条横杠，每条上钉两个略陡的铁钉。鞋面是牛皮做的没有后跟的鞋罩，用小铁钉钉在鞋底上，绝不漏水，使用时要穿着鞋套进去，走起路来咯咯有声。鞋底离地面地一寸多高，穿上它，让我凭空高了许多，我是个矮个子，有了木屐，让我自信了许多。不下雨也想穿着它走来走去，梦想着自己真能长那么高才好呢。

那时候男女同学是互不理睬的，偌大个校舍就我们八个女生，一进门就有一种压抑感，似乎我们的一举一动都在男生无限监视之中。所以我们一进教室就给自己壮胆，互相谈笑自若，全不理睬他们。那些男同学反而回避起我们来了，非打上课铃，他们决不进教室。一进教室都了无声息地把眼睛盯在书本上，似乎从来都不望我们一眼。课间十分钟就剩下我们八个人呆着，觉得非常无聊。于是我们打开靠黑板那头的小门，钻到那只有一棵树的小院里透透空气。那是一棵法国梧桐，到秋天它的浅褐色树皮就可以小块小块地扳下来，它的形态和颜色都很有趣，我们就取来写上一句自认为有特色的话，系上一根漂亮丝线，作为礼品互相赠送。这棵树到冬天就叶子尽落，剩下它那像一串串长豆荚似的种子，在风中轻轻摇曳。我们使劲地摇晃着树干，"长豆荚"就纷纷掉落下来，扳开一看，里面毛茸茸的种子就会像松了绑似的弹跳出来，漫天飞舞，我们跟着它笑呀跳呀追呀，忘乎所以。我们拍着手，扇着书，扬着手帕，让它们高高地飞起，飞越墙头，飞过树梢，消失得无影无踪。明年的春雨中，它们会在这片肥沃的土地上发芽生根吗？以后会长成一棵棵大树吗？我们对未来充满了憧憬，我们会在这里的艰苦生活中，接受良师益友的熏陶，在今天发芽，在明天开花，将要开遍天涯。

三、八仙过海

我们第一中学有一个初中部，但这两部分是完全分开的。它的临时校址设在桥头河，相隔二十里。初中部的学生和其他学校学生一样，参加招生考试以后，择优录取。我们班上当初录取了十一名女生，只有我和王开舜、刘衡粹三人来自外校，更何况我还是个备取生，心头多少有点自卑。不久，三位女同学因故休学，我们就只剩下了八人。男同学却有三十多人，数倍于女生，形成了极不相称的两大阵营。

那时候分男女界限，平日互不理睬，暗中各比高低。能够被一中录取，都不是等闲之辈。男生中颇有佼佼者，常得老师赞扬。我们也决不服输，埋头苦干，力争上游。一期过后，女生也崭露头角了。例如王静一的各项全能，沈秀华的科学头脑，刘衡粹的数理精深，王开舜的文学素养，申文华的艺术造诣，汤振权的外交智慧，胡庆桐的音乐天才，都得以一一展现。至于我，自然差了一个等级，只能眼在她们的后面起吆喝了。我们八个人是个团结的整体，谁都不愿意掉队。

高三班是毕业班，也是男女合班，女同学略多几个，每天到欧阳宗祠上课，和我们共用一个自习室。他们像大姐姐般地关爱着我们，我们也遇事常向她们请教，在一个自习室里，相处得十分和谐。她们常赞扬我们的成绩和表现。偶然有一位大姐夸我们会想办法，各有主张，说了一句："你们真是八仙过海，各显神通！"我们捡到这句话，十分高兴，马上就号称为"八仙"了。八仙中女仙只有一个何仙姑，大家一致推定了美丽的王开舜。我有一支笛子，不用人家推，就自号蓝采和。汤振权弄来一只葫芦，就选定了铁拐李。我笑问她道："你为什么要选个跛脚？"她真像铁拐李那么豪迈地大笑道："神仙哪有高低足，只怪人间路不平！"这真叫我佩服她的口才。其余五仙没有什么特色，就随便派吧。不知哪个促狭鬼把曹国舅派给了沈秀华。我们班上有个男同学姓曹，因事找过一次沈秀华，在那个男女之间有点神秘感的时代，就不问情由地给他们配上对子。这样一来，犯忌讳了，招得她大发脾气，谁还敢以这个仙名称呼她呢？正好其余五人不同姓，于是分别叫沈仙、刘仙、申仙、王仙和胡仙，才算把事态平息下来，表现得皆大欢喜。

为了庆祝八仙下凡，我们想拍一张纪念照片。于是我们请七星街那个小照相馆的师傅到虎溪滩头，为我们找一块神仙胜地拍照。各人按想象中的神仙装扮。汤振权用黑布做了个包头，背起她的宝贝葫芦，还真神气活现。我有一块长长的花丝巾从肩头披过两臂，套上一件背心，真有点"风吹仙袂飘飘举"的自我陶醉了。王开舜突然夺过我手中的笛子，高高举起，自称是蓝采和。并指着我说："瞧她那婀娜多姿的样子，才是真正的何仙姑呢！"我自惭形秽，紧急声明不敢当、不够格、不许乱说……可是说时迟，那时快，咔嚓一下，已留下了永恒的镜头。以后谁是何仙姑呢？只好含糊其辞了。

第二学年开学，传来噩耗，本班男同学苏寿彭因病去世。寿彭不寿，引起同学无限唏嘘。男同学主张开个追悼会。"外交部长"汤振权代表八仙参加了商议。我们的任务是在师俭园的食堂布置灵堂和会场；男生的任务是撰写挽歌歌词，接待来宾，主持追悼会。我们力求在布置构思上体现我们独特的艺术思维。我们用松枝把食堂门扎成一个月洞形的门，缀上蓝白黄几种淡色的小花朵，让人进门就有一种肃穆之感。灵位前有两根木柱，我们就牵了三束白纸条作为五线谱，配上黑色的音符表示哀歌；还把棉花染成蓝色，粘出"魂兮归来"四字挂在遗像上方，引起人们的种种思念。最出色的是我们用平行的两根绳，牵出一条通向灵堂的路，让同学们用白纸条写下自己的悼词挂在上面。同学们前来参观这些悼词，体会着各人对死者的情感。别人写的我已记不得。我写的是："愿你的灵魂，遇风而翱翔，随水而漂荡。有仙人之乐，无尘世之累。"对于一个虽然同学一年，但从来没有说过一句话的男同学，我只能祝福他的灵魂安息了。追悼会挽歌的歌词是李光鉴写的，让我深深地感动，几十年来长久地留在我的记忆里。挽歌词如下：

> 你悄悄地离开了熟悉的虎溪，
> 你悄悄地躺在那寂寞的原野。
> 那月明江上的歌声啊，
> 盖满了萧萧落叶。
> 像一朵鲜花，你留下了青春的微笑；
> 但匆匆谢了，让泥土埋着生的骄傲。
> 用一串血红的热泪，我洗去梦的尘封，
> 向天边挥手别了，
> 祝福你，永远安息！

它明显地是对早逝青年的痛惜，它抒发我们内心对生的渴望，我们要傲对死亡，丢掉幻想，为生而奋斗。不论认识或不认识他的人，都会唱得泪流满面，表达哀婉之情，在这抗战正酣的岁月，青年的生命是何等珍贵！一中的师生很重感情，对去世的人寄托哀思，都会举行一个追悼会，因此就有一首通用的挽歌。词和曲，都是周亮枝老师的手笔，我也记得很清楚，也在这里写出来：

萧瑟的风吹老了郊原的惨绿，

凄清的月照彻了夜色的朦胧。

那荒烟蔓草暮门封呀，

故人一别竟长终。

恻恻的哀歌，唤不回你永逝的魂魄；

涔涔的热泪，润不到你地下的心胸。

徒想象凤昔的音容，幽冥永隔恨无穷。

今而后若再相逢，

只凭那南柯一梦。

它的内容凄怆，词句熟稔，眷念情深，自然是高水平的作品。它适用广泛，却不是专门为了悼念一位早逝的青年而作。李光鉴当时只是一个十几岁的青年，初次展现了他的文学才华，让我们称赞不已。女同学们就赠了他一顶"虎溪诗人"的桂冠。当时他可能并不知道，以后他在诗歌文集翻译著作等方面都有很大成就，证实了这顶桂冠的正确。人到中年，各自经历了人海沧桑的变化，才回过头来拾起当日同窗的旧谊。西窗夜雨，重话虎溪。我们都记得那次感人的追悼会，还会唱那首动心的挽歌。我曾为此事写过一首七绝给李光鉴：诗才源发虎溪头，花甲高龄忆旧游。一曲悼亡犹在耳，韶华已逐水东流。"抗日战争中的湖南省立一中，蛰伏在安化山中的峡云深处，却培育了一代人才。

1942年冬天，女同学在师俭园的前坪，用食堂的方桌搭起舞台，举行了除夕晚会。我们八仙自编自导自演了话剧《空谷幽兰》。六个人登场扮演了角色，男角只好女扮男装了。汤振权扮演在国难当头时仍然吃喝玩乐的负心汉，沈秀华扮演踏实工作的男仆，我是演员中个子最矮小的，就剪掉头发，充当了八岁的小少爷。其余三个女角，申文华饰女主人，王开舜饰女仆，胡庆桐饰第三者，她们都是吸引观众的漂亮人物。没出台的王静一和刘衡粹两人负责了全部后勤。我们用绸被面做成衣裙，用手帕作领带，倒也穿得像模像样，演得有声有色。在寒风凛冽的冬夜，看我们这台压轴戏的人全场爆满，赢得了热烈掌声。演后我们激动了好长一段时间，至今还保留着剧照。

不久，高三的姐姐们要毕业了。一年来我们朝朝赶路，夜夜同灯，产生了深厚感情。八仙们又精心地设计了一个惜别晚会，邀请她们参加。会场设在一间十几平方米的小室中，在一张条形长桌上摆满了安化特产薯片、药糖、花生、烘糕等，燃着两盆熊熊炭火，照得满室通红，到处缀着彩带纸花，十分温馨。夜幕降临，内政部长王静一把姐姐们请来了。她们兴高采烈地跨进门，只见室内空荡荡的，不见有人，姐姐们不禁齐声问道："人呢？"话刚落音，我们就哗的一声全从桌子底下钻出来了，原来是化装晚会。我们按各人的意愿，扮出各色人等，她们一时竟难以辨认，不由得哈哈大笑。申文华指挥大家唱起了结业歌。二十多个豪情满怀的青年，放声歌唱。唱出昂扬斗志，唱出未来理想。我们要掀起民族的巨浪，我们自诩为明天的栋梁。晚会开得别开生面，热情洋溢，姐姐们盛赞八仙果然不凡，惜别也别出心裁。欢笑代替了离愁，高歌表达了理想，甜美的回忆永远留在心上。

我们还有一个八人组成的女子排球队，敢应各方挑战。我们的主力队员很不错，王静一的头排中，球技非凡，一上手就抹在前排网下，没法救的。胡庆桐是有名的二排中，动作优美，从容不迫地居中，左右逢源，一撑就落在对方的二三排之间，稳操胜算。三排只有两人，汤振权是个大力士，稳稳挡住边界球，一下子就捶到对方的三排边，无人敢接。她的弟弟叫汤世钟，她在球队中铁塔似的，我们送给她一个雅号"汤座钟"。我们八人打九人排球，无替补，无后援，只有勇猛作战，个个奋力争先。我们团结合作，敢打敢拼，敢战敢胜，坚持终局，常常赢球。女同学称我们为"八仙球队"。

1943年冬天，我们要毕业了，依依惜别，难忘的虎溪河，叫人多么眷恋。于是破天荒地邀约男同学们一道举行了话别晚会，突破了窒息人的男女界限，倾泻了三年压抑的感情。于是集体合影，互留地址，共话未来。沸腾的情绪，相见恨晚。我们八仙更是难舍难分。长夜倾谈，都不知道还有多少话没有说尽。为了表达对虎溪的怀念，由王静一绘了虎溪桥的风景，由我用英文圆体行书写了Eight-San组成的信笺图案，套上绿色，配以隐条，在小镇上印了许多信笺，每人买了好几本，以后的岁月中我们用这种信笺互通鱼雁多年。我和王开舜是同乡，可以一路同行，约定最后离校。我们买一些鞭炮，为先行的同学送行。等到我俩走时，为自己放了最后一挂鞭炮，宣告八仙聚会结束，从此各奔前程了。

一个甲子的悠悠岁月悄然流逝，当年青年的八仙，都已白发苍苍，年逾耄耋，而且有三位已返归神仙洞府，真正仙游去了。余下五仙各有所归。汤振权在北京矿业大学，刘衡粹在广西南宁师范学院，王开舜在北京中学，沈秀华在湖南财政厅，我在长沙电子中专，先后获得离休待遇。回忆虎溪往事，我们都有返老还童的感觉。记得毕业四十年后，我们有五仙和同班的两位男同学在长沙相会，欣喜万分，说不尽的同窗往事，诉不完的人海沉浮，当时我写了一首七律纪念其事，就让它附在这里吧：

别梦难寻四十秋，相逢休得论沉浮。

伤心各有风波泪，皓首宵无岁月稠？

谈笑多寻年少事，沉思细品半生忧。

虎溪明月长沙水，不尽人间乐与愁。

四、虎溪逸事

（一）半夜搜书

有一个消息悄悄地在同学们的耳语中传递："昨夜校部派人到星罗寺查书了，查禁书！"什么叫禁书？我实在是弄不明白，瞧着大家神秘兮兮的样子，又不敢问。正在彷徨无主的时候，两个高年级的表姐把我和开舜叫到外面的田野上问道："你们手上没有禁书吧？我们是四人联保的哟，有禁书就赶快交上去。"我才知道"左倾"的书激进的书，一句话，与共产党沾得上边的书就叫禁书，校部就是要查禁这些书。王开琼是我们四人中的首领，我们都叫她琼姐。她的成绩最好，也最懂事，我们都听她的。她压低嗓门对我们说，她爸爸从重庆来信，如今共产党力量渐渐壮大了，说是在陕北建立了政权，扩大了军队，要和中央争天下了。要我们只管"两耳不闻天下事，一心只读圣贤书"，千万别跟着人家瞎掺和，以免上当。随后又说，爱看书的不能不分青红皂白地见书就看，爱发表议论的也不要随意高谈阔论，以免招惹是非。她用更低的声音说，据说我们的同学和老师中有共产分子，大家可得小心。她不断地用异样的眼光望着我。我知道她在暗示我别乱找书看，别乱发议论。天晓得，我还不知道共产党是怎么回事。我想她比我年长，学问好，见识多，听她的准没错。我就问她："俄国小说看得不？"她笑了一下说道："现在叫苏俄，或者苏联，是个共产党国家，最好离它远点儿，可别羊肉没吃沾身膻。"我虽然没有作声，心头却忐忑不安，因为我正在起劲地看一本屠格涅夫写的《父与子》，是借来的，书主一再嘱咐不许转借，不得公开。

晚饭后我约开舜和衡粹商量这件事情，最后一致的意见是把书藏起来，让搜书的找不着。我们三个人冥思苦想，不知道藏在什么地方最为安全。忽然衡粹把手一拍说："有了，有了，我们的洗脸盆不是每天都要扑放在洗脸架上吗？我们就把书扑在那盆下不行吗？"要是被发现了可不是要连累盆的主人？最后我拍着胸脯说："就放在我的盆下，要是发现了，归我负责。一人做事一人当，大不了赔书嘛，总不会把我开除吧。"我把书用要洗的衣服包好，然后用洗脸盆罩着，还特别丢一双臭袜子在上面。我们八仙情同姐妹，我还是把这个秘密告诉了她们。静一是个细心的人，悄悄地掀开盆子来看，一股臭气直冲脑门。她连忙盖上，笑着直骂我是个损丫头。我也忍不住哈哈大笑起来，心想这书就可能不被查出来了。

熄灯了，我一点睡意都没有，躺在床上，一心想等着查书的人做贼似的悄悄进来。不一会儿，我听到院子里有人高声说话，就悄悄地爬起来溜到洗漱间，张望院子里发生了什么事。原来是我们的训育主任钟月秋老师带着一帮男职员站在院中央，零零落落的几个人手里提着煤油方镜灯照路。他站在石凳上向大家说话："同仁们注意，这里是女生宿舍，可能好多人都没有来过。女孩子们胆子小，别吓着她们。明天让舍长宓老师问问她们，谁手上有那些不该看的书交到训育处来就可以了。现在从后门去'三槐世第'。这条路是田间小道，高低不平，大家小心点。"我看着一溜黑影走出了后门。我乐得手舞足蹈地奔回了寝室，把同学们叫醒，描述了一番"半夜查书"的过程，大家都很兴奋。这一夜之间，似乎让我们长大了几岁。钟月秋老师教我们历史，抗战时期，课本困难，他自编教材，用油印或石印，按时印发给我们。他的历史知识非常渊博，上下古今中外，旁征博引，讲课内容生动。讲话很有气势，声音洪亮，学生听得全神贯注。他爱憎分明，有时古今对比，含沙射影，骂个痛快，同学们拍手叫好。他在讲课中也骂日本鬼子，骂贪官污吏，我没有听见他骂过共产党。我永远记得这个对我一生都有影响的查书之夜。

（二）抗日先锋

我喜欢上地理课，在地理课上可以广知天下事。我们的地理老师是文士元先生，他是一位有名的地理学家。他身材高大，说话是益阳腔调。戴着一副高度近视眼镜，我总觉得他写黑板时鼻子几乎要擦着黑板了，看书时就要擦到书上了。他不是用他的眼睛来吸引学生的注意力，而是用他的语言和手把课堂上的学生紧紧抓住。上第一堂课时，他微笑地走上讲台，没有带书，手里拿着两支粉笔，一红一白，向大家提出一个问题："你们知道日本鬼子占去了我们中国多少土地了吗？请你们看看这张地图。"我们正在疑惑地望着他手上并没有地图。他一转身用白粉笔飞快地在黑板上画出了中国地图的轮廓，然后回过头来用红粉笔画出被鬼子占去的地方。边画边说："这里沦陷了，这里转移了，这里放弃了，这里退出了，这里失守了……诸位看看，我们哪里还有半壁江山？我们要奋起抗日啊！"他又用红笔圈出失陷的重要城市，南京、上海、北平、天津、武汉……长沙画了半个红圈半个白圈，表示它已危在旦夕。这是一幅国耻图，想起了岳飞"还我河山"的英雄气概，激起了我们无比的爱国热情。他的第一堂课，让我毕生难忘。

以后我就爱上了地理课，并且学着他随手画地图，至今我还能随手从渤海湾开始落笔，画出中国的地形轮廓。逐渐地我发现他虽然常不拿书本，讲的内容却从不脱离书本，比书本简要而有条理。于是上他课我觉得三件事很重要，即记笔记画地图和听时事。他是个很正直的人，除了骂日本鬼子以外，也骂一些害国害民的人和事，我们也爱听，觉得挺解恨。他的语言生动有趣，常把日本侵略军罪恶头目的名字连成一串，编成顺口溜，让我们牢记他们的罪恶，增加对敌人的仇恨。我记得的有："砍柴要向杉山砍，砍了杉山又板垣。犁田先犁土肥原，冈村宁茨罪滔天。高射炮，打飞机，打烂东条英机狗东西。（杉山、板垣、土肥原都是日军头目，冈村宁茨、东条英机是被处死的战犯）。"他那种激昂慷慨的抗日精神，激励着我们不忘国恨家仇，团结抗日到底。我们都称文老师为抗日先锋。

还有一件事情对我一生都产生了影响，就是他对学生负责的精神。记得有一天，雨后的黄昏，路上滑滑的，他急急地走过师俭园前坪，向后门走去，恰恰和我相遇，我就问他要上哪儿去，他说去"三槐世第"，想从这里抄近路，不知怎么走。我知道他高度近视，就主动提出为他带路。我拉着他走过那段田边小道，上了大路。但是刚下过雨，坑洼里都积了水，我见他脚上穿双布鞋，我不断地提醒他"前面有水"，他一听到这句话，就猛地一跃，跳过水洼。就这么一路走来，他跳了十几二十次，待到目的地，他已汗流满面，气喘吁吁，连棉衣都敞开了。他不忙休息，却叫人把要找的学生喊出来，从怀中取出一张叠得好好的地图展开，在闪烁的桐油灯下，耐心温和地指出画得不对的地方，其实那些地方他早已预先用红笔标出来了。讲完了，他满意地笑着。他说他还要回答几个学生的问题，就要我先回去，以后再叫这里的学生送他回住处。他的负责精神深深地教育了我。后来，我做了教师，终生以他这种负责精神勉励自己。

（三）军训教官

抗战时期，为了培养青年应对战争的能力，我们每周有两节军训课，上面派来了军训教官。开始我们和男生一起上操，大家都懒洋洋的，不来劲。一心只想发枪打靶，老是问什么时候有枪。教官说下周就有，让我们兴奋了一阵。下周，他搬来了几捆木枪，而且只发给男生，于是我们就围着他闹起来，说他重男轻女。男生们却轻蔑地把木头枪扔在地上，但我们也不愿去捡男生不要的，大家就一哄而散。他只好可怜巴巴的一个人把木头枪背回去。从此军训课就有名无实了，口令不行，队伍不整，同学们散兵游勇似的在操场上游荡。听同学们说，这些军训教官并不是什么真正的军事人才，靠着什么背景关系，到部队上混个下级军官，打仗怕死，挣钱嫌少，文化很低，识字不多，更谈不上有好多军事知识，在部队上混不下去，也不敢期望升官发财。听说学校要军训教官，有人就钻山打洞地来了，他说不定就是走什么门路来的。不到几天，同学们就对他嗤之以鼻，有时还会搞点恶作剧，使他下不了台。据说某同学调侃他说，女生宿舍某某女同学看上了他，何不登门试探一下？这傻瓜真到师俭园来会客了，这位女同学却是个不好惹的主，当场把他骂了个狗血淋头，还告到校长那里去了。也许是校长找他谈了话，也许是学校里看到军训搞得太不像样了，在一次纪念周上校长专门作了"抗日救亡，军训重要"的训话。鼓励教官大胆工作，树立威信；要求学生遵守纪律，服从命令；对着装、发式、上操、升旗都提出了具体意见；以后由军训处出的布告和教务处训育处的布告有同等地位，学生都得遵守执行，而且许诺有机会实弹射击。只有讲到这一点，同学们高兴地鼓掌了，我看到站在前排的军训教官也咧着嘴笑了。

第二天，同学们纷纷传说校本部军训处出了布告，我们就到欧阳宗祠去看，原来是关于同学们发式的规定，那布告对男女同学的发式要求是这样写的："女生一律短发齐耳根，不得长发披肩，不得留辫。男生一律光头，不准留蓄其他花样。"那时候文牍先生们的一个习惯，行文不打标点符号，以显示自己的文化底蕴，这张布告就没有标点符号。那时男生是不喜欢光头的，所以我看我班的男生迟迟不动，我们就悄悄地幸灾乐祸，看你剃不剃！我们在寝室里开玩笑地唱小时候嘲笑光脑壳的儿歌："和尚脑壳令令光，好顿大蒜好顿姜……"隔天，我们进教室就看到黑板上写着那加了标点符号的布告："……男生一律，光头不准，留蓄其他花样。"哈哈，他们真有办法！我们不由得大笑起来，好在男生们都没有进来，不曾看见我们的傻样子。这事闹了好久，都不能彻底解决，最后好多男生都戴上了帽子，就算不了了之。

学校在布告上规定，上军训课时要升国旗，唱三民主义那首歌，而且在大路边的操场旁竖起了一根旗杆。不知为什么久久没有把升旗的绳子弄好，所以升旗的事从未进行过。我们的军训课常在室内上，隔周一次。给男生讲什么我们不知道，给女生讲救护知识。只因他的外地口腔非常奇特，而且语句不畅，谁也不想听，我们就只管做自己的功课。大概不到一半的上课时间，他就宣布课讲完了，我们都不知道他是怎么样走的。这种互不侵犯的课我们很欢迎。有一天，他在黑板上出了一个通知，说本周的课男女同学一起到操场上，要讲射击的内容。这倒是让人有点兴奋，是不是真要兑现实弹射击？于是大家早早地来到了操场，可是一支枪也不曾看见，带着疑惑的神情，随着班长的口令排好队等着。只见教官手里举着一面中华民国国旗急急地从欧阳祠那边跑过来，跑到队伍前面，咔嚓一个立正的姿势。神情肃穆听完班长整队情况报告，然后大声地说："同学们，我们的升旗典礼一直没有举行，再也不能等待了。现在跟着我一起唱'三民主义，吾党所遵……'"他一边大声唱着，一边蹲下身子，双手握住展开的国旗，从胸前缓缓上升，举过头顶，再站上路边的一块大麻石上，猛扬手中的国旗，歌也唱完了，他很得意地笑开了花，我从没有见过他那么开朗的笑容。我们怔怔地站在那儿，傻傻地看着他的奇特表演，突然如梦初醒般地爆发出一阵哄然大笑。这简直是举世奇闻的升旗仪式。

不知道什么时候军训教官离开了学校。来时既没有人欢迎，去时也没有人欢送，只给我们留下一串疑问，他为何而来？不是为了培养学生军的强大力量吗？他为什么在这里不受欢迎？全国的中学都实行军训吗？会像我们这样的吗？没有人能够回答。

（四）泪湿青衫

教我们几何的是汪淡华老师，他特别会解几何题。他练就了一手画几何图不用圆规和直尺的硬功夫，尽管如此，他还是不断地告诫我们，做作业时不能随意画，必须使用直尺圆规。他为了在课堂上节省时间，几十年的操练，也只能达到基本正确。他在证九点共圆的几何题时，是一板一眼地用圆规直尺精细作图的，给了我们一个良好的示范，让我们敬佩不已。我们称他为"汪几何"，他的精妙作图，他的生动讲解，他的慈祥态度，紧紧地抓住了我们在课堂上的注意力。他在讲解中随时的提问，也不容许我们有半点松懈。他对我们作业本的要求也是十分严格的。抗战时期一切物资都很匮乏，自来水笔是稀罕之物，一般人都没有。我们用的是点水钢笔，即一个笔尖套在一根小笔杆上蘸着蓝墨水使用，那蓝墨水是花五分钱买一包墨水粉泡出来的，写在纸上经不起时间的考验，过不了多久就字迹模糊，甚至踪影全无了。汪老师规定我们只能用钢笔蘸墨汁写，这样可以长久保留。于是我们必须备有一个放一团丝棉或丝线之类的墨盒，以便蓄墨汁，磨墨就成了我们课余的主要活动了。我们的作业本都是土制的毛边纸装订的，而且是夹页的，为了不让我们浪费纸张，他规定不许撕，也不许涂改，那么写错了怎么办呢？他又告诉我们如何打补丁，作业本的最后一页是留作打补丁用的。把要去掉的地方，整齐地剪切掉，然后套着格子剪一块新的贴上去，看上去一点痕迹都不会显露。不过我们尽量写好些，因为打补丁太费时间了。这样写出来的作业本，整洁美观，学期完了，订成一本，高中毕业时就成了升学考试的重要复习依据。在汪老师的循循善诱下，我养成了书写整洁认真的习惯，使我终生受益。

我们和汪老师同住在一个宿舍，碰面的时候特别多，他总是笑笑问一句：

"今天的课听懂了吗？"或者"题目做完了吗？"然后他就伫立着等待我们的回答。我们只好如实作答。有时我们实在怕回答这两个问题，见他来了就绕道而走。我们喜欢在晚饭后到七星小镇上去逛街，买点花生蚕豆薯片之类的东西解馋，有时在大门边遇见他，我们不好意思地把零食藏在身后，他笑着把我们的手拉到前面，让我们的大包小包暴露在他眼前。他会语气沉重地说一句："艰苦抗战，要注意节约啊！"我们只好赶快逃跑。有一次，我和王开舜买了零食刚走进大门就看见他出了房门，以为他没有看见我们，就赶快躲藏在大门后面，想悄悄地等他过去。谁知他竟轻轻地拉开门扉，把我们扯了出来，还幽默地说了一句："我又不是警察，躲什么！"瞧着我们的狼狈样子，还补上一句，"你们这一跑、一买、一躲的时间又可以多做几个题目了。"说得我们很不好意思，赶快叫他一声，行个礼，就溜进了自习室，哈哈大笑。我们遇见不会做的题目，也会在晚自习时到他房间里去问他，他总是耐心解释，有时还会指点另一种解法来开拓我们的思路。我们对他心存敬畏，到他房中去，总有些拘谨，问完问题赶紧就走。有一次，我和王开舜、刘衡粹一同去问问题，答完之后，他要我们坐一会儿，还从一个小木桶中拿出花生和薯片来请我们吃。我们三人都不是本校初中部毕业的，他就详细地询问了我们的家庭情况和过去的学习。我们三人中衡粹的数学成绩最好，我们两人总是暗示要她先回答。问到我时，他忽然想起了什么似的说："你和这里毕业的一个学生有点像，有姐姐从这里毕业吗？"我忙说："我姐姐在这里的高二班毕业，比我高三年，她走了，我就来了。她比我大四岁，名叫秦厚修，汪老师也教过她吗？"我感到分外惊喜，好像是他乡遇故人了。他笑着说："是教过的。不过姐妹俩性格不一样，你沉静多思，她活泼好动。她是校排球队员，身手不凡呀。"于是他讲到姐姐的一些情况，他还告诉我他的二女儿汪立昆和我姐姐在省长女中是同班同学。我似乎和汪老师扯上了亲戚，感情上靠得很近了，我们拉起了家常。他的子女很多，五儿三女，还有两个未出嫁的妹妹，全靠他的工资收入维持这一家十二口人的生活。他的儿女们都在读书，谈到他们，他的脸上放着光彩，一种幸福感油然而生。我感觉到坐在我面前的是一位慈祥的父亲。他也讲到了他的夫人，语调里充满了感激之情，说她是家里最能吃苦从不享受的人。

我们很兴奋地从汪老师的房子里回到自修室，向同学们讲述了"汪师新印象"，大家都十分欣喜。王静一很早就认得汪老师，两家同住在湘沄。我们曾毫无根据地取笑她想做汪老师的大媳妇，但是我们谁都没见过他的大儿子。王静一证实了汪家生活的艰苦，汪家为人的厚道及汪老师对学生严厉的要求与慈爱的心肠。她说他有肠胃不适的毛病，所以常买一点薯片之类的粗糙食物以备不时之需，可是只要有学生去了，他总是用来招待学生，我们这时真有点后悔吃了他的花生和薯片。静一说她那里有些从湘沄带来的药糖，找个机会给他送点过去，他会乐意接收的。

不久，汪老师忽然请假回家，说是师母病了，我们很为他担忧。学校请了一位李老师代课，我们习惯了汪老师的讲课，所以这阶段的数学课上得无精打采，企盼师母早日康复，老师快点回校。虽然李老师上完课就走，不看作业本，也没有时间解答问题，但我们能自觉地集体讨论，作业本按汪老师的要求，一丝不苟地书写，我们期待着老师的归来。大约两个星期之后，他深夜回来了。当我们在课堂上见到他时，惊喜异常，正想要拍手欢迎，却看到了他凝重的神色，大家无言地坐下，目不转睛地审视他有何变化。那是深秋季节，他头戴黑色的瓜皮小帽，身穿蓝布长袍，原本饱满的面颊已深陷下去，眼神略显疲惫，眉宇间流露出心头的忧伤。他的嘴唇颤抖着，几次欲言又止，在我们凝神屏息的期待中沉默着。我们突然看到大颗泪珠从他眼中滚落到衣襟上，他缓缓地开腔了："同学们，我的心情今天难以讲课。我沿着涟水步行百余里，回到了我临时安置在湘沄的家。重病的妻子，和我艰苦与共，患难相依三十余年，终于离我而去。日本鬼子害得我们离乡背井，生活窘迫，医药难求，造成了她的早逝。受难的又何止是我家？你们中没有吗？"这时同学中有人轻轻地抽泣了。他用手帕擦了一下脸上的泪水，又接着说："沿途我看到数不清的被炸毁的房屋，烧断的桥梁，烧焦的稻田。孩子们、老人们在北风中冷得发抖。日本飞机在湘沄市丢炸弹，我们的人民在日本鬼子的摧残下血肉横飞，家破人亡，多少人遭到不幸啊。我也很不幸，在这样的灾难年头，我的妻子去世了。她是我们这个十二口之家的顶梁柱，在她的节俭操持下，我的六个孩子都能上学读书，我得以安心工作。这次我赶回家去，她在病榻上已经起不来了，还指着我那破成刷把口似的绳子衣要为我缝补，我看着她骨瘦如柴的躯体无声无息地衰弱下去，却没有力量把她从阎王老子的手里夺回来。这是怎样的生离死别啊，补衣的针线还拈在手上，她就放不下心地去了。八个孩子从此没有了母亲，我失去了贤惠的内助。我为她装殓，竟找不到一件像样的衣裳。'诚知此恨人人有，贫贱夫妻百事哀。'同学们，请原谅我，用我的私事占去了讲课的时间，这是我生平第一次……"他用两手按着讲台，支撑着他那摇晃的高大身躯，老泪纵横。

他已明显衰老了许多，讲课却依然一丝不苟。

（五）一桶药糖

抗战时期，吃什么糖都是一种享受，可以说什么糖都没得吃。家里蒸一锅红薯，那甑锅水熬出来的舀起来牵丝的糖，都吃得津津有味，可惜在家里这种机会也不是很多的。至于药糖并不是什么药做的，也不是药用的，而是米做的，吃起来甜而脆，大体上孩子们都爱吃。商店里的药糖制成长方块，两面沾满芝麻，香喷喷的，看一眼都会淌口水。到了中秋节，那年月不可能指望吃月饼，药糖就成了节日珍品了。我们八个女生却有幸无偿地享受一年的药糖，那件事说起来却十分悲怆。

我们是春季始业的班次，过了阴历年，大家急匆匆地赶路，奔回学校。学校离家百多里路，只能凭着两条腿走。一到学校我们就叽叽喳喳地互相交换过年的新闻。我们都很奇怪大姐王静一怎么迟迟不到。静一比我们年长一两岁，却比我们懂事多了。她处处关照我们，是我们的榜样。她的内务整理得特别好，床上收拾得一尘不染，被子叠得棱角分明，就像一个白木箱放在床上。每次学校要来检查内务时，全靠她为我们每个人加工整理。她每门功课都学得不错，书法第一，绘画精彩，运动也是能角。当时还不知道"全面发展"这种说法，我们只晓得说她是各项全能，对她十分信服，事无大小，都问计于她。就要上课了，她还没有到校，我们都在心里挂念着。

终于在上课前夕的一个暴风雨之夜，她匆匆赶到。她一进自修室就喊我们去帮她搬行李。我们好生奇怪，哪有那么多行李要搬？但是二话没说都跟着她出来了。原来她的行李是雇了一辆木制的独轮车拉来的。车上除了她平日的简单东西以外，就是一个圆形大木桶，很沉，车夫说足有百多斤重，打量着我们这几个女孩子是抬不动的。我们请来了厨房大师傅帮忙，七手八脚才抬进了寝室，放进了靠里边的一个角落。我们都想知道那桶里装的是什么，收拾完了，她才告诉我们说，那是一桶药糖。这可让我们大吃一惊了，简直是一条爆炸性新闻，她带一大桶药糖到学校来干什么？难道有什么好事要请全班同学们吃糖？那绝不可能，静一家里兄弟姐妹六个，父亲做点小生意养家，就算有天大的喜事，也不会这么做的。不过我们这些馋嘴婆心里想着，她总会给点让我们尝鲜吧。

终于我们知道了糖的原委，她爸爸做生意，外出艰苦奔波了将近一个月，找到一批货源，打算集中后雇船沿涟水运回湘沄。他担心静一快开学了，要钱用，就将这桶糖托人先行带回。要她在湘沄出手，好做学费。只因日本飞机频繁轰炸，船只能昼伏夜行，耽搁了好些时日。最后等到了，日子已迫近开学，她只好带着这桶药糖来上学。我们默默地望着那桶糖，心里翻腾着甜酸苦辣的滋味。大家凑了一点钱，先帮她办了入学手续，等以后卖了糖，才能补交欠费。这段时间静一天天到门房问讯，希望得到她爸爸的消息，却总是空手而回。我们看到她紧锁的眉头，深深地理解她心头的焦急。有一天，门房急急地送来她的电报，大家围上去，以为会有好消息。只见上面赫然地写着：船被炸，父遇难。遗骸仅得残臂一只，后事已妥，毋回家。这是晴天霹雳，我们大家都陪着她大哭起来。她是我们的头儿，她哭得死去活来，我们谁都没了主张。汪淡华老师闻讯来了，把我们都叫到他的房中，分配我们每人为她做一件事，我们就先后出来了。他和静一谈了很久，静一情绪稍稍安定。静一的母亲早已去世，两个哥哥已经工作，家里没有人了。她想要回家料理一下，汪老师劝她不要去，家对她来说，只是一幢挂了一把锁的房子。

静一是个坚强的人，除了略显沉默以外，几天之后，她又进入了认真学习的常态。她想把那桶药糖卖出去，我们就一同到小镇上的杂货店打问，没有受主。药糖是本地特产，从不缺货，不必储存很多。人家一听说存放了好几个月，就连连摇手道，日久融成一坨的糖卖不出去的。回来以后，她作出了一个让人既伤心又感动的决定，她到厨房里借来一把菜刀，几个人七手八脚把桶打开了，果然有些融了，却仍然散发出了诱人的香味。静一含着眼泪对我们说："这是我爸爸的遗物，我把它奉献给你们了。我的爸爸是被日本鬼子炸死的。他的血流在我们的母亲河湘江河上，他的遗体葬在湘江河底，他含恨长眠地下。国恨家仇，我们永不忘记日本鬼子在我国犯下的罪行。"她给我们每人送上一大坨糖，我们含着泪水接下了它。从此这桶药糖成了我们八人的公共财物，静一嘱咐我们说，谁想吃就自己动手。在那生活艰苦的抗战时期，这一桶药糖，滋润了我们的生活，促进了我们的友情，更激励了我们的抗日决心。

抗日战争胜利以后，我们中有五人先后进入了湖南大学，王静一、沈秀华和胡庆桐入商学院，在北院上课，汤振权入法学院，我入文学院，在校本部上课，我们常常找机会相约聚会，继续我们的友情，畅谈往事，回忆虎溪岁月，总忘不了那桶饱含辛酸的药糖。

（六）空谷幽兰

在虎溪桥畔，我们的文化生活非常贫乏。唯一的感情抒发就是唱抗日歌曲，唯一可以让我纵情歌唱的时候就是一年一度的新年晚会。全校性的表演集中在欧阳宗祠的大舞台上，由快板、小品、莲花落、歌舞、抗日短剧而发展到能上演有名的大型话剧，例如《日出》《雷雨》《屈原》等，那些激动人心的内容，喜怒哀乐的情节，让人久久不能忘怀，那些表演艺术高超的"演员"成了一时的明星，引了许多羡慕的眼神，在台下又演绎了不少梁山伯祝英台的故事。我们这个班男女同学有点老死不相往来，自然不可能合作来表演节目，只好各演各的。他们演一个抗日短剧，没有女角，他们就选了年龄最小个子也最小的毛剑光（我们背地里称他为 Little Mao）当女角，披上婚纱，捧着鲜花，扮成送别新婚的丈夫上抗日前线。口里唱着：哥哥，你上战场呀，小妹妹实在难留，手拉着哥哥的手，送哥送到大门口……真是千古绝唱。我们不知学了多少回，又疯笑了多少回。李光鉴被派上了一个汉奸的角色，他那一口让人难听懂的湘乡话，一开口就引起台下大笑不止，把小品演成了喜剧，真是上下同乐，一时忘了虎溪以外的烽火连天。

我们师俭园的女生，虽然名角儿演名剧去了，剩下的还有许多不乏艺术才能的人。在高班同学的发动下，要在全校文艺晚会之后举行一个女同学的晚会。各班不论人数多少，至少要出一个节目。我们八仙自然是不甘寂寞的。我是个爱讲故事的人，她们要我把我曾经讲过的一个名为《空谷幽兰》的故事编成话剧，搬上舞台。我不自量力地答应了。我和申文华胡编乱凑，居然很快搞出来一个一幕三场的小话剧。剧情梗概如下：第一场，一位工作勤奋气质高雅的女教师沈若兰和一个富家子弟杨正山结婚了。婚后才知道他花天酒地不务正业，若兰苦苦规劝，他不但不改，还变本加厉在外寻花问柳，和一个叫花艳容的不正当女子姘居。这时他们已有了一个不满周岁的儿子杭杭。若兰忍受不了这种生活，决心离家出走，创立自己的事业。一个照顾她生活的女佣阿芳，与她相貌极为相似，身材相若，两人情同姐妹。她出走那天，没有任何声张，只说到外面散散心。不久阿芳发现她没有穿外衣，就拿着外衣匆匆追赶，瞧见她远远地走在铁路那边，就不顾一切地跨过去，就在这时火车急急驶来。不幸的事情发生了，阿芳被压死在铁轨下了。经过检查，根据衣服相貌以及外衣口袋里杭杭的照片，就误以为是若兰死了。第二场，杨正山并不为若兰的死悲伤，他就把花艳容娶回家来。花某好吃懒做，贪图享受，虐待小杭杭。成天嫌丈夫赚不到钱，太没能耐，逼着他做汉奸去赚钱来供她挥霍，杭杭生活在痛苦之中。第三场，十年后，若兰打听到儿子的处境非常担心，于是她乔装打扮应征到杨家当家庭教师来教他功课，并暗中保护他。杭杭特别聪明，有了很大进步，但是花某容纳不得，成天吵闹打骂，口口声声要家庭教师滚蛋。于是若兰带着杭杭，摘除伪装，义正词严地指责他们的恶劣行为，义无反顾地带着杭杭走了。汤振权饰浪荡公子杨正山，申文华饰气质高雅沈若兰，王开舜饰酷似主人的阿芳，胡庆桐饰娇艳泼辣花艳容，我饰横遭虐待的杭杭。沈秀华饰联系报信的男仆阿升。我们八仙，有六人登台表演，两人包揽所有后勤工作。我们请姐姐班的朋友为我们口琴伴奏，《空谷幽兰》的词如下：

空谷兰，淡淡的清香透春寒。

云霞为伴，风雨作餐。

笑百花争艳，叹人世纷繁；

孤芳自赏，只合在灵山。

空谷的幽兰！

我们是压轴戏，赢得了空前的掌声，"八仙"也就一炮打响，说不完的兴奋和激动。那天的晚会特别精彩，其中有两个节目很动人，六十多年后的今天，我还记忆犹新。一个是小合唱《流亡曲》，化装穿着破烂衣服，头发蓬乱，到处伤痕，满脸悲伤的八个女生，登台一曲"我的家，在东北松花江上……"唱得人人掉泪，个个呜咽。另一个是《梅娘曲》的独唱，那高亢有力的女高音，唱出了一个华侨女孩为了抗日而奔回祖国的坚强信心。还有一个是单人舞蹈《投笔从戎》。幕布启开，浅蓝背景上挂着一轮明月，几棵椰子树在轻轻摇晃，一个女孩穿着夏天的白色裙装轻盈地从台角旋转而出。她边舞边唱：

我美丽的南洋，我可爱的南洋，

娇懒的椰子树，惯依在碧绿的海波上。

伸出它柔软的臂膀，亲吻着那银色的月光。

椰子树呀，你是不是向我点头，

叫我回到故乡，和祖国的儿女，

一齐去挽救祖国的危亡？

啊……啊……

自从祖国遭受了敌人的创伤，

异国的儿女，增加了无限的凄凉。

今夜便是我投笔从戎的时候，

特来辞别你，美丽的椰子姑娘！

她的歌声优美，舞姿妙曼。在台上舞了两圈，把观众的心深深地吸引到了她身上。那柔和的色彩，那宁静的冬夜，观众只觉得心头热血沸腾，她那一袭夏装，把我们带到了温暖的南洋。她对她生活的南洋无限眷恋，然而她能舍弃这些，奔赴国难，投笔从戎。她的青春形象，依然历历在目。回首当年，我们都已是八十多岁的人了，可惜我已经记不起她的姓名了，她也会在幸福的今天回忆那烽火岁月吗？前面提到的装扮新娘的毛剑光也已年过八十，早已从湖北省化工厅长的位置上退下来了。李光鉴八十二岁了，二十年前的最后岗位是北京外文研究所党委书记，而且是诗人作家和翻译家，对当年的趣事总该不会忘记吧。也许会有点尴尬可笑，甚至有点荒唐。毕竟那是多么美好的青年时代，只有回味，永不回来。

（七）运动场上

运动是我们每年期待的活动，我们受到场地的局限，运动项目非常有限。球类是分散举行的。我们的舞场上没有沙坑，也没有单双杠之类的设施，就只有绕着操场跑步了。体育老师刘冠东是个很会想办法的人，他给我们增加游泳项目，地点就在虎溪河里，这可让我们乐坏了。我们问他女生可以参加吗？他打着哈哈说：男女平等！这让我们高兴地连连鼓掌，觉得他那黝黑的脸上，大笑时显露出来的白白牙齿特别美丽。他又在跑步和项目中增加了一些花样，例如学科赛跑，起跑时发给你一张学科的小卷子，上面有几道题目，不仅要看跑的速度，还要看答题的正误。还有一种是整装赛跑，跑道上沿途依次摆放着帽、衣、裤、绑腿、皮带、水壶，你得边跑穿戴整齐，到达终点。在这次运动会中我参加了三项，即游泳、越野赛跑和二百米英语比赛。这三个项目中游泳延后几天，因为要多点时间休憩准备。

运动会开场的气氛热烈，到的人很多，大家都为本班的同学当拉拉队，喊"加油"之声此起彼落，操场上一派欢腾。这天上午，我参加了英语比赛。前一天晚上，我们几个人在一起商量对策，大家下决心要夺几个冠军给女同学争气。她们说我的跑步很快，平日英语成绩优秀，夺冠是应该有把握的，但是不可轻敌，谁说别班就没有藏龙卧虎呢？必须从策略上加以考虑。大家出了好多主意，最后还得由我自己作决定，而且少不了还得有点随机应变。

操场上点名后一看，参赛者九人，取一二三名。我一看都是各班的英语能手，暗自下决心，沉着应战，心里有了自己的主意。卷子是一张折叠好的小纸，吹了起跑哨，才可以打开来看。我一看共有十个题目，都是常识性的，我的心就平静下来了。抽出钢笔很快做了三道最有把握的，看了一下其余的题目，默记在心，以冲刺的姿势一口气跑到了接近终点的地方，从容不迫地做完那剩下的七道题。回头一望，她们都被我远远地甩在后面。我以从来没有过的那种兴奋情绪，第一个跑到终点。英语老师接到卷子，点头微笑地转交给了记分体育老师。我没有辜负大家的期望，获得了第一名。王静一说我使用了诈诈战术，又做题又快跑的形式，让人家摸不着底细，说我是一个狡猾的家伙。刘衡粹却向着我，她说兵不厌诈嘛！其实前三名英语都得了满分，区别就在到达的先后。

第二天要进越野赛跑了，学校张贴的名单有十六人参加。路线是沿着虎溪索桥旁的桥头河的大路，只跑一半，凉亭处为终点，大约十里的路程。操场为起跑点，只要跨过操场，就有了先后。我一直到桥边都是在领先地位，心里暗暗高兴，自以为有了几分把握。一过了虎溪桥，就是山路了，狭窄不平，时上时下的，有时还要给过往行人让路。我正小心翼翼跑着，似乎感到后面的脚步响得近了，一心想大步向前，忽然听得有几个男同学齐声喊着我的名字大叫"加油"，我很吃惊，我们班上的男女同学从来都是老死不相往来的，怎么破例了？我不由自主想看看是谁这么大胆，不觉回头一望，他们藏在树丛里，没有看见人，一不小心，脚下踢了一个石头，跌倒在地。我不知道有多少人从我身上跨过去，我奋力急起直追，跑到终点，有振权和静一扶着，气喘吁吁的我才没倒下。我五脏六腑在翻腾着，只想呕吐。好不容易绕着亭子走了一圈，她们才让我坐下，这时我才发现破了皮还在流血的膝盖。静一用她的干净手帕为我包扎好伤口。结果我是十六个人中第十一到达终点的人，也是最后一个，那五人不知道在何时何地退出来了。同学们说我虽败犹荣，负伤坚持跑到了终点。次日到教室上课，黑板上画了一束花，写了四个大字"慰问伤员"，我们都高兴地笑了，男女禁区从此慢慢打开。

我们要为游泳比赛做准备了，刘老师带我们虎溪山山谷里的一个小池塘游过。那个地方很僻静，水很清凉，几乎从来没有人走到这荒无人烟的地方，有时我们也悄悄约几个人来玩，可是我们游泳的进步缓慢，没有人指点，就只好学乡里伢子那样的"狗爬式"，又怎能比赛？我们就缠着刘老师吵闹。刘老师说，为了鼓励大家积极参加，这次就降低标准，能开汽划子的也可以，你们要赶快学，下不为例。何谓开汽划子？由教练托着你的躯体平躺在水中，双手合掌前举，与身体成直线，头部埋入水中，憋住气，然后双腿上下拍打水面，人就能前进。多练习几次，慢慢地可以抬头换气，就能进一步练蛙式或者自由式了。那时候谁也没有游泳衣，可是都有一条作为校服的黑色裙子。我们把裙头用松紧带锁上，左右各开一个能伸出臂膀的口子，下面缝拢一线成为裤子，腰上系条带子，就做成我们清一色的泳装了。大家活蹦乱跳地互相审视着，调整着，高声大笑，得意非凡。

刘老师带我们到虎溪边的中段，把可以游泳的地方指给我们看，而且插了旗子作为标志。他看了看我们问道："都穿上了游泳衣了吗？"我们马上脱掉外衣显示出我们的别致泳装，他就笑笑一挥手道："那么试试水吧。"我们就高兴地纷纷下水了。还没游到几分钟，岸上就聚集了男男女女一大群人大喊这里不能"洗冷水澡"！刘老师上去和他们解释，一点也不管用，有的竟向我们扔石头了。不过距离远，并打不着。刘老师回来说，别管那么多，一会儿请学校派人去乡政府交涉，不会有事的。我们有刘老师保驾就放心大胆地游得起劲，笑语欢声，充斥了整个山谷。忽然我们瞧见岸边来了一群赤条条的男子汉，跳下河向我们包围过来，刘老师抵挡不住，我们吓得狂呼乱叫，失魂落魄地逃上了岸。

安化是一个文化比较落后的地方，封建思想还很严重，从来没有女性在河里游泳。他们说这条河是他们淘米、洗菜、饮水的地方，女人的身子最脏，让她们到河里洗了冷水澡，水就给玷污了，他们喝什么水？用什么水？怎么生活？这种由来已久的思想，一下子是改变不了的。我们寄人篱下，得依靠他们的支持办学。现在要团结抗日，不要引起内部不必要的纠纷。女生游泳项目取消，留下一场空欢喜。

（八）意外挫折

1943年冬天，我们要高中毕业了。消息传来，湖南省教育厅规定本届毕业生要参加全省会考。这让我们有喜有忧。喜的是据说成绩考得好可以保送上大学，忧的是考得不好要补考，甚至要留级，天晓得他会出些什么题目，于是学习就紧张起来。我们的考点在蓝田周南女中临时校址，离七星街一百多里，得背着铺盖步行着去。这场考试，大家似乎都心里没底，考完后心神不宁地准备各自回家。我们怀着复杂的心情离开了学校。过春节时给汪老师写了一封信拜年，并打听会考的消息。三四月间收到他的回信，他深表惋惜地说，我的国文不及格，只得了58分，失去了保送资格，但和毕业成绩平均及格，免于补考，没有涉及别人的情况。这个消息让我非常吃惊，而且百思不得其解，这是怎么回事？我平日自信在班上国文成绩不错，作文也常受到老师赞扬，怎么会落个不及格？实在难以接受。于是细细地回想那张国文考卷，必定是出在作文上。作文题目是监考老师写在黑板上的《论商鞅变法》。当时我就想，这题目出得有点刁，既要求议论文的写作基础，又要有秦朝的历史知识。我觉得我决不会走题，也不可能写得文理不通。那就是阅卷的老师不同意我的论点，或者是意见根本对立。我们的历史老师钟月秋时常在讲课时丢开课本，抒发自己的见解。他讲秦史的时候，发表很多个人意见。他严厉地批评秦始皇的暴政，滥杀无辜，商鞅起了助纣为虐的作用。不过他声明他的见解他自己负责，不要求学生接受。学生自己以后在学习中认真体会，不要盲从。我很喜欢钟老师，而且那时候，我一个黄毛丫头，容易接受自己喜欢的老师所讲的内容，我的论点就是钟老师的论点，不符合教科书上的论点，也许批卷老师甚至认为我是叛逆的论点，才狠狠地给了我一个不及格，不亦悲哉！

我失去了保送上大学的机会，也并不后悔。当时战火纷飞，交通不便，何况妈妈也拿不出钱给我上路，她也决不放心我到遥远的地方去上学，于是我心安理得地在家里逍遥度日。我的同班好友刘衡粹从重庆来信了，她收到了保送西南联大外文系的入学通知。她的哥哥在重庆工作，是他入学的经济保障。这个学校是由当时北平的几所名牌大学联合组成，临时迁在云南昆明，它的学术地位和民主风气都在全国很有名气。大概我们八仙中她是唯一的幸运者了。

五、胜利前夕

（一）"为了忘却的纪念"

我在家里话说逍遥，其实内心是很苦恼的，总是听到一些真假莫辨的消息，不过坏的多，好的少，多半是围绕着鬼子对长沙的进犯。大人们个个心烦意乱，愁眉不展。孩子们的某些无意举动常常遭到斥责，譬如说做个鬼脸，大笑一声，或者互相追逐，说话插嘴，都是大人们所深恶痛绝的。我无事可做时，找点破毛线来编织，以消磨时间，妈妈都瞧着不顺眼。我们只好躲得远远的。可是一切消息都得从他们那里来呀，又不得不围着他们转。有一天，妈妈得到一个消息说日本鬼子打到了湘乡，汽划子在涟水上横冲直撞，抢了好多船，杀了好多人。到周边的乡镇就抢食品，抓鸡鸭，拉牲口，夺女人，简直可怕极了。外婆听了早在一边大哭起来。外婆最疼爱的妹妹，我们称她为姨外婆，住在湘乡山枣镇，家中有两个未出嫁的女儿，那漂亮可是四处闻名的，不知她们的情况怎么样了。越哭越伤心，什么安慰她的话都不起作用，弄得全家人心惶惶，不知所措。就在这慌乱之际，又听到了一个惨绝人寰的消息。我离开了三年的母校含光女中，为了应对当前的紧张局势，没有力量保护这两百多位女学生，决定遣散她们各自回家或者投奔亲友，暂时躲避，以免集中到一起，目标太大。同学们只好在慌乱中纷纷离校，大部分都是凭着两条腿步行上路。有些过去是沿着湘江涟水一带坐小火轮来去，打听到小轮船还在照常行驶，就急急地买票上船了。当轮船正在快速地顺流而下时，忽然看到远处的河面上仿佛有日本的太阳旗飘动，有人惊叫道："日本鬼子！"船长拿起望远镜仔细地在河面上搜索了一会儿，然后对大家说："大家不要慌。是有几只小汽艇在游动。也许是少数打前哨的鬼子。我们马上回舵靠岸，女同学们什么也不要拿，赶快上岸躲藏起来……"话还没说完，船上已经可以听到"叭叭"的汽艇声音，一眨眼间，有一只已经冲到船头，哇哇乱喊，并朝天上开枪，示意停船。船并没有停下，几只跟上来的汽艇就把船团团围住了，开枪打死打伤了几个人，在一片惊慌的叫喊声中，鬼子跳上了船，他们像野兽一般扑向处于绝境的女孩子们，有的在奋力搏斗中和鬼子一起滚落河中，有的绝不屈服英勇投江，顷刻之间，船上已没有了女孩子的踪影。有几个鬼子嚎叫着跳下水，想把她们从水中捞起来，他们无一例外地被誓死牺牲的女孩子们抵死抱住，沉入江底，同归于尽。鬼子气恼地向江面和轮船猛烈开火，然后悻悻离去。江面上掀起了阵阵红波，一只空荡荡的轮船在血的波涛中摇晃。我听完这个逃回来的幸存船员含着泪水讲述他的经历，抑制不住我的悲愤心情，大哭起来。我的母校，我的姐妹，竟遭如此残酷的劫难！她们英勇不屈的事迹，应该记载在中国人民英勇抗战的光辉史册。她们都是十几岁的孩子，表现出了中国人民的民族气节。当时中国人民灾难深重，哀鸿遍野，发生在偏僻乡野的悲惨事件，当时人们愤怒地伤心地流传着，没有众多媒体，没有快捷的通讯报道。这样的事情就慢慢地从人们的记忆中消逝。我却不会忘记，一有机会，我就向我的学生我的儿孙讲述。正如鲁迅先生说的"为了忘却的纪念"，谨记在此。

（二）狡猾的洗劫

长沙会战三次，敌我双方都死伤颇重，最终鬼子并没能得逞，我们迎来了一次大捷。可是到了 1944 年春天，鬼子调集更大的兵力，攻陷了长沙，并且迅速占据了附近县城，准备夺取衡阳。我们在家里已不断听到鬼子军队进了宁乡县，过了回龙铺，到了陈家塘，离我们家只有三四十里路了。原先逃进我们村里的几家亲友又纷纷向安化益阳等地逃去。从外祖母以下，这个大家庭大大小小三十余口人，向何处去？在妈妈的主持下，大人们和十八岁以上的孩子们一起开了一个家庭会议。最后决定，妈妈留守，只好附带留下小弟，她要处理这个大家庭的一切事务，尤其是对外交涉。二舅处理内部事务，集中家里的食物储备，随时供应外出的这一大群人。五舅是个瘾君子，他声明他不出去，也不要别人过问他的事情。舅妈身体不好，也只得陪着他留下了。我们的目的地是外婆的娘家，离这里七十里左右的流沙河杨柳湾。家主是外婆的哥哥，一家三代，连小孙子七口人。外婆的父亲是前清官吏，当过延安太守，留下了一所很大的房子，很快地就把我们的住房安排好了。

其实这次逃难，我们这群年轻人才是主要的，只因我们平日都在上学，不知道该做些什么，也不了解生活的艰难困苦，就知道有这么个好机会大家集合在一起，除了高谈阔论，就是嘻嘻哈哈，打打闹闹，一点紧张气氛都没有，让大人们十分心烦。杨柳湾似乎是个世外桃源，人们平静地生活着。这个地方出产生猪，门前大路上，不时可以看到那种独轮木车上捆绑着嗷嗷直叫的大肥猪经过。人们告诉我，这里的猪全身黑毛，一根白毛也找不出来。于是有了一句骂人的话"蠢得和流沙河的猪一样"。站在他们的家门口，可以看到五个特殊的山峰，叫罘罳峰。由于宁乡方言"罘"与"猴"的音相似，于是当地人便叫它"猴子峰"了。它先平缓上升，大概到了三分之一的高度，它就突然笔直上升成为百丈悬崖，全由巨石形成，人不可能爬上去，也许猴子能上去，这也是人们叫它猴子峰的原因。舅爷爷是个七十多岁的老人，他很健谈，对前清时期的往事记得特别清楚，而且谈起来娓娓动听。至于日本鬼子为什么要打中国人，他只能按自己的逻辑分析，他把所有的外国人都称之为夷人。他认为夷人野蛮，劫掠成性，中国地大物博，所以就来抢夺。他对我们讲的当前形势，总说是我们编的故事，摆摆手一笑了之，不过他相信鬼子的飞机大炮是挺厉害的，我们老百姓吃了很大的亏。我真不明白，抗日都快打了八年仗了，而且就快打到家门口了，一个读书识字的人竟不了解日本鬼子对中国的侵略。

我们在那里大概住了一个星期，给我们送供应的长工说，这一次鬼子吃了败仗，夹着尾巴跑了。但是他们杀人放火，无所不为。我们家地处山谷，没有受到鬼子们的骚扰。姑奶奶（我的妈妈）说，这么多人住在外面，供应非常吃力，随即派人来接我们回家。于是我们的队伍又浩浩荡荡地往回走了。到了比较繁华的小镇老粮仓，沿街就明显地增加了许多难民，多半是妇孺老幼，风餐露宿，不时地伸出乞讨的手，他们个个精神疲惫，面有菜色。有的老人躺在地上，饥寒交迫，不断地呻吟着。外婆乐善好施，她发话把要带回家的米和菜都均匀地分给大家。这些人中间有一堆伤兵，我很害怕，由于国民党军队中某些人的劣迹，我们总是见兵就躲的。那些伤兵衣服破烂，满身血迹。他们不要食物，而是要钱，要点路费好回家。他们打仗受了伤，抬到这里来以后，一天多了，好心人给了些饭吃，就是没有钱回家。外婆拿出两块光洋，让他们自己分着用吧。这时，有个奄奄一息的伤兵突然大喊道："求求你们做做好事吧，给我一枪吧，我实在痛得不想活了，我求求你们做好事呀……"他的呼喊震撼周围的人，我只看见他断了一条腿，身下面还在不断地流血，他的叫喊撕裂着我的心，他们是为抗日作出牺牲的英雄啊。我把妈妈塞在我小袄里面的一块光洋放在他的胸前，就急急地往前走了。我还能为他做什么呢？

回到家里，我发现到处都是乱糟糟的，许多房子中都满是稻草。妈妈说，这里驻扎过国军，是一个团长带着他的几十个弟兄住在这里。下面就是妈妈向我讲述的她和小弟在家里发生的事情。来了一个营长带着几个兵说是要号房子。妈妈接待了他，陪着他在院子里转了一阵。谈话间妈妈有意无意地说我家也有人在外打仗。当他了解到我父亲是十一集团军总司令宋希濂的机要秘书时，态度马上就变得特别好，说要去向团长报告，商量驻兵的事。晚上团长来了，他说，把指挥部设在这里，只有三十多个人，自己做饭，决不打扰主家。妈妈就让他们住了房子。团长和他的勤务兵就住在妈妈房间的隔壁，说是便于照顾。第一晚妈妈给他炒了碗腊肉，烫一壶酒，请二舅作陪。小弟还不到十岁，是个调皮饶舌的家伙，他一个人在玩象棋。苦于没有对手，正在左手对右手，谁知这位团长是个棋迷，竟和小弟下起来了。他以为小孩子下不出什么名堂，竟大意失荆州，很快就输了第一盘。再下一盘成了和局。团长似乎有点失面子，约定再来，从此他们就成了棋友，妈妈处理内外事务就方便多了。

有一天，团长对妈妈说，局势很紧张，日本鬼子占了县城，经常出来打捞，你们这里还没有来过。如果是小股的，我们能对付，你们待在家里我们会保护的。如果来的人多，开起火来，你们躲到后面大山里去。打走了鬼子，我就派人去接你们回来。要是我们吃了败仗，转移了，你们就沿着山路逃命。妈妈作了最坏的打算，收拾了细软和粮食，和在我家工作了多年的保姆秀姐次日悄悄爬上后山，找好了退路，以备万一。第二天傍晚，团长急匆匆地跑来对妈妈说，今晚可能有情况。随后他集合了驻扎在村里的人马，在上屋禾坪里讲话，命令他们多扎火把，准备今晚打仗。他还派人敲着锣满村叫喊，说是日本鬼子离我们村只有几里路，如果进村军队会拼命抵抗。放信号弹后，大家从三眼塘和黑坡崙两个方向撤退，那里有军队保护，千万不要自己乱跑，身上只带贵重东西，拿多了跑不动，保命要紧。入夜了，喊声还在继续，人心惶惶。那夜下着毛毛细雨，伸手不见五指。不时听到枪声。妈妈领着小弟，秀姐背着准备好的一大包衣物，爬上了屋后的大山。只见柴屋处火把晃动，而且还有人哭喊着日本人进村来了。妈妈紧紧地捏着小弟的手，小声地嘱咐他，不要怕，不能哭，跟着妈妈走，天亮了就去和二姐他们会合。我们这个大山区，时常有老虎出没。春季老虎的发情期和冬季老虎觅食期，我们在家里常听到老虎的长啸，声音非常低沉，似乎是从地下发出来的，能够震撼屋宇。我们坐在屋里，总怕门窗没关好，它会闯进来。老虎伤人的事情常有发生。也许是今夜人们的闹腾，有些人钻到山里去了，惊动了山大王，它也躁动不安了。妈妈她们忽然听到几声山摇地动的虎啸，三个人吓得抱作一团。妈妈叹口气说："老虎饿了，就会吃人，你不可以和它讲道理。人，就算是日本人，还可以和他说说理，求他们放小弟一条生路。"妈妈毅然决然地回了家，下了自我牺牲的决心。摸进家门，似乎一切都很平静。三个人吃了一点干粮，关紧门窗就睡下了。

次日醒来，雨停云散，胆子大点的人就来我们家打听团长的消息。人越来越多，议论着昨夜的事情。大家哭诉着各自不幸的遭遇。原来昨夜并没有来什么日本鬼子，而是这帮该死的遭殃（中央）军，驻扎在村上，吃拿卡要不算，还偷鸡摸狗无恶不作，干了好多坏事，还大肆造谣，说日本鬼子就要进村了。我们带着细软按他们指定的路口逃出去，他们守在那里，凶神恶煞地要我们放下东西逃命，不肯放的就鸣枪警告。就这样，把我们一生积攒下来的少得可怜的钱财抢去了，然后逃之夭夭。日本鬼子还没来，我们村上却遭到了"自家人"卑鄙的抢劫。人们呼天抢地的哭声震撼人心，久久地在山谷中回荡。

（三）当了老师

第三次长沙会战之后，鬼子没有大举进攻。他们龟缩在县城里，间或在周围骚扰。我所在的粟溪乡，离城五百多里路，相对平静。上半年课业草草收场的小学都开学了。粟溪乡中心小学的校长姓张，和我们是亲戚，串门子到我们家玩耍。妈妈和他比较熟识，就问他要不要教员，说我高中毕业以后在家闲着，可以去帮忙上课，给不给薪水不在乎，让她操练操练，女孩子家将来能当个教员，混口饭吃，就不错了。其实爸爸这时在湖南省干部训练团工作，战事紧张，他随团迁到了郴州，半年来没有音信。妈妈日夜焦急，经济上也特别困难，只想我去教书，给家里挣点钱。张校长看了我写的字和我的作文本，随口夸了几句，就答应下来。就这样我开始当老师了。

我和另外一位女老师同住一间房，她叫李肖梅，结婚一年多，身边带了一个才几个月的孩子。河北人，丈夫是军官，她原本是随军家属，要生孩子了，就只得留下。不知道通过何种关系，当上了教员。她和我一样都没有当过教员。她说的话学生也不太懂，加上孩子日夜吵闹，她实在难以对付。她也不会带孩子，打上课铃了，她正好弄得一身屎尿，动不了身。只好扔下孩子，胡乱换上一件衣服就跑进教室。要是我没有课，我就给她帮点小忙。她长得非常漂亮，笑起来很迷人。我想是不是她太美了，被男孩子追得非结婚不可呢？我竟傻乎乎地这样问过她，她却掉着眼泪，摇头不语。我问她丈夫现在何处，她说随军队去了，不知在什么地方。慢慢地我知道了她是知识分子家庭出身，父亲是报社编辑，母亲是个医生。有一个哥哥一个姐姐，他们都有了工作。他们生活的小县城沦陷了，她跟着父母逃难，半路上遭遇了敌人的骑兵，许多难民来不及闪躲，踩死踩伤无数。她慌不择路地奔逃，就和家人失散。她不敢走大路，也搞不清方向，胡乱地走到一个池塘边坐下，不知如何是好。由于过度疲劳，竟靠着身边的树睡着了。醒来时，她看到几个当兵的围着她，十分害怕。有一个像是为首的说："我们是给 38 师增援的部队，为找水来到这里。天快黑了，你怎么一个人在这里睡着了？很危险呀。"她见是国军，就说了自己的遭遇，那个为首的士兵就说要她跟着部队走，到了安全地方再留下等待家人。行军很急，她不得不气喘吁吁地跑步前进。天黑了，实在太疲倦了才叫就地宿营。那士兵不好安排她，就把她送到团部，临时找的一间破茅屋里，几个军官正在商量事情。副团长张一前听完军士的报告，就着暗淡的灯光瞧了她一眼，很吃惊地走到她面前，问道："你是肖梅吗？"她也认出来了，正是哥哥的同窗好友张竞，立刻上前紧紧地拉着他的手，泪如雨下地叫了一声："张竞哥哥！"他说："我当兵打日本鬼子，改名叫张一前，杀鬼子要一往无前。"他们商量了一下，让他暂时跟着队伍走，到休整的时候就想办法找到她的亲人。她就这样随着队伍辗转了好几个月，也没能联系上家人。张一前给她换上一身军装，别人也看不出她是个女孩子。部队从武汉退下来休整，她没有办法再留下来了。于是张一前提出他们结婚，或者可以作为随军家属办理。到武汉失守，岳阳沦陷，长沙危急，他不得不把她留在长沙乡下，把所有能换钱的东西都留给她，难舍难分地走了。她生下女儿，流浪到了宁乡，好心人见她有文化，就介绍她教书来了。可是她的父母她的丈夫她的亲人都在什么地方呢？她日夜思念着。

　　我断断续续地知道了她的故事，很是感动，也非常同情。我常帮她抱孩子，批作业，洗衣服。她天天向能想起来的亲友们写信，我就乐意为她跑上两三里地到镇上去寄信。我们成了好朋友，毕竟她只比我大两岁。有一天，来了一个三十岁的青年人，打听有没有一位李肖梅的老师。我隔窗一瞧，从那眉宇间的笑意马上就能断定那是谁。我飞跑进她上课的教室，夺过她手中的书，叫她去看是谁来了。等我替她上完那堂课，回到房中，只见他们兄妹俩都泪水婆娑地在痛话离情。我由衷地为他们高兴，也不想打扰他们，就抱着她的小丫头一阵风似的把这个惊人的好消息传到学校的每一个角落。

就这样，肖梅母女俩被她哥哥欢天喜地地接走了，我为我们不断地寄出一些信产生了效果而高兴。学校回复了寂寞的平静。我接替了她的工作，教国文和算术。房间剩下了我一个人，我时常倚窗沉思。由于受到方方面面的影响，我对军队从来就没有好印象。但肖梅姐不是遇到了好的军人了吗？长沙三次会战的大捷，不是我们英勇的军队打出来的吗？中国广阔的土地上，那绵长的抗日战线，不是军队在奋力战斗吗？从此我懂得了看人不要一概而论。

我们都在学校里吃饭，从薪水里扣除。我们那时的薪水也不是发钱，而是发谷。我的薪水是 12 担谷一学期。发的方式是一学期分两次发，可以直接来挑谷，也可以去领取盖上校印和校长签名的谷挥（条）子，可当做钱用，也可以按时价换光洋。一般情况下，换得五块光洋一担，时局紧张就会涨到十块左右。薪水最高的大概有 24 担谷。人们抱怨的是拖欠，以种种理由从不发足，那些老教书匠总是牢骚满腹。有一天，张老夫子吃早饭时气冲斗牛。顺便说一句，我们在学校吃饭五斗谷一个月，够便宜的，伙食自然差。那天早上，桌上三样菜，小半碗炒蚕豆，一碗大白菜，一碗酸菜汤。张老夫子，瘦高个子，蓄仁丹胡子，长袍大褂，瓜皮小帽，说起话来铿锵有力。他抄起一把调羹向大伙说："来，来，来，大家看这家伙叫做海军陆战队，很有战斗力。"他舀着炒豆子朝我们碗中放，不过四五下就底朝天了。然后他又把匙子朝汤碗里一丢，吼着说："你看，你看，它沉入水底，变潜水艇了，捞上来，一点油水也没有。这叫什么饭菜？他妈的，今早看见杀鱼捉鸡，我还以为会有口油腥汤给我们喝哩，谁知就这么对付我们。他督学就那么金贵？老子不干了，回家吃糠粑粑也痛快。"说着把碗朝地下一摔，扬长而去。我一打听，原来今天县里督学要来，学校大办筵席来迎接他们。这宁乡县被鬼子占了，他们何处藏身？据说他们躲在离此二十里的回龙山一个庙里。只要鬼子不来，他们就下来巡视，少不了人家要办饭招待。

　　大家都没吃早饭，校长却叫我们到办公室集合。他打着哈哈说："今天早上来不及，中午打牙祭。只是有事拜托各位，请多多出力。今天县督学要来视察，除了每个人都要好好准备外，还要让他们听听好的课。请大家推选一位。我也是没有办法，不好好对付，经费难办呀。这些人得罪不得，务请帮忙。"大家说："张老夫子不是现成的？"校长哭丧着脸说："他闹别扭回家啦。另推一位吧。"不知谁说："那就请新来的秦小姐吧，有学历，有新意，非她莫属。"大家一哄而散，剩下我面对着愁眉苦脸的校长。他不断地向我作揖打躬，我默默无语地退出来了。我想他们是看我新来乍到好欺侮，还是故意和校长开玩笑？或者是对督学们光临的不满？不管怎样，我得想个办法来对付。我边思考边清理刚批改完的作文本，听到打上课铃了，于是夹着这一大沓本子走进了教室。不一会儿就见校长陪着三个戴礼帽穿长袍马褂的家伙进教室来了。我正眼都不瞧他们一下，就对学生们说，今天我们这堂课是作文讲评。为了提高每个人的作文水平，今天是逐个地讲，每次叫一个人上来，你认真地听，我仔细地讲，其余同学小声地读规定要背的课文。我就按照我的办法一个一个地讲下去。大概十分钟后，他们没趣地走了。我的无声抗议，让同事们对我另眼相看。

　　得罪了校长，我也不想再待下去了。领回了12担谷，减轻了妈妈经济上的压力，让她非常高兴。我一心想上大学，也不在乎这么个职位，却偏偏有一个在军队里有中校衔的姨父来看妈妈，他说可以介绍我到一所中学去教书。丢了小学的工作，倒是升级教中学了。我暗自好笑，人的命运呀，真是东方不亮西方亮。于是什么情况都没有了解，就一口答应了。然后不出三天，出于对姨父的信任，就随他到了部队所在地叫做"田坪里"的地方，住在他和姨妈的临时家里。次日，他派勤务兵把我送到学校所在地。

　　这时我才知道这是一所什么样的学校。这是以这个部队军长名义办的学校。军长何济元，指定何家祠堂为校址，附近若干田地为校产。全校一个高中班，两个初中班，学生不到一百人。校长汤匊中，本地人，和军长有交情。主任刘品龙，上海复旦大学毕业，是我奶奶的侄外孙，也算我的堂表兄吧。教员五个。主任兼理化课，校长兼国文课。一二年级的音乐、美术、体育全由我教，合班上课，此外还要教国文、数学、外文，我从没幻想过我会成为教学的全才。我向校长提出我不可能教这么些课，他却若无其事地说，教得，教得，如今草创时期，只要有个"菩萨"站在讲台上就要得。既来之，则安之，骑驴看唱本，走着瞧。后来，妈妈忽然派大弟和一个与他同年的表弟来了，他们都要上高中。我问他们学费呢？他们说妈妈让从我薪水里面扣。我一下就明白妈妈的计谋了。我如实地告诉了校长，他吞吞吐吐地没说什么，但是多收两个高中学生是让他高兴的，少不了军长会增加点投资。

有一天，刘主任到我房里来了，随便聊了几句之后，悄悄地告诉我，这个学校办不长久，因为资金不足。何军长一介武夫，哪是办学的人？不过是附庸风雅，给自己涂点色彩罢了。他还说这支部队不是作战部队，只有一个师的官兵。我吃惊地问那是什么部队？他更压低了声音说："特务部队！"我瞪大眼睛重复了他的话。他连忙摆手示意，叫我轻声。他接着说，这个部队番号叫"正义军"，由中央直接指挥，部队里有美军高级顾问，还有不少下级军官具体指导，这帮家伙坏事干尽，声名狼藉。我听得害怕起来了，问他的主意。他说他正在谋脱身之计。我又问汤校长是否知道，他神秘地说："他比我更清楚。他与何军长交情很好。"于是我问："那我怎么办？"他轻轻地笑道："你不用担心，你的姨父会保护你的。"谈话至此结束。

我天天忙着上课，学生们和我很亲近，常常围在我屋子里笑闹。汤校长有时也来屋子里坐一会儿，除了鼓励好好干以外，总是表扬我几句。不过有点让人心烦的是那位军长总是三天两头地来学校视察，全副武装，威风凛凛，还要师生列队欢迎。更让人受不了的是，来了必举行酒宴，宴必定要老师作陪，陪宴必喝酒，喝酒必有人醉，醉则丑态百出，使人觉得乌烟瘴气。我总是在人们不注意的时候悄悄退席，我觉得日子很不好过。不久，校长说，军长听得风水先生说，门前右边那座矮山头上要建个亭子，使它与左边这个山头形势相当，就可造成逛谷飞龙之势，何府必出了不起的人物，不日即将动工。果然来了一批当兵的，大兴土木。先修一条路。大概那时候还不会用水泥，就用黄泥、石灰、沙子用水搅和起来，叫三合土，把上山的路铺平整，然后在山顶上建起一个亭子。路的入口处立路牌为"正义路"；亭的茅檐下挂一块没有任何装饰的条形木板，上书"正义亭"，据说是汤校长的手笔。我想起了刘主任的那一席谈话，提醒了我此地非久留之地。

新亭落成，要举行庆祝大典，何家祠堂的重要人物都应邀参加，宰猪杀羊，好不热闹。不久军长带着他的一帮人来了，里面竟有三个美国人，一个中尉两个上等兵。马上就有人叫我到办公室去陪客。理由是我教英语，能和他们交谈，我当然无法推辞，只得去了。我只会照课本念书，比比划划地和他们讲了几句日常用语，他们却咿哩哇啦说了很多。我用不着忌讳我听不懂，我也不想听懂。我总是用"I don't know"或者说"Sorry, I can't understand"来回答。一会儿就吃饭了，首脑们坐在一席，我作为可笑的翻译，坐在几个美国佬旁边。他们把酒敬来敬去地，好在几个美国佬不喝酒，我当然省事。那位何军长闲下来时忽然发现了我，向大家挥手道："我们欢迎秦小姐唱个歌！"我早有思想准备，我知道这种场合下是退缩不得的。我大方地站起来说："好的，何军长是有名的军事长官，指挥着千军万马。我就唱一个《救国军歌》。'枪口对外，齐步前进！不伤老百姓，不打自己人……'"我激昂慷慨地唱完，只得到零落的掌声，可是那三个美国人的大巴掌倒是拍得怪响，他们对我所讲的话和歌词内容却是一窍不通。

次日，妈妈派人来通知我叔叔病危，叫我回家一次。我请了三天假，当即随来人回家了。可以说我是从那个中学教师的岗位上逃跑了，再也没有回去过。妈妈派人告知姨父，说我吃不消那项工作，人也病了，我的薪水就抵消弟弟的学费和伙食费。那场教书的闹剧就此收场，我待在家里，每天潜心学习，一心考上大学。

在这里想提一段后话。1953年我随丈夫调来长沙工作，分配到长沙女子师范学校任教导主任，到长沙市教育局办理各项手续。真是无巧不成书，我竟在办公室遇见了当年正义中学的校长汤菊中。我惊得瞠目结舌，说不出话来，连手上文件都掉到了地上。他倒是从容不迫地上前来和我握手问好，他说他早就知道我调来长沙的事情。原来他现在担任长沙市教育局副局长，共产党员。从他自己的讲述中，我了解到，他地下入党，当时是在做策反工作，动员何济元率军起义。他果然策反成功，何济元随湖南省主席程潜起义，促进了湖南的和平解放。我对共产党的神奇莫测，敬佩得五体投地。

（四）抗战胜利

白崇禧带着他的桂军退守衡阳，他说，他要与城共存亡。我天天打开地图，寻找去重庆的路。姐姐在重庆考取了中央政治大学，如果我能到重庆，就能得到姐姐的帮助。我实际上是想到昆明上西南联大。我羡慕那次会考得到保送资格的人。可是我深居消息闭塞的大山中，一筹莫展。不久，传来了衡阳失守的消息，妈妈急得日夜难眠，唉声叹气，常常呆坐流泪。只因爸爸随省干训团到了郴州，最初还回过信，后来战事紧张，就好久没有回信了。如今衡阳失守，邮路阻断，生死存亡都不知道了。这么一大家子人逃难向何方？忽然二舅家的三表哥回来了。他和表姐兄妹二人，在南岳商专读书，学校解散，兄妹两人一商量，向北走还在打仗，困难比较大，男孩子行动方便些；向南走相对平安一些，听说姑父（我爸爸）在郴州，只有投靠他暂避一时，他们就这样南北分手了。妈妈听到这个消息，有了几分宽慰又有了几分担忧。表姐还带了一个女同学去了，身边有了亲人增加了相互照顾的力量，不可讳言地增加了生活的负担。村里人都处于一种惶惶不安的状态。

眼看 8 月来了，考学校的事没有多大希望了。妈妈这段时间心情不好，也不想吃饭，正好想请个医生给她看病。她说大舅妈家里请了镇上的张郎中来了，一会儿请他过来开个方子就行了。我说："你不常说那个张十八郎中是个走江湖的，只会卖狗皮膏药，别叫他来骗人了。"妈妈说："兵荒马乱的，我也不想看病吃药，何况我并不是什么真病，让他号一下脉，聊聊天，走江湖的人说不定还能带来什么外边的消息。"一听这话我同意了。马上派小弟把他请过来。这个张郎中，五十多岁，爱搞点旁门左道，到处串门子蹭饭吃。收罗一些偏方小技，自称游医，四方救济世人。由于游走四方，消息特别多，人家就喜欢听他说白话，不论何种话题他都搭得上腔。他自称半仙，天上的事他知道一半，地上的事他全知。我讨厌他油腔滑调，装神弄鬼，不想见他。我就坐在自己房间里，听他在妈妈房中天南地北地胡侃。我听到他向妈妈打听我和姐姐的情况，就特别敏感，站到门边侧耳细听。原来他是来做媒的。我按捺冒火的心情，听他对妈妈说："姑奶奶，你老人家福气好。人家说，一男一女一枝花，你两男两女对对花。你家两位姑娘人品出众，一家养女百家求啊，都放人家了吧？"妈妈说："她们读了书，讲自由呀，我做不了主。不像从前十六七岁谈婚论嫁，如今二十几岁了也不着急。"他打着哈哈说道："姑奶奶，你人好，又看得起我。我倒想给你们家两个姑娘说说这门亲事。他就是有名的财主谭家。想必一说你老人家就知道。他家年收租子上千担，大屋场好多栋。那家财万贯就是没得话讲。这样说吧，他家三个少爷，个个是人才，随你家两位小姐选，成两对也行，成一对也要得……"我听得冒火了，四村八邻谁不知道谭家有三个傻瓜儿子，他今天跑到这里来瞎吹嘘。于是我泡一杯茶端进去，冲着他说："张十八郎中，说得口干了吧，请喝茶。今天是请你来给我妈看病的。看病就看病呗，干什么在这里屎少屁多地胡说八道！"我把茶杯朝他面前一放，转身就走，不想再听他说一句话。他当然不便久留了，起身告辞走了。大概是妈妈心情不好，他走后妈妈竟向我大发脾气，说我的态度太恶劣了。女儿家是要有人常来说媒，才能提高身价，说的人家多，选择的机会也多。你这种态度，让人传了出去，做媒的谁还敢上门？你就在家里等着做老女吧。我不敢冲撞妈妈，但是妈妈说对了，这家伙让我在家乡恶名远播，不过我到底也没有依靠家乡的媒人。

过了8月中旬，来了一个意想不到的人给我们带来了喜讯。我满舅妈的弟弟，高中毕业之后也是待在家里，想考大学。他来看望他的姐姐，并且打听一下能否找到同伴。就是他告诉我，日本鬼子投降了。这是一个大好消息，当时我还以为他是故意开玩笑寻开心的。当我细听他诉说之后，禁不住心头狂喜，就像一身捆绑的绳索陡然散落，获得了新生的自由，不顾一切地又跑又跳又叫，绕着禾场振臂狂呼："中国胜利了！日本鬼子投降了！"我把手中那支我平日最珍惜的玉屏箫掷向了天空，摔成两段。在场的人都围拢来打问，一时间都乐得狂呼乱叫，大家都奔走相告。虽然对于我们这个偏僻的乡村来说，是一个迟到的喜讯，却是一个惊天动地的喜讯。八年抗战就此结束，人们开始憧憬未来的希望。

（五）岳麓山下

在胜利的欢呼声中，我逐渐地冷静下来，思索着一条走出山村之路。最后打听到9月初我国政府将在全国许多地方举行对日本侵略军的受降仪式，蒋委员长已经下令停止一切军事行动，许多迁移外地的机关学校纷纷准备复原。湖南大学即将从辰溪迁回长沙旧址，10月将在长沙举行第二次招生。这是一个稍纵即逝的大好机会，我应该立刻抓住。妈妈是一个自己没有机会读书的人，她同意我去报考。不过抗日刚刚胜利，时局还很乱，很不放心。而且她手中拮据得很，怎么才能筹到一笔供我上路的费用呢？她的难题我也知道，但是我抱定"不到黄河心不死"的决心，怎会轻言放弃？最后，妈妈拿出她唯一的一件金饰——戒指，放在我的手心上，语重心长地说："二丫，这是妈妈最后的财产，原想不是救命，我决不会拿出来。现在胜利了，日子会好起来的，你拿去换钱考学校去吧。有志气，好好读书。"我流着泪，接过了妈妈的戒指，不，妈妈的心。

（六）满目疮痍的祖国

我和几个同学相约上路了。抗战以来我们早就习惯了长途步行。我们都只带了一套换洗的衣服和几本复习用的破旧书本就出发了。那只戒指我换了六块光洋，外加外婆给了一块光洋，就这点钱，我要计划用上一个半月，那就非得省吃俭用不可。

我们在离我们家十里之遥的小镇双凫铺集合，朝东向县城进发。这里走的是乡村小道，和家乡的情况没有多大区别。大约走了四十里之后，路就加宽一些了。有的地方，弯路拉成了直路。好好的稻田，为了取土，被挖得坑坑洼洼，早就没有了庄稼，这是鬼子为了便于他们开摩托出来打劫而临时修的。路中心还留下了深深的车轮印，也就是他们罪恶的足迹。我们就这样沿着这条路很吃力地走着，到了回龙铺，离县城约三十里的地方，有两三家伙铺，就选了一家宽敞一点的歇脚吃午饭。我们刚进去坐定，就有一伙不知道从什么地方钻出来的黑衣人，身上还挎着各式各样的长短枪支。我们吓得不知所措，个个都站起来拿起自己的东西想退出来。有一个年龄大一点的，服装略有不同，腰上的手枪套露出一把红缨，更为特别的是头上戴了一顶草绿色军帽，上面还贴有红布五角星。这可是我从来没有见过的。心想，日本鬼子退走以后，听说有人认为天下大乱，可以拉帮结派，抢地盘，占山头，扩大自己的势力，不知道这伙人又是哪路神仙。正疑惑中，他自我介绍名叫李实秋，宁乡黄材人，姜亚勋姜司令的部下。姜司令的军队是仁义之师，专门打击那些趁鬼子投降的时候发国难财，称霸地方的土豪劣绅以及占山为王的土匪。他宣讲了一阵之后，问明我们的情况，就表示了对我们的支持，还动员我们考不上学校时可以参加他们的部队。他们并没有吃饭就又上路了。我们不知道他们的底细，不敢胡乱搭腔。有一个男同学家在黄材附近，他说听说过姜司令，人们说他带的是土八路。新中国成立以后，才知道他果然组织了湘中游击队，在湖南解放战争中起了很大作用。后来他当了新疆军区司令员，也当过湖南军区副司令员。还曾有过一段和我相晤的机缘。他的小儿子名叫姜托夫，在长沙市第十中学读书，我是他的班主任并教他英语，成绩不错。毕业时举行家长会，姜司令亲自来参加了。他当时已白发苍苍，垂垂老矣，不由得让人想起他打游击时的英名远播。

当天近黄昏时抵达县城，到处都是残垣断壁，杂草丛生，这是一个没有道路可走的地方。我们逢人便问，才找到一位亲戚的家，他们一家蜗居在一间勉强修整了一下的破屋里，当夜在他家草草安顿，次日清晨他送我们上路。一路上，他讲述敌人的暴行，真是骇人听闻。日本鬼子开枪打死老人和小孩夺取食物；他们奸污孕妇，然后用刺刀劈开肚子，把胎儿扯出来看是什么样子；把饿病得走不动的民夫枪杀在路上。残酷的行为逼得人们跑到城郊山上，自动组织起来打游击。只要鬼子敢单个外出，就会遭到袭击。打死一个，往往能得到一支枪，游击队越打越勇。鬼子也害怕了，不敢出城。我们的人躲在破房子里朝走在街头巷尾的鬼子射击，他们不敢白天上街。于是鬼子想出恶毒的办法，把沿街房屋的墙壁扒一些洞，可以从中走人，他们就不必从街上走了，形成了一条屋内的通道，避免遭到袭击。他们不但可以从屋里找到粮食，还可以将所有的家具门窗都作为柴火烧掉。宁乡人爱做坛子菜，他们打破坛子吃掉菜。他们不敢外出拉屎尿，就痾在坛子里。这些禽兽不如的东西，真是罪恶滔天。他们投降了要不是逃得快，一定会被我们老百姓活活打死。

听了亲戚的叙述，我们才明白为什么宁乡县城的街上长满了杂草，像是好久没有走过人。在我小时的记忆里，县城濒临沩水，上面修了一条很坚固的石桥，桥上有一条黑石头做的大水牛，人们把它看作镇水的神物，已经不见了，据说鬼子把它推入了河心，石栏杆也破损了很多。还记得我家住在小西门，街尾靠近乡村，有一座古刹名香山寺。那里面古木苍苍，两株桂花树，在秋高气爽的季节，开满黄金色的小花朵，散发出诱人的芳香。树影婆娑，禽鸣悦耳，环境十分幽静。香烟缭绕，游人不断。现在树木被鬼子砍伐了，菩萨被推倒了，颓垣败壁，满目荒凉。

次日，黎明即起，我们要往长沙进发了。长宁公路大约有一百里，在我们的想象中，路会平坦好走一些。过了南门桥，迎面就是一个大水坑，我们得小心翼翼地绕着边走。我滑了好几跤，弄得鞋袜透湿，一些零星物件都掉到水里了。我们就这样忽上忽下地沿着公路跳跃式地前进。为什么要把路挖得这么稀烂呢？我们七嘴八舌地正在咒骂可恨的小鬼子，忽然看见前面田里有许多日本军人在挖土挑土，我们大为不解，远远地望着。不一会儿，我们弄明白了，他们是在修路，是从长沙那头修过来的。我们当时有一种扬眉吐气的感觉。有一位男同学竟朝他们大声喊道："龟孙子们，你得好好地干！欠下的血债是要血来还的！"他一边喊，一边抓起泥土朝他们扔过去。有的落在他们身上，也不抬头。看见我们过来，退后几步，让我们过去，既不说话也没有表情。用我们乡下的一句俗话来形容，"像瘟猪子一样"。

经过修整的路比较好走一点，我们很快过了望城坡，就到了湘江边上的溁湾镇。10月的湘江，水枯季节，河面不是很宽。那时没有桥，要靠人工摇着小木筏子荡过去。每船坐十人，每人八分钱或者八个铜板。撑船的多半是上了岁数的老舵手，遇到实在没钱的人，他也会挥挥手让他过去。我们赶到时，小船上坐着五个人，大呼小叫地喊我们快点快点。不知道什么时候我们后面跟着一个日本兵，见我们上船之后，他呜里哇啦地做着手势，手头还扬着一张日本鬼子发行的纸币。我们都明白他想用那张已经作废的纸币过河去。老船工用长篙拦着他说："小鬼子想过去，拿钱来。别再想白吃白喝来去自由。"鬼子兵不断地向他行九十度的鞠躬礼，也向大家不断地行礼，老船工就是不让上。也许他真有急事，他扑通一下跪下叩头哀求。老船工才让他立在船头，口上仍在气愤地数落着日本鬼子的种种罪行。

长沙城已失去昔日的风采，举目四望，没有看见一间完整的房子，人们多半都是就着未完全倒塌的墙壁搭着窝棚居住。街道自然无法辨认。进城以后我就和同伴们分手了，只能各自投亲靠友找个歇脚的地方。我找的是妈妈的朋友王太太。爸爸和王先生同过事，常有来往。后来长沙大火之后，又在沅陵不期而遇，碰巧又成了邻居，所以比较熟络。她家在南门碧湘街，我在大西门上岸，要找到碧湘街，还得走很长一段路。到处都是瓦砾堆的战后长沙，可以说没有道路，我只好沿着湘江一路问过去。天已漆黑，才摸索到了她家。我记得原来她家的房子很宽敞。两层楼的洋房，幽雅地矗立在一座绿树成荫的小花园中心。现在有人给我指路，前面不远的废墟中闪动着幽暗灯火的地方就是王太太的家。王太太几年不见，满脸沧桑，也衰老了很多。她和她的妹妹带着十岁的儿子住在刚刚搭建的棚子里面，王先生回沅陵处理一些未尽事宜。我和她的妹妹挤着睡了一夜，觉得不便打搅他们，决定往湖南大学探路。

从朱张渡过河，经牌楼口，岳麓山脚下的湖南大学校舍就隐蔽在绿树丛中。走了不远就触目惊心地看到兀立在一片废墟中的四根大柱子。人们说那是被鬼子炸掉的湖大图书馆遗址。这是当时比较醒目的新式建筑，日本鬼子的轰炸自然不会放过。文夕大火虽没有来得及烧到河西，湖大的几幢校舍也只剩下荒芜的躯壳。我在二院后面的屈公祠找到了大学临时报名处。我一看外文系招生名额最多，我就存着侥幸心理，报考外文系。交五块大洋，提供一个月食宿，真让我大喜过望。住宿就在屈公祠侧院，吃饭在下面的二院。这屈公祠日本鬼子曾用作伤兵医院，我们住的就是他们原来的病房。房中两排木板钉的统铺，中间有一条过道，我们就像咸鱼条子似的，在各自划定的位置上睡觉。两间寝室，有六七十个女生。门窗多已破损，学校正在大兴土木，修建临时的木板房以应不时之需，自然没有工夫顾及我们这些临时的客人了。

生活既然暂时安顿好了，就想去领略一下岳麓山风光，重温一下它昔日的秀丽风景。岳麓书院的大门虽在，却已斑驳剥蚀，二门已倒塌，著名的御书楼和右侧教师宿舍都被炸毁。从后院上到爱晚亭，亭子犹在，山崖上却矗立着日本鬼子遗留下来的小木屋，据说是他们的哨所。说不定这里有他们的机要处所，据说这附近有个军火库。麓山寺没有很大的破坏，日本人信佛，它因此而保存下来了，说不定这里就是他们驻兵的地方。我们登上山顶的云麓宫，让我们大为吃惊，而且惊慌颤栗不已，主殿已成为瓦砾堆，罗汉和观音躺在瓦砾堆中，横七竖八，断头缺腿少臂，情况何等凄凉！战争结束了，恐怖景象随处可见，破烂的枪械衣物，未炸的炮弹，乱七八糟的战壕，我们越走越怕。我们沿着大路小心翼翼下山。人们很吃惊，说日本鬼子留下了一些机关，上山砍柴的农民炸死炸伤的都有，让我们很后怕。

我们大部分是早已荒废学业，想抓住这第二次招生机会来碰运气的。离考试只有十来天了，大家都躲到山里僻静的地方"抱脑壳"。晚上则几个人共一盏鬼火似的小煤油灯坐到那空荡荡的教室里，死记硬背那些陈旧的复习资料。回到寝室，疲惫不堪地倒头便睡。有一夜，我还在迷迷糊糊地背诵化学元素周期表，忽然感到有一只冰凉的大手摸到我身上。我警觉地翻身坐起，大喊："有贼，有贼！"许多人跟着我叫喊起来，我看到一个高大的男人黑影夺门而逃。大家闹了一整夜，只骂学校收了我们那么多住宿费，让我们住在这么可怕的地方。第二天，学校给我们装上了大门，接着又配好寝室门窗，才比较安全了。既然寝室面貌一新，管理人员就要我们做一次大扫除。我们自己也觉得卫生状况太不好了，就大家动手来干。我的任务是清理沟渠和设在门外的厕所，任务比较艰巨，我们得下几十级阶梯去把水抬上来冲洗，第二次上来时，只见对面寝室的人全都站在外面。议论纷纷，有一个女孩子正在哭。原来她们从床底下扫出一些日本人的军服、带血的绷带和霉烂的食物，最让那个女孩子吓得魂不附体的是她发现了一只人手，已呈棕色，上面还系着一块金属牌子。后来舍监来了，把它弄走。他向大家说明，这里原是日寇的伤兵医院，有这些东西并不奇怪。

那一夜，我和旁边的几个同学都睡不着，议论着那只手。也许是某个鬼子想把被打死的同伴的手带回去，说不定他自己也死了，所以就遗落在这里。他们对自己人就知道珍惜，可是数千万中国人民惨死在他们的铁蹄之下，我们要用何等悲痛的心情来悼念他们啊。由此我们就谈论到我们来学校沿途所见所闻的战后悲惨情景，也议论到我们偌大的一个国家怎么会在小日本面前节节败退。我们都天真地幻想着要是我们能进入大学，将来要如何为祖国出力。我们一点也不明白当时国际国内的形势。

大学生活

10月中旬，我在那座没有遭到严重破坏的科学馆参加了湖南大学第二次招生考试。据说报名的有八百多人，只录取一百多人。这个数字让参加考试的人心头惶惶不安，都认为考得不好，没有多大希望。我算是吉星高照，竟出乎意料地被录取了。新生入学通知上说要月底才报到清册。录取者都可以取得半公费，取得当地政府的经济困难证明，经学校审查批准，成绩达到一定标准方可获得全公费。我欢天喜地地回了家，真是有点春风得意。妈妈接着我，都激动得流泪了。虽然为我高兴，却苦着脸说，爸爸还在路上，这学费难筹啊。我告诉她申请公费的事，她马上要我写个报告，请二舅到乡公所代为办理。很顺利，当场就盖印认可了。凭着它，我大学四年是全免费的。本来我们秦氏宗祠对考取大学的有学谷奖励，只因我和姐姐都是女孩子，也就无缘享受。有趣的是我们那位乡长，正由于我是女孩子，他认为女孩子能考上大学真是难得，就毫不犹豫地出具了证明。

一、新生院风潮

岳麓山在湘江西岸。南岳有七十二峰，岳麓最矮，是南岳的脚，因此得名。然而它是有历史渊源的文化圣地。早在一千多年前的北宋时代，就创建了岳麓书院。南宋的理学家张栻、朱熹在这里讲过学。湘江有名的朱张渡就是他们的遗迹。它经历过许多的变迁，虽然历史名称不同，始终是学术之地，到1926年正式定名为湖南大学。抗日战争时期，四次长沙大会战，同样遭受炮火的毁坏和日寇的洗劫。我们新生院设在离校本部约两公里的左家垅清华中学旧址内。从地理上看，它恰好和校本部隔山相倚。这是一座空荡荡的四层楼房，连门窗都没有，挂了一块草草写就的不显眼木牌，就注定我们要有一年的时间在此生活和学习。

报了到，每人发了一张小木板凳，就到寝室里去按划定的区域在水泥地上开铺。吃白饭了，八个人一席，围着摆在地上的三碗菜开餐，没有热水，更没有开水。我们的到来，让附近农家小户相中了商机，纷纷招揽我们去加菜、用水、洗澡。有的人甚至租房子住外面了。由于没有门窗，一夜之间小偷光顾，囊括了所有晾在外面的衣物和皮鞋。皮鞋丢得最痛心了，抗战八年，好多人不但没有穿过，甚至见都没见过。上高中时，有同学家里为她从重庆买来一双皮鞋，大家都向她借来穿上照相，故意把脚翘高点，好让皮鞋入镜头。我那双皮鞋就是节省下的两块光洋买的，半高跟，好时尚，想起来就心痛。

上课了，我们提着小板凳进教室。没有书，找一块硬纸板或木板当桌子来记笔记。最为难的是英语课，教我们英语的曹陶仙先生，五十多岁，英国留学生，他可一句中文都不讲，我只能偶尔听懂几个单词。在课堂中无事可干，就只好欣赏他的表情和动作了。他有个特点是喜欢板书，不过他的字太小也太潦草，因听不懂的缘故，抄起来也没劲。有一天，我发现他背着身子写黑板时，总像是从口袋里拿什么东西朝嘴里放。我觉得很奇怪，悄悄地问旁边的同学，她摇手示意让我不要讲话。课后她告诉我，曹老师是在吃糖。她曾在他下课后捡到过他扔下的糖纸，那是外国糖。我不由得哈哈大笑起来。曹老师是住校的，我们两人就相约去拜访他，向他谈谈我们学习上的困难。敲开房门，他很吃惊地望着我们，但马上很热情地邀我们进屋。他教的课程是英文散文，我们提出因为没有书本，听不懂讲课内容。他没有回答我们，我想他一时也难以解决。他却向我们提出了一个很特别的问题，问我们信什么教。在我们的头脑里，教会学校学生多半信耶稣，我们两人不约而同地回答我们不是教会学校毕业的。他没有听我们回答的内容，就向我们介绍佛教。然后大谈佛经的特色。由于我们对佛教的无知，也就没有插嘴的余地，只好静静地听着。等他歇口气喝茶的时候，就乘机出来了。我们好生奇怪，一位大学教授竟如此沉迷于佛学的钻研。过几天我们发了一本油印的教材。选的尽是英国作家的名著，让我们很高兴，再去听他的课，就觉得很有兴趣了。据说大学教授往往都有某些怪癖，只要他课教得好，钻研佛教也无伤大雅。

生活稍稍安定，青年学生的活跃气氛逐渐在新生院涌动起来了。首先是自发地组织起了歌咏队，接着就是舞蹈队，两者我都参加了。抗日歌曲虽然还唱，不过已经退居到二三线了，代之以各色各样的抒怀歌曲，我们外文系的就拼命学唱英文歌曲。舞蹈方面多半跳的是民间舞蹈，《草原之歌》是当时最风行的。冬天来了，我们又风行跳踢踏舞来暖和身体。和外界接触多了，我们知道有国共合作的《双十协定》，蒋委员长派遣大批的接收大员和亲信部队到东北和共产党抢地盘。这些抢摘桃子的大员的恶行以及破坏《双十协定》的种种借口，引起了全国人民的愤慨。青年的心被激动了，他们以正义的心声和纯洁的爱国热情，贴出了墙报，吸引了大批观众。于是各抒己见的小报陆续出现，民主风气从萌芽中逐渐成长。墙报这块自由园地，欣欣向荣，百花齐放。

这时候有两件事情让我们情绪难平。一件是我们外文系系主任要走。陈逵老师的教学水平和个人声望都是很高的，虽然他暂时没有教我们的课，却是外文系的顶梁柱。本来我们有些课就由于缺老师而没开，要是他走了，我们外文系岂不是要唱空城计吗？又据说他敢批评，能直言，还有点激进，受到排挤和压力才要走的。初生牛犊不怕虎，几个人一商量，竟出了一张号召罢课的公告。我们还没来得及弄清楚是怎么回事，邀请参加签名的人就临门了。经过商量大家认为，只有我们新生院力量太单薄了，要联合全系，两边贴标语造声势，让当局感到事态的严重。同时，派出全系代表，向校方提出要求。正当我们紧张谋划的时候，消息传来，陈老师不走了。我们很高兴，似乎对自己的力量充满自信。各方不断传来的民主消息，激发我们跃跃欲试的心情。

接着发生了第二件事情。1946年5月，学校当局发放复员费，每人五万一千元，只发老生不发新生。这一届新生五百多人，有四百多人是在辰溪录取的，在长沙考取的不过百人。他们从各个地方跋山涉水到达辰溪，吃了不少苦头。考取以后生活困难，又不得不随校搬迁。到了长沙，人生地不熟，告贷无门。学校自身的工作千头万绪，根本无法照顾他们。于是只好砖头搭灶，破锅烧饭，喝凉水解渴，水泥地上睡觉。难道不算复员回来的吗？在这种愤愤不平的情绪下，爆发了"护权"运动。新生院举行了全体大会。在会上选出了系科代表，在毫无思想准备的情况下我被选上了。在系科代表会上，我申述了我不能当代表的理由。我是在长沙考的，学校照顾女生，让我们住屈公祠，搭二院食堂开饭，我怎么能张口要复员费呢？有同学驳斥我说，林肯不是黑奴，他为解放奴隶而战；好多同志剥削阶级出身，毕生献身革命，你就不能为真理正义而战？我无话可说。我只能说服自己为大多数人当代表。

系科代表会上作出了几项决议，首先是正名，定为"护权运动委员会"，护权的范围就大了，比如说，我们要民主自由的权利，我们要公平待遇的权利，我们要选择好教师的权利，等等。大肆开展宣传，到处张贴标语口号，广泛联系老同学和有声望的教授，争取他们的支持。同时分三个步骤进行工作：一、代表们向校长请求。二、全体向校长请愿。三、以上两步均无结果时，全新生院罢课，把传单发到城里去。看来大学生们在实践中得到了锻炼，懂得了组织的力量，也学会了有理有序地深入工作。在那个风起云涌的学运高潮年代，大学生确实是一支不可忽视的力量。我们找到了校长胡庶华，他当即举行了校务会议，回来时直摇头。看来校务会议态度很坚决，校长的语气也没有原先那么温和了。胡校长是个留学德国的钢铁专家。据说他看高炉的火候，可以不用仪表，凭他的目力就可以断定。他平日关心爱护学生，尊重教师。律己甚严，生活俭朴。常常在校区内巡视，衣着极为普通。拄着一根拐杖，胸前飘着一大把花白胡子。同学们背着他，亲切地称他为"大胡子"。传闻有人出了一副对联的上联"湖大胡大胡子"，至今没有人对得出下联。我们都很敬重他，只好委婉地向他说出了我们第二步的打算。显然他不愿意事态扩展升级，缓缓地说："大家都要冷静地商量。"接着有各方人士到新生院来当说客，校长也到这里来向全体同学讲了话，说的也是那一套理由，并没有说服大家。不过对于全体请愿的事出现了不同意见。委员会怕到时候参加的人七零八落的不好收场，就没有作出最后决定。不久，传来了刺激我们神经的消息，新来的教职员以及复学的同学都发了复员费，我们就觉得学校的做法太不公平了，于是波澜再起，商定以罢课来护权。我们慢慢地懂得一些策略，给自己留点余地，我们各学校报告，我们新生院全体请假待命，等待学校给我们一个公平对待的答复。这一回他们的理由站不住脚了，最后发给了我们相当于老生一半的复员费，我们也就胜利收兵。

我虽然是系科代表，但感觉到自己是被浪潮推上去的，没有什么主动性。似乎是金钱驱动着我们闹事，是为了个人私利，显得不那么理直气壮。与我当初急切地想考入大学，获得更多知识的初衷不相符合。正反两面在我的思想上展开了斗争，我不敢公开我的想法，怕人家说我落后。我也不敢与同学们交谈，怕我这个系科代表散布消极情绪。我在矛盾的心情中观察思索，自己不断地寻找答案。

二、怒潮澎湃

　　1946年下学期，我们离开了新生院，搬进了新建的女生宿舍——四舍。学校大兴土木，建造了许多临时使用的木板屋，以适应教学的需要，对女生可说是优先照顾。我们四舍建得很幽雅，几净窗明，设备齐全，每室可住四至十二人不等。我们住了六人，全体女生不到八十人。我们心情很好，吃过晚饭就约几个同学外出散步，熟悉一下新环境。四舍门前有一条小溪，架有小石桥。两岸绿草丛生，真有小桥流水的感觉。这水是山上下来的泉水，清澈明亮，却是近尾声了，渐渐狭小，五十米外就没入了地下。我们顺着小溪的末端，走上了大路。听说距离科学馆不远的地方正在修建男生宿舍，我们想去看看那里的规模。只见那舍址前面有一口水塘，边上有几棵柳树。工人们正在清理场地，也有人在围着观看。我们不想和人家去挤，就朝没人的地方走去。我们还没有站稳，就倏地一下，一个圆东西朝我们脚边滚过来，吓了我们一跳。定睛一看，可不得了，竟是一个人头骷髅，我们不由得大叫起来，连忙退到人群后面。男同学们却哈哈大笑，弄得我们十分难堪。向一个相熟同学一打听，工人在挖掘的是日本军人的坟地。我联想到我们曾经住过的伤兵医院和那只可怕的手，伤兵医院死了的人就埋葬在这里了。一种对日本鬼子的愤恨心情，驱走了我的恐惧，我要站得更高一点来看个究竟。

　　原来坟地是沿着池塘挖的一个很大的坑，里面一层层埋着穿军装的尸体，但都已腐烂成白骨了。工人们用铁叉将尸体挑得高高地抖动几下，白骨就掉下来了，骷髅滚到一边，再抖几下就掉落一些棕色的泥土样物体，然后分成三堆。骷髅计数以后，连同白骨一起烧掉，军装另堆烧掉。尸体的泥土填作屋基还是用作肥料，不得而知。这个坟坑有多深，也不得而知。我想起唐人陈陶一首有名的诗："誓扫匈奴不顾身，五千貂锦丧胡尘。可怜无定河边骨，犹是春闺梦里人。"这首诗是作者对抗击匈奴而牺牲的将士们的同情。今天是日本军国主义侵略了我们中国，他们美化侵略罪行，说不定这累累白骨，也正是他们那春闺梦里人吧。我同情受欺骗的日本人民,我憎恨日本侵略者。人类要能消灭战争那该多好。然而刚刚结束了八年的抗日战争,蒋介石不正在点燃内战的硝烟吗?

三、学生自治会竞选

1946 年下学期,我期待着正常的学习,专业课增加不少,那是些富有文学内涵的名称科目,例如英国文学史、专书研究、名著选修等。每个人选满学分以后,要系主任批准才能注册。我很高兴,可以和我们敬佩的陈逵老师近距离交谈,亲聆他对选课的指导。可是主任室门口挂上了"免战牌",陈老师因故请假,外文系学生的选课由文学院长马宗霍先生审批。找到马先生,他旁边坐的是中文系主任谭戒甫先生。他把我们的选课表给谭先生递过去,口里说:"谭老,谭老,外文系的事就请你费神了,你中西合璧吧,哈哈!"谭先生也不推辞,略看一下,就大印一盖,顺利通过。两位老先生又摇头晃脑地咬文嚼字去了。我们没什么好说的,你要问他四书五经、说文解字,那就问到饭碗里去了。你要问他但丁、雨果、莎士比亚,不是故意为难他吗?外文系连个系主任都没有,读书的心情就不那么好了。不过注册手续更简便也是我们乐意的事。

从注册组出来,在校门口遇见几个不相识的男同学和我热情地打招呼,他们自我介绍是同乡会的,特来邀请我去开会。是乡音的亲和力,我就同去了。原来今天来邀我的竟是我们宁乡同乡会的会长,比我高一年级的戴伯淳同学,真是久仰久仰了。自从我考取湖大后,家里的亲戚朋友,总少不了提起他。他是宁乡黄材人,出身名门望族,父辈在地方上颇有影响,说不定和我们家扯得出什么亲戚关系。我打量着他,高高的个子,眉清目秀,谈吐儒雅,待人接物彬彬有礼。我觉得是我的大人辈,绝不是个毛头小伙之流,人们说他已成家,而且做了父亲。这个并不深入的印象,使我对他产生了一种信赖感。开会的目的有两个,一个是欢迎新同学,另一个是积极参加学生自治会的竞选活动。戴伯淳要组阁竞选下届学生自治会的主席。会上介绍了当前自治会是由国民党三青团掌权,奉行的是蒋介石独裁统治政策。我们要民主要自由,我们要破旧立新,我们要追上时代潮流。我听着觉得新鲜,外边的世界真精彩。我原来只想一心读书成就个人事业，我的想法是作为一个新时代的女性，要有独立自主的工作能力。在新生院被推选成系代表，这是历史的误会。我很惋惜失去的时光。我的心情翻腾着，怀着矛盾的心情回到了寝室。我的朋友孝洁，毕业于教会中学，受过仁慈、宽恕、平和、宁静的宗教气息熏陶，喜欢轻歌曼舞，爱听抒情歌曲，听了我的倾诉，她含笑不答。我的老同学朋友细祥，父亲是个中学教员，兄弟姐妹众多，家庭经济困难。她认为学校竞选不过是闹着玩的，不要真当回事，他们要真能劫富济贫，我就支持。我的同桌世玉的男友和现任主席是朋友、同乡，她也和我一样刚开过同乡会出来，观点和我相反，他们推选的下届主席正是三青团的，原来是戴伯淳对手。世玉是个富家小姐，人很直爽，有点娇气，中文系的一枝花，和我挺谈得来。她向我扔过一个苹果，语不饶人地说："你可不许站在我的对立面，小心我捶死你！"

我心里想，哪一边我也不会站的，一切都得走着瞧。不过世玉的男友以三青团作背景，我就有点瞧不起了。我想起了上高中时三青团所干的那些事来，就对它没有个好印象，他们不可一世，享受特权，是学校的宠儿，年年暑假南岳受训，欺压进步同学。我们向学校提出的正当要求总是遭到他们反对。我们的班主任姓雷，是学校三青团书记长，以我班为他发展团员的基地。男同学中的情况不清楚，女同学中就发展了衡粹。衡粹是我的好朋友，她也不同意三青团的所作所为，往往保持沉默。有一天，雷老师把王开舜叫去了。回来时她告诉我，雷老师让她加入三青团，我不等她表态就连连摇手。她自己也说并不想参加，但是他尽讲三青团的好处，不由分说就要她当时填表。她说她爸爸去世了，有的情况还得多回忆，答应明天填好送去。她问我怎么办。第二天，狂风暴雨，我们两人一同到雷老师房中，他笑容满面地说："表填好了吧？"开舜说："爸爸的情况我写得不太清楚，勉强填好。可是……可是我刚才来上课时，从书包里取出来想再看一看，一阵大风把它刮到水田里去了，没办法捡回来。"雷老师脸色马上就变了："真有这事？"开舜马上就拉着我作证。我应声道："是的，是的，掉在高墈下的那丘大水田里，没法下去找。"我从容不迫，撒谎一点都不脸红。雷老师没有表情地挥手让我们出去。我们两人出来忍不住紧握着手，心照不宣。开舜就这样摆脱了入三青团的事。这一段往事的回忆，让我对以三青团为背景的自治会竞选团印象不好。戴阁组成了一个声势浩大的竞选团，似乎包罗了学校的知名人物。他们铺天盖地的标语口号和施政纲领，贴遍校区各个地方，可以用声势浩大来形容。我算是大开眼界了，以一种急切的心情细看了他们的主张。有四个方面的内容是符合同学们心意的：保障民主权利，提高公费待遇，鼓励自由研究，反对钳制言论。我想他们要是真能实现这些，说出许多人敢想而不敢说的话，就会受到大家欢迎。

经过一段时间的宣传造势，甚至互相攻击，形成了明显对立的两派，戴阁处在强势地位，田阁是弱势，还没有投票选举，都不敢断定谁胜。可是我们上课的情况就大受影响。老师都按时到了教室，学生却常常是零零落落的。我们班上有三十个同学，有一次上翻译课快打上课铃了，还只有我们三个女同学坐在教室里。李教授来了，我们站起来向他问好，他向我们点头微笑。翻开书本就讲课，丝毫没有惊讶的表情，也许他司空见惯，必须恪守他的职责。老师们很少对选举的两边发表任何意见，就算有些人来上课也显得心不在焉。我们班只有五个女同学，几乎从不缺课，顺路看看张贴的竞选壁报，却不去参加竞选活动。我想利用时间充实自己，总是到图书馆借英文小说看，那时候外文系风行一种英文报刊，叫《北京周报》，每周出一次，像一本薄薄的杂志，有十几页。内容广泛，有些新闻是一般报纸上没有的，价钱很贵，我只能零星地买来阅读，有时练习着译点短文。我常和孝洁躲到山上看书，真可谓"两耳不闻山外事，一心专读外文书"了。

大概到了严冬12月，北风凛冽，他们的竞选却达到了高潮，两方面的活动也很频繁，他们下到寝室来宣传拉票。戴阁的人花样比较多，他们组织时事座谈会，介绍有关学生运动的形势，谈论有关国际国内形势，内容很吸引人，我常被熟识的同学邀去参加，并发现有些知名教授也在座。我虽从不发言，但我觉得开阔了视野，增长了知识。他们还组织了歌咏团，细祥爱好音乐，口琴吹得特别好，孝洁爱唱歌，他们邀我一起去。我在那里学唱了很多民歌，那种欢快的歌声、激越的情绪，拨动了青年的心弦，汇成了一股跃跃欲试的力量，我已不能自抑地卷入其中。终于到了投票的日子，结果是戴阁大获全胜。据说这是自治会有史以来第一次没有落入三青团的控制。戴伯淳带着他的内阁成员兴高采烈地走马上任了。

自治会办公室就设在我们四舍旁边的一栋小木板屋里，靠近烧水房，离我们最近。有什么活动，总是我们首先得到消息。我们也常常趁打水之便，过去瞧瞧，有什么新的消息。出乎我的意料，它的聘请人员名单里竟将我列为校刊编辑之一，我大吃一惊，不知所措地连水也没打就跑回寝室，赫然发现桌上有一张举行编辑会议的通知。

四、雨后春笋的社团

新自治会成立以后学校的气氛一新，校园内不时张贴出各种来自全国各大学的传单小报。内容非常吸引人，有的是直言不讳地批评当局的政策措施，有的是呼吁停止内战，有的是反对美帝国主义扶植日本，有的是要饭吃、要民主、要言论自由……贴得最多的是我们上课的地方，科学馆和二院以及大礼堂内外、阅览室和自治会的外墙，真是琳琅满目，篇篇惊人。我细看那些落款者并不是个人，而是社团。我所见到的比较有影响的有学行社、世纪社、知行社、荒地社、风雨社、黎明社、励志社等，还有什么剧团、学馆之类的名称，我也不知道有多少个社团，说它像雨后春笋不为过吧。可能有的不便以个人名义发表意见，就随便编个子虚乌有的社。于是就出现了不同意见，甚至针锋相对互相批评指责。我总爱去看一看，有时候胡乱猜测一番，但是不得要领。我想，还是当时竞选的两方各领风骚吧。空前的活跃气氛，真让人耳目一新，眼花缭乱。终于我被我的朋友汤振权相邀参加了一个社团，叫"荒地文艺社"。

振权是我高中时同班的"八仙"之一，别具一格的铁拐李，和我十分要好。她毕业后逃难到贵州蹉跎了一年，比我晚一年进入湖大，我们的友情不减，最能讲心里话。出于对她的信任和友情，我没有什么迟疑马上就参加了。第一次开会是在爱晚亭举行的。大约到了十个人，振权向大家说是她邀我来参加的，大家一鼓掌就算参加了。我记得会上有一个同学朗诵了他自己写的新诗，他很有感情地用抑扬顿挫的声调朗诵着，我只顾欣赏他的姿态，又不时地观察着大家的表情，对他诗歌的内容，我没有认真地听，而且没弄清诗的主题，大家热烈地讨论时，我只能一言不发。会后大个子李挤眉弄眼地向我说，你认识他吗？他是中文系毕业班的，人称他为"拜伦"。拜伦，那是法国的大诗人啊，我不由得对他肃然起敬。可是无缘再见。

不久又参加了一次会。这次是由本社的创办人静秋读他的论文，题目已经记不得，内容是讲如何发展普罗文学，并且在会上介绍了赵树理，我听说过不少当代作家的名字，但是不知道赵树理是谁，我觉得很惭愧。散会后我忙向振权打听，她也说不清楚。她说她想办法给我找一本书来给我看。嗬，她还是当年的"外交部长"，很快就给我弄来了。那天晚饭后，她邀我到僻静的湖心亭旁小路上散步，然后把一本卷成一个小筒的书塞给我说："这本书要绝对保密，除你以外绝不能让别人看见，当然更不能转借别人，千万记住，否则要出事的。做得到吗？"我点点头。还是忍不住问她书是从哪里来的，她在我耳边用小得像蚊虫的声音说："从那边。"我恍然大悟，忙把书纳在裙腰上，用上衣盖住。

我自然不敢公开看这本书。午睡时，我躺在蚊帐里偷偷地打开看了一下封面，白白的纸上印着仿宋字体《小二黑结婚》，我一看题目就来劲了，还没看几页就入神了。躲躲藏藏，不到两天我就把那本书看完了，真叫我心驰神往，乐得我真想大笑一场。回思普罗文学，我这学外文的才慢慢地想到 proletariat（无产阶级）这个词，当然这个词在我接触过的书里是很少碰到的，课堂上老师也很难提到。我是从英文周报上看到几次，才认识了它。其实注意一下"五四运动"有关"新文化运动"就会接触到它。这样一类的民间故事，在我们乡下可以说俯拾即是，为什么我们的作家不写呢？为什么在延安那个地方就会出现赵树理这样的作家？这个问题在我朦胧的意识中回旋。

校园里出现了一个"麓山歌咏团"，他们不仅印发歌曲，还在许多公共场所教大家唱歌，一时歌声遍校园。随后又有一个歌唱团，叫"大家唱"，他们更随意，口传身授，有群众的地方他们就边唱边教，集的人多了，就许多人一起唱，自然引来越来越多的人。你看他们领着大家唱道：

年轻的朋友赶快来，忘掉你的烦恼和不快，

千万个青年一条心，唱出一个春天来！

唱一两遍大家就跟上来，于是围成圈，手拉手地跳起来，这是何等热烈的场面！接着又唱：

金凤子那个开红花，一开开在穷人家。

穷人家么，要翻身，世道才像话。

今天望那个明天望，望到那老天爷出太阳。

太阳一出亮堂堂，大家喜洋洋。

一口气学会了两支歌，最不爱唱歌的人这才发现原来自己的歌喉不错呀，怎能轻易放弃这么好的机会呢？你还没有来得及提出要求，新的歌又开始了：

一只螃蟹个又个，八呀八只脚，

两个呢大夹夹，一块硬壳壳。

横呀么横起走又走，滚呀么滚下坡。

昨天呐我在溪边走，嗳哟哟，咬了我的脚！

教唱者配上他那形象的动作，引大家笑得前仰后合，多么风趣动人！这难道不是激发大家的兴趣来了吗？于是由"大家唱""大家跳"发展成了誉满长沙的"民歌舞蹈社"，拥有基本群众两三百人，选出了政治系的林竹君小姐为社长，这就是湖大的社团之最。每天课后都有人在操场中载歌载舞，每天都有新的歌曲和新的舞蹈出现，也有新的人参加，真是活跃极了。我自然不甘寂寞，成了它的社员。我感受到了普罗文学的魅力，它为广大群众所接受，它能聚集广大群众的力量和智慧，在广大群众的参与下，不断地发展壮大。文学不能只生活在象牙塔里。

与此同时，校园里流行着一些新书，互相传递借阅，有时候都不知道书主是谁。于是就有人把这些书收集起来放到阅览室一角，插上一块"大家看"的牌子，欢迎大家来看书。有志愿者轮流在那里守着，只许坐着看，不许带着走。接着就有人自愿地把自己的书捐献出来，书像雪片似的飞来，看书的人像潮水般涌来。不堪重负的阅览室下逐客令了。于是他们就迁移到还没有落成的新图书馆，似乎不必经谁的许可，就占用下面的两间。挂上牌子，"大家看"就成了"大众图书馆"。招募馆员，我应征了，馆长宋绍文其实是个音乐爱好者，我曾经见过他在台上边弹吉他边唱歌，歌声嘹亮，吉他优美，是我校另一个社团"二九剧团"的组织者和领导者。我曾经看见他身穿格子上衣，脚踏光亮长靴，斜背漂亮吉他，迈着潇洒台步，边弹边唱："游玩已倦，游到晚霞的时候，早点去睡吧，睡到那朝霞的时候……"至于这情景出现在什么时候的什么节目中，我一点印象都没有了，而他的动人表演却给我留下了深刻印象。

这个图书馆比学校办的热闹多了，每天都有好几个人在这里工作，接受捐赠，登记造册。来看书的人络绎不绝，大家都很守规矩，从来没有丢失过书。书的品种涵盖着古今中外的各种名著，我竟发现有赵树理的著作《李有才板话》和《李家庄的变迁》。我想一定是馆长很技巧地改装了一个封面为《闲话快板》和《一个村庄》，还有《大众哲学》等。大家看过后互相心照不宣。我心里想，社长定非凡人。三十年后一个偶然的机会，认识了女师的副校长宋绍尧，我觉得形相似而名相近，就问及宋绍文。他说是他的弟弟。谈话间了解到他在湖南大学读书时就参加了共产党，从事地下工作。新中国成立以后一直活跃在文艺界，结识了不少戏剧界名人。在那荒唐的岁月里，由于反对林彪，被捕入狱，判了十年徒刑，受尽折磨，"九一三事件"以后，无罪释放出狱。因不堪狱中摧残，身残体弱多病，一年多以后病逝了，我听后不胜唏嘘。我们一起在大众图书馆工作时，他的声音笑貌长留在我的记忆之中。

　　在这个时期，湖大的文艺生活非常活跃，政治空气也很浓厚。我受到环境的影响也逐渐地改变了读好书本、找好工作、做好独立女性的小圈子梦想。有一天，振权邀我去参加一个座谈会，说是在阅览室举行，还有教授参加，讲的是当前形势，能让我们大开眼界。我以为是学校组织的，少不了又要训我们一顿，我说不想去。她说绝对不是，硬拉着我去了。我进门一看在座我认得的教授有三位：法学院长李祖荫，经济系教授朱剑农，历史系教授潘硌基。他们都是学生们拥戴的进步人物，我一下就来了兴趣，马上找个位子坐下。主持会议的人我不认识，是一个中等个子文质彬彬的人。他说今天的主题是纪念"五四"青年节，就这个问题，各抒己见吧。发言的人很多，主持人概括了一下大家的意见，特别提出了当今科学与民主新的含义与青年人前进的方向。说得振奋人心，大家报以热烈的掌声。他话题一转说我们的目光不但要看到国内，还要注意国际动态。八年抗战，日本鬼子杀我同胞，掠我国土。二战结束后死亡人数最多，遭受灾难最深重的是我们中国。美国号称是我们的盟友，战火硝烟未散，它却在扶植日本了。现在我们就"反美扶日"发表意见。在我听来，这是一个全新的问题，可以说我对这个问题一无所知，很是惭愧，除了自责闭塞以外，就只有洗耳恭听了。他的总结性发言，让我倍感钦佩。散会出来，振权拍拍我的肩膀说："不虚此行吧？"我很兴奋地点头，并且问她，这个会是谁发起的，主持者是什么人？振权笑着说，去问边上中文系的同学，她们最了解。旁边的陶姐马上说："他吗，大名鼎鼎的中文系学者，绰号叫易圣人的书呆子，年年考第一的饱学先生。别看他在会上侃侃而谈，平日说话不多，尤其很少和女同学打交道。"接着振权说今天的会是由湖大最有名气的社团"学行社"主办的，这个社的总社在武汉大学，全国好几个大学都有它的分社。她已经入社了，在她的怂恿下我也加入了"学行社"。这是我在这一段时间内所加入的第四个社团。在这些活动中，我觉得心情轻松愉快，认识了朋友，开拓了视野，增加了知识，促进了相互的了解，这也就是后来所理解的发动和联系了群众吧。

五、"反内战、反饥饿"大游行

1947年，抗日战争已经胜利两年了，蒋介石拥有八百万军队，还加上美式装备，铁了心要消灭共产党。他撕毁《双十协定》，为了他的王朝，由局部摩擦发动了全面内战。他不得民心，在战场上节节失利，经济上危机四伏，人民生活每况愈下。他的法币变戏法为金元券，一天天贬值。学校流行一首歌："薪水是个大活宝，想和物价来赛跑，物价一天涨一天啦，薪水半年赶不到。赶不到呀赶不到，老百姓呀活不了……"我们这些学生享受全公费，尚可勉强度日，半公费的交不起伙食费。日本鬼子虽然走了，全民却在废墟中生活，在饥饿中度日。这都是蒋介石挑起内战所惹的祸。他用大批钱财调遣军队，购买武器，修筑工事，却不顾人民的死活。于是北平天津一带的大学生掀起了"反内战、反饥饿"大游行，消息传来，湖大学生奋起响应。在学生自治会主席戴伯淳的领导下，举行了全校学生大会。群情激愤，决定罢课一周，举行"反内战、反饥饿"大游行。选出了运动大会的主席团，确定了主席团的分工，重点当然是宣传和组织工作。主席团大本营设在阅览室，离学生自治会只有几步之遥，接着就热火朝天地开始了工作。许多志愿者跑来参加工作，大家忙着写标语、制小旗、画漫画、刻油印、做横幅。歌咏队集中在大操场上演唱游行歌曲，真是响彻云霄。街头讲演队分别在科学馆的几间教室里，激昂慷慨地练习。我在宣传组充当了一个无名小卒，埋头抄壁报写油印。大家都处在一种分外亢奋的精神状态。

消息当然很快地传了出去，也就惊动了当局的官老爷们，随着就来了各种方式的阻挠。有威胁式的，有恐吓式的，有命令式的。长沙《中央日报》竟发表了社论，说湖大学生罢课是"被人玩弄受人利用"，同学们看到他们公开污蔑造谣，都气愤不已，有人提议，游行前先砸烂造谣报社显显我们的威风。主席团马上出面制止了，我们不能因小失大。

5月22日，我们约有一千人涌向操场，排成四列纵队，举着标语牌、横幅、漫画，每个人手里都握着一面彩色的三角小纸旗，上面写着"反内战、反饥饿"的口号，意气风发，情绪激昂，迈着雄健的步伐，向猴子石渡口进发。消息传来，当局采取了最后一招阻挠的方法，封锁六十里湘江沿岸渡口，渡船一律扣在对岸，两岸都有军警把守，让我们进不得城。我们的口号和主张是得民心的，渡口的渔民和许多同学都有交情，他们眼看我们被堵在江边，就冒着风险答应出两条船，于是十几个会水的同学上去了，他们划到江心就拦住一条从上游来的小火轮，十几个人泅水上了轮船，强行借船渡同学们过江。接着又拦了一条，大约两小时，全体同学都过了江，排成四列纵队，浩浩荡荡地举着彩色的三角小旗喊着口号开始游行了。商店大多关了板子，马路上空荡荡的。于是我们的街头讲演队钻到人群中去宣传，不断地听到人们的掌声，对我们游行队伍是很大的鼓舞，口号喊得更响了。沿途有一些军警，都是徒手，零散地走在我们队伍两旁。是保护，是监视，还是不让群众和我们接触？我们边走就边和他们攀谈，问他们家里情况如何，有没有饭吃，想不想打仗，工钱每月能到手吗？他们大多是贫苦的农民，很同意我们的"反饥饿、反内战"主张。我们热烈地邀请他们加入我们，他们笑着摇摇头。走了一段路，我们就熟络了，跟着我们一起喊口号，让我们特别兴奋，由监视而成了朋友。经过南门口，到八角亭拐弯上伯陵路（今为解放路，当时的省长薛岳号伯陵，以自己的名号来命名城中的一条道路，不知是自我吹嘘还是别人的吹捧）前面的同学忽然跑步上去，情绪突然激愤起来，口里高喊着："砸烂它！砸烂它！"有人唱起了我们新编的歌曲："中央报是造谣报，消息完全不可靠……"我马上意识到我们的队伍到了湖南日报社门前了。早几天《中央日报》长沙版发了一篇社论《湖大罢课事件》，说湖大学生罢课是"被人玩弄，盲目乱动……扰乱社会治安……"激起了同学们的义愤，早就有人要去和它算账。今日仇人见面，当然分外眼红，大家就向报社大门口涌去。只见它的铁栅栏门紧闭，一部装满大岩石的大卡车把门死死顶住，扔几个石头砖块休想动它分毫。于是几个"勇士"摩拳擦掌打算翻越栅栏进去砸烂玻璃，撬开大门。自治会的领导们聚到一起，商量对策。就在这时，长髯飘飘的胡庶华校长意外地出现在大门前。他双手平举，立成一个大字形，挡在大门口。同学们霎时安静下来，"勇士"们也退了下来。由于同学们对他的敬仰，他平日树立的威信，此刻发挥了作用。他也知道此刻说什么道理也没有用，于是硬邦邦地说："你们要砸报社，先砸我吧，你们要进报社，先从我身上踩过去吧。"大会的领导者们趁大家安静的片刻向大家说："我们游行示威是向人民群众宣传我们'反内战、反饥饿'的道理，唤醒他们和我们一致行动。我们不能采取过激的行动，造成误解。同学们，我们继续游行！"报社就让胡校长给保护下来了。

我们那天清早六七点钟起来，作各项准备工作。食堂还不到开餐的时候，有的人胡乱地吃了点东西，有的人什么也没顾上吃。我们游过了长沙城里由南往北的主要街道，喊着口号，举着旗子，还扭着秧歌，情绪是激昂了，而肚子着实是饿得咕咕叫了。我们精疲力竭走到湘雅医学院的门前，大家又振奋起来，高声地呼叫他们也出来参加游行。他们只能在高高的四楼向我们招手，表示支持，但是他们出不来。离湘雅不远的地方，有一所雅礼中学，是一所美国民间办的教会学校，一切由美国人统治着。大门敞开着，门口坐着两个洋鬼子，谈笑自若，还一边吃点心一边喝咖啡。两旁还站着几个彪形大汉，只是没有带武器。我们的宣传队员上去和他们说明我们的来意，他们一个劲地摇手，口中不断地说"No, No, No…"，在我们中国的土地上，却那么耀武扬威，让我们很生气。有的人很气愤地向他大骂起来，那当然是对牛弹琴啰。他们还在那里趾高气扬地吃喝谈笑。同学们就大声喊道："外语系的，站出来骂他们几句呀。"我就被女同学们推到了前面，我的外语学得不好，老师也没有教过我骂人的话呀。我本来想用英语向他们说几句我们游行的目的，一时间又组织不起来，怕说错了让他们笑话，反而冲淡了情绪。急中生智，想起了在小说中看到的一句骂人的话，就冲口而出："Foolish animals！"意思是蠢猪吧。这一下起作用了，他们马上变了脸，从椅子上蹦起来，指手画脚地说了很多。我有点心慌，自觉不该骂人，我一点也听不懂他们说了些什么。而我们这边就一片吼叫，以为胜利惹恼了外国人，让他们知道我们的厉害。至于他们说了一些什么，我们并不在意。大家喊着口号，把队伍引向归途的沿江大道。沿途我们经过税务局，我们就喊反对苛捐杂税；经过教育局，就喊提高教育经费；经过省市政府，就喊改善人民生活，提高公教人员待遇，肃清贪官污吏；经过什么洋行，就喊打倒官僚资本；遇见似有的小轿车经过，就大喊打倒特权阶级。我们把积压在心头的种种不平都呼喊出来，觉得这一天是最自由最畅快的日子。

我们走了一天，叫喊了一天。初夏的阳光照得我们疲惫不堪，就地坐下来休息。学校给每个人发两个馒头充饥，我们向河边挑水的人讨点水喝。这时店铺开门了，不时有人过来带着赞许的目光和我们攀谈。沿江的居民们不少人送水送食物给我们吃喝，竖起大拇指说我们有胆量有气魄说出了他们不敢说的话，我们也自认为是为民请命，为一天的劳累而自豪。忽然风起云涌，一阵大雨劈头盖脸浇下。顷刻之间，我们一身都湿透了。我们没有闪躲，没有慌乱，在宣传队的指挥下，站在大雨之中，高唱《海燕之歌》："暴风雨呀来呀！"唱《保卫黄河》："风在吼，马在叫，黄河在咆哮！"汗水和雨水交融在一起，歌声与激情汇合在一起，我们的心和群众心连在一起。越唱越有精神，仿佛在接受暴风雨前奏的考验，我们在等待更激烈的场面来临。意想不到的是霎时雨过天晴，太阳从云中露脸。群众为我们的好运而欢呼，响起了热烈的掌声。西下的夕阳，在漫天红霞的掩映中落在我们的母亲河——湘江上，发出万道金光。我们在船工们的热情支持下迎着金色的光辉，顺利地渡江返校。

六、更大的怒潮

我们以胜利者的姿态回到了学校，似乎忘记了课堂，走进教室都觉得陌生了。不过教授们一直忠于他们的职守，只要宣布复课，他们就会按时到达课堂。我只觉得教室里的人明显地少了。我们五个女同学很少缺课，就算在罢课时期，我们只是打和声的，都不是什么重要人物。我和孝洁总是各人抱着一本书，躲到山上去看，多半是读英文小说。孝洁在长沙的亲戚很多，而且还有学外语专业的，她成了我们借书的桥梁，从短篇到长篇，给我提供了不少。偶然也可以从图书室找到一两本。我的心里打着自己的小算盘，毕了业的同学总是告诫我们，要早早地考虑毕业论文，到三年级再打主意就来不及了。我想，我的中文写作还可以对付，可以用翻译作品作为毕业论文。我看小说的目的就是想寻找可译之文。大部头的名著，早有译文在先，不能抄袭。新近小本作品又无从获得，真是很为难。可不可以译一篇中文小说为英文呢？这对我的难度比较大，因为我的英文太够不上水平了。不久，孝洁为我借来了一本英文小说，名叫《琥珀》，是一本厚厚的书，绝不可能全书译完，那么可以和系主任商量

189

一下，选译一部分。但是系主任是文学院长中文系的马宗霍老先生代理，会有结果吗？不管他，先欣赏一下小说再说。虽然我们上山过的似乎是隐居生活，有兴趣的活动还是要参加的，比如说唱歌跳舞的集体活动我们也不时参加。我参加了好几个社团，社团的活动我一定会出席。有一天，振权来通知我"荒地社"要开会，并且告诉我活动内容是学唱歌。我心里好生奇怪，它是个文艺学社，怎么专门开会唱歌？"大家唱"歌咏团不天天在教我们唱歌吗？当然我还是去了。地点在一舍对面魁星阁下的小山坡上。到会的十几个人学唱两首歌，几个人共用一张油印的歌纸，我们三个女同学拿了一张歌哼了几遍，觉得很容易唱。歌题是《山那边好地方》内容如下：

山那边哟好地方，一片稻田黄又黄。

大鲤鱼，满池塘，织青布做衣裳，

年年不会闹饥荒。你要吃饭得做工。

没人为你做牛羊。

人们都能理解，那个好地方是真实地存在。那个好地方地是人们向往的地方，我们的心似乎打开了一扇窗户，唱起来情绪也特别欢畅。第二首歌《你是灯塔》歌词的开头，豪迈有力："你是灯塔，照耀着黎明前的海洋。你是舵手，掌握着航行的方向。"接下来的竟是我们的自吹自擂了："年轻的中国学生们，你就是核心，你就是力量。我们永远跟着你走，中国一定解放。"最后一句提高八度地唱得神采飞扬："我们永远跟着你走，人类一定解放！"真会让你自我陶醉，觉得不可一世了。我悄悄问振权："我们青年学生真有那么了得吗？"她用手肘重重地碰了我一下："你真有那么傻吗？"然后附耳说，"你难道不晓得在心里把'学生们'改成'共产党'？"我这才恍然大悟。脑海里仿佛共产党在那遥远的地方，虽然在很多方面我隐约地感觉到他的力量。今天他却在这首歌中向我们大步走来，我感到非常兴奋。

这不能不使我回忆起我脑海中的共产党。记得我还在上小学的时候，我喜欢坐在客厅里静静地听爸爸和他的朋友们一边喝酒一边高谈阔论。有时我胡乱插嘴提问，会引起他们大笑，或打断他们的话题。爸爸就对我有一条规定：可以静听，不许多嘴。有一次，听他们在议论什么朱毛会师在江西的一座山上，大家谈得好热闹。最后爸爸说了一句："毛泽东是当今了不起的人物，老蒋也怕他三分。"我记住了这个名字，也向爸爸核对了这几个字的写法，我就简单地认为记住一个了不起的人是应该的。不久学校举行常识比赛，有一道试题"中国最伟大的人是 _____"我毫不犹豫地填上"毛泽东"，还颇为得意。谁知第二天麻烦就来了，校长主任一大堆人把我叫到办公室，问是谁告诉我这个名字的。我吓坏了，硬是不开口。校长问我爸爸做什么工作的，我说在警官学校当教官。又问是他告诉我的吗。我知道惹祸了，马上说不是。我说了谎，心跳得紧。我不懂错在哪里，但是不想他们怪罪爸爸。于是我胡乱地说是听来的。他们没问出个名堂，打上课铃了，班主任说情，就放了我。她拉着我的手，轻轻地嘱咐我，记住，这个名字不要向任何人提了。你知道吗，要杀头的。我无心上课，放中午学，跑着回家，马上把这事向爸爸和盘托出。爸爸瞪大了眼，半天没说出话来。然后慢慢地说："那道题你应该填'蒋介石'或者'委员长'。毛泽东是共产党，他们是对头。你还小，不懂国家大事，一时和你说不清。以后不许把家里说的事到外面去讲。说不定他们还会找上门来。"从此爸爸剥夺了我的客厅旁听权。那天下午，他对妈妈说他要出差去杭州好几天，一个星期以后才回来。这期间校长并没有来找他。事情就这么淡化过去。在我幼小的心灵里，共产党是一个谜，不知道他在哪里，是怎么回事。

1941年冬天，我进入省立一中的高中。报到注册的第一道关卡就要有防止"狡匪"的四人联保，否则不能入学，幸好我有四表姐妹，顺利入学了。我已不是当年的小娃娃，不是几句话就可以吓倒的。既然学校那么郑重其事地防"狡匪"，就绝不是无的放矢，一定就有共产党人存在学校，自然引起了我的观察和猜测。寻寻觅觅，那会是何人？既然国民党那么不得人心，他的对头就一定是民心所向。对头又在何方？这引起我无穷的遐想。当时我可笑地寻找俄国小说来阅读，梦想探索共产党的踪迹。像孟子说的"缘木求鱼"也，而且有"后灾"。因此招来了学校最高当局的一次谈话。我这么一个不显眼的小女生，被校长叫去，要我学好功课，不要花时间去看那些无稽之谈的外国小说。我受到这种关心似的威胁，真不知道自己是何许人物。他们也不知道"狡匪"在哪里吧，和我一样在寻找，不过目的不同罢了。

抗战胜利，我进入了大学。在这个充满了活力的环境里，我渐渐地感受到了他的存在。山那边那块好地方又离我们有多远？我们正在向着他奔跑吧。每当大家唱《你是灯塔》这首歌时，我就会在心里更换"学生们"那三个字。自从"五二二"游行之后，我们自觉非常成功。学校里的外来消息丰富起来。对我来说是最新消息，对消息灵通人士来说却是迟到的消息，例如去年北大女生被美国大兵强奸的滔天罪行却得到蒋光头的庇护，而引发平津沪大学生请愿示威大游行。最近我才从某些社团的墙报上看到了比较详细的内容，感到无比气愤与屈辱。我们"五二二"游行只是为了响应京沪平津发起的"反饥饿、反内战"的号召，我们还不知道就在5月20日，十几所大学六千多大学生游行要求挽救教育危机，改善师生待遇，队伍行进到总统府邸附近时，遭到军警的阻拦镇压，对手无寸铁的学生们进行毒打，打伤学生五十余人。消息传出，引起了全国人民的愤怒。传到我们这里，大家都对蒋家王朝对学生的镇压十分痛恨，我们马上看到挂在科学馆的大红横幅上增添了"反迫害"三个醒目的大字。接着京沪平津等六十多个城市的学生通电全国，要求在6月2日实行罢课、罢市、罢工，以反对蒋介石推行的独裁统治。

我们的学生自治会行动起来了，举行了全体学生大会，一致通过响应全国学联的号召，决定在6月2日发动全市性的总罢。并且决定即日起，实行罢课，有许多工作要做。鉴于上次游行没有充分发动群众，很多学校都没有参加，这次要加大对社会的宣传工作，还要深入各个中学做发动工作。我是自治会宣传部的一名小卒，被召去参加了一些写写画画的工作，然后分配了两项具体任务。首先要找两个志同道合的伙伴成立一个三人小组进行工作。第一项是走访中学，找到自治会负责人，进行口头宣传，要他们组织同学参加"六二"大游行，至少罢课三天。第一天准备工作，第二天参加游行，第三天总结经验教训，以利再战。第二项是到城里贴标语，我抱着一大捆宣传资料回到寝室，约了同班好友祥琨、孝洁为搭档。我们决定用两天时间走访学校，用一天时间贴标语。我们的任务是北门一线的中学。第一个目标是福湘女中，因为那是孝洁的母校，总得给点面子吧。那时我们的交通工具就只有两条腿，从学校起步，坐划子过大小两渡河，经南门口，七拐八弯地来到福湘女中。门房老大爷还认得毕业才两年的孝洁。她尽量使出外交手法和他致问候，套近乎，想从这儿顺利过关。寒暄过后，老大爷倒先开口了："你是找老师还是找同学？"孝洁的声调放低了一点说："找同学，学生自治会主席。"他不假思索地说："没有这个名字，说个真实姓名吧。而且今天有洋人来布道，要会的人还得校长同意。"孝洁一下子改变了主意："那就见范校长吧。"老大爷笑起来了："我说黄小姐，你何解搞不清白了？洋人来了，她不陪洋人来见你？改日来吧。"我们费力不讨好地碰了个软钉子，心里实在不是滋味。大概过了中饭时候，肚子饿得咕咕叫了，我就邀她们两人到我家吃中饭，就在附近。妈妈见女儿回来自然高兴，乐颠颠地为我们做了三大碗荷包蛋煮面。这算是我们今天上午最高兴的事情了。我们商量着下午原定去雅礼中学的计划就取消了。雅礼和福湘，是一对龙凤双胞学校，都是以洋人和教会为背景的学校，碰了一个钉子，还想去碰第十个吗？于是我们就在这北门的大街小巷里转来转去地找学校。学校倒是进了好几个，有的是我从来没听说过的学校，什么孔道、丽文、三民、五卅等，孔道很有礼貌地说许多学生回家了，找不到人不会客，丽文说传达室的老大爷请了病假，今天不会客。我们七找八问，来到了广益中学。我们说找自治会的，他说不知道是谁，就喊一个学生来问一下。谁知一问正着，他正是自治会的。他说他们没有办公室，就领我们到操场边的一间体育器具室里坐下。他说他是课余活动管球的，这时正没人，好说话。他见我们都戴有湖大的校徽，就想着有重要的事来。我们把所知道的有关"六二"全国大罢工罢市罢课的来龙去脉告诉了他，归根结底一句话，要他带领全校学生冲出校门，参加大游行。给了他几份宣传资料，和一张游行时的口号。他忙塞在胸前的衣服里，激动地握着我的手说："我一定努力。"说话时他紧张地不时望着窗外。原来体育老师来了。他连忙指着我说："她是我表姐，她们三人是同学。姑妈给她来信说，长沙城里不太平，听说学生常常不上课，要她回家，我妈也在信上附笔，要她带我一起走。"体育老师嘿嘿地笑了一下道："他们大学生有头脑，闹点事，诉点民情，我也赞成。我们中学生还得管紧点，天聋地哑的，可不能胡闹。"我们怕露底，不想搭腔，连忙告辞出来。我们自觉有了点成绩，喜笑颜开，跨着大步，连疲劳都忘记了。我们紧张得连那位自治会的同学姓甚名谁都没有问，不由得又自嘲地哈哈大笑起来。我还得意地说："我还捡了一个表弟，真是不虚此行呀！"

两天联系学校，我们跑得精疲力竭，碰得头破血流，总算有两个学校的自治会接待了我们。一个是上文说到的广益，另一个是兑泽中学。它坐落在城北一个叫丝茅冲的地方，离城已经很远了。我们是无意中发现它的。我们只是试探着想到雅礼中学看看，说不定认得一些雅礼中学的同学。孝洁碰上了一个熟人，又可以跟着进去了，可是那所学校大门挂着铁锁，小门里坐着一个洋人，一看就没戏。我们就沿着那条大路漫无目的地走下去。迎面来了一个中学生模样的大男孩，我们就向他打问是哪个中学的。他挺神气地说："兑泽的。"我说："今天不上课吗？"他更神气了："罢课呀，响应湖大老大哥的号召。"

"那学生们都回家了？"孝洁问。

"那些头头脑脑在开会，我们没事干，自由活动。"

"学校在什么地方？怎么走？"祥昆问。

"往北。沿着那条黄泥路走下去。"他打量了一下我们，问，"怎么，你们想去？"

"是呀，去看看你们的罢课场面，我们是湖大的，就不送送我们？"我想他带路。

"大姐姐们，真对不起，我要到中山路银宫电影院看戏去了。你们上了那条黄泥路一问兑泽，谁都知道。"

居然有一个不知名的中学和我们一样罢课了。我们一下子就来了劲，直奔那条黄泥路。走了一阵出城了，稻田间出现了岔路，只好不停地向路人打问。好不容易我们终于到达了，学校冷清清的，只有零星的几个学生在操场打球。门房懒洋洋的，既不询问，也不阻拦。我们就问一个正在休息的同学问自治会负责人在哪里。他指引我们来到一间教室，学生们正在热烈地开会，一个剃平头的大男孩接待了我们。他自我介绍："自治会的，陈一鸣。有事吗？"我们说明来意，还没来得及自我介绍，他马上转过身高举双手向大家喊道："同学们，湖大派代表来了。欢迎，欢迎！"一阵热烈的掌声，真让我们受宠若惊，把这两天碰钉子的不愉快情绪一扫而光。由于我是宣传部的普通一兵，我只好简要地说明来意，介绍了京津一带学生运动的情况，湖大学生要联合全市的大中学校，响应全国学联的号召，在6月2日实行全市的罢市罢课罢工，反对蒋介石政权践踏民主，动用军警殴打学生。我连自己都吃惊，越说越激动，竟赢得了不少掌声。孝洁和细祥也微笑地表示赞同。只因时间不早了，我们还要回学校，交代了那些宣传品之后，马上告辞了。他们热情地送我们到大门口，此时已是薄暮时分了。我们满怀喜悦地回到家里，享受了妈妈准备的丰盛晚餐。吃饭的时候爸爸问我们，今天在城里做什么事，晚上过河风大，坐划子要当心。我们早就商量好，活动不能让爸爸知道，我怕他骂人，说我们不认真学习跟着别人胡闹。所以我赶紧回答，我们是找中学的同学教跳舞，准备一个文艺节目，学校里要举行晚会。我们还到福湘女中学唱英文歌曲，她们的音乐老师是美国人，唱得特别好听。爸爸不置可否，我们就赶快溜回了学校。

我们想办法弄到了刷标语的用具，到自治会领到一捆标语。吃过早饭，商量了一下走的路线，明确了三人的分工。孝洁提糨糊桶，祥昆瞄准地方刷浆，我就从腋下抽出一张标语迅速贴上，用力地拍两下，就头也不抬地飞快朝他们刷过的地方跑去。很快我们就贴完一条街，转入了另一条巷子。我们选的都是比较僻静的街道，行人稀少，便于工作。我偶然回头看一下，发现有几个人在看标语，然后动手去撕扯。我本想去制止他们，又马上觉得不妥，正犹豫间，忽然一个青年人飞奔到我面前，不由分说地一把夺走我腋下夹的标语，转个弯就逃得无影无踪。这可让我吃惊不小。我知道可能会出事，马上追上她们两人，来不及说明情况，就拉着她们两人走进附近的一个面馆，要了三碗光头面，坐在靠门边的小桌上，把糨糊桶藏在门后，若无其事地等面吃。她们悄悄地问怎么啦，我使了一个眼色，就大声地说："我没吃早饭，肚子饿了，今天我请客！"不一会儿，我明明看见那两个撕标语的家伙在店堂门口用眼睛搜索了一阵。大概没找到什么疑点，就走了。我才把事情的经过向她们说了，真是事出意外。不知道是谁抢走了我的标语，他们是一伙的吗？疑团解不开，既然无事可做了，就各自回家。

回到学校我就到自治会宣传部说了我们今天的遭遇。大个子部长李说："我正想到四舍去找你们。你们算是开了眼界，遇上特务了。你们一点都不懂得隐蔽，大模大样地一条条街去贴，好大的目标呀。幸好遇见了宣传部的黎先模，他见你们可能被特务盯上了，情况紧急，怎么办？他是个机灵人，急中生智，抢走你们的标语，他们没了凭证，你们就会警觉起来。"我长长地吁了一口气，真算得上是电影里的情节。

七、"六二"大游行

（一）前哨战

要把这次"反内战、反饥饿、反迫害"的大游行搞好，宣传工作和组织工作是最紧要的。我们忙碌了几天，也算尽了一点小小的力。时代的潮流，激发了我们的热情，奋勇前进。我们企盼着经过大家的努力，能够迅速成立长沙市学联及湖南省学联，形成一股强大的力量，起到一呼百应的效果。不久就听说要召开学联筹委会，大家都感到欢欣鼓舞，不时地互相打听消息。就在这时，我们却得到了一个相反的消息，说是城里成立了一个"长沙市各中等学校反罢课运动委员会"，这真是天大的笑话。几乎长沙市所有的中学天天有代表到我们学校来联系罢课的事，这个"委员会"是从哪个阴沟里钻出来的？我从宣传部了解到，原来是国民党省党部蒙骗少数不明真相的学生搞起来的。当然他们的作用是微不足道的。但这是一个信号，他们会动用一切力量来破坏学运。果然不出所料。由湖大发起长沙市中等以上学校学生联合会筹备会，要商讨"六二"大游行的准备工作，定于 5 月 31 日下午在湘雅医学院福庆二楼开会。当代表们陆续进入会场时，主持会议的人就得到消息，大楼周围出现了军警的踪迹，还有一些形迹可疑的人，对大楼形成了包围之势。

怎么办？形势紧急！主持人看见进入会场的人有男有女，灵机一动，马上就有了主意，立刻向大家宣布："今天我们借湘雅的一方胜地举行舞会，很抱歉，我们人手不够，会场还没布置好，参加的人就来了不少。现在我只好请大家一起动手，搬桌椅、扫地、擦灰，还请湘雅的女同学把留声机和唱片拿过来。"开始大家一愣，有点摸不着头脑。马上有人悄悄地传话，于是大家就积极地行动起来。欢快的气氛，洋溢在青年们的脸上。"嘣嚓嚓，嘣嚓嚓！"随歌起舞，双双对对，旋转进退，谁都不是外行。在轻歌曼舞之中，代表们得到通知，会议于次日上午改在湖大科学馆举行。就这样诞生了学生联合会。接下来是官方各种报纸对湖南大学领头的"反内战、反饥饿、反迫害运动"连篇累牍地发表社论。喋喋不休地进行哄骗、造谣、污蔑和威胁。鲁迅说过"辱骂和恐吓绝不是战斗"，摆事实，讲道理，各个进步社团贴出了数不清的墙报和各种形式的油印小报进行驳斥。我们学生自治会为配合运动而主办的"湖大吼声"更成发各校的抢手货。真假分明，他们只能黯然失色。我也在上面写了一篇题目为《变》的文章，来揭露他们的画皮。

（二）藏船、守船和借船

我们学校和长沙市区隔了一条湘江，没有船是过不去的。封锁几十里的江面，是当局的一贯手法。他们用上这着棋，我们就要有办法破这着棋。江边贫苦的渔户是我们的朋友，积极支持我们的运动。游行前夜，他们就接到通知，所有的船只都要到对岸江边集中，并用铁链锁着，停业一天。他们却悄悄地告诉我们，把两只船隐蔽在赵洲港深处，供我们明天使用。接着又有几个渔民来报信，他们把两只船抬到了水田里放着，明天清早抬下水就可以载几十个人过江。我们都很兴奋，期待着火热的明天。

夜深了，四舍静悄悄的。初夏的凉风吹拂着我们酣然入睡。忽然响亮的锣声把我从梦中惊醒，我翻身坐起，拉开灯一看，大家都睡眼惺忪地坐起来了。我们胡乱地穿上衣服就往宿舍大门跑去，只见已有不少人集聚在那里了。有一个男同学狂奔着敲得铜锣震天响，声嘶力竭地喊道："同学们，快快起来守船呀，抢船的来了……"噹，噹，噹！惊天动地的锣声，敲得人们神经绷紧，热血沸腾。我们跟着他狂跑起来，跑到十字路口，见有两部发动机嗡嗡作响的敞篷汽车停在那里。有几个人在叫喊："快上车，快上车！"他们连拉带推地把我们送上了汽车，还没站稳就开车了。我们还真不知道要开到什么地方去，看方向知道是往南。还没来得及问清楚就说到了，我们又随着人家的呼喝下了车。夜黑黑的，不知是谁手电闪亮了一下，都得救了似的"啊"了一声。有人就用这忽闪忽闪的小光把我们引上了一条田间小路，我们隐约地看到旁边水田里有一条小船。我们就互相搀扶着上了船。也不知道有多少人在这条船上。这时候才有人告诉我们，这是渔民们给我们藏的船。有一队约五十个全副武装的宪兵沿河搜查，他们怕水田里的船被发现就跑来报信了。怎么会有汽车的呢？这就是我们大学生的能耐了。机械系的同学从实习工厂把汽车开出来的，他们在实习哩！说得大家哈哈大笑。我心里想，这黑咕隆咚的夜晚，开着实习用的破汽车，那就全凭他们的技巧和胆识了。

当我们稍稍静下来的时候，我们听到了嚓嚓嚓的脚步声，大家都知道这意味着什么，马上肃静下来，似乎整个大地都进入了梦乡。我们听着脚步声夹杂着轻微的金属碰撞声，由远而近，又由近而远来回走了两次，然后归于沉寂。他们是回去交差了吧，没有发现我们啊！于是我们欢快地笑起来了。有人提议我们唱个歌怎么样？马上就有人接腔起调了。我们刚刚唱完，忽然在不远处响起了一片掌声，并且高喊着："前面船上唱得妙，再来一个要不要？"我们欢呼起来，近处也有守船人啊！于是前后两个船上的守船人你呼我喊地对唱起来。我们把为游行准备的歌曲轮番唱了几遍，渐渐地迎来了黎明。不久工厂的破汽车又哐当哐当地来接我们回去吃早饭，嘱咐早饭后到大操场集合，到牌楼口过江。自治会的人通知我，宣传部的人到渔湾市赵洲港口上船，另有任务。

我随自治会的一群人早早地到了渔湾市，只见两个渔民各坐在一条空船上。有人说这就是昨晚我们守的那两条船，全是渔民们抬上又抬下的，真让我敬佩不已。我们望着赵洲港那条小溪流入湘江，溪岸的灌木丛绿油油的，互相掩映，让人们看不到溪水。这倒是一个藏船的好去处。忽然一面红旗从绿树顶上飘闪而出，我们迎着它跑过去，大个子李举着红旗神采飞扬地站在船头。让我吃惊的是他这只船的后面竟接连不断地有满载同学的划子出现，一数竟有二十只。我简直不敢相信自己的眼睛了。这就是我们昨夜守船的胜利，我们飞奔向前，热烈地欢呼起来。有了船，谁还能阻挡我们的大游行？我别着"战地记者"的红绸标志登上了大个子的船，乘风破浪，勇往直前。

每条船上都有两个渔民。一个划桨，一个掌舵。水流很急，我们的船只能逆水行舟才能在南门口靠岸，所以船行很慢。我们总共有近三百人，都站在船上，目光紧盯前方，只希望快点飞过江去就好。忽然我们发现江心有一只小火轮正朝我们全速驶来，很快就接近了我们的船，它激起的浪花冲得我们的小船摇晃不定使我们站立不稳。我们沉住气，男女同学互相手挽着手，摇晃着手中五颜六色的三角小旗，高唱："跌倒算什么，我们骨头硬，爬起来，再前进……"那小火轮拦住了我们的去路，而且可以听到大船上讲话的声音。有一个人在大声喊话："我是省政府的秘书长刘公武，奉王东原省长的命令，要求湖南大学的同学们在学校安心读书，维护城市治安……"李大个子应声回话："刘秘书长，我们派代表来陈述我们的意见，请你接见！"说着就有几个同学扑通扑通地跳下了水。于是引起了一片惊呼："落水了，有人落水啦！"我们这二十只划子都向小火轮围过去。大概他们怕淹死人，放下一只救生艇把他们拉上了小火轮。这三人上去见过秘书长，自我介绍是湖大机械系的学生，会开轮船，特来向秘书长借船帮助同学们渡江，参加反内战大游行。说完就往轮机房跑去，当然立刻被他的军警们拦住了。他眼望着周围的许多划子，耳听着一支接一支的雄壮歌声，又审视了一下这三个不怕死的借船人，自知自己彻底失败，于是向他的手下一挥手："回去！"真是"赔了夫人又折兵"，不得不把那三个借船的同学安安稳稳地送过江去。

　　障碍撤除了，我们火速地划着船前进。快靠岸了，我们看到一排排军警严阵以待。我们心里有点紧张，他们该不会开枪吧。有同学壮胆地说："不怕，我们还没有游行呢，开什么枪？这么多手无寸铁的学生坐在船上，他们敢滥杀无辜？"虽然有些担心，却无退缩之念，船在缓缓前进，我们想顶多和他们一阵扭打冲过去。出乎意料，他们竟一群群跳下水，抄起长竹竿来顶我们的船，使我们靠不了岸。几个回合之后，同学们失去了耐心。那些会水的男生们几乎都跳下水去抢夺他手中的竹竿，一场混战，我们的船就乘隙钻过去，我们欢呼着上岸了，我们胜利了。我们真是出奇制胜，负责封锁湘江的保安团，简直晕头转向，摸不着头脑，没有料想到赵洲港藏船的锦囊妙计。

　　等在牌楼口的同学和附近几个中学的学生不怕困难，步行五公里，来到交通要道的渡口，寻找机会过江，这时已过上午十一点，渔民们见守江军警已经撤去，纷纷驾着划子过来。他们见义勇为，不辞劳苦地把这一千多名学生接过江去。大队伍按原定计划到湘雅医学院门前齐集，等待他们的队伍出来会合。但是大门紧闭，情况不明。这时几个学联代表爬墙出来说院长和教授们都跪在学生面前苦苦劝说，不让出来。他们商量了一阵，决定他们回去说服老先生们让路，实在不行，就只好架走他们，院长一人就无能为力了。我们就在外面，呼口号，喊话，里应外合，一定会有效果的。他们回去以后，声泪俱下地介绍了湖大学生渡江的情况，同学们异常激动。有人振臂高呼：湖大同学冲破重重封锁的湘江都过来了，我们是胆小鬼吗？连大门都出不去还有脸参加学生运动吗？愿意游行的跟我来！呼啦一下子几百人冲出了大礼堂。院长受了感动，亲自打开大门，流着泪把队伍放出来了。两支队伍经历了各自的艰难胜利会师了。一时间彩旗飞舞，歌声四起，掌声雷动。这时有十来个中学的队伍也到了。我观察到我们联系过的广益、兑泽都到了，暗自高兴，工作收到了效果。

　　我们整理好队伍以后，说明今天的进程。首先到省政府请愿，要求得到满意答复；然后游行，散发宣传品，向群众宣讲这次游行的意义。长长的队伍整齐有序地行进，沿途虽有军警，却没有阻挠的行动。我们到达省政府前坪时，这里已有五千多人了。我们派出十一位代表要求省长王东原接见，还是那位秘书长出来接见的，他以种种理由替省长推托，说只能由他和教育厅长王凤喈来接见，一定如实向省长报告，他能解决的问题决不推辞。由于他的态度平和，总是微笑着，大家也就平静地坐在地上。这时已是下午两点钟了，同学们还是精神抖擞，斗志昂扬。代表们首先就南京军警打伤五十个和平请愿的学生向政府提出严重抗议，强烈要求惩办肇事凶手。立即取消《维持社会秩序临时办法》，保障人权，停止内战。接着对军警包围学校、封锁湘江提出质问，要求查明明德中学近日两个失踪学生的下落。刘公武也许只想快快结束这尴尬的场面，爽快地把一切问题都回答得令人满意。接着我们按原计划游行、宣传，又有几个中学跟了上来。只有福湘和雅礼两个教会学校紧锁大门，把学生留在校内做礼拜。福湘的礼堂靠近后门，能看到我们的游行队伍激情澎湃地走过，她们从窗口上挥舞着小手帕表示对我们的支持，我们报以热烈的掌声和欢呼声。雅礼的礼堂处在深宫后院，我们看不到他们的动静。我们很同情他们受压抑的心情，有同学写了"洋鬼子从我们中国的学校中滚出去"的标语包着石头甩了进去，以泄心头的愤怒。我们奋斗了一天，没有吃饭，没有休息，忘了疲劳，忘了饥饿。我们腹中是空空的，然而我们的头脑里是充实的。

当局对"六二"大游行采取宽容的政策，没有发生流血对抗的冲突事件。不管他们怎么想，或背后有什么阴谋诡计，我们的宣传内容已深入人心，影响深远。我们是胜利者，永远爱国的中国青年学生！

八、大众演员

大学真是一个人才济济的地方，这里没有艺术系，偏偏有不少人会演戏。一场演出，一夜之间轰动全校，成了明星级的人物。要是女同学，也许会惹上点以前没有的烦恼。要请明星级的人物演出，也颇不简单，那可不是像草台班子，搭个台就可以开锣的。要灯光布景、要漂亮服装、要知名导演、要高级化妆师……这些都得花钱，不是空口打哈哈就能办得到的。一次《雷雨》接着《日出》演下来，明星是成就了，却挤掉了自治会大部分经费，还多亏一些热情的"迷"（现在叫粉丝）的支持，大掏腰包，才把事情做得圆满。大概是捧星的瘾还没过足，谢幕之声还在人们耳际回荡，又有人提出再来一个《桃花扇》或者干脆来一个震撼人心的洋悲剧莎翁的《罗密欧与朱丽叶》。这可是世界名剧，以明星们的水平包准一炮打响。可是不同的声音出来了，第一个反对的是自治会文艺部长邹乃山。他说不仅是钱的问题，花钱费力去演这种脱离当前形势的戏，实在是太没现实意义了。于是形成了对立的两个方面。

自从"大众图书馆"成立以后，提供了广泛的大众读物，名声颇好，生意比正牌的图书馆好得多。近日好多同学都来问有没有一本叫"大众哲学"的书，可是没有。说也奇怪，越是没有，问的人却越来越多。我不禁问宋馆长这到底是本什么样的书，能找到吗，我也想看看。他笑笑说："是山那边的，作者艾思奇。现在没有，以后会有的。"我心领神会，就没有多问了。可是"大众"二字却风行起来。社团的墙报出现了"大众文艺"，民歌舞蹈社组织了"大众歌舞"，食堂门口也有人贴上"大众食堂"。邹乃山作出了大众欢迎的决定：不演明星戏，要演大众戏。他发动了"民歌舞蹈社"组织大众演出，欢迎大众自由报名，提倡大众自编自演自导。我很兴奋地报了名，参加了两个歌舞节目的表演。报名的热情高涨，一下子涌现了十几个节目，不但有歌舞，还有相声快板小品，五花八门，不一而足。明星们似乎有点失落，什么名也没有报，也许有人打心眼里就不爱听"大众"二字，离我们远远的，不知道他们有什么想法。说实在的，大众也似乎把他们给忘了，只顾自己排练得热火朝天。我参加的第一个节目是八人舞蹈《插秧谣》。我们都是演员，又都是导演。能者为师吧，谁的意见大家赞成，就采用谁的。服装自备，花衣青裤作打扮，大红围巾作腰带，一顶大草帽，配个大花结。穿什么鞋呀？大家低头望了望各人脚上赶时髦的半高跟鞋笑了。乡里妹子日常穿布鞋，干活打赤脚呀。我想起了在乡下看到的插秧景象，马上说："到水田里插秧呀，谁见过穿着鞋子的？该打赤脚！"我们哈哈大笑地甩掉脚上的鞋袜，不顾脚板硌得生痛，抬起大脚丫快乐地排练着。晚会筹备就绪，在我们的大礼堂演出。我顾不上看别人的节目，心情紧张地想着歌词搭配的动作，检查着服装和道具。还没有想清楚，就有舞台工作人员通知我们赶快做好准备，下一个节目就是。我们分作两队从后台的左右两角边唱边跳地上了台。我们才一露面就引起了台下阵阵笑声。我们一字排开亮相，观众就爆发出热烈掌声，大概是欣赏我们的大脚丫吧。我不敢朝台下望，生怕碰上熟人的目光，自己也会忍不住发笑的。我们在兴奋的激情中落幕下台。想不到文艺部长邹乃山到后台来和我们一一握手，祝贺我们演出成功，让我们笑得合不拢嘴。接着我又在一个新疆舞的节目中登台，却没有那么轰动。倒是另一个西藏舞赢得了不少掌声。他们是男女合演。男孩子们头顶黑色的博士帽，脚踏大雨靴，身穿长大褂，腰束粗布带；光着右胳膊，跳着蹲步舞出台；女孩子们头盘假发辫，身系彩条围裙，耳挂大金环，脚踏亮皮靴，甩着水袖，闪亮登台。人们看得眼花缭乱，掌声不断，三次谢幕，也没能让观众平静不来，只好重来一遍，才得过关。人们却不知道那彩条裙那金耳环全是纸贴的。那长大褂博士帽全是从老教授身上借来的。午夜已过，礼堂里面还是人声鼎沸，掌声不歇。这样一次破天荒的晚会，除了照明的电以外，可以说公家没有花一分钱。在这个时兴大众风的年月，我们这些上过台的人就被称之为大众演员。

不久，文艺部又策划一个话剧晚会，主题是反对内战。文艺部长邹乃山虽然管文艺，他却从来没有演过戏，我只听说他歌喉不错，是"风雨社"的掌门人。这回他居然拿了一个剧本来找我了，要我扮演一个十几岁的小姑娘。我说让我先看看剧本，再决定能不能担任。他说："你一定能行，你是上过台的大众演员。我从没演过戏，也在剧中充当一个角色呢。这剧本是我们自己编的。可以说只写了故事梗概。你可以先看看故事内容，多想一下。排练时大家参与编写对话。"他又腼腆地补充了一句，"在剧中我要充当你的爸爸，真对不起了！"说着就把所谓剧本塞在我手上。我看着他那不由分说的神情，只好勉强地接过来了。这回我才从近处端详了这位大众部长的风采。他个子不高，却很结实。看来是一个勤于锻炼身体的人。圆圆的面庞，总是一脸笑意。戴着一副深度的近视眼镜，我又觉得他是个博览群书的学者型人物。他那一脸诚意让你没有推辞的余地。我看了故事内容，被它深深地感动了。那是在南方一个叫老山界的贫困山村里，张爷爷带着十六岁孙子虎子和十四岁的孙女小凤艰难地生活着。他的儿子大全还是在打日本鬼子的年月，因为出不起壮丁钱，被保长抓去抵了一个壮丁名额，此后音信全无。日本鬼子被赶走了，蒋介石还要打内战，当兵的人仍然回不了家。同时被抓丁的人，胆子大的开小差回来了几个，祖孙三人不由得从心底产生了一丝希望。虎子为了生计，跟着乡邻学打猎，练得一手好枪法。在深山野林追寻野物时，无意中遇见了游击队，和他们相熟了，给他们带路，帮他们送信，在他们的带领下懂得了一些革命的道理。说服了爷爷，他勇敢地参加了游击队。随着队伍转战在大山之中，方便的时候就回来看看爷爷和妹妹。祖孙三人相聚在一起总是思念不知现在何方的爸爸。有一天，大全果然回来了。他一身国民党军装，身挎斜皮带，腰别歪把子手枪，已不是一个兵了。爷爷不敢相认，他却声泪俱下地喊着爸爸。他打鬼子时作战勇敢，当上了连长。这次是奉命随团长到老山界一带来剿灭盘踞在这里的共产党游击队。就在离他家十里之遥的寒婆坳与游击队的一个小分队不期而遇，打了一仗，互有伤亡。山高路险，不敢深入，于是就地驻扎，进行侦察。他一打听，离家不远，思亲心切，先回来探望一下。正当他们父子相拥而泣时，小凤和几个游击队员抬着身负重伤的虎子哭喊着回来了。大全认出来，正是这个小伙子，身背好几支缴获的枪支，跑在最后，被他从背后一枪击中。天哪，他竟射中了自己日夜思念的儿子！虎子无限深情地叫了一声"爸爸"，就在他面前咽气了。他承受不了为了这场不得人心的内战造成的悲剧，竟亲手杀死了自己的儿子，情何以堪？他悲愤不能自已，无地自容，举枪自杀了。剧名《爸爸回来了》。期待已久的爸爸回来了，等来的却是家破人亡。多么震撼人心！这内战为什么要打？

我竟很想演这个戏了，我们既是演员，也是导演，还是编剧，在排练中完善了剧情，感动了自己，真情流露，排练得个个泪流满面。我们的演出获得成功，大众演员叫响了大学的舞台，尤其在周遭群众的心里产生了深刻的影响。每每我走在路上，小孩子们会追着我喊"小凤"或者一齐呼喊"爷爷，爷爷"。看见邹乃山就指手画脚地说："就是这个当兵的，打死了自己的儿子。"事隔六十年了，我已到了耄耋之年，发苍苍，视茫茫，回忆这台演出，就像是昨天的事情。二十多年前一次校庆聚会上，我遇见了邹乃山，如果不是自报姓名，我们都互相认不出来了。可是谈起那次演戏的"父女情"，我们仿佛又回到了遥远的青春年代，激情犹在。他坎坷的一生，代表了我们共同经历过的时代。大学时代，他加入了共产党，成为湖南大学地下党的组织者和领导者。新中国成立以后，顺理成章地奔向了革命，成为工作中的佼佼者。天有不测风云，1958年，在他风华正茂的岁月却被划为右派。经过二十年的磨炼，1979年，他得以彻底平反，宝刀未老，锐气不减。20世纪80年代中期，他出任长沙市委书记，管理着一个两百多万人口的城市，我们欣喜地看到他开拓进取的胸襟，期待着长沙面貌的改变。直到 1994 年，我从讣告中得知他去世的消息，又从老同学口中得知他死于肺癌。他以他那至死不渝永远乐观的精神面对着死亡。在我的记忆中，他那勇往直前的神态，是不可磨灭的。

内战打到 1948 年底，蒋介石政权已摇摇欲坠，镇压学生运动的手段也更加残酷，不断传来平津京沪武汉等大城市有逮捕枪杀打伤学生的事件发生，学生自治会告诉我们暂时避免大规模的集体行动。武汉大学学生在游行中被枪杀的事件传到学校，同学们悲愤不已，一致要求举行一个声势浩大的追悼会，以彻底揭露蒋介石的丑恶面目。为了避免无谓的牺牲，最后决定采取小型多样的活动。只在中山公园举行一个两三百人的追悼会，各个社团分散到街头进行各种方式的宣传。"二九剧团"邀约我参加街头演出，要求我打扮成一个乡里妹子，自己选唱一首比较悲凉的短歌就行了，我觉得这是义不容辞的事情。剧名为《放下你的鞭子》，主题是控诉人民在战争离乱中所遭受的苦难生活。我想，这么简单的事，有何不可呢？就爽快地答应当一回街头的大众演员。我们一行六人，就我一个女生，打扮成江湖卖艺的小戏班子。我们说好在公园里演出一场之后，看情况再到街头演几场，十二点以前返校。自治会暗中派了几个男同学跟着我们，以防发生意外。我则约了两个女同学，拿着我要换的衣服到中山公园青年馆等我。

进入中山公园，为头的小林头扎羊肚巾，身穿黑大布对襟大褂，脚踏破草鞋，手提铜锣，敲得震天响，吆喝着："来，来，来，好戏开台，不看白来！"绕场一周，锣声未歇就围着我们形成了一个大团圆圈。走在第二的是扮作我父亲的小王。他戴着一顶破毡帽，身穿一件油抹溜光破军袄，胡子拉碴，无精打采，一副潦倒落魄的样子。接着就是我了。我是个十五六岁的村姑，打扮得干净利索，身上穿的是带有补丁的旧花衣裤，十足的北方丫头，不过头发凌乱，一条粗辫子有点像毛虫，脸色苍白，精神疲惫。接下来是挑箩筐的，拉琴的、打鼓点的。其实我们还有一个不露面的演员，扮演观众，在必要的时候出场。坐定以后，小林作揖打躬道了开场白，只因家乡连年兵荒马乱，不得不四处流浪，卖艺为生，混口饭吃。说完就示意我们父女俩开始演唱。"父亲"小王站起来在"女儿"我的面前，把鞭子挥了两下说："我说，丫头，好好地给大家唱一曲。得几个赏钱不挨饿。""女儿"低头不语。"父亲"将鞭子在空中摔得直响，吼道："你唱还是不唱？""女儿"扭着身子说："我饿……""父亲"将鞭子拍在地上，扬起灰尘，噼啪作响。"女儿"这才勉强地开腔唱起来："月儿弯弯照九州，几家欢乐几家愁。几家高楼饮美酒，几家哟流落在外头……"还没有唱完，就泪流满面，泣不成声。这时"父亲"非常生气，举起鞭子，抽向"女儿"。就在这鞭子举到半空的时候，观众中有一人挺身而出，坚定而有力地抓住"父亲"抬起鞭子的手大声喝道："放下你的鞭子！你怎么能打你苦难的女儿？是谁让你们受苦受难？是谁挑起内战？同胞们，八年抗战，是谁流血牺牲，是谁躲在峨眉山下……"正当这位特殊"观众"将要激昂慷慨地进行他的爱国演说的时候，另外一个观众，戴博士帽、穿黑香云纱衣裤的中年男子冲上前来，朝着"父亲"当胸一拳，把他击倒在地，口中大喊道："这个混蛋不爱国，还打他的饿着肚子的女儿，打死他……打死他……"一时间就有一些不明真相的人跟着一片喊打声，呼的一下围上去了。挑箩筐的老李马上操起扁担，小林举起锣槌，准备要还手了。在这紧急关头，一群穿浅色青年服的男生拼命地挤上去，拖拉那群围着"父亲"的人，从服装上我知道是来支援我们的清华中学的同学们。戴博士帽的也有一伙围着老李和小林在厮打，老李把扁担横扫过去，倒了一片，卷上来的人越来越多，都不知道谁在打谁。我想我也不能闲着，就扯出放在箩筐里的伞，奋力朝黑衣人那伙扑打过去，这一下我的伞就不知道摔向了何方。保护我们的几个同学，拼命地挤进来边喊边打："大家看清楚，这是特务在捣乱。大家住手，不要打了，不要打了！"一场混战中，我没有打着谁，谁也不曾打着我。有两个男同学用力地拉着我挤出圈外："打架的事，女同学别去掺和，赶快到青年馆去，有女同学在接应。"不由分说地把我送到了青年馆。有一群爱看热闹的人跟在我后面想看个究竟，他们指手画脚地挤满了窗口，我不得不躲进里间穿好平日的蓝布旗袍出来，我们的衣襟上都挂有三角形的铜质校徽，一般市民都认得出来。于是外面一片喧哗，又闹又笑地大呼小叫："原来他们是假的，他们是湖大学生来演街头戏的。""父亲"受了点轻伤，还有几个同学挨了几拳，都无大碍。除了老李的扁担和小王手中的铜锣以外，其余东西都不知去向，我们都切齿痛恨那些官家豢养的特务，到处为非作歹。

次日，某官方报纸大幅标题大块文章地报道《弄假成真，湖大学生挨打！》，那种歪曲事实的嘲笑讽刺和诬蔑让我们十分气愤。我想是非曲直总应该有个公论吧，就天真地向报社写了一篇记述事情真相的文章，它合乎逻辑地石沉大海了。那种惯好猎奇的花边文学小报，也只敢改头换面地在报屁股上作了《一场误会》的不起眼的新闻报道。学校的民主墙却在不断发出伸张正义的呼声，只能说是呼喊给自己听吧。

九、丘比特的箭

进入 1948 年，学校情况发生了明显变化。蒋介石在战场上连连失利。他的将领们司令们，有的起义，有的被抓，有的临阵脱逃。北方的大城市北平、天津、长春、沈阳、济南、徐州、蚌埠等战略要地，一个一个落入了共产党手中。物价飞涨，人心惶惶。教授们的薪水和学生们的公费都填不饱肚子，于是为了筹钱，有人离开了学校。还有一些学生运动的领导人物或者是活跃分子也不见了。同学们中悄悄地流传着和平起义的声音，却不知道具体内容是什么，期待着形势的变化。虽然没有罢课的呼声，上课的情况已经很不正常。这是黎明前的黑暗吧，空气有点沉闷。我想着，还有半年就要毕业了，不论仗打得怎么样，学校还得办下去吧，那么毕业论文要不要写呢？只好拿着一本惦念已久的英文小说，作为翻译材料，闲下来先通读一遍再说。我的高中同班同学汤振权，现在我们又同学了，只是她比我晚一年，读法律系，我们还是好朋友。当时她是我们的外交部长，上大学以来，更有施展她外交魅力的舞台了。那天清早她风风火火地跑来告诉我，今天"学行社"有活动，搞野餐活动，地点在山上的黄兴墓，女同学就我们两人在校，所以必须参加。她当即派了我的任务：教大家跳集体舞。她的任务是掌勺，当大师傅。看她那兴高采烈的样子，我还能不去吗？秋天的阳光特别清爽，漫山遍野的红叶，使山头成为红色的海洋。

到得山上，男同学有二十多个，他们把什么都准备好了，连生火的枯枝朽木都捡了一大堆。振权打着哈哈，卷起袖子就像模像样地动手淘米切肉。我才不相信她有什么做饭菜的看家本领，不过是"山中无老虎，猴子称霸王"罢了。我也不含糊，马上组织大家在墓地下面的一个半圆形麻石小广场上开始跳集体舞。几个回合之后，大家停下来休息。最辛苦的当然是我了，大汗淋漓，迫不及待地坐到广场边沿那一线代替栏杆的半月形长凳上，不停地挥着手帕扇风。身边已经坐了几个人，离我最近的竟是那次座谈会上高谈"反美扶日"道理的"易圣人"。"易圣人"名叫"易盛桌"，刚才跳舞时他确实有些笨手笨脚，姿态可笑，只因他的表情严肃认真，我才不敢取笑他。这会儿他坐在我身旁，温静地笑着，我却找不出搭讪的话题，想不到他倒先开口了：

"你是外文系的？毕业班了？"这位迂夫子竟知道我的底细？我大为吃惊。

"学得不好，只怕毕不了业。"我笑着回答。

"当前不怕毕不了业，怕的是迷失了方向。"他也笑着回答。我颇为震动，他语出惊人，让我噎住了。方向，这是我日夜思考着的新课题啊。我的家庭，我的爸爸，我的姐姐姐夫还有好多亲戚对共产党持观望的态度，甚至是对立的态度。我积极参与的学生运动却是拥护共产党的，有的亲戚对我颇有非议。我该依谁背谁？白天我觉得我和大伙在一起，是坚定无疑站在进步立场的。一到夜不能寐、思绪万千的时候，就觉得有些彷徨无助了。只好自宽自解地说，毕业了，以后找一个工作，在小天地里超然物外，做个清高派，谁也不得罪。醒来时回想一下，自觉惭愧，我的内心却是丑陋的两面派。

他见我好一阵没有接腔，就换了一个话题：

"你有《北京周报》吗？"

"有的，那是唯一的英文刊物，我订了的。"

"能借一期我用一下吗？"他是中文系的学者，还研究起英文来了？心里有点佩服，也有点疑惑。但我还是作了肯定的回答。问清楚他要哪一期，并约定了什么时候来取。他又说明了一下用途：

"我看到那上面有一篇关于西北的报道，打算把它翻译出来。没译完，刊物就被人要回去了。我想译完后，寄往开明一点的报馆或者能登出来。"这一来我打心眼里佩服起他来了，他的英文水平不错啊，能读能译，还要寄往报馆。我可没有把握能译好上面的文章，更没那胆量寄出去。我以不可思议的神态，仔细地打量了一下这位据说是不苟言笑的中文系的"易圣人"。他瘦削的中等个子，圆圆的脸盘，穿着蓝绿色的西装，没有打领带。年纪轻轻的，额头上就有了几条横纹，大概是一个爱动脑子的人吧。言谈举止间，透着文质彬彬的气质，似乎是一个没有什么事情就不会主动找人家攀谈的人。他今天主动找我攀谈，当然是早就想好了要向我借书。今天与会的大部分是学生，他才毕业两年，如今当中文系的助教，在同学中似乎有点拘谨，好多同学都尊称他为"易先生"。

饭菜做好了，大家吃喝着吃饭了。如今是困难时期，菜虽然不十分美味，却很丰富。湖南人的特点就是要辣。辣就出味，辣就下饭，辣就来劲。振权的胃不好，平时不太吃辣椒，今天虽然当大师傅掌勺，却由不得她了。那几个来试味的调皮鬼，只喊不辣就没得味，大把大把地把辣椒撒下去。他们大呼小叫地向大家介绍，今天的菜名非常响亮，叫"红星闪闪"。不知是谁领头唱起了《你是灯塔》："你是灯塔，照耀着黎明前的海洋……"歌声在千山万岭中萦绕，震动了漫山枫叶，红云似的在空中回旋；惊起了林间鸟雀，叽叽喳喳地不停飞腾跳跃。多么美好的丽日晴天。吃饭时，大家吆喝喧天，好不热闹。我忽然想寻找易先生的踪迹。他确乎不是一个爱凑热闹的人，端着一碗饭菜，和几个爱清静的同学坐在石头上边吃边说话。

我如约把书放在传达室，他按时取了去。不久他又按时送还，我也是从传达室取回的。我们的交道就这样波澜不惊、平淡无奇。不过不时在内心闪动着一个念头，不知他那篇文章译得怎么样？不便打听，也无从了解。接近寒假了，也不知他回家？我的家虽然只有一河之隔，却决定留校写论文。我嘲笑自己是怎么啦，老想到他身上去。一个来借书都不想打个照面的人，有什么好想的？

我的好友汤振权家住长沙东乡，要回家了，我决定帮她送行李到河边码头上去。那天清早我就去她的寝室看她收拾得怎么样了。推开门，让我大吃一惊，振权坐在收拾空了的床上，易先生坐在桌子旁边，正谈笑风生呢！我有点不太自然地打着招呼："易先生好，这么早就来了！"我心里想，他也不是个那么拘谨的人，这么早就为一个并不十分熟悉的女同学送行，也可算是广交游的人了。他只朝我笑笑就动手提了一个最大的袋子起身，并且向我说："别叫我易先生好吧，我们都是同学嘛。"振权说："以后都叫名字好啦，你年长，叫老易，行吗？"

冬天的阳光，照得人身上暖洋洋的，通向牌楼口的大路上行人稀少，很快我们就走到了渡口。一直送她上了船，看着她的红围巾在空中飞舞，渐行渐远了，我们才从原路返回。从他的说明中我知道他是昨天和她在路上相遇，才知道她回家的日子。还补充地说了一句，他知道我们是朋友。是不是他暗示来送她的另一个目的是想碰见我呢？我不想胡乱猜测。一路上他像打开了话匣子似的，滔滔不绝地谈当前形势，毫不忌讳地谈共产党的必然胜利，从来没有人这样明朗地向我宣示过未来。我只能静静地听着，没有插嘴的余地。我对他见解的深邃、知识的广博产生了敬意，内心自忖，他是一个我所遇见过的难得的爱读书的人。他忽然停下来问道："你喜欢看哪方面的书？"我是个爱好文学的人，还有点偏向文学名著。说出来不是有点不合时宜吗？我只得含糊地说："文学方面的。"他未置可否，已走到我们该分路的科学馆前面了。犹豫了一下，他说："我那里有些书，说不定你可以看看。"不过他好像是自言自语说出了他住房的门号，就挥手各自回宿舍了。

我们寝室里只住了四个人，家都在长沙，全都回家去了。我也可以回家，只是我们寄居在亲戚家里，房子狭小，来往的客人又多。无论如何我也不可能在这样纷纭杂乱的环境中呆下来，心里老记挂着毕业论文的事。早先我借了一本美国作家写的《琥珀》，想看完全书，然后选译重要部分作为毕业论文。后来听说有人已将它翻译出版了，我就放弃了这个想法。我快乐地打扫和整理了房间，觉得这是一人的世界，几净窗明，十分舒适，我靠在床上想着今天的事情。这个书呆子是什么想法？他把振权作桥梁吗？他道出了他住房的门号，是什么意思？没有答案的问题，却使我呼呼入睡了。

有一天，清早醒来，天气晴朗，打开窗户，一股清新之气随着晨雾扑面而来。我想在外面的太阳下看书比坐在屋子里好。早饭后我就夹着书本，想在离宿舍不远的操场边草地上找个地方坐下，首先享受一下冬天的阳光。可是还没有走到操场就听到了嚓嚓嚓的跑步声和高昂的口令声，映入眼帘的竟是一队队穿军装的士兵在操练。他们怎么竟占用学校的操场？他们是将被驱使到前线去打内战的士兵吗？他们是抓来的壮丁吗？我想起了我演过的戏《爸爸回来了》。我们反对内战，我们的操场上却在操练着打内战的军队。复杂的心情，让我漫步在路边呆呆地望着他们，不知不觉走到了二院前的小池边了。右边就是第一宿舍，何不到易先生那里借书去。主意已定，就去敲他的房门。他打开门，有点吃惊地望着我这个不速之客，但立刻表示极大的热情欢迎我的造访。好像有点拘束，坐下来竟没有话说。我打量他的住房，觉得非常简单朴素，唯一的装饰就是右边墙上贴着一张丰子恺的漫画，使房子里有了生气。这是学生宿舍中的一间教师单身住房，房门面对着楼梯，只要上一半就可以到二院。我是走前门进来的。我端着他递过来的茶，说明我是看到操场上的兵而顺便来借书的。他很快地就拿出两本厚厚的书在手，正要说话，就有人敲门，还没等开门人就进来了。竟是前任自治会的主席戴伯淳，是我的老乡。他握着我的手，大声地笑着："幸会，幸会！Miss 秦也在这里。"我独自清早到一位年轻的助教房中来，很觉不好意思，他又这么大声地说话，好像生怕别人听不见似的。我连忙起身拿着书就跑出来了。心里嘀咕着：怎么清早就在那里碰见了熟人？真是骑牛碰亲家了！

我的论文主题没有选定，暂且搁下，就心神不定地拿出向易先生借来的书翻阅。书名是《辩证唯物主义和历史唯物主义》，看来非常陌生。看了看"序言"，好多陌生的书名和人名，简直不知所云。跳过"序言"看正文吧，也看不懂。朦胧中知道讲的是个哲学问题，大二的哲学课是必修课程，我也只是抄人家的笔记应付考试罢了。他借这样的书给我，真是对我估计太高了吧，决定过一两天还给他。这次我选在黄昏散步的时候去，而且从后门进去，大概不会碰见熟人了吧。他开门时我觉得房中特别温暖，屋里燃着一盆红红的炭火。他一边让座，一边沏茶，口中却在问书看得怎么样了。我只好老老实实地告诉他，理论太深奥了，我看不懂，我对于哲学太没研究了。坐下来就不知不觉谈到了各自的阅读兴趣。我是学外文的，当然讲的外国文学作品多；他是学中文的，讲的中国文学作品多。而我们有共同语言的古典文学作品讨论起来就都有话可讲了。看看夜色朦胧，我想不宜久坐，就起身告辞。他没有多留，就送我出门，手里拿着另外一本书，并排走过了二院。我就叫他别送了，我可以独自回去。他说，黑灯瞎火的严寒冬夜，怎么能让一个女同学独自走在路上？他一直把我送到四舍门口，并且把手上的书递给我才返回去。我就着大门口的灯光看那书名，是《大众哲学》，我高兴极了，真是"踏破铁鞋无觅处，得来全不费功夫"。

我很快就把《大众哲学》看完了，这位艾思奇先生寓哲学于日常生活之中，看起来明白易懂，而且很有情趣。我觉得收获很大，扩大了我的视野，思想开了些窍。这个作家何许人也？我从没听人说过。我想还书时问问易先生，说不定还可以和他谈谈我对哲学的粗浅认识。我的潜意识里就是很想看见他，这是我对所有我接触过的男同学从没有产生过的想法。这次我是下午去还书的，他似乎预计我会来似的，还没等我敲门，他手里拿着一本稍厚的书打开了门，笑着说："真巧，我正想送另一本书给你，估计《大众哲学》你已经看完了。"他递给我的是《中国启蒙运动史》，接着做了一个邀请的手势说，"天气这么好，愿意到外面走走吗？"我心头稍有犹豫，但马上大方地点点头，暗自思忖，这有什么不可以？我们就沿着登山的大道往上走去，我们的话题就沿着哲学漫谈。他明白地告诉我，艾思奇是一位共产党的哲学家。大概是在这方面有爱好吧，他谈得很自然，联系也很广泛，一点拘束也没有。往往是我说的少，他说的多，与同学们给他的绰号"易圣人"相去太远了。我们边走边谈，不觉到了五轮塔的山脚下，矮树林里面忽然跳出个人来，拦住我们的去路，我吃了一惊，莫不是出现了《水浒传》里所描写的剪径的强人？易先生呆了一下，就笑着上去和他握手，原来是他的熟人。我仔细一看，此人面熟，但不知其姓名。我记得有几门公共课上大班，大家都拿着小板凳自由地选位置坐下，他总是不识相地挤到女同学堆中去，我们对他实在不敢恭维。今天是狭路相逢，无可躲避。我还是向前走了几步，不知他挤眉弄眼和易先生在说些什么，少不了是画我的符，我没什么可担心的，大学里面，青年男女同学的正常交谊无处不在。他走开时还是叫了一声"Miss 秦"，挥手再见。我问易他说了些什么，他说，没啥，打问一下助教中他的几个同乡回去了没有。我想他没有讲实话，自然不好寻根究底。回来时他送我到四舍门口，我随便问一句："到我寝室里去看看不？"他竟真跟着来了。我倒了一杯水给他喝，拿出我们女孩子的零食盐姜和辣椒萝卜请他品尝。他大概不爱吃这类零食，只礼貌地吃了一小点，我自然很遗憾没有糖食可招待他。

毕业论文我已丢到脑后，只想快点把原文版的《琥珀》看完，再看那本《中国启蒙运动史》。天阴阴的，风似乎是从山顶上呼啸而下的，刮得庭院里的树枝敲打着屋脊嚓嚓作响。我懒得生火，缩在床上"烤被窝火"。正看得入神，忽然听得有敲门声，我也不想起身，以为是留校的同学来借什么东西的，就头也不抬地说了声"进来"。门推开了，易先生围巾、帽子、大长棉袍全副冬装地站在当门，搓着手，口里哈着热气，笑吟吟的。我只好慌忙推开被子下床，神情有点狼狈地问道："有什么事吗？"他依然站在门口，文质彬彬地说道：

"是这么回事……"大冷天我怎么好让人家站在门外说事呢？

"请进来说吧，外面冷。"我打断他的话。

"是这么回事，有几个'学行社'的朋友到我房间里聊天，谈到当前的问题，他们建议把留校的几位都请去交换一下意见。大家就分头喊人去，我就来请你了。正好我炖了一锅肉，再去买两样菜。当前我是工薪阶级，由我做东，在我那里吃晚饭。有请大驾光临了！"他只向房中走了两步，说完就转身要走，还补充了一句，"一定要来啊！"我追到房门口，看着他脚步匆匆地去了。是社团的活动，不好推辞吧，只是天气太冷了点。

五点钟了，我收拾整齐就出门了。我还只走了一半，就遇见他出来迎我，也许是怕我不来。一进门看见在座的有七个人，大多在活动中见过面，只是叫不出姓名，他们都站起来欢迎唯一的留校女同胞。屋子里热气腾腾，炭火上炖的肉冒着热气，香气诱人，一切都准备得很好。他们谈得正热闹。坐下来一听，他们在讨论的是打算接办湘潭一所私立"霞峰中学"的问题。有"学行社"社员在那里当教员，和校长交情很好。看看当前形势，办学困难很多，校长想把学校连同校产的几十亩地一起捐给"学行社"，请"学行社"派人去办学。"学行社"的负责人对此很感兴趣，他们认为可以把学校作为一个据点，广罗人才，等待时机。大家都认为这是件大好事，要做出计划，选定人员，抓紧进行。大家讨论得非常热烈，我一点情况都不了解，只有听的份。不久，外面又送来了几样菜，大家就开始吃饭。这时话题转向了，都在品评菜的美味。从他们的口中我才知道锅里炖的是狗肉，我并不忌讳什么菜，只是又烫又辣，吃得大家都直冒汗。这些个男同学，都纷纷给我夹菜，仿佛只有我一个是客人，弄得我很不好意思。他们吃完，都一个一个先后告辞，我也放下碗筷，说天晚了该回去了。但是我看着杯盘狼藉的样子，想为他收拾一下。他说不用，等一会儿餐馆的人会来收拾的，碗筷都是从那里借来的。

外面的风很大，我们从宿舍后门出来，一股寒气直扑心窝，不由得紧拉了一下脖子上的围巾，没站稳竟朝他身边倒过去。他趁势搂住我的腰，他的大厚棉袍使我感到温暖舒适。我没有躲闪，简直就是这样偎依着走到四舍门前。他还要送进寝室去，我拒绝了。我收拾停当，时间还不到八点，仍旧坐到床上去看书。但是今天的事情不断地浮现在我眼前。我不断地拷问自己：是对他有好感吗？是的。是爱上了他吗？还谈不上。打算怎么办？听其自然，随缘吧。我又仔细想了一下前因后果，是不是那伙人在有意撮合？马上就产生了一种不快的情绪。我不需要撮合，自己的事自己做主。我对他哪方面有好感？朴实温和爱读书有见解，完全没有公子哥儿的习气，也没有骄傲自满盛气凌人的态度。那么同意进一步发展友谊了？我自我微笑地默许了。

上大四了，有门必修课是"希腊悲剧"。开课的老师是钟仁正先生，广东人，来自中山大学。虽然他带有很重的粤语口音，却一点也不妨碍我们对他讲课的喜爱。所以他上课总是到得满齐的。他在课堂上介绍希腊诸神的时候，我们听得很专注，而且特别感兴趣。他说战神阿瑞斯和爱神维纳斯结合，生了小爱神丘比特。他和他母亲一起主管人和神的爱情和婚姻。这个胖胖的小男孩，长着一双翅膀，在人间天上到处飞翔。他有一把玲珑的金弓，还有两支箭，一支金的，另一支是铅的。如果两个人中的是金箭，那么他们的婚姻是幸福的，充满了阳光和恩爱。如果他们中的是铅箭，那么就会成为不幸的怨偶，充满了悲苦和忧郁的日子。他举弓射箭是闭着眼睛进行的，并不知道射中了谁。我将会得到丘比特什么样的箭呢？似乎丘比特正在我的头顶飞翔。

自那以后，我们好几天没见面，也许是天气太冷，又下着大雪吧。我用小火缸生了一炉炭火，用小锅将中午剩下的饭菜煮成烫饭，品尝着昨天从家里带来的腊肉，正吃得很高兴，我听到敲门声猜想是他来了，心中不由一动。我说了一声"请进"，他雪球似的滚了进来，让我大笑不止，他一身都是雪。他在门边脱下帽子，用围巾掸去衣服上的雪。

"没打伞？"

"风太大撑不住，路又滑怕摔跤，扔在门外了。"我望着他冻得通红的面庞，冒着风雪而来的情景，无可讳言地写出了他的思念。心不觉为之一动。

我请他坐到火边暖和一下身子。我想找个话题聊天，避开他探询的目光。于是我问他，霞峰中学的事有进展吗？他是"学行社"的总负责人，应该由他拿主意。他说，有些想法，等开学了，大家一起开会研究。我对这件事并没有多大兴趣，而且觉得有点渺茫。随后我们又谈到了《启蒙运动史》，只因我没看多少，只能听他谈清末以来一些有关洋务的新潮运动的历史故事。我想也好，他多讲一些，我就省得看书了。他见我说话不多，稍停就问我，这里有没有扑克牌？如果有的话，我们还可玩玩游戏。我从孝洁的抽屉里找到扑克。会不会玩两人玩的桥牌？他问。我说那不就是正规桥牌减半就是？于是我们就着书桌的一角玩起来了。大约到了十点钟，门房罗师傅就在过道上呼喊："关宿舍门啦，要关门啦！"他大概知道我房中有客人，就在我的门前喊的声调特别高。其实我知道罗师傅人特别好，他先把个信，有特殊情况，他还是能随时开门的。我不想给人家添麻烦，不由得望了易先生一眼。他马上收牌，起身告辞。我送他到门口，看着他的背影在拐弯处的路灯下消失。

作为回拜，有一天下午我到了他的房间。他正拿着一个歌本在手中翻弄，他说助教会同仁要学民歌，要跳集体舞。我来得正好，就选了校园里最流行的几首歌和他一起唱了一阵。他邀请我在他们搞活动的时候当教练，我没有马上答应，心想我们交往还很一般，别闹得人家大肆宣扬，瞎开玩笑，不好收场。他见我不置可否，就笑着说，他不来请别人会来请的。说着他拿出另外一张手抄的歌纸出来说让我教他唱一首新歌，我一看，是《康定情歌》，并不是什么新歌，校园中流行已久。但是我想他这时拿出来，自然是别有用心呀。我犹豫着，唱还是不唱？不管它，有什么唱不得？一歌不能定终身，我就大胆地教他一句一句地唱起来。其实他并不是完全不会，只是有的地方有点走调。我当然猜得透他要唱这首歌的目的，我却装蒜，若无其事地唱下去。我看他唱得差不多了，就告辞要走。他送我走了一段路，该拐弯了，他问愿不愿意沿着上山的路随便走走，我点了一下头，就沿着麓山馆那条小街往上走。平日这里很热闹，如今放假了，冷火秋烟的，我们的话题是议论岳麓山的风景。到了五轮塔的脚下，我们就往回走。他说到了吃晚饭的时候了，请我到麓山馆吃便餐，我似乎不便推辞，就接受了。他花了一块光洋，我们一个月的伙食费是八块光洋。他的月工资大概是四十块光洋吧，两人一顿便餐要花一块光洋，我觉得有点浪费。但他就是那么一次又一次地请，我也一次又一次地接受。

这个冬天的雪特别多，我回家去过年，没住几天，嫌家里客人太多，不顾纷纷大雪，借故就回学校了。我心里明白，在惦记着谁。难道这就是爱情？但是谁都没有说到这一层呀。我告诉他哪一天我会返校，他在我的预期中晚上来了。我拿出从家中带来的食品招待他，闲聊着从城里听来的新闻。我告诉他我的亲戚们有钱的很紧张，怕共产党过江，不知道什么地方安全。妈妈说我们的家本来就在乡下，如果城里乱了，我们就回乡下去。可是他们认为乡下也不安全。民国十六年（1927）农民协会在乡下闹得很厉害，有钱人都往城里跑。共产党是支持农民协会的，但是那时候共产党还没成大气候，帮不了农会的忙，城里比乡里安全。如今眼看共产党就要得天下了，有钱人就无处安身了。他微笑着问了一句："你爸爸怎么看？"我说："他总是不发表意见，我不知道他怎么看。"

"你爸爸做什么工作的？"他试探性地询问。

"这几年居家赋闲，每天吟诗、写字、读文章，闲来打麻将。"我不走正题地回答。

"那么在这以前呢？"

"他是个爱游山玩水的人，他为了到处游历，不时变动工作。我在十二岁以前，跟着他和妈妈，跑了很多地方。弄得我读书总是转学、辍学、跳级。弄得我换了六个学校才小学毕业。他的话题以后再详细和你谈吧。我还得好好想一下，不清楚的地方还得问问他自己。"我认真地说。

"我只是随便问问，又不是要你填写履历表。"

随后他提议玩一阵扑克怎么样？没玩多久，就听到罗师傅打招呼的叫喊声了。他起身告辞，我照例送他到门口。他问，明天愿意上山赏雪吗？我问，走哪条路上山？他说，出小桃源走崑涛亭上飞来钟登云麓宫行吗？我点头同意。他走了一步又回过头来笑着说："我们玩过好多次两人扑克，你知道这种游戏的名称吗？"我随口道："不知道。"他说："人们称它为度蜜月。"我一听，就心头猛然一惊，自觉脸上发热，不知如何回答，他却挥手告别了。这一夜我想了很多，我真的面临着人生抉择的关口了吗？我回想对他认识以来的印象，似乎没有过不去的关卡，剩下我需要了解平日很少涉及的家庭情况了。我又反问自己，如果家庭问题不计，我是不是喜欢他？似乎点头不易，摇头也不能啊。这一夜我辗转难眠，直到天将拂晓，才蒙眬睡去。

八点多钟他来了。我似乎忘记了昨夜的烦恼，他那温和的笑容使我感到亲切。穿上大衣就去登山赏雪，这是一个雪后的晴天，白雪蓝天，在阳光的照射下，掩映着山河的美丽。从小桃源上山，是一条陡峭的小路，平日就少有人走，何况在这样的雪天呢？我环视四周，竟没有一个人影。沿途我滑跌了几次，他不得不搀扶着我往上攀登。就算到了平坦的地方，他也没有放下我的手。我们就这样拉着手走上了云麓宫，四周静悄悄的，他突然双手抱住我的腰，迎着我的目光低低地问道："你说我们是什么关系？"我拿不定主意似的用小到只有自己才能听到的声音说："是……是…朋友…吧！"他用坚定的语气说："不，我们绝不止是朋友。"我心跳加剧地说："那你说是什么关系？"他火辣辣的眼光逼视着我抬起的头："是恋人的关系，我们在恋爱了。"我把头埋在他的胸前，也用双手紧搂着他的腰，无声的语言宣告我已经跨越了这艰难的一步。他在我的前额轻轻吻了一下，我觉得两颗心碰在一起了。于是我们在山顶上携手游览，他不断地说："这个冬天太好了，这雪景太美丽了。"他的兴致极高，吟诵了好几首古人咏雪的诗句。最后他竟念出了毛泽东的词《沁园春·雪》，使我非常感动。这是 1945 年毛泽东应蒋介石的邀请赴重庆和平谈判时在重庆公开发表过的，曾经传诵一时。那时我刚进入湖大，好久以后才听人家说过。他却能记得那么完整，真让我敬佩不已。

我们循原路下山，下山的路更不好走，他也就拉得我更紧了。到崀涛亭，山势稍平，我就停下来作片刻的休息，这一回他搂着我真正地深深一吻。我的心在激烈地跳动，默默时想着，这是定情之吻，表达了互相的承诺。我忽然想到了旧小说中的深闺小姐，后花园"私订终身"的才子佳人故事，暗自好笑。我自顾地回想那些动人的情节，似乎进入了梦境，竟忘记了身在何方。易见我沉思不语，似乎有点不安，轻轻地问道："在想什么？"我连忙收住无边的思绪，掩饰道："我回想这半年来我们的变化。你说说，我们本来是相隔很远的，你学中文我学外文，你好静我好动。我们相反的方面是不少的，你说是吗？竟走到一起来了。"他笑道："是缘分吧。是上帝对我的恩赐吧，我太爱你了，我得感谢书为媒，感谢你的深情。"他又一次紧紧地拥抱着我，我心里也充满了幸福之感。下得山来，他又照例请我吃饭，他不断地向我碗里送菜，看得出他心头的喜悦之情。

我望着天上的雪，不停地漫天飞舞。屋顶上的瓦楞已经没有了，庭院中的树枝被压弯了，不时发出断裂的嚓嚓声。夜静得出奇。不用开灯，雪已把房间里映得通明透亮。我的脑际重演今日赏雪的情景，一幕一幕都离不开他温厚的笑容和幸福的表情。我不断地追问自己，我的选择没有错吗？没有被激情所迷惑吗？爱情真是一个圈套，一套上了，就那么执着，就那么不由分说。要和家里商量吗？我想起了妈妈挑剔的面容。姐姐的婚事因妈妈的不认同而告吹，逼得姐姐含泪远走重庆，考上大学，结婚生子，一纸家书报个喜讯。妈妈鞭长莫及，无可奈何，只能接受。我的阿姨在上海住在我家做客，妈妈热情地为她当红娘，介绍了一个妈妈看中的人。当他们爱得难舍难分了，妈妈一番调查，说此人离过婚，而我那美丽而高贵的名门千金阿姨，怎能嫁给一个二婚的男人？妈妈竟不客气地让他吃了闭门羹。那位先生恳求见爸爸一面，带来了五年前的离婚证明，说明那是封建的包办婚姻，请求见阿姨一面，可以求得谅解的。妈妈没有让他们见面，找一个借口，把阿姨打发到南京去了。就这样生硬地斩断了他们的情缘。阿姨在南京的朋友家中住了一个多月，回来以后，没法和恋人联系，天天借酒浇愁，以泪洗面，恨恨地回了老家，几年都赌气不理睬妈妈。

阿姨由此而愁苦潦倒，以致身体瘦弱多病，年近三十才出嫁，终生不育。我很同情我的阿姨，一直认为妈妈好心办了坏事，不该过分干预阿姨的婚事。想到这些往事，我一挥手，似乎给自己下命令，自己的事自己做主，暂时向家里封锁消息。我在心中默默地祈祷，但愿丘比特是把金箭射向我们了吧。这一天的赏雪在我的一生都留下了不可磨灭的印象。五十余年后麓山忆旧，一首《水调歌头》，见证了当年赏雪的浪漫情怀和丘比特的金箭。我压抑不住回到了青年时代的激动，把它写在下面了：

水调歌头

金婚纪念

爱晚亭前路，觅旧几徘徊。峡谷青枫凝翠，夭桃醉欲开。回忆当年赏雪，正是风华岁月，寒骤紧偎挨。两心同似火，两意不相猜。　盟鸳约，偕白首，诉情怀。半个世纪沐雨，经风走过来。如今古稀翁姬，曲径扶将漫步，俪影踏新苔。仰望苍云幻，犹似雪皑皑。

1949 年 4 月，蒋介石拒绝在和平协议上签字，于是解放大军跨越长江天堑，很快就解放了南京、武汉，震动了长沙。真是几人欢喜几人愁。有的打算迎接解放，有的打算避走他方。我回到家里看看，只见妈妈在手忙脚乱地清理东西，家中一片狼藉。我自然心中有数，还是镇定自若和大家打了一个招呼，因为上次回来就听得妈妈说过，想回乡下去住。爸爸停止清理他的旅行箱，把我叫过去说："二丫呀，你回得正好。我和你妈看到局势紧张，觉得城里会混乱，做出了以下决定：我南洋大学的老同学吴锡瀛从重庆来信，他是重庆电厂的总工程师，已为我安排了工作，要我即日动身。你妈妈带着你和两个弟弟回乡下躲避一时。你快去清理东西吧，在一两天之内送走你们，我就动身。"爸爸是一家之主，往往他决定的事情就是金科玉律，毋庸置疑的。但是这一回的决定我不能接受的。我没有多想就申辩道："爸爸，我在读书，学校还没有放假，我回乡下去干什么？况且我本期大学毕业，四年的文凭就不要了吗？"

"命要紧还是文凭要紧？你知道共产党来了会是什么样的天下？"爸爸不由分说地瞪了我一眼。

"共产党只要夺蒋介石的天下，又不会杀害学生。"我不由得想起了学运中惨遭杀害的青年学生。

"你倒是走不走？一个女孩子，无依无靠地留在城里，兵荒马乱的，家里人会放心吗？"

"我有学校呀，怎么说是无依无靠？在学校里比在乡下还要安全。爸爸，我都二十四岁了，我已经是成年人了，有什么不放心的？我坚决不离开学校。"我和爸爸相持不下，他不得不缓和了一下语气。

"送妈妈下乡，帮妈妈收拾料理一下，待那么十天半月的再回来怎么样？"

"不行，我们还有护校的任务，我能当逃兵吗？"我执拗地说。

妈妈见我们父女俩争得面红耳赤就走过来和解。

"二丫，你是爸爸最疼爱的孩子，今天怎么这么不听话了？爸爸就要出远门，你也不能让他省心一点？"妈拍了一下我的肩膀，示意我别惹老爸生气。

"什么都好说，我就是不能离开学校。"

爸爸啪的一下，把他正在清理的箱子合上，坐在椅子上长长地叹了一口气。妈妈却想出一个为难我的主意来了。

"我看这样吧，你刚才说的，你已经二十四岁，的确也老大不小了。妈当年二十岁和你爸成亲，人家就说是嫁老女了。如今虽说时代不同，可男大当婚女大当嫁，也是正理。现在时兴自由恋爱，只要你有个主，和你一同留在长沙，我们也同意，你有个主吗？"我犹豫着，好一阵没吭声。妈逼问了好几遍，爸爸也睁大了眼睛回了神。我觉得没有了回旋的余地，就坚定地说："有！"

妈妈步步紧逼。

"那好，拿出人来，姓甚名谁？"妈妈有点得理不饶人，似乎料定我在说谎。

"明天带人来给你们看，还不行吗？"

"那不行，光看不管用。我们没有多少时间来转圈子了。只要是你认定的主，就订婚吧。明天我搞一桌家常的饭菜作为订婚喜筵，只请姐姐一家，无外客。你把硌舅请来，他是你们湖大的教授，又是亲戚，当个证婚人就行了。做得到吗？"

"做得到。"我真是喜出望外，爽快地答应了。这样妈妈就没办法挑剔我的事情了。我知道妈妈的心理，有硌舅在场，我就不可能作虚弄假。硌舅，本名潘硌基，妈妈的亲表弟。留学英国，专攻历史，是我校颇负盛名的进步教授，受到学生的推崇。去年"五四"青年节的座谈会上，盛枭发表一次长篇演说，深得硌舅赞赏，对他印象极好。请硌舅来证婚，真是我求之不得的事。

我过得河来，直奔盛枭的房间，把家中发生的事原原本本地向他说了。他笑着说："没办法，丑媳妇总得见公婆。现在是反过来，你没见家娘，我却要去见岳母娘。不晓得经不经得起考验。"我们又一同去请了潘教授，他欣然同意，但他表示要当介绍人，因为我们两人都是他的学生，而且夸我有眼力，选了个如意郎君，他乐得当个现成的介绍人。他的风趣和热情使我们很受感动。归途上，盛枭很激动，老是想着明天要面临这个他从未经历过的场面，不断地询问爹妈的性格特点，应该如何对答。我说妈妈只会看你的举止行动，问一些家庭情况的问题和个人爱好。爸爸是个善于思考的人，他学理工专业，但从未搞过本行。爱好古典文学，擅长书法和诗词。你是学中文的，他那点古典文学肯定考不倒你。你要担心的可能是姐姐那一对。姐姐眼尖嘴快，爱开玩笑，她和我姐妹情深，不会让你丢丑出洋相的。我那个姐夫你就得提防着点。他中央政治大学经济系毕业，号称蒋介石的学生。抗战末期，在老蒋"十万青年十万军"的号召下，参加了青年军，驻守过台湾，取得上尉军衔。1945 年退伍回长沙，现在省民政局工作。他说他是"三民主义"的信徒，但并不同意"联俄容共"。他能说会道，往往在人多的场合下滔滔不绝，口若悬河，他不会知道你的政治观点，但对学运会有不同的理解。说不定他会为了显示自己，在你面前卖弄一番，你可得小心应对。不过你有个绝妙好招，你跟在硌舅后面，他会保护你的。我还告诉他买一对礼品盒，里面装上荔枝桂圆什么的，送给妈妈，她会很高兴的，礼物不在多少，妈妈喜欢懂礼的人。

次日，一切准备停当我们就上路了。我觉得他提着那礼盒很单调，就买了一筐新鲜水果配上。不到九点，我们就到家了。妈妈正在厨房杀鸡剖鱼，忙得不可开交。见我们来了就笑嘻嘻地迎出来。我不好意思地向妈妈介绍盛枭是我的朋友，他却大方地叫了一声"妈妈"，并且把礼品送上去。妈妈喜笑颜开地接着，客气地说道："哎哟，你送什么礼，我做的可是家常便饭。"盛枭这傻瓜却嗫嚅着说："是……是……她的主意……"我用力地拉了他一把，才没说下去了。真是个蠢郎君。妈妈只顾仔细打量他去了，没有在意。随后就问道："硌舅怎么没来？"我说他家离学校远，要迟一点才来。不一会儿，姐姐两口子带着两个孩子来了，我的两个弟弟也围上来凑热闹。爸爸闻声出来，叫大家都到楼上客厅里去。姐姐二十八岁，已是两个孩子的母亲，但是她天生丽质，苗条身材，瓜子脸型，显出她的高贵气质；不用修剪的新月蛾眉，衬着那双明亮的大眼就能摄走人的魂魄；她那莺歌燕语的声音，能抓住满堂听众。她不时发出银铃似的笑声，让客厅的气氛特别温馨和谐，加上她今天亮丽的衣着，更是不同凡响。无疑的在她的比照之下，我这可怜的妹妹就成了灰姑娘了。按妈妈的说法"二丫不爱打扮，有点古板"，也许是为我开脱的吧。

　　硌舅来了，他那高大肥胖的躯体，连同那一连串的哈哈就像滚进了客厅似的。他首先向爸爸拱手道喜："恭喜恭喜，你找了个不错的女婿，你的二丫头有眼力。他们两个都是我的学生，我是今天订婚宴上的介绍人。哈哈，卓四爷（他对爸爸的称呼），值得庆贺。"他旁若无人，只用眼角瞟了一下姐夫，我似乎从另一角度找到了自己的价值。妈妈进来了，手里拿着一个精美的圆形纸筒，满面春风地向大家说："今天是我二丫头的好日子。时局紧张，不请宾客，不办宴席，不合生辰八字，一切从简。我只要填写一张订婚证明书。现在就只请两位外姓人亲笔签名。介绍人潘硌基教授、证婚人大姐夫马鹤凌。"她展开那张漂亮的填好了各个项目的订婚证书，举着笔请他们两人签名，然后举起给大家看。事先我一点都不知情，我真佩服妈妈办事真是滴水不漏。接着还算丰盛的酒菜就上桌了，姐姐招呼着孩子，妈妈只顾夹菜，几位男士就东拉西扯地谈论国家大事。盛枭很少说话，吃菜也很拘谨，我心里窃笑他是怕露馅吧。吃完饭，爸爸邀他们到他的书房聊天，我想他大概是想考一考他还不十分了解就承认了的女婿吧。我向盛枭挤眉弄眼，他微笑着跟着走了。我多了个心眼，不知这几个政见不同的人会谈得怎么样，就差使比我小三岁的大弟弟下去探听军情。妈妈拉着我到里屋去说话，话题就围绕着盛枭的家庭情况。其实我也不太清楚，我的心里是只看他本人，他的家庭是无关紧要的。我决不会到他那个古老的乡下去做媳妇的，至于家产，我们要靠自己白手成家，难道还要什么田产不成？妈妈平静地听着我的回答，没有多加评论。最后她问了他的年龄。我满不在意地说二十七岁了。妈妈沉思了一阵说："你没到过他家，也没见过他家的任何人，你就全相信他自己说的话吗？"我有点沉不住气了，提高了声调说道："妈妈，年龄会有什么问题吗？"

　　"二丫，你听我说，妈妈是上了年纪的人了。抗战时期我在湘西住过好几年，和当地人打过不少交道，了解他们的风俗民情和生活习惯。湘西人有早婚的传统，很多人家都带童养媳，而且一般都比儿子大，甚至可以大二十多岁。童养媳就是他家的劳动力。他都二十七岁了，我能不怀疑他的婚姻状况吗？孩子，这可是你的终身大事，一失足成千古恨，你务必要搞清楚。"妈妈语重心长的话，让我非常感动。

"我得问他去，他要是敢说假话，我得揍死他，打他个落花流水，然后一刀两断。"我站起身来，挥着手臂，眼泪都快要流出来了。妈妈赶快按着我坐下，抚着我的肩膀说："我这只是凭经验的猜测。我看他人品还不错，你得慢慢地问他，万一不是这么回事，可不是拆散了好姻缘了吗？"妈妈的话又让我破涕为笑了。这时听得一阵急促的楼梯响声，只见大弟灿石气喘吁吁地跑了进来，压低声音喊道："二姐……二姐，不得了，不得了，下面书房里共产党和国民党打起来了，你还不去劝架去！"我马上用食指竖在嘴唇上，做一个嘘声的动作，边说边往楼下跑："不要乱说，我们家里谁是共产党？小心祸从口出，红帽子不能随便乱戴。"

"二姐，你自己去看看就会知道。爸爸和大姐夫一边，硌舅和二姐夫一边，那架势真会打起来。争吵的就是共产党和国民党的事。"

"他们争的是什么问题？"我停下来问道。

"好像是两个问题，一是谁不抗日，一是谁要打内战。"灿石回答。我还只走到门边就听到大姐夫声气很盛地说："谁不抗日？我们十万青年学生从军，抛头颅，洒热血，就是为了抗日。"我告诫自己，一定要沉住气，决不能介入这场争吵。只听得硌舅嘿嘿地冷笑两声说道："那些青年学生太幼稚了，蒋介石的权术他们懂个屁……"我进门只见他们两人摩拳擦掌、剑拔弩张地对面站着，爸爸在中间伸着两只手拦着双方，盛枭稳坐泰山显得很安静。我一冲进房间就问硌舅："你不是说下午要参加一个教授会吗？我们一路过河去吧。"我就装着什么也没听见，东拉西扯地把话题岔开，要姐夫上去帮姐姐抱孩子回家。我们和硌舅走出家门，他说他要去看一位亲戚，就分手了。我虽然心事重重，还是按我们原先的计划到"凯旋门"摄影社拍了一张订婚照作为纪念。

在回校的路上，我有点心事重重，很少说话。他问了我几句，我都心不在焉地应着。我们在小店里吃了晚饭，我提议沿着登山小径散步。走到僻静的山路上，我就将话题转到他的家庭成员上漫谈着。当然他所说到的人员依然是我早已熟知的人物。我平静地笑问道："我听说湘西人爱抱养童养媳，你家没有给你抱一个吗？"他好一阵没有作声，显得很局促。我仍然笑着说："其实这种封建残余，如果发生在你这样的大学生身上，一定早就解决了，绝不会等到今天。"他突然停下来紧紧地搂着我说："我的亲爱的，你真太知心了。那已成过去的悲剧，提起来也是很难受的。"于是我们坐在路边石头上听他把往事娓娓道来。

"我母亲和我称之为六舅的一位哥哥感情特别好。六舅有很多子女，生活贫困，而我家就只有这么个宝贝儿子，家境还算丰实。凭着他们兄妹的亲情，和家乡喜欢亲上加亲的习惯，就把我和那位比我大两岁的表姐定下了这门娃娃亲。确实，我们那古老闭塞的地方，定了亲，就要作童养媳带回家。我六岁的时候，八岁的表姐就作为我的媳妇迎到我家来了。孩子们不懂事，在一起生活，不过是玩伴罢了。到了我十三岁，小学毕业了，要离家上中学了，舅家就催着要举行婚礼，因为女儿长到十五岁，已出落得像个大姑娘了，早已入住在夫家，以免日久生变。这种婚礼就叫圆房，请宾客吃喜宴，然后将两人送入洞房。十三岁的我，就这样被人捉弄着行礼如仪地娶妻了。我小时候身体瘦弱多病，个子矮小，一直和父母同一卧室。圆房的当夜，人们把我塞进洞房，我不知道该怎么办。宾客散后，妈妈把我叫去说：'你年纪还小，读书要紧。圆房的事不过是舅家见你外出读书，有点不放心，你仍然住在我们房间里。'我的那位表姐，年纪不大个子不小，笨手笨脚的，不会干活，妈妈并不喜欢她，常常骂她配不上我。但是六舅是她的哥哥，兄妹感情很好，自己定下亲是不可能言悔的。妈妈作了这样的安排，我很高兴。

"随着年龄的增长，我的知识也随着增长，和外界的接触也多了，渐渐懂事了，心里很反感这件婚事，回家也很少理睬这位一字不识的表姐。惧于父母的威严，虽不敢马上提出退婚，但行动上总是表露对她的不满。只想寻找适当的机会提出这件事来，心想如果我实在没有办法摆脱，我会下最大的决心离家出走。十五岁时我初中毕业，考上了办在芦溪的常德中学师范高中班。那是个专门为地区培养小学教师的办得很有名气的学校，很难考上。入学后一分钱也不用花，毕业后稳进中心小学任教，薪水也比一般学校高。我名列第一，那时还有科举的残余影响，有人跑几百里路来我家报喜。父亲喜不自胜，破天荒给报子打发了几块光洋呢，而且还在家里设宴庆贺。这一下我在家里的地位提高了，父亲有时也把我当做可以商量家事的人了。

"次年，母亲不幸因难产去世，父亲异常悲痛，派人把我叫回家。大舅前来悼念时，我就大胆地提出了不承认这桩父母包办的婚姻，要求退婚，请大舅父做主把那位在我家生活了八年的表姐带回去。当时没有什么结果。我回到学校以后，就不断地向父亲和舅父们写信。态度非常坚决，并且明确地向父亲表示，只要表姐还留在家中，我就坚决不再回家。父亲还深深地陷在母亲去世的悲痛之中，天天请人超度，夜夜哀思难寐。母亲遗留的婴儿无人带养，又只好为他寻求一个继母。他实在是精力疲惫，无暇他顾。此事原本是母亲的主张，父亲见我如此坚决，也不想勉强了。六舅已先于母亲去世，商得大舅父的同意亲自送女孩子回家。这段娃娃亲，就此画上了一个句号。"

我默默地听完他的叙述，我觉得他这段经历，是值得同情的。他能够坚决地摆脱封建婚姻对他的束缚，表现了他处事的毅力，增添了我对他的敬意。我回家对妈妈依样画葫芦地说了一遍。其实我也很佩服妈妈的阅历和洞察力，真让她说准了湘西人养童养媳的事，而就发生在他身上，真够戏剧性了。妈妈停了一会儿问道："办了什么手续吗？譬如说老话说的'休书'有没有？"我笑道："你也太多心了，他们是关系密切的亲戚呀。当初来，不就是带回家；后来走，不就是送回去！"妈妈认真地说："话可不能这样说，他们是请了酒、拜了堂、进了洞房的，什么叫明媒正娶，你懂吗？古话说'糟糠之妻不下堂'，有的人家里有妻子，办了离婚手续，可是仍是那家的主妇，允许丈夫在外面再娶。这叫离婚不离家。到头来，自由恋爱，还是做了人家的二房。乡下人叫姨太太。"妈妈说得多难听，我生气了，说她惯于猜疑别人，我可对盛枲的诚实很有信心。

刚解放，我任教清华中学。他在省教育厅任督学。当时湘西很多地方还被土匪盘踞，很需要当地人去工作，他就被派往黔阳地区，于是我们以最简单的方式举行了一个婚礼，就匆匆离别。学期结束时我就赶到芷江和他团聚。他虽然当的是专署教育科长，经常做的却是随部队下乡剿匪。这位文弱书生，身上带着一枝手枪，晚上还上着子弹放在枕头下面。我很是害怕，生怕碰响了它，他就把枪挪动一下，放在靠他的那边。他向我解释道："孙专员（孙国治，后任湖南省长）就住在我们对面房里，我们两家房间的窗户都向着菜园，外边只有一堵土矮墙。谁不知道专署就设在这座民房里面？我们天天剿匪，这些亡命之徒是不甘心灭亡的，我们随时都有遭袭的可能。他们两口子都带着枪。他的警卫员就住在旁边的小屋里，这一横排就有五支枪随时准备着，一旦发生情况，五枪齐发，这些毛贼还不就地枪决了？你要是机关干部，说不定也会发给你一支枪自卫呢！"我连忙说："我不想当干部，我要教书。"我真怕他这就动员我留在机关。当时专署作了迁洪江的准备，就安排我先期去洪江第十中学任教，以免将来调动的麻烦。我已有身孕六个月，挺着个大肚子，随着地委书记的夫人，搭乘武装护送的运输车，到了洪江省立第十中学就任副教导主任。洪江是湘西重镇，既是商品集散中心，又是依山傍水的战略要地。在我看来，这实在是一个落后的偏僻山城，时有土匪混入城内制造混乱，甚至纠集乌合之众持枪袭击。此地离芷江两百余里路，交通不便，音信难通，且路途上不时发生土匪抢车的事情。盛枭总是随部队深入农村，做剿匪反霸的工作，我总是不知他人在何方。在这人地生疏，举目无亲的地方，我感到十分无奈。更艰难的是我快要临盆了，行动不便，而且孩子将赤裸裸地来到这个世界，我还不知道怎样为他准备遮身的褓裸。我应接不暇地对付许多从没遇到过的事情，真是心力交瘁。我终于在4月初一个急风暴雨之夜，在洪江医院生下我的第一个孩子。我无法照料自己和孩子，只好住在医院里等待他来帮我安排。我写了一封倾诉艰难处境的信托人带给了他。他收到信时正在他老家的地区工作，虽然分身不得，却能见到他的父亲，于是向父亲求救。父亲就派了他的族姆，一个上山能挑百斤担、下水捡得水田螺的不折不扣的农村妇女，给我做饭带孩子。他在信上说，她不识字，很勤劳俭朴，非常可靠。由于父亲曾帮她打赢过官司，申过冤，出过气，所以她感恩投报，愿意来帮我带孩子。她是我们的长辈，称她"安满娘"（婶娘），孩子称她为"婆婆"（奶奶）。

我很高兴，已赖在医院一个多月，也该有个自己的家了。我刚搬出去一天，她就到了，而且是步行一百多里路，走了两天才到的。我礼貌地叫她"婆婆"，她却问道："你就是盛阿娘秀松吗？"我觉得好笑，她怎么竟给我取了个名字？我马上纠正道："我名叫冰溪，不叫秀松。你是我婶。你就叫我的名字吧。我是当老师的，在学校里不兴叫什么阿娘的。"她笑笑说："不叫冰松吗？"我认为是她发音的问题，就冰溪、冰溪地连说了好几遍。她身高体大，一双缠过的小脚，却一点也不妨碍她健步如飞，一天到晚手不停脚不歇地干活。孩子睡了，她就上山爬树地收集枯枝为我节省柴火，要不就到附近的农家或菜店寻找价廉物美的食品，为我节约开支。开始时，我们语言不通，她哇啦哇啦地大喊大叫，我也就咿咿呀呀地应付着，只要她能做饭带孩子，我就可以全力对付工作，也就万事大吉。慢慢地我能听懂她说的话了。我的专业是外语，培养了我模仿语言的能力，我学着说她的方言土话，亲切地叫她"婆婆"，不到两三个月，我们就逐渐地能够语言交流了，感情不错。这样，我回到家里，有了热茶热饭，也就有个人话家常了。我儿子是亲人，她也算亲人，就不再是举目无亲了。

有一天，婆婆竟用背篓把我的小鹿儿（儿子乳名）背到二十里外的集上赶场去了。回来时，已下午四点了，她兴高采烈地把她买回的那些宝贝疙瘩，在我的面前得意地展示。我急着把孩子抱出来，还是中午时吃了奶的，那时候可没有随身携带的牛奶。孩子饿得哇哇直哭，晒得满脸通红，浑身发烫，我真的心疼极了，也只好无可奈何地先抱着孩子喂奶。当晚小鹿儿发烧了，不吃奶，光喝水。不能安睡，一直哭闹。两个人通宵未睡，轮流抱着他在屋里走来走去。好不容易挨到天亮，就抱着他上医院了。医生诊断他得了肺炎，要注射盘尼西林，即青霉素。那时候的医疗条件是很差的，青霉素已是很贵重的药了。以我当时的特殊地位，才能马上开得此药。鉴于孩子太小，不能大剂量用药，必需每四小时打一针，我们两人二十四小时轮流监护着，孩子渐渐能安然入睡，我们才坐下来吃一顿开水泡饭。劳累之余，我看着婆婆敞开肚子吃饭的轻松神情，由衷地感谢她对我孩子的关爱。她的淳朴善良使我从感情上接受了她像我真正的婆婆。一会儿，孩子醒了，她赶快把他抱起来。一看，他竟笑了。她也像个孩子似的笑嘻嘻地把孩子送到我手上，我们悬着的心才放下来。她看着我给孩子喂奶，有意无意地淡淡地说了一句：

"咳，要是他那姐姐在，也十几岁了，也可以抱着他四处走了！"

"婆婆，你是说谁呀？"我有点好奇地问。

"我是说他姐，你难道不知道他有过一个姐姐？"

"什么，什么？他有过一个姐姐？是谁生的？"我吃惊地瞪大眼睛问。

"是前头盛阿娘（盛桌的老婆）生的，没带成人，在的话，十多岁了，不是可以帮你带人了吗？"她说得那么平淡无奇，我听起来却是惊天动地。他早已娶妻生子，不幸被妈妈言中，我真是欲哭无泪啊。我恨恨地在心里说道，这个骗子，我饶不了他。我还是强自镇静下来，想从心直口快的婆婆口中问清底细，再大兴问罪之师。可是她并没有提出什么惊人的消息。不过生了个孩子却是千真万确的。那么孩子的下落呢？他表姐的现况呢？婆婆告诉我："前头盛阿娘（我很讨厌她这样称呼那个童养媳，但我得耐心地听她把故事讲完）名叫秀松……"我马上打断她的话问道："难怪你一和我见面就叫我秀松，是不是你认为我是接替她的，就连名字也要用她的？"我心里着实生气。婆婆笑道："你不懂我们那地方的规矩。大户人家，新媳妇一进门，就不用她娘家的名字了。婆家就按辈分给她取个新名字。她是松字辈，她的妯娌都叫什么莲松、菊松、华松……盛阿娘就叫秀松。这个名字她又不带去的，我以为可以这样叫你。"她憨厚地笑着说。我只好耐着性子让她叙说下去。她告诉我，在盛枭进高中那年，她生了一个女孩。由于不会带孩子，冬天很冷，她把孩子捂在被子里面，奶头塞在孩子嘴里。自己又贪睡，一夜没醒，第二天一醒来才发现出生不到三天的娃娃被闷死了。

"盛枭不在家吗？"我问。

"他在学校里读书没回来呀。这婆娘蠢里蠢气的，不会做事，又不会带人，把女儿给捂死了。盛枭就更不喜欢她了，就在家里闹，又写信到舅家吵，硬要休掉这婆娘。不久，他大舅和你公公商讨一阵，就带着她把她屋里所有的东西，送回了娘家。不久就另外嫁人，嫁到了一个作田户人家，说是如今有了两个崽。"

我满腹狐疑听她说完，和盛枭说的太不一样了。我不能这样善罢甘休，我要查个水落石出，说不定女儿还是她带着，这门娃娃亲还藕断丝连地维系着。我越想越气愤，他这可恶的骗子！于是连夜修书，写了一封措辞严厉的信，托县政府往专署送公文的专差送去，要他马上答复，否则我带着小鹿儿立刻回长沙。这封信起了立竿见影的效果，在三天之后，他在百忙中请假来到我身边。他脸上挂着笑容，没事人似的，很喜爱地抱着小鹿儿亲个不停。婆婆见他来了，分外高兴，两人没完没了地用他们的家乡土话交谈，好多我都听不懂。婆婆为他做好菜去了，我正要迫不及待地提出我的质问，他却平静而温和地对我说："我既然来了，一切问题都说得明白。你消消气，晚上我们躺在床上，你不是喜欢听我讲故事吗？这可是一个曲折而悠长的故事啊。"

下面就是他讲述的故事。

那段娃娃亲缔结的经过已经讲过，就不重复了。表姐来到我家不久之后，妈妈就发现她呆头笨脑的，很不会做事，只认为人还小，耐心地教，会有长进的。可是她老也学不会，挨骂的时候很多。骂得最多的话就是："你这个蠢东西，真不该把你接回家来，盛伢子长大了，会不要你的，会把你退回去。"妈妈的话对我很有影响。虽然我还不明白结亲是回什么事，但从小就不喜欢她。妈妈碍于兄妹之情，自己做的事，不好反悔。过了几年，她的父亲去世。妈妈觉得这时候要是把她退回去，就有欺压孤儿寡母之嫌，就更不好提了。湘西是个土匪盘踞的地方，我们的家乡在大山环抱之中，时常有土匪出没。在她十五岁那年的冬天，毫无警觉地土匪进村了。仓皇中，妈妈带着她，往屋后山上躲藏，结果被土匪追上，要把她掳走，妈妈拉着哭着跪着哀求着，把随身携带的钱物都拿出来献上，都无济于事，土匪把妈妈强力掀开，挟持她走了。晚上她被土匪扔下，连爬带滚地逃回了家。只见她披头散发，满脸伤痕，衣服破损，十分狼狈地哭个不停。妈妈一眼就能看出发生了什么样的伤心事情。妈妈心如刀割地安抚了她。毕竟她是亲哥哥的女儿，她亲口承诺接回家来做自己的儿媳，没能保护好她而遭到侮辱，心痛不已。她决心劝说儿子接纳她。妈妈的策略是向外界极力隐瞒此事，宣扬土匪进村的那天，她去了外婆家，躲过了一灾。待她伤好，才让她在人前露面。我初中毕业了，以优异的成绩考上了常德中学高中师范班，以衣锦荣归的心态回家，真是春风满面。可是一想到那一字不识的表姐，就心里特别烦恼。刚一进门，妈妈就把我叫到房中，向我和盘托出整个事情的经过。最后她说："此事我瞒过了外人，不能瞒你，而且这也不是她的过失。这是躲不掉的灾星，命中注定。孩子，你就认命吧。吃了这个暗亏算了。妈妈是没有办法啊。"我瞪大眼睛听妈妈说完，心里却在回答，我是无罪的啊，我为什么要吃这个暗亏，还要去娶一个文盲老婆？我知道妈妈执拗的性格，争吵和申辩是不会有结果的。我默默地清理好我要带走的东西，次日清早就上路返校了，和表姐连照面都没有打一个。我下定决心，只有走永不回家这条路了。

我进入高中二年级时，家中派人来报信，说妈妈在产难中去世，催我回去办理丧事，我就不得不回家了。父亲难以承受这突如其来的打击，许多家事的处理就落到我身上，和大家庭里的人就接触多了。我有一种敏感的直觉，似乎他们都用异样的目光审视着我。安葬了母亲，我很快就要回学校，父亲在忙着安排做佛事念经，为母亲超度亡灵。按乡下的习俗，产难而死的妇女，必须念经七七四十九天。我和父亲说明，我在上学，只能在家里待这么几天。他只点头同意，也没和我多说话。母亲没了，父亲心情不好。我感到非常空虚，和我感情最好的是大伯的儿子二哥，我就在行前抽空去看看他，想问问家里弟兄们对我有什么看法。他推心置腹地对我说，对我还是很敬重的，大家都认为我会读书，考上了一个有名的学校，将来会是我们家族最有出息的人。可是对我的表姐就议论颇多了。二哥加重语气，毫不掩饰地对我说："自从她被土匪掳过以后，你妈有点管她不到了。不但不好好干活，还常和来家干活的短工长工们或者串门的闲汉们眉来眼去，打情骂俏，那闲话就多起来了，我们都看着实在不像话。说句不怕你生气的话，说你这个蛮有出息的后生，却甘心戴绿帽子而不休掉这骚货。三弟，你要早些打定主意。现在婶娘过世，更没人管她，还会出丑事的。"我一听，火冒三丈，满腹冤屈无处诉说，抱住二哥哭起来了。我寻思，我马上要回学校，况且我手中还没有掌握到她的证据，我也无法去找证据啊。

回到学校我就写了一封信给父亲，提出我的退婚要求。父亲没有回信。我又给几个舅父各个写了信，坚决反对这桩封建包办的婚姻，要求退婚，请他们把表姐领回去。可是，都如石沉大海，了无回音。我下定决心，一点也不气馁，两封三封……接二连三的写下去，大有不达目的决不罢休之势。他们也颇有耐心，就是不给回音。暑假我决心回家一次，恳求爸爸，动以父子之情，出力为我解决这个问题。没想到快到家时遇见了两个堂兄弟，他们把我拦在路上就问："你那婆娘有喜了，你知道吗？"我吃惊地说："那怎么可能呢？你们都知道，我一直睡在妈妈房间里，从没有和她同过房呀！"我感到委屈而愤怒。二哥说："她偷汉子的名声早已在外。你进了师范学堂，以后要当老师的，怎么能让她给你戴上顶绿帽子？老三，坚决休了她。你要有志气有决心。"两个兄弟也为我愤愤不平。我没好气地进了家门，只见她站在厅堂前摇着把大蒲扇在乘凉，那衣摆一掀一掀的，明显挺着大肚子。我真想揍她几巴掌。我还是理智地控制了自己。我去见爸爸，他表情淡漠地坐在为母亲超度的法堂里。只向我说了一句："回来了就好，晚上到我房间说话。"吃过晚饭，我先走进表姐房中，铁青着脸，劈头就问："你肚子里的孩子是谁的？"她却笑嘻嘻地说："这还用问，是你的呀！"我气极了，指着她骂道："不要脸的东西，你敢这样说？我一直不在家！"

"怎么不在家？你妈去世，你不是在家住了几天吗？你不喜欢我还想冤枉我？"她大喊大叫地骂起来，似乎竟是我没理了。她这一手是我不曾想到的，这一定是有人在背后摇鹅毛扇教她的。我一时没了主张，就跑进父亲房间向他诉说。父亲叹了一口气说，"孩子，你的事我最清楚。可是你们是拜了堂的夫妻，我这做公公的怎么好开口向外人说明呢？我们家是世代书香门第，出了这样的丑事，实在是有辱门楣。"他停顿了一下，压低了声音缓缓地说，"孩子，家丑不可外扬，你就认了吧。"我感到受到莫大的侮辱，平日常以礼义廉耻教育我们的父亲，竟会说出这种羞辱廉耻的话？我对父亲是彻底地绝望了。我无可投诉地跑到二哥家中去倾泻心头的郁闷。他们除了要我坚决退婚以外，也想不出别的主意。一想到他们挂在嘴上的"绿帽子"，我就觉得无端的耻辱袭上心头，这种洗不清的污蔑，让我不敢出门，不敢见人，无处申诉，无人了解。我痛苦极了，借着悼念妈妈，我号啕大哭。

我躺在妈妈的床上，冥思苦想，一筹莫展。最后竟作出以死相拼、同归于尽的决定。半夜里我悄悄走到厨房拿了一把菜刀，潜入表姐房中，打算把她一刀砍死。我轻轻地掀开了她的帐子，月光照在她的身上，她竟打了一个翻身。我突然害怕起来，手颤抖着，根本不可能砍下去。手无缚鸡之力的我，怎么能动手杀人呢？我意识到此事不可为。于是我退了出来，到爹爹的抽屉里拿了两块银元，挨到天色微明，就直奔学校。在清凉的晨风吹拂下，我慢慢清醒过来，心想幸而没有干出杀人的傻事来，为这样一个女人去死，是不值得的。离婚的决心是不可动摇的，于是我继续向父亲写信，声明我不可能为家丑不可外扬的封建信条而牺牲我一辈子，只要有她在，我就不回这个家。爸爸依然没有给我回信。所幸我是读的师范科，不要交任何费用，有时还有点伙食尾子作为微薄的零花。

几个月后，父亲来了一封信。他说表姐于冬月产下一女婴，但她不善照料，出生不到三天就捂在被褥中窒息而死，现已回娘家养息。我得到此信算是暂时松了一口气，我立即给父亲回了一封信，恳切地请求他，趁此最好时机，办好退婚手续。此时，父亲的态度明朗了，他说他去找舅父们协商此事，我可以不必亲自出面。我那表姐听说我要休她，还自以为所作所为，人家不知底细，硬着头皮说她在我家吃苦耐劳，做得很好，只是我读了几句书就嫌弃她了。她要跟大舅父（她的伯父）到我家来问清楚："我到底犯了什么罪？怎能凭他一面之词，说离就离呢？能这样糟蹋我的名声吗？"她来的那天，气势十分张扬。父亲处于公公的地位，不和她理论，只和舅父细细地谈说，还想丑事尽可能地不宣扬出去，她却高声大叫地越说越凶。我的祖母当时有七十多岁了，是个精明的老太太，她有四个儿子，在乡下都有名声，他们对祖母都极为恭顺，可以说祖母是家中最有威信的人。表姐来家里大吵大闹的事情，立刻就传到祖母耳朵中去了。于是老人家拄着棍子来了，指着她正言厉色地问道："你今天是来干什么的？你不是要问你犯了什么罪吗？你在我们家做了丑事，还有脸来问吗？要不要我给你都掀出来让大家看看？"老祖母逼视着她，竹棍子连连戳在地上问道："是不是？是不是……"这一下就煞住她的气焰，不敢吭声了。大舅在和父亲的商谈中知道了事情的真相，自觉无话可说。本来两家是过从甚密的亲戚，自家的女孩子不争气，无话可说，就答应带她回去，用不着办什么手续，走人就是。父亲为人宽厚，叫她把她想要的东西都拿走。婚约就在两方家长互信的基础上解除了。不久，她就嫁给了一个农民。

他的故事讲完了。我静静地思索着。这样一桩封建婚姻压抑着他的青年时代，造成了他心灵的创伤。我对他当时的处境产生了无限的同情。轻轻地问他道："你为什么早前不告诉我后面的波折？"他紧紧地搂着我说："我们有缘相识相爱，我们是幸福的。那是一段痛苦的回忆，我不必让旧日的创伤造成我今日幸福生活的阴影。其实我和表姐都是封建婚姻的受害者，她比我受害更甚。她在重男轻女的封建意识下，命运由人摆布，青春被人践踏。行为受人教唆，性格被人扭曲，最终成为我们这一代人悲剧性的人物。"

他的讲述，让我原本忌恨的心情改变成同情的心情。我不禁问道："她后来的情况，还有所闻吗？"

"有的，不多。

"1950 年，我随黔阳地区下乡参加清匪反霸的工作，我当时担任工作组的副组长。有一天晚上，在我所管的乡一个叫湾溪的地方举行贫雇农大会，发动群众。我是主持人，站在讲台前注视着前来开会的人们。忽然我看到一个清瘦的妇女带着两个孩子来了。她一进场，就明显地注视着我，我一下就认出是表姐领着她的两个孩子来开会了。她才三十来岁吧，显得憔悴而苍老，她的丈夫也随后来了，坐在她身旁。从他们的身上体现了旧中国贫苦农民的典型形象，但他们是土地改革依靠的对象。他们一家将来劳动力不少，会走向劳动致富道路的。"

五十余年过去了，盛桌远离了故土，再也没有听到过表姐的消息。在改革开放的伟大浪潮中，中国农村发生了根本的变化，表姐是不幸的一代，她的后代一定会以全新的面貌跟随着时代前进。

十、路在脚下

　　学校开学了，大家都回校办理入学手续，打破寒假的冷清。不过有的人并不打算上课，办完了注册手续，又纷纷离校。关于形势的传闻，流行着各种模式的版本。但是基本上只有两种：一种是凭借长江天险和美国佬的支援，国民党和共产党分江而治，求得半壁江山，暂时安定；另一种是共产党的军队，雄师百万，锐不可当。以当年红军四渡赤水两跨乌江的气概，就能跨越长江。有钱人家，在考虑着跑外国、走港澳、去台湾，中下层人家，没钱，跑不起，仗要是真打到眼前来了，顶多往乡下躲几天。这些情况反映到学校里来的是部分学生回家，少数人在上课。那些学运积极分子，似乎有些人好久不见踪迹，但仍有一部分在为师生员工"要饭吃"奔走呼号。我隐约感到，学校中的气氛不像以往那么活跃，有些活动不那么公开号召。有些人总是行色匆匆，却又不知道忙些什么。就连我的好友汤振权，也常不见踪影。也许是在搞秘密活动，我不想打听，顺其自然，静观其变吧。

　　我独自去小街上买点东西，走到十字路口，听见有人喊我的名字，并且气喘吁吁地向我跑来，原来是商学院的肖文，"二九剧团"的成员，我们一起排练过节目。我问他到这边来有事吗？他们商学院离本部有好几里地，所以才这样问。他说好久没过来，想来看看几个朋友。我和他握了一下手，便随口说："那你去吧。"他笑道："你也是朋友呀，来看你就不行吗？"我也笑道："那好，边走边谈，先陪我上小街买点东西。"我们并排地走着，他东拉西扯问了一些同学的情况，男同学我不了解，女同学有的报了到又回家了。我顺便买一包花生打算请他到寝室坐一会儿，招待他。他却说："我有重要事情要和你谈，寝室里人来人往的，不方便。这样吧，我请你吃便餐，到麓山馆聊聊行吗？"我犹豫了。我想，我和他只是一般交情，怎么好接受他请吃饭呢？而且我根本就不知道他要谈什么问题，但也不好太不给人家面子。我只好说："不就是要找个地方说话吗？泡杯茶，就着这包花生，要张桌子，坐一会儿就可以了。"
他同意了。于是他要了两杯茶，找了角落里的一张桌子坐下，还神秘兮兮地朝
屋里屋外看了一圈，然后用很低的声音说话。先大体上说了一下当前共产党节
节胜利的形势，接着又讲我们青年人要怎样地不落后于形势。我静静地听着，
心想这个家伙今天怎么专门找我训话来了？说了一阵之后，他停下来望着我。
我不知道他到底目的何在，就问道：

"肖文，你的话说完了吗？"

"那么我直截了当地说了吧，"他似乎有点激动，"首先请原谅我要求你绝
对保密，可以吗？"

"当然可以。"我极为好奇地想马上知道他要说什么，毫不犹豫地答应了。
心想大概是开玩笑的。

"我是个共产党员。"他凑到我耳边用蚊子似的声音说。这倒让我大吃一
惊，瞠目结舌地望着他，一时竟不会说话了。

"自从上次和你一起在街头演出之后，我就认定你是女同学中的先进分子。
我告诉你我的秘密身份，目的就是发展你入党，你同意吗？"这让我太吃惊
了，不知如何作答。沉默了一会儿，他认真地说："也许我太唐突了，在你没
有一点思想准备的情况下提出这么重大的问题。这样吧，三天之后我仍旧到这
里等你行吗？你可不能泄露我的秘密，这是性命攸关的事。"他的语气中有点
惶惶不安。我坚定地说："决不！"

我回寝室的路上，思绪纷纭。我该如何回答？我能找谁商量？他对我并
不了解，怎么敢把这么重大的问题向我提出？想来想去，连晚饭都吃不下。最
后我决定只能找易先生——不，盛桌，我们已经从友情升华到了爱情，决定不
必那么客气，用名字相称。我胡乱地吃了几口饭就跑到他屋子里来了。他刚
好吃完饭，我来不及坐下就说我有要紧的事和他说，首先我问他是否认识商学
院的肖文。他说见过几次面，不是很熟悉。我就把今天发生的事原原本本地对
他说了，他也很吃惊。思索了一会儿，他说："事情是有点蹊跷。他要真是共
产党员，绝不应该轻易地暴露自己的身份，因为这是很危险的。要是假的，那
就是冒名做坏事，别有用心，对你就很危险了。"说得我心情紧张，直问他怎
么办，三天之后是否和他相见。他说他也要和有见识的朋友研究一下，并且约
定我后天下午到老地方相见。所谓老地方就是我们常去的崑涛亭。我回到寝室

后，心情忐忑不安，觉得盛枭的举动也不像平常，他找谁研究？他的朋友我基本上都认识，还有什么高明的我没见过？想得我心烦意乱，久久不能入睡。我躺在床上，尽力让自己的心态平静下来，思索着肖文其人。虽然没有什么深交，但在一起还是搞过多次活动。他是个很平和稳重的人，很有亲和力，都觉得他平易近人，和大家都玩得来。他有什么必要来骗我呢？难道他是国民党特务，想试探我是不是共产党人？然后把我控制起来，为他所用？我又从好的方面来思考他。从他平日的表现来看，他是个积极追求进步的人，又能广泛联系同学，说不定他真加入了共产党，受命于地下组织，要他联系更多的进步学生，发展共产党的力量，扩大共产党的影响呢？我觉得我想得有理，思路豁然开朗，一定是共产党在我们学校领导着学生运动，只是在国民党的统治下只能从事秘密活动。在我们校园中存在着共产党的组织，在为我们指路，通向自由民主之路。

我如约在崑涛亭和盛枭相见，他笑容可掬地从一棵松树后闪出，比我先到了。我急切地问明天去不去见肖文。他说不用去了，已经想办法通知他该怎么做了。我疑惑不解地望着他，心里觉得他干预了我的自由。我的事怎么可以不先和我商量，就做了主再告诉我呢？他拉我在石凳上坐下，紧握我的手说："我们从相识相知到相恋，我的心里是定下了生死之交白首之盟的。我今天要把我最大的秘密告诉你。"他紧紧地搂抱着我，让我有点喘不过气来。他接着说："我是一个共产党员。"我吃惊地瞪大了眼睛，然后拉着他的双手欣喜地问："是真的吗？怎么早不告诉我？"他说："不经组织允许是不能随意暴露自己身份的。在国民党统治区，共产党是秘密组织，是国民党的死对头，他们对待共产党人是宁肯错杀三千，也不肯放过一个的。他们的特务机关军警系统，每时每刻都在盯着学生运动的活跃分子，他们使用得出种种恶毒和残酷的手段对付我们，我们能不小心谨慎吗？每个党员只有一个联系人。肖文的事我向联系人报告了，他随后通知我，这事就到此为止，我们就不必过问了，你也不必给他回音。他自然再也不会来找你。这事要我们严守秘密，对任何人都不能提起。"

"那么肖文是共产党员吗？"

"不知道。"他说，"组织已经了解我们的关系，我介绍你入党怎么样？"我一时没有回答。我心里翻腾着，我现在不能要求加入共产党。在我们家里，爸爸是老国民党员，姐姐姐夫是国民党中央政治大学毕业，当然的国民党员，如果我加入了共产党，这个家会出现什么样的问题呢？正因为如此，我的心情常是矛盾的，有时产生一种清高思想，不入党就不能革命？现在是他——我的恋人向我提出这个问题，我闪躲不得，于是我如实地告诉了他，我的思想状态。他踌躇了一下："那么你先参加另外一个进步组织吧。以后再入党。"他缓缓地说。我马上问他，是什么组织，怎样参加？他说："这是共产党领导的进步青年组织，实质上就是共产主义青年团。我们的团原来是很有实力的，在学校带领广大进步青年进行了很多的革命活动。但是不幸被敌人破坏，有的人被抓，有的人转移到了别的地方。最近重新建立，换了一个名字，叫'新民主主义建设协会'，它是共产党直接领导下的一个青年组织。你愿意参加吗？"

"当然愿意，那么我就是在你的领导下了？"

"这不是个人领导的问题，是组织的领导。有人会和你单线联系，具体的人我也不知道，我只能向组织报告，我以共产党员的身份提议介绍你加入这个组织。我和你没有组织上的联系。这一切都要高度保密。向家里人也不能透露半点消息，你做得到吗？"他说话的神情凝重。

"当然做到！"我俩击掌为信。

他伸开左手，让我看上面写着的两个字——"过渡"，然后让我也将这两个字写在自己手心里，还要记在心里，万一擦掉，还可以重新写上，这是联系的信号。联系地点是岳麓书院前赫曦台右侧的茅草丛中，时间是明天清晨吹起床号之后。此时此地，有人来向你出示了手中的联系暗号"过渡"，一切都正确无误，你就算接上一头。他就是你的联系人，他会告诉你怎样做和做什么。我听得入迷了，仿佛是在听故事，也在脑子里描画了一幕电影中的做秘密工作的情景，我紧握着他的手心情兴奋极了。似乎这"过渡"两个字，已由他的手心传到了我的手心，我们的心血脉相通了。

那一夜我不断醒来，生怕错过了那熟悉的起床号。我握着拳头入睡，不想擦掉他写好的"过渡"两个字。天蒙蒙亮我就起床，穿戴整齐等待起床号声。听到第一声号音，我就直奔赫曦台，绕着周边的茅草转了一圈，没有发现人影。我只好拿着手里那本英文书，站在草丛中轻轻地朗读。我强作镇静，其实心急如焚。有人从赫曦台的前后脚步匆匆地走过，似乎都没有停下来的意思。忽然我看见对门寝室化学系的陈顺坤慢悠悠地朝我这边走来，我们是同一年级，互相都认识，只因不同系，没有什么多的来往。此时我不愿和她打招呼，我怕她也坐下来看书，影响我秘密接头的大事。我装没看见，手举着书，目不斜视地只顾自己朗读。偏偏她看见了我，笑嘻嘻地走到我身边，打了个招呼，拉着我到赫曦台前的石级上坐下来，真让我有点心慌意乱了。她问我们寝室里多了一个非本校的学生，是谁的客人。我说是小汪的客人，天津来的，想到湖大办借读。据说她的父母在广州工作，有亲戚在长沙，和小汪初中同学，所以就暂时留下来了。我看她没有离开的意思，心里很着急。不由得心不在焉地四处张望，担心错过接头的人。她忽然低声地问我道："你手心里有两个字吗？"我吓了一跳，以为我手心上的字被她发现了。她却从容不迫地说："你看，我也有两个字。"她把手伸到我的面前，"是这两个字吗？"我一看，喜出望外，"过渡"二字赫然在目。我也伸出手和她重重地拍了一巴掌，我高兴地紧紧抱住她，喃喃地说："原来是你呀，我们是老熟人，何必费那么多周折？"她严肃地说，这是党地下工作的组织原则。否则随时可能招来杀身之祸。她打开她带来的一本杂志，里面夹了一张表，她告诉我怎样填写。然后把表叠好，夹在我的书里。要我明天带到爱晚亭的清风峡来，沿石级往上走，就可以遇见她。表上有我个人的学历和工作经历，家庭成员的姓名和简历。她说，介绍人只写她的名字就是。她再三嘱咐我，我们对外还是和以往一样，平淡之交，不可以过多来往。然后她四面看了一下，要我先走，目送我进入宿舍再离开。

我回到寝室，心潮起伏，久久不能平静。陈顺坤的身影不时在我眼前出现，矮小的个子，圆圆的面庞，除了有一颗虎牙以外，我想不起她面部的特征。平日里，不显山不露水，球场没有她的踪迹，舞场没有她的身影。她的穿着朴素大方，从无装饰，可以说还有点古板。她的同班同学们说，她读书用功，成绩优秀，常在屋里静坐看书。她什么时候参加地下工作的？不由得油然而生敬佩之情。我明白了，路在脚下，如何走去，在于自己的判断和选择。

次日，我按约定的方式交了表。她说，要我物色两个志同道合的人秘密加入组织来，然后成立一个小组，就可以开展活动。我马上提出了我的同班好友黄孝洁和汪祥昆。这两人她都认识，我大体介绍了她们的情况。她说明天晚饭后在老地方给我一个答复。所谓老地方就是赫曦台侧的茅草地。我知道小汪的姐姐是很进步的，她在广州工作，有一次为了甩掉特务的跟踪，曾在我们寝室住过一段时间，常和我们讲革命斗争的故事。孝洁有一个舅妈，也是一个进步人士，常借一些进步书籍给她看，我也从中得益不少。要是她两人能参加，那就太好了。由于好的心情和热烈的期望，我特别想和她们聊天散步。晚饭后我邀她们沿着登山大道漫步。我们的话题都没有离开当前的形势，互相交换着听来的许多关于共产党的消息，我们都充满了乐观的精神，期待着美好的明天。

我的愿望实现了，顺坤交给我两张表，嘱我先和她们谈话，婉转地征求意见，如果意向一致，再表明身份，争取她们加入组织。由于有了昨天散步聊天，我对她们的思想已经非常了解，所以用不着转弯抹角，我就直截了当地亮出我的身份，征求她们加入组织的意见。她们两人不约而同地哈哈大笑起来，我摸不着头脑地发呆了，问她们笑什么。祥昆说，昨天散步回来，她们两人就悄悄地议论我是有目的的，今天果然验证她们的估计。这样一来，就不用再做什么思想工作了。我如法炮制地把表交给她们并嘱咐了保密的重要性。我很高兴，我们增添了力量。此后，由顺坤秘密地先后发给我《土地改革法》《新民主主义论》《论联合政府》《论人民民主专政》，都是薄薄的小册子。我们都觉得很新鲜，学习积极性也非常高。我们是学外语的，平日接触中外的文学作品比较多，思想和政治十分隔膜，也可以说一窍不通。但是看到国民党政客的丑态，是很厌恶的，也就自命清高，盲目地瞧不起从政的人。学习了这几本书，虽然很多地方并不理解，却也明白了一些道理。我才懂得了我们要民主要自由不就是政治吗？这几本小书上都没有署名作者，我们当然想不到作者是谁了。顺坤是我的联系人，书由她逐一发给我，归我保存。她再三嘱咐，书要绝对保密，决不可让人看见，更不能丢失，强调要用生命保护它。每次我们三人都躲到山林深处去学习，为了不被人发现，每次我们都得换地方。我得把书收藏好，放的地方连她们两人都不能知道，知道的人越少越有利于保密。我冥思苦想，终于想了一个妙处。我把我的棉被撕开，把书夹在里面，被子每次都要缝好，虽然麻烦，但我觉得保险。不久，顺坤要我再建立一个小组，也就是再发展两个人，以我为组长，再成立一个三人小组。我是两个小组的组长，但两组不能互相通气。我毫不迟疑地接受了任务，联系了经济系的熊灵芝和周惠然。两组的活动，我得分别安排，我的生活忙碌起来，但很充实。

十一、声援南京"四一惨案"

　　1949 年 4 月 5 日，湖大学生自治会发出通知在阅览室举行座谈会，我应邀参加了。在会上宣布了一个震骇人心的消息。南京政府妄图以和平为幌子，争取喘息的时间，阻止共产党打过长江来。南京学生于 4 月 1 日举行了大规模的"反对假和平、争取真和平"的游行请愿，以揭露他们的阴谋。就在游行结束的归途上，国民党军警大打出手，制造了骇人听闻的南京"四一惨案"。当场打死学生三人，打伤学生两百余人，其中有几十人伤势严重。这一消息让全场沸腾了，个个义愤填膺，纷纷发言要求召开全体学生大会，联合全市大中学校，举行声援南京学生的大游行。下午就在大礼堂召开了全体学生大会，当即决定发起组织"长沙市学生声援南京'四一惨案'争取和平大会"，立即派出大批同学过江联络市内各校，并约定 4 月 7 日十二时在中山公园举行"追悼死难烈士大会"，会后游行示威，揭露当局假和平真备战的虚伪面貌。我的任务是邀集一批女同学扎白纸花，谁来参加谁就带白纸和白线来。嗬，6 日上午带来的材料还真不少呢，堆满了一张乒乓球桌。我们把各类纸张分开，软而薄的扎花，其余的就要派上写挽联、标语、口号等用场。下午我们就和做其他准备工作的同学们在阅览室开始工作。我们的任务很重，不但要为本校同学准备，还要考虑有不时之需。赶到半夜，已经堆满了两个箩筐，就让其他同学去睡觉，我来收尾。我困得不行，手里拽着一朵纸花，竟趴在桌子上沉沉入睡了。忽然听得有人大喊："紧急情况，紧急情况！"我被惊醒了，只见联络员李大个子气喘吁吁，汗流满面地跑进来说："刚才得到可靠消息说，军警部门已准备对付我们的游行。他们不但在湘江两岸布警，阻挠我们渡江，还准备了许多绳索，打算捆人。他们会全副武装地行动，也许不惜制造第二个南京惨案，反正他们的老板已经在前面作出了榜样。我们怎么办？"在场的自治会主席马上去喊人，叫我们也别走，大家一起商量对策。随即举行了一个二十几个人的临时会议，大家虽然睡眼惺忪来开会，但听到这个突如其来的消息，都异常激动，个个摩拳擦掌，义愤填膺。南京学生不怕死，难道我们就退缩？决定原议不变，追悼会和大游行按原计划进行，然后确定几项措施来对付明天的局面。首先要严密组织，一切行动听指挥，不能随心所欲地自由行动。其次是态度温和，耐心说理，不许动武。他们手里有枪，你却只能用拳头打他。他说自卫，就开枪了，结果我们吃亏。我们不给他制造动武的机会。我们采取合理斗争，达到宣传目的，不发生流血事件。

天亮了，同学们陆续来到操场。只听得李大个子吹哨子集合队伍，我赶忙搂着纸花分发给大家。大个子受昨夜会议的委托，向大家说明了昨夜得知的消息，并且传达了今日游行的策略。不久，我们附近几个中学的队伍先后来到，他们有的白花不够，幸好我有所准备，就高兴地发给大家了。迎着忽隐忽现的阳光，我们大约有三千人的队伍，朝着大西门渡河的码头进发。我们和沿江船民的关系甚好，他们早就为我们准备好了渡船，可是渡江总是一个很费时间的事情，我们想着当局一定早已派军警守在沿河了。出人意料的是，沿河显得异常平静，船工们都拉开嗓门在喊我们上船呢！我是第一批上船的，看到没人拦阻，心中兴奋不已。忽见江心有一只小船飞速向我们划来，船上有个人向我们大喊道："同学们，好消息，好消息！"我一听就知道是我们的联络员小张。他接着说："程潜主席下了命令，全市军警不得干涉学生游行的队伍，还要保护他们！"大家一听就欢呼起来。不到两小时，我们就全部过江。这次参加大会的大中学校有二十多所，人数超过一万，而且队伍整齐，秩序井然。南京中央大学也有代表参加了大会。

正午十二时，大会开始，由湖南大学自治会主席胡书卿主持。首先举行公祭死难烈士的追悼仪式，宣读祭文，表达了同学们对烈士的敬意和争取和平的决心。会场四周挂满了悼念烈士、控诉反动派的挽联和标语口号，其中犀利而醒目的有如下两首挽联：

为和平呼吁，为正义牺牲，如此精神，不愧贞诚烈士；
用枪炮屠杀，用江水淹埋，这般残暴，还要伪装和平。

和谈刚开始，已经阴谋毕露，假民主，伪自由，如此无耻政府；
代表才起飞，就叫特务行凶，杀青年，捕学生，只知祸害人民。

追悼仪式之后，接着是大会主席团主席讲话。他首先肯定了程主席对今天大会的支持，赞扬他对学生的保护措施，希望他顺应湖南人民的要求，为湖南的真正和平作出贡献；其次是呼吁全市青年学生进一步加强团结，为和平而奋斗，要高度重视集体和个人的安全。下午二时，大会结束，天上乌云密集，下起雨来了，而且越下越大，也许是悼念我们的烈士，苍天也为落泪了吧。随即在纠察队员的调整下，很快地整理好队伍游行开始了。周南中学为前导，湖南大学为殿后，在凄风苦雨中斗志昂扬地前进。我们举着孙中山的画像和他"和平、奋斗、救中国"的遗言前进。一路上我们散发着有关惨案真相、揭露假和平的花招、声援南京学生、停止征兵征粮等宣传资料，以及"告青年同学书""告湖南人民书"等传单。沿途还张贴了有关大会的标语口号，市民们热情支持，使得游行进行得非常顺利。雨越下越大，我们个个都被淋得全身透湿，没有一个人退缩，表现出了革命青年的气概。一万余朝气蓬勃的学生大游行，就像一股势不可当的洪流，奔腾前进，震撼了三湘四水，把长沙学生运动推向前所未有的高潮。接着湖南许多市县的学生，掀起了此起彼伏的学生大游行高潮，对湖南的和平运动产生了巨大影响。

革命的学生们在这次成功的运动中，感受到自身的力量，更深切地体会到集体的力量。在湖南大学的发动和倡导下，邀约了长沙三十二所大中学校代表一百五十余人在湖南大学集会，决定成立学联。12日"长沙市大中学校学生联合会"正式成立。当时的主要任务是促进南京政府在共产党所提的国内和平协议上签字，4月20日是最后限期。但是人们的期待落空了，国民党没有诚意，撕毁协议，竟想凭借长江天险，隔江对峙。青年学生们却想推动学联发起在4月24日举行全省更大规模的游行来迫使当局实现和平。时间紧迫，学生们的活动很快就被当局察觉。消息传来，他们不惜以血腥的手段实行镇压，为了避免无谓的牺牲，大游行很快被叫停。同学们压抑不住心头的怒火，大骂学联没有斗志，胆小怕事。不管怎样，大游行还是无声无息地停下来了。

晚上，盛泉来约我出去散步，他悄悄地对我说，他要离开长沙一段时间，向我告别。我觉得事情发生得非常突然，无缘无故，怎么说走就走呢？就急急地问道：

"为什么这么急？要到什么地方去？和谁一起去？"

"就我一个人，到新化锡矿山去。"

"去多久？我陪你去行吗？"

"不行，不行！"他连连摇手。

"那你就得告诉我为什么要去。"我缠着他不放。我们沿着山边走了很远，天色已经黑下来了。他四顾无人，就低声告诉我，这是党组织一项秘密的安全措施。他说，国民党不肯在共产党提出的和平协定上签字，共产党马上就全线进军，武汉已经兵临城下。白崇禧并不想替蒋介石损兵折将，他只想保住他的实力固守老巢广西，想以湖南为屏障，以后步步为营地在湖南的土地上打仗，最后据守在广西的高山峻岭之中来和共产党讨价还价。现在他的二十万大军，已进入湖南，他的行辕也进驻了长沙。他要大力打击共产党的力量，打击和平运动。党对那些平日出头露面的地下党员采取了保护措施，让他们离开长沙，到外地去开展工作。我虽然听明白了，但是他的离开使我非常牵挂。没有办法，为了人的安全，只能让他走。他说，先到市里一个指定的地方，再有人会告诉他走的路线。在市里什么地方呢？那是机密，对谁都不能说。次日上午，我在江边和他道别，他的神色镇定，还和平日一样，温和而平静。下着小雨，我看着他撑开一把油纸雨伞，提着简单的行李，在小船上摇摇晃晃地远去，我的心中无限惆怅，不知道他什么时候回来。刚才强忍住的泪水，在自己往回走的路上，悄悄地流了下来。

我因盛桌的离开，就多了个心眼留意周边有什么变化，平日那些活跃分子大多不见了人影。学生自治会门前，也不像以往那样人来人往地热闹。"民歌舞蹈社"邀约我去参加一个西藏舞蹈的排练，我觉得很新鲜，就兴致勃勃地参加了。说是为了要举行一个大众文艺晚会，这是一个特约节目。我们有十几个女同学在礼堂旁边的小木屋里研究动作，边唱边舞，心情十分轻快。我在另一间房里抄写歌词，忽然听得有一个女同学大喊："同学们快来呀，自治会被人包围了！"自治会离我们排练的地方不到五十米，我和另外两个女同学跑出来一看，只见有十几个男同学扎脚勒手地在自治会办公室周围叫骂，还有两个身材魁梧的男同学把守着进入办公室的大门。叫喊的那位女同学是从四舍出来打热水的，看到这种情况，就扔下手中的盆，大喊大叫地朝我们这边跑来。我们就拉着她一道边喊边朝大操场方向跑去。接着，听到我们喊声的同学们从四面八方跑来，我跟着他们最先挤进了办公室，看见了那让人气愤的一幕。只见自治会主席胡书卿被两个人挟持着坐在办公桌边，面前铺了一张白纸，纸上有墨迹未干的三个大字"悔过书"。有一个人手握毛笔，要胡书卿接过笔来按照他们口授的内容写所谓的"悔过书"。另一个人手举着一把椅子，高悬在胡书卿的头顶上，威胁他写下去。胡书卿倔强地偏着脑袋垂着双手，一言不发，我觉察到他眼光的愤怒，我也怒火中烧了。我们一涌进来就让这几个人很吃惊，想夺路而逃，但是门已经被堵住了。那个握笔的阴阴地冷笑了一下，说道："他身为学生自治会的主席，不好好带领大家读书，却违抗中央的命令停课游行，我们要质问他的过错。"并向另外几个人挥手道："走，我们到省政府请愿去。"我们用鄙夷的目光目送这几个家伙从人堆中挤出去，同时发出种种咒骂声。我们没有阻拦他们，我们只想问问事情的原委，看看胡书卿是否挨揍了。这时老胡掉泪了，诉说了那些人对他的辱骂和威逼。胡书卿和我同班，抗战末期，他高中毕业后，响应政府从军的号召，投笔从戎。由于英文根底好，在军中当了美军翻译。两年后抗战胜利，他要求上大学，因从军的优待，不用参加考试，就分配到湖南大学来了。我们虽然同班，却很少交往，我知道他英语学得不错，是班上的活跃分子。他竞选学生自治会主席时我是投了赞成票的，和前一届相比，他不是那么有魄力。今天的事，使我增加了对他的敬意。大家正围着他七嘴八舌地询问时，听到外面有吵闹和打架的喧哗声。我们又跑到外面看个究竟，只见两群人正在扭打，刚才围攻胡书卿的那帮人边打边跑，还有人从地上抓起石头打他们，把他们赶过马路才罢休。这场闹剧也就收场。

我虽然对那帮人一个也不认识，从他们的行为上当然能够判断得出他们是反对学生运动的，平日他们只在暗中活动，今天竟是明目张胆了。我就向站在我身边的一位男同学打问，这帮家伙是些什么人，从哪里钻出来的？他笑着对我说："连他们是什么人你都不知道，你算是缺乏常识了吧。他们都是三青团的，那个瘦猴似的高个子就是他们的区队长。和我们'湖大吼声'唱对台戏的'湖大青年'就是他们办的。"过去我只感觉我们的周围鬼影憧憧，暗流涌动。有时大会上的争吵，发言中也只是含沙射影，找一些冠冕堂皇的话来表达不同意见；或者是张贴不署名的墙报、公开信来宣示反对意见。这些人到底是谁呢？没有具体的人，只是暗中揣测。今天他们大打出手，暴露无遗，让我看到真有其人了。形势的剧变，白色恐怖笼罩了整个长沙城，迫使学生运动的领导者改变斗争策略。为了积蓄力量，迎接明天，有一批人刚刚作暂时的转移，这些鬼影就白日现身了，嗅觉真是够灵敏的。他们是有备而来，我们是临时应战。毕竟我们人多势众，他们不敢恋战，落荒而逃，却警示我们必须提高警惕。各进步社团闻风而动，不到半小时，各教学楼、食堂、宿舍就出现了不少指责、揭露这种卑鄙行为的墙报以及标语、口号。

正当我期待着盛桌的消息时，他却让我惊喜地回来了。他告诉我他在指定联络人家里住了几天，原来约定的人都不去了，他也就不去了。现在的任务是开展和平运动，做好保护工作，防止破坏。他回来了，我当然很高兴，他常能给我指点方向，我觉得很有依靠，不过我也常为他的安全担心。

学生自治会门前的自发抗暴力量以及爆发出来的对恶势力的挞伐，是《声援》所播种长出的幼芽，它会在湖大的校园中开花结果。

十二、半夜演习

白崇禧的部队进驻长沙以后，为了把湖南变成他的老巢广西的屏障，尽量扩充他的势力，大肆收编强盗土匪，招降纳叛，横行无度，增加了城里紧张的气氛。听说他们在加紧征兵征粮，街头上也常发生当兵的向商家强买恶要，最爱逛街的大小姐们也不敢天天进城了。湖大的学生运动为了避免姓白的寻衅开刀，也不搞大规模的游行示威，工作重点在两个方面。地下党传给我的消息一是争取湖南和平解放，程潜和陈明仁是我们争取的对象；白崇禧是我们斗争的对象，要分别对待，不能把矛头指向有和平倾向的人。二是我们要保护学校，保护我们的校产，不许有人抢劫破坏。关于第一项我们是英雄无用武之地，不知道要做些什么，但人人有责宣传要和平，不要打仗，反对征兵备战。关于第二项，学生自治成立了护校队，由三十个男同学组成武工队。抗战胜利以后，学校收集一些日本人遗留下来的枪支，封存未用，原来打算作开展军训之用，但一直没有用上。这原本是一个鲜为人知的秘密，不知他们怎么打听到了，以护校的名义启开了这个秘密。经过清点，得了三十支像样的枪，但是一颗子弹也没有。这三十个持枪的人却天天煞有介事地在科学馆的屋顶平台上认真操练，有时也在操场和马路上威风凛凛地露面。外人不知底细，也能起到震慑作用。我们共有五栋学生宿舍，各自成立了二十人的护舍小队，每人发一根童子军用的大约四尺长的木棒作为武器。四舍是女生宿舍，正常情况下八十余人，现在非常时期，就只剩下一半了。我们绝不示弱，也选出二十人成立护舍小队。我原是舍长，这时就成了队长。我们当然没有办法操练，只是嘱咐大家，将棒放在容易拿到的地方，晚上带在床上睡觉，以防万一。平日在房间里不妨独自练一下举棒击棒，学一学蛮棍打狗，以免临时慌张。这样一来，就平添几许紧张气氛。好在我们寝室里还住了五个人，有三个拿着棒，很齐心，随时可以互相支援。我们的传达室住了一位专司传达的工友，他是我们宿舍里唯一的男生。他掌管着每晚九时落锁的大门钥匙，非常忠于职守，十分关切宿舍安全。他大约五十岁的年纪，大家亲切地叫他"罗爹"。其实罗爹本人就是我们女生宿舍一把最可靠的锁，他在准确的时候开落，他又能准确地掌握什么情况下开，什么情况下不开。可以说我们宿舍从没有为开关门的事发生过纠纷。他知道我们这些女大学生大部分都喜欢有点豪放自立的气质，不怎么爱听小姐女士之类的称呼，似乎又不便直呼其名。他别出心裁地一律称我们为某某先生，这多少带有一点学术的气氛，我们觉得很有趣，也乐于接受，这让我们觉得罗爹更可敬可爱了。

就在我们护舍小队成立不久的一个月白风清的晚上，大约午夜时分，有人急剧推搡寝室门的声音把我惊醒，我马上翻身坐起，紧握木棒，大声问道："谁推门？什么事？"

"秦先生，是我，老罗。外面一大群人敲门要进来，我没了主意。"罗爹声调急促地说。我和同寝室的几个同学操起木棒直奔大门，拍打和呼叫的声音老远就能听到。我到大门边的窗口上问道：

"你们半夜敲门，有什么事？"

"你是谁？是负责人吗？"

"我是舍长。有事请讲。"我沉着地回答。

"那好。我们看到有一个穿黑衣的男子从你们宿舍的后墙爬进来了，特来捉拿。"

"你们是什么人？"

"我们是乡公所巡逻队的。"回答的人说着就跑到窗前来了。我看他那样子，衣冠不整地敞着上衣，拖着一双鞋，就不放心开门了，示意罗爹不要开门。这时我们已有好几十个人聚集在门边了，我看到大家那支持的眼神，胆子也就大起来了。

"那谢谢你们的关照了，我们已经派人在宿舍里各处清查。真有坏人钻进来，料他跑不掉。时候不早了请回吧。我们护校队不久就会巡查到我们这一带来，我们会向他们通报这个情况。"我们的护校队有枪，这是远近闻名的，他们如果是冒牌货，自然害怕遭遇。这一二十人就无声无息地走了。

后来自治会的人打听到，这是一群当地的流氓无赖，想闯进四舍来敲诈勒索。我们没有上当受骗，得到护校大队的称赞，长了我们的志气。可是有几个胆小的同学，次日就离开了学校，让我觉得有点失望。我的好友祥昆和孝洁却是很乐观的，认为只要在这里的人团结一致，走了胆小的不是坏事。

不久护校大队出了一张布告，提示大家加强防范，国民党军中有些败退下来的士兵和伤病员，成群结队地四处强抢恶要，我们要集中力量来对付。并规定了本校行动信号是科学馆屋顶平台上的红灯笼：挂一个红灯笼，表示有少数身份不明分子进入校区，大家提高警惕；挂两个红灯笼，就是有地方出了问题，发出哨音，各宿舍小队集合，关上大门准备应对，大队紧急集合，奔赴出事地点；挂三个灯笼，并吹起床号，就是出重大问题，各小队到大操场集合，大队派人统一指挥，保护全体师生员工。上面是布告的大体内容，有些细节就没有仔细看，越看心里越紧张，仿佛问题马上就会发生。但是平静地过了几天，大家又安下心来，好像什么都不会发生。

我们学校的供电近来是由工厂自己发电，用的是柴油，由于物资供应紧张，只有晚上才供两小时电。到了九点钟，电灯眨一下眼睛，就表示还有一刻钟就要熄灯了，大家赶快作好就寝的准备。其实各人都自备了煤油灯，事情没有做完的，点上煤油灯继续干。那年月停电是经常发生的事，大家也不以为意了。自从看了布告倒是经常留意科学馆楼顶上挂没有挂红灯笼，但是还真没有见过呢。有一天傍晚，我们轻松地散步回来，工厂响起了发电机马达声，今夜有电，大家心照不宣地快步奔向寝室，我忙着把那本没看完的小说摊开到桌上了，有电的夜晚是弥足珍贵的呀。当我正看得兴起时，突然断电了，大家只得摸黑点上煤油灯。一看，才八点半，我气恼地朝外跑，想看看别的宿舍里有没有电。刚到门口，就见罗爹关了半扇门，守在门边。他马上告诉我说挂红灯笼了，稍等五分钟就该上锁了。我急急地跑到马路上张望，果然挂了两只红灯笼。于是我掏出口袋中的铜哨，边吹边跑，并且大声呼喊："大家注意，今夜有事，科学馆挂了两只红灯笼。请护舍小队带上木棒到大门口集合。"我这一叫唤，不论有棒没棒的都涌向了大门口，大家屏住气，小声议论着可能发生的事情。我伏在窗口上睁大眼睛注视着月光下奔跑的人群，他们从四舍门前过，并不停步，似乎遗忘了我们。我焦急地搜索着来往奔跑的人们，只想发现一个熟人，好叫住他问个究竟。但是没能如愿。忽然我们听见了高昂的起床号，这是紧急情况的呼叫，按规定，我们小队的二十个人应该至大操场去集合。现在情况不明，我们去还是不去呢？意见就不统一了。外面的人声嘈杂起来，奔跑声、呼叫声、哭喊声、锣鼓敲击声，乱成一片。我想和罗爹一起去探听一下外面的情况。谁知罗爹坚决不同意，他硬是不开门，说女同学是保护对象，不出去就能自保，免得发生意外。出去了，别人还要分散精力来保护你们。大家都同意罗爹的意见，我也只好耐心地等待。这时有人走过门前的石桥，冲着我们大喊："女同学们听着，请不要开门，守住四舍，保护好自己。"这是自治会秘书熊森的声音，他连喊了两遍，并不回答我们的问话，就急匆匆地跑了。我们感到宽慰，终于有人来联系我们了，大家的情绪安定下来。大概就这么闹腾了个把小时，四周渐渐地平静下来。忽然听到一阵有力的跑步声从门前的小桥边过来，我们看到荷枪（而不实弹）的护校大队精神抖擞地向岳麓书院的校本部跑去。我们就大声地问道："你们干什么去？没事了吗？"李大个子扬着大嗓门摆手答道："我们到教授宿舍去检查情况，我们胜利了，解除警报，你们睡觉去吧。"我们才松了一口气，大声向他们回话："你们辛苦了，谢谢！"脚步声已经远去，不知道他们听见没有。这时电灯唰的一下全亮了，大家不由得爆发出一阵欢呼，放松了紧绷的情绪，互相招呼着各自回寝室了。我总觉得今晚的情况没有弄清楚，到底发生了什么事呢？就拉着孝洁一同到外面去看看，我们打算过了门前的小石桥，向右沿着大操场再走二院门前循我们下课回宿舍的路返回。我们手上都握着木棒，以防万一。月亮已从云中露脸，周围十分静谧，马路上树影摇曳，微风轻拂，格外舒适，仿佛那紧张的情绪已是好久以前的事情了。我们谈论着我们共同看过的小说中的人物，褒贬着她（他）们的性格和作风，我们忘乎所以地挥舞着手中的棍棒，碰撞着路边的树枝沙沙作响。忽然有一个黑影从树丛中跳出来，张开双臂拦住我们的去路，大喝道："深更半夜，干什么的？"这突然发生的状况，让我们大吃一惊，心都蹦到嗓门眼里来了。定睛一看原来是李大个子，惊慌的情绪这才平静下来。"你存的什么心，躲在这里来吓唬别人？"我把手中的棒子指着他，用生气的口吻对他说。

"我们大队的人是分头来检查情况的，远远地看见你们这两位大小姐谈笑风生地在月下漫游，一点警惕性都没有，少不得来试试你们的胆量。"他笑嘻嘻地说。

"没胆量就不敢出来了。我们是出来看看今夜到底发生什么事情。"我有点不服气。

"今夜什么事也没发生。这是演习。"他的神态还颇为得意。

"啊,是演习?"我们两人同声惊讶不已,不由得有点气愤了,"你们做么子(怎么)不先把个信?半夜三更搞得满学校的人鸡飞狗跳墙的。"

"把信大家就不重视了。我们刚才查了一圈,是有缺点,明天再谈吧。"他朝林荫大道飞奔而去。

第二天,许多不幸的消息传来:游山未归的情侣,有一对只想快点回学校,慌不择路,掉进了书院后门边的臭水沟里,那沟有个把人深,半天都爬不上来,弄得一身又臭又湿,狼狈而归。另一对坐在白鹤泉旁的笑啼岩上卿卿我我,突然听到紧急号声,起身站不稳,双双从大石头上掉下来,一个骨折,一个跌得鼻青眼肿,半夜过河进了医院。最苦的是一对老教授夫妇,闹不清外面发生了什么事情,又觉得坐在家里不安全,老太太出了个主意,把门锁上,然后两人坐在屋后小树林的石凳上观看动静。一个多小时以后,周围平静下来,两人庆幸没有走远,就欣慰地回家。可是老太太怎么也找不到钥匙,又不便打扰别人,就只好偎依着在大门边坐待天明,天亮时才发现钥匙就掉在阶基下面。一时间传来了许多令人啼笑皆非的故事,大家都说这笔账要记在白崇禧头上。

十三、胜利救援

尽管恶势力弄得黑云翻天,和平运动也在暗中顽强开展,许多人被派往周边城市或乡村去进行和平起义的工作。学生联合会的工作不是发动大规模的游行示威,而是深入细致地做好迎接解放的准备工作。6月12日下午,学联在艺芳女中开会,那是一座小巧玲珑坐落在城北一条冷僻小巷中的教会学校。他们不会料到这里会是学生运动的活动场所,偏偏他们的狗鼻子闻到了。正当同学们在热烈讨论的时候,突然一批不明身份的家伙闯入了会场,声称奉长沙市警备司令部的命令要找两个代表去了解情况,当场抓走了湖南大学代表龙汉河和第一师范代表钟振龙。其他代表马上各自奔走呼救。抓走我们的代表,我们还能沉默吗?学联当即号召全市各个学校罢课一天,以示抗议。立即印发了"告全市人民书",揭露真相,要求支援学生。同时印发了"给白长官的一封公开信"，要他认清形势，迷途知返，迅速释放被捕学生代表。15 日，湖大立即成立了"营救学联被捕代表委员会"，推选出主席团成员七人，刘湘皋为主席，我是其中的唯一女生，担任宣传工作。我们当时的紧迫任务是弄清楚这两个人到底被关押在什么地方，是否遭到酷刑。最后我们决定全体出发去找人，首先去找我们的校长胡庶华，他很爱护学生，而且是很有名望的学者和专家，他可以和官方打交道，或许能打听到一点消息。但是自从 1947 年我们举行反内战大游行时，他为了保护学生的安全，走在队伍的最前面而受到国民政府中央的指责。于是他宣布自己的权力只在校区以内，校区以外发生的事情他概不负责，要求学生不要到校区以外进行活动。不久，他就宣告因病请假，校务由其他在校领导代理。我们到什么地方才能找得到他呢？几经周折，我们打听到他在城里湖大一位李姓校友的家里养病，地点在城北麻园岭 20 号。我们一行七人，徒步找到李宅，门房证实胡校长是住在这里，但主人上午陪他出去了。我们说明我们是胡校长现在的学生，是主人家的校友，有重要的事情找他们两位，要求进去等候。传达引领我们沿着玻璃盖顶藤萝绕柱的一溜长廊，走过绿树成荫鲜花烂漫的庭院，进入一间布置精雅的客厅落座。我们打量着这所豪华的宅第，猜想着主人家的职业，估计是个资本家吧。等人的时间是难熬的，我们闲聊了一阵客厅字画摆设的典雅华贵之后，就转到猜测今天胡大胡子会持什么态度，多半不怎么乐观。我们又议论了一番下一步怎么走。最后大家一致的意见是直接去敲湖南省警备司令部的大门，先礼后兵，第一次就我们七个人去，第二次扩大到系科代表，五十个人去，再不行就发动游行示威，不怕流血牺牲，坚决救出被捕代表。我们不着边际地讨论着，看看中午将近，饥肠辘辘，要是他们久等不回，我们就进退两难了。这时一位衣着整齐的先生自称管家的人来说："我家先生说，他陪同胡校长到一位中医大师那里看病，已经派车接他们去了，稍等就会到家。我家先生说，已是中午时分，请各位在此吃个便饭，既是校友，就请大家不用客气。"我们谁也没有表示一点客气，一心想快点见到他们。不一会儿，李先生陪着胡校长从客厅的左侧门进来了，我们都站起来鞠躬致敬，他们两人都不停地示意我们坐下。我们的首席代表刘湘皋刚刚开口说了一句话，胡校长马上就微笑地打断他的话："我知道你们又闹乱子了吧。先吃饭，先吃饭，年轻人，哪能不饿呢？边吃边谈吧。"说着就有人拉开了厅后的一座屏风，一张大圆桌就露出来了，很快就摆上了菜，相当丰盛。

九人入座，胡校长和李先生不断地叫我们吃菜。我是第一次看到这样一张设计奇妙的餐桌。它的中心有两个大小高低不同的同心圆，上面摆放着菜，可以转动。主人把不同的菜肴轮流转到客人面前，客人可以从容举箸，使筵席显得文明风雅，让人感叹不已。我们的刘主席可不是像我刘姥姥进大观园似的，只顾看稀奇，他抓紧时间向胡校长报告了当前学校的情况并说明我们的来意。胡校长静静地听着，不时紧蹙双眉，我感觉到他内心的震动。饭很快吃完了，我们焦急地等待着校长的答复。同学们暗示着要我发言，大家都知道老校长有一个习惯，他从来对女同学态度温和，他爱骂人也是很出名的，但他从不骂女同学。于是我开口问道：

"校长，我们为两位被捕同学的安全担心，您说我们该做些什么？"

"好好读书，静观其变。"沉默了一会儿，他接着说，"事闹得越大，他们越危险。"

"我们想去探望他们，把您说的这层意思给他们说说。我们不知道他们被关押在什么地方。"刘湘皋说。

"你们的内心是这么想的吗？"我觉得他说话时胡子抖动着，似乎要翘起来了，我担心他要骂人了。

"我们只是想了解他们在什么地方，去看看他们，安慰他们。"我想缓和一下气氛。

"你们只能去问抓他们的人。我完全没有办法。我现在在养病。"

李先生站起来说："校长该休息了，你们……你们先回去吧。"我们只好起身告辞。在归途上我们觉得一筹莫展，探问无门。我们七嘴八舌地议论着，有一个同学说："我们上陈明仁的司令部去碰钉子，还不如找到他家里去，谁知道他家在什么地方？"又一个同学说："他是醴陵人，问问他们醴陵同乡会，准有人知道。"这时李大个子一拍脑门大声地说："我怎么没想到他是醴陵人呢？我也是醴陵人呀！好，我马上找老乡问去。明天上午八点在老地方集合，不得迟到。"

次日，我们按时集合了，李大个子说他已经打听到一个在陈司令家当差的小同乡，这就一同去找同乡小陈，然后见机行事。我们一行七人，分成两批。第一批三人，李大个子为首以会客的方式会小陈。小陈是陈司令的宗亲，办事灵活，在陈府是走得起的人，听说有人要会见他，门卫很快地就把他找出来了。李大个子马上用醴陵话和他套近乎，谈起来一下子就熟络了，小陈热情地邀请他们三人进他屋里去。不一会儿李大个子就出来喊我们都进屋。东拉西扯地聊了一阵子后，刘湘皋就坦率地向小陈说明来意："我们的学生代表在开会时被声称是警备司令部的人带走，我们一直找不到他的下落，想见陈司令问问这件事。我们没办法进司令部，不得已才找到这里来请你帮忙了。我们想你也是一位热血青年，一定会同情我们吧。"小陈很爽快地答应会把我们请求见司令的事向他报告，司令要到中午时才会回来吃饭。他把我们带到楼上一间会客室里等候，我们呆呆地坐在那里，无事可做，无话可说，焦急地等待着陈司令回家的脚步声。也不知等待了多久，仿佛听到有人在上下跑动，随即传来门房的喊声："司令回来了！"我们一阵振奋，都站了起来，刘湘皋马上举步向外走。一个卫兵从楼下跑过来拦住他的去路，问道："你要做什么去？"

"我们要见陈司令。我们已经等了很久了。"

"他现在要吃饭，饭后要午睡。"

"那么午睡起来给我们十分钟时间可以吗？"

卫兵不予回答，他的位置从楼梯口移到会客室的门边来了。老刘向我们招一下手说："我们自己去找他去。"

我们还没有出会客室门，楼梯上又站上了四个卫兵。

"同学们，请大家安静。陈司令实在太忙了，下午还有重要会议。不能打扰他的休息。"说话的大概是他们班长。我们不想闹成僵局，也明知寡不敌众，弱不敌强，只好退回来坐着。我们悄悄地商量着，只要听到他出去的响动，我们就冲出去拦住他，只要他回答人关在哪里就行了。我们早上六点出来。早已腹内空空，他们连水也没有给我们一杯。我们已下定决心等到底，耐着性子磨下去。会客室的钟指向了三点半，屋里还是十分安静，我们不由得向卫兵探问司令几点钟去开会，他说三点。那他是不是还在家里？他立正回答说："早已去了。"我们这才猛醒，我们被耍了。他家屋大门多，谁知道他是从哪个门出去的？至此，我们心中已十分愤怒，但也无可奈何。有人说，我们就拼着性命等下去，他总要回家吃晚饭睡觉的吧，这大人物就这么不愿和手无寸铁的学生见面？刘湘皋还是比较冷静，他沉稳地对大家说："他不想见我们，总是有办法对付的。我们已经快一天没吃饭喝水了，回去再研究对策吧。"我们悻悻然从陈大司令的公馆出来，没有人和我们道别相送，只看到卫兵和门房幸灾乐祸的眼神。

这次我们在陈司令家受到的冷遇比吃闭门羹还要难受。经过商议就决定去找省主席程潜，他是个文职官员，而且对我们前次的大游行是持温和的态度。我们认为我们七个人在这些大人物的面前力量单薄，起不了作用，决定组织几百人请愿团，到省政府去要求面见程主席，请他想办法放出被捕的学生。17日，我们组织了两百多人请愿代表团来到省政府门前。我们请卫兵通报我们求见省主席程潜。不一会儿，他出来说请我们到前坪休息，接着出来的不是程主席而是秘书长刘公武，我们认识他。有一次大游行时我们曾在江心向他借过船，他是个经常微笑的人，说话和平淡定。由于对他印象不坏，大家对他的出现就报以掌声。刘湘皋上前和他说明来意，看情况似乎有点争执。没耐心的同学就高呼："我们要见程主席！"大家就跟着呼喊起来。他站到插旗杆的台上，双手示意，要我们停止呼喊。他说程主席正在开一个重要会议，委托他来接待，是不是他可以来回答大家的问题，或者他把大家的要求转告程主席。大家又是一阵"要看程主席"的呼喊，他只好要我们到大礼堂等待。今天大家的情绪比较稳定，对程主席有一定的期待。当南京发生"四一惨案"时，我们发动了全市性的大游行，原以为会遭到阻挠，可能和军警发生冲突，甚至发生流血事件。他意外地宽容并保护了我们，让我们举行了一次扬眉吐气的游行，所以我们对他的印象比较好，更何况我们还从内线得到消息，他在推进和平，反对内战。所以当我们坐进大礼堂时，没有人乱呼口号，没有人发出急躁的催促声，而是自发此起彼落地唱歌，等了十来分钟，刘公武上台说："程主席到了！"只见一位老人从后台走出来，他步履从容，体形微胖，身材高大，头发花白，身穿灰色中式长袍，显得有点疲倦。他在讲台前站定以后，举目扫视了一下全场，然后缓缓地说："你们有何意见和要求，请你们的代表上来说吧，我尽可能地回答你们。"他的话刚落音，刘湘皋一个纵步就跳上了台，大声地说：

"报告程主席，我们学联开会时，有两位代表被抓走了。您知道了吧。"

他点了点头。

"他们的下落一直不明，我们很为他们担忧。我们请愿的目的，就是请您帮我们找到这两个学生。"

"你们知道是谁抓了他们吗？"程主席面带微笑地问老刘。

"来的人穿便衣，但是他们亮了枪，口称是警备司令部请他们去一趟，这一去已经五天了。他们的家人和我们全体同学都很着急，我们请求您让警备司令部放了他们吧。"

同学们有了议论的声音，大家听不清程主席是怎么回答的，议论的声音越来越高。李大个子猛地一下跳上了台，以响亮而高昂的语调发表了他的演说。他讲了当前的形势，学生的爱国热情，自由与民主的潮流，政府保护人民的职责。最后请求程主席命令警备司令部释放被捕的学生。他的讲话激起了同学们热烈情绪，引起了一片欢呼声和掌声。刘湘皋十分着急，不断地用手势表示要大家安静下来，全不管用。李大个子大巴掌一拍，大嗓门一吼："安静，安静！"这一下倒真是挺管用，顿时就鸦雀无声了。程主席不愧是老将，他处乱不惊，稳坐钓鱼台似的，慢条斯理地开腔了：

"你着急，我也着急呀。正如刚才这位同学说的，学生被人抓走，政府有责任保护人民。你们说是警备司令部干的，但他们穿的便衣，口说无凭，你能相信吗？我们必须作认真的调查。调查需要时日，不是一下子就能查明白的……"台下又议论纷纷了，而且有人用脚重重地踩踏楼板，搞出轰轰的响声，表示他们的不满。只见刘公武和刘湘皋说了几句什么，就站到前台来大声地说：

"同学们，程主席已经听清楚了你们的意见。他说了，要认真地调查了解，一定会给大家一个答复。现在是中午了，大家先回去吧。"他说话的时候，程主席已从后台走了。虽然我们没有得到什么结果，但得到了调查的许诺，比那位警备司令好多了。

白崇禧进驻长沙以后，打着长官司令部的招牌，干了很多坏事，民怨沸腾，最近又用阴谋手段逮捕了学生。学生可不是好惹的，除了印发传单揭露真相以外，还通电全国学联，到处追查请愿，呼吁各界支援，学生们纷纷向他和警备司令部写信抗议，弄得他很被动。消息传来，他的新招是在省府大礼堂召集知识界知名人士开座谈会，想缓和矛盾，争取知识分子的支持，帮他在湖南站稳脚跟。我们认为这是和白崇禧对话的绝好机会，于是我们湖大学生演出了精彩的一幕。

参加座谈会的教授中有两位是支持学生的，一位是历史系的潘碏基教授，对于学生被捕的事情知道得一清二楚，他早早地到了会场。另一位是法学院院长李祖荫教授，答应带两个学生进去。李教授是学界大名鼎鼎的人物，带两个助手去，是没人查问的。他们又打听到有某个小学校长因故不去参加，就安排了自治会的秘书，多才善辩的黎宣模冒名顶替缺席的小学校长混了进去。我们宣传组的几个人，带着刻写油印的全套家伙坐在省府大院对面教育厅的传达室里等候消息。李大个子领着一些同学在两处的大门边游走，随时准备接应。

八点钟左右，我们看到李教授的"随从"，冒名的"校长"，向我们眨着眼睛都进场了，大家的情绪骤然紧张起来。白崇禧的开场白大谈其"湘桂一家，团结合作，共同御共……"的陈词滥调，当然还少不了要求老师们、校长们认真教育学生不要听信共产党的妖言惑众，误入迷途，危害社会，等等。他的话刚刚落音，潘碌基教授第一个站起来发言，要求保障学生的人身安全，立即释放被捕学联代表。他的情绪激昂，言辞坦率，举座皆惊，竟爆发出了一阵掌声。刘湘皋趁机以长沙市学联主席的身份向他送上了请愿书，一时会场气氛十分热烈。李大个子打听到会场情况，马上传到我们那里。我们立刻作了简要整理，写成快报，印发出去，向全市散发，让大家都知道座谈会的真实情况，大家都为学生的勇敢行动叫好。接着李祖荫教授也义正词严就学生被捕的事情慷慨发言，于是这个话题成了座谈会的中心了。黎宣模从容不迫地走上台去，以教育界代表的身份侃侃而谈，真是口若悬河，响应者纷纷举手应和。迫于形势，白崇禧在众目睽睽之下，只好假惺惺地说他并不知情，答应查明真相以后，一定放人。消息传到我们那里，大家兴奋极了，马上一齐动手，很快印出了第二期快报。大字标题："白长官一诺千金，在各界人士座谈会上表示，查明真相，立即释放被捕学生！"和"欢迎白长官的明智之举！"我们马上将这两份快报分头向全城散发张贴，声势浩大，我们料想他白崇禧也不敢翻耙。

次日，好消息传来，被捕同学明天就要回来了。据说是自治会得到一个当兵的送来的消息，他们明天晚饭后自己回来，不用派人去接。我们始终不知道他们被关押在什么地方，只有在校内准备迎接。我们用各种方式通知本校的、岳麓中学的、清华中学的、第一师范的同学们和关心此事的老师们，以及和我们经常接触的船民们乡邻们，都到河边来迎接我们的代表光荣归来。歌咏队创作的新歌准备唱起来，民歌舞蹈社的秧歌锣鼓准备打起来。吃过晚饭，沿江一线就热闹非凡了。我们吃过晚饭早早地就在江边等待，仔细审视每条过江来的船只，有没有他们的踪影。薄暮中我们终于发现一只孤单的船影在风浪中颠簸，两双手不断地向我们挥动。啊，是他们，是他们回来了！岸上的人们沸腾了，响起了欢呼声歌声掌声锣鼓鞭炮声。人们把他们拥到大操场里，围成一个大圈，燃起几堆篝火，唱起了新编歌曲，《学联是我们的》《我们的代表回来了》，扭起了欢快的秧歌。火光映红我们的面颊，那热烈的场面是空前的。他们不断地向同学们挥手致意，和大家唱在一起跳在一起。刘湘皋示意大家停一停，也许他想说几句庆祝或者是欢迎的话，也许是简介他们受难的经过。可是谁都没有停下来的意思，他们回来了，就是最大的胜利，学校的熄灯号吹响了，大家才意犹未尽地散去。我们这才围坐在一起，询问他们被捕的经过。他们笑着说："我们被带走后上了一辆吉普车，左弯右拐地开到一个院子里，下了车就被关进一间房子，每天给我们普通的饭食，再没有人过问。我们抗议，我们叫喊，我们捶门打户，都不管用，只好改用温和的方法，请负责人和我们谈话。他们说，'长官忙得很，到时候会来审问你们的'。今天晚饭后，他们把我们叫出来，上了院子中停放的吉普车，那些家伙一个个铁青着脸，没好气地叫我们上车。我们想，看样子今天凶多吉少。我们什么也没问，互相碰了一下拳头，表示要坚决战斗。车子又不知道经过一些什么地方，忽然停下，叫我们下车。我们下来一看，到了湘江边我们学校对面的灵官渡。有一个家伙扬了一下手说'回去吧，那些鬼崽子闹翻了天'，就这样我们喜出望外地回来了！"我们听完他们的述说后，不由得哈哈大笑，笑得眼泪都流出来了。笑声中我们把前一段艰辛寻找、四处碰壁的事情抛到九霄云外去了。我们还天真地以为，高高在上的白长官揪心的事情太多，只是吓唬一下学生伢子就算了。

　　我们庆祝胜利的欢笑声还在岳麓山的群峰中回荡时，次日我们得知，克强学院的学生自治会主席、学生运动的领导人高继青突然于 6 月 19 日晚失踪，当时我们正在迎接被捕代表的归来，欢庆胜利。过了两日，就是这个白长官悍然宣布解散长沙市学联，宣布学联今后任何活动都是非法的，责令学校提前放假。利用手中权力停发学校经费，迫使学生离校，狰狞面目暴露无遗。

十四、血的控诉

　　克强学院自治会主席高继青 19 日晚未回校，同学们四处寻找没有着落，次日依然不见踪影。湖大也派人参加寻找，他的家属得到消息，派人遍访亲戚朋友都没有结果。有人猜测遭秘密逮捕，有人猜测被秘密杀害，于是有一批人跑到郊外的坟地，查看有没有新的坟墓。一直找到 24 日，他们在南门外的苏州公墓发现了一座草草埋葬的新坟，他们就到附近的人家了解，都说最近不曾有人在这个坟地埋人。有一个细节引起了他们的注意，说是早几天半夜三更听得坟地里有人喊救命，只喊了一声就没声息了，也就没在意，以为是恶作剧吓唬人的。他们再三查问，这新坟的来历不明，于是决定挖坟，泥土蓬松，一下就挖出了一具血迹斑斑、双手反绑的尸体，他们的心都紧缩起来了。翻开一看，不由得都大哭起来了，正是他们日夜寻找的高继青同学，他们的战友，他们的亲人！他的背上有梭标戳杀几个血口，他的口里满含泥土，眼睛还是大睁着，标志着他的不屈和愤怒。他是被活埋的，死得何等惨烈！

惨案消息传出后，全市人民震惊，群情激愤，同声谴责特务的恶毒暗杀行为，强烈要求政府迅速破案，严惩凶手，追查后台。学联被解散了，我们湖大的革命学生没有被吓倒，自治会立即举行全体学生大会，全体通过成立"声援高继青惨案、反迫害运动大会"，决议：一、坚决要求省政府当局迅速缉拿凶手，追出主谋，追认高继青同学为烈士，并抚恤家属；二、全校同学节省"牙祭"一餐，从经济上援助烈士家属；三、商请各界公葬烈士于岳麓山；四、发起自克强学院出殡时沿途各界举行路祭并举行追悼大会。会后，公开发表了《为声援高继青惨案向社会人士控诉书》，充分揭露惨案的真相和凶手的滔天罪行。

事情进行得并不如我们想象的那么顺利，我们到处见不到人，就算见到什么代理或接待的人物，也只说几句无关痛痒的同情话，既得不到承认烈士的名号，也谈不上家属的抚恤，至于公葬岳麓山更无从说起。为什么激愤的情绪突起变化？原因是有人恶毒地造谣破坏。为了掩盖事实真相，他们竟然假借警备司令部发言人的名义，向报界散布舆论，采取嫁祸于人的手法，欺骗群众。他们说高继青之死是"共匪所为"，说什么"该生受共产党蛊惑，幼稚无知，加入了共党组织，迫使他进行各种破坏活动。但他没有工作成绩的表现，甚至有些意志动摇，怕他泄露组织秘密，所以残酷处死，以警其余"云云。反动报刊的应声虫立刻照登不误。事涉共产党，这顶红帽子一戴下来，说不定"谁声援了高继青惨案，谁就是共党分子，就会遭到残酷处死"。与此同时，特务们有计划地在学院制造恐怖气氛，向师生们投寄匿名恐吓信，不明身份的人不断地骚扰学校，深夜鸣枪示威，搞得学校鸡犬不宁，达到把学生赶出校门的目的。

他们上下配合，军警沆瀣一气，想把声援运动搞得无法进行，最后草草掩埋，一切烟消云散。

湖大同学在学运中成长，是不怕鬼的，在此关键时刻，一方面印发简报揭露他们的鬼蜮伎俩，一方面由学生自治会及宁乡同乡会派出代表组成慰问团进入克强学院，慰问死者家属，安定受惊同学，协助他们开展活动，并向他们表示：湖大同学誓为他们的坚强后盾，一定要把声援活动坚持到底，誓把烈士的后事办得轰轰烈烈。烈士的名号不是靠权力赏赐的，岳麓山墓地属于人民大众，我们不需要谁的批准。我们奔走呼号："为高继青烈士报仇！"我们在集贤村后面山坡上划定了一块坟地，破土动工，准备安葬烈士。

6月29日，克强学院举行了全院的追悼大会，各界人士和各校学生共一千多人参加。随后运送灵车过江，暂停灵湖大礼堂，准备次日全市性的追悼会之后立即安葬。出殡的路上，路祭不断，香烟缭绕，鞭炮之声此起彼落，有数百人跟随相送，沿途不少人主动加入送灵的队伍，到江边已发展到数千人了，还有数不清的人群聚集在道路两旁相送。特务们的谣言不攻自破，公理正义自在人心。

我们依然是七人主席团的声援会研究部署次日的追悼大会，主席刘湘皋把我找出来说，我不要参加会了，有一个重要任务务必在今晚完成。那就是赶紧写出一个"活报剧"，在明天的追悼会上演出，控诉和揭露反动派对高继青的残杀，激发人们的革命战斗热情。他会在晚上十二点钟左右到四舍来拿稿子，连夜找人排练，要在追悼会上演出。我能推托吗？这是义不容辞的责任，不是征文比赛，不必去探究自己的写作能力。

我端着一碗饭，无心下箸，两眼望天，冥思苦想，终于逼着自己下笔。我安排为三场短剧：《控诉》。

第一场，高继青领导爱国学生运动，与进步学生讨论反对内战争取民主自由斗争策略，然后面对观众发表激昂慷慨的演说，赢得台下一片掌声。

第二场，特务们对他恨之入骨，商量对他如何采取行动，警告、恐吓，最后决定暗中抓捕，进行拷问，逼供同伙。他们提出种种阴险办法。

第三场，高继青作为鬼魂出现，衣衫破烂，遍体伤痕，怒发冲冠，双目圆睁，愤怒地控诉反动派对他的残酷迫害。

想着想着，我自己仿佛进入了剧中，我的激情，我的愤怒，随着冤魂的控诉而汹涌澎湃。竟在熄灯号吹过之后的煤油灯下完成了我的活报剧处女作。四周安静极了，我猛然想起高继青的灵柩今天临时安厝在对面的大礼堂内。我悄悄地起身，拿着手稿走到传达室窗前望着大礼堂闪烁的灯光，是有人在为他守灵，我默默地祈祷他倍遭伤害的灵魂得到安息。忽然一种遐想涌上心头，杀人凶手未曾抓获，杀人残酷手段未曾揭露，凭我的想象写出的控诉，要是不深刻，那就有负于我们的烈士了。如果真有灵魂之说，说不定这时候他飘然而至，向我加以指点，那该多好！就在这时，有一个黑影从大礼堂那边飞奔而来，似乎要飘过门前的小石桥，正在接近宿舍的大门了。我的心紧缩起来，真的来了吗？我应该热情大胆地相迎，不由得冲口而出问道："谁？"黑影答道："是我，你已经写好，在等我来拿剧本了吗？"原来是刘湘皋来拿活报剧本的。我的心平静下来，把手伸出护窗，告诉他，这是我一个人闭门造车之作，很不全面，请演员们边排边修改。他飞快地跑回大礼堂，大概他们是在等着剧本边守灵边排练。我觉得他们比我辛苦多了。

次日上午八时，在湖南大学的大操场上举行全市性的"高继青烈士追悼大会"。湘江两岸各大中学校的学生以及支持学运的老师们陆续来到，附近的村民船民和赶过河来的市民也有不少，没有政府代表，当然更不会有当官的驾临，报到的人数四千左右，散兵游勇就难以统计了。我佩戴一朵白花，下挂一白布条，上有纠察员字样，我和许多人担任维持会场秩序。这个任务是我自己要来的，我想看看那个活报剧的表演效果和群众的反应。会场的布置肃穆庄严，临时搭建的舞台正中悬挂着他的遗像，那么年轻有为，那么生气勃勃，竟遭残酷杀害，让人们看着心痛，让人们心中燃起复仇怒火。遗像两旁挂着数不清的挽联和祭帐，延伸到台外的树上。还有许多白纸条，挂在周围的矮树上，书写着人们悼念的语言、愤怒的语言和警告反动派的语言。长沙人民对烈士高度赞扬：

> 是民主斗士，是革命先锋，历史我来编，生也千古，死也千古；
> 以血润鲜花，以身抗利刃，精神君不朽，成亦英雄，败亦英雄。

还有对革命人民的号召：

> 为自由，为民主，烈士倒了下去；
> 要生存，要战斗，我们快站拢来。

追悼会进行到最后，主持人带领大家喊了激昂慷慨的口号，唱了哀恸的挽歌。就在这震动山河的口号声和哀歌声中，清华中学合唱团已在台上摆好阵势演出了他们自谱的大合唱《光荣的牺牲》，接着就是我们湖大自编自导自演的三幕活报剧《血的控诉》。主持人简略地介绍了三幕剧的要点，台下的情绪就一片凝重。"高继青"演讲立刻赢得了狂热的掌声。第二场特务的密谋陷害，表演者对特务卑鄙伎俩的描绘淋漓尽致，激发了人们无比的愤恨，会场不时爆发出愤怒的口号声。第三场开幕，在暗淡的忽明忽灭的灯光下，台上阴风惨惨，电闪雷鸣，飞沙走石。血淋淋的"高继青"的鬼魂出现了，绕着舞台奔跑，让人们都能看到他被残杀的惨象。他用凄厉的声音呼喊："我是被特务们残杀活埋的高继青！我要揭露他们的阴谋，我要控诉他们的罪行！"一时会场的空气仿佛凝固了，人们屏住了呼吸，树叶停止了摆动，鸟儿垂下了翅膀。他控诉了凶手们躲在阴暗的角落将他绑架，在人迹罕至的山野里将他严刑拷打。他声嘶力竭地控诉："同胞们，我的双手被反扣，我不能回击；我的双脚被捆绑，我不能逃跑；我喉咙被针刺，我不能叫喊；他们挖掉我的双眼，使我眼前漆黑。我只能用满口的鲜血，喷射在他们狰狞罪恶的脸上来表示我的愤怒。在他们从我身上一无所获的时候，把我推进一个土坑，把我活埋。他们夯紧泥土，还怕我生还，隔着泥土，刺穿我的胸膛……""鬼魂"的血泪控诉，迅速点燃了全场愤怒的火焰，许多人泪流满面，泣不成声。台下怒吼了："严惩杀人凶手！血债要用血来还！"最后他昂首问苍天："我的罪名是爱国，爱国有罪吗？"台下的回应气壮山河："杀人有罪，罪该万死！爱国有功，功在千秋！"幕布徐徐落下，人们才从激愤的情绪中慢慢回到现实。灵柩已停在马路上，在哀乐声中举行了庄严的公葬仪式，竟有一万多人的声势浩大的送葬队伍将烈士送到集贤村墓地安葬。高继青的家属只来了他的哥嫂，他的父母承受不了儿子惨死的打击，都已卧病在床了。我们没有力量抓出凶手。我们深情地望着刚刚垒起的新坟，明年春草绿的时候，我不知道自己会在什么地方，谁将会在这里凭吊他呢？我不无遗憾地离去。

十五、民以食为天

　　白崇禧从武汉退到湖南以后，他是想把湖南作为屏障，保住他的老巢广西。但是当时湖南的反对假和平争取真和平运动正在如火如荼地全面开展。省政府主席程潜以温和的态度对待学生运动，警备司令陈明仁也表现了明智的应对，我们感觉到了和平的曙光。可是姓白的来了以后，情况发生变化，他处处排挤程潜主席，疯狂镇压学生运动，不断在各系统安插亲信，排挤进步力量。他通令各所大中小学提前放假，既能遏制学生运动，还可以节省经费支出。我们学校的胡老校长因病住进了医院，随后索性辞职去了香港。我们真担心姓白的会派个什么镇压学生的军官来当校长。还好，他没有任命校长的权力，后来教育部发表了易鼎新继任校长的任命，才让我们放下心来。易教授思想进步，为人正直，认真负责，深孚众望。当时他已被各方推选接替胡校长担任"湖南大学应变委员会"主任委员。在这段艰难的岁月里，他为湖南大学两千多师生员工的生活、学习和安全呕心沥血，四处奔波，深受人们的敬仰。他也是一位资历深的老专家，留学美国，在机械工程方面有较深的造诣。胡校长广罗人才，把他从浙江大学挖到湖南大学来了。起初是机械系的教授，后提升为教务长，总揽全校教务工作。

　　易鼎新接任校长可以说是临危受命，工作非常艰难。当时的形势是辽沈平津淮海三大战役结束之后，解放大军渡江南下，势如破竹，国民党营垒土崩瓦解，高层人士盗窃钱财物资，张罗交通工具，纷纷自谋出路，许多机构都充满混乱和恐慌的情绪。湖南省会各单位相继成立了应变委员会，目的在于应付和处理即将来临的政局急变中的各种问题。但是性质各有不同。有的是应共产党之变，换句话说，如何对付共产党。湖大的应变会是应国民党之变，参加的人有行政部门的负责人，并吸收师生员工各方面的代表参加。地下党就将一些地下党员及其外围组织的成员推进去，使应变会掌控在进步分子手中。校长兼主任委员的易鼎新就是有名的进步教授，易盛臬是教师代表之一，我被推选为二十一名学生代表之一，它的性质就可以想见了。时至7月，教育厅按白崇禧严防学生闹事的主意，要求所有学校一律提前放假。我们学校经过应变会的讨论，决定不放假，不回家，因为我们有保护学校的责任。我们的组织已经通过"上级"提出了要求。我们当前的任务主要有三：团结群众、保护学校、清理校产。做好这些工作首先得有钱用，有饭吃。我们学校的经费是国民政府发的，半年过去了，物价飞涨，所剩不多。教职工得发薪水，维持一家人的生活；学生大部分是全公费或半公费，他们得有吃饭。易鼎新校长说："民以食为天，我们得储备粮食。"他提议开源节流，省吃俭用，大家提出行之有效的办法来。最后作出了两项决议：首先，从本身做起，每日由三餐改为两餐，粮食和油盐实行定量分配，按实际人数开餐，这就能节约下一些钱粮。其次，向有关部门追讨应发给我们的钱粮。据闻政府搬到广州去了，我们派出了教授奔赴广州索要。他们大笔一挥，大方地给我们批下了拨给赋谷一万担的文件。可那是空头支票，只是支使我们走开的脱身之技，但是我们还是凭此派人到地区去要谷。我们派人到益阳地区要求拨给我们田赋谷，田赋处长苦着脸说："如今形势逼人，下面的赋谷我们收不上来，我们两手空空，给你们批个拨单，也是没有用的。这样吧，我的儿子也是学生，我同情你们，我将谷折成现钱，你们回去赶快买粮储备起来。如今纸币飞快贬值，切切不可留存手头。"这位好心的处长让我们心存感激。我们把换来的大米存在城里可靠的米行，应变会的领导人心里就踏实多了。可是意想不到的问题出现了。应变会中个别心怀鬼胎的家伙闻讯后，纠合一伙人找到易鼎新校长办公室，以时局动荡为名，要求把这笔钱按人头分发下去，以便能够真正"应变"，也就是各奔前程，大家散伙。易校长开始时对他们耐心说服，晓以大义，这帮家伙老是不断纠缠，喋喋不休要求发钱。这可把易鼎新惹火了，他声色俱厉地问道："同学们好不容易才储下这点粮食，这是全校师生员工的命根子！你们还有脸要来分钱分粮？你们出了什么力？办了什么事？你们心里的小算盘我明白，打算拿了钱粮各自散伙。学校谁来护？校产谁来保？你们安的什么心？你们这样做是破坏护校运动，你们是在帮谁的忙？"在他大义凛然的斥责声中，这帮家伙才灰溜溜地退出来。易校长气犹未了，指着他们的背影骂道："败类，害群之马！"

应变会上尽管有那么一小撮唱反调的人吵吵嚷嚷，毕竟势力孤单，起不了什么作用。长沙俗话说：麻拐（青蛙）不咬人，叫起来嘈（烦）人。我们的组织悄悄地传达了上级的指示。身为应变委员，重大的决策会议务必参加，一般会议可以轮流缺席，抓紧时间推动和平运动，千方百计向政府讨要应该发给我们的办学经费。有一天下午，李大个子从船民那里得到消息，在猴子石附近泊了四大船谷物，不知道是运到哪里去的。自治会不动声色地作出决定：不管它是从哪里来的，也不管是运到哪里去的，可以肯定它是属于公家的。公家欠了我们那么多办学费用，我们就可以取来作为补偿，我们取之有道。他们侦察准了停船地点，就由机械系同学为首，分成四大组奔赴猴子石，强行登上粮船，监控着船主和押运员随船同行。由机械系同学开动着这四条沉甸甸的机帆船，一批游泳高手赤着上身站立在船头船尾，那阵势真有点像梁山好汉。他们乘风破浪地快速将船开到离我们学校不远的渔湾市码头抛锚停泊。岸上运米的同学已络绎不绝地向江边涌来，他们手中的载具真是五花八门，拿得最多的是脸盆，那是人人都有的。还有人飞奔地敲着铜锣在校区内大喊："同学们，快快行动起来，到渔湾码头去运米啦，我们有饭吃啦！快，快，快呀！"他的叫喊让同学们激动不已。我随手拿起床上的一个枕头套，加入了运米行列。发米的给我一皮撮就差不多把枕套装满了。我扎紧口子，学着他们的样子扛着就跑，跑了不到五十米就上气不接下气，大汗淋漓站在马路边张开口喘气。有一个男同学，肩头扛着一大一小两包，看见我狼狈样子，丢下他的小包，拎起我的大包拔脚就跑，我一看那小包竟是一件衬衣的袖子。运米的工具真是无奇不有啊，在我身边过去的一位，就是用一条裤子，扎紧了上下口子，装满了米骑在肩上，少说也有五十多斤重吧，也许像当今的人把自己的独生子扛在肩头。

米运完了，船主和押运员找到应变会主任委员诉说了他们的困难。易鼎新校长让秘书长给教育厅打了一张收条，让他们回去交差。无论如何他们也绝不可能再把粮食夺回去。那天晚上，校园内充满了欢乐的歌声。粮食有了保障，增加了同学们护校保产的决心。我在应变会属于宣传联络组，接着开展的工作是了解各校学生留校情况。有一天下午我和几个男女同学访问了一些学校。天色不早，忽然下起雨来了，我们有点疲倦，又饿了，就到一间小茶馆躲雨，大家拼凑身上的钱，泡一壶茶，买一堆烧饼油条当做晚餐，等雨停后回校。雨不但没有停意，还刮起大风来。这时我们才发现剩下的钱不够买过江的船票了。怎么办呢？我只好回家去想办法。大雨中敲了好一阵子门，开门的竟是14岁的小弟。他瞪大眼睛吃惊地喊道："二姐，下大雨呀，快进来！"我忙示意他不要声张，指着楼上，莫叫爹妈听见。我一个人跨进门，问他身上有一块钱不借我用一下，下次回家时还他。他摇摇头说："叔叔今晚回了。临时几个人要打牌，妈妈没得几个本钱，把我的五块钱借去了。"小弟弟是个精灵鬼，又和我最要好，我就怂恿他千方百计给我要一块钱来，但不能让他们知道我回来过。他让我们在门边等候，他去想办法。不一会儿蹦跳着出来了，手里拿着一个明晃晃的银圆，真让我高兴极了。

"问哪个要的？"我搂着他问道。

"问叔叔要的，他赢得最多，妈全输光了。我缠着他要吃红，他就给了。"小弟天真极了。

"叔叔来长沙有事吗？"

"听他和爸爸说是运了一批田赋谷交给省政府。"

"船停在哪里？他会住在船上吗？"我一听就来劲了。

"他坐火车来的。他住在家里，押运员守在船上。船泊在金盆湾，离城好远。"

得到这个消息，我们压抑不住激动的心情，跑步到码头，乘风破浪过了江直奔自治会，报告了这个喜讯。他们立即报告易校长，连夜有关部门商讨，一刻也不停留地行动起来。首先控制了船只，一张湖南大学的收条交给了押运员，打发他上岸了。同时派人到省政府，说明这批大米湖大已经接收，作为应该拨给我们的田赋谷。可是政府大院空空的，除了值班的小人物外竟找不到负责人。易校长当机立断，寄存到一贯储存我校粮食的大米行，随时可以取用。"民以食为天"，有了充足的粮食，我们的力量转移到清产护校，迎接解放。

湘西的回忆

一、走向生活的起步

经历了庆祝解放的狂热，随着一帮同学在城里参加了半个多月的宣传工作，我忽然发现好多熟悉的身影不见了，一打听，他们都通过各种渠道参加工作了。这时也有同学来问我去不去妇联或青联工作，这是军管会领导的单位，也就是参加了革命。他又低声地问道："你加入了 CP 还是 CY？你要是挂靠上了，那才吃香呢，准受重用。"我第一次听到有人公开地提到这两组代号，吃惊地望着他。他笑道："你别装了，学运的风云人物，人称叫鸡公，你该算个叫鸡婆吧！"我不想答理他，就悻悻地走了，可是心里产生了一种失落感，似乎周围的同学朋友都找到了各自的岗位。有人过去在学校默默无闻，名不见经传，现在进学习班，穿灰军服，戴八角帽，配军管会符号，神采飞扬，那充满阳光的脸，洋溢着胜利者的微笑。我却在彷徨，对好些事有点弄不明白。我该干什么去呢？我先找学运中的老朋友们聊聊。他们告诉我，这是"组织上"安排的。我第一次懂得了这"组织上"就是地下党，代号为 CP。我释然了。我当然记得我的恋人易盛臬是地下党员，而且提出过介绍我参加。我当时受家庭多方面的牵扯，抱着清高思想，超然党派，不愿参加，这就是我在未来岁月里检讨过无数次的阶级烙印吧。我决定去寻找我想从事的工作，经盛臬朋友的推荐，我找到了清华中学英语教员的职位，开始了我一生挚爱的教师工作。

清华中学是一所很闻名的进步学校，我在湖大时，因学生运动与它有过多次联系。我来到这样一所热情、活跃、进步气氛浓烈的学校，心里非常高兴。

我担任初一的英语教学兼班主任，管着一群十二三岁孩子的学习和生活。这是我事业的开始，我必须一步一个脚印地认真走下去。有一天，有人说校长找我，不知道有什么事情。我只是在来学校的第一天，匆匆地见了她一面。我心里有些忐忑不安，莫非工作有什么问题？心想，丑媳妇总得见公婆，于是硬着头皮进了校长室。校长是位女性，旷璧城先生，四十来岁，清华大学中文系毕业，个子小巧，梳着两条齐肩的短辫，一身淡蓝色的旗袍，显得淡雅精致。她满面笑容地起身和我握手，让我的不安心情一下子烟消云散。她夸奖了几句我的工作，问我是否习惯这里的生活。随即爽朗地对我说："昨天我去市局开会，陆副局长让我捎个信给你，她要见你一面。你安排一下工作，下午去一次吧。"我退出来，心里又打起鼓来，我一个初出茅庐的小教员，何事有劳副局长垂询？

见到了陆局长，我吃了一惊，原来她是个生气勃勃的青年人，年龄和我相当，身穿一套灰色的干部服，说着一口北方腔调的普通话，我在心里估摸她是当时我们艳羡的南下干部。她见我进来，马上笑着站起来自我介绍道："我叫陆方，安排在这里担任有关联系学校的工作。你是秦老师，我已经从一些湖南大学的青年朋友中知道了你，想找你聊聊。"她向我介绍了一些当前形势，我听了觉得既新鲜又鼓舞，仿佛又回到激情的学运当中了。那时，我和我的秘密小组成员们总是在那些人迹罕至的地方悄悄地传达上级指示，然后把精神带到广大同学们中间去。我很自我陶醉于得到组织的信任，我早就在干革命了。可是当同学们分头找到自己的岗位在热情地工作时，我感到我被人遗忘了，我打算龟缩在孩子们当中继续我的粉笔生涯。今天陆方的召见，让我沉寂的心又活跃起来。然后她满面春风地走过来坐在我的身旁拉着我的手，亲切地说："秦老师，我们今后是同志了，我是共产党员，你是共青团员。"我吃惊地望着她，似乎听不懂这突如其来得话语，不知如何回答。她高兴得笑出声来了："你看，你这位单纯的姑娘，还真不明白呢！你参加地下党的外围组织了吧？"

"是的，我参加了新民主主义建设协会。"

"你的单线联系人是谁？"

"化工系的陈顺坤。"

"介绍人是谁？"

"我的……我的……"我不知道应该用个什么样的称呼才好，竟不好意思地面红耳赤了。

"是你的爱人吧！"陆方爽朗地笑起来了，"你们称太太或夫人，我们一律叫爱人，以后要改口了。"她那笑声感染了我，让我也无所顾忌地笑起来了。参加革命了，要学的东西还真不少呢。她接着告诉我，新民主主义建设协会就是共青团的地下组织，她代表组织向我宣布了这件事情，并赞扬我为革命作出了贡献。她说，清华中学马上就要建团了，团工委会派张国贤同志来主持其事。我不必办理其他入团手续，只要填好入团申请表，和新团员一同宣誓就可以了。我激动地站起来，握着她的双手，双眼不自觉地涌出了泪水。她搂着我的双肩，语重心长地说："革命胜利来之不易，你们这批革命的大学生，表现出了在蒋管区内的战斗精神，你们是教育战线上的骨干。努力干吧，为建设祖国出力。"

　　从陆方那里出来，我像长了翅膀似的飞回了学校。想起那支早已唱会的团歌："年轻人，火热的心，跟随着毛泽东前进！永远地跟着毛泽东前进！挺起胸来，年轻的兄弟姐妹们，新中国的一切，要我们安排；新中国的一切，让我们当家做主人……"由心中的默念，直到忘乎所以地纵情歌唱，我似乎感觉到摆在我面前的是一条金光大道。

　　大约在1949年10月下旬，张国贤同志果然来到清华中学开展建团工作。我正是按陆方所说的步骤，成为一名光荣的共青团员。随即成立了团支部，高三年级学生朱尚同任支部书记，后来才知道他是地下党员。我被推选为少年委员，因为我是初一年级班主任并教英语。这是张国贤同志在长沙市试点建立的第一支少年先锋队，我有幸成为长沙市第一名少先队辅导员，光荣感可想而知。当年朱尚同以学生身份当了我的领导，若干年后，他担任湖南省教育厅党委书记兼副厅长，我担任市内中学的教导主任三十余年，他是我的上级领导。令我感动的是，不论在什么场合遇见我，他必定很尊敬地称呼我"秦老师"，而且热情地向周围的人介绍："秦老师是我中学时代的老师！"其实我没有给他上过一堂课。这位毕生从事教育工作、尊师重道的老领导，使我非常感动。如今我们都已步入耄耋之年，他仍笔耕不辍，经常向我的邮箱发来他自己写的文章，谦虚地要我提意见，或者发来一些有价值的文章，供我阅读，增长我的见识。

　　我当了这个辅导员，既新鲜又得意，按照支部的意图，不断地开展队日活动，有时爬山越岭，有时纵情歌舞，和这群十一二岁的孩子一同嬉戏，一同学习。我感到革命大家庭的温馨愉快，受到他们的欢迎和尊敬。事有凑巧，离休后，从忙碌的工作岗位上退下来，内心充满失落感。于是，我积极寻找老年就业的机会，应同仁之邀，参与创办了一所民办中学，从事英语教学。梅开二度，心情十分愉快。不久，来了一位白发苍苍的生物老师，据闻教学非常了得。见面之下，他激动地伸出他的大手，紧紧地握着我，并且凝眸审视："这不是我的班主任秦老师吗？一别五十余年了。半个世纪啊，还认识我吗？"我茫然地望着这位瘦高个子的老教师，不知所措。他笑着说："我是易君乾，当年清华中学七级的淘气包。想起来了吗？"他提起这名字，我太熟悉了。我还记得他的爸爸名叫易仁阶，是该校的历史教员，还兼管总务工作。那声音笑貌，言谈举止，一下就把我拉回到五十多年前的岁月。他那时是个十一二岁的孩子，现在年逾花甲了，相貌上的变化这么大，我自然认不出他来。然而那一度师生的情谊是难以忘怀的。后来学校组织老师们春游桃花源，我们这一对白发师生，抓住这个机会，拍照留念。此后，不论在学校的什么地方相遇，他总是停下来谦恭地问候、交谈。我真无法想象我有多少出色的学生，我感到作为一位教师的骄傲。刚解放的时候，就业的大门是向青年们敞开的，可以任凭选择，我默默地选择了教书，终生不悔。

二、土匪的硝烟

（一）奔赴芷江

1950年1月20日左右，我正在为学期考试忙碌，寒假的事情还没有去想。忽然有个解放军送一封给我的信到了传达室，原来是黔阳地区专员孙国治派他送来的。孙专员说他到长沙来开会，26日专车返回专署，要我务必与他同行，否则很不安全。他的行程中全有武装保护，看来湘西这地方还真不太平。我这次是悄悄走的，没有告诉学生，怕影响他们的学习，因为正在期末考试期间。我心里很舍不得这群可爱的孩子，多么想和他们说一声再见，这可是我走向社会的第一站啊！提着简单的行李走出大门，我分外留恋地回头看看这两度出进的大门。1945年抗战胜利，我考上湖南大学，这里是湖南大学新生院。我以打倒日本鬼子的喜悦心情，充满对大学生活的美好憧憬，走进了这所被日本鬼子炮弹打得千疮百孔的红砖建筑；从这里，随着革命洪流的浪潮，我被卷进了波澜壮阔的学生运动；又是从这里，开始了我毕生事业的第一课。在无限的遐想中，我终于走出了离开的第一步，而且以后再也没有回来过。那一幅幅美好的画卷，就像电影拷贝，永远留存在我的心底。它随时可以放映，色彩永远那么鲜艳。

我在长沙的朋友同学很多，但我只告诉了挚友汤振权，我们是高中同学，大学又是同学，高中的"八仙"玩伴，大学的学运战友。新中国成立以后，她以地下党员身份安排在军管会工作。我很羡慕，也很为她高兴。她在孙专员和我约定上车的地方——中山路水风井路口等我，我们握手话别，还没有说上几句话，孙专员就催我上车了。我钻进孙专员和他夫人坐的那辆吉普车上，望着振权的背影在晨雾中消失，我用手帕捂住眼睛，不让人家看见我的泪水。就这样我告了长沙，我成长的地方，我的第二故乡。

这次孙专员来长沙开会，他是率领地区重要干部来听取有关湘西地区剿匪方针大计的。湘西匪患历史悠久，他们占山为王，无恶不作。国民党从来就没有降服过他们，于是给他们名义上的番号，说是收编为正规军，他们借此扩大势力，要粮要饷，要挟地方。解放了，剿灭土匪，是安定地方的战略方针。孙专员的车队配有武装保卫，大部分南下干部都配有手枪，既是工作人员，也是战斗人员。他们已得线人通报：土匪打算袭击这支庞大的干部队伍。孙专员的坐骑在队伍中间偏前。他让我坐在他们两人之间，他说，此行必定会发生战斗。我没有战斗经验，如果枪响了，只能乖乖坐在车上。他们马上能从两边滚下车来，举枪射击，并指挥战斗。他的警卫员坐在副驾驶座上，两人都带枪。他们嘿嘿地笑着，我认出那位警卫员就是给我送信的那位解放军战士。他说："秦老师，你没打过仗吧？别怕，这几个小毛贼经不起打，枪一响，就屁滚尿流地逃跑啦！哈哈！"孙专员马上正色地说："小许，注视前方，不可轻敌！"大家沉默下来。说话之间，已经在长沅公路上奔驰了。路况很差，而今晚务必在天黑以前到达沅陵。我的心情很紧张，睁大着眼睛，全神贯注地搜索着目所能及的山林。稍稍望了一眼旁边的专员夫人，她似乎有点瞌睡了。她是个年轻健美的女性，专员向我介绍过，名字叫舒芳，23岁，医务工作者，参加革命五六年了，在张家口部队当卫生员，已是医士。最后又补充了一句："这次经组织批准，是来和我结婚的……"舒芳横了他一眼，抿嘴轻轻一笑。我瞪大眼睛打量孙专员的面容，应该比舒芳大十来岁吧。突然紧急刹车，我不由自主地朝前一扑，额头碰在前座椅背上，还好不严重。回过头来，他们两位已经"滚鞍下马"站在车旁询问发生了什么事。小许不知何时下的车，已经跑回来报告情况了。他说前面路上被设了障碍，当然是土匪干的。我们的战士早已登上了两边的制高点，连个人影也没有看见。清除了障碍，我们又继续前进。

我全神贯注地观察那种我只听说过而没有见过的湘西吊脚楼房屋。它依山而建，靠长长的木材竖起来和山坡形成一个平面，然后在上面盖房子。最有趣的是那悬空的三面都有走廊。绿树掩映，山花烂漫，倚栏而望，还颇有诗意呢。不过我听人家说，他们往往在吊脚楼下建猪舍和厕所，那就未免臭气熏天，大煞风景了。那青山绿水环抱的奇特风光引起了我的无限遐想。有人告诉过我，某个地方（不知是不是这个地方）的少数民族有一个奇特的习惯，男女恋爱要结婚，必须证实了女孩子已经怀孕，得到父母的认可才能举行婚礼。但是男孩子不能公开地走进女孩子的家门，只能在夜间悄悄地沿着吊脚楼的木柱，在女孩子的帮助下爬上围廊，再伺机钻进女孩子的房中就可以得到情人的保护了。我望着远处的小楼，神驰天外。

两天的行程中，那些躲藏在深山中的小毛贼，除了破坏道路、设置障碍的伎俩外，似乎没有什么别的能耐。只在辰沅交界的峡谷里发生了一次真正的交火，可是我们的枪一响，他们就跑得无影无踪了。这次行程还算顺利，我们在第二天晚上八点钟到达了芷江城——当时黔阳地区专员公署所在地。

我的爱人易盛臬夹在一堆穿灰衣服的干部当中，来迎接我们的车队，在这夜色朦胧中我自然看不到他，但我心中多么希望他跑上前来说几句体己话，毕竟我们新婚才一个多星期就分别了，何况我已身怀六甲呢！我手上提的包早已让别人抢着拿去，要不是孙专员高喉咙大嗓门地叫着他名字，他才不会过来呢。他有点腼腆地向我淡淡地说了一句："你来啦？"我心里有点不高兴，没搭理他就跟着舒芳挤到女伴中走了。

晚上，他对我说："我知道你对我今天的表现不满意，你知道吗，在这革命队伍中可不像在大学里的生活。我们这些知识分子，常被人抓住一些所谓的'小资'表现，被人嘲笑，很不好受。譬如说，我初来时对人提到你时，我总是按我们的老习惯称你为'我的太太'，此话一出马上传为笑料，你说这有多难堪！"我忍不住笑起来了。接着他伸出左手给我看，原来妈妈给他戴在无名指上的订婚戒指不见了。"那还能戴吗？十足的小资产阶级情调。我劝你的也收起来。"我默然。第二天，我赶忙上街买深蓝色布料，定做一套"列宁装"，打算彻底改头换面，投身革命。我身上穿着资产阶级的旗袍，总觉得郁郁不乐，自外于别人。学生时代的革命气概，怎么一下子就消失于人前了？

（二）枪的故事

吃过晚饭，本想邀盛枭到外面散散步，似乎他们的会没开完，大家吃完饭都匆匆走了，就我这没事的人剩在食堂里了。我决定独自外出走几步，芷江城小，才一万多人口，以一个小小的钟楼为中心，向四面延伸为东南西北四条街。我出专署大院不远，就到了西街，拐一个弯，就看到了城墙和城门，我兴奋极了，似乎见到了久违的朋友。我最早看到城墙，那是五岁时在镇江，然后是九岁时在保定。爸爸曾经带我登上城墙，给我讲秦始皇的故事，说了长城防御匈奴的作用，还教我背诵王昌龄的诗"秦时明月汉时关，万里长征人未还。但使龙城飞将在，不教胡马渡阴山"。往事历历在目，我非得上这城墙去看看不可。我沿石级而上，它并不高，而且多处残破，比较狭窄，远不能跟保定城墙比。它绝不是用来防御匈奴，那又防谁呢？据说这地区有侗族和苗族，大概是用来对付少数民族的吧。我还没有来得及多想，就被芷江城外艳丽的风光吸引住了。城墙下不远的地方，缓缓地流淌着一条平静的河水，在夕阳余晖的照耀下，地下天上都闪烁着色彩丰富的晚霞。这极有风韵的芷江平原，让人勾画着美好的未来。我舒吐着旅途遗留的疲劳，快意地任神思驰骋，几乎忘记了身在何处。慢慢地，霞光退去，天色暗淡起来，我环顾空荡荡的有点破败的城墙，竟是我独自孤立在那里。突然恐惧袭来，我赶紧跑步下来，只想遇到任何一个行人，使自己宽下心。就在这惊慌失措之际，我看见了一个穿灰色干部服的男子，朝我这个方向急匆匆地走来，我赶快得救似的迎上去。我的天哪，原来是我的爱人，亲爱的盛枭，真让我喜出望外。他二话没说，拉着我急匆匆地走上了西街，深情地对我说："急死我了，你知道这有多么危险吗？全专署二十几个人都在找你！"

孙专员站在门口等着，看见了我直说："找到了就好，找到了就好！"回到房中，盛枭告诉我，今天他们一整天都在研究近日的匪情，这地方民匪不分，他们知道明的打不过我们的军队，所以就采取偷袭和暗杀的手段，混在

268

老百姓中间，不易防范。暗杀和偷袭的对象就是单个的穿干部服、穿列宁服的人。就在前天，一位女同志在池塘边洗衣服，被在塘里摸鱼的人拖下水淹死了。如果被他们活捉了去，他们就会向政府叫板，要求交换被逮捕的匪首。他们无时无刻不在注视专署人员的行动。他说得我心惊胆跳，告诫自己以后决不单独外出。当我整理床铺准备睡觉时，竟在枕头下面发现了一支乌黑锃亮的手枪，吓得几乎惊叫起来。我没有见过真枪，自然不敢去碰它，盛枭见我惊慌的样子，把我一下子扯到身边，示意我不要去动它：“这枪已经上膛，弄不好会走火的。”

“你哪里来的枪，你要枪干什么？谁给你子弹上膛的？”我摇晃着他的身体，发出一连串的问题。

“今天开会的时候发的。地委指示，为了防匪保身，我们可靠的干部都得配上手枪，随时准备战斗。那些参加过学习班的南下同志都打过枪，只有我和办公室的几个小妹子没有枪。她们坐办公室，胆子又小，就没有发，只发给了我，孙专员让小许教我如何使用。”

这样一说，我的心才平静下来。

“你能把子弹退下来吗？”

“当然能！今天下午学了好一阵子呢。”他从容不迫地退下了子弹，得意地把枪在我眼前晃了几下。

“这枪叫左轮，可以连发六响。小许特意给我选了一把好的。”

“你晚上能不把枪放在枕头下面吗？我还是有点害怕，会睡不着的。”

“不要紧，枪放在枕头右下边，我紧挨着你睡，碰不着枪。”

“你不能把它放在床边的凳上吗？”

“不行，万一晚上有什么动静，我得随手拿到枪。”也许今天太疲倦了，说话之间他就打起鼾来了，我却翻来覆去地难以入睡。刚有点迷糊，突然听得一声脆响，惊得我翻身坐起，盛枭也同时坐起，迅速地抓起手枪，跳到窗口，拨开一角窗帘，伸出手枪，向外张望。可是一片漆黑，什么也看不见。接着响了第二枪，黑暗中就了无动静了。我听到对面孙专员房间的开门声，他敲我们的门，叫盛枭一同到后院去查看一下。他手里提着一盏小马灯照明（那时经常停电，只有专员和警卫室配马灯，其余人都发蜡烛，每个房间里有一盏烧灯草的桐油灯），说今晚小许值班，他开了两枪，一定有情况。

小许说，他看到后院土墙上有个黑影，他开第一枪，似乎黑影不见了。接着又出现了，才开了第二枪，也许打着了。随后和专署毗邻的芷江县人民政府来电话，有土匪偷袭专署，抓到了一个受了伤的家伙，已送公安局。孙专员吩咐，今夜不会有大事，抓住了一个，同伙不敢再来。他吩咐，加强后院的警戒，小许居中，在院中警戒，他在右，盛桌在左，因为天气太冷，在房中窗口警戒。一有情况，小许鸣枪示警，我们左右两边立即响应。其余人都睡觉，不得影响明天的工作。我似乎安下心来，倒是安稳地入睡了。盛桌大概守到凌晨四点，小许在窗口上传达了孙专员的指示"撤岗"，他美美地睡了一觉，直到八点钟才起床。昨夜的事让我懂得了干部配枪的重要性，在土匪长期为患的黔阳地区，硝烟未散，大军进剿是必要的，我再也不害怕他枕头下面有一支枪了。

（三）峡谷遇险

黔阳地区的专署设在芷江，但计划着明年迁往洪江。洪江地处沅江和巫水交界的三角洲，水路比较方便，成为当时木材和桐油的集散地，商业比较繁荣，在贫困的湘西地区，算是较为富裕的地方。可是它却处在大山峡谷之中，社会情况复杂，帮会活动猖獗，土匪不时出没。而且陆路交通极为不便，只有一条简易公路，在崇山峻岭之中蜿蜒而过，时常遭到土匪袭击。我做梦也没有想过要到这样的地区来工作。但是我认定了不做办公室工作，我要教书。为了配合专署即将搬家的计划，我就先期被分配到洪江去工作，单位是湖南省立第十中学，职务为教导处副主任。我已有身孕，行动很不方便，而且人地生疏，情绪上有点紧张。舒芳却很高兴地来告诉我，她明天会和我一同去。她有病，这里治不好，洪江有个从前外国人办的医院，设备条件和医生水平都很不错，组织上批准她去。而且地委书记的爱人、即将上任的黔阳县委书记周玉枝也在那儿治疗，在医院里等着她呢。有个这么好的同伴，我那悬着的心就放下来了。

我的行李非常简单，和来时差不多。虽然知道自己快要生孩子了，却茫然不知要做些什么准备。丈夫是供给制，我还没有工作，经济上有些紧张。这里的工作人员都穿列宁服，既革命又气派，我当然不失时机地在芷江换了装，箱子底下压着的旗袍不敢露面，于是悄悄地改了几件小人衣。舒芳是个很有主张的人，她说她是北方人，吃不惯南方的饭菜，老想着吃面食。所以每天餐桌上剩下的馒头她都收集起来，切成片晒干，以备不时之需。这回她就带上了一大袋，我认为我没有这个需要，心里还暗自觉得好笑，还怕洪江没饭吃不成？她在机关里还有那么一点大家公认的小小特权，又吩咐厨房为她单独烙了几张饼，算是照顾病号吧。我是孕妇不敢企望照顾，也不免有点羡慕了。又转念我要单独远行，以新政府派来的工作人员身份去管理一个学校，我不能要求照顾。我沉浸在想象之中，不知道那个学校是什么样子，也不知道会遇见一些什么样的人，怎样开始我的工作，一切在我的头脑里都很茫然。虽然我想在头脑里谋划一番，却又无从着手。不过我很高兴，毕竟我要从这里开始我的事业了，我要以满腔热情来迎接我的生活，我要以一个革命战士的姿态去面对困难，薄饼馒头之类的问题，也就淡然一笑了。

我们的行期定在 2 月 14 日上午九时。我清早起来就把清理好的提袋放在房门口，早饭也无心吃，胡乱地吃了一个馒头，喝了点稀饭又去坐在房门口傻等。将近九点的时候，我听到了汽车的轰鸣声，马上就和老易拎起行李就往大门口跑去。一看这阵势就大吃一惊，只见车上跳下十几个全副武装的战士，在指挥官的口令下排成一列，然后竟在机关炊事班长老熊的带领下向旁边大仓库跑去。不一会儿，每人肩上背着一包重重的盐包来装车。我疑惑地望望周围的人，大家都在紧张地忙着，谁都顾不上我。我进退两难地东张西望，一眼看见舒芳急急地跑来，我得了救星似的赶紧迎上去，她拉着我边走边说，这地区缺盐，这次我们跟的车是运盐的车，要等盐包装好了才能上人，至少还得一个多小时。她叫我把行李放在传达室，然后到她屋子里聊天等待。她是个医务工作者，来这里之前在怀化的部队上工作。战争年代她出生入死，承担过不少救死扶伤的任务。在我们短短的接触中，听她说过许多惊险的战斗故事，让我听得入迷，佩服得五体投地。我没有什么惊人事迹，有时也谈谈反饥饿、反内战、反对美帝扶植日本等轰轰烈烈的大游行大示威学生运动。她也听得目瞪口呆，还赞美知识分子的爱国热情呢。她还说："我们在外线打仗，你们在内线配合，这才'打倒了蒋匪八百万'嘛，我们是同一战壕里的战友哩！"我们就这样相见恨晚地成了无话不谈的朋友了。她要到洪江医院去看病呢还是另有任务？我试探着问她。她捋起衣袖给我看，胳臂上生了许多小红点，摸上去有点硌手，全身都有，而且关节处出现了淋巴结，浑身发痒，有时抓得皮破血流。虽然自己搞医务，做的都是救死扶伤的护理工作，如今自己出了毛病，红药水、紫药水、盐水、碘酒都使用过，一点也不管用。我不由得暗暗地笑了，战争给她培养的业务能力却在自己身上用不上。也难怪，她所处的年代，就是缺医少药呀。

快到十一点钟才有人来叫我们上车。通信员小许帮她把行李搬到大门口，只见纵列四辆大车正在整装待发。前一辆和后两辆十轮大卡装得高高的尽是大盐包，第二辆是客车，已经有些干部坐上去了。我们坐在给我们留下的第一排两个座位上，车的后部也堆放了一些盐包。办公室小陈请大家登记各自要下车的地方，然后说："我们这趟车主要任务是向边远几个县送盐，派有十五名武装战士护送，客车就夹在中间，比较安全。领队的是李班长，他就坐在靠车门的座位上，请大家一切都听他的指挥。今天动身迟了，只到榆树湾停下来。明天赶早到洪江，祝大家一路顺风。"他说完挥手下车，汽车就开动了。我从车窗望出去，老熊和小许在向我们挥手告别，心里真有点自豪感呢。过去从家里出门，总是婆婆妈妈地一大堆人道不完的叮咛流不完的泪，让我跟着也会眼圈发红。这次可真痛快，身孕七个多月了，连结婚不到一年的丈夫也只在房间里叮嘱几句就上班去了。我觉得参加革命了，就应当豪情满怀，阔步前进。望着窗外枯黄的田野，在心里揣摩着未来的环境。正在漫无边际的遐想，舒芳拍了我一下，递过一块干馒头片，把我拉回了现实。一转眼间汽车就开出了小小的芷江城，走上了坑坑洼洼的简易公路，沿途还得不断地填补被土匪破坏的道路。一路上没有遇到什么险情，可是这么走走停停，直到下午三点才到达目的地，虽然不累，却也饿得够呛了。要不是舒芳不时地发放点"救济"，真不知会出什么洋相。

这榆树湾原是个小镇，只因地处平原，是个交通要道，即将划入怀化县。我们的车队经过公路交叉的车站，开进了一座平房大院，怀化县政府的牌子赫然入目，原来它已经改县了，只是有某些原因暂时没有公布人事。我们的车声惊动了一些人，他们从屋子里跑出来，与那些干部们都是熟人，互相握手致意。一位年轻的女同志亲切地把我们引进了一间有一大一小两张床的房间里，笑着说："咱们这里条件差，大家得将就着对付一宿了。"说完就忙她的事去了。她们照顾我，让我单独一人睡了小床。这一夜我翻腾着老是不能入睡，不时传来远近的狗叫声，院子里走动的脚步声，我有点惊慌地披衣坐起，从破窗纸洞往外张望，竟然瞧见有辆大车顶上有个人影子，这可把我吓了一大跳，忙下床去摇醒舒芳。她很警觉，一下就翻身坐起，我附耳向她说了情况。她握枪走到窗前一看，不是一人而是两人，正在扳盐包绳索。她小声地说了一句：

"他妈的，偷盐的。让我来吓跑他。"她举枪到窗口，喝道："下来，要不就开枪了！"这喝声惊动了屋里的战士，顷刻间屋里的灯全亮了，许多人都走到院子里来，舒芳却堵着门叫我们别出去，有人处理就行了。不一会儿，有人来通报，抓到了四个偷盐的，全是附近的老百姓，关在后屋里，明早保卫科会去审问的。由此可见这地方盐的缺乏，明知这些车辆有武装押运，却还敢来试探他们的运气。

这么一闹腾，大家都没有睡意了，五个人拥着被子聊天。她们都是十几岁在家乡参加革命的，在我面前都是有四年以上党龄或干龄的老大姐。当他们问起我时，我都不敢说我才从大学毕业，据说解放区的人瞧不起知识分子。我不想别人对我另眼相看，我只含糊其辞地说我在乡下教过小学，其实我毕业后在中学教书。眼下到洪江去，也是去教中学。一种奇特的虚荣心，让我觉得教中学不如教小学来得革命。不一会儿，李班长来通知我们，现在四点了，四点半早餐，五点出发，迟到的就别走了。

果然我们五点准时出发了，天还黑黑的，我们的车向西行，所以我不断地回头张望，期待着将要出现的曙光。路况不比昨天好，今天的目的地是安江，距怀化一百二十里。渐渐地东方泛白，天越走越亮，路却越走越难，地势也越走越高。我们进入了一个松林峡谷，谷中出现了一条小溪，水是从左边的山腰奔流而下，到公路下就渐渐平缓了，上面铺一张木桥，两丈余长，一丈余宽。车到桥边停下。班长派了四名战士成横列地跑过桥去，检查一下桥的状况，然后分立两边警戒。第一部大盐车缓缓地开过去了，在不远处停着，我们第二部也摇摇晃晃开过去了，我的心悬着，因为我仿佛听到车下有木头碎裂的声音，但毕竟我们跟上了前面的车过了桥。我们的车刚刚停稳，就听到车后轰的一声巨响，不好，一定是桥断了，不知车怎么样了！大家不约而同地站起来惊慌地回首望后面的车窗。果然后面的车前半部在岸上，后半部卡在断了的桥面上了。上面的盐包，摇摇欲坠，捆绑的绳索有的正在断裂，情况十分危急。第四辆车还在桥的那一边呢。班长立刻跳下车来发布命令，所有人立刻下车，乘客在前，战士在后，在第一辆车前排成四列纵队。他从容镇定地向大家说："今天我们中计了。这桥是被人暗中破坏，然后伪装起来，让我们的车卡住了。说不定还会来袭击我们，我们要准备战斗。我们共三十余人，全是干部和战士，有两挺机枪和十几支自动步枪，还有手榴弹。我们的任务是必须把盐安全送到目的地。大家要服从命令，团结一致，共同对敌。现在我来分配任务。"四位司机分两组，沿着小河岸找老百姓家借斧头、锯子等工具，准备砍树修桥。再派四名战士分别在两个山头上警戒。女同志尽可能地收集一下带来的食物，用碗盆之类的东西到河边弄点水上来备用。其余人马上一起去卸那辆车上的盐包。说着他就往那辆十分危急的车跑去，人们马上跟着干起来。

车上的人除了舒芳之外，谁也没有带食物。而她的那一口袋馒头干早已因她不断地发放"救济"，只剩可怜的一小撮。我们就只有取水的活可干了，她们看到我行动不便都不让我下河去，我就只好坐在山坡上晒着太阳看他们干活，可我心里挺过意不去，这可真叫心有余而力不足啊！

卸盐包的同志们干得非常辛苦。一包盐百把斤重，几十包他们在两小时左右就全搬完了。大家坐下来喝着凉水喘口气，等待着下面的任务。舒芳把馒头片一片一片地分给大家，也让他们感到惊喜。其实我们都有点饿了，但谁也没有说一句话。眼看着轮不到一圈就两手空空了，班长脱下帽子擦汗，焦急地盼望着借工具的人快点回来。稍事休息，他又领着大家去将那辆陷半截在断桥上的车拖上岸来。班长能开车，他先是用前面的车系上绳来拖，可是拖不动，于是大家配合着用木棍撬、用石头垫、用肩头扛，喊着号子一齐使劲，几个回合，终于将它拖上来了。大家爆发出一阵欢呼，共享胜利的喜悦，完全忘记了我们还处在十分危险的境地。这时去借工具的两批人都先后回来了，班长大喜过望，又重新分配了锯树、劈枝等任务，大家又迅速地投入了战斗，只留下我和舒芳两人看车备水，我们俩都是作为病号照顾着，心里总觉得十分不安。

正当我们无所事事的时候，忽然看到一位老乡挑着一担沉甸甸的箩筐跑来，在我们面前停下。他笑眯眯地揭开盖在箩筐上的斗笠，指着里面白花花的糯米糍粑说："这是自家用上好糯米做的，味道很好。你们饿了吧，买点怎么样？价钱便宜五分钱一个，可以拣大的挑。"我想，这倒不错，大家不都饿着肚子在干活吗？我口袋里有钱，但不敢做主。舒芳是北方人，没有吃过这种东西，看着它硬邦邦的，就说："这野地里没锅没火的，怎么做着吃呀？"这老乡十分热情地说："不用锅，不用锅。这里有的是柴，架起来生上火就能烤熟。"他边说边捡石头边架柴火，动作迅速麻利。不一会儿他点燃了火，摆上一圈糍粑，经火一烤，嗞嗞作响，逐渐地膨大起来，飘出一股诱人的香味。舒芳说："咱们买点给他们送去怎么样，够累的了，还是早上五点钟吃了早饭的。"她是供给制，又常生病，手中不会有什么钱。我有钱，她既然开了口，就是说这事儿能办。我早把钱捏在手里了。这老乡见我们动心了，就一个劲地添柴，引得浓烟直冒，呛得我俩眼泪直流。正擦着眼睛走开一步，张开眼就见班长一脸怒气站在我们面前，指着我们说："你们干什么呀？一点警惕性都没有，就不怕是敌人的奸细？"他举着手中柴棍一阵乱打，将火扑灭。我俩吓得不知所措，慌张地跟着他扑火。又学着他的样将那些半熟的糍粑向小河里扔。再回头来找那老乡，早已撂下了挑子，不见了人影。班长怒气未消，向我们吼道："你们知不知道我们是遭到敌人暗算，才处在今天的困境的？说不定他们正在谋划如何来袭击我们呢。让你们看车，闲着没事就嘴馋，真他妈的没出息。"我俩自知理屈，不敢吭声。可是我心里委屈着呢，眼泪在眼眶里转，强忍着，也不敢流出来。舒芳却从容地为自己辩解道："咱俩确实是丧失了警惕，我是军人，首先是我的错。我们都不是为自己，见同志们太累了，想弄点东西给他们填肚子……"这时班长踢翻了那两只箩筐，滚出来的糍粑并不多，除了一些破烂东西外，还有一些粗细不一的绳索。他拎起一个破布包，在手里掂了掂，似乎沉甸甸的，解开一看，露出了两把明晃晃的杀猪刀。我俩惊得目瞪口呆，失声大叫起来。班长一挥手，叫来了一位战士，拔腿就朝那乡下人逃跑的方向追去。但是没多久，找不着那家伙的踪影就回来了。班长就向大车的前方加派了两个岗哨。我想如果班长不来，事态发展下去，我和舒芳可能已成刀下鬼了，想起来十分后怕，也愧疚不已。

班长指挥着大家搬掉断桥部分，抬来锯下松树干一一补上，然后在缝隙里塞上松枝最后铺些杂草泥土，大家都很高兴，可以通车了。班长让大家排成四列纵队在桥上来回跑了两趟，没有发现什么问题，便叫司机把车开过来，大家欢呼着车队又可以出发了。班长用哨声把放哨站岗的同志召回，集合在车前通报一下情况。他出示了那两把尖刀，略述了经过，没有一句指责我们两人的话，使我心里更加惭愧。然后他语气坚定地说："今夜我们只能在安江住一夜，还有五十公里的路程，而且要越过一座大山。敌人是不会甘心的，我们要准备战斗，一切行动听指挥，到安江吃饭睡觉。"

出了这道峡谷，道路比较平坦，顺利地走了十多公里，地势又慢慢地高起来。人们说这就要过高山鸡公界了，车沿着公路呈之字形行驶，天色也渐渐地暗下来，大家的心弦都绷紧了，有枪的人都把枪紧握在手，谁也不说一句话。

不知经过了几个之字路了，我望着那上了山还是山的路，只希望快些到顶。前面的车突然停下，大家都不知道发生了什么事情。班长叫我们都下车，掩蔽到路旁的小树丛中。车被一些砍倒的树木和大小石头挡住了去路，只好大家下车来搬树抬石。不久就听到几声零星的枪响，警戒的战士马上予以还击，顷刻就寂静下来了。大家猜想不过是想偷盐的小盗，放放鸟铳吓唬人罢了。清除了路障，我们继续前进，天色已更加昏暗。大概离山顶还有一箭之遥，车又停下了，我们照样下了车，大家又去搬树抬石。但是沿着山顶左边的一线出现了星星点点的一串火把，而且人影晃动，随之而来的是高高低低的叫喊声。李班长稍稍犹豫了下，下令道："朝天放枪，是结伙拦抢盐车的乡民们，把他们吓跑就行了。"一阵枪声之后，火点没了，人声也静了下来。接着来的却是滚滚而下的石头，他们想滚下石头拦住汽车的去路。李班长带点怒气地命令道："向山顶开枪！"枪响之后一切都寂静下来。于是我们扫清道路，重新上路，很快登上山顶。安江镇的灯火，已遥遥在望。大家轻轻地舒了一口气，再也没有遇见什么拦路虎了。车到安江，天已漆黑，已经是晚上八点了。回想起来，我仿佛亲历了一场《水浒传》上的擂木滚石之战。

安江到洪江路程只有三十公里，却有一处名为"玉窝溪"的险要地方，处于两边高山中的一条拐弯的道路。过去两边山上，曾经有过土匪盘踞的山寨，打家劫舍，为害四方。新中国成立以后，经过清剿，捣毁了他们的巢穴。但是一时不能彻底，依然时有出没。这次运盐，事关重大，部队已派兵重点警戒，第二天上午，我们就顺利地到达洪江。

（四）回民小马

传闻专署会定名为会同专署，洪江镇属会同县，是个商业中心，是湘西木材、桐油、药材、白蜡等湘西特产的集散地。它依山傍水，在沅水和它的一个支流交汇点的三角洲上，算是湘西南崇山峻岭中一个交通比较方便的地方。我期待着到那个山村都市去工作，梦想着它的美丽和神奇。盛枭征求我对工作安排的意见，我的意愿就是要教书，不当机关干部。孙专员一句话"那就到省立第十中学去，我们机关不久就要到那里去了"。我等待着搭方便的车去洪江上任。闲着没事，就只好在专署里面四处逛逛，最喜欢去的地方是厨房，在那里可以帮点小忙，大师傅老熊有五十来岁了，一个人承担伙房的任务，自然很忙。那些警卫员、通信员没事时就来他这里帮忙。老熊是个特随和的人，他说他刚参军那会儿是看马的，他不论干什么都挺认真，养的马膘肥体壮，特别耐跑。慢慢地摸熟了马的脾性，还能找些草药给马治病。年岁大了些，领导照顾他就让他搞炊事班了。我问他多大年纪，他说："虚岁四十，比专员还大八岁。"我暗暗吃惊，怎么就像个老头子了呢？我看见他把一些硬面馒头切片晒干，就问这是干什么。他说："给舒芳做的。她在等车，要去洪江医院治病。她和我同乡，河北涞源人，吃不来大米饭，我给她装一面袋。"经常在厨房里碰面的还有财务科白科长的警卫员小马，他是个帅小伙子，高高的个儿挺结实的，一张稚气未退的脸蛋红扑扑的，就像我在清华中学教书时的高中学生。他虚岁十六，样子特别可爱。他说小学才上了几年，家里没饭吃，给财主家放羊看牛混了几年，还是吃不饱，就瞒了年龄参军了。他还笑着说："大姐，你不知道我是回族人吧？"

"是吗！那你不吃猪肉啰？"除了这点外，我对回族人一无所知。

"在家里不吃，参军以后就什么都吃。我爸老来信告诫我，如果我破戒，就不认我这个儿子了。"

"瞒着他呗，他又不可能上这儿来。"小马天真地笑着说，"首长还交代熊大伯照顾我的民族特点，可我拒绝了。摆着美味不吃，能不馋吗？"

几天之间就和小马熟络了，他知道我懂外语，就缠着我教他。我说，学中文好，用处还大些。他说，学中文好办，能当老师的有的是，可是懂外语的实在少。我好玩似的教他认二十六个字母，不出一个星期他就全会了。我给了他一个学生作业本，他字母写得很认真。不过隔三岔五地他要随白科长出差，这种学习也只能断断续续地进行。我想着，他要是有机会去学外语专业，或许能成为新中国的外交人才呢。

到了2月中旬，我得到通知，做好准备，近期有运盐的车开往洪江，随时可能出发。我的行李很容易收拾，只是挺着大肚子这个沉重的包袱无法放下。盛枲总是宽慰我，这一路上有武装保护，还有地委书记的夫人周玉枝和专员夫人舒芳都要到洪江去治病，那里的医院设备好，医术精，我在那里生孩子就比在芷江条件好。芷江只有接生婆，连妇产科诊所都没有。初生牛犊不怕虎，说走就走吧。小马来送别，悄悄地塞了两个熟鸡蛋到我的衣袋里，是他吃早饭时省下来的，叫我在路上饿了的时候吃。我不忍拂了他的好意，就收下了。他还说，将来专署搬来洪江，一定再向我学英语。

我被专署派到洪江镇省立第十中学担任教导处副主任，当时的名称很特别，叫教员兼副主任。全校教职员工中我是唯一的女性，真是觉得非常孤单。县教育科有一位女干部田凝联系这所学校，据说她很少来，来了也不管事，只是看看而已。听盛桌说她是专署联络科陈科长的妻子，南下时刚结婚，也不知道是什么原因，在南下路上就闹离婚，所以她坚决不到专署去工作。人家的私事，我无意打听，只想赶快见到她，了解学校的情况。她第二天就到宿舍来看我。这个北方年轻女孩可能还不到二十岁，皮肤白嫩，眉目清秀，高高的个子，丰满的身材，看上去还挺逗人喜欢的。她一开口就感谢我的到来，很谦虚地说，她文化不高，也不懂教育，况且她马上就要下乡去参加中心工作了，学校的事就拜托我了。说着，她打量我挺着大肚子的笨重身躯，吃惊地说："你快要生孩子了？怎么把你派来了呀！"我想，她认为我不能胜任工作。

我说："是的，孩子总是要生的，工作也是要干的。到这个地区来实在是不容易，机缘巧合，命中注定呗！你不是大老远地从北方选中了这个山窝窝了吗？"

她笑了："你还挺乐观的呢！"

一下子，我们两人之间的陌生感消失了。她介绍了一些学校情况，我知道这一切都得靠自己深入了解，使我特别印象深刻的是她不断地提醒我这个地区这个学校敌我斗争的复杂性，要我随时随地提高警惕，这对我今后工作很有指导意义。不久以后她就调离了洪江，我很惋惜，少了这么一个难得的朋友。

从她的口中得到最重要的信息是这所学校有严重的派系纠纷，内部四分五裂，情况复杂。青红帮会是洪江的毒瘤，已渗入学校师生，左右学校，危害极大。她说公安局是我的后盾，要时常去汇报情况。我边听心里边打着鼓，我这初出茅庐的人，将怎样对付困难的局面？不管它，船到桥边必有路。共产党消灭了蒋匪八百万，还怕罪恶小撮逞疯狂！想着想着就宽心了。

自从黎源率领他的47军进入黔阳地区，大张旗鼓地剿匪以来，匪徒们已不敢明目张胆地打劫车辆，抢掠城镇了。人们在赞扬解放军的机智神勇声中，有了安全感，小土匪都缩到了大山深处，暂时偃旗息鼓。可是没过几日，传来不好的消息。从安江到洪江，只有六十里路程，沿途还算平坦。只有一个叫玉窝溪的地方，两边连着大山，夹在中间一条行车的公路，也不是很长。就在这个地方，一辆客车，遭到埋伏在两边的匪徒袭击，当时车上有两个护车的武装战士，他们马上跳下车来开枪反击。但是敌人太多，实力悬殊。他们富有战斗经验，边射击边走之字路，往回安江的路退却。由于他们武器精良，枪法准确，很快地退出了敌人的射程。他们以最快的速度，奔回安江报信，立即开出一车武装人员到达出事地点。只见二十多个乘客坐在路边，身边的财物已被洗劫一空，只有几个被包卷散落在地上，看到救援人员的到来，纷纷诉说事件的经过。大家说两个战士边打边退，脱险了，还有两个干部模样的人，其中一个小伙子拔出枪来护着那位年纪大的，朝两位战士同一方向跑去，他们动作没有那么快，被土匪追上，射死在稻田里。经过辨认，正是他们要找的人，年长的是专署财务科白科长，小伙子是他的警卫员小马。听到这个消息，我惊得目瞪口呆，不由得泪如雨下。胖墩墩的白科长，一脸和气生财的样子，他管理财政事务精明强干，大家都叫他财神菩萨，怎么一下子就遇难了呢？我和他不怎么熟悉，在专署期间，偶然打个照面，他总是笑呵呵地放慢脚步，一声"吃过啦"让你感到分外亲切。那个可爱的小马，才十六岁啊，年轻的生命，怀着当外交家的理想，却牺牲在湘西的群山峻岭之中。他那淳朴的笑脸，充满了生命的热恋；他那闪忽的大眼，流露出求知的欲望。他的声音笑貌，不时在我的眼前闪现。他是回民，他的思想感情已融合在中华民族的大家庭中了。我向空中挥手，流淌着泪水，呼唤着他的名字，算是和他告别吧。

三、"观音暴"之夜

我终于在一个急风暴雨的夜晚，阳历的旧儿童节，4月4日，阴历的三月十九日，人们称之为"观音暴"，在这个举目无亲的地方生下了我的第一个孩子。我住的洪江医院是公立医院，新中国成立后由政府接管，有一个军代表管理着，主要任务是接收本地区剿匪战斗中的伤员，人手很少，设备简陋。我是临产前才来到医院来检查的，医生说有临产征兆，就把我留下了。这里只有一位管接生的护士罗小姐，她大概还有其他工作任务，急匆匆地把我送进产房，安顿我躺下。我环顾四周，空荡荡的好大一间房子，只有一盏昏暗的灯悬在我头顶上，我仿佛身处无人的荒野，阵痛不时袭来，我感到十分无助。我想到盛桌，不知他身在何方。他带着工作队下乡清匪反霸，减租减息，工作顺利吗？

平安吗？我想起他那早逝的母亲，我没有见过面的婆婆，是死于产难，留下了一个比他小十几岁的弟弟。我纷乱的思绪跳跃到民间传说的"血符鬼"的可怕故事，就在我情绪紧张的时刻，忽然一声金属落地的脆响，震得我魂飞魄散，不由得大叫起来。我的叫声也震动了医院，叫来了罗小姐，还有军代表。我为我的胆小害怕感到惭愧，我压住内心的恐惧，只告诉他们有金属落地的声音让我吓了一跳。这时罗小姐从地上拾起一把剪子，她说可能又是那只该死的老猫钻进来抓老鼠碰下来的。这时军代表发话了，叫罗小姐不要去干别的事情，务必守在产房，直到我平安无事。这一下让我的心平静下来了。

我的孩子终于大约在午夜时分出世了，我只感到疲劳挣扎后的舒坦，对周围的事物一无所知地沉沉入睡了。在睡梦中我仿佛在艰难行走，遇上了暴风雪，沉重的双脚一步都抬不起来，在寒冷中挣扎着。我忽然看见了光亮，竟然是从睡梦中醒来，冷得发抖，虽然意识清楚，却想不起来我睡在何方。我下意识地摸了一下被子，一双手都是湿漉漉的，我才猛然想起今天是"观音暴"，2月19这急风暴雨之夜，我生孩子了。那电闪雷鸣的轰击，那急雨敲窗的震撼，那滴滴嗒嗒落在床上的漏水声音，我意识到这幢年久失修的房子经不起"观音暴"的袭击。我想翻身坐起，可身子实在是无法动弹，只好大声呼叫，在我筋疲力尽的时候，叫来了护士小姐。她打开房门，并不走近我，却发了疯似的大叫："不得了，大出血呀，好多的血啊！"她的惊呼，叫来了军代表和医生，人们慌慌张张地涌进来，我惊讶地躺着，不知道发生了什么事情。还是军代表细心，走到我的床前，摸摸我那湿透了的被面说："是这漏湿了的大红被面上滴下来的水，哪是什么血！"大家情绪缓和下来，嘘了一口气，听医生说："要是产妇这时候大出血那就是很危险的事。"我费力地扭转头看看地上那一摊红水，不觉笑了。那时的医院是要病人自备铺盖的。妈妈为我精心配备的红绸被面经不起水洗，却闹出了这么个惊人的笑话。大家七手八脚地地为我抬床铺，换被盖，找一块不漏雨的地方把我安顿下来。风停雨息，人们散去。我感到十分倦怠，但又觉得饥饿难当。我记得妈妈说过，生产过后，马上要吃红糖煮鸡蛋。这一向，我常装两个熟鸡蛋在口袋里，以备万一。摸摸看，果然还在。喜不自胜，就着护士给我放在床边的一杯水吃下去了，然后安安稳稳地酣然入睡。

次日醒来，阳光明媚地照映在窗扉上，我自我感觉良好，已经能够慢慢地坐起来了。回想这一天的经历，我觉得这人生真是奇妙极了，有惊险，有快乐，有风雨，有阳光。最震撼我的感觉是，我在这个世界上的地位升级了，我做了母亲，有了自己的小宝贝。他是一个人，一个有血有肉的人，我要养育他长大，教育他成人，这增加了我的责任感。我正在脑海中描画着他的未来，护士小姐笑嘻嘻地抱着我的儿子来了。

"给你送小宝贝来了，你看，还只出生一天，就睁开眼睛看世界了。"我迫不及待地伸出双手接过我的儿子，他还不懂得看人，转过脑袋向着明亮的窗户。他那黑里透红的皮肤，我特别喜欢，那是从我身上继承过来的。护士小姐说住院期间，我的主要任务是给孩子喂奶，其他事由她承担。我问我能在医院住多久，她说一个星期。我想，这坐月子至少有一个半月，我得请一个保姆来安排生活，照料孩子。我什么准备都没有，心里有点发愁。盛枭说他父亲会请一个家乡人来给我帮忙，至今还没有消息，我只好麻烦学校的同事先给我物色一个保姆，他们正在查访之中。我把我的困难向军代表说了，他全不当回事，爽快地说："你就在医院里坐月子不好吗？什么时候能出院就出院，决不催促你。"他这么一说，我就安心住了下来。

医院里我得到特殊照顾，我连孩子的褓褓衣服都没有准备，全是穿医院里的，心里很过意不去，我常想要是妈妈在我身边多好，我深深地感到独在异乡的难处。专署刘政委的妻子老周正好在医院治病，由于我们是从芷江同车来的，于是我在医院里有了一个可以聊天的去处了。她参加革命很早，现在担任县委书记之职，富有革命斗争经验，讲起北方的游击战地道战，真是动人心弦，让我增长了不少见识。她已经是四个孩子的母亲，见我初为人母，笨手笨脚的，也不时地加以指点。她当然是个消息灵通人士，虽然她原则性强，但由于我是属于专署派来的，多少有点另眼相看，不时给我透露点内部消息。有一天她把我叫到她的病房中去，压低了声音对我说："你是我们专署派来的干部，特向你通报一个重要的机密情报，不能向任何人透露，这可是纪律。"她停了一下，那审视眼神，让我的心情骤然紧张起来，很认真地回答道："一定遵守。"然后她告诉我："今天晚上大约有五千土匪攻打洪江城，我们的大部队已派到南边三县执行清剿任务去了。留守的战士不到一百人，这可是大敌当前呀。上面通知我们作打和撤的两手准备，我们洪江医院住了不少伤员，有人伤势严重，还得让人抬着，他们是第一批。老弱病残的干部和带小孩的妇女是第二批，你属于第二批。"我迫不及待地问："那你呢？"她微笑了一下说："我的病已经好了。我是战士，要参加战斗。我一直在华北地区跟随部队作战，我有六个孩子，大的十二岁，打仗时总有一两个在我身边。你不用害怕，我的任务是掩护撤退。"我瞪大了眼睛望着这位三十来岁的大姐，打心眼里佩服她。然后她告诉我做些什么准备，说要换上黑色衣服，孩子也要用黑布包着。夜晚行军，白色容易暴露目标。孩子要兜在胸前。敌人从后面追来，要是孩子背在背上，首先就打死了孩子。我们要保护好后一代，不可粗心大意。她要我不动声色地回房间去，做好准备，并且约定决不能睡觉，孩子必须早早地捆在身上，什么都不要带，以免行动不便，到时候她会派通信员来通知我。我十分紧张地把这一切默默地记在心上。可是我心里还有一个没有提出来的问题，这一切告不告诉同房间的杨老师呢？她也有一个出生不久的婴儿啊！我没敢问，心里却在犹豫着。周大姐似乎看出了我的心事，拉着我的手，语重心长地说："小秦，你是刚刚从学校出来参加革命的学生，还不了解斗争的复杂性，有些事情你以后会明白的。请记住，我告诉你的事情就你知道，决不能向别人透露半句。对和你同房间的那位也不能走漏半点风声。"我只好认真地点头。

回到病房九点多钟了，孩子已经由护士小姐料理好了，准备睡觉。我心情沉闷地清理衣服，抽出两件黑色的衣服放在枕边。杨老师见到我似乎有点心情不快，就问道："对面房间里的周同志批评了你吗？有什么事情不高兴？"我连忙掩饰道："没有的事。她挺关心我的呢，她说专署捎信来了，近日那里工作很紧张。我爱人下到各县调查学校开学情况去了，一时回不来，要过一阵有了便车才能来看我们的孩子。"她安慰了我几句，说洪江地区也不太平，对河萝卜湾一带常有土匪出没，路途上很不安宁。我没有心思和她聊天，就换上一身黑色的衣服，抱着孩子坐在被窝里。我为了不让她察觉，必须等她入睡了才可以将孩子用黑衣服捆在胸前。到了十二点，我觉得医院里静悄悄的，似乎人们都已沉沉入睡。我不安地将孩子捆在胸前，仰卧在床上，在胡思乱想中蒙眬睡去。突然灯灭了，我猛地惊醒，翻身坐起，可能是碰着孩子了，他竟哇的一声哭了。我把奶头塞在他小嘴里，他就只顾大口地吞咽，我才想起不知有多久没给他喂奶了。这个时期停电灭灯是很平常的事，我的邻床杨老师一直没醒。不一会儿，廊道里响起了许多急促的脚步声，但是没有人的说话声。我很纳闷，就想到周大姐房中去打听一下。我刚走到门边，就听到有人低声地喝道：

"干什么的？不许动！"我似乎听到他拉枪栓的声音，吓得我几个趔趄，倒在了床上再也不敢动弹。跑动声持续了一段时间，突然的寂静中，我听到那个带枪的兵的脚步声在我的病房前走动。我猜想跑步声是撤退伤员，那么周大姐原先约好来通知我的人为什么不来了呢？我在黑暗中一筹莫展。不知又过了多长时间，忽然听到一声沉闷的炮响，接着连续不断地响起来了。这一定是两边接上了火，但不知是哪方的炮声。五千对八十，何等悬殊的对比！不一会儿枪声大作，而且越来越密集，似乎离我们已经很近了。是不是快进城了呢？我紧张地坐起来，穿上鞋子，焦急地等待着，医院里依然一片寂静。不久炮声不响了，枪声稀疏了，我轻轻地嘘了一口气，似乎替城市轻松下来。快天亮了吧，窗前露出微明的曙光，我竟搂着孩子呼呼入睡了。不知什么时候，周大姐到了我的床前把我叫醒，已是天光大亮了，她示意我到她房间里去。在那里她告诉了我昨夜的惊险。土匪是从沅水两岸的丛山中向我们发炮的，但是他们的武器非常落后。他们一有响动，我们的火箭炮就从四个制高点对准目标发射。威力大，准确性高，顷刻之间，就把他们的炮打哑巴了。他们是乌合之众，我们的枪炮一响，就害怕了，逃跑了许多。可是不大一会儿，他们又纠集了一批顽固分子，从山脚一带向城边进攻。我们的几挺机枪一扫，他们就逃命不赢。我们没有死伤。刚打炮时，我们按计划撤了第一批伤员，随后指示其他人员暂时不动，所以就没有通知第二批撤退的人员了。

　　医院的人议论纷纷地谈论着昨夜的新闻，谁也说不准真实情况。向军代表打问时他只说，一批土匪妄想到城里来打劫，解放军一阵枪炮就把就把这些王八蛋轰跑了。但是当我到他的房间里要开水，他就悄悄地告诉我，昨夜的事相当惊险。这是一场里应外合的有预谋的袭击，国民党军队的残余分子打探到我军的调动情况，就策划了这次行动。内应就是暂时还留在岗位上的鲁镇长以及一部分与他关系密切的人员。他以治病为由，大约一个月前住进了我们医院，他的人员以探病的方式，进出医院与他联系，交换情报，是一个地下司令部。他的任务是掌握医院干部情况，行动时就首先对我们下手。他笑着说："你、我和周大姐可都上了他的黑名单呀！他却没有想到，他妄想得意之时，就是他穷途末路之夜。"原来那一夜趁转移伤员的行动就捎带着把他以及藏院内的匪徒们一网打尽。听后，我不由得倒抽了一口冷气，暗自在心里说道："好险呀！"

　　次日，我的同房杨老师办理了出院手续，说孩子已经断了脐带，可以出院了，家里的孩子没人照顾。随后我又听到一个消息，说她的丈夫也在土匪攻城之夜失踪了，让我大吃一惊。

两个星期后，我觉得身体已经完全恢复。农村妇女，生了孩子没有休息，家务活哪样不干？于是我独自上街购置了我所需要的物品，准备建立一个小家庭。在病房里当起了缝纫师，为小宝宝做了不少衣服，我总不能让孩子穿着医院的婴儿服回家。我认为制作衣服是一种艺术行为，颇有爱好，我的作品引来了病友、医生、护士的欣赏。于是我觉得医院生活颇不寂寞，以等待家乡保姆为由，我就一天复一天地住下去，转眼就一个月。有一天，好消息来了，学校通知我，一位老大娘从黔阳乡下来的，说是孩子的爷爷派她来带孩子的。我高兴极了，马上搬回了学校为我准备好的两间小房子，开始了一个有家的生活。

大娘带来了爷爷的信函，除了问候之外就只介绍了大娘是我们的族婶，要尊为长辈，可叫她"安满娘"。她是劳动人民，下力气的活从来不辞劳苦，不识字，不会做针线活。信的内容简单明了，字迹端正，语句近似文言。从盛桌口中我早已知道我的这位公公读过教会学校，在乡下当小学校长多年，能诗能文，为人正直厚道，为地方上的长者，颇有名声。自从婆婆产难去世以及她遗下的幼子因病夭折以后，他非常悲痛，于是弃教从医，广览医书，研究中草药，义务为人们治病，后来自开了一个小药店，以此为生。

安满娘勤劳节俭，办事很有主张，把孩子照顾得很好，凡事不用我操心。她从包里掏出一件特别的手工艺品给我看，那是一块正方形的深蓝色土布，当中绣了一树色彩鲜明的寿桃，四角都有粗带子连着，我觉得色彩鲜明，有少数民族的风格，但我不知道那是做什么用的，她马上用它把我的孩子背在背上，示范给我看。这一下可把我吓坏了，孩子还太小，不能背。我明白了这是她请人做的，我已经见过当地人这样背着孩子干活。她来之前就为我作了这样的设计，我爱上了这位勤劳朴实忠心的老大娘。当地人叫奶奶为婆婆，为了表示我们像一家人一样，我就亲切地叫她婆婆了。

四、匪情

（一）河滩上的惊险

在湾溪乡当清匪反霸工作队长的盛桌主持了一次宣判会议，出现了一个非常紧张的情况。那是 1950 年下半年，湘西虽然已经解放，但是匪患未绝。在 47 军大力进剿之下，匪徒们已躲进大山之中，伺机在小范围之内骚扰。但是那地方往往民匪不分，利用亲属关系进行活动。那是个非常时期，不可能有详尽的法律程序，专署经过案情了解，有批准判决的权力。他那次来到湾溪，就有一项任务：举行一次群众大会，对一个罪大恶极的匪首进行宣判，立即执行枪决。与工作队同行的有一个班的解放军战士，既有保护他们工作队的任务，也有行刑的任务。这个匪首的家就在本地，过去这个大家族有相当的势力。所谓"狡兔不吃窝边草"，他注意笼络本族，不得罪乡亲，有时还给点小恩小惠，因此本地人往往看不清他的罪恶面目，甚至说他的好话，流露出对他的同情。所以要把他放到这里来宣判，让大家了解他恶贯满盈，不杀不足以平民愤。

会场就设在乡政府的大院里，解放军荷枪实弹地把守着进出的门口，还安排了民兵在会场周围警戒，大家都感觉到一种威严肃穆的气氛。大家似乎并不知道今天开会的内容，但是土匪家的亲属也许微有所闻，有些人在会场周围转悠，也有人站在吊脚楼上向会场观望，增加了一些紧张气氛。

大会开始了，工作队长宣布了今天开会的内容是宣判匪首吴某的罪状，威严地说：把犯罪分子吴某押进会场来！有人轻轻地嘘了一声，会场上有了小小的波动。会场外就有人号啕大哭，并且大呼冤枉，那是他的家属，有人不免回头一望。她们扑挡在较远的地方，匪首被两个持枪的解放军押着站在台下正中央。宣判开始了，队长按照手中的文件，威严地一字不苟大声地念下去。会场上的人听得很认真，一点声音都没有，会场外也是一片安静。大约念了半小时，最后宣布"判处死刑，立即执行"。队长挥手示意："把罪犯押往刑场！"四个解放军立即将几乎瘫软了的匪首拖拉出去，队长也跟着去监督。

刑场就在离会场不远的小河滩上，对岸是一片茂密的树林，连接着陡峭的山岭。离河滩不远外有几幢吊脚楼，那里有他的家人和家族，围栏上都站满了人。罪犯的双手是捆着的，战士们让他在河边面向河水跪着，一切安排停当，班长退后几步，示意行刑，叭的一下，那家伙应声倒地。谁知他就在这极短的时间差里倒地一滚，神枪手的子弹落空了，他迅速滚进了河里。他识水性，潜入水底，不见了踪影。枪手者傻了眼，周围的人不由得发出一阵惊呼，只有吊脚楼上的人屏息着，目不转睛地注视着河面。战士们很快镇定下来，个个举枪凝视河面，队长也非常沉着冷静。他知道大山中就可能藏着土匪，要是他们下来接应，就可能发生隔河的战斗，形势十分严峻。不大一会儿，那家伙的头在离对岸不远的地方显露出来。说时迟，那时快，一枪中的，河水立刻染红了一大片。群众发出了欢呼声，吊脚楼上却是一片号啕大哭。

队长悬着的心才放下来，激动地一一紧握战士们的手，由衷地表示感谢。

（二）深山匪踪

我工作的那个学校全名是"湖南省立第十中学"，全校分高初中两部，春秋两季招生，每次招高初中各班，长年维持十二个班，学生三百余人。地处高山脚下，校舍就在上山大路的两边，高中部称鹤东楼，初中部称鹤西楼，办公室在鹤东楼。我为了工作方便，就从那个杂乱的宿舍小院搬到了办公室旁边的两间小房子里居住。我住前房，婆婆住后房。另有办公室后面的两间房子，住着从长沙革命大学派来的校长和办事员。学生放学以后，这个环境就显得特别清静。门前这条大路依山而上的小山头上，有一排平房，那就是县人民政府所在地。从它后面下去，便是一个山谷，再过去就是苍莽的大山，坡势陡峭，当地人叫这地方"老鸦坡"。县府左手边是一条登山小径，那也不是游览之地，经常经过的人就只有那些打柴火寻野菜的人，间或也有采药的人。不远处有一个山泉汇合而成的池塘，水清见底，显得特别清幽。我初来时拜望王县长，他带我绕屋走了一圈，对这个池塘的印象特别深。我搬上来以后，就想什么时候散步往那里走走。

不几天就是星期日，学生邀上山去看看，很快就走到了池塘边上。我正在欣赏波光旖旎池中倒影，学生们笑语喧哗，捡起脚边的小石头，争相打水漂。忽然几声枪响，有的从我们头顶上飞过，打得树叶纷纷落下；有的打在池塘里，溅起了水花。我还没有反应过来，学生拉着我就跑，说山上有土匪。难怪这几天夜里我总是听到后山有零星的枪声，原来我的住房离土匪的活动范围那么近，想起来心里有点害怕。

第二天，我就找县文教科的田凝同志了解情况。她回答得很干脆："你不用担心，他们夜夜都放枪骚扰，这悬崖峭壁的下不来，他们其实害怕解放军。他们明知道这里是县政府，当然会有武装保护的。"虽然她的话对我有点宽慰，但心想这些家伙躲在深山中总会伺机而动的，还是要心存警惕，所以夜里的枪声常会把我惊醒。不久，驻扎在县政府旁边的解放军抓到一个下山来寻找食物的匪徒，经审问探明他们山上的巢穴，进行了深夜突袭，端了他的窝。得到这个消息全校师生十分高兴，我们还请了那位排长来学校作了一次《老鸦坡擒匪记》的报告，非常激动人心，甚至会后有学生缠着他要求参军。原来他们用人梯的方式，神不知鬼不觉地爬上了悬崖，打得匪徒措手不及，真让我们佩服得五体投地。打那以后，就几乎再也没有听到过后山的枪声了，我和婆婆都感到心情安定了许多。

婆婆在她的生活历程中没有长久地离开过她的家，何况家里还留下两个未成年的孩子，不知他们过得怎么样，就提出现在土匪不闹了，她想要回家去看看，手里有了工钱，打算给两个孩子添置点东西。她说她能抄小路，只要有三天时间就可以打个回转。于是我答应她星期五去，星期一回来，并嘱咐她一定要去看看讷先生——我的公公。她高高兴兴地上路了，她抄小路，只能靠那双小脚步行。果然，她在星期一傍晚回来了，带着一脸的喜悦，报道了她两个孩子的安好，并带来了讷先生来的家信及一些家乡味的食品。我喜出望外，急忙打开信细细地读。前面都是对我们母子的关怀和一些带养孩子应注意的事情，看到最后心情有点沉重起来了，他说家里也发生了重大事情，可让安满娘讲述清楚。我想安满娘不识字，万一路上出了问题，会连累她的，所以让她口述比较稳妥。

这是一桩土匪头子威胁老人家的事情。湘西匪患有历史渊源，新中国成立前近百年来没有清静过。新中国成立后人民政府采取了招安与进剿两种方式，坚决彻底清除匪患。有些顽固分子躲进深山，等待时机。易家是个大族，不可避免有人为匪，看在同族的分上不来骚扰。何人为匪，讷先生平日是有所闻的。有一天夜晚，他已就寝，只因有失眠的毛病，久久不能入睡。忽然感到有物件撞击了一下大门，他仔细听了一下，后来再没有了响动。他想也许是野兽碰触，也许是有人找他，既然没有了声音，那就明天再说吧。次日清早，打开大门一看，赫然发现有一把尖刀插入门板，下面钉着一张叠好的纸条。他大吃一惊，额头上直冒冷汗，真有点像武侠小说里的江湖好汉深夜飞镖，在他家大门前上演了。毕竟他是个很沉稳的人。心想，平生不做亏心事，半夜不怕鬼敲门，且看纸条上有何话说。他拔下刀来一看，原不是什么飞镖，而是一把屠夫用的杀猪刀。他展开纸条，上面歪歪斜斜写了一行字："你的儿子从了共产党，他若害我和我家老小，你就看刀。易豪。"老人家心里明白了，这是匪徒向他发出的威胁。不错，儿子是随着部队参加剿匪反霸的工作，自然会引起土匪的仇恨，他得赶快把这个信息通知儿子。

这易豪何许人也？原来他是讷先生宗族中靠近五服边上的族侄。他的本名原叫易盛富，大概是占山放为王以后，手下有两千多个喽啰，就取了这么个壮自己胆子的山大王名字，平日只知其人，无甚来往。他父亲是个作田人，以屠宰为副业，除了过年时节有几家请他杀猪外，平日还是以务农为生，家中孩子多，生活是很贫困的。易豪是他的大儿子，长得人高马大，很有气力，和村里孩子打架无敌手。起初他接过父亲的屠刀，却不想下大力气去种田。那时候，在乡村里杀猪宰牛的很少给现钱，因为农民手头没有现钱，往往给一些猪下水或者砍几斤肉给他作为报酬。有时候家里肉多了，他就在赶场的日子把肉卖掉。逐渐地，他做起肉贩子的行当，这样一来，活动的范围扩大，接触的人多了，不知道什么时候当上了土匪。村里的人常不见他的踪影，过一晌回来，总是给家里带一些东西。虽不明说，大家心里都知道这是怎么回事。他不可能把家小带到山寨里去，家还是在村里。这种情况在湘西并不少见，有的地方是民匪不分的。我得到安满娘带回的信息，赶快把这个情况告知了盛桌。不久他回来休息，我就明白了他威胁老人家的原委。

47军来湘西剿匪，气势很大，本来很快地就能完全清剿。可是四川有紧急任务，要调两个师立即入川，只剩下一个师，地广山多，兵力不够支配。领导研究决定，这一阶段先做些招抚工作，分化瓦解一些非骨干分子改邪归正，要物色一些本地出身的干部来做这项工作。专员孙国治，河北人，很重视知识分子，盛桌一来到专署，作为大学生，就被任命为专署教育科长，被安排住在他的对面房间，随时指导工作。他马上就提名盛桌回家乡去做这项招抚工作。回到家乡当然首先回家找亲人了解情况。据他父亲说，自从47军入湘西剿匪以来，有些胆子小的就洗手不干了，依旧回家种田，那些顽固分子躲进了大山，有时晚上偷偷回家拿东西。那些家属并没有跟他们去。现在风声紧了，不敢出来打捞，没有吃的，他们回家来主要是搜索粮食，但是家里都很困难，顶多尽他敞开肚子吃一顿，家里也被他们害苦了。经过几天的调查了解，盛枭决定举行一次座谈会，把家属及有关亲属和知情人都请来参加。在这个会上，除了阐明政府的决心和有关政策外，主要是动员家属上山去把他们亲人朋友找回来，只要他们能回来投靠政府，安心生产劳动，对他们过去所犯的错误概不追究。有的女人只是哭泣流泪，诉说家庭的困难，有的人说不知道他们藏在什么地方找不到人。最后他鼓励大家多想办法，一定能找到路子，脱离越早越有好处，立了功的还可以受奖。农会干部说，易豪老婆是个老实的女人，但她劝不住丈夫，很是无奈。不过易豪这家伙疼妻爱崽，捞到的东西总是送回家来，要她养好孩子。座谈会后，那女人独自摸到山上找到易豪，如实地向他谈了开会的情况，劝他下山投诚，得到宽大处理，从此一家人再不担惊受怕，有一身力气不怕没得饭吃。易豪完全不相信她说的话，认为是那是骗他们下山的计谋，出去了绝没有好下场，说她是女人见识，不懂得共产党的花样。打发老婆回去以后，他左思右想，倒是担心起老婆和孩子的安全来了，要是共产党拿老婆孩子做人质逼他下山怎么办？他认为只有从讷先生父子身上打主意，于是讷先生门上就出现了那把尖刀戳着的纸条。另外他写了一封信寄到专署，请易盛枭收，大意说："……我们是同族兄弟，应该互相帮助。你竟然不顾亲情，到乡下威胁我的妻子。谁没有父母子女？念在同族的分上，我这里先给你把个信……"

不久，支援四川的两个师师回湘西，对藏匿深山的土匪展开了凌厉攻势，逐个山头进行围剿。道路被封锁，物资被控制，还不断受到打击，特别是没有吃的，不敢开枪打野物，怕枪声引来军队，不敢生火做饭，怕炊烟暴露目标。在这种极端困难的情况下，纷纷有人下来投诚，匪群日见缩小。易豪那一小撮顽抗到底，实在饿得无法忍受，就想偷偷回家吃顿饭，打听一下情况，然后依靠自己熟悉的门道躲藏起来，伺机钻进城里，改名换姓，远走他乡。主意一定，就从一条隐蔽的道路回到了家里。他对老婆说："今天你搞点酒菜，把你的兄弟叫来。你不是老要我下山吗，这事我先和他商量商量。你先不要说我回来了，他要是害怕不敢来，反而把事搞糟。更不能让别人知道，办好了，我就正大光明地和大家见面。听明白没有？"她兄弟是民兵队长吴长春，没当土匪前两人还是玩得好的。她听到这突如其来的消息，喜出望外，连声答应着，匆匆准备了一下饭菜，换一件干净点的衣服就出门了。这女人很细心，她怕有人闯进来，发现了易豪，还把门锁上了。易豪是个诡计多端的人，他等老婆出去了以后，就藏在屋后的柴草堆后面，看看来人情况再作决定。真是人算不如天算，恰恰被路过后山的贵后生看见，贵后生是农会主任的儿子，认识他并且常听到大人们议论他的事情。于是他飞奔回家把所见告知了父亲福大爷。福大爷听了既兴奋又紧张，认为这是立功的好机会，要赶快行动，不能让他跑了，立即找来农会干部，商量抓捕办法。他当然想到他身上一定有枪，还不知道他后面跟随有人没有。分析他的目的一定是为了抢粮食，他们被围困多日，肚子饿得发慌了。如果情况是这样，那就要有相当的武装力量才能行事。抬头一查到会的人，就缺了民兵队长吴长春。他马上派人一边去找吴队长，一边去通知工作组和解放军。找吴长春的人回来说，只因他家离得太远，就边跑边问有人看到他没有，遇到塘塝上的人说，看见他跟随他姐往她家那条路上走。福大爷一拍大腿说，事情复杂了，这民兵队长在这当口上单枪匹马地上易豪家去干什么呢？这事他做不了主，要等工作组来拿主意。

易豪老婆出得门来就往回娘家的路上急走，心想这来回要一个时辰，还不知道兄弟有没有在家里面。正想先找与他常来往的人打问一下，真是无巧不成书，只见对面小山嘴后面转出个人来，那神态很像自己的兄弟吴长春——春伢子。但是隔这么远，在平日早就大声呼叫了，今天怕惊动旁人，就只好急跑过去，果然没有看错，春伢子倒先叫她了。她撒了个谎，说家里的猪栏墙倒了，猪被堵在里面出不来，找他来帮忙。到家以后，她把门闩上，拉他坐下，气急败坏地对他说："猪栏的事是假，有件要紧的事要对你说，我心慌得很，你姐夫明哥回来啦！"

"啊？"他吃惊得非同小可，猛地站起来说不出话来了。他耳朵里听的、口里说的、会议上讨论的都是消灭土匪的事。现在他要毫无准备地和当土匪的姐夫正面较量了。而对方是有备而来，该如何应对呢？他心想，姐夫牛高马大的，不可力敌，只能智取。他环顾四周，问道："人呢？"

"我在这里，你不害怕吧？"易豪看准了只有小舅子一人进屋，就大胆地现身了。他吩咐老婆赶快做饭，他实在是饿极了。

"你……你就一个人下山的？"

"是的，我这是一个人逃命了。如今共产党的军队，四处把守得严严的，条条路都封死了，时不时追踪围剿，吃没吃的，住没住的，日子好难熬啊。"

"那你怎么不下山来投诚啊，可以得到宽大处理。"

"像我这样的人，能宽大吗？我是个头目，杀人放火我都干过。用他们的话说，我属于罪大恶极之类的，只要落到共产党手里，就是死路一条。"

"那你今天找我来干什么？"

"找你来帮我逃出去。我们是至亲，你的亲姐姐是我老婆，我求你救我一命。我不会为难你。你送我出村，上了大路，你就不用管了，万一被逮着，我也只能认命了，我死也不会把你供出来。说不定我能逃出去，过了这风头，我又能回来，我会来谢你救命之恩的。"

"大家都认得你，我怎么能保得了你呢？"

"什么？你保不了我？你想出卖我？今天的事，不是鱼死就是网破。反正我们两人绑在一起了。干不干，由不得你了。"他拔出枪来，往桌上一板，满脸凶相。吴长春自知难敌，只得缓和一下，只要出了这个屋，他就有办法对付。正好这时他姐张罗着吃饭，他想起身去帮忙，易豪凶神恶煞地将他按倒在凳上。

"不许走动，陪我吃饭。吃过了，我们好好睡一觉，天黑时再上路！"饭很简单，他本想让老婆张罗点酒菜，但他马上警惕起来，怕惊动了别人脱不得身，就只求塞饱肚子算了。三个人闷声不响地很快就吃完了，易豪押着吴长春陪他到房间里去睡觉。他把两支枪的子弹都上了膛，然后躲在窗口观察了一阵外面的情况，觉得没有什么异常，就叫吴长春躺在床里边，和他睡在一头。上床不久，他就鼾声大作，并且把吴长春挤得紧紧的，简直动弹不得。吴长春心里不停地寻思对策，要找个脱身之计。他从帐子的破洞里观察到这床不是紧靠墙壁的，大约有一尺宽的空隙，大概下面塞了一些破旧衣物和鞋袜之类。可是后面没有窗户，只有一个门出进，他冥思苦想，只好等待命运的安排了。他又设想，无法脱身时只好陪他上路了，村里的路他太熟悉了，但是走哪条路，肯定只能听易豪的。不过他已下了决心，拼着性命也要把他抓住，不能让自己背上通匪的罪名。

忽然听得有人敲门大声在喊他姐开门："明大嫂，豪阿娘，在家吗？农会有事找你。"没人应声，原来她按易豪的吩咐，锁上门，自己躲进山边的红薯窖里，大气也不敢出一下。易豪非常警觉，立即翻身下床，吴长春也坐起来了。易豪靠墙蹲着，用枪指着他，低声喝道："不许动，动就先打死你。"他的另一只手举枪向着窗外，敏捷地移到窗边的一个死角，心里企盼来人敲不开门会离开的。他忽然发现外面的人多了，还有人挎着步枪。这时听到有人叫喊："易豪，出来投诚吧，你已经被包围了，缴枪不杀！"他一听就知道事情已经败露，怒火中烧，他妈的，杀一个够本。于是他举枪射击，立即有人应声倒地，外面发出一片惊呼。就在他注意窗外的一刹那，吴长春顺势朝里边一滚，钻到了床下，他大声地要易放下枪来，可以保命。易豪愤怒起来，左手向床上床下连开几枪，自然没有打中。这时窗外有子弹射来，有一弹命中了他的左肩。他咆哮起来，索性从窗口向人们开枪。由于他枪法好，一连击中了几个人。解放军的狙击手一枪命中，把他击倒。人们见他倒地，怕他再爬起来，于是纷纷堵着窗口射击。这时吴长春从床下钻出来，说人已经死了，不要再打了。大家砸开了门，问吴长春受伤没有，他好好的，惊魂甫定，就是不知道姐姐到哪去了。有人在红薯窖边发现了她，人已晕厥，就把她抬回了家。

人们围着吴长春听他讲述故事的始末。讷先生听说易豪已被击毙，摇着头说："自作孽，不可活。"算是放下了一颗悬着的心。

五、除夕大火

新中国成立后的第一年我是在洪江度过的，也是我生命中经历事情最多的一年。说起来我在学校从事着平凡的工作，有一点与众不同的地方就是我是新政府派来的第一个教员，丈夫是专员公署的教育科长，共产党员。在那个地方，帮会势力很大，你遇见的成年人十个人里有八个是帮会的，一点都不夸张。不入帮会的常遭抢劫杀戮，交一点会费，给他们不时服劳役，入了帮会，安全上就有了保障。他们只知道龙头大哥、凤头大姐的威严，别的什么人都不在他们意下。新中国成立以后，人民政府天天在捉拿帮会头子，凡是青帮或红帮的成员都得去登记，否则就以隐瞒论罪。所以提到谁是共产党员，似乎就有点神秘了，难免人们不对我另眼相看。再有呢，这个学校是一个男人的世界，从上到下我是唯一的女性，所以就特别显眼了。许多事情都有意无意地拉扯上我，使我遇上许多意想不到的事情。举例来说吧，我工作的学校当时的全称是"湖南省立第十中学"，设备与规模都不能与省城里其他同等称号的学校相比。它的校舍分散，上课打铃只能由一个工人摇着铃铛从这头走到那头，就要七八分钟，老师学生经常迟到，还理直气壮地说："我听到铃声就跑着来的呀！"于是我建议在操场边的大树上挂一个带绳的拉铃，拉响起来就可以声振四方了。因为是我说的，大家都拍手赞成。总务处闻风而动，四处寻找这种铃，这个近三万人口的大镇，竟找不到这样的铃。那位主任灵机一动想出了一个办法，到废品店里找到了一个日本鬼子遗留下来的炸弹壳，敲一敲还挺响的，于是将它挂起来，特制了一个柄长两尺的锤子，通知大家去听试音。于是师生四五十人齐集大操场来观看这一重大改革措施。总务主任大显身手，抡起小铁锤，先敲了几下，还有嗡嗡的回音，大家一片叫好，他高兴起来，就接连敲了好多下，赢来了热烈的掌声。大家正在热烈地议论着，突然一个奇异的景象出现了，各条通向操场的大路上都出现了装大桶水的消防车，有二三十辆，为首的指挥者手举着有"消防"二字的红三角旗，大声喝问："快说，什么地方起火？快说！"总务主任傻傻地向前道："我们这里没有起火呀！"消防队长把小红旗直指他的胸前，愤怒地大声喊道："你……你竟敢开玩笑，为什么报火警？他妈的，该枪毙！说不定是奸细，给土匪发信号！把他捆起来！"消防队员们马上把他捆个结实。我看事情闹大了，就上前想说明情况，消防队长不由分说，马上指示队员说："把她也捎带上。"大家见我是个女的，并没有动手来捆，只是把我拉扯过去。校长急忙分开众人，举着双手，跑到队长前说道："我是校长，我是校长，一切由我负责。"校长十分歉疚地说明，半个月前他参加了镇上召开的消防工作会议，会上强调了防火的重要，还示范了消防信号，随即发下了文件。可是他没有把文件批给总务处，所以他们都不知道。他承担一切罪责，请求放开我和总务主任。队长放了我，把他们两人捆走了。

消防车既然来了，不能把久储待用的水又拉回去，队长就要他们在大操场演练一下，而且规定在场的人谁也不许离开。他们把梯子架在四周的树上作为爬上高处，用管子朝上喷水，还带了一些盆桶之类的东西浇水。顷刻之间，湿淋淋的大操场，站着许多浑身被臭水浇透的人。我暗暗地想，这样落后的工具，真能救火吗？一转念，这样的地区，一切都有待发展，聊胜于无吧。消防队员们认真操作的精神却给我留下了深刻印象，虽然我一身又冷又臭，还得耐着性子等待着气犹未消的队长命令。

被带走的校长和主任当晚没有回来，大家都很着急。那时只有军政首要部门才有电话，既无从打听，也不敢派人去问。他们的家属和几个平时与他们关系较好的人，都挤到我屋子里来讨主意。总务主任的老婆泪眼婆婆地拉着我说："他是个好人呀，他可是为了公家的事才被抓去的，全是为了你要的那个钟哟，你救救他吧！"我没有他们那么紧张，心想认真作个检讨，承认错误，顶多赔偿消防队一点损失。其实严重的错误在校长，他玩忽职守，重要文件不及时传达，酿成大祸，应该受到纪律处分。当然我心里也没有底，不知道到底事情严重到什么程度。我答应明天到县政府去看看，大家才散去。

第二天一大早，县政府就派人来叫我了。我们的学校在山脚，县政府在半山腰上，只有半里之遥，我随来人急忙赶了过去。王县长亲自接待了我，首先让我叙说一下当时当地的情况。然后他语重心长地向我叙说了这个地区国民党残余和长期盘踞在湘西山区土匪勾结的严峻形势，我们得时时刻刻提高警惕，防止敌人的各种破坏活动。他举了好几个触目惊心的例子，让我的神经都紧绷起来了。他说我们的校长是长沙革命大学毕业后派来的，经过了初步审查，虽然与本地联系不多，但如今在押的原镇长是他的老同学，一来就互相宴请过多次，能让人放心吗？已经查明镇长那天和他一起在步云楼共进晚餐之后，当晚被捕。他说我们的总务主任是地头蛇，社会关系相当复杂，许多问题还有待调查。引起消防队出动的事件，是不是匪特们制造事端，扰乱社会，还不敢肯定。他告诫我，要小心处事。他还告诉我，县政府应当设在会同县，而他这位县长为什么不去会同县城，而坐在这百里之外的洪江指挥呢？原因是会同的形势还不稳定，还处在和敌人拉锯战的状态，地方政府工作人员的安全还缺乏保障，我们的部队47军正在大力剿匪，任务还很艰巨。谈了一个多钟头，他站起来说："你很不错，有到这样一个复杂地区工作的勇气。你是政府派来的工作人员，我们是信得过的，多和我们联系。这两个人你领回去，让那个校长作一个深刻的书面检讨，先在全体师生大会上宣读，然后交上来，罚款就免了。顺便提醒你一句，咱们这里是林区，你注意没有，洪江的房屋都是就地取材，不论楼房平房都是木头建成的，要严防火灾。"我就带着那两个人回来了。经过这次事件的教训，我的头脑也清醒多了，遇事得多想一个为什么了。但是用手摇铃打点上课的现状，还得继续下去。

转眼就到1951年元旦，刚刚建立起来的青年团决定举行晚会。学生们准备了很多文艺节目，并邀请家长来参加。我陪同校长向王县长请示汇报，得到了他的认可。晚会定在七时开始，地点就在本校大礼堂。礼堂位置在大操场正北面，两侧为本校家属区。顺便说一下，大操场虽与学校毗连，其实不属于我们学校，它是本镇集会时使用的一个广场。它的正南面是外国人过去办的爱怜医院，新中国成立后改为洪江人民医院。东面的大路两旁各有一栋两层的教学楼，那便是我们的教学楼。在我校和医院之间，修建了一个"中山纪念亭"，建筑古雅而宽敞，群众集会时用作主席台。西面为洪江镇的街市。这个广场的地名叫"莲花地"，听说我校将举行晚会，不少人早早地就等候在大操场上了。我们规定，学生整队入场，家长凭通知入场，除本校教职工外，谢绝来宾。我带着四个老师和四个学生把守着大门，封闭了后面的两个侧门，布置得比较严密，一切都很顺利，晚会按时开始。学生们的表演非常精彩，许多节目中贯穿着新中国成立后的欢乐心情，热情地颂扬共产党和毛主席。初中三年级的一对小男孩装扮成白发苍苍的老两口打快板，自编的"过新年，说新事"，稚嫩天真的形态，学着老迈迟缓的动作，说一口四不像的普通话，真叫人捧腹不已，满堂欢笑。正当大家心情激动、满怀欢畅的时候，守在大门口的一位老师忽然神色慌张地跑到我身旁，低声地向我说："外面有人叫喊'起火了'，怎么办？"我马上站起来跟着他走到大门口，果然听到了喊声，只是零零落落的，似乎离我们还很远。于是我嘱咐几位守门的师生坚守岗位，不许任何人出去，我带着一个学生先出去了解一下情况再说。我们想从操场边的斜坡爬上去，越过公路，登上一个小山顶，可以俯瞰全城，就能知道在什么地方起火了。刚刚一脚踏上公路，就听一声大喝：" 什么人？干什么的？站住！否则开枪了！"随着拉响了枪栓，猛地朝天一声枪响，接着几支手电光齐射我们，这才发现有好几个战士举枪围着我们两人。我强压着紧张情绪，说明了我们的身份，并且告诉他们现在有好几百人在大礼堂举行晚会，该怎么办。有一个战士说："现在江边有地方失火了，奉命全城戒严，任何人不许往来。回去吧，有人乱跑，唯你是问。"我回来后，加派了几个人，守紧前门后门，并且落上锁，不动声色地让节目继续演下去。我亲自守在大门口，有几个家长想提前回去，我只得以实情相告，也都劝阻住了。节目演完了，我立即上台向大家报告了这一突发事件，让大家明白这时不可能出去，必须耐心等待，以免发生危险。那位聪明活泼的主持晚会的女学生，组织了她的伙伴们临时上台唱歌跳舞，互相拉歌，情绪还比较稳定。也不知过了多长时间，有两位持枪的战士来通知我们可以回家了，告诫我们不要成群结队地在沿途喧闹，虽然解除了戒严，但是许多地方有士兵站岗。我让学生分批离去，才困顿地回到家里，孩子饿得哇哇直哭，保姆正抱着他在喂糖开水。一瞧时钟，正指着凌晨四点。

第二天，人们纷纷议论着昨夜的大火。据说沿河一带那条洪江镇最繁华的商业街全烧光了，少说也有上千间房子，还不知死伤了多少人。消防队的行动很慢，而且不能在那种弯弯曲曲的阶梯小巷中行走，只好用肩挑手提的方式去灭火，那才叫真正的"杯水车薪"呢。湘西一带是木材之乡，许多房子都是木材建的，而且都已修建多年了，燃烧起来火势之大就可想而知了。我想去看看，据说有解放军守着，正在清理现场，不让人们走近。死了几个人，大都是老人，还有个别小孩。那一带都是平房，人容易跑出来，但火势蔓延得特别快，抢救东西就不容易了。有几个学生没有来上学，据说是家里受了灾。

大概一个星期之后，学校收到 1 月 10 日在莲花地广场举行宣判大会的通知，全体师生员工都必须参加，要求严守会场纪律，不得迟到早退，否则以扰乱治安罪论处。我当然不敢怠慢，立即向学生传达此事，还特别强调了纪律。大会前一天，我让体育老师对各班进行了列队入场的训练，力求做到万无一失。通知上没有说明宣判大会的内容，但大家都猜想是有关大火的问题。

那天阴雨连绵，寒气袭人，阵阵冷风，增添一种肃杀之气。我们的队伍早早地进入了会场，为了管理好学生，教师都被安排在学生队伍中间。洪江市人口不过五万，这次号称一万人参加的会是空前的，除了广场上排列的许多纵队，全副武装的解放军几乎是手拉手地围了一个整圈。广场外的马路上也挤满了人。会同地区的公安局长姓唐，南下干部，瘦高个，穿着军装，神态威严地走上台，随后镇公安局长宣布"宣判大会开始"，手里举着一张名单说："宣布主席团名单，点到的主席团成员请上台来……"突然我听到了自己的名字，是教育界的代表，我吓了一跳，不知所措地被人们推着上了台，安排在右边第一个座位上。主席团成员到位以后，他就高声宣布"解押罪犯入场"，于是六名罪犯由十二名武装战士解押着进来，跪在台前，每个人身上挂着块纸牌，上面写着"纵火犯"三个大字。每名罪犯的身后站着一名手持短枪的战士，枪口对着罪犯的脑袋。湘西土匪的凶狠慓悍是出了名的，可能是既怕罪犯逃跑，又怕土匪劫法场，才如此戒备森严。我很关心自己学生的队伍，不时地观察着它的动静。这时我感觉到似乎我们的队伍有微微的波动，我看到校长和另外几个老师在拉扯一个蹲在地上的女学生站起来。不一会儿平静下来，那个女孩子似乎在抹眼泪，又好像总想朝前挤。我看见高大的体育老师紧紧地抓住她的胳臂，让她动弹不得。我不知出了什么事，心里很不安。这时唐局长在宣读判决书，他们的罪状主要是元旦纵火……我断断续续地听着，眼看着那个女生不顾一切地挣脱了被抓住的胳臂，拼命地往前挤，那一堆人乱起来了，我不由得站起身来想跑下台，镇公安局长按着我坐下，我就听到唐局长提高声调，宣判了最后一句话："……判处枪决，立即执行！"话刚落音，台前的六名罪犯就在身后战士们的枪声下向前扑倒，血溅到了主席台上。没见过这种场面的我，几乎瘫软在座椅上，就在这时，那个女生在人堆中高声呼叫："我的爸爸……"

六、青年学园的风波

快放暑假了，县委宣传部王部长把我叫去，他的屋里坐着一位年轻人。王部长向我介绍说："这位方广才同志是新近调来我们地区的团委干部，学校是青年工作的重点地区，要建立青年团的组织。你们学校有你在，又处在县政府大门前，条件比较好，就以你们学校为试点，开展建团工作，你们两人交换一下意见，写出一个工作计划，我们审查批准以后，就干起来吧。"

小方二十来岁，高中毕业后参加革命大学学习了一年，分配到黔阳地区工作。高个子，身体很结实，说话有板有眼的，层次分明，表现出他的能力。我唯一感到缺憾的是他那一口安化土腔，说话又快，常常让我听不明白。由于我不断地发问，他抱歉地说："我这该死的安化土腔，让你听起来受累了，真该好好地学普通话，拜你为师好吗？"我觉得他爽快而有趣，谈得十分投机。我们无拘无束地聊了很多话题，最后决定，由他起草，写出一个初步计划，然后他来我们学校考察环境，和我一同讨论修改，由他上报。他定名为"青年学习班"，我建议为"青年学园"，他马上表示同意，而且赞不绝口。我笑道："这不是我的创造，我在长沙参加过青年学园，我是捡了别人的现成。"他也高兴地说："那你是有经验的人啰，以后多拿主意吧。"我们都是年轻人，很快就打开了工作局面。全校有三百多名学生，除未满15岁的以外，都可以报名参加。最后落实只有一百二十人左右。我们采取了集中上大课和分小组讨论的方式，结合唱歌跳舞劳动等内容，使学园的生活生动活泼。他负责有关团知识方面的内容，我负责有关英雄人物方面的事迹收集。他筹划劳动事宜，我考虑文娱活动。至于采用的方式方法，就只能开动脑筋，各想妙招了。我们的计划是为期一个月，最后阶段为发展团员，建立"新民主主义青年团省立第十中学支部"。

开园的第一天王部长来讲了话，激发了大家积极向上的热情。部队的一位宣传干事讲了几个战斗英雄的故事，将大家的激情推向高潮。最后由我这个善于走调的破嗓门教大家唱《共青团之歌》，一曲"年轻人，火热的心，跟随着毛泽东前进……永远地跟着毛泽东前进"唱得山鸣谷应，云生水涌，每人心中都充满了明天绚丽的希望。

由于前一天开门红的影响，原来有些犹豫的学生一大早就来敲我的房门，要求参加学习。其中有两个特殊情况，一个是教唱歌的青年教师赵少海，已28岁，我表示他不合条件，我们学园的对象是学生，而且年龄在25岁以下。他笑道："我们的布告上只有下限，不接收不满15岁的，没有上限，我早超过15岁了，有什么不合条件的？况且学无止境，我要求学习新的东西，难道不可以吗？"我不想挫伤他的积极性，毕竟这是他要求进步的表现。我温和地对他说："你这是特殊情况，我们商量一下，明天答复你。"他失望的眼神，让我很动情。我想，长沙不是可以发展"团友"到28岁吗？另外一个是青年学生，瘦高个子，样子很机灵，他原是私立雄谿中学的一年级学生。由于家庭经济困难，交不起学费，欠了学校的钱，后来不让他读书了，就这样中途辍学了。我问他多少岁了，他说正好今天满15岁，所以昨天没有来。我不由得笑起来了，真是个有趣的孩子。我问他叫什么名字，他说："发财。"我又笑了。

"没有姓吗？"我问。

"有呀，姓蓝。这是我妈给取的名，我家太穷了，她只想发财，就取了这样一个名字，天天喊着'发财'。可是我家姓蓝，如果连名带姓一起叫，听起来就是'难发财'了。所以她只让人家叫我'发财'，带上姓，就不吉利了。我没有钱交学费，一位族叔可怜我，就让我免费进了他的私塾。他给我改名为'蓝得才'，这名字的意思是'难得的人才'。这是我的学名，只是在学校里老师和同学们都习惯叫我'发财'。从现在起，我就要用'蓝得才'做我的学名，因为这里的人都不认识我。"由于他不是本校学生，关于他入园的问题，也要明天才能答复他。第二天和小方商量，我们一致决定，赵少海不必参加学习，他已超龄，不可能发展他入团，可以请他指导一些文艺活动，教学生唱歌跳舞，感兴趣的话，就请他参加一些群众性的青年活动。小方还说，赵老师是个搞文艺的人，过惯自由自在的生活，会受不了纪律的约束。成为"团友"的话，团章也没有这项规定，我们就别出花样了，也不好管理，反而会生一些意见。我觉得他说得有理。至于蓝得才，让他取得雄谿中学同意转学的证明，可以让他来园学习，这样才不会发生学校之间的摩擦。事情就这样决定下来了。

蓝得才很快就办好了手续，欢天喜地入园了。他家住在隔一条巫水的萝葡湾，大概相距有十里地，我问他能按时到校吗，他说没问题，他从来就是这样跑的。他们是僮族，山里人，会跑路，而且是光脚丫子跑，半小时左右就够了。从他那充满笑意的表情来看，他特别喜欢转到我们的学校来读书。他几乎每天都到我办公室来转一下，问这问那的，似乎对什么都感兴趣。我们请了一位解放军来讲战斗英雄的故事，他听得很入神，从此黏上了这位军人。我就觉得他太烦人家了，叫他注意一点，他说他想参军，总是问一些军队生活的情况。不久这位解放军老刘同志专门到我办公室来了解蓝得才的情况，他悄悄地对我说，小蓝是个线人，给部队提供情报。我很吃惊，几乎不相信自己的耳朵。我是第一次听到"线人"这个名称，不知道线人是干什么的。老刘说，小蓝的叔父在大山上当土匪，算是个头目，我们部队剿匪的凌厉攻势让匪徒们害怕了，有些人缴械投诚，有些人外逃异地谋生。但是那些惯匪头目，顽抗到底，打算盘踞深山，长期为害。他在这里作了报告之后，蓝得才就偷偷地交上他叔父的一封信，表示要弃暗投明，愿意为解放军效劳，他可以通报一些大山里的情况，以利大军进剿。老刘当即给他带去一个回条，表示欢迎他弃暗投明，要他有所表现。不久，他让蓝得才送来了一条情况通报，说是有一股匪徒在寨头一带活动，准备打劫运粮的汽车。经我们查实，马上改变了运粮路线，让他们扑了空。蓝得才是个学生，但是有土匪内部的关系，这在我们这个地区并不奇怪。可是斗争是复杂的，假如他是为土匪做线人，那我们就受骗上当了，甚至蒙受重大损失，所以我们对蓝得才要进行仔细考察。我听了他的述说，脑子里也多了一根弦。但是我一想到蓝得才那活泼可爱的姿态，乐于助人的热情以及跟在我身后转的那份亲切，我不由得笑着自言自语地说："不会吧，他还是个孩子，不会有那么复杂的念头。"我给老刘提不出什么可疑的线索，但对蓝得才还是多了个心眼。

青年学园进入了总结阶段，将以宣布批准的新团员名单、举行宣誓大会作为压轴戏。这时，那些写了申请书的同学在我的办公室和住房里川流不息，闹得我应接不暇、寝食不安。但是我的心情很好，感受到了青年的激情，期待着汹涌澎湃的革命浪潮冲开湘西闭塞的大门，把山沟里的青年引向大千世界。最后我和小方两人初步审定了34人，大部分是高中生，初中三年级只有4人。经县委组织部批准以后，就要让他们填写入团申请书了。入团介绍人小方只选了他接触多一点的几个，其余就都是我。我要介绍这么多的学生成为洪江市第一批"新民主主义青年团员"，兴奋极了。这正是我最忙的时候，连孩子都顾不上抱一下，蓝得才却总是在我身边说他不比别人差，为什么入不了团。我对他有点看法了，他转来还不到一个月，怎么对别人那么清楚，这孩子的妒忌心也太重了。于是我开门见山地对他说："你来我们学校的时间很短，你还没有得到同学们的认可，努力学习，认真工作，接受考验吧。"他不高兴地走了。有一段时间没有在我家露面，我没有放在心上。

快开学了，我在办公室忙着做准备工作。他忽然来了，手里拿着一张书本大小的纸张向我扬了一下，说他在路上捡到一张传单，特来送给我看看。我接到手上一看，那是一张黄色的纸张，油印的字迹，有点像小学生的手笔。标题很醒目，中楷行书，八个大字："行动起来，消灭臭虫！"我很奇怪，这是什么传单？难道这地方臭虫为害很大？我细看正文，列举了臭虫的诸多罪恶，然后介绍了几种消灭的办法。第三项是呼吁全市人民在统一规定的时间里，采取一致的行动，把万恶的臭虫彻底消灭。大意如此，详细内容已记不得了。当时我的第一反应是无聊之举，别理它。我顺手就把它装在我的衣袋里，他却一反常态地拽着我的口袋索要，说他还要把这件事通知给他的亲戚朋友。我忽然有了一个心眼，硬是不给，指责他的无礼，把他推出门外，关起房门不再理睬。他只好不高兴地走了，口中低低地骂了一句粗话。

他的举动让我产生了怀疑，我马上找到住在县政府的专署公安处唐处长，他曾经嘱咐我得到什么可疑情况，可以直接去找他。我把那张"消灭臭虫"的传单交给了他，他看了马上站起来急切地问是从哪里得来的。我把经过向他叙说了一遍，他问道："人呢？"我说我留下了传单，他就生气地走了。唐处长拉着我往外走，要我先回学校，如果他再来，一定要扣住他。可是一连几天都没有看见他的踪影，我想，这里面一定有什么问题。唐处长很忙，我也不便去向他打问。忽然有几个学生来找我，他们手里都捏着颜色不同的纸条，都是那消灭臭虫的宣传品。我很吃惊，问他们从哪里得来的，他们说，在街上捡到的，好多人都捡了。

"难道你们这里臭虫真这么厉害，要这样兴师动众地来消灭吗？"我疑惑地望着这群嘻嘻哈哈的学生问道。他们说，这准是没事干的人开玩笑的，不必当真。他们一哄而散，撒满一地的碎纸，吆喝着玩去了。我把几张完整的捡起，打算再次交给唐处长看看。

他随便看了一下那几张传单，说他们已收到了不少。从他的话里，我知道了一点事情的梗概。这是土匪公开向反动势力发出的动员令，他们所规定的"消灭臭虫"的日子，就是向解放军统一进攻的时间。这种拙劣的技巧，能不被身经百战的人民子弟兵一眼识破？他们对匪徒们的阴谋早有所闻，不过蓝得才给我的那张，是他们拿到的第一张，所以蓝得才有重大的嫌疑。但是他很机灵，当天就没有找到他的下落。唐处长说，他迟早要落网的，我们的部队正准备全力清剿湘西的土匪。最后他嘱咐我对蓝得才的事情，要不动声色，别人问起时就说，他转学材料不全，学校暂时没有接收。

开学了，在县团委工作的小方来学校联系工作，他从一次县委宣传部的报告中得知：蓝得才为土匪通风报信，已被抓起来了。我反思自己，在这样复杂的斗争环境中，一点警惕性都没有，感到非常惭愧。后来又从县委方面得知，制造"臭虫事件"的大小头目被全部抓获，案情正在审理当中，不久将进行公开宣判。

不久，洪江市开展了招兵工作。招兵站就设在我校门前的中山亭上。体检就在旁边的洪江医院。一时，学生们的参军热潮汹涌澎湃，不到一个星期，本来只有三百多名学生的学校，已被招录了两百多人。没有办法上课了，只好放寒假。我也就结束了这段传奇式的教学生涯。

姐妹间

我的祖母是名门闺秀，虽不说才貌双全，却也是一家养女百家求的架势。可是她的命运不掌握在自己的手里，其余三姐妹不是嫁入名门贵族，就是受聘官宦人家，个个家世显赫，十分气派。她却下嫁平民，纯粹的一平头百姓，虽然夫君颇有才名，但不幸中年早逝，她要养着六男三女辛勤度日。六个儿子可是她的骄傲，她企盼子又生孙，孙又生子，将来这份家业会无与伦比。她的姐妹们，在这方面是无法和她相比的。大姑奶奶英年早逝，没有子嗣；二姑奶奶钱财尽有，却无子女，只得过继一个儿子；四姑奶奶贵为宰相的儿媳，姑爷是个傻瓜，也只得抱个螟蛉之子。她盼望早得孙子，这是她人生的最大愿望。不知道什么原因，妈妈结婚四年之后，才怀上第一个孩子，生下了一个女儿，也就是我的姐姐。祖母自然有点失望，不过家里添了一个孩子毕竟是件喜事，取名厚修。"厚"是父亲下面这一辈的辈名，修字的意义深远，可以有各种美好的解释。也许祖母自认一生命运不好，她设有一个小佛堂，常常在那里吃斋念佛，修来世有福有禄，今世有子有孙。又过了四年，妈妈生下了第二个孩子，那就是我，又是一个女孩。祖母有些不高兴，人家来道喜，祝贺她又一次做祖母，她慢吞吞地说："我还没有正式做祖母呢，她们都是别个屋里的人。"这让妈妈很难受。我长得粗眉大眼的，一点都不清秀，偏偏不是男孩，样子又像个男孩。一气之下，祖母给我剃个光头，从此把我打扮成一个男孩子，以图鱼目混珠。

到我四岁那年，爸爸在镇江工作，来信嘱妈妈带一个孩子到他那里去。姐姐上学了，弟弟还太小，只好没有选择地带了我去。我们从乡下坐轿子出来，多好人都围在堂屋里送我们，我都不知道他们在说些什么，也不懂什么叫分别。我傻傻地看着外婆，我只知道妈妈要带我出远门去。我想一定很好玩，只想快点钻进轿子里去。这时姐姐过来了，她也泪眼婆娑地哭着。我悄悄地问她："你怎么哭啦？"她搂着我说："你和妈妈要走了，我舍不得你们呀。你要听妈妈的话，不要发犟脾气。"我似懂非懂地点了一下头。我记得她那时的样子，穿一身花衣服，尖尖的脸蛋，留着童发，比我高很多。我的心目中，她是个大人，她读书了，还教我认字，带我玩耍，不许别人欺侮我。我爱我的姐姐。

一晃三年，我在镇江读了小学二年级，能说一口镇江话，结识了许多朋友，家乡的好多事情在我的印象中已经模糊了。但是关于姐姐，记忆还是很鲜明的。这不仅是因为我喜欢她，而且妈妈在我面前提到她的次数太多了，例如早上起床，我不会收拾床铺，妈妈在教训我时就少不了要夸奖姐姐怎么会收拾怎么精致；客人来了，我顶多按妈妈的吩咐叫人家一声，她甚至当着客人的面说我是个傻丫头不会接待客人，说姐姐如何乖巧，如何口齿伶俐，懂得应对进退。如果我淘气惹妈妈生气了，甚至在外面闯祸，人家来告状，妈妈除了责备以外，最喜欢说："真是不该带你出来的，这么淘气！要是带你姐姐来了，她能帮我做好多事情呢！"但不论妈妈怎样夸姐姐，我都不会妒忌，只想自己要怎样做才能有姐姐那么好。日本鬼子在上海打仗了，爸爸就急着送我们这一大家子人回来。先到宁乡县城，很高兴就要和姐姐见面了。我们暂时住在外婆家租的房子里，我似乎又来到了一个陌生的地方，许多人围着我们问长问短，我一个都不认识。姐姐从人堆里钻过来拉着我的手说："妹妹，你回来了，还认得我吗？"她一说是姐姐，我马上认出来了，还是那张尖尖的脸蛋，那老样子的童发，她就是我心中的偶像，妈妈常夸的姐姐。很快我们俩就融合在一起了。

过了几天，我发现姐姐一个人躲在后院里冷清清地待着，我找到她时似乎脸上有泪痕，我还没有张口问她，她就拉着我走到后院深处，悄悄地对我说："我问你一件事，你不许对任何人说，更不能对妈妈说。"我答应了她。她向四周瞄了一遍，才低声地问我："那天几个舅妈表姐和阿姨在一起的时候，异口同声地说现在回来的妈妈不是我们的亲妈妈，这是我们的后妈，我们的亲妈在镇江生病去世了，爸爸在镇江娶了这个外地婆后妈。你说是不是这样的？"我听她这么一说，真有点糊涂了。我迟疑地说："不会吧，一直是我的妈呀。"这时大表姐来了，她满有把握地说："你知道什么，那时你还小，不懂事。你妈妈生病，你爸把你放到郭叔叔家住了几天，你还记得不？"我想不起来那件事。她又接着说："是吧，你都不记得了。就在那时候你妈去世了，没人照看

303 |

你，你爸娶了个后妈才把你接回来，她待你好，你就把自己的妈给忘了。"我真被弄糊涂了，傻傻地望着姐姐，一言不发。姐姐竟哭起来了，我见姐姐哭也跟着哭，声音比姐姐还大。这一下，把妈妈给哭来了。她问我们出了什么事，我就把大表姐的话对她说了，还问她是真的吗？大表姐在一旁大笑不止。妈妈笑着说："要说你是个傻丫头，真没说错。人家是哄你姐姐玩的，隔了三四年不见面，看她还认得我不。你和我同去又同回，怎么是不是自己的妈都搞不清，还好意思跟着哭，再没有比你蠢的人了。"谁知我哭得更厉害。我心里想，事情是姐姐惹起的，妈妈骂的却是我，真是偏心。姐姐破涕为笑，拉着我说："都是姐姐不好！别哭了，是亲妈就好。"这件事成了妈妈描述我傻的经典故事，传之久远，以至姐姐八十岁时回故乡探亲，提起这件往事还大笑不止。

在宁乡县我继续上小学，我上三年级时姐姐上六年级，我们同在第一女校，这个学校当时很有名气，姐姐每天清早就到教室里读书。在新年的文艺晚会上，我看见姐姐登台表演。剧情我已记不得了，但是姐姐扮演的白天鹅真是美丽极了，她和一群天鹅都是一身雪白的舞衣，她领头翩翩起舞，又唱又跳，把人们带到了神仙境地。我以有这样的姐姐而骄傲，不断地向周边的人说："那只领头的最漂亮的白天鹅是我的姐姐！"

1933年，父亲把妈妈和我接到了他工作的地方保定，又和姐姐分别了，然后我们又到了上海。1937年上海"八一三"事变，日本鬼子在上海发动了侵略战争，爸爸不得不把我们一大家子人送回湖南。我在长沙见到了姐姐，她上高中一年级，进的学校名称是"湖南省立长沙女子中学"寄宿住校。她到我们的住处来见面，已是个亭亭玉立的姑娘，个子长得比我要高一个头，身材修长，眉清目秀，举止优雅，漂亮极了。我打量她那身黑色衣裙，穿在身上非常合适，更让我吃惊的是她左边衣袖上绣着三个白色的字"省长女"，怎么她成了省长女儿了呢？还是爸爸妈妈的女儿吗？爹妈见她问这问那的，就是不提这个问题。我沉不住气了，指着她衣袖上的几个白字问道："你是省长的女儿吗？"她把衣袖扯过来一些说："里边还有一个字你没有看见。"四个字一连起来就是"省长女中"，我才恍然大悟，逗得满屋子的人都哈哈大笑，妈妈又大喊了我一声"傻丫头"。

以后为了躲避日本鬼子，长沙的中学都向乡下迁移，几个省立学校合并为省立临时中学，姐姐从那里高中毕业。按当时政府的规定，高中毕业学生一律要参加短期军训，然后到基层乡镇协助工作，才能升学或参加工作。姐姐穿着草绿色的军装，活像个英姿飒爽的小伙子，我记得小表妹来我家做客，让她和姐姐睡一床，她硬是不同意，说女孩子怎么能和男孩子睡一床呢？我对姐姐真是羡慕极了，只要她回家，我就必然向她要帽子戴在头上过一阵瘾。

每到寒暑假，众兄弟姐妹都回来了，家里非常热闹。大人们担心我们玩疯了，荒疏了学业，不断地念叨要记得读书写字。姐姐这时候会收拾一间书房，打扫干净，摆好桌子，要大家上午到一起来学习，下午再去玩耍。她的字写得很好，又别出心裁地用小纸条写一些学习格言和书房应遵守的规则贴在墙上。我书桌的上方贴着一张"请勿乱抛果皮纸屑"，我总是把它当做临摹的样本，后来临摹所有她写的纸条。我想，这一举措对于以后我的书法练习是有帮助的。

这个阶段我们四姐弟就常有聚会在一起的时间了。不过我们中间似乎有意无意地分成两边。姐姐和弟弟一直在外婆家长大，他们两人比较接近；小弟在保定出生，一直和我在一起，从会说话起就叫我姐姐。回到湖南以后，多了一个姐姐。妈妈让他叫我二姐，他却不愿意，他这样叫习惯了，不能改。于是他自己想了一个办法，以示区别，叫她为"乡里姐姐"，姐姐对此毫不在意。后来他们一起在沅陵生活了一段，也就逐渐地改过来了。

1941年冬季我进了姐姐念过的临时中学（当年改为第一中学），得到不少老师和同学的照顾。1945年抗战胜利，姐姐一家从重庆回来，这时，她的大女儿已牙牙学语，二女儿将要出世了。我刚刚进入大学。姐夫马鹤凌从青年军复员回来，在长沙市民政局工作，姐姐在湖南省银行工作，一家人在长沙定居下来，对我来说，这是极大的好事。每到假日，我在城里有了一个落脚的地方，在她那里吃饭小住。她时常给我添置衣服，购买用品，不时给我零花钱，对我关怀备至，我感到姐妹亲情的温暖。

他们夫妇俩在1947年下半年去过一次台湾。姐夫说他原来的部队驻守台湾，去看看老朋友，姐姐说去旅游，欣赏一下南国风光。回来时她给我买了一顶织工精美的台湾草帽，我爱不释手。姐姐透露，台湾城市建设很好，气候适宜，风景不错，工商业比较发达。次年，长沙处在即将解放的前夕，姐夫又独自一人去过一次台湾。回来后妈妈问他是不是想到台湾住？他说："我还不了解共产党，我不会在长沙等到解放，我还要看一看。我也不会到台湾去，我要到香港待一段时间，香港是中间地带，可以回大陆，也可以去台湾。看看再说吧。"姐姐那时候正怀着第三个孩子，行动很不方便，姐夫便打前站去找工作，安顿住房。1948 年下半年，姐姐生了第三个女儿。1949 年暮春时节，姐姐决定按照姐夫的要求带着初生的女儿投奔香港。两个大孩子暂时留在衡山奶奶家里，以后安定了，再来接他们和奶奶一道出来。我帮姐姐打理完家里的事情，就送她登车南去。我们一家人分分合合的次数太多了，一点也不放在心上。谁知长沙一别，从此天各一方，37 年之后，姐弟四人才得以重逢。

难得的重逢

1978 年 4 月间，忽然由长沙市教育局转来一封从美国寄来的信，心有余悸的我拒绝接收这封信。我断然地说，我没有熟人在美国，一定是弄错了。但是他们说，虽然是美国来信，但并不是邮寄来的，是由北京外交部转来的。我问是谁写的，来人说是一位叫马以南的女士托请北京物理研究所在美国访问的工程师肖意轩先生带来的。这一回答让我震惊了。马以南是我姐姐的大女儿呀，我以颤抖的心，满眶的泪，抱着那封信紧贴在胸前。

原来中国科学院物理研究所的一些物理专家到美国考察，聘请了马以南当翻译兼向导，得到她很多帮助，相交甚好。当年国庆节，还没有正式办公的大使馆以代办处的名义宴请了美国友好人士，马以南应邀出席。她坐在代表韩叙的身旁，韩代表问她国内还有亲人没有。她说有，有外婆、阿姨和舅舅很多人，三十年来音信全无，只听说阿姨在长沙教书，其他人不知在何处。韩代表马上说，他一定托人与长沙联系，在教育系统一找，不就成了？这就是信的来源。我想起了姐姐的大女儿，往事如在眼前。姐姐在重庆中央政治大学读书的时候，与同学马鹤凌相识相恋，1944 年结婚，以南出生时她爸爸正在国民党部队工作。1945 年抗战胜利，他们全家回湖南长沙，她才 1 岁，是个非常可爱的孩子。我把她放在一顶礼帽盒中坐着，她觉得很稀奇，坐了还要坐，不肯出来。从这开始，我们就建立了友谊。她离开长沙时 5 岁。这四年正是我在湖南大学读书的四年，节假日常到姐姐家去，我就成了她最好的玩伴，为她梳妆打扮，给她设计衣裙，为她编织毛衣。她出生后，父母异常宠爱，还没有正式取名时，就用英文 baby 来称呼她，中文译音为"贝比"，这就是她的乳名，叫起来有一种特别的亲切感。有一年寒假我带她到乡下家里住了一个多月，她和我睡在一床，玩游戏，采野果，讲故事，识字片，简直和我形影不离，十分亲热。现在她三十多岁了。被海峡分隔的一家，三十年啊，多么漫长的岁月，如今竟有音信相通了，甜酸苦辣一齐涌上心头。当时我们还不能和台湾通邮，就凭着以南这条曲折的管道和姐姐有了联系，我才知道1974年爸爸患前列腺癌已在台北去世。为了不让隔海相望的年迈的妈妈悲痛失望，我一直把这个痛苦的消息藏在内心深处。爸爸和我在长沙分别时的情景还历历在目，我和他却从此幽冥永隔，一家人不能再有团圆。从以南的信中，我得知爸爸1950年随姐姐一家到了台湾。他的旧部主持台湾警政部门的工作，知道他素有文才，就邀请他担任警察电台的总编辑，他在这个岗位上工作了14年，退休后领取养老金以终余年。而以南，以前那个坐帽盒的娃娃，台湾大学毕业以后去美国留学，研究生物学，现在在美国生物研究中心当上了副研究员。她的弟弟妹妹们也一个个学成业就，家庭美满。

虽然我们和姐姐联系上了，但这种联系往往处在焦急与企盼的等待之中。一封信寄出去，最快也要20天才能到达姐姐手里，拿到她的回信就是40天之后了。稍许耽搁一点时间，就是两个月。要是能通电话，能立刻听到亲人的声音，该有多好！姐姐耐不住了，渴望听到妈妈的声音，于是她为了能给妈妈打电话，到美国去了。她让我把妈妈从乡下接到长沙来（当然费了很多周折），她想直接和妈妈通话。那时候，"楼上楼下、电灯电话"还是我们梦寐以求的幸福生活。普通人家都没有电话，学校的办公室才有一部电话机。我必须提早半个月写信给以南，和她约好时间，准时到电话机旁等候。电话铃响了我紧张地拿起话筒，讲的竟是英文。幸好我还没有把英文全忘记，冷静下来细听，才弄明白是美方接线员核实我的地址和姓名，并且核实是否对方付费。我准确地回答了，那边立刻传来以南叫我的声音。我来不及说别的，就急急地说："快叫你妈来说话，外婆就等在身旁！"我把话筒塞到妈妈手里。我只听得妈妈说了一句话："是彤熙吗？真的是你吗？不是在做梦吧……"她就开始哭泣，电话那头也是一片哭声。我催促妈妈快讲心里要说的话，这越洋电话每分钟是要花几十块钱的。我想妈妈是好多事一齐涌上心头，激动得不知从何说起。好半天，她才镇定下来，话题马上转到爸爸身上："你爸爸呢，还好吗……"姐姐说他身体不好，中风后已半身不遂，语言有障碍，手脚不灵活，不能来美国。接着妈妈迟疑了一下问道："那不和死人一样了吗？"姐姐说："他神志清醒，正在努力治疗。"接着妈妈向姐姐叙说她在农村的生活。我很吃惊，妈妈竟把她的苦难岁月说得那么平淡。一切事物都波澜不惊地过去了，我和2个弟弟对她都很孝顺，现在到了长沙，一切都很安定。她忽然有点笑意地说："你寄回的照片我都收到了。"姐姐说："还像从前的样子吗？离开你时我30岁，现在60岁，人都老了。"妈妈笑着说："你那俏俏的一身花枝招展的打扮，哪像60岁，16岁还差不多。"说得姐姐哈哈大笑，我也笑起来了，这让隔海的亲人有了一点欢乐的气氛。姐姐让在场的她的四个女儿——问候外婆。我不知道这个电话打了多长时间，最后妈妈大声地对姐姐说了一句："你爸在，我就永远等着他。要他回来，我哪里也不去。"她手按着话筒，好一阵没有说话。从她忧郁的眼神中，我看得出她心里是在怀疑父亲是否还健在。这个电话几经周折绕过半个地球，暌违三十多年的一家人，总算听到彼此的声音。也许那时候极少有人打这么长时间的越洋电话吧，好奇的接线员说，这个电话对方付了人民币500元。我当然付不起，我的月薪不过才几十元。他何尝知道为了这个电话，我们双方付出了多少心血，流出了多少泪水，也有了多少希望和喜悦，这是30年来亲情的融合，这是一个破碎了的家庭难得的团圆。

不久，以南为妈妈寄来了去美国的申请，要我为她办好这边的出境手续。我劝妈妈出去看看，说不定还可以从美国转到台湾去。她很坚决地摇头说："我老了，坐不得飞机，你爸也病了，他去不了美国，只要他还活着，我就等他回来。"我也不想她由美国转台湾，她经不起这样的折腾。如果她真到了台湾，知道爸爸去世了，她还经受得起这样沉重的打击吗？既然这样，当年夏天，以南奉父母之命，夫妇俩从美国经台湾来到长沙探望外婆。我马上把远在山东和内蒙古的两个弟弟招来，共享重逢的快乐。我们到火车站去接来自大洋彼岸的以南夫妇，谁能想象得出当年5岁的孩子，如今已是35岁的中年人了，现在会是什么样子呢？她在台湾长大，到美国读书，如今是美籍华人，这样的客人，是非常引人注目的。又是美国，又是台湾，名副其实的双料货，我将如何接待？我的心里不断地翻腾着，经过"文化大革命"的强烈冲击，经过阶级斗争的严酷考验，我余悸在心。"文化大革命"虽然结束了，反也平了，似乎一切都还原了，其实心情是还原不了的。什么时候我站在人们中间，都自觉是个异类。若运动再来，反掌之间来个秋后算账，还不容易？为了自身安全，为了儿女们的前途，为了让亲人放心，我决定如实向领导汇报，得到了他们的支持和理解。我极力控制自己的情绪，不喜不悲，以平常心态迎接亲人。但火车刚进站，我已管不住自己的情绪，狂奔到以南乘坐的车厢前。她早已认出了我，在窗口拼命地摇手呼喊，泪流满面。车门刚刚打开，她好像是飞下来的，就在此刻，一切悲欢哀乐的激情喷涌而出，我们拥抱着大哭起来。我什么都忘了，紧紧地搂着她，激动不已。千言万语，都只能用号啕痛哭来代替了，我无所顾忌地一哭为快。回家见到外婆，更是悲喜交集，真有隔世之感。说不完的思念，诉不完的离情，我们都有如历梦境的感觉。

按家乡的习俗，客人住在家里，表示一种亲切，也是一种尊敬，可是我们的家太狭小，只得借用楼上同事的房子。我们将它收拾一新，买了漂亮的网眼蚊帐，购置了时髦的窗帘，还买了全新的床上用品。我们实在是想不出美国人的生活水平，自以为够高档的了，但他们苦熬了一夜，就实在待不下去了。没有冷气，受不了蚊帐的闷热，没有现代化的卫生间，难闻的异味，实在是诸多不便，次日清早他们婉转地说，不习惯这里的环境。我只好请他们搬进了接待外宾的湘江宾馆。让我们感到非常难堪的是我们付不起宾馆的费用，不是我们缺钱，而是我们没有美钞。他们是外国人，当时国内的消费，只要拿美国护照，就不能用人民币结账，要用美金。想要面子，国家却不给面子。我想，国家的贫穷落后会留给她什么样的印象？以南是在大陆出生的，大陆的亲情在她心里植下了根。她似乎很理解我的心情，说他们刚到台湾时也非常艰苦的，不比大陆当前的情况好。当初他们租住的房子遇雨漏水，她只好打着伞坐到天亮。台湾常有狂风暴雨，满街脏水横流，她小时候就泥里一脚、水里一脚地去上学。她的理解，让我们心头平静了许多。

远客来了，我们得请他们浏览一下长沙的风光，那时公交车是唯一的交通工具，没办法，我们只好前呼后拥地把妈妈先挤上去。我紧紧地搂住她的腰，以免在车启动时跌倒，就是没有人给老人家让个座位。"文化大革命"的后遗症让不少人失去了爱心，缺少了同情心，我们知趣地硬挺着。以南没有见过这种场面，她向旁边一位青年人问了一句："能让个位子给老人家吗？"那位青年人正眼也不瞧一下，面向窗外，大声地说："你算老几，喊我让位！我不知道她是哪个阶级的，就可以随便让吗？"以南的先生冯丹和，一位美国建筑工程师，虽然没有听懂他话的意思，却很不满他不礼貌的行为，就大声地指责了他，两人就此争吵起来。我怕事情闹大，不可收拾，就叫两个弟弟两边劝解，总算缓和下来了。丹和很不理解这些青年人为什么这么没礼貌，也不懂他话里的意思，我无可奈何地摇摇头。我不禁在心中暗问，"文革"的后遗症何时了？

他们像一阵旋风似的来去匆匆，难得的重逢转瞬即逝。我对妈妈说我们会挑选一些家乡特产给他们带回去，叫她别操心了。于是我们预定瓷器，购买纯棉花布，精选湖南莲子，寻找浏阳家菜，搜罗各种有湖南特色的物品作为家乡纪念品送给他们，把海峡两岸各有一半的家联结起来。我们正在给以南介绍这些家乡特产时，妈妈默默地拿出一个大纸包来，说是她送给姐姐的礼物。我真不知道她悄悄地准备了礼物，马上打开来看，竟是她亲手腌制的四十个松花皮蛋。在我们乡下，她是出色的皮蛋制作能手，每年为自家做，为亲戚朋友做，为左右邻舍做，要做好几百个。她是个热情的大好人，谁请她帮忙，她都有求必应。她从经验中总结出制作皮蛋的配方和小窍门，总是热心教给来询问的人。她做的每个蛋剥开来是亮晶晶的深棕色，上有小束小束的淡灰色松花，里面一层深绿色的软皮包裹着一颗玛瑙色的蛋心，让人爱不释手。这是姐姐小时候爱吃的东西，也是爸爸的下酒菜。这蛋里包含了她的思念，她的心血，她的泪水和她的期待。我默默无言地把蛋包好，这是一颗母亲的心啊，没有什么礼物比它还珍贵。

"相见难时别亦难"，每个人的心都是沉重的。那首老歌"今宵离别后，何日君再来"在我的脑际回旋。以南是来"探路"的，路虽然还不十分平坦，家乡的情意和温馨却是浓浓的。她会带到台湾，温暖姐姐的心，亲人的企盼会牵动姐姐的情，我似乎看到了第二次重逢的希望。晚上，我们在家里备了点小吃为他们送行，一片欢声笑语，掩盖了离情别绪。这时以南站起身来，手紧握成拳，走到外婆跟前，请她伸出手来，说要送她一件纪念品，外婆笑着伸开手掌，落在她手心的竟是一条金灿灿的项链。外婆把它拎起来，给大家看，她细细地欣赏一番，然后说："这是一样好东西，金项链，真漂亮，又贵重，这是黄金呀！多少年没见过黄金了！我年轻的时候，爱打扮，做梦都想要一条金项链。可是我一生都没有买成。现在我老了，我的外孙女儿为我圆梦来了。这情比金子还重，这心比金子还亮。二丫，请你帮我把这戴在贝比的脖子上，只有年轻人才配得上。我感谢她金子般的心。"妈妈就这样婉谢了贝比的珍贵礼物。我被妈妈的举动感动了。妈妈是我们家里最节俭最会精打细算的人，但她安贫知命，从不奢望从天上掉下馅饼来。次日，他们下午将离开，午餐时，妈妈亲手为送别贝比做了一桌湖南菜，还邀请了从湘潭、常德等地赶来的马家亲属，气氛十分亲切。

　　不久，贝比回到了美国，给我们来了电话，说她妈妈得知外婆身体健康，非常高兴，一定努力寻找机会和外婆见面。妈妈已是 85 岁高龄了，身体不太好，但愿她能平安地等到她们见面的一天。受到许多因素的限制，姐姐不能来大陆，妈妈又不肯去美国，那就到香港见面吧。已经有人取得了好的经验，姐姐的想法与我们不谋而合。我们得到政府的支持，顺利地办好了出境手续，他们热情地说，特事特办，还安排了人接车引路，只要在动身前两天告诉他们，就可以帮我们顺利登上去港的列车。对姐姐来说，去香港会见大陆亲人，也不能不有所顾虑。马鹤凌父子都是台湾政府官员，姐姐胆小，生怕惹上与大陆共产党有来往的嫌疑，戴顶红帽子就麻烦了。所以她只能悄悄地去，尽可能不让别人知道。她在港待的时间不长，但和妈妈见面是不会变更的，这真让我们高兴极了。见面是使人兴奋的事情，但是等待和期盼令人心焦。我感到妈妈心情好了，身体也好多了。我想，是和贝比的重逢，增添了她生命的活力；是即将来到的和姐姐的重逢，燃起了她明天的希望。8 月，妈妈脖子上生了一个疖子，经过医生细心的手术治疗和家里的认真护理，一个多月就完全康复了。妈妈自己也笑着说："命根子还长，菩萨保佑能见到你姐姐吧！"我也乐观地企盼着。十月秋风凉，妈妈本来就虚弱的身体偶感风寒，觉得心力不济，医生叫她住院观察一阵，她坚决不住，说吃点药就行了。在乡下连药都吃不上，睡几天就好了，住什么院！她私下对我说，怕姐姐到了香港，她住了院就去不成了，她要在家里听信。我发现她食量减少，精神不振，很为她的身体担忧。既然不肯住院，我只好为她开设了一个家庭病床，医生天天上门来治疗。可是病情日见沉重，我也没了主意，电召两个弟弟迅速回湘，共同伺候风烛残年的老母。我多么希望她能等到亲人见面的那一天，历尽辛苦和灾难的母亲，备受煎熬的破碎的心，连见亲人一面的慰藉上帝都不肯赐予吗？我和弟弟们日夜守候在她床前，心如刀割地看着她时而清醒时而恍惚地问道："你们的大姐来电话了吗？她到香港了吗……我们坐火车去……"她问得我心里绞痛，忍着泪水，宽慰她耐心等待，不久就会来电话的。果然 10 月 22 日，学校办公室有人来告诉我，上午美国来了越洋电话，但是我们家里没有人，留言让我们马上打电话过去，有重要事情相告。正是那天，妈妈病情加重，心绞痛频频发作，腹部积水，胀得高高的，气息微弱。医生让我们用担架推着妈妈上医院会诊去了。我得到消息时学校已下班，不能在办公室打电话。我急忙到邮电局打越洋电话给贝比。她说她妈妈已办好赴港手续，要我们在 10 月 28 日以前到达香港，并且已为我们安排好接车的人和住处。我心烦意乱，只听清楚她说要我们于 10 月 28 日到达香港，就无心听她下面讲的内容了。我急促地打断她的话，沉痛地告诉她："外婆眼下病重，短期内不能动身，只能改期了。"我哽咽的声音，让她也非常难过。我大略地讲了一下外婆的病情，要她马上转告她妈妈，只要病情稳定，我们马上动身。贝比犹疑了片刻，问了一句："有危险吗？"我咬着牙回答了一个字"有"，然后就在电话里放声大哭起来。我不知道电话那头还说了些什么，也不知道自己是怎样走出邮局的。我苦命的妈妈！我的内心在痛苦地叫喊。那天在医院里，医生采取了一些抢救措施，稍稍缓解了一下病情，精神好些了。医生没有留她住院，交代我们随时注意病情变化，并且告诉我们，她的器官大部分已处在衰竭状态，家人必须 24 小时守护。这就是向我们下达了病危通知。妈妈病情没有好转，我心急如焚地四方求医问药，可是药到嘴边就吐出来，咽不下去，一天就只能喝几匙牛奶和一点人参水。但妈妈神志清醒，口中老是念着爸爸和姐姐的名字，有人来探视，她总是用微弱的声音问道："有消息了吗？"问得我心痛极了。10 月 27 日下午，她忽然坐起，精神焕发，仿佛是个健康人了，把我们姐弟叫到床前，交代了许多按我们乡下习俗办身后事的细节，我们心酸地听着。这就是人们常说的"回光返照"吧。最后她说了一句："阳世间不能和你们的姐姐见面，阴世间我可以见到你们的父亲了。人生自古谁无死，见到了长大成人的外孙女，知道了亲人的消息，死而无憾！你们代我和姐姐团圆吧！"我们的妈妈，永远地闭上了眼睛。我捶胸顿足，不能自已，哭得死去活来。三十多年来日夜盼望亲人的母亲，历尽人间的辛酸，就在姐姐约定相见的日子——10 月 28 日凌晨，溘然长逝。人间有比这更悲惨的事情吗？我们按照妈妈的遗愿办理了她的后事，把她安葬在家乡离她住所只有一箭之遥的外祖母墓旁，算是合冢吧，妈妈是为了照顾外婆才留在家乡的。我们草草地立了两块墓碑在坟头作为标记，那是一个小山坡，可以远望。爸爸葬在台湾，妈妈葬在故乡，这一对曾经患难与共、生死相依的恩爱夫妻，就只能隔海相望了。

　　这几年妈妈依我而住，还像儿时那样，关心我的冷暖，照顾我的生活，管理我的家务，备感亲切。她突然去了，我感到头脑一片空白，六神无主。我躺在她睡过的床上，追思她的一生，内心有无边的哀痛，不尽的思念。她的身影，时刻在我的眼前闪动，让我彻夜难眠。我想姐姐的心情比我更苦恼更难受，36年漫长岁月的等待和思念，却没能抓住最后一刻重逢的机会，痛何如也！我常常半夜起来，握笔疾书，向她倾泻内心的悲痛。她的回信，满纸泪痕，无穷追悔。痛恨自己，为什么不早点办好去港的手续，使本来欢乐的重逢变成悲痛的生离死别。

姐姐说，妈妈带着遗憾去了，她一定要实现我们四姐弟的团圆，来圆父母的团圆梦。她的四个女儿都定居在美国，于是她决定邀我们到美国去做客。那时，台海两岸的互相往来困难重重，探亲根本不可能。去美国相会却有可能，我们的政府尽量方便到美国和台湾亲属见面的人。1986年，姐姐让贝比给我们大陆三姐弟分别发来了邀请信，我们顺利地在当地办好了护照，又一同到北京办好了签证。签证使用期限为三个月，我们各自回家等候贝比从美国寄来的机票，然后于1986年7月5日从上海一同登上去纽约的飞机。

阔别37年，我们要在美国纽约相晤了。我怀着一颗激烈跳动的心，在上海虹桥机场登机。这是我第一次坐飞机，心情很紧张。在高空中长时间的飞行，有一般人的害怕心情，飞机不会掉下来吗？它载着我们与姐姐相见的希望啊！它载着我们两岸一家借异国土地的团圆啊！为了使心情平静，我闭上眼睛去想姐姐。她还是年轻时的模样吗？姐姐瘦高个子，看上去特别清秀，说起话来声音清亮。而且特别爱笑、爱唱，她那一串串银铃似的笑声，非常吸引人。善言谈，广交游，应对进退，颇有大家闺秀的风范。妈妈常把她作为样板来要求我，说我不如她的地方实在太多。例如，她会收拾打理房间，我却乱堆乱放。她善接待宾客，我却见客就躲。妈妈常说她灵活乖巧，眼眨眉毛动，言下之意我是个笨鸟，不推就不晓得动，所以姐姐是我心中的偶像。只是我们小时候生活在一起的时间太少，许多优点我都没有学到手。在长沙和她分别时她29岁，已是三个孩子的母亲。后来，1950年她在香港生了一个男孩，取名英九，到台湾以后生了最小的女儿。她如今已年过花甲，从照片上看，仍然保留着当年的风采。用妈妈的话说："她不是60岁，是16岁吧！"看来她会像是我的妹妹了。我想起她的声音笑貌，想起她对我生活上的照顾，学习上的关心。在家里时，我们总是睡在一头，听她讲许多我还不甚了了的事情。我是她忠实的听众，也是她忠心的崇拜者，用现在流行的话来说，我是她的"粉丝"。

上大学时，每逢节假日，我必定到她家去打牙祭，她为我添置衣物，给我零花钱。我在漫长的往事中徜徉，忽然觉得飞机在下降，我很惊讶，难道就到了吗？太阳还老高呀，不是要晚上才到吗？弟弟告诉我到了旧金山，我的表指着十点，机场上却是阳光灿烂的下午四点，我只觉得做梦似的竟飞越了太平洋，居然踏上了美国的土地。休息两小时，我好奇地在候机室到处走动，那里面有餐厅有茶室，到处都陈列着琳琅满目的商品，还有许多自助购货机，我看懂了说明，就试着按买花生米的程序，投进了一枚 0.25 美元硬币，机器沙沙转动，出口处就滚出了一包油光闪亮的花生米。三个乡巴佬一边高兴地品尝着美国食品，一边赞叹美国设备的先进。我们遗憾不能走出机场，去看看这个城市的面貌。我从电影小说中看到过华工在旧金山淘金的辛酸创业史，那些为美国发展曾经流血流汗的华工，是我们的祖先，我似乎与这个城市有了一丝联系，美国也没有我印象中那么遥远了。

美国时间晚上十点多钟，飞机平安到达纽约肯尼迪国际机场。贝比夫妇开车来接我们，她说她妈妈精神亢奋，心情太激动了，只好留在家里等候我们。夜晚的纽约，灯光明亮，非常美丽，同一方向的车道上只看到一连串闪烁的红色尾灯。左手边的车道上迎面而来的是一连串的白色照明灯，绘成了一幅美丽的油彩画。我们的车风驰电掣般地奔驰着，四周却是出奇的安静。路边的指示牌，车来时，照得清晰明亮，我还没有来得及看第一个字，就一闪而过，又回归于黑暗。一切都使我耳目一新，但我无心细看，心里充满马上就要和姐姐见面的激动。贝比家在长岛，经过大约两小时的车程才到。停车的声音早已惊动了守候已久的姐姐，她不顾一切地奔跑出来，呼喊着我们的名字，双手围着我们三人脖子，四颗脑袋紧紧地挤在一起，号啕大哭。喷涌的泪水也奔流在一起，甜酸苦辣，千言万语都包含在眼泪之中。明月当空，夜阑人静，我在心中向远在天国的父母呼喊，你们看见了吗，你们的儿女在海外重逢了！

我和姐姐还像在家里时一样，并头睡在一张床上，让久别的亲情融合在一起。我回想起儿时的岁月，追溯这 37 年的苦苦思念。现在姐姐六十五岁，长我四岁，都已年逾花甲了。记得那年暮春，姐姐准备到香港探望在那里工作的姐夫，我和妈妈到车站送别。妈妈再三叮嘱："一定要回来啊，回来接孩子的时候，要给我把个信，我会从乡下赶来看你们的！"那时姐姐是只身前往的，孩子们都放在她婆婆那里。妈妈带着小弟将回到家乡照顾年老的外婆；爸爸即将远走重庆；我正处在热火朝天的学生运动之中，期待即将大学毕业后的新生活，一家人从各自不同的角度思考未来的局势，但是谁也不曾想到，她和妈妈竟就此永诀。爸爸在重庆参与了和平解放运动，但是由于过去的历史，害怕共产党不能接纳他，就谁都没有告诉，悄悄地从重庆跑到香港姐姐那里去了，不久后就和姐姐一家去了台湾。从此一家骨肉两边天，几十年的岁月，几十年的苦难，妈妈以坚强的信念活着，等待他们回来。在各种接连不断的运动中，她坐过黑牢，受过检查，挨过批斗，饿过肚子。她默默地忍受一切苦难。就是一个希望支撑着她：能活着见到爸爸和姐姐。可是爸爸已在十年前去世，这个消息我们一直瞒着妈妈，不忍心让她的希望破灭。我告诉姐姐，当我把你决定到香港和她见面的消息告诉她时，她脸上充满了阳光，似乎走路都轻快些了。谁知到了十月初，她感到身体不适，马上送她去医院看病，她很配合，常悄悄地问我："不要紧吧？"我懂得她内心的忧虑，总是想方设法让她宽心。可是身体每况愈下，我和两个弟弟急得团团转。就在你约定去香港的前一天，我和两个弟弟守在命若游丝的妈妈床前，她忽然睁开眼睛，示意我扶她坐起，望着我们说："大女等不到了。二丫，告诉我你爸爸去世的时辰。我现在要走了，要知道他死的时辰，才能在阴间找到他的魂魄，我们就可以团圆了。"我含泪在她耳边低声地说了。她听了以后，似乎精神振作起来，吩咐我打开她的箱子，取出一条中间破了一个洞的旧毛巾，要我在她去世以后，枕在她的头下。我流着泪说要给她一条新的，不要用这条旧的了。她说："人都死了，要新的何用？这是一条你爸爸用过的毛巾，也是我身边他唯一的遗物，上面留有他的气息。我们生死都要在一起。"次日凌晨，妈妈带着无穷的遗憾，枕着那块爸爸遗留下的破毛巾离开了人世。听到这里，姐姐撕心裂肺般地痛哭起来。在天之灵的父母啊，你们的灵魂漂洋过海来和我们团聚吧！我们和姐姐近在咫尺，只隔一个海峡，我们是骨肉相连的一家，同是炎黄子孙，可是我们却不能在自己的国土上相见，要借别国的土地重逢。我们多么想拜谒在你们的坟前，诉说我们的思念。说不完的往事，诉不完的离情，流不尽的眼泪！

我问姐姐，还记不记得我们家乡有个叫"水口"的地方。她说记得，那是离外婆家四五里的去处，是个峡谷口，中间有一条小溪。平时溪水缓缓流动，甚至还可涉水而过；山洪暴发时，大水冲下来也很湍急。人们在谷口上修了一座大石拱桥，人称水口大桥，也就成了进出温村的交通要道了。她描述得非常准确，我赞扬她的好记性。沿着这个思路，我再让她回忆，过了大桥向左边进冲，有下一个小小的山坡谷地，那里长满了李子树，还记得吗？她兴奋起来了，连连说："记得，记得！带一升米去吃李子，两个人尽肚子装。我们爬上树吃，你爬不上，只好眼巴巴地望我们丢几个好的下来。"儿时的回忆，驱散了心头的云翳，我们舒心地笑了。我接着问她，还记得这个小山冲的地名吗，她说叫什么坡的，已记不起了。我一字一顿地告诉她叫"摇、篮、坡"，接着说妈妈的墓地就在这个摇篮坡和外婆相依相伴。姐姐陷入了沉思。

土地改革以前我们家一直伴着外婆租住满舅家的房屋。土改中就跟着外婆全家被扫地出门，安排到这个少地缺水的贫瘠山冲里来了，在这里一住就是30年。妈妈的亲人——我们的外婆和两个舅父五个舅妈，先后去世，都安葬在周围，她走过的时候，必定要停下来说几句话。由于妈妈的平易近人，乐于帮忙，她在这块土地上结交了许多朋友，和这个小山窝有了亲情。她依恋这块在坎坷中给她慰藉的不是故土的故土。弥留之际，不断重复平日的嘱咐，要我们将她归葬摇篮坡。她要依伴着外婆，就不会感到孤寂。那是一块高地，让她能遥望东南方向的台湾吧。爸爸葬在台北的六张犁，那也是一块高地。姐姐说那是一块大陆人的墓地，还葬有我们客死台湾的三个叔叔，他们也有亲人相伴。海天相隔，无限乡愁，愿他们的灵魂，天国团圆。

一夜离情的倾诉，我感觉压在心中的郁闷消散了许多，心情也比较平静了。第二天姐夫马鹤凌从台湾打来越洋电话，表示对我们的欢迎和问候。我们都轮流和他说了话，表现得非常愉快。我们小心地不跨越问候的话题。最后他说他现在做的是青年工作，他有讲演的录音带，可以听听，能代表他的思想观点。晚上姐姐给我们放。他说：他赞成祖国的统一，但要以三民主义统一中国。大陆绝不敢派兵进攻台湾，因为台湾的政治民主，经济发展迅速，人民生活富裕。大陆的人，思想不自由，生活很贫困，一旦开仗，85%的人会放下武器，投奔自由。听到这里我觉得有点近乎天方夜谭了，已经不想再听下去了。我心里明白，这不过是他做青年工作的说辞罢了。这提醒了我，两岸的统一仍需要时间，但任何力量都阻隔不了骨肉相连的亲情。姐姐问我听了他的讲话有何感想，我说，那是国情不是亲情，我们丝毫不想投奔自由。于是姐姐悄悄地告诉我，他的一位上级，据说有"匪谍"嫌疑，判罪12年。他会有好日子过吗？不久，他就被调出中央部门，来充当学生头了。他的工作频繁调动，使他不能从长计议来规划他的未来，实现他的理想。他想用他的理念改造国民党，踏踏实实地从基层做起，由"大三通"发展两岸经济，做到互惠、互助、互信、互尊，逐步实现两岸统一。然后以和平统一的中国，推进世界和平，主导世界和平的力量，实现世界大同。在没有机会做国民党党务工作的情况下，他没有灰心，作为三民主义的忠实信徒，他另辟蹊径，联系志同道合者，出钱出力。在他的积极努力下，于1992年7月10日在台北圆山饭店成立了"世界华人和平建设协会"，他被推选为会长，以他的理念开展工作。此后他为协会奔走呼号，发展会员，筹募资金，征集论文，编写书籍，筹备会议，起草文书。在他的努力下，协会在美国、加拿大、悉尼、新加坡、中国台北等地举行了九届大会，在欧亚一些重要城市建立了12个总会和若干分会。他自认这是他晚年所做的最有意义的工作。他不幸于2005年11月5日突发心脏病去世，这个"世界华人和平建设协会"随着他的去世而渐渐被人淡忘了。他是个理想主义者，以他这种方式去实现世界大同，太理想化了。

休息了几天，贝比就邀请我们游览纽约市，这是一个世界上最大最繁华的都市。我们到了联合国大厦。那是一个长方形的高大建筑物，矗立在哈德孙河畔的一个大花园里面。特别耀眼的是竖立在大门边那一线世界各国的国旗，迎风招展，十分壮观。当然我一眼就看到了我们的五星红旗。在大厦的旁边，我们抬起头来，看到了飘扬着的淡蓝色联合国旗。低下头来，就看到了中国赠送的一个有中国特色的铜鼎，它鹤立鸡群地在阳光下放射着金属的光辉，我感到特别高兴。穿堂入室，上电梯来到一间很大的展厅，琳琅满目，尽是世界各国给联合国的赠品。我一眼就看到了单独摆放在大厅左边桌上的我国的象牙雕刻，非常精美，让其他物品逊色。厅外一面宽大的墙上挂着以万里长城为内容的羊毛挂毯，质地优良，气势恢宏，真是中国人民的骄傲，一种爱国情怀油然而生。我们在联合国餐厅吃了午饭，这是我第一次吃自助餐，异国风味，却是值得纪念的一餐。

下午我们坐船游览东河和哈德孙河，这是一条河分段的名称。上船欣赏两岸的风光，首先映入眼帘的是高高耸立在纽约港入口处一个小岛上的自由女神。她右手高举火炬，左手紧抱一块书板，象征《美国独立宣言》。这是法国赠送的，作为庆祝美国独立100周年的礼物。贝比告诉我们，那是1886年落成的。我一听就笑了，我们正是1986年才见到这位女神。时隔一百年，恰恰是她百岁生日。

我遥望她那坚强的身影，向世人昭示争取民主、向往自由的崇高理想。

哈德孙河把纽约市分为两半，我们坐在游船上感觉到不断地从桥下通过，我不禁问道，这条河上有多少座桥呀？贝比笑道："据我所知，有 23 座桥沟通两岸。"她要我们仔细观察两岸沿河的汽车道，都是双层的六车道。还让我们观察到两边行驶的汽车，南岸行驶的是小汽车，北岸行驶的是大货车，南来北往，繁忙通畅，没有看到哪条道路上有堵塞现象。

上得岸来，已是黄昏时候了，贝比领着我们急匆匆地赶往世界贸易中心。我们先站在外面，仰望它的高度。这是一座并排的高楼，人称姐妹楼，矗立在哈德孙河口，在最繁华的曼哈顿南端。我们跟着一群人进了电梯。姐姐指着门上方一个红色的"1"字，要我注意观察。电梯启动了，大概不到一分钟，戛然停下，1 字变为 58，我问，是不是到了 58 层？姐姐笑道："不是，这是说明电梯上到 107 层的观景台，只要 58 秒。这个楼高 110 层，游人只能上到 107层。"这是一个圆形大厅，中心有几个柜台，可以购买纪念品和食品。周围是两层同心圆的玻璃窗，里面这一层有几张小门可通，站在两层玻璃之间，就可以俯瞰大地，欣赏外面的景物了。姐姐说她害怕，不敢站到外面去看。我想隔着玻璃窗，还会掉下去不成？于是我满不在乎地走过去了。我向下一看，还真有点胆战心惊，赶快退回来坐在靠里面那层玻璃前的椅子上，才稳住心跳，欣赏远景。直升飞机像蜻蜓，在我们脚下飞来飞去，汽车轮船像蚂蚁一样爬行。已经晚上八点多钟了，夕阳的余晖还照在我们身上，这是世界的最高楼。我在心里比较了一下，在我们居住的长沙有一座岳麓山，我们常登上那个山头去欣赏我们的城市，算是登高望远了。它只有两百多米高，这世贸大厦有 411 米高。那么岳麓山，只有它的一半。它高插云霄，我能登上它一览奇景，觉得很幸运。不幸的是 2001 年 9 月 11 日，恐怖分子劫持了两架飞机，先后撞向了这两座塔楼，引起了大火，几分钟内，相继倒塌，据说死伤近万人，震动了整个世界。从此没有了双塔楼。我留有它的照片。

姐姐是个热情的东道主，领着我们轮流到她的女儿家中做客。我们到的第二站是三女儿曼曼家，她住在康州。曼曼 1948 年在大陆出生，次年就离开了祖国，所以我对她只有初生娃娃的印象。这次见面，她已三十多岁，是两个孩子的母亲了。她的房子坐落在一片小丘陵的前面，屋前是个花园，开放着各种鲜花，刚下车就闻到了沁人心脾的芳香。令我惊讶的是，庭前竟有一树盛开的杜鹃花，从根到顶有四五米高。我们那里的杜鹃花可是漫山遍野地生长，都是矮矮的灌木丛，哪会长这么高？杜鹃花是长沙市的市花，所以看到它备感亲切。我真想学习他们的栽培技术，让我们的市花都长得高高的。

曼曼家的后院是一片空旷的草地，可以从通向阳台的扶梯下到草地上漫步。我们随着她指的方向，看到离扶梯不远的绿草丛中竟有一条浅浅的小溪，静静地流过去。越过溪流就是一片郁郁葱葱的树林。阳光从叶缝中穿过来，使树林的绿色或深或浅，忽明忽暗，使我产生一种梦幻般的感觉，这样的环境太美好了。我们在赞叹之余，又听到了曼曼童话般的介绍。她说，这片树林里生存着不少动物，常见的是松鼠和兔子，最有趣的是在春夏之交，鹿妈妈常带着它的孩子跨过小溪来到她家那片草地上晒太阳、嬉戏，那么安静和谐，真是一幅美丽的图画。我们饶有兴趣地听着，盼望着在我们逗留的这几天中能有机会看到美丽的麋鹿。灿弟是个农业专家，对动植物有特别的兴趣，他那专注的眼神，更加表现了他的渴望。

下午我们闲聊了一会儿，姐姐提议去附近的一个大商场，或许可以买点什么想要的东西。灿石说他对逛商场不感兴趣，他就待在家里休息。曼曼驾车，只有十几分钟就到了。这个商场很大，货物齐全，有趣的是大厅中心有个休息的地方，像个花园，装饰着盆栽的花木，还有淙淙流水呢。我们朝椅上一坐，就听到悦耳的音乐轻轻奏起，原来是一棵小树下坐着一位琴师，见有人来，就缓缓地拉动了琴弦，为我们演奏。他那全身心的表演，让我忘记了我是在商场里了。一曲完毕，他向大家深深一鞠躬。我们跟着曼曼一起回礼，说了"谢谢"，然后我悄悄地问道："这要付钱吗？"曼曼说，这是商场的一种促销手段，不要付钱。我心想，那我们总得买点东西才好吧。只见姐姐走到一个卖女式提包的商品间挑选，我一看那价目就吓了一跳，她选的全是两百美元以上的，那么一只包就得花人民币一千元左右，接近我一年的工资收入，真不敢想象。姐姐说，包在女人身上是不可或缺的，而且大有讲究，与服饰的搭配、参与的场合、相见的人物都有关系。选用得当，可表现一个人的气质和品位，所以女人的包嫌少不怕多。姐姐告诉我，在这种大商场买东西，回去看了不合意，只要没有损坏，几个月甚至一年内都可以来换或者来退。所以在美国买东西，用不着作过多的犹豫。我想，他们真会做生意。

回到曼曼家已经五点多钟，曼曼下厨做饭去了。我们不见了灿石，家里没其他人，无可询问。大家猜想，他可能闲坐无聊，一个人到外面散步去了，都没在意。不久曼曼的先生赵蜀远下班回来，开着车在附近找了一圈也没找到，这时大家才着急起来。大家正在惶惶不安地商量办法时，忽然听到前院有汽车喇叭声，大家得救似的奔跑出来，只见灿石正好开门下车，大家不约而同地欢呼起来，特别是姐姐，高兴得眼泪都出来了。送他回来的人只挥手和蜀远打了一个招呼，我们还来不及道谢，车就奔驰而去。

事情原来是这样的，灿石是有心留下来的，他想去探索麋鹿的秘密。于是他跨过小溪，走进树林，那是个人迹罕至的地方，自然不会有路可循。他踏着厚厚的腐殖质层，穿枝拂叶地走过去。他当然怕迷路，所以他不时地留意那条小溪，只要能看到小溪，就能找到家。他走着走着，就在一块能看见蓝天的缝隙里，看见了一对美丽的鹿角。为了不惊动它，他轻巧地移动脚步。鹿原本是很警觉的动物，似乎有所察觉，就往前跑了。灿石哪肯放弃，于是紧追不舍。他心里想，要是能抱只小鹿回来，多有趣啊！就这么走走停停，他早已把小溪给忘了。看看天色已晚，他才感到要寻归路了，于是回头来寻小溪。左边不远处就有条溪水，不过比曼曼家后院前的要宽一点，反正朝来的方向走，一定错不了。可是天渐渐暗下来，他有点害怕了，心想不如跨过溪去，沿大路寻找。可是他刚猛力跳过小溪，还没有站稳脚跟，一只大黑狗就跳出来朝他吠叫。幸好他少年时在家乡爱好养狗打猎，并不怕狗，于是他用他的惯技招呼狗，但是洋狗不懂中文，依然狂吠不已。接着就有一位老太太出来喝住了狗，向他说了一连串的话，他当然一句不懂。他只好上前鞠躬致意，说了一句"I'm Chinese"，这是他唯一能表达自己身份的一句英语。老太太向屋里呼叫出一位老先生，他指着大路说了许多话。灿石心里明白是在问从何处来，要往何处去。但是他没办法用英语表达出来。他只好用中文说："赵，赵蜀远家，赵，赵。"老头高兴了，拍手说："OK！Zhao！"他招呼老伴开出汽车来，三人沿着大路找到一户人家，叫出一个中年人来，显然他是姓赵的，他向车内看看，然后摇手说："No，No!"看来他只是赵姓华裔，不会说中国话。他和老人交谈了一阵，指向了另一个地方。如此找了四家，最后算是找到了真主。这对老夫妇如此乐于助人，让我们感佩不已。我们为灿石这次林中遇鹿，编出了一个海南岛鹿回头似的美丽神话，笑话他遇见了仙女。要不是天黑了，他一直追下去，说不定他更有奇遇，返老还童，林中方一日，世上几千年，我们回去就无法交代了。四姐弟都开怀大笑，体会到了骨肉团圆的欢乐。

康州和麻省相隔不远。姐姐最小的女儿莉君家在麻省，姐姐决定领着我们到麻省去参观游览。莉君夫妇都从事电脑方面的工作，他的夫君余可开车来接我们，很快就到家。她的住房也很宽敞，后面花园里还有一个游泳池。次日，她带我们去波士顿一个叫"康科德"的市镇，并不是去参观那里的城市建设，而是去凭吊那里的古战场。美国才两百来年的历史，再古，在我们看来也还是近代。莉君说，这古战场说的是美国独立战争打响第一枪的地方。美国独立战争爆发之前，双方就都有了作战的准备。英国军队的司令部在波士顿，暗地里派兵想来销毁美国爱国者的军火供应。美国军队把这一消息透露给了老百姓。那里有一座桥，名叫北桥，英军把守着。1776 年 4 月 18 日，几百个美国人向北桥进发，和英军交火，打响了独立战争第一枪。爱国者夺回了北桥，英国人匆忙撤回了波士顿。这次战斗很快就结束了，有三名英国士兵和两名美国爱国者丧生。这就是发生在这个古战场上的简单情节。

我们来到北桥，漫步其上，它是一座稍微拱起的折木桥，约有 4 米宽、20 米长。桥面的木头显得很厚重，下面由很多交错的结实方木支撑着，桥下不可以行船。尽管现代的建桥技术可以造出很多精美的桥来，但是由于它的历史价值，这就成了要保留它古老面貌的桥了。为纪念这个伟大的独立战争的发源地，桥头立着两座塑像。一个是持枪民兵，代表美国的爱国民众；另一个是英国士兵，代表英国占领军。两座塑像的座基上，都有文字说明。我觉得非常有趣，这是敌对的两方，却在同一地方有同等位置的塑像，在我们国家，似乎还不曾见过。"文化大革命"中，连孔子的墓都给掘了，南宋以来被誉为精忠报国的岳飞塑像也被砸得粉碎。充满乐观豪迈精神的美国人，大概是尊重历史吧，我遐想着。

波士顿不仅是美国历史的摇篮，也是教育文化名城。这里有众多的大学和学院。我们首先到了麻省理工学院，参观完毕，我心里还记着另一所比它名声还大的大学，那就是哈佛大学，不知道它在什么地方。还没有等我开口，莉君就说："我们接着就去参观哈佛大学吧。"她叫我们上车，大概十分钟就在哈佛大学门前停下了。原来这两所大学竟是毗连着的，都在波士顿的剑桥城。它们之间没有明显的界线，一幢一幢的房子，各自标明它的处所。哈佛大学总部设在剑桥城。它成立于 1636 年，我们来的这一年，恰好是它 350 周年校庆。它是一所私立的乡村学校，第一位捐资人名叫哈佛，就以他的名字命名了这所大学，校门前有他的一座铜像。据说这所大学成立之初只有一名男教师和九名学生，现在它拥有教师两千多名，学生三万多人。抗日战争中我避居乡下，进了私塾，一位中年教师授课，学的是与我的父辈或祖父辈相同的内容，用的也是传统的教学方法。我想哈佛初建时也只相当于我读的那个私塾的规模吧。抗战时期孩子没地方读书，于是私塾在当时好像雨后春笋，蓬勃生长。几年之间，它就逐渐消亡了。哈佛之所以发展壮大，就因为它在发展中不断革新创造。我在它的图书馆前浮光掠影地看了几句有关它的简介，对于崇尚学术自由的哈佛表示深深的敬意，它的教授团中就有三十多位诺贝尔奖得主。这时姐姐从她的手提包里取出一张照片给我看。她说："我们就是站在这大门口照的！"我们三个脑袋挤到一起看这张照片，几乎是一同"啊"了一声。马英九穿着博士礼服，紧挨在他妈妈身边。"这是1981年，我专门从台湾来参加他的毕业典礼！"姐姐说起她的爱子，流露出满脸的幸福。我们只顾参观游览，都忘了哈佛大学是英九的母校。我笑着向姐姐说："这哈佛大学是美国总统的摇篮，在美国历史上已造就了六位总统。英九人才出众，将来说不定会出一位华人美国总统呢！"姐姐轻轻地敲了我一下："二丫，你别瞎说，他不是美国出生，又没有入美国籍，天生就不够条件。"当时我不过开开玩笑，真没想到二十多年后的2008年，英九真当选为台湾地区领导人。我给姐姐打电话祝贺，姐姐在电话中谦虚地说："感谢台湾民众对他的信任。"她还盛情邀请我们姐弟三对夫妇到台湾去参加他的就职庆典。

莉君带我们在波士顿参观游览了一整天，接着又邀请我们去参观美国最大的瀑布——尼亚加拉大瀑布。这回她给我们买了旅游团的票，让我们随团旅游，坐的是大巴。导游是一个小伙子，华裔美国人，大概能讲几句中国话，在一般情况下，他绝对只讲英语。车上也有中国人，我们比较放心，不了解的地方可以问那几个中国人。交谈中我们才知道他们也和我们一样，是刚来美国探亲的，彼此彼此吧。中间参观了一家玻璃制造厂之后，导游把我们带到一个餐馆，意思是让我们在这里自己解决中餐问题。他走到我们面前，用中文说了两个字"小费"，我以为他向我们要小费，他摇手说"No"，指着服务员说："To her. Don't forget!"我明白了，在中国是从来不需要给小费的，所以导游特别提醒我们一句，可是我不知道要给多少才合适。小弟拿过食品单来让我点，我真不知道上面罗列一些什么东西。最后我发现只有煎饼我认识，就吃煎饼吧，于是我们要了三份煎饼。不一会儿煎饼送上来了，真把我们吓了一跳，三份煎饼摞起来足有半米高。吃了一口，只有一点甜味，哪里还吃得下去，大概吃了三分之一。剩下的包起来带走，够我们吃两天了，可以省钱。吃了饼，都有点口渴，小弟说，要一杯牛奶吧，既止渴又营养。我爱喝茶，就说喝一杯茶吧，还可以节省一点。于是我们各要了一杯茶。结账时让我大吃一惊，原来美国的茶比牛奶贵，喝一杯茶可以喝两杯牛奶了，我们大呼吃亏了。后来我们才知道，美国的自来水是可以饮用的。饮水处的龙头嘴都是朝上的，张口就可以喝到，非常方便。早知如此，我们可以不花钱，以自来水当饮料了。

次日清晨，早早起来，生怕误了出发时间。只觉四周静悄悄的，漫步走出旅店大门，想一窥这个有名的小城一角。刚出门就感到阵阵薄雾袭来，给人一种湿润清凉的感觉，我们三个成了这座城市的仅有的行人。街道异常整洁，近处鲜花烂漫，远处绿树成林，给予我美好的印象。小弟问我有何感想？我只能说，这是一座森林城市。早餐后我们乘车来到了尼亚加拉瀑布景观区。上车不久就能听到雷鸣般的轰隆声，人们就议论着这是瀑布的冲击声音。在导游中英夹杂的讲述中，我们知道了一点概况。这尼亚加拉河从伊利湖滚滚再来，突然垂直冲下断崖，落差五十多米，数里之外都可以听到声音。尼亚加拉在印第安语中的意思是"雷神之水"。瀑布的轰鸣声是雷神说话的声音。这条河是美国和加拿大的国界，为了争夺这条河，19世纪两国打了几年仗。战后签订了一个协议，河为两国共有，两侧各建一个瀑布城，分属加拿大的安大略省和美国的纽约州，航道中心为边界线。

我们下车后来到名叫"雾中少女"的渡船码头，在美国大瀑布的正面，购票后乘电缆车到达河边，每人领取一件雨衣，一定都要穿好才可以上船。一条船上坐一百来人，向着飞流直下的瀑布冲去，船在翻滚的波浪中剧烈地上起下落，水浪打在脸上生痛，那种冲撞式的颠簸，让我担心船会翻倒。船依然勇往直前，几乎快到瀑布冲击的口上了，有人不由得惊叫起来，我紧紧地抓住两个弟弟，心都快从口里跳出来了。突然船向左来了一个急转弯，奇迹般地风平浪静了，大家舒心地笑了起来，仿佛捡回了一条命。随即船靠岸了，脱下雨衣，几乎每个人都是衣衫湿透地贴在身上。跟着导游穿过一条隧道，我们神奇地出现在一道薄纱似的瀑布前面。原来美国大瀑布的侧面有一块大石头挡出一道小瀑布，流量和冲力都相对小了，落到最后就成了雾气，宛如薄纱，阳光映照着，有时会出现彩虹。我想起我们的庐山瀑布，古代诗人李白描写为"疑是银河落九天"，最下面也是雾气。那地方清幽灵秀，特别富有诗意，这里则一片喧嚣闹腾，只能说各有情趣吧。我们上到码头的平台上，可以看到整个瀑布的全貌。瀑布由三部分组成，最大的那部分属加拿大，由于它的形状像马蹄，所以称为马蹄瀑布。要是在加拿大，就能更好地看到整个瀑布的全貌。我们回过头来一望，就发现一座横跨河上连接两国的大桥，桥正中插着一面联合国旗，北向飘扬着一面加拿大的枫叶旗，南向飘扬着一面美国的星条旗，表示着各自的主权。我们的旅游团是不是可以从这里过去看一看瀑布就回来？导游似乎猜透了我们的心思，他说中国护照不可以通过，美国人可以自由来往，我们只好望桥兴叹了。

这天晚上住在尼亚加拉市，旅店相当高级，叫"假日酒店"。我们想看看夜景，先找了一个中餐馆吃晚饭。我们按中国人的吃饭习惯，坐在桌上等服务员来点菜。看看不对劲，原来这里吃的是自助餐，于是我们才学别人的样子拿个盘子去取食品。十元一餐，小费一元，品种很多，足够我们吃饱吃好。我们很少吃自助餐，不懂这里的规矩，再加上惦记着去看夜景，所以没有收拾餐具就走出来了。走了不远，那店主竟在大门口大喊"那三个中国人回来"，不知他讲的是广东话还是福建话，毫不客气地说了一大串，让我怔住了。小弟走南闯北，有些见识，他明白了大概的意思，叫我们别回头也别管他。都是中国人，就不能耐心地说明吗？我的心里感慨很多。

尼亚加拉的夜景还是很美丽的，河水对着夜空，流光溢彩，有梦幻一般的奇妙。对面加拿大有一座高高的塔楼，顶上那部分可以不停地转动，五彩缤纷的光线射向夜空，真是迷人极了。我觉得那水声不似白天那样的气势恢宏，但雾气依然很重。

结束了参观，大巴就走上了归途。在万家灯火时分，我们到达大巴的出发地点，曼曼的先生早在此等候我们了。他是个忠厚老实的工作人员，在一家电话公司里担任工程师。他拉着我们上了他的小车，说吃了晚饭再回家，大家一定很饿了。大概是为了迎合我们的口味，他把我们领进一家很大的中餐馆，让我们各自点要自己想吃的东西。两个弟弟望着我，是要我做主。我就按我们长沙人的习惯，用最简便的方法解决晚餐问题，不让他花费太多。于是我说吃一碗面吧。他又问要什么样的面。我说吃汤面吧，这在长沙是最廉价的晚餐。他起身去交代之后，大家就等着面上来。不一会儿每人面前送上一大碗汤，里面有菜有肉，就是没有一根面。我有点不知所措了。赵蜀远马上解释道："大家先喝汤，喝汤，面随后就到。大家不是要汤面吗？"我瞠目结舌，只好埋头喝汤。接着，每人面前又送上一大盆炒面，上面有一大堆各式炒码，我们瞧一眼都饱了。小赵只好尴尬地打包提了回家。中国俗话说，入乡问俗，我总是想当然，也就出了不少洋相。

小赵开着车带我们欣赏了纽约夜景。我们看到了帝国大厦的辉煌，那金屋顶光芒四射，似乎在显示美国的强大和富有。它和自由女神同为纽约的标志性建筑，不过自由女神的诞生要比它早了将近半个世纪。它建有102层，高度接近400米，曾经是世界最高的建筑，世贸大厦建成之后，它就退居第二位了。有趣的是它那屋顶上的泛光灯可以变换颜色，国家有什么喜庆的大事，它就出现红色和黄色；如果是表示哀悼，就出现淡淡的蓝色。我们的车从它门前慢慢开过去，我仰望它高耸的身躯，似乎从每扇玻璃门窗都可以看到闪亮的灯光，而里面却没有一个人影。我心里想，这是多么大的电能浪费啊。

姐姐有四个女儿在美国，我们已经造访了三家，他们的热情接待让我们感受到了海外的亲情。当我们回到贝比家中时，姐姐早在她家等候我们了。她说她的二女儿马乃西，乳名凯子，正在忙着搬家，她的先生是化工专家，在新泽西购置了新居，环境非常优美，眼下还在装饰整理之中，所以她很抱歉地说，这次不能邀请我们到她家去做客，相约下次我们再去美国时，她会在第一时间邀请我们去做客。何时我们能再来美国？对我们来说，可能近乎天方夜谭了。然而她热情的期许，让我们的心中留下了美丽的希望，饱含着对未来的幻想。1996年，恰巧是十年之后，我和老伴到纽约去探望在那里工作的女儿，我们还在时差的昏睡中，就接到她打来的电话，热情洋溢地邀请我们去做客。十年之后的约会，亲情特别浓郁，让我非常感动。

姐姐让凯子陪我们去领略曼哈顿这个世界最大的金融商业中心的风光，我们走过了华尔街，在她的指点下，我们听到一些大银行、交易所的名称，我们太缺乏金融知识，也就看不出它的繁华和富足，只能说"到此一游"了吧。随后她带我们去了唐人街，也称为中国城。刚下车，迎面就看到了一座五六米高的孔子铜像，这让我们很激动。这是寓居美国的华夏子孙对自己文化祖先的敬仰，是对祖国悠久历史的怀念。我仰望良久，思绪从入私塾叩拜"至圣先师孔子神位"到"文化大革命"时期荒唐的"批林批孔"再到震荡全国的"揪孔老二"。今天他老人家在异国他乡，神态祥和地矗立在孔子广场前面，背倚41层高的孔子公寓，昭示着海外炎黄子孙对祖国的深情。我在这里感受到了祖国历史文化的光辉灿烂和孔夫子的伟大。我不知道公寓里住的是否都是中国人，但是这满街行走的几乎都是中国人。虽然他们讲的是我听不懂的广东话福建话，可是他们的行止举动，依然使我有一种回家的感觉。

我们来这里是想买当时国内视为珍品的电视机和电冰箱。1976年毛泽东去世，听说追悼会将在电视上播出。我却找不到一个看电视的地方，只好满街瞎跑，希望哪家有电视的商店出于对毛主席的敬仰与哀悼，把电视机搬出来，让大家一起来抒发沉痛的心情，可是我没有找到。忽然想起听说某同事家买了电视机，于是有了悼念伟大领袖毛主席这个堂而皇之的大帽子，就不揣冒昧，登门造访了。这时她的房间里已经有好几个来看电视的人了，加上我带来的几个，黑压压挤满了一屋子。她家的宝贝电视是九英寸黑白的，大家挤作一堆，看起来实在费力。但是能看到追悼会的过程，我很满足，特别是领略了电视的好处，心里萌生了买一台电视机的念头。来美国前，朋友们早就提醒我，兑点美金，从美国买到日本产的电视机和电冰箱，这才是一种时代的享受。那天，凯子把我们带到一家中国人开的店，让我们尽情挑选。我们像刘姥姥进了大观园，只见琳琅满目的电器，看得眼花缭乱，不知选哪一种好。那位女老板很会做生意，滔滔不绝地向我们介绍，不厌其烦地回答各种问题，不买实在有点过意不去。灿弟和小弟都各自买了两件，每人花了四百多美元。我手中没有他们那么多钱，一想到我每月工资才二十多美元，差不多要一年的工资才能购买一件，就出不了手。况且我还有一个小小的计划，我的女儿想来美国留学，我得留点钱给她。我比较务实地只买了电冰箱。它能保存食品，减少浪费，作为儿女众多的家庭主妇，我能不节约吗？我们在美国付款，到上海一家受委托的商店取货，再经火车托运到长沙。运到家花钱劳神费力，自不待言。那时我们的国家还在医治"文革"后的创伤，家中没有电话，街头没有出租车。可喜的是改革开放的春风，已初露苗头。

姐姐为了这次重逢想得十分周到，她不仅把亲情的纽带连接在她四个女儿身上，还让我们走进了一个陌生的国家，而且深入它的普通民间生活。我们走在华盛顿的大街上，走着走着，竟认不出来路了，胡乱走了一阵，也不心慌，我已体会过美国人对问路者的热情。我看到一位夹着书本的金发女郎，就用我的湖南腔调英语向她询问白宫怎么走。她停下来，并不马上回答我的问题，审视了我们一下，高兴地说道：

"啊，外国朋友！来自日本吗？"

"不是。"

"台湾？"

"也不是。"我担心她会把亚洲的国家逐个地数下去，连忙补充道，"北京。"她高兴得搂住我的腰身，差点把我抱起来了。

"那是个伟大的国家，我希望我能有机会到中国去旅游。"她拉着我的手，热情地领着我们走到可以望见白宫的路上，然后挥手告别。我国经历了"文化大革命"之后，外国朋友到中国来得少了，一位美国知识分子能说我们是个伟大的国家，使我充满了自信。

梦游一般的美国之行即将落下帷幕，姐弟四人中，我虽然已正式退休，却在与同仁们一起创办的一所民办中学中担任了教职。我们都有工作在身，不应延长太多假日，想家了。贝比在一所华文中学兼教中文，她笑着对我说："阿姨你懂英文，又爱好中国文学，华文中学正需要这样的老师，你留下来接替我的工作，干半年，发一笔洋财回去怎么样？"按最低标准计算，我每月至少有2000美元的收入，半年下来，和我的工资20美元一个月一比较，那就是一个天文数字了，我算不清半年该相当于我多少年的工资了。我眼前晃动的不是那一张张绿色的美钞，而是我的学生们那一双双期待的大眼。

我们打电话和在台湾的姐夫告别，他有点伤感地表示没有到美国来和我们相见的遗憾。他竟在电话中吟诗一首，倾诉他对故国的苦相思，对归无计的心碎，充满了河清人寿的期盼。他一生从政，作诗算是他的第一副业吧。他那激情的诗句，使我非常感动，增添了我们阔别37年难得重逢的深刻意义。英九在一旁接过电话，和我们这些还不曾见过面的阿姨舅舅道别。他用一口长沙话风趣地说，他早已从爹妈口中认识我们了，并祝我们"一帆风顺"。我试探着问："我们可以假道台湾回大陆吗？"

他说："你们的护照过不了关啊！"

"我们能到台湾玩几天吗？"

他笑道："那只怕你们要发表一个'投奔自由'的声明。"

"要是那样，我们就再也回不了家啊！"于是电话两边都哈哈大笑起来。

二十多天的相聚，难以补偿37年的思念，然而毕竟是难得的重逢啊。在这里姐姐为我们系上了亲情的纽带，也为我们打开了一扇外部世界的窗口，引发了我对许多问题的新思考。这几天姐姐有点愁眉不展，是离别牵动了她的心吧。还像来的那天那样，她让我和她并头躺在床上。仰望天心明月，似乎在以亲情的会合，告慰远在天国的父母。我们有说不完的话题，讲不完的往事。归根结底就是一句话，"相见难时别亦难"，有泪也有笑，不知不觉中天色微明了。姐姐翻身坐起，紧紧地拉着我的手说："你们就快要走了，我不忍心说出来的一句话终于要说了，就是我不能到机场去为你们送别。我们家的关系特殊，怕遇上朋友熟人，把我在美国会见大陆亲人的消息传出去，这是要惹祸的，你们能原谅我吗？"这还用说吗？我太了解这种心情了。往日的海外关系、台湾关系把我压得噤若寒蝉，大气都不敢出。姐姐也因大陆关系生怕惹祸。但不管怎样，我们的骨肉亲情是隔不断的。

凯子为我们热情地做好各项准备，细致而周到，还为我们每人准备了一盒可口的菜肴，以备不时之需。我们的行李很简单，很快就装入后备箱中。姐姐从楼上下来，还像年轻时送我们去上学那样，除了千叮咛万嘱咐外，抱着我们在额头上轻轻地吻了一下，仿佛是妈妈在和我吻别。她又把我们三人紧紧地围在一起，喃喃地说："保重身体，我们会再相见的。"上车了，她把手伸进窗口拉着不放，我感觉到她的泪水滴在我的手上。车启动了，她退后一步，终于号啕大哭起来，用呜咽的声音喊着"再见"，我只能听到她的声音，拼命地回头，却看不到她的身影。这一幕离别的情景，永远留在我的脑海之中。

台湾之行

一、旅途

    自从我们四姐弟在美国相聚以后，姐姐就一直在筹划怎样实现第二次相聚。她在考虑，相聚的地点，在台湾还是在大陆？她思念故乡，想为母亲扫墓，弥补1983年没能在香港见到妈妈的遗憾。那么就应该以大陆为宜了。但是她考虑到我们三人天南地北地分散着，交通也不是很方便，又还都在工作。要聚到一起再来台湾，费时又费力，也许还考虑到我们的经济承受能力。她强压住心头对故乡的思念，最后决定邀我们到台湾去做客。可是那时从大陆去台湾的申请，我们这边只要有台湾公民的邀请，就可以得到许可。可是要得到台湾的许可，却不是那么容易。一般的探亲是得不到批准的，台湾方面的理由是，台湾已经开放了台湾公民去大陆探亲，大陆的亲人就不必来台了。如果本人因生病不能出行，有医生证明，经过查实，可以允许大陆的一二等血亲来台探病。根据这一条，姐姐终于抓住了一个机会。1993年夏秋之交，她因病住院了，就赶快提出申请，要我们立即把办好的大陆证明文件寄过去，申请赴台探亲。两个多月以后，回信来了。我和小弟效颇得到了台湾的许可证，大弟灿石不能前去。原因很简单，我们两人虽然都是政协委员，但不属政府权力部门，灿石是人大代表，而且是全国人大代表，全国人大是最高权力机构，他属于政府官员，是不被允许的。姐姐感到很懊恼，但也无可奈何。她说以后一定想办法让他到台湾去一次。

    我和小弟只好带着三缺一的遗憾去准备台湾之旅。首先我们想到的是要带点什么家乡特产给她。我买了代表湖南的湘莲。九十月之交，按民间的习俗，是北雁南飞的季节，乡里的山林深处自然地生长一种蘑菇，乡里称为雁鹅菌，城里人叫它为寒菌。色泽灰绿，味道鲜美。小个儿的称为扣粒菌，尤其珍贵。将扣粒菌用茶油熬制出来，特别清香，是菜肴中的上品，十分难得。我特意自制了一瓶珍贵的寒菌油，让她品尝地道的家乡味。我又想到湘绣是闻名世界的工艺品，代表了湖南的传统，应该不是俗品，于是我就去买了一床湘绣被面，另外给姐姐和马英九的妻子周美青各买了一件绣花衣，姐姐的是上衣，美青的是旗袍。我实在不知道送什么样的东西最为适宜，我心里总是默默念着，除了骨肉亲情以外，什么都不重要。小弟于11月中旬到长沙来和我会合。他准备的礼品很别致，他在内蒙古工作，有一个县出产水晶和石头，一种很名贵的鸡血石，用来雕刻印章，是很有品牌的。除了一对鸡血石印章外，他选用了一块灰绿色带有白色纹路的石头，请名家雕刻出一只前蹄扬起的直立的马，神采豪迈，威武雄壮，给人一种奔腾向前的感觉。我觉得"马"的寓意深刻，非常赞赏。

我们于11月23日从长沙动身，只因时间紧迫，没有买到直达深圳的火车票，由于已约好香港友人代为预订的赴台机票，时间已无法变动，真是非常着急。幸亏得到台办的大力支持，让我们先到广州下车，再请广州台办派车送我们到深圳，使我们得以于24日下午二时到达深圳。那时国内的车辆和人员不能随意进入香港，我们办好中国海关的通关手续后，就快步跨过罗湖桥，直奔去九龙的火车，好在有人指点是到车上购票，才省了点时间。下车后打的到一个叫金钟的地方去办出境证明。上得四楼，吃了闭门羹。"5时停办"，我们刚好过了5分钟。进入香港我们一路奔跑，什么事也没办成，每人已花费150元左右，我的月薪93元，小弟只有我的三分之一，不由得感叹，我们在自己的国土上奔走，却受英国人的许多限制。什么时候收回香港？这是我们心中的企盼。

次日，下午一时半从香港启德机场起飞，大概飞行了80分钟，就顺利地到达了台湾桃源中正机场。有人引导我们到"大陆同胞接待处"，那里的人表现得非常热情，除了介绍一些应办的手续外，还说了很多欢迎的话。然后让我们站在一个金属墩上，用个像一根长棍子似的探测器在我们的全身上下左右来回检查。对我宽松一些，三五个来回就过去了。对小弟可仔细啦，让他平举双臂，叉开两腿，脱掉鞋子，连衣服上的小口袋都搜索过了。出得机场，远远地就看到笑得眼睛像弯弯月亮的姐夫马鹤凌向我们挥手致意，表示欢迎。他风采依然，虽然阔别四十多年，举手投足之间，洋溢出欢迎的热情，让我们感受到疏远了四十多年的亲情。12月的台湾，仿佛是春暖花开的季节，从机场到台北市还有约一小时车程。在车上，树哥（我们平日这样称呼姐夫）除了对亲人简单问候以外，就开始了他的高谈阔论了。他除了赞扬蒋经国治台有方以外，接着就发泄对李登辉的不满，然后就称赞毛泽东的了不起。这些言论使我心头暗暗吃惊，他对现任最高领导敢于嬉笑怒骂，对共产党的领袖敢于赞扬。姐姐在家迎候我们，七年不见，一点都不显老态，难怪人家说小她四岁的我和她站到一起，倒像是姐姐了。她紧紧地抱住我，低声抽泣地说："没能拥抱妈妈，我只能拥抱你了。"我想1983年留下的伤痛，依然埋在她心灵的深处。为了制造欢乐气氛，我连忙把礼物包打开给她看，抖开湘绣品，光彩夺目，她不断地赞美那花样那绣工，拿起衣服往身上一披就哈哈大笑起来说："这只能欣赏不能穿呀，你看，这不像戏台上的花旦吗？"大家都笑起来了。我有点尴尬地跟着大家笑了，只好埋怨自己在礼品的问题上"画蛇添足"了。小弟有点自鸣得意地取出他那包装精美的一尺见方的纸盒来，小心翼翼地打开，刚露出淡淡的玉绿色马身，有什么小东西掉落下来，他惊叫道："不好！"待他取出马来，大家都看到那奋扬的前蹄少了一截，在旅途上它被运送行李的大动作震断了。捡起那截断腿，小弟欲哭无泪，神色黯然地说："只怪我没包装好，破损了的东西怎么好送人呢？"树哥举起石马来端详了一会儿，赞不绝口地道："好东西，质地好，神态好，工艺好！"他回顾了一下大家，然后笑道："断了一截，也写实呀，哈哈，马失前蹄，英九今年当了法务部长，受李登辉的挤压，错误的选择。就如马失前蹄！"大家都忘了断腿的伤心，跟着他笑起来了。于是他又找出一种强力胶合剂来，要小弟去修理，不一会儿就粘上了，果然看不出丝毫痕迹，皆大欢喜！

二、扫墓

11月26日，姐姐夫妇陪我和小弟去父辈的墓地祭扫。父亲和他的三个弟弟先后去世，葬在同一个墓地，位置大概是在台北市西部郊区。据姐姐说那本来是一大片山林，政府划拨给随蒋介石来台的退伍老兵，作为他们谋生之地，后来演变到各人分割占有，逐渐发展到个人变卖。有的人去世了，就葬在这里，慢慢地成了墓地。一座一座新坟不断增加，成了大陆人的墓地，特别是孤苦无依的老兵们，这片山林就是他们的归宿。台湾土地珍贵，民俗又习惯于传统的土葬，一地难求啊。姐姐他们为父辈的后事着想，就在这里买下了一块墓地，使他们不至于担心"死无葬身之地"。我听着姐姐的叙说，抑制不住心头的悲痛，这里安葬的都是大陆人，都是家乡的梦里人了。我回想妈妈在世时，日夜盼望爸爸回来，她不知道爸爸已经安葬在这片墓地了。我想起唐人的一句诗："可怜无定河边骨，犹是春闺梦里人。"去世了的爸爸，一直在妈妈的梦中活着。这坟墓中的人啊，也许有多少人还在他们亲人们的梦中活着，我的眼泪就快要出来了。

那是一个阴雨天，灰沉沉的。汽车很快就驶出闹市，上了逶迤的山道，四处静悄悄的，更增添了心头的沉重感觉。不久就在一幢小小的平房前停下，原来这是一个山林管理处。姐夫和管理人员打了一个招呼，我们一行四人就沿着小路进入墓地。由于墓地不是统一规划的，墓葬极其零乱，方位不一，形式各异。每一家都要充分利用他占有的土地，漫无规则地结墓，更没有谁去修路，于是墓与墓之间没有道路可循。要是心里没有留下标记，很难一下子就找到自家的墓地。姐夫树哥穿枝拂叶地走在前面，不时驻足辨认。姐姐让我们两人紧跟着她，她是个慈悲有礼的人，走过一些荒凉的连墓碑都没有的坟堆时，她就凄然地向他鞠躬，口中喃喃地说，可怜的人啊，没有后人来给你扫墓吧。每当无路可走，必须跨过某座坟墓时，她必定双手合十，凝神肃立向墓主人说，对不起，我们不得不从你的身上跨过去，请原谅我们对你的不敬，然后很小心地跨过去。就这样七拐八弯地找到了爸爸和三个叔叔的墓地。我一脚跨进墓围，就看到墓碑上爸爸的遗像，那温和的笑容还是和当年分别时一模一样。我跪倒在地上大哭起来，我们长沙一别四十四年了。这悠悠岁月里，多少思念，多少噩梦，多少风吹浪打，多少离愁别恨，此时一齐涌上心头。我想起了妈妈，她那企盼的眼神，她那临终的嘱咐，在撕裂我的灵魂。我们姐弟三人抱作一团，痛哭不已。也许上天也为之动容了吧，忽然下起了倾盆大雨，我只觉得天昏地黑，这六张犁的土地上，埋葬多少当年离乡背井的大陆老兵啊，何止是我家有这样生离死别的伤心事啊！

姐姐把一束束菊花插在祭坛上的石花瓶中，然后依次向他们鞠躬致敬，四座坟墓依横列一字排开，每座之间大约有两人宽的间隔。宽宽的墓手呈半圆形地围着四座长方形的坟墓，每座的形式都是一模一样的。父亲是长兄，家族大排行中他是老四。到台湾来的几位叔父，我们依次称为七叔、十二叔和十三叔，只有十三叔带来了家室，他坟的左边墓穴是留给十三婶的，她在台湾当小学教师，至今还健在。父亲有五个弟弟，三个妹妹。他的第四个弟弟，我们称九叔，在20岁时因病去世，尚未成家，二弟我们称六叔，留在农村帮祖母理家，育有二女一子，不幸于抗战胜利前夕因病去世，丢下六婶母子四人依着祖母艰难度日。其余三兄弟都先后步父亲足迹来到了台湾。我们这个以祖母为核心的大家庭里面，就有三个小家隔海相望，演绎着人间的悲剧。今天我站在他们坟前，除了向父亲倾诉妈妈和我们对他的思念以外，我还默默地回想七叔和十二叔和十三叔的一些往事。七叔得到四姑奶奶经济上的援助，毕业于上海光华大学。他原本在英国人办的圣约翰大学读书，1925年上海发生日本鬼子枪杀工人顾正红的五卅惨案，他是热血青年，不顾校方阻挠，带着满腔悲愤，参加学生反帝大游行。英国人竟不许参加了游行的人返校。他们义无反顾地离校奔走，寻找立足之地。幸得爱国家长王省三先生支持，捐钱捐地，于是成立了光华大学。毕业后，七叔一直教书。他才思敏捷，语文水平很高，但工作总是不很如意。新中国成立前几年闲居在家，好饮酒吟诗作赋，颇有文人雅士之风。却意想不到他这位没有官瘾又从未做过官的教书先生，于1949年上半年被朋友推荐去当了茶陵县田粮局长，只有几个月的光景，湖南全省就解放了。由于不理解党的政策，心中惶惶不安，就悄悄跑到香港。他找不到工作，只得依靠亲戚做点生意帮工，了无经商能力的他，亏蚀殆尽，负债累累，不得已住入贫民区，做些苦工，有时得点救济。不幸又遭遇一场火灾，烧得精光，才辗转于1955来到台湾。次年，获得嘉义女中的教师职位。从此生活稳定，却受着隔海思亲的煎熬。七婶和三个儿女无依无靠，无经济来源，只得住在娘家，过着寄人篱下的生活。七叔自从去台湾以后，怕连累家人，不敢与家人联系。但七婶却不断地被人传唤，迫她交代丈夫的去向，诈称有来信来钱，逼她交出信件。"文化大革命"中，说她婆家在农村，不能在城里住，迫使她迁居到我祖母的老屋，要她在人地生疏的乡下劳动自给。她的心悬着未成年的儿女，想着没有音信的丈夫，过着备受煎熬的岁月。十二叔是个老实厚道的人，在祖母身边长大，没有很好读书，随着哥哥亲友在外面做点事情。祖母张罗着为他结婚成家。找的对象为老亲戚张家的女儿，婚事是在祖母家办的。张家离祖母家约三十里，正是 5 月间，河里涨水了。花轿要从一条小溪的桥上走过，事出意外，刚走几步，桥突然坍塌下去，花轿落入水中，四个轿夫奋力撑持，才保住新娘子没有落水，但绣花鞋和红缎裙已被打湿，新娘在轿子里吓得啼哭不止。按当地的风俗，新娘在娘家上轿后就得把轿门锁上，沿途任何人都不得打。到了婆家，由媒人把钥匙交给新郎，才能打开轿门。新婚之日出了这样的事，对奶奶震动很大，她觉得不吉利，嘱咐家人不得声张，依旧热热闹闹办喜事。一切行礼如仪，仿佛什么事情也不曾发生，奶奶才稍许心境平和。她特意嘱咐我们这群小辈，晚上都要去"闹新房"，搞得热闹非凡，驱除晦气，还请来了小戏班，唱起了地方戏，这在四邻八里是罕见的。过了午夜，奶奶派人来新房放鞭炮，进行婚礼的最后一个节目，给这对新人"送歇"，大家欢欢喜喜地祝福以后，都要退出，新郎新娘要就寝了，小孩子们故意东躲西藏，放了好几挂鞭炮，才把他们轰出去。新房里烟雾弥漫，"送歇"的人送着恭喜退出去了。几个不安分的小家伙藏到新房楼上的杂物间，打算等他们睡熟以后放几个鞭炮把他们吓醒。这时整个院落都静悄悄的，一天的忙碌之后，大人们都疲倦地入睡了。想要继续闹新房的孩子们躲楼上，忽然觉得有烟从楼板缝里蹿出来，并且越来越浓，他们待不住了，就跑了下来，发现新房着火了，于是大喊："起火了，起火了！"新郎十二叔已起来，正用桶里的水往拖在地上的一床被子上猛浇。大家都起来了，七手八脚地灭了火。原来是新娘陪嫁的新棉被，放在床几上，"送歇"时有鞭炮钻进去了，在里面慢慢地燃起来，等他们感到灼热时，火苗已烧到蚊帐上来了。一阵乱纷纷的救火之后，火很快地被浇灭，可是新婚的喜庆气氛却随着烟雾一起消逝。在奶奶不断"阿弥陀佛"的佛号声中，铸就了十二婶一生的不幸。她一连生育了三个女儿，傍着本来就经济不宽裕的奶奶为生，不吉祥的阴影总是跟随着她。1947 年祖母去世，1950 年十二叔去了香港，不久也到了台湾。至此，我们这个大家庭就有了三个母亲带着各自的一群孩子，翘首东望三十余年不通音信、咫尺天涯的台湾。十二叔在台湾无法找到工作，两个哥哥去世以后，他穷愁潦倒，无以为生，姐姐只好把他送进养老院，每月给他支付一笔钱。十二婶盼不到半点丈夫的音信，为了有口饭吃，带着三个女儿嫁给了一个收入微薄的煤炭工人，终于过不下去，只得带着三个女儿到处做工混饭吃。她在贫病交加的孤苦无告中撒手人间，女儿们走投无路，只好各自找个男人嫁了，有的还是未成年人。这些情况十二叔自然不曾知道。他这一家的不幸，难道就是他新婚之日不祥之兆的印证吗？

我凝视这一列坟墓，回想着他们的一生，无限惆怅。大雨挟着狂风，又骤然而至，卷起树上的黄叶，飘荡无依，在暴雨中似乎很沉重地萧萧落下，隐含着低低的叹息。上天的哭泣震撼了我的心灵，不由得写下了四首小诗以为铭记当时的心情。

台湾哭父

（一）

泣别长沙四十年，何堪头白哭坟前。

六张犁上倾盆雨，天地苍茫也泫然。

（二）

母葬家园父葬台，海天难越两心哀。

黄泉路上如相遇，泪似江河滚滚来。

（三）

忆昔髫龄教诲勤，至今犹记读书声。

坎坷不改平生志，奉献余年告父亲。

（四）

六张犁上垒垒坟，尽是家乡梦里人。

客死长留无限恨，一挥清泪吊孤魂。

三、有趣的旅行

（一）中西合璧的旅游团

姐姐邀请我们做一次环岛旅行，为期一周，当然我们早就渴望领略一下宝岛风光了。在我们心里，它还是一个神秘的世界。这时已经是12月了，家乡是隆冬季节，这里却是暖洋洋的，身上穿的是长袖衬衣，外带一件薄毛衣就足够应付了，上路时觉得轻松愉快。

交通工具主要是汽车，这是一辆非常漂亮的小型旅游车，整洁而精雅。一个青年人是我们的导游，他活跃而有礼地迎接着他的客人们。我们是最后上车的，我上车就扫视了一下我的同行者们，不禁大为吃惊，坐在车上的都是肤色不同服装各异的外国人，我回头望着姐姐，心想没有搞错吧！姐姐也略为迟疑了一下，还是按指定的位子坐下来了。导游一开腔就是英语："Hi, Welcome! Dear friends！"他先用英语后用中文说明了我们这个小小团体的组成人员和简要行程。共有十一个团员，我们三个是中国人，有一对夫妇是马来西亚人，一位小姐来自南非联盟的约翰内斯堡，其余五人分别属于德国、美国、葡萄牙和日本。这是一个十一人七国的旅游团，我戏称它为"小联合国"。我悄悄地对姐姐说："你不用费力已加入联合国了。"这在台湾是个敏感话题，不可以随意牵扯。我只是和姐姐开个玩笑。

（二）日月潭的鲜鱼宴

我们到了日月潭，导游说要在这里就餐，大家都下车来沿着湖边浏览风景。那天不时飘点小雨，不时又有阳光露脸，水光山色都在亮丽与朦胧中交替，真是美不胜收。我们这个六国九人的小团体，用各自的语言姿态手势表达自己的感受和赞美，总是按捺不住要向别人诉说。似乎我们在各说各话，又似乎我们都互相懂得，真是有趣极了。

吃饭了，我们围成一桌坐下，按旅游团的安排，吃的是中国饭菜，也是按中国的习俗吃饭。这是一桌鲜鱼宴，有好几个菜是鱼做成的。导游说这鱼是从日月潭里捞的，菜是江苏名厨做的。那些外国人吃得津津有味，我觉得味道虽然不错，总觉得单调了一点，我们湖南人品尝起来，就是少了点辣味。我想起了游览杭州西湖时在"花港观鱼"也吃过鲜鱼宴，那情那景，和今天何等相似，风味却完全不同，心情就更不一样了。

（三）地震

那晚我们住宿在台中市的一家酒店，我和姐姐住在十一楼的一个双人间里。我倚窗望着这个城市的夜景，到处灯火通明，流光溢彩，分外亮丽。姐姐对这里很熟悉，她东南西北地介绍着一些地名和景点。我们都很疲倦，洗漱以后就早早地睡了。快天亮时我突然醒来，觉得自己像是睡在一个斜坡上，连忙往里滚了一下，刚一迷糊，又移了过来，几乎滚下床来。我坐起身来，发现床边的拖鞋已离我老远，好像这个房间中了魔术。我大惑不解，只得把姐姐叫醒，问她这是怎么回事。她半支着身子，静听了一会儿，然后叫我躺下。她说："你躺下，把耳朵贴在床上听一听……听见了什么声音没有？"我仔细地听了一下，说道："似乎有轻微的嗡嗡声，是吗？"她笑道："是的，你听见了，这是轻微的地震。"我听说是地震，大吃一惊，忙问她要不要到楼下去。她说用不着，台中是地震多发区，一会儿就过去了，要是严重的地震，早就会提出预警的。真是难得的机会，我居然在台湾遇上了地震。记得那年唐山大地震，毁了整个城市，死了近 30 万人，世界震惊。消息传来，人们心理上产生了恐惧，生怕自己脚下突然发生地震，无法逃生，在睡梦中丢了性命。于是有人想出了发生地震时种种逃生的方法，首先是户外搭棚子，接着是窗外挂索子，有人搬到乡下去住，一时风声鹤唳，人心浮动。忽然传说湖南可能发生地震，甚至有鼻子有眼地说震中在岳阳。谣言不胫而走，人心惶惶。有人给我说个笑话：有一个人骑自行车外出，突然摔倒在地。他匍匐着不肯起来，有人以为他受伤了，就去拉他，他伏得更紧了，一些人围观，阻碍了交通。警察来了，把他拎起来，问他是怎么回事。他抬起头惊慌地问道："是不是发生了地震？"众人哄然大笑，警察扶起他的自行车，才发现车的链条断了，让他摔了下来。我今天遇见了平生不曾经历过的地震，所幸没有出洋相的举动。

（四）澄清湖

汽车在一条热闹的大马路边停下来，旁边有一个大湖，湖上有栈桥，人们从通向张着大狮口的地方进去，在里面绕一个弯，从一个张着大虎口的地方出来，这个人工景点就叫狮虎洞。我们觉得是逗小孩子的玩意儿，没什么好看的。姐姐就领着我们沿着一条小路走到了不远处的一个小湖边，那里倒是很幽静的地方，湖不大，仿佛是由闹市走进了乡村。碧波荡漾，杨柳依依，水鸟飞翔，树影婆娑，环湖的灌木丛点缀着几种颜色的小花朵，幽雅极了。来这里的人很少，大概是它太不起眼了。我们先环湖走了一圈，然后登上一张弯弯曲曲的木桥。姐姐说这个湖名叫澄清湖，这桥叫做九曲桥。我一听桥名马上就说："上海有一座九曲桥。"姐姐说，大陆人思念家乡才修建了这个景点。我们登上了桥，它伸向大约湖心的一半，就终止了。它孤零零地在湖光中摇曳，还真能引发人们的乡愁！上海城隍庙的九曲桥，那是个何等热闹的地方！那座桥只是架在一个小小的池子上面，连着两边的商铺，两边有宽阔的平台，可以供人进行各种活动，沿池有许多小吃摊。人们可以在池边的小茶馆聊天、叙旧、谈生意。人来人往，络绎不绝。那里演绎着乡土人情平静的生活。我凝视着这幽雅的澄清湖，心头产生了强烈的对比。那些背井离乡的人，有家归未得，怎不泪湿衣襟？姐姐没有到过上海，到这里，她不会触景生情。爸爸在上海读过书，工作过，他一定曾无数次走过九曲桥，留下了许多难忘的往事的记忆。他也一定来过澄清湖，这里的花草树木，是不是有过他泪水的浇灌啊！我在心里叹息着：碧水澄湖九曲桥，江南咫尺路迢迢。环湖种得花千树，尽是思乡泪水浇。

（五）横贯公路

我们坐上飞机，25分钟就到了花莲，夜宿统帅饭店，好威武的名字，其实也没有什么特别。台湾人起名字也有很怪的。一路上我竟看到一些不可思议的名字。有一家小餐馆竟堂而皇之叫"大黑店"，不禁使人想起了《水浒传》中杀人劫财的黑店。有一家化妆品店挂着一块粉色的招牌，上书"我爱女人"。姐夫笑着说："人名的怪，你不会想到的，有人叫王猪头、李缺金、王八担的吧。"

我们去参观横贯公路，据说这是蒋经国的政绩，受到了台湾人民的赞扬。台湾是世界有名的高山岛，最有名的是玉山，在台湾中部有四千多公尺高。那里建立了一个玉山公园。据说就在这个公园的范围内就有二三十个上3000公尺的高山。这条公路要打通东西往来，顺畅两地交通，付出的人力和物力应当很大。据说蒋经国是组织退伍老兵修筑的，工程异常艰苦。这条公路的修筑既有丰富台湾旅游资源的作用，也有战略意义上的作用。下午，我们的车从花莲上到中横公路，沿着一条弯弯曲曲、时隐时现、时上时下的溪水前行，进入东部山区最著名的风景优美地区，称之为"太鲁阁"风景区。导游介绍说，这条溪水叫立雾溪。"太鲁阁"是当地土著民族的语言，含义为"伟大的山脉"。我们的车有时在隧道中穿行，有时在悬崖峭壁上前进。溪水从谷底蜿蜒而过，或者从峡谷口上奔腾而下。那水就像雕刻家的刀，在这崇山峻岭中雕琢出如诗如画的美景。车到燕子口，景色奇绝。这里修了双层道路。上层为行人浏览的道，下面是车辆行驶的道。我站在人行道上，俯瞰下面的溪水，竟望不到底，只见雾气蒸腾，山崖隐若。对面山上的惊险奇石，似乎要向我碾过来。有些岩洞仿佛有燕子飞出，这就是叫燕子口的缘故吧。更奇妙的是这里的公路竟修在断崖峭壁上，有一段是人工用木石在陡峭的山崖上托一线平台，比四川的栈道更为惊险，令人叹为观止。

横贯公路的游览结束后，我们登上火车。车厢宽敞，座位舒适，行车平稳。窗外的景致是无法欣赏的，因为台湾多山，火车在山中穿行，不知要穿过多少隧道，眼前总是一闪一闪的，让人头昏眼花，只得放下窗帘聊天。姐姐开了头，她说："你们知道这条横贯公路原名叫什么吗？"我们当然不知道，她接着说："叫横断公路，我国不是有一条横断山脉吗？仿照那个意思，就叫横断公路。可是国军逃到台湾来以后，疑神疑鬼的忌讳多得很。'横断'和'魂断'谐音，太不吉利了。"我们不由得笑起来了。蒋介石在大陆那么多年，怎么没有想起来要把横断山脉的名字也改一下呢？旁边一位乘客看我们说得高兴，也加入进来了。他说："各位是湖南人吧，我是湖南湘潭的。我是1949年跟老蒋的军队来的，如今是生意人。说起忌讳，我想问问你们，你们那里的公车有没有第八路？"我不假思索地说："当然有呀！"他接着说："我们台湾的公交车没有'八路'。如果人们在等车时，口里不断地说'怎么八路（车）还没来呢'；要是久等的车到了，又有人高兴地说'八路终于等来了！我天天都要等八路'。蒋介石在大陆吃过八路的苦头，与八路是冤家对头，在台湾怎能开口等八路、闭口要八路地大喊大叫呢？八路，是共产党的军队呀！所以公交车的八路车就只能是个缺号了。"我们听了，大笑不止。他说得兴起，又开口了："我是当兵的，刚到台湾时，老蒋把部队抓得特别紧，经常亲自指挥演习，搞得特别认真。有一位将军向他报告战况时，不断地说，解放军有多少人，解放军在哪个方向，解放军有什么样的装备，等等。这一下就把老蒋惹火了。他站起身来指着那位将军发怒道：'你有没有一点战争头脑，解放，解放，说个没完，长别人志气，灭自己威风。你就不会说'敌军、共匪'？你不配指挥作战，下去！这位将军说话犯了忌讳，丢官啦！"一路谈笑，很快就到了台北市。

四、姐姐的幸福

姐姐家的门前，隔一条不宽的马路就有一个小公园，名为"兴隆公园"，绕园一条跑道，供居民们晨练。公园虽小，却绿树成荫，小桥流水，显得幽静宜人。公园门口，有人在那里义务为人们量血压，非常热情。公园里的人们都认得姐姐，见到她都亲切地称她为"马妈妈"，向她问好致意。我看到有一小群人在跑步，我就问姐姐："英九天天跑步，在这个公园中跑吗？"她露出喜悦的笑容说道："他是天天都跑，这里可不行，地方太小。他一跑起来呀，后面总是跟着一大串人，并且越来越多，非上大马路不可。"正好我从报上看到一篇文章说"小马哥是女孩子们的梦里情人"，我就开玩笑地说："都是些女孩子吧！"她摇摇手说："不是那样，男孩子也不少，男女老少都有。"我从她的面庞上看到了幸福的光彩。

有一天我们从外面回来，巧遇英九在等待上楼的电梯，于是我们一同上了电梯。姐姐抚摸着他身上已经很平整的衣服，拍打着有些许灰尘的肩头，捋平他额头上的头发，微笑地看着他平静的面庞。我仿佛觉得高大的英九，回到了接受妈妈爱抚的孩提时代。在她眼中，他总是需要妈妈的手来呵护。我觉得姐姐是幸福的，她有一个值得骄傲的儿子，那么有成就，那么温柔孝顺，那么多人爱慕的儿子。在这样细微的动作中，体现了母子心灵相通的和谐意境。到了三楼，我们该向两边分手。英九向左进入了他的住所，向我们举手示意，说着"再见"转身进屋了。姐姐才慢慢地去开自己的家门，嘴里喃喃地念叨："这孩子难得有一天回来得这么早啊！"一种慈母的爱在我的心中激荡。我想起了我们的妈妈，我们的外婆，一脉相承地落在我姐姐身上。记得我们刚到台湾那天，姐姐在厨房里忙着做迎接我们的美味，饭菜上桌了，她忽然拍着脑门说："真不得了，看我这记性，竟忘了一件要紧的事！"原来那天是她的儿媳妇周美青的生日。她向店里订了一个生日蛋糕，想要店家等她的电话，在美青到家的时候来。现在快八点了，美青早该到家了。她打了电话给店家之后，马上又打电话给美青，表示祝贺。多和美甜蜜的一家，姐姐是幸福的。

五、新闻点滴

（一）菜场上

走出姐姐家门不远，过一条大马路就到了菜场。我们也有菜场，那时叫"自由市场"，是农民把自己的菜运到城里来卖。它的形成首先是他们随意地走街串巷叫卖，然后占据人行道为市，引出许多纠纷。再来由政府划出城边的几处露天空地让他们自由摆摊。南北四门都有这样的自由市场。那场面乱糟糟的，谈不上秩序，更谈不上整洁，当场宰杀牲畜，污水横流。因为那里的东西价钱比较便宜，人们就愿意到这里来讨价还价。但是到台湾菜场一看，让我吃惊不小，真有天壤之别，不但整洁有序，而且非常安静，说话都似乎怕打扰了别人，更无讨价还价的呼喝声，真令我佩服得五体投地了。

菜场上好多人都认识姐姐，叫她马妈妈、马太太、秦阿姨的都有，非常亲切。她今天是特地来买一种我没吃过的蔬菜，就直奔一位她熟识的女摊主而来。可是摊主说，那种菜刚上市，要下午才能到货。于是姐姐给她付款预订，约好下午来取。下午姐姐来客人了，我就单独一人来取菜。摊主把菜包好，却不忙给我，和我聊天了。

"你是从大陆来的吧。"

"是的，你怎么看出来的？"

"说国语的腔调不一样，"她笑着说，"是马妈妈的亲戚？"

"是的，是她的妹妹。"

"真的吗？"她瞪大眼睛仔细地打量我一番，"你是借探亲到她家来打工，赚几个钱回去吧？我听说你们那里很穷，都没有钱，生活很困难。看你这样子，又瘦又黑的，就是生活条件不好啰！马太太这样的人家，做半年女佣，至少也能挣十万新台币。马太太人好，不会亏待你的。"

我连忙分辩道："我不是来打工的。她是我亲姐姐，她邀请我和弟弟来探亲。我们已经隔绝了三十多年，好不容易才相见。我们在大陆都有工作，不能在这里待很久。我们的生活并不困难，你说的大概是'文化大革命'时候的事情。那是一段特殊的历史时代。"我明明比姐姐胖多了，也不见得黑到哪里去，真是添油加醋！

"那么当今的法务部长马英九是你的亲姨侄了？"她试探性地问。

"是的，这次来台湾才见到他。"

这时有一位男子从她的身后走过来，我想是她的丈夫，竖起大拇指对我说："他这个部长不错，有胆量，办事公正。人家当法务部长是当清闲官，没什么事干。他一刻也不清闲，抓贪污、抓贿选、抓贩毒，他是真正为老百姓办事的人。他人品好，清正廉明，我们拥护他。下回台湾选举，我就投他的票。"他高高举起双手，显得很激动。旁边有人鼓掌凑兴。说实在的，我来台湾才几天，这是第一次单独出来，人生地不熟的，一句话也不敢多说，只好笑一笑，赶快拿着菜就往回走。回家我绘声绘色地把见闻告诉姐姐，她打了几个大哈哈。

（二）三合一选举

我们 24 日到达台湾，就赶上台湾热火朝天的三合一选举，只见报纸上电视上的宣传热闹非凡。请教姐夫树哥，他说这是台湾的民主政治内容之一。这三合一是指县市长、县市议员和乡镇市长的选举合在一起举行。这次是 21 个县市参加，他一个一个地数给我听。我以为他漏掉了高雄和台北，忙自作聪明地给他补上去。他却笑道，这两个市要另行选举。我觉得有点怪异，三个选举可以合起来，两个市却合不到一起，是何道理？他说，县市长选举，台湾的说法叫"台闽地区县市长选举"，台北市和高雄市是"行政院"管辖，所以要另外进行。选举中竞争激烈的是国民党和民进党，两边都使出绝招来争夺选票，那些候选人的照片满街飞舞。讲学的作用已经太平常了，不足以吸引民众，于是出现了唱戏的、打大鼓的、抬菩萨的、摇旗呐喊的，花样繁多，不一而足。我们只是在电视上看到这些热闹场面。只顾欣赏文艺表演，看热闹场合，根本不知道他们是为哪位候选人作宣传。在电视上我看到李登辉以"总统"的身分下去为国民党候选人助选，目的是击败民进党。在花莲为争妇女选票，大捧女性的重要，说母亲是家中的中心，丈夫外出要向妻子请假，还许诺要选出女县长直至女总统，简直像个女权主义者了。曾几何时，他转向了"台独"，制造出"一边一国"论，直到被国民党开除，成了历史舞台上的小丑。

选举经过激烈的竞争，在 12 月 27 日进行投票，28 日早上结果就见报了。21 个县市中除台北高雄外，国民党得 11 个，民进党得 6 个，无党派得两个。无党派中的一个叫何智辉的，他本来是国民党人，但国民党没有提名他为候选人，这是违纪参选，国民党是不许可的，但他坚决要参选，不听劝告，国民党就开除他的党籍。这下正好，他就以无党派身份参加了竞选，结果他当选了苗栗县长。国民党对自己的党员缺乏认识和了解，让自己失去了一个席位。另一个无党派的当选者叫张文英，是一位女性，大概也不会是因为李登辉的大力宣传而当选的。

（三）话说"台独"

我对"台独"的理解就是台湾有一部分人，要脱离我们伟大的祖国，独立自主地成立一个国家。我浅薄的历史知识告诉我，近几百年来，台湾总是遭到外国殖民主义国家的侵略，企图将它变成一块殖民地。台湾人民受尽了压迫和掠夺，在无数次的保卫台湾抗击侵略者的战争中，不论是土家人客家人还是高山人，都是联合对外的。19世纪末无能的晚清政府与日本签的《马关条约》，把台湾割给了日本。五十余年在日本人的统治下，台湾人民进行过无数次的抗日运动，并没有出现台湾要"独立的"运动，今天"台独"为什么闹得这么厉害？我就去问姐夫这种情况是怎么形成的，姐夫的说法如下：

二战结束后，日本鬼子成了战败国，台湾归还给中国，当时台湾人民欢欣鼓舞。蒋介石派来了接收大员，却很使他们失望。许多青年人觉得没有出路，就往外国跑，主要是到美国去，也有去其他发达国家的。有人学成之后，就留在那些国家了，当然也有回来了的。1949年蒋介石大败给共产党，逃到台湾来了，他采取了独裁高压的政策来统治台湾，激起了台湾人民的不满，发生过多次冲突。他又怕共产党进攻台湾，就进行了许多反共的宣传，加上西方资本主义国家仇恨共产党国家，台湾人民心理上就产生了一个台湾的出路问题。既不满意蒋介石，也不欢迎毛泽东，那就只有走"独立"这条路了。你不要以为只是那些台湾本地人搞"台独"，蒋介石的政策把一些留学欧美的精英没有很好地诱导利用，就把他们挤到"台独"阵营里去了。那些首领如陈水扁、彭明敏之流，都是台湾大学法律系毕业，又跑到外国拿个什么硕士博士之类的头衔回来，能说会道，很有号召力，富有欺骗性，闹到今天要竞选县市长和总统的地步了。

我笑问姐夫道："要是他们真正选上了，你会拥护他们吗？"他很认真地回答道："不可能的。也许他们会运用各种手段，即使选上了，大部分人不会买他的账，毕竟我们是民主社会，有办法制裁他。我会反对到底的。"我也认真地问道："那你赞成两岸统一的了？"他有点激动地说："当然应该统一。台湾和祖国大陆是不可分割的一个整体。只是由谁来统一的问题。国民党和共产党打了几十年的仗。当年你们打输了，从江西中央苏区退守到陕北，两边继续打。我们打败了，退守到台湾。我认为应该坐下来平心静气地谈，应该交流，从交流和谈判中找出统一的办法来。"

停了一会儿，他接着说："我赞成用三民主义统一中国，你们主张用共产主义统一中国，这就是你我看法不一的地方。我们这一辈人老了，留给接班人来考虑吧。"他知道我是个退了休的教书先生，讨论政治问题绝不是他的对手，就换了一个话题，说了一些"台独"分子对大陆的曲解，以及对祖国文化历史的认同感。从他的谈吐中，我深感他对"台独"的不满。他忽然问道："你听说过彭明敏吗？"我说："以前没听说过，就只有你告诉的那么一丁点传闻，知道他是一个很坚定的'台独'分子。"

"是呀，他早年搞台湾独立运动，被老蒋判了八年刑。有人帮他越狱外逃了，流亡海外二十多年，台湾民主化以后，不久前回来了，对大陆人极端仇恨，我们都被视为大陆人，要是他当权的话，我们都会遭殃。"接着他讲了彭明敏最近公开说的处置大陆人的办法：一、大陆的"战犯"，送回大陆去，让他们自己处理；二、大陆人我们认为犯有过错的，留着没有用处，一律沉海；三、大陆人健康的可以放在离岛上养着，可供医生随时摘取器官。离岛是个小岛，离台东约三百公里的海上，据说是流放犯人的地方。这真是骇人听闻的说法。树哥说他是个最坚决的"台独"分子，又是个国际法学者，在绿营颇有号召力，美国人在背后支持他，人称他为"台独教父"，说他有野心竞选下届总统，国民党将全力以赴反对他。

后来，1995年他和谢长廷搭档参选，结果败在李登辉和连战的手下。

（四）孙亚夫来了

那天清早我们到对面的兴隆公园散步做操，天气晴和，阳光灿烂，享受着台湾温暖的冬天，然后漫步回家。姐姐正好把早餐端上来，我已闻到了火腿面包和煎蛋的香味了。树哥正在全神贯注地看报，忽然向姐姐一扬手说："把那瓶法国葡萄酒拿出来！"姐姐有点诧异地说："早餐喝什么酒？"树哥拍着报纸说："你看，二丫、小弟家来人了，还不该庆祝一下？"我们两人都莫明其妙地望着他，不知道他所指的家里人是谁。他打着哈哈扬着报纸，笑个不停。我夺过报纸来看个究竟。哈，真是好事情，原来是大陆海协会派了一个小组来台湾进行事务性协商，带队的是孙亚夫。我高兴得跳起来，。这可不是件小事情。我虽然没有听说过孙亚夫，也不知道他的身份，但可以断定他是一位政府官员。我的大弟灿石，就因为他是人大代表，属于政府官员，没有获得台湾的入境许可，失去了和我们一同来探望大姐一家的机会，我们都为这事扼腕叹息。姐姐比我还想得快，拍着手说："明天我就去打听一下灿石来台的事，要是有可能，我立马去办，我们四姐弟在我家大团圆，太美了！"一下子我们三姐弟都兴奋起来，期待着树哥的反应。他沉思了一下，向姐姐说："你想得太简单了。孙亚夫这位政府官员能够来台，是个特例。这是循着整个事物的发展而来的。你看，我们有了海基会，大陆有了海协会，通过某种方式的沟通，去年才有香港会谈。在这个会谈的基础上，今年4月才有新加坡的辜汪会谈，两岸关系才有了新的突破。孙亚夫是来进行一些具体事务的协商，并不是关于两岸民间交往某些条款的修改。这些接触，表现曙光在前，两岸关系可望改善，前途大有希望。"他的乐观情绪感染了大家。虽然他说得很有道理，我心里总是留着灿弟没有成行的遗憾。毕竟孙亚夫来了，他是海协会副秘书长，体现了两岸沟通的渐进，是件好事，大家还是高高兴兴地喝了葡萄酒，表示祝贺。

随后几天我们就旅游去了，每日车船劳顿，既没有看报，也不像在家里时每天都能抓住《新闻联播》的时间，这几天的消息也就隔断了。长期以来，我对蒋氏父子一直印象不好，总是怀着一种仇恨和蔑视的情绪。自从孙亚夫一来，我发现自己心情上竟有了微妙的变化。来台之前，我就告诫自己：台湾是蒋家王朝，切莫被他的宣传所迷惑。但是在这次旅游中，我能静下心来观看他们的事迹介绍，也不是那么一边倒地否定了。旅游归来，他们的会谈还在进行，却出现了新情况。台方会谈的主要人物是许祐惠，为了赶时间，进行了会外会，延长了时间，引起了立法院的质询，许祐惠只得公开道歉。会谈进行了大约两个星期就结束了，协商内容我已记不得了，但其中有一条我的印象特别深刻，就是协商了劫机犯遣返的问题。就在12月初，有一架我国北方航空公司的飞机被劫持来台，劫机犯名叫王军。飞机是从青岛飞福州，这家伙是用一把手术刀进行劫持的。当时我方曾起飞四架飞机拦截，未过中介线，同时台湾也起飞了两架，但没有发生冲突。王军是个个体成衣小业主，他说他劫机来台是羡慕台湾自由民主的政治及优厚的物质生活。他的女友与他同机，怕她不同意，所以事先没有和她商量，所以对他的劫机行动全不知情。经过调查属实，她就和其他乘客一道随机回来了。我很高兴孙亚夫之行就能发挥作用了，王军可算是撞个正着。

六、告别

　　眼看我们来台湾一个半月了，待了这么久，我们都记挂着家里的工作，决定1月5日启程回家。我们来台，惊动了许多亲朋故旧，故乡的情谊牵动了许多人的心，我们不断地受到他们的宴请和探访，使我们深受感动。海峡两岸，血脉相通，亲情永系，行前我们只好一一电话告别。姐姐说我们来时到派出所办了登记手续，现在要走了，也要去办个离开的手续。我们就按照她的指点去了。那位户籍警员见我们来了，非常热情，也记得我们是谁，连珠炮似的问我们到了哪些地方，生活得怎么样，最后才问是不是有什么事要他帮忙。我们说明了来意，他吃惊地瞪大眼睛说："怎么，你们就要走吗？才来了一个多月呀！"我们告诉他我们是来探望生病的姐姐，她已康复，我们还有工作，该回去了。他说，按规定大陆来台探亲，可以居留三个月，过了限期，可以根据情况延期三个月，到了半年就不能再延长了。有些人，特别是女的，可以到亲戚朋友家去打工，六个月能赚上两万到四万元新台币。就算不去打工，住在亲属家里，也过得比大陆好吧。四处走走看看，怎么也得住上三个月呀！听了他的话，我感到台湾人民太不了解大陆的情况了。也许是"文化大革命"留下了恶名，也许是"六四"事件之后，别有用心人的中伤。我和小弟相视一笑。我们相信，以后会证明我们大陆人民能用自己的力量使国家富裕起来。

　　走的前夜，姐姐亲自下厨做了许多菜为我们饯行，特邀英九一家过来吃饭。美青和俩孩子为了做功课没有吃饭，却过来给我们送礼物了。一件是代表台湾土著民族的彩色陶瓷制品，具有狮虎龙脑袋的特征，眉毛是两颗白色的海螺，棕黄色额头上有个黑色的王字，口里横含着一柄宝剑。这个非常奇特的头面，嵌在一个具有蓝色条纹的八角形磁盘上，显得非常勇猛有力。第二件是两盘台湾有名的相声磁带，很有台湾民间特色，说的也是生活中的趣事。第三件是一盒台湾产的精致圆珠笔，两头黑色，笔杆金色，写起来非常流畅，字也变得好看了。最有趣的是他的两个女儿都有艺术天分，小小的年纪，别出心裁地用彩色铅笔共同作了一张画送给我，内容是捉拿毒犯，销毁毒品。这正是她们的爸爸，法务部长当前工作的写照。可见英九的工作得到他全家有力的支持，孩子们从小就受到他清廉正直、为民除害的教育。

　　今晚是告别的家宴，没有惜别，却是畅话未来。我们企盼着两岸在不久的将来就像我们走亲戚一样，很平常地互相往来，互相交流。英九平日工作很忙，见面的时间都很短，交谈也不多，今夜他知道我们明天就要回去了，才想起一件他许诺过而没有能实现的事情，那就是答应陪我们去看看金门岛，那个过去曾经互相炮击过的地方。如今不打炮了，可以看见互相悬挂的标语，可以听见互相的喊话，已是一片和平的景象。我们很动心，特别想去看一看。他约好了时间，我们欢天喜地地期待着。可是事不凑巧，那天急风暴雨，台风来了，不可能出行，就此没有去成。当他知道我们明天就要走了，觉得非常遗憾。虽然没有能去金门看看，但从他的描述中，我们已感到两岸和平在望了。谈话间他问我现在从事什么工作，我告诉他，年过六十，早已退休了。不过，赶上改革开放的好时机，不甘寂寞，和几个志同道合的朋友办起了一所私立学校，名叫"培粹中学"。我们想进行一些改革，例如，没有铁饭碗，选贤与能，采用聘任制，双向选择。不向国家要钱，力求自力更生。收费低于物价局规定的私立学校收费标准。我们白手起家，艰难创业，已经四年了。我担任了英语教学，所以不能在此久留。英九听了，很是称赞。他回过头来对他爸爸说："阿姨退休了，还老有所为，执着搞教育，这样的学校，你要想法子帮他们在经济上支援。"他又回过头来对我说："我有一个办教育的阿姨，一个研究棉花的舅舅，一个冶炼黄金的舅舅，还有一个从事金融的妈妈，你们四姐弟真是很有趣。"说得我们都笑起来了，就在这样欢乐的气氛中告别。

明月几时有

月亮走，我也走，

你是我的好朋友，

看看走到百花洲。

风不动，水不流，

好朋友，跳下水里头。

抬头看，天上一个，

低头看，水里一个。

这个就是那个，那个就是这个！

当我还躺在妈妈怀抱里的时候，夏夜里皎洁的月光，照在我的脸上，我就瞪着大眼望着它。这时就引发出妈妈无数个关于月亮的歌谣，妈妈边唱边轻轻地摇晃，很快就把我摇入了梦乡。当我开始学步的时候，在月光下面，我就能我体会到月亮走我也走的妙趣。伴随着追逐月亮的欢乐，这支儿时的歌谣，就长久地留在我的记忆之中了。月夜，它充满了幻梦与遐想，给人飘飘欲仙的向往。当它在乌云中穿梭奔走时，给人岁月匆忙的叹息。当它冰冷地照在被寒风刮向远方的落叶时，又让人发出苍凉悲秋的叹息。我已年逾古稀，记不清流连过、赞美过、感叹过、伤感过多少个月明之夜了，但有三个月夜，永远地萦绕在我心头。

抗战开始那年，我从繁荣的上海回到了偏僻的家乡，接受了乡土的洗礼。不到一年，我就田里山里、塘里坝里到处乱跑，和一群年龄不相上下的孩子玩一些我从没见过的游戏。这些游戏总是与许多民间节日有关，例如过大年舞狮玩龙灯，端午划龙船赛山歌，中元接鬼，七巧穿针。中秋可是个重要的节日，大人们忙着摆设贡果香案月夜求福祈神，孩子们忙着烧宝塔。我的一生中参与了一次，也是唯一的一次，难忘的一次。

这次活动的组织者是表弟老四，他比我小三岁，聪明能干，主意特多。只因他调皮捣蛋，从树上摔下来，戳破了脑袋，好了以后，右边脸上留下了一块显眼的疤痕。如果他得罪了谁，或者谁痛恨他的恶作剧时，就喊他"疤子伢崽"。这是他最痛恨的称呼，可能招来他的一顿拳脚。这时候他是指挥官，巴结还来不及，就不论大小，都叫他四哥了。

老四分配给我的任务是搬瓦片，只能拿碎的，不许拿整块，谁砸碎了整的，就不许参加今夜活动。因为整块的要用来起屋，为了这次活动，已在他爸爸跟前立下了军令状："不得搬用整砖整瓦，否则三天饿饭。"他自然得认真对待。他叫弟弟运砖，弟弟和他同年，身体瘦弱多病，我怕他搬不动，就想和他换着干。可是弟弟生怕老四"开除"他，二话没说就跑去找砖了。其他人的任务就是到各家的灶屋去搬一些柴火。他自己的任务是用箩筐搬运老糠。大家干劲十足，不一会儿材料就绪，我们就在老四的指挥下开始建宝塔了。首先由他用砖头在地上摆一个直径约一尺五的圆周，但要留一个七八寸宽的口子，那是门。然后老四叫弟弟跟着他一块干，堆到尺把高的时候，用一块长砖搁在缺口上，门就做出来了。然后我们四员女将往上面搁瓦片。这瓦片一层层搁上去，要朝里倾斜，尽可能地留些缝隙。老四不时从旁指导，大家为了这有趣的活动而团结一致了。这时月上中天，大人们已设好香案，摆上月饼和茶点，敬月亮婆婆了。敬完就喊孩子们分食月饼，可是谁也没去，全身心投入自己的杰作。不一会儿，宝塔建成了，我们欢呼雀跃，又唱又跳地围着它绕了几个圈，才跑去吃月饼。但老四没去，他独自检查修整了我们的作品，然后小心翼翼地往塔口处塞柴火，生怕把塔弄倒。我们拿着月饼蹲在他身边看着，不时掰一小块月饼朝他嘴里塞。口上的柴塞满了，他发话了："现在就要点火了，燃了以后就不能断火，又不让大家一齐往里塞。这样吧，柴火归我一个人放，你们在旁边把大枝子摘细，把细枝子扎成把，然后我放到塔里去烧。二姐五姐心细，可以多帮帮我。"我们俩就得意地站在老四身边。

老四点燃了一块油松塞进塔里去，火一下就燃起来了，大家拍手欢呼："点燃了呵，宝塔烧起来了！"我和五姐紧张地将一把一把的柴火递给老四，然后就是我们三个轮流塞柴。瓦片渐渐地烧红了，成了一个红色放光的宝塔，与天上皎洁的月光对映着，真是一片奇妙的美景。这时老四起身把那箩筐老糠拉过来，嘱咐我们两人不能停火，要保持宝塔的通红。他把糠掷向红彤彤的塔上，响起了轻微的噼啪声，立刻火花四溅。他大喊一声："大家都来抛老糠！"大家立刻围过来照他的样子做。他们拼命抛，我们拼命烧，老糠落在烧红的瓦片上，不起明火，却从瓦缝里挤出蓝色的火苗，似乎给这座红艳艳的宝塔增添了无数只闪闪发光的蓝色翅角。我们十几个孩子，围着它欢呼雀跃。不一会儿，看看火势小了，塔渐渐地变成了暗红色，我和五姐忙去添柴，塔又重新红亮起来。可是老糠已经抛完，孩子们瞪着一双双大眼，蹲在它周围，带着惋惜和惆怅神情傻望着它。忽然一大捧老糠从我们的头上飞过来，让塔又产生了迷人的光辉。我们回头一看，是舅舅，是我们平日最畏惧的舅舅送来了老糠，我们跳起来欢呼，就差没喊"舅舅万岁"了。于是又掀起了第二个高潮。中秋的明月悄悄地躲进了西边的丛林，我们才恋恋不舍地各自回家。我怀着兴奋的心情进入了梦乡，不知做了多少个红宝塔的梦，念了多少回月亮的歌。清早醒来，跳下床就往院子里跑，我想看看那宝塔白天是什么样子。一看就惊得我目瞪口呆，它已不是昨夜美丽的宝塔，而是倒塌了的烂瓦堆。我看见老四立在那儿，就问他是怎么回事。他神秘兮兮地对我说："是我推倒的。你知道吗？我妈妈身体不好，她又迷信，时常求神拜佛。昨天她对我说，堆起的塔，夜晚风一吹就会倒掉。它朝谁家倒，谁家就会有好运。我没等天亮就起来，把它朝我家那个方向推倒，让她看着高兴。"我知道舅妈常年病恹恹的，别看老四平日调皮捣蛋，还挺孝顺呢。这个中秋的宝塔，似乎永远在我的心中燃烧。

我于1942年春季考入长沙市第一中学，开始了我高中阶段的学习。当时的一中，是从长沙迁到安化七星街的。七星街是一个偏远而贫穷的小镇。所谓镇，不过是一条长约百米，宽三四米的小街，店铺多是一些伙铺，挂着几只破旧的红灯笼，门上贴着一副褪了颜色的对联"未晚先投宿，鸡鸣早看天"，招揽那些肩挑手提的行路客商。店里挂的最多的是草鞋、斗笠、成串的花生。主顾们多是喝大碗酒、吃大块肉的好汉，吃饱喝足了之后，挑着百几十斤重的担子呼啸而去。他们挑的大半是盐。抗战时期盐是很值钱的，官家查得很紧。他们为了赚几个小钱，就绕道安化大山，走荒僻小径，七星街就成了他们歇脚的地方。一中偌大个学校，一千多名教职工，还有许多教学设备，没有一幢现成的房舍可以容纳得下，只能化整为零。学校租用了一些祠堂、庙宇、大屋作为校舍，生活和学习条件都极为艰苦。但是七星街的风景相当美，有一条蜿蜒小溪从小镇东边流过，到了春天，两岸杨柳依依，百花吐艳，碧水蓝天，清风轻拂，百鸟飞翔，叫人心旷神怡。顺着小溪东下，溪岸越来越陡峭，而且多为灰色的大岩石。溪边就是高耸入云的虎溪山。虎溪山威武雄壮，顶上巨石壁立，悬崖峻峭，缝隙中长出虬松劲草，构成奇景，引起人们的许多遐想，小溪就因此得名为"虎溪"。横跨虎溪有一条青石板桥，溪面狭窄，中间有一个砖砌的桥墩。桥面五六尺宽，由四块尺余厚丈余长的青石板构成。它淡蓝的颜色，缝隙中还可看见潺潺溪水，两岸垂杨翠竹掩映着曲折的黄泥小道。这就是七星街的交通要道，也是溪水最深的地方，但不能通航。靠近它，有一片卵石沙滩，几乎与溪岸相连，涉几步浅水就可以到达，上面芳草萋萋，我们称之为鹦鹉洲。我们的宿舍离虎溪桥最近。清早我们沿溪晨跑，黄昏我们沿溪散步，我们是近水楼台，我们用年轻的生命拥抱着虎溪的美丽。可是我们也不曾忘记，日本鬼子的大炮正在轰炸我们的家园。常有不幸的消息在我们同学中传开，我们都是十几岁的孩子，背井离乡，异地求学，这些事情自然会触动我们脆弱的心灵。

那年我们迎来了山乡中的第一个中秋节。我们班上有十个女同学，决定到虎溪赏月，于是凑了点钱，准备了虎溪的特产，那是一大包烤熟的花生、两脸盆削了皮的凉薯、一脸盆药糖，就是没有月饼，连作为替代品的圆形饼子都没处寻找，就用当地特产"烘糕"权称月饼了。我们带着这些抗战时期也算难得的东西，像一群快乐的小鸟，叽叽喳喳飞向虎溪桥畔那片沙洲上。抬头一看，圆圆的月亮已经在俊俏的虎溪山顶露脸了，我们围成一圈坐了下来。有人说："月亮多美呀，谁来朗诵一首诗吧。"我自告奋勇举着手说："我来！"于是我抬首望天，摇头晃脑地吟哦起来：

"明月几时有，把酒问青天，不知天上宫阙，今夕是何年……"我的话刚落音，就有人指着我娇声骂道："狡滑鬼，这是老师规定要背的课文，在这儿背了让我们大家作证，是吗？"于是大家嚷着要罚我再来一个。我声辩道："我可是自告奋勇的呀，没有罚的道理。不如这样吧，大家轮着来吟一首或一句、几句有关明月的诗，然后发表各自意见，怎么样？"大家鼓掌赞成了。不爱说话的文却首先开腔了：

"床前明月光，疑是地上霜。举头望明月，低头思故乡。"她吟得那么有感情，脸上滚落下大颗的泪珠。一下子大家都沉默了。是啊，我们远离家乡，每逢佳节倍思亲！颇有文学素养的静说："这是一首我们大家再熟悉不过的诗了。

我们千遍万遍地念它来表达我们的乡愁。我想念首轻快的诗句。"她念道：

"明月别枝惊鹊，清风半夜鸣蝉。稻花香里说丰年，听取蛙声一片……"她一念完，大家就一片叫好声。仿佛到这时候我们才听到周围正响着一片蛙鸣，一种丰收的喜悦在我们的心头温柔地回荡。"我来吧。"爱读古文的粹接着就念起来了："月明星稀，乌鹊南飞，绕树三匝，无枝可依……"她还没住嘴，就有人抢着说："这有点像那些被日本鬼子赶得逃亡流浪的学生吧，实在凄惨！"秀不想把话题又扯到伤感的事情上去，就说："让我来一句：月上柳梢头，人约黄昏后。"这句话引发了大家的一阵欢笑。调皮的云指着舜说："这是你的写照吧，快快从实招来，约在哪天的黄昏，让我们偷偷地瞧他一眼。你是我们全校闻名的大美人，如果他是个配不上你的丑八怪，我们可不答应。"原来我们这个女儿团体中就只有舜有一位经常通信的男朋友，我们不但经常开她的玩笑，还闹她的糖吃，偷她的信看，编造她的故事。有时闹得她生气了，我们还是嬉皮笑脸地不收场。我想，今夜可别闹个不欢而散，就连忙说："今夜我们赏月，她的事以后有的是时间拷问。下面我有个提议，我们曾经熟读两篇描写月亮的文章，一古一今，《赤壁赋》和《荷塘月色》。我提议请我们的背书能手权选背一篇，我们静静地听。"权强烈反对，说我这是为难她一个人，还不如大家一起唱一首歌。于是大家同意唱当前最流行的文学家胡适作词的《也是微云》。没想到最后几句还是引起了大家的伤感："……不愿勾起相思，不敢出门看月，偏偏月进窗来，害我相思一夜。"大家沉默了片刻，我们中歌喉最好的庆突然打破沉默，引吭高歌起来："我的家，在东北松花江上，那里有森林煤矿，还有那，满山遍野的大豆高粱……那里有，受难的同胞；还有那，饥寒衰老的爹娘……"庆的声音颤抖不已，月光下我看见她白净的脸上，晶莹的泪花在流淌。她的歌声唤起了我们每一个人在日本鬼子侵略中所遭受的苦难，想起了亲人朋友的不幸遭遇。我们都知道静的父亲被鬼子炸死在湘潭河里的船上，没有找到尸体，根据手表的辨认，找到了一只胳膊。这是多么惨绝人寰的事情啊！大家望着泣不成声的静，满怀激情地跟着庆唱起来。歌声越来越洪亮，情绪越来越激昂，我们站起来携起手围成一圈，以青年的热血，燃烧着心头的怒火。我们继续高歌："……打回到我们的家乡，收回那无尽的宝藏……"一曲终了，仰望天空中的满月，似乎它正从乌云中伸出它那副满是愁容的脸，我们心情更为沉重。无心赏月，大家收拾东西要踏上回去的路。静走在最前面，她以怒吼的声音唱道："大刀向鬼子们的头上砍去……"以威武雄壮的歌声，结束我们的月光晚会。

每到中秋，我就会回忆起我那抗日战争时代的中学生活，那个一辈子不会忘记的月光晚会。青年时代的悲壮豪情，留给了我深深的爱国情怀。

人生易老天难老，岁岁中秋，今又中秋。我由少年、中年步入了老年，由乡村而定居城市。每到中秋，我多么想看月亮，可是层层矗立的高楼大厦，挡在我的面前，我看不到月亮的升起，也看不到它的落下，只能从楼层的缝隙中偶尔看到它的身影。因此，要不是城市商家的月饼战，我是想不起月亮来的，似乎中秋也因此变得有些庸俗了。但是我在老年却又经历了一次难忘的中秋。

我有四个孩子，最小的是唯一的女儿。她考过了托福，到美国读书、工作，不想回国。她三番五次地劝说我们去探亲，去看看外面的世界。终于为了亲情，为了好奇，还带了点女儿在外国工作的骄傲，我们飞越了半个地球，来到了纽约。女儿在一家德裔美国人开的公司担任会计师工作，家却住在长岛，离她工作的地方将近一百公里，要一个小时的车程。她每天天不亮就起床，匆忙吃点东西就上班去了；晚上我们为她准备好可口的家乡菜，等着她回来吃饭。她到了办公室照例打个电话回来聊上几句，晚上带回一份有 24 大张的《中国日报》，还不时从市立图书馆借回一大堆国内中文版的书刊小说，并且租来许多中国的电视剧、电影碟片，专门为我们接通了连接中央电视台四频道的电视线路。她的每一举措，都是为了让我们能安心地在这儿待一段时间，让我们体会到一种特别的亲情。

每逢节假日，她带我们去游名胜，或者让我们随中国人办的旅游团自己去玩。我们在哈德孙河口仰望过自由女神，在费城参观过自由钟，在华盛顿领略过各种各样的展览，在东河边登上过现在已不存在的世贸大厦。最有趣的是到了一个我们不敢梦想的地方，那就是赌城。亲历了大西洋城万顷波涛的风光，还吃惊地看到制作精美的千方百计诱人参加赌博的广告。更不可以思议的是白坐车、白吃饭、白给赌资地请你参加赌博，我们作为人民教师，平生第一次参加了洋赌博，还赢了美国人的钱。

前两次来美国，想进一步观察美国、了解美国。凭我们的水平，我们看到美国的优点，当然也看到美国的缺点。我看看女儿，她似乎已经融入了美国人的生活，一点也不想回国。我想，她 20 世纪 80 年代来美国求学，看到的是美国的繁荣富强，脑子里留下的是祖国的贫穷落后，她没有体会到祖国的发展。现在她工作稳定，把一生事业定格在这里，我们能够理解她，做父母的就希望她一生平安，生活幸福，事业有成。虽然我们深深地思念她，却尊重她的意愿。

我们第三次来到美国是在 2000 年秋季。湖南的初秋，那似火的骄阳毫不留情地炙烤着人们。但我们一走出肯尼迪机场，就觉得凉风习习，神清气爽，特别舒服。我们对这里的生活环境都比较熟悉，不用吩咐，第二天就开始了我们的厨房业务。老伴能炒几样好菜，我就当他的下手，配合得蛮好。清早我们就步行到一里外的小商店，买一份当天的《中国日报》。白天我们按照地图找我们想去的地方，例如找一个超市去买菜，找个公园去溜达，找个展览馆去看点新鲜玩意儿。凭着两条腿，我们几乎踏遍了整个小区，附近的人们似乎也已经对我们熟悉了。碰面时，很多人向我们点头问好，有兴趣时还招手示意："Hello, two Chinese, my dear friends!" 我的女儿平时只是坐车来去，从不下车步行，对小区的地理还不及我们了解。

这次来美国，我们没有到处游览的兴趣了。我强烈地感到，我们的生活水平，我们祖国的发展，一次比一次更为接近美国了，某些还比它快。上了年纪，心里老惦着远在异国的女儿，只想多看看她，多听听她的声音，在日后的回忆中体会和她生活在一起的温馨时刻。我最喜欢坐在她的车里，听她介绍许多美国有趣的事情。有一天，她说美国的秋天特别好看，就带我们出去看红叶。车在高速公路上奔驰，远望着笔直道路的两旁，绵延不断的枫树林，像簇拥着片片晚霞，红光烂漫，还镶嵌着许多绚丽的色彩。那是上帝给人类的恩赐，它是一个完美的艺术家，挥洒自如地将大地描画。你瞧，那枫树的顶端是深红色，然后夹杂着金黄色、浅红色，有时候突然涌现大片黄色。尽管还有些常青树仍然保持着绿色，却已不很醒目了。有时阵风轻拂，大的枫叶是吹不落的，只有那些小小的落叶乔木树上的黄叶，随风起舞，不断在车前旋转，像漫天飞舞的蝴蝶。说它像天女散花也很贴切，真让我眼花缭乱。我情不自禁地信口作了一首《菩萨蛮》咏长岛落叶，词曰：

红黄褚绿深秋树，斑斓五彩行人路。一阵好风吹，漫天蝴蝶飞。　　复如散花女，片片天心雨。落叶也销魂，情温羁旅人。

一路上美不胜收的红叶，让我赞不绝口。渐渐地夜幕四合，西边霞光四射，两边的树林，将它清晰暗红色的轮廓投影在美丽的晚霞上。我闭上眼睛，仿佛看到了故乡的红叶，那岳麓山头，正漫山红遍，层林尽染。仿佛听到那一片土地上青年的歌声，伴着翩翩起舞的红叶，徜徉在群山环抱之中，引起了山鸣谷应。遐想中，汽车戛然停下，到家了！门前那棵小小的红叶树似乎正在摊开双手，迎接我的归来。我看了那么多红叶，对它已经不在意下了。但是在它的背后，却有露出了半边面孔的明月，女儿也注意到了，她打开车门快活地对我说："妈妈，我忘记提醒你，今天是中秋，吃过饭我们到海边看月亮去。"

我无心久等，胡乱地吃了几口饭就拉着老伴出门看月了。我们迎着月亮在宽阔的马路上漫步，我回想着国内常说的一句嘲笑别人的话："美国的月亮都比中国的亮些圆些。"我仔细端详天上的月亮，似乎它真要亮一点、圆一些。这不是嘲笑，这是事实。美国幅员广阔，人口只有中国的六分之一，科学发达，注意环境保护，所以这里的空气质量很好，月亮也显得更明亮清晰。我们边走边谈论着古今中外的月亮，阵阵晚风吹来，似乎有了深秋的寒意。女儿开车来了，我们就上车向海边开去。

那是一个滨海公园。美国的公园既没有围墙，也不需要门票，有宽敞的道路任你行车，有许多座椅任你休息，有许多运动设施任你嬉戏。我们在里面绕了几个弯，想找个合适的地方赏月。这时忽然有一辆警车向我们缓缓开过来，并且向我们喊话。女儿打开车窗，和他交谈了几句，原来他是巡逻的警察，以为我们迷路了，还提醒我们注意安全。女儿问他去海滨的栈桥怎么走，经他的指点，我们很快就到达了目的地。

这栈桥是由坚固的木材建成，宽约两米，两边有约一米五高的护栏，桥面铺着斜形厚木板，非常牢靠。海水冲击着桥墩，丝毫没有动摇之感。它似乎一直延伸到海洋的深处。朦胧中它似乎没有尽头。我们站在栈桥上仰望，明月显得特别圆，大而明亮。它高高地挂在天空，四周没有一丝云彩，但有几点寒星闪烁。我想起了电影《夜半歌声》中一句悲凉的歌词："你是天上的月，我是那月畔的寒星。"如今的天上，正有一颗孤独的寒星，远远地窥视着光彩四溢的月亮。我的目光从天上移到海上，海水竟如墨一般发黑，它的波澜竟将掉下的明月撕成一块一块的，搁在它的浪尖上推向远方，直到消失。在广阔的海洋上，月亮所形成的亮块，竟是那样渺小。我们再向栈桥深处走去，除了月光映着海水那一片微不足道的光亮以外，四周都是黑黝黝的；除了轻微的海水拍打着岸边的声音以外，一切都是那么死寂。我再仰望天心的明月，不禁在心里呼唤："回去吧明月，回到我的故乡，那里的人们与你休戚相关，喜乐与共。多少人为你吟诗作画，多少人在你的照耀下欢庆团圆。"异国他乡的中秋之夜，引起了我无限的乡愁。栈桥似乎还有很长，我们单薄的衣裳已经抵挡不住海上的寒意。我和女儿都紧抱双臂，小心翼翼地前进。忽然刮起一阵狂风，海面上顿时波涛汹涌，四周树木呼啸，飞沙走石，栈桥也似乎在风中摇摆了。女儿拉着我往回跑，一面呼喊着："太可怕了，别把我们冲下海去，快回去吧！"我们就急匆匆地奔回岸边。说也奇怪，我们喘息着坐在岸边的长椅上，虽然仍能听到海上波涛声，但风已平息，似乎根本就没有起过风。女婿倒是见过风浪的人，他告诉我们，陆地上没有起风，海上起风了。这栈桥大约有两里长，我们已经快要走到尽头，所以遇上了风。我们好像外国的月亮还没有看够，坚持再转一会儿。女儿还有点儿胆战心惊，我们就沿着和栈桥相反的马路走进了一个绿草茵茵的小公园。我们分别找个椅子坐下，默默地望着天空的明月，也许各人都有自己的想法吧。我想着，不到明年这时，我们就要回国了，又要和女儿两地相思了。我忽然想起李白想念他那遭到贬谪的朋友王昌龄时那首诗，有两句："我寄愁心与明月，随君直到夜郎西。"以后在家乡看到明月，我就只好把思念之情请它带到纽约来照在女儿身上了。那时我会回忆这个充满异国情调的中秋之夜，也许还会念叨另外一首诗中两个句子："今夜月明人尽望，不知秋思在谁家？"正当我的遐思在任意驰骋的时候，女儿高兴地叫我："妈妈，到这儿来吧，你瞧，这原是个儿童游戏场，还有秋千呢，我们何不荡一荡，重温一下久违了的童年。"我蓦然一回头，看见她身边有一个长长的秋千架。我们四人不约而同地各人坐上了一个，饶有兴趣在上面轻轻摇摆，又不约而同仰望着天心明月。女儿站在座板上面，使劲地蹬着，她甩得很高，只蹬了几下，高度就超过了秋千架，我真有点害怕她失手摔下来。但是我很高兴地看着她毫不畏惧的神态，想起她儿时的顽皮样子，就仿佛时光倒流，我牵着她的手走过学校操场，有人和我打招呼，一回头就不见她了。我四处张望，她却站在我前面不远的树上向我笑着、叫着。我不敢责骂她，生怕她紧张了，不小心掉下来。只好用好话哄着她慢慢往下爬，然后伸手去抱她。她却一蹦，从半人高的地方跳下来了，吓得我心都快要跳到嗓子眼了，她却嘻嘻地笑着跑了。她那时才四岁，如今四十岁了。儿时的记忆，那么清晰、那么生动地留在我的脑海里。今天这么一个特殊的中秋之夜，在异国的海滨公园，看见她那么大胆地荡秋千，儿时的勇气依然存在，我感到宽慰，终于放心她闯自己的事业。这又会是将来怀念时新的一页吧。

来时我们迎着初升的月亮向东奔驰，回去我们迎着西坠的金乌缓缓开车。女儿一边开着车一边和我们说话："爸爸，妈妈，你们这次来，要多待一段时间。不久就是鬼节了，这个节真有趣，家家门口都要摆个大南瓜，屋门口、树枝上悬挂着各种各样的鬼，好吓人的。然后就是感恩节、圣诞节，各有特色，你们都得去领略。我知道你们思家心切，但既来之，则安之。这次赏月，怎么样？小时候妈妈教我的'明月几时有'我还记得很清楚。那词里不是说'人有悲欢离合，月有阴晴圆缺，此事古难全。但愿人长久，千里共婵娟'吗？我就希望你们晚年生活得非常快乐，我也工作得顺利美好。"我们频频点头，我强忍着泪水没让它流出来。好一阵我才说了句："苏东坡当年怀念他的弟弟，只有几千里吧，可是我们有两万多里，相隔半个地球啊！"

女儿却欢快地笑起来了，说道："他那个千里得走多少个日子，我们只要十八个小时，你安安稳稳睡上一大觉不就到了？妈妈，你别忘了我们的时代。"我跟着笑起来了，眼泪没有了，心中默诵着这首在文学史上永放光芒的不朽辞章。

我们领略了美国的鬼节，又迎来了圣诞节。美国的圣诞节特别隆重，放假一个星期。街头的狂欢晚会，化装表演，此起彼落，各有特色。商店大减价，礼品招徕，频出奇招，大大地刺激了人们的购物欲，掀起了抢购狂潮。女儿带我们逛纽约市，人海如潮，繁花似锦，万紫千红，光彩夺目。一行行的圣诞树，点缀着五彩的小灯泡，闪闪发亮。据说洛克菲勒广场上的表演非常精彩，可是人山人海，我们挤不进去。天气特别冷，零下十几摄氏度，虽然情景热气朝天，我们却冷得发抖。我的老伴已无法忍受这种严寒了，直呼胃痛。我们只好躲进一家餐馆暖和一阵，见他依然不舒服，就在那里就餐，他却一点东西都没有吃，一个劲地叫冷。如此情况，餐后我们也无心游览，就匆匆回家了。

根据以往的经验，他是老毛病复发了。他有胆囊炎、胆结石病史，经过治疗和护理，已有 10 年太平无事，但来时掉以轻心，没有带专门的特效药，回家就一筹莫展了。一个星期过去，病情加重。那夜风雪交加，家中有暖气，虽不觉冷，可是他辗转呻吟，腹痛不已，而且不断呕吐。他肚子滚烫，胀鼓鼓的，一身大汗淋漓，我不断给他擦抹摸揉，但无济于事。我不敢流泪，也不敢想象将会出现什么样的问题，倾我的全部力量照顾他安慰他。折腾到半夜，女儿惊醒了，过来一看，很着急，嘱咐我马上去医院。不巧的是正好这天下午，女婿接到他弟弟的电话，得知他83岁老母亲辞世的噩耗，心情异常沉重。把老伴扶上车之后，我坚决不让他同去了。老伴倚在我的怀里，女儿小心翼翼地驾着车在大雪中摸索前进。大约二十分钟车程，我们到达了长岛一所急救医院，我悬着的心暂时平静。入院手续很快办好，安排了一个临时病床，比床略大的空间，用布幔隔开。我不知道这间大厅里有多少床位，不过美国人的习惯是不轻易打扰别人，说话都是轻言细语，虽然人多，却比较安静。但是老伴仍然一刻也不安宁，强迫自己不哼出声，但依然呕吐不止，不久他说要喝水。我去向护士要水，她说医生吩咐不能喝水。美国的凉水是可以喝的，实在无法可想，我只好到卫生间去弄了一点水给他喝。不一会儿医生来了，我就向他说病人很痛苦，请给点药行吗？他直摇头，吩咐护士将病人扶上轮椅，推着急步走出去，我跟着去，却被挡在门外。不久回来了，才知道是去检查。如此往返五次，折腾至此，老伴已有气无力，双目紧闭，一言不发，弄得我异常紧张，不知所措。我只好不顾一切地凭我的英语能力向医生急切地说了一通。他似乎听懂了，很有派头地点了下头，不久就有一位护士来打了一针。她告诉我，让他睡觉，明天早上八点胃科的医生要来检查胃和胆，请我等着。我一听就急了，闹了这么久，还没有查到病源上来，这算什么看病？可有什么办法？看看快天亮了，老伴倒是安静地入睡了，我困顿不堪，头昏脑涨。正伏在床边稍稍闭眼休息，护士摇摇我说医生到了，让我叫醒病人。一看才七点，为什么早了一小时？说着医生就来了。他掀起病人的衣服，在腹部大概摸按了一分钟，就盖上衣服和我谈话了。首先他问我懂不懂英语，我说："如果你讲慢一点，还可以交谈。"他很高兴，问我是不是香港人。我说不是。他马上说："那你是台湾人吧。"我想，他一定瞧不起中国大陆人。要不是求他治病，我会表现出不高兴的。不过我还是礼貌地回答了他，随即他递给我一张名片，我看了一眼就收起来。他却缓慢地作了自我介绍，我大体上听明白了，他说他是一位医学专家，能治各种疾病，家住某个我听不懂的地方，能为我服务。但我不知道他说话的目的。这时女儿来了，他们谈了几句，她说他是个医生，开了一个自己的诊所，希望我们关照他的生意。他不是来检查病人的，那位医生八点就到。我就对女儿说，这病不看了，我们回家，到中国城去买治胆囊炎的药，我知道名称，会有效果的，这样没完没了的检查，会延误病情的。我和老伴的态度都很坚决，女儿只好和医生商量。医生说病因没有查清，不能出院。交涉了好一阵，虽然同意了，却要写一个保证书，大意是说明是病人和家属坚持要求出院，发生任何意外，医院不负任何责任。

我们就按照自己的主意买药回家服用。稍稍平稳，我也可以睡上一觉。但是到了晚上，又是腹部疼痛，且发烧拉肚子，病情又加重了。我很紧张，一些可怕思绪袭上心头。女儿要送他去纽约市的大医院急救。我知道女儿的孝心，但我左思右想，决定顺着老伴的心意，为他承担一切后果，向女儿说我们要回国，找熟悉他病情的医生治疗，一定会有好的效果。两天的行程，完全可以坚持。几经商量，女儿只好答应次日去签机票。事情决定下来，老伴心情也好了许多，当天还喝了几口稀饭。女儿说时间紧迫，他们来不及办理手续，不能送我们了。我说我们来过三次了，而且已经电话通知儿子到上海来接，并预订好回长沙的机票，一切都会顺利的。女儿也就不多说了，到机场验票时说明有一位旅客有病行走不便，希望有轮椅帮助。一路上我们就得到了航空公司的热情照顾，当晚到了日本羽田机场，服务员为我们办好一切手续，用轮椅把他直送八楼房间。那里的设备齐全，环境清雅，给人一种安稳而平静的感觉。一天的飞行中，老伴一直半躺着，神色疲惫，而且一整天就喝了半杯牛奶、两杯开水，问他想吃点什么，他总是无力地摇摇头。我虽然用微笑的眼神鼓励他坚持下去顺利到家，但我内心的忧虑向谁诉说？此时此刻，我担心绷紧的弦突然崩裂，我怎样也无法承受。一到日本，似乎离家就很近了。我急忙去买了一盒牛奶烫好给他喝，然后用热水为他淋浴，服药后让他躺下。他一下来了精神，兴奋地说："我现在觉得好多了，谢谢你，明天就到了，我大概能活着回去。"他说出了我们两人都藏在内心而又都不敢说出的话。这一夜，我们两人都沉沉入睡。次晨，他的脸色好多了。我们来食堂，他居然吃了一碗稀饭和一个鸡蛋，这让我乐不可支。上午到达上海，有人已为我们买好回长沙的机票。下午五时顺利到达，儿子早已在出口处迎接我们。